U0533527

梅次故事

王跃文 著

湖南文艺出版社

图书在版编目（CIP）数据

梅次故事 / 王跃文著. -- 长沙：湖南文艺出版社，2023.6（2024.8重印）
 ISBN 978-7-5726-1042-4

Ⅰ.①梅… Ⅱ.①王… Ⅲ.①长篇小说－中国－当代 Ⅳ.①I247.5

中国国家版本馆CIP数据核字(2023)第019141号

梅次故事
MEICI GUSHI

作　　者：王跃文
出 版 人：陈新文
责任编辑：谢迪南　张潇格　王　琦
装帧设计：Mitaliaume
内文排版：刘晓霞
出版发行：湖南文艺出版社
（长沙市雨花区东二环一段508号　邮编：410014）
印　　刷：长沙超峰印刷有限公司
开　　本：880 mm×1230 mm　1/32
印　　张：16
字　　数：387千字
版　　次：2023年6月第1版
印　　次：2024年8月第2次印刷
书　　号：ISBN 978-7-5726-1042-4
定　　价：69.80元

（如有印装质量问题，请直接与本社出版科联系调换）

第一章

　　这年头，谁不相信谣言才是傻瓜。很多真实的故事，都从谣言开篇。谣言总是不幸应验，这很让梅次地区的百姓长见识。谣言只不过多了几分演义色彩，或是艺术成分，大体上不会太离谱的。梅次这个地方，只要算个人物，多半会成为某个谣言的主人公。不然就不正常了。

　　朱怀镜自然是个人物，只不过他刚刚到梅次赴任地委副书记，还没有引起人们的关注。

　　住房尚未安排妥当，朱怀镜暂住梅园宾馆五号楼。这是栋两层的贵宾楼，坐落在宾馆东南角的小山丘上。碧瓦飞檐，疑为仙苑。楼前叠石成山，凿土为池，树影扶疏。站在小山下面，只能望其隐约。小楼总共只有十六个大套间，平时不怎么住人，专门用来接待上级首长的。朱怀镜住二楼顶头那套，安静些。套间的卧室和客厅都很宽大，有两个卫生间。梅次管这叫总统套房，就像这南方地区将稍稍开阔的田垄叫做平原。恰好是四月天，池边的几棵桃花开得正欢。

　　到任当天，自然是地委设宴接风。梅次的头面人物，尽数到场。地委书记缪明，原是市委政策研究室主任，算是市委领导的智囊人物。此公个子不高，肚子挺大，满腹经纶的样子。他不知学了哪门功法，总好拿手掌在下腹处摩挲，顺时针三十六次，逆时针三十六次。只要手空着，便如此往复不停。朱怀镜和缪明原来同在市机关，也算相识，只是交道不多。行署专员陆天一，黑脸方鼻，声如响雷，天生几分威严。据说此人很有魄力，说一不二，属下颇为惧怕。人大联工委主任向延平，高大而肥胖，他那坐姿总像端着个什么东西，叫人看着都吃力。政协联工委主任邢子云，瘦小、白净，望着谁都点头笑笑。地委秘书长周克林，很谦和的样子，可他那梳得油光水亮的大背头，好像时刻都在提醒你，他是地委委员，也算是地级领导。行署秘书长郭永泰，不知是习惯了，还是天生的，头总是朝右偏着，所谓俯首帖耳，就是这副姿态吧。梅园总经理于建阳，眼珠子就像电脑鼠标，总在几位领导脸上睃来睃去。他虽没资格入席，却殷勤招呼，不离左右。

带着朱怀镜来梅次的，是市委组织部长范东阳。他才当部长没多久，只缘选举受挫，暂时还没入列市委常委。但在下面的人眼里，他就是市委领导了。谁都知道，他只要坐上组织部长这把交椅，当常委只是迟早的事。有范东阳在场，宴会便显得主题含糊。说是为朱怀镜接风，主宾却是范东阳。范东阳似乎天生就是当组织部长的料子，说话滴水不漏。谁若是问了不便回答的问题，他便微笑着注视你，让你内心难堪，却又不至于脸红。市委机关的干部私下给他起了个外号，叫范括号。外号怎么来的，有多种版本。有种版本分明是损他的，说他新调组织部时，屈就副部长，便在名片上打了括号，注明正地市级。一听就是民间演义，范东阳哪会如此不堪。通行的版本，是说他嘴角两边的皱纹儿形同括号，人便总是微笑的样子。你远远地看见他了，以为他在朝你微笑。你心里就暖洋洋的，忙向他问好。他便点头回礼，很是周到。其实他并没有微笑。组织部长是需要亲和力的，他这带着括号的脸，恰好慈如佛面。有人又把他的外号引申开来，说括号内通常是重点说明，范东阳那兜在括号里面的嘴巴自然很重要的。因为这张嘴巴说出的话，多关乎干部命运。

席间，朱怀镜总说自己是半客半主，大家敬酒便多冲着范东阳。范东阳举着杯，直说随意随意，大家随意，到头都是一杯酒。说他面慈如佛，他那笑容在酒桌上还真有佛的法力，叫敬酒的人不敢太过造次。朱怀镜不想让梅次人也知道他是海量，喝酒也总是推辞。他新来，别人到底还是把他当客，劝酒也不便太霸蛮。气氛倒是尽量渲染得热烈。晚餐时间不算太长，因为多半是客套；也不算太短，也因为必要的客套还得做做。时间适可而止了，大家都对视着会意，点头一笑。似乎他们大脑深处都装着个奇特的生物钟，而且相互感应着。"天下没有不散的筵席啊！"好像谁都恋恋不舍似的。

大家握了一会儿手，出了餐厅。都说要送范东阳和朱怀镜去房间，相互客气着。推推拉拉不到半分钟，场面看似混乱，送客的却自然分工了。缪明和陆天一送范东阳，走在前面。周克林和于建阳送朱怀镜，稍稍落后几步。其余的人挥挥手，注视片刻，见那些背影不再回头，就转身回去了。

范东阳同缪明、陆天一走得慢，一边还说着什么。朱怀镜便将脚步放得更慢。周克林和于建阳一左一右随着他，几乎不知怎么动作，稍不注意又走快了。梅园尽是些雅致的小楼依山而建。楼与楼有檐廊勾连，来往间免不了登阶落级，曲折迂回。不熟悉的，好比进入迷宫。遇着上阶梯了，于建阳便总想扶着朱怀镜的手臂。朱怀镜不习惯，却不便明着甩开他。只要于建阳的手扶过来，他便将手抬起来，指点宾馆景色。新月朦胧间，那些亭阁、假山、喷泉、花圃，也颇有几分韵致。

进了房间，于建阳大呼小叫地招呼服务员过来，指手画脚一番。他似乎想靠训斥服务员表明自己对领导的尊重。朱怀镜实在难以消受这种风格的尊重，便请于建阳自己忙去，只同周克林说着话。可于建阳老觉得自己的尊重还欠火候，不肯马上就走。他亲自察看了卫生间、客厅和阳台，很忙似的。看看没什么可效劳的了，仍是不舍得马上就走，抓耳挠腮一番，突然想起什么，拿起了电话："喂，我说呀，你们马上将朱书记房间里的毛巾、浴巾、地巾换上新的。啊啊，那你们马上去买新的。多买几套，颜色同其他客房要有区别，专门放在朱书记房间里用。要快啊。"

朱怀镜早在一旁挥着手，说不用不用。可于建阳只做没听见，对着电话高声吩咐着。"真的用不着，我用自己的毛巾就是了。"等于建阳放下电话，朱怀镜又说。

于建阳只是笑着，领了赏似的。他忽又想起什么了，抓起电话，喊道："还有，你们另外买两瓶洗发液和沐浴液，要最好的。房间里配的这些不行，洗了头发紧巴巴的。"

这时，朱怀镜的同学高前敲门进来了。于建阳又吆喝服务员倒了茶，这才点了半天头，退到门口，轻轻拉上门，出去了。却仍听得他在走廊里用手机打电话："你们要快办，朱书记等会儿就要用的。买好了我要检查，我在办公室等着。"

见于建阳这副样子，周克林觉得丢脸似的，笑着说："于建阳就是声音大，打雷样的。"

朱怀镜便笑笑，说："你们太操心了。下面人不知道的，还以为我这个人太刁了。"周克林听着不好意思，摇头道："于建阳这个人，倒是个热心肠，就是脑子不太想事，只知道吆三喝四的。我说说他。"

朱怀镜忙摇手道："那倒不必了。"

周克林同高前相识，少不了客气几句，也就走了。

高前事先打过电话，说来看看老同学。朱怀镜说道"欢迎欢迎"，很高兴的样子。其实他竟一时蒙了，忘了高前是哪一位了。放下电话想了半天，才想起一张黑而精瘦的脸，笑起来嘴巴天大，露着一口难看的牙齿。高前的嘴巴本来尖尖的，一旦笑起来却大得吓人，让人惊叹他那嘴皮子的弹性那么好。朱怀镜一直不太喜欢这位同学，总觉得尖嘴猴腮的人，十有八九奸猾。不过他向来就是把什么都藏在心里的，看上去很讲同学情分。记得高前人倒是聪明，学的是财经，却又喜欢文学创作。上大学二年级时，高前写了个剧本，便给名家写信推荐自己。凡是他想得起名字的文坛巨匠，巴金呀，曹禺呀，等等，等等，都写了信去。剧本虽没发表，却收到了巴金和曹禺两位老先生的回信，自然是极尽勉励。有那么一阵，他逢人便拿出两位老先生的信来念念，好像那么寥寥几句的半页回信，比自己的剧本公开发表更值得炫耀。这事在同学中间流传开来，便敷衍出许多有意思的花边新闻。说是高前收到巴金先生回信那天，把女生宿舍跑了个遍。不久他又收到曹禺先生的回信，又兴致勃勃地往女生宿舍去。有位女同学没等他打开信，就说高前你不用念了，巴金先生的信我们都背得下了。高前红了脸说，不哩，今天是曹禺先生的回信。那位女同学便说，曹禺先生的信我也背得。说罢就"高前同学，大作收到"，真的背了起来。高前很是吃惊，小眼睛从没有那么放大过，说你没看怎么背得出来？那女同学笑道，我若是曹禺老先生，也会这么给你回信的。高前的脸越发红了，嘴巴翘得老高。

高前这些年没什么变化，只是脸上的皮多了些皱皱儿。"老同学，你的官可是越做越大啊！"高前握着他的手，摇了摇说。同学之间，说话毕竟随便些，可他的笑容仍让朱怀镜不太舒服。

朱怀镜笑道："当什么官？总得有个事做嘛！老同学，你这二十多年，可是一点没变啊！还在卷烟厂？"

高前叹道："没变就是没有进步。不在卷烟厂，又能到哪里去？我在那里任总会计师，官又不像个官，技术人员又不像技术人员。企业三总师，应叫三不像。一切都是经理、厂长说了算，三总师只是配相的。"

"哪里啊，现代企业管理，三总师的担子很重，很重要嘛！"朱怀镜本想以同学之谊相待，可话一出口，就是领导味了。高前说自己是总会计师，装着满不在乎，其实是想让人家知道，他好歹也是副处级干部了。高前越是摇头晃脑地说自己不中用，朱怀镜越是看出他内心的得意劲儿。他们那届同学，如今混到处级的并不多。朱怀镜爬到副厅级，同学们都说他祖宗坟山灵验。"你好好干吧，企业很需要你们这种人才啊！"朱怀镜本不该如此说话的，太官腔了。他最多只需说"你好好干吧"，就行了。言下之意，就很丰富了。既像领导勉励下属，又像同学含蓄地封官许愿。可高前这副猥琐相，很容易激起别人居高临下的优越感。高前像是很习惯朱怀镜的官架子。他喝了口茶，茶水从嘴角流了出来，下巴湿了一片，也不揩一下，说："我好好干又怎样？又不看你干得如何！"

朱怀镜明知高前下巴湿湿的是茶水，可望了一会儿就总疑心是口水，胃就开始作怪，很不舒服。"高前，老同学说话我就不客气了。你刚才说自己官又不像官，我就想说你了。你现在又说什么官场如何如何。企业本来就不是官场。厂长经理不是官，总工程师、总经济师、总会计师更不是官。国有企业为什么搞不好？原因固然是多方面的，但依我个人的观点，企业经营者的做官意识太强，也是一个重要原因。像你，做到地属企业的总会计师了，就想着自己是副处级了，这怎么行？"

高前脸红了，却并不显得难堪，只嘿嘿一笑，说："这么说，只许你们行政官员考虑级别问题，就不允许企业领导考虑级别问题？很多企业领导削尖了脑袋往行政部门钻，就是觉得自己低人一等。"

朱怀镜也笑了起来，说："老同学这么多年没见面了，一见面就说这么严肃的话题，不好意思。我并不是说企业领导人就低人一等，而是说，这中间不可比，也不该比。"

高前也并不像在一位地委领导面前那样拘谨，笑得几乎有些油滑："愿闻其详。"

朱怀镜说："企业负责人从事的是经营管理工作，政府官员从事的是行政管理工作，这是两码事。企业负责人的最高境界是成为企业家，官员的最高境界是成为政治家。如果企业的头头儿总以为自己是在做官，那么思维方式、工作方法、工作作风都会成问题。加上目前官场风气又不太好，企业领导再学点官僚作风、衙门习气，那企业就真的没指望了。"

高前捉摸着朱怀镜的眼神，诡里诡气地笑道："你也承认官场风气不好？"

朱怀镜轻叹道："这没有什么可讳言的，老百姓说得还更难听哩！这年头发生的事情太多了，人人心里都有一本账，清楚得很。只是我新到梅次，两眼一抹黑，不识深浅。你可以给我说些情况吗？"

高前又是笑，说："情况还要听我讲？地委书记缪明他们肯定作了全面介绍。"

朱怀镜看出高前是在讥讽，便说："那都是些冠冕堂皇的官样文章，你知道的。"

高前说："是啊，无非是介绍地区的基本情况，地委班子的基本情况。说到领导班子，肯定要说这是个团结的班子、实干的班子、有活力的班子。"

"你是说，梅次地委班子很不团结？"朱怀镜试探道。

"首先地委书记缪明和专员陆天一就是背靠背的。"高前说。

朱怀镜不说什么，只是点着头。其实这是目前最常见的权力格局，早在他意料之中。副职们总在党政一把手之间走平衡木，左顾右盼，很是尴尬。

高前接着说道："往远了我不敢说，至少在我来梅次工作这二十多年，发现地委领导班子从来就没有团结过。我想他们是不可能团结的。不同的只是有的时候矛盾隐蔽些，有的时候就真刀真枪干上了。就说现在这个班子，缪明是市委派下来的干部，个人素质很好，人也正派，就是太斯文、太软弱。有人说他什么都不缺，就缺魄力。偏偏专员陆天一是梅次土生土长的土皇帝，人又霸道，缪明根本就制约不了他。有人说陆天一也什么都不缺，就缺德。现在梅次，场面上看去，大家都尊重缪明这个一把手，实际上都是陆天一说了算。"

朱怀镜仍不做声，只望着高前。高前停了停，见朱怀镜还想听下去，就继续说道："人大联工委主任向延平、政协联工委主任邢子云，本来同陆天一关系并不怎么样，但他俩对缪明却并不怎么配合。因为当初考虑梅次地委书记人选时，他俩都想争这个位置。现在呢？胜者为王，败者却不愿称臣，就这么简单。何况陆天一势力太强，向、邢二人也不敢帮缪明。拿梅次老百姓的话来说，现在地委领导班子的格局是三打傻。"

朱怀镜明白高前的意思，却明知故问："什么是三打傻？"

高前说道："一种扑克牌玩法，一人坐庄，三人对打，早在全国普及了，规则大同小异，各地叫法不一样。只是梅次人说话一向刻薄，叫三打傻，坐庄的那个人就是傻子。现在梅次是缪明坐庄。"

这时，听到了敲门声。朱怀镜还来不及说请进，门就被推开了，缪明和陆天一进来了，笑眯眯的。他俩刚从范东阳那里出来，顺路同朱怀镜打招呼。两人说声有客哪，就站住了。朱怀镜请二位坐，他俩都说不坐了，不打搅了。高前早站起来了，望着缪明和陆天一，只顾着笑。朱怀镜没有介绍高前，彼此也就不握手。缪明说你们聊吧，陆天一笑着点头。朱怀镜同缪明和陆天一再次握手，请他们早点回去休息。朱怀镜送他们出了门，见两人并肩走在红地毯上，头凑在一起说话，像两位生死之交。这场面很有意思，朱怀镜忍不住暗笑起来。缪明个子不高，腆着肚子，左手通常背着，右手总是在肚子上摸来摸去，说话之前，总无声地笑笑，很有涵养的样子。他若是坐着，左手总喜欢悠闲地敲击着沙发扶手，却不让人听到任何响声；右手仍忘不了揉肚子，顺时针三十六次，逆时针三十六次。这大概也是很有涵养的意思。缪明的涵养在荆都官场很有口碑，朱怀镜自然早有所闻。不承想这涵养到了梅次，却另有含义了，就是傻子。

朱怀镜回到房间，没头没脑地问道："还有呢？"

高前说："反正很复杂。梅次官场的最大特色就是玩圈子，是圈子官场，圈子政治。有老乡圈子、同学圈子、战友圈子、把兄弟圈子，等等，五花八门。最有实力的老乡圈子是阴县帮。梅次地区财政、银行和公检法等重要部门的一把手，都是阴县人。因为陆天一是阴县人，那些要害部门的头头脑脑，都是他一手栽培的。

"同学圈子要数农大帮最厉害，也因为陆天一就是农大出来的。陆天一本不是正宗农大出身，只是早些年在农大干部进修班学习一年，补了个专科文凭。后来他官做大了。一帮农大出身的人都来攀同学关系，投在他的门下。

"人大主任向延平的身边有个战友圈子，人数不多，却团结紧密，真有些军人风范。向延平十多年前转业到梅次就是正师职,又年轻,雄心勃勃。但只任了几年地委副书记,再也上不去了。他总说自己不得志,是因为寡妇睡觉——上面没人。"

朱怀镜听着笑了起来,高前便有些得意,说:"这向延平,有个'三个寡妇论',很出名。"

"三个寡妇论?"朱怀镜听着怪怪的。

高前笑道:"当年向延平刚从部队转业到地方,年纪轻轻的就是地委副书记,很牛气。部队干部,说话本来就粗。有一次,他在大会上说,自己能干到这个份儿上,全凭自己的能力和实干,不靠什么后台。他说自己没有后台,好比寡妇睡觉——上面没人。又说,自己有个毛病,就是喜欢喝几口小酒。酒桌上朋友多劝几句,就有些管不住嘴巴,免不了多喝几杯。这叫寡妇的裤子——经不得扯。接着又说,当然,工作需要大家支持,这又好比寡妇生崽——拜托大家帮忙。"

朱怀镜忍不住大笑,眼泪都出来了。高前喝了口茶,自己也忍不住笑了,将茶水喷了出来。他揩了揩嘴巴,继续说:"后来,他就只说自己寡妇睡觉——上面没人了。可是他又不甘心在梅次总是事事让人,就网罗些部队转业干部。他也不管你是海军陆军还是空军,只要是穿过军服的,愿意投靠他,他都收编你。"

"还有就是拜把子兄弟了。或明或暗的把兄弟圈子到处都有。大家都知道,以陆天一为老大的拜把兄弟有八位,号称八大金刚。有一次陆天一在会上专门批判过官场上拜把子的现象,说得声色俱厉,大家反而更相信他是八大金刚的老大了。这些人说话往往此地无银三百两。据说全地区十个县市中间有四位县市委书记是陆天一的把兄弟,公检法三个部门的一把手也是他的把兄弟。这事儿没人说得清。"

朱怀镜故意说:"说不清楚的事,说不定就是无中生有。"

高前笑道:"你真的不相信?"

朱怀镜笑而不答,只问:"那么邢子云呢?"

高前说:"邢子云看上去没有网罗什么帮派,却联系着一批老干部。他的资格最老,又自认为不得志,同一批退居二线的和离休的老干部很有共同语言。关键时候,他就利用老同志的影响,向缪明和陆天一施加些压力,可谓老奸巨猾。

"怀镜,你是管干部的副书记,你会面临很复杂的局面。你知道吗?这里的官可是要花钱买的啊!"

朱怀镜说:"没那么绝对吧。我相信你说的情况肯定存在,但并不是所有人的官都是花钱买下来的。要真这样,不早就天下大乱了吗?"

高前说:"你是领导,当然要这么说。我完全可以说,梅次的官都是花钱买的。只是花多花少,或者怎么花的区别。有个县的县长空缺了,上面有意让管党群的副书记接任。而管政法的副书记硬要争这县长位置,花了五十万去疏通关系。结果钱花光了,县长没当上。他同朋友私下感叹,原以为花钱就能买着官当,看来错了,还是要相信组织啊!新任县长知道了,私下也同朋友说,这个傻瓜,有钱不会花,五十万都没当着县长,老子才花三十万就当上县长了!我说这事都是有名有姓的,在梅次可谓尽人皆知。那当县长的仍然当着县长,当县委副书记的仍然当着县委副书记。"

这些话就不中听了。这到底是哪个县的事,朱怀镜也不想知道,只是笑笑,说到别的事上去了。说到同学,朱怀镜方知在梅次工作的大学同班同学,只有高前一人。高前便特别感慨,直说同学四年,真不容易。朱怀镜尽管不太喜欢这个人,可到底也是凡人,免不了顾念同学之谊。但他不能明着许什么愿,只说:"老同学,今后多联系吧。"

高前似乎明白了朱怀镜的暗示，却又把这话理解成很礼貌的逐客令，就说："老同学应酬一天了，该休息了。"

朱怀镜起身同高前握手，送他到门口。本想送下楼去，顺便在楼下走走。可又不想再找话说，就忍住了。再说也不想在高前面前显得太客气，还是保持些距离为好。朱怀镜去洗漱间洗了洗，估计高前走远了，就下了楼。他不想走远，就在楼前的水池边徘徊。他没想到梅次竟如此复杂。心情一变，眼前的景物都变了，夜雾中的夭夭桃树，竟似忸怩作态的庸俗女人。人生的机缘真是说不清。就说这高前，早从他的记忆中消失多年了，不料又在梅次碰上了。经历了种种变故之后，朱怀镜似乎有些宿命起来，觉得人世间看似聚散无常，只怕都是有因果根由的。这时听见了于建阳的说话声，知道他又带着服务员来了。朱怀镜懒得同他啰唆，便顺着小径去了屋后。这里是个小花园，种着各色花草，还放着些盆景。抬头一望，只见新月西移，银星寥落，夜空有些暧昧。

第二章

　　于建阳总要找些事儿，天天往朱怀镜的房间跑。他每次去了，居然都能找着个由头，忙上一阵。比方洗漱间的镜子有水印儿，浴池里还有一根头发，地毯应该吸吸尘了。服务员总会被他高声叫来，说她们哪里又没有弄好。朱怀镜看着真是麻烦，若依他往日的脾气，早发火了，却只好笑笑。

　　这天是星期六，朱怀镜没事儿，想多睡会儿，却早早地就听得外面有人在说话，像是于建阳。朱怀镜隐隐听见他问朱书记什么的。多半是于建阳想来看看他，却不知道他是否起床了。朱怀镜不去搭理，仍呼呼睡去。直听得外面有嘈杂的叮当声，他才爬了起来，心想是不是宾馆哪里又在修个什么。

　　他本是不敢在外面泡浴池的，总怕宾馆的服务员敷衍了事，只将浴池、马桶胡乱拿水冲冲，再贴上"已经消毒，放心使用"的纸条。可这些天见于建阳紧盯着服务员说，他也放心了。毛巾、浴巾、地巾都换了新的，水是蓝色的，见着清凉。起床后，他放水舒舒服服泡了个澡。忽又望见洗漱台边贴着的那张纸条，就乐了。他刚住进来就看见这张条子了，后来每次见着都觉得好玩。纸条上印着：

尊敬的宾客：

地球，是我们共有的家园。珍惜它，家园的天更蓝，草更绿，水更清，空气更新鲜。请加入到我们的环保队伍中来吧！

请您将需要我们更换的毛巾、浴巾和地巾置于浴盆内。谢谢合作。

心想为着几条毛巾，就戴上环境保护这么大的帽子，真是想得出。有些人凡事就想拔高，总将鸡毛蒜皮的事儿说成关乎什么大计。朱怀镜刚穿好衣服，就听见了门铃声。他想八成是于建阳了。开门一看，却是位服务小姐。"朱书记，于经理让我问问您是不是把早餐送到房间里来？"小姐有些紧张，一口气说出了这么长的话，慌得没有断句，最后就气促了，声音有些打滑。朱怀镜见她红了脸，便笑了笑，道了谢谢，说："那就麻烦你了。两个馒头、一杯牛奶就够了。"

过了一会儿，于建阳自己带着服务小姐来了，却是托着满满一盘子，有包子、煎饺、馒头、荷包蛋、凉菜、牛奶。朱怀镜皱了眉，说："小于你就不怕麻烦。我能吃多少？说了，就只要两个馒头，一杯牛奶。"

于建阳并不把这话真当做批评，嘻嘻笑道："朱书记你慢慢吃吧。我就是这样，本不想吃的，吃着吃着，胃口就开了。"

朱怀镜不再多说什么，低头吃早点。于建阳仍是四处看看，实在找不出什么说的了，便抬手抹了抹卧室门顶，立马就叫过服务小姐，伸着个指头说："你看你看，这是什么？跟你们说了多少次了，不能放过任何卫生死角。你们呀，素质真是个问题。"

服务小姐大气不敢出，手微微颤抖着，拿了抹布去抹门顶。于建阳又骂道："这会儿又这么勤快了，你没看见朱书记在吃早点吗？弄得灰尘翻天。"

朱怀镜抬头说："没事的，没事的。"

服务小姐左右为难了，不知听谁的。朱怀镜便说："不碍事，不碍事。"于建阳这才说了："算了吧，过会儿再打扫。你先去吧。"

朱怀镜吃完了，于建阳便叫服务小姐过来收拾。仍是刚才挨了骂的那位小姑娘，低眉顺眼地进来了。慌忙间偏又出错，盘子撒了，一地的面点和凉菜。不等于建阳开口，朱怀镜笑道："小姑娘别急，没事的，没事的。"于建阳也不好说什么了，只道："朱书记就是随和，难怪都说您平易近人。但我想您对我们宾馆还是要严格些，这对我们有好处啊。"

朱怀镜笑道："别的不说，你先让人把洗漱间里的那个告示撕了吧。"

于建阳听了眼睛睁得天大，想不起是什么告示了，进去看了看出来，仍是疑惑，问："朱书记的意思……"

朱怀镜说："只请宾客把毛巾什么的丢在浴盆里就行了，扯上什么环保？"

于建阳又进去看看，出来说："是的是的，环保好像最近上面不太讲了，我们学习不够，总跟不上形势。我马上叫他们把这事弄好。的确要注意政治学习，时刻跟上形势啊！"

朱怀镜就有些哭笑不得了，说："小于，不要什么事都往大道理上扯，几条脏毛巾同政治有什么关系？你们注意提高服务水平就是了。"

于建阳仍是似懂非懂的样子，手脚却是很快，马上就要打电话。朱怀镜摇手道："又不是救火，哪用得着这么急。"

于建阳总是欠着身子，本是副恭敬相，却像是胃痛，正勉强忍着。"朱书记，我考虑呀，专门安排个素质高些的服务员给您服务。看朱书记您的意见。"

朱怀镜说："没必要啊。我看这些小姑娘，都很不错的。"

"我正在考虑，要进一步提高五号楼的服务水平，就从提高服务员的素质开始吧。"于建阳说。

"这是你们的业务工作，我就不能发言了。"见于建阳没有马上就走的意思，朱怀镜只好笑道，"小于，好吧，你忙你的去吧。"

于建阳出去没多久，又敲门进来了，带着位服务小姐。朱怀镜正在看书，内心本来颇宁静的。见于建阳又来了，他隐隐不快，却只好忍着。"朱书记，这是小刘，我们宾馆的服务明星。从今天开始，就由小刘照顾您的生活。"于建阳望着朱怀镜使劲儿笑。

"小于，我说了，不用专门安排人。"朱怀镜说。

于建阳说："我知道您会说我的。也不是安排专人，五号楼二楼就由小刘和另外一位小周值班，总共八个套间。但朱书记的房间就只由小刘收拾，不能谁都可以进您房间。您有什么事，叫声小刘就是了。"

"我会尽全力做好服务的。"小刘站在于建阳身后，粲然而笑。朱怀镜怕她难堪，不再多说什么，只道："好吧。我觉得这里很不错的，很好。我就只在这里休息、看书，一个人，很简单的。"

小刘问："朱书记，可以打扫房间了吗？"

朱怀镜点头道："行行。"

于建阳说声不打扰了，便出去了。朱怀镜坐在客厅里看书，由小刘忙去。小刘动作很快，却静无声息，风一样飘来飘去。她一会儿就收拾完了卧室，然后关了洗漱间的门，在里面冲冲刷刷。朱怀镜就怕洗漱间的卫生搞得太潦草了，听小刘在里面忙了好久，很是满意。小刘出来了，说声"打搅朱书记了"，就开始收拾客厅。朱怀镜朝她笑笑，仍埋头看书，随意瞟她几眼，见这姑娘的身段很好。眼看着小刘忙完了，朱怀镜抬头问道："小刘叫什么名字？"

"我叫刘芸，芸芸众生的芸。"刘芸回头应道。

"哦，刘芸。看你年纪小小的，才参加工作吧？"朱怀镜见她前额鼓鼓的，沁着些汗星儿，像清晨带着露珠的瓜果。

刘芸便停了下来，站在他面前，说："不小了，都十九岁了。我去年下半年才来的，做了不到一年哩。"

"还说不小了，才十九岁啊！是个孩子啊！"朱怀镜哈哈笑着，见她的嘴唇微微撮起，有着天然的稚气，"小刘你请坐吧。"

"我们是不可以在客房里坐下来的，要是被于经理发现了，又要骂人，又要扣钱。"刘芸低了头，她那头发又黑又浓。

朱怀镜笑道："这不是客房，等于是我的家了。你就随便吧。"

"谢谢您，朱书记。"笑容从她的嘴唇边慢慢漾开，氤氲了整张脸庞。她迟疑着，在朱怀镜对面的沙发上坐了下来，侧着身子。她手里拿着块干抹布，在沙发扶手上轻轻搓着。朱怀镜不经意望了望她的手，那手腕白嫩而圆实。

"于经理反复说，要我一定保证朱书记休息好，要我随叫随到。我只怕做不好，请朱书记多批评。"刘芸抬眼望望朱怀镜，又低下头去。她有些发慌，压抑着紧张的呼吸，胸脯的起伏就显得缓慢而悠长。

朱怀镜笑着说："你别听你们于经理说得那么严重。我说了，我的生活很简单的，没太多事麻烦你们的。你也别着急，平时怎么做的，就怎么做吧。"

　　刘芸额上的汗星儿越凝越多。朱怀镜客气了几句，就让她自己忙去。刘芸赶快点头道谢，飞快地出门去了。

　　星期一上午，朱怀镜在办公室浏览《梅次日报》，居然见上面有篇关于他亲自修改梅园宾馆浴室告示的新闻报道，说他非常重视宾馆管理工作，不放过很细小的问题。原本没什么事儿，这篇报道居然也写了一千多字。朱怀镜有些生气，心想于建阳真是多事。这是他头一次在《梅次日报》亮相，竟报道了这么个芝麻小事儿。

　　朱怀镜在外面吃了中饭，回到梅园。于建阳在大厅里碰着了他，便随在后面，无事找事拿些话说。朱怀镜一言不发，上了二楼。刘芸正站在服务台里，见他来了，一笑，脸就红了，忙跑去开门。朱怀镜只勉强笑笑，脸仍沉下了。朱怀镜放下提包，坐下了，才说："你进来吧。"于建阳进去了，问："朱书记吃了饭没有？"

　　朱怀镜并不回答他，只问："今天《梅次日报》上的报道，是你叫人弄的吗？"

　　于建阳不明白朱怀镜的意思，便问："朱书记，有什么问题吗？"

　　朱怀镜阴着脸，说："什么大不了的事？也值得报道？"

　　于建阳忙说："我知道朱书记不喜欢宣扬个人的。是我们办公室的年轻人写的稿子，我会批评他们，叫他们今后一定注意。"他说着就抓起了电话。朱怀镜更加生气了，说："小于，别什么事都弄得紧张兮兮、人心惶惶的，你过后当面同办公室的同志说说就行了。"于建阳点头称是，却始终弄不懂朱怀镜为什么生气。

　　晚上，地委开会，直开到深夜十一点多。这是朱怀镜到梅次后头一次参加地委会议。越是到基层，开会越是拖拉。也不能完全怪下面的领导不干脆,因为越是到下面,事情越具体,也越庞杂,很多会往往是大杂烩、一锅煮。今晚先是研究经济工作,后来几位书记留下来研究干部问题。他真有些累了,上了车便微合双目。直到皇冠轿车爬上那道缓缓的斜坡,轻巧地弹了一下,他才睁开眼睛,知道到梅园五号楼了。

无意间朱怀镜看见楼前花园的桃树旁,一男一女,抬手遮挡着车灯的强光,那样子既想看清车号,又想往树丛里躲闪。他们准是要来拜访他的。这么晚了,竟然还有人候在这里。只愿他们不是找他的,他想早些休息了。

他才到任几天,门庭就热闹起来了。每到晚上,总有人上门来。要么就是部门领导来汇报工作,要么就是在梅次工作的乌县老乡或是财院的同学来聊天。他正宗的大学同学只有高前一人,可如今前五届后五届的,都上门攀同学关系来了。朱怀镜不敢怠慢他们,怕落下个不认人的坏名声;可又不便同他们太热乎,自己根基不牢,不想让人说他玩圈子。虽说梅次这地方流行玩圈子,但谁也不是张张扬扬地玩。这圈子那圈子,都有些地下党的味道。朱怀镜同那些老乡或同学相处很客气,却又留有余地,不过谁谁怎么样,心里慢慢地都有了底。说不定有一天会用得着他们的。

朱怀镜下了车,他的秘书赵一普就做出也要下车的意思。朱怀镜就摇摇手,说:"小赵,你不要下车了,太晚了,休息吧。"赵一普便开了车门,将下欲下的样子,恭谨地说:"朱书记,那您就早些休息。"司机杨冲也忙说了几句客气话,唯恐轻慢了。每次回来,朱怀镜都不要小赵下车送他上楼,可小赵每次都要做出要下车的样子。赵一普不嫌麻烦,朱怀镜也没觉得这样有什么不自然。赵一普才跟他几天,就很让他满意了。小伙子脑子很活,手脚勤快。如果哪天赵一普没有做出要下车送他的样子,他反而会觉得不对劲的。

刚从空调车里出来,感觉热浪有些逼人。如今这气候越来越有脾气了,四月才过,就有些夏天的意思了。人们才脱了羊毛衫,马上就穿衬衣了。有点像这年头的爱情,省去了很多烦琐的细枝末节,从手拉手直接就通向了床。朱怀镜暗自幽默着,就进了五号楼大厅。里面开着空调,立即凉爽了。

他腋下夹着公文包,昂首挺胸,目不斜视,私下里却仍在担心那躲躲闪闪的一男一女是不是来找他的。不是就好,他真想睡觉了。官一天天当大了,他的目光也一天天直了,不轻易往两边闪动一下,回头顾盼是绝对不可能的,也就不随便同人点头打招呼,就是碰上下面的人叫朱书记好,他也只是不失礼貌地回道好。这好字听起来不像是从嘴巴里出来的,而是鼻孔里哼出的。有时也可以对别人的问好充耳不闻,只顾梗着脖子往前走。这不但是为着必要的尊严,事实上也不可能见人就笑嘻嘻地点头。他从地委大院里走过,碰面的人多半都想同他打招呼。他如果也像常人,逢人就点头,一天到晚不像鸡啄米似的?那样不仅没人说你平易近人,反而说你没有官仪官威,甚至还会说你像个滑稽小丑。不过迎面而来的人们,他并不是没看见,都看清了。碰上应该招呼一声的,他决不会疏忽过去的。有些人碰上领导,以为领导只在抬头看天,就侥幸躲过了,不向领导问好,其实是傻瓜。领导高瞻远瞩,就连你犹犹豫豫躲躲闪闪的样子,他都早看清了,说不定正在心里冷笑你哩,说不定记了你一笔小账哩。当然朱怀镜不至于这样小家子气,他理解下面的人。他自己还是普通干部时,见有些领导成天绷着个脸,眼珠子直得像木鱼眼,觉得奇怪。心想你当领导的成天一张苦瓜脸,让别人难受还不说,自己也难受啊!那样一定短命!不承想到头来他自己也这样了。怎样做人,由不得自己的。

虽是累了,可他上楼的时候,仍有意让脚步显得有弹性些,挺着腰杆子。耳朵却注意着下面的楼梯声,看那一男一女是不是尾随而来了。没有听到脚步声,他便放心了。

刘芸见了他,叫道:"朱书记您好。"忙拿了钥匙卡去开门。朱怀镜说自己有钥匙卡,用不着麻烦。刘芸只是回头笑笑,开了门,说道:"朱书记您请。"他总觉得刘芸热情中带着几分羞涩。

朱怀镜径直去了洗漱间,刷牙,洗脸。门铃响了,他停下来,望着镜子里的自己,满嘴的牙膏泡泡。他听听门铃声,不想去理会,仍旧刷牙。可门铃又响起来了。他有些来火了,稀里哗啦地冲一下脸,抓着毛巾揩干了,慢吞吞地走过会客厅,去开门。

拉开门,他的脸上就挂着笑容了。心里再怎么有火,人家上门来了,还得笑脸相迎。他先看见的是位大眼睛的女人,睫毛又长又翘,微笑着叫道:"朱书记好。"女人身后是位小伙子,也微笑着。

"请问二位……"朱怀镜问。

那女的嫣然一笑,说:"朱书记,我是吴弘的表妹……"

"哦哦,吴弘的表妹?请进请进!吴弘早就给我打了电话,说起你们。这几天我正想着这事儿,怎么不见你们来?又不知道你们电话,不好同你们联系。"朱怀镜很是客气。两位进屋坐下了,朱怀镜才问:"这位就是你的弟弟舒天?"

小伙子忙点头道了朱书记好。女人自我介绍:"我叫舒畅,在地区物资公司工作。"朱怀镜望了眼舒畅,就感觉自己眼睛发胀,脸皮发痒,禁不住想抬手去抓自己的脑袋。他忍住所有不自然的举止,尽量显得从容些,却奇怪自己怎么会这样。他想起身替客人倒茶,却感觉双脚发硬似的,怕自己手足无措,就含糊了。这时,刘芸却敲门进来,问:"需要给客人倒茶吗?"朱怀镜笑着点点头，道了谢谢。刘芸倒了茶，轻声说道打搅了，马上出去了。

朱怀镜便同舒天交谈起来，始终不看舒畅一眼。舒天像是很健谈，问一答十。舒畅嫌弟弟话说得太多了，望他一眼。朱怀镜却见这小伙子谈吐从容，不似刚进门那样显得拘谨，人也长得清爽，倒有些欣赏了，问："你说电视台的舒瑶是你姐姐？她可是我们地区最出色的播音员哩。"

舒畅替妹妹谦虚道："哪里啊，她才出道，还要您朱书记多关心才是啊。今天她本想一块儿来拜访朱书记的，晚上有节目，来不了。"又说："这几天都准备过来看您的，见您这么忙，就不好意思。"

"不用客气，吴弘同我既是同学，又是很好的朋友，你们就该随便些。"朱怀镜瞟了一眼舒畅，飞快收回目光，转过头问舒天："你哪里毕业的？工作几年了？"

舒天回道："荆都大学中文系毕业的，工作三年了，一直在地区总工会。现在正在读在职研究生，函授，快毕业了。"

朱怀镜点点头，笑着说："吴弘在电话里说了你的事。他在北京神通广大，我不敢不买他的账啊！好吧，你把报告放在这里吧。"

听朱怀镜说了好吧，姐弟俩顾不上替表哥客气几句，就站了起来，直道太晚了，还来麻烦朱书记。朱怀镜也站了起来，只是笑笑，算是道了没关系。自然又为他俩带来的礼物客气几句，实在推辞不了，就收下了。无非就是些烟酒，没什么大不了的，加上毕竟又是同学的表亲，收了他们的人情也说得过去。朱怀镜站在门口，目送他们姐弟俩，表情很客气。走廊里空无一人，刘芸已在服务台边的值班室睡下了。舒畅走在她弟弟的后面，朝朱怀镜挥手。朱怀镜这才没事似的望着她，微笑着。这女人太漂亮了，简直叫人看着心底发虚！舒畅在拐弯下楼的那一瞬间，她那雪白的手臂挥动着，亮亮地一闪，隐去了。

朱怀镜关上门，依旧去洗漱间洗脸。可他眼前总隐隐约约闪着一道白影子，就像平时抬头望灯时正好停电了，那灯的幻影仍在黑暗中挥之不去。刚才他不敢仔细打量舒畅，似乎她长得很白，身材高挑，眼睛大大的叫人不敢对视。穿的是白色上衣，红底碎花长裙。那衬衣无袖，却又是布扣，竖领子，紧匝匝的勾得人很丰满的样子。不知怎么回事，今天见了舒畅，他竟窘得像个小男生。他也算是有阅历的人了，怎么会这样？她的妹妹舒瑶倒是常在电视里看见，算是梅次电视台最漂亮的播音员了。两姐妹长得很像。他刚到梅次那几天，很不习惯看本地台电视，总觉得比市里差了个档次，就连那些播音员都有些土气似的。但他是地委领导，不看本地新闻又不行。过了没几天，倒也习惯了。慢慢地就熟悉了几个主要播音员的名字。印象最深的就是舒瑶，她留着短发，眼睛也很大，唇线很分明。

前些天，吴弘专门打来电话，推荐他的表弟舒天。吴弘的意思是，最好安排舒天当他的秘书。他满口答应了，心里却有些犹豫。物色秘书，草率不得。再说现任秘书赵一普，是地委办安排的，跟他没多久，不便马上换下来。领导不能自己指定秘书，这也是地委的规定。他想先把舒天调到地委办，看一段再说。凡事总得有个程序，相信吴弘也会理解的。

吴弘算是他们那届同学分配得最好的，进了北京。可早些年，吴弘总感到不如意，常打电话给他，说些泄气的话。北京实在是太大了，太高深莫测了，任何一位自负的天才，一旦到了北京，都会自叹平庸。吴弘总说自己，听起来在什么鸟部里上班，其实什么玩意儿都不算。那会儿，朱怀镜正当着乌县的副县长，在吴弘看来，却是大权在握了。后来吴弘倒也一步步上去了，可他仍觉得没多大意思。他说北京高官太多了，倘若把那些高官作为人生的参照系，总令人英雄气短。于是他就在混到副司级的时候下海了。先是开办着部里下面的公司，干了没几年就另立门户，创办了图远实业有限公司。吴弘毕竟是在政府部门干过的，人缘广，门路通，又懂得办事套路，只五六年工夫，就成赫赫有名的民营企业家了。

朱怀镜躺在床上，翻开一本《瞭望》。他一个人在梅次，夜夜孤枕，睡前总要翻翻书，习惯了。可是电话响起来了。他手微微一抖，知道又是夫人陈香妹了。拿起电话，听不到声音，果然就是她了。香妹没有送他来梅次，也一直没来看望他，倒是三天两头打电话过来，同他商量离婚的事。电话铃总是在深夜里响起，这会儿他忙了一天，早头昏脑涨了，刚刚躺下；远在荆都的香妹也忙完了家务，儿子已做完作业，上床睡觉去了。电话通了，往往先是无言，再是争吵，最后又在无言中挂断了。他知道自己对香妹的伤害太重了，却又打定主意不同她离婚。哪怕两人是名义夫妻，也得这么将就着。他现在说不上在走顺风船还是逆水船，不能因为婚姻问题再添乱子。

早在五六个月前，他还在荆都候任，香妹就提出要分手。他死也不答应。他是灰着心思，又似乎带着几分沧桑意味赴梅次来的。他内心的况味，不像去赴任地委副书记，倒像是发配沧州。外人自然不明白他内心的苦楚，看上去他依然是春风满面的样子。他来梅次时，恰好是暮春，城外满山的桃花正落英缤纷，他暂住的梅园五号楼前也是桃花夭然。

他来梅次后，也一直没有回过荆都。如今流传着几句顺口溜，说的是领导干部夫妻分居：领导交流，汽车费油；丈夫潇洒，妻子风流。他在荆都的经历太铭心刻骨了，不敢再发生什么"潇洒"的故事。很久没有梅玉琴的消息了，不知她怎么样了。

他十分害怕在深夜听到电话声了,便把电话铃声调得很小。可更深人静的时候,他已疲惫不堪,正睡意模糊,电话仍会响起。没想到调小了的电话铃声,感觉更恐怖。那声音像是穿过厚厚的地层,从阴风凄厉的冥宫里传来的,恍若游丝,凄怆幽咽。他会惊恐地醒来,心脏跳得发慌,呼吸急促,身子像要虚脱了。他总是木头人一样拿着电话,不再说太多的话,也不同香妹争吵,听她讲,任她嚷,等着她挂了电话。

今晚他也没说什么话,香妹说着说着就哭了起来。朱怀镜只说了两声"你不要哭嘛",就不再多劝,由她哭去。电话在香妹的哭声中挂了。

他本来很累了,却没有了睡意。想起自己这些年在荆都经过的事,桩桩件件历历在目,又如同隔世。来梅次之前,他去看守所探望了梅玉琴。她的脸苍白而浮肿,目光有些呆滞了。他很想知道她的近况,却不敢再去看望她,也不敢向朋友打听。

突然想起了儿子琪琪,朱怀镜心头便紧了一阵。窗帘是严严拉着的,房里黑得似乎空间都消失了。他甚至产生一种错觉,感觉自己并不是躺在床上,而是在无尽的黑暗里飘荡,就像太空里的一具失重的浮尸。黑暗里,他像是看见了儿子的眼睛在眼前闪着。早在荆都,他很得意的时候,突然发现儿子的眼神令人捉摸不透了。他为此深深地不安。他越来越有种奇怪的联想,觉得儿子的眼珠子就像一只潜伏在洞口的老鼠,躲闪,逡巡,窥视,怯懦,狡狯,阴冷……什么味道都有。

他的生活糟透了!但是,他只能将满腹的苦水,同他的领导艺术、涵养、隐私等等,一股脑儿包裹在满是脂肪的肚皮里,不能晃出一星半点儿。他新来乍到,一言一行,关乎形象啊。

这些天,他暗自琢磨着缪明和陆天一,发现他们的确是明和暗斗。朱怀镜准备装糊涂,不介入他们之间的任何纷争。他分管组织工作，下面部门看上去也还算听他的。这就行了。他记得十多年前，有一次在火车上同邻座闲聊，越聊越热乎，简直快成朋友了。就在他准备递名片给人家时，猛然间想到谁知道这位仁兄是什么人，他马上打消了递名片的念头。这不过是一件谁都可能碰上的小事，却让他感悟到了某种关乎人生的启迪：火车上，只要求邻座手脚规矩就行了，免得你打瞌睡的时候他扒你的钱包；工作中，只要求同事能与你配合共事就行了，不在乎他是否真诚高尚等等。他越来越怀疑人是否能真正了解别人，他甚至时常觉得对自己都不太了解。那么有什么必要在乎这些温文尔雅的同僚和下级是些什么人呢？

可有些事情，是没法回避的。今晚最后研究干部安排时，朱怀镜就觉得不好办。他虽是管干部的副书记，但组织部提出来的方案，多半是缪明和陆天一授意的。他刚来梅次，不可能有过多的发言权。发言权同职务并不完全等同，还得看你的资历、根基、人缘和影响力等等。他是个聪明人，不想过多发表自己的意见，只想在会上探探底细。

这样的会议，领导同志们说话虽然含蓄和隐晦，却并不妨碍意图的表达。那一张张脸，或严肃，或随和，或空洞，却一律显得极有涵养。要从这些脸谱上琢磨出些真实的东西，几乎比居里夫人提炼镭还要艰难。朱怀镜却是位天才的化学家，他将这些人的鼻子、眼睛、眉毛、嘴巴和哈欠，搅和在一起，很快便提炼出一个真实：缪明同陆天一的确是面和心不和。其实这是老同学高前早就同他说过的，他不过是一次又一次地暗自验证。

今晚的会议上，朱怀镜不可不说话，又不能乱说话。他说官话从来就慢条斯理，今晚把节奏放得更慢了，斟酌着每个措辞。他内心想着缪明，却又不便明着得罪陆天一，还得顾及向延平和邢子云。缪明的手总摩挲着下腹，不知是胸有成竹，还是心底发虚。这种研究干部任命的会议，让他感觉是几位头头儿分赃。会议自然开得很拖拉，最后几项干部任命提议总算原则通过了，只是一项财政局副局长的提议被否决了。除了朱怀镜，谁都清楚，拟任这把副局长交椅的陈冬生，是陆天一当年任县委书记时的秘书，如今是行署秘书一科的科长。朱怀镜见会议老僵着也不行，他毕竟又是管干部的副书记，也不明底细，就说既然这个方案不太成熟，就先放放吧。会议这才在一片哈欠声中散了。

朱怀镜起身时，见缪明望着他不经意地点了下头。他心里微微一震，背上几乎冒汗。他立即明白，缪明是在向他表示谢意。他想既然自己的用意缪明心领神会了，陆天一也自然心里有数了。朱怀镜毕竟是见过风浪的，任何复杂的人事关系都不害怕，只是觉得不便过早陷入两难境地。

朱怀镜慢慢有些睡意蒙眬了，可脑子里仍半梦半醒地想着今晚的人事任免。他毕竟刚来梅次，还不完全清楚那些人事关系的来龙去脉，说不清谁是谁的人。陈冬生面长面圆他都不知道，但他只说了句"放放吧"，可能就改变了这个人的命运。官员们说到"放放"，语气总是轻描淡写的，含义却变化莫测，有时是暂缓，有时是拖延，有时是束之高阁。朱怀镜隐约觉得，今晚的人事任免，陆天一占着上风。他暗中偏向缪明，也说不清妥与不妥。他似睡非睡，脑子猛然一震，惊醒过来。外面路灯的光亮微透进来，房内的一切都空幻而怪诞了。

第三章

　　这天清早，朱怀镜刚进办公室，就接到缪明电话，说有事商量一下。他说声马上就到，却故意挨了约三分钟，才夹上公文包，去了缪明办公室。

　　缪明见朱怀镜推门进来，客气地点头笑笑，示意他请坐，再示意秘书宋勇倒茶。缪明只有淡淡的笑容，含蓄的动作，嘴巴都不曾哼一声。他也不像平时那样站起来同朱怀镜握手，他那手只顾着在下腹处来回摩挲，顺时针三十六次，逆时针三十六次。朱怀镜便疑心他是故意耍一把手的派头。也许缪明很清楚自己在梅次威信不高，而朱怀镜毕竟新来乍到，又算是老熟人，便想尽快把他收在门下。朱怀镜却还拿不准怎么做，他想至少不应让缪明在气势上压着他。他一直暗自琢磨缪明，发现这个人的内在气质太柔弱了，不具备虎虎雄威，只怕不是一把手的料子。他也许只需对缪明保持外交礼节式的尊重、冠冕堂皇的支持，就行了。

　　缪明桌上放着正在修改着的文稿，不知又是什么重要讲话。只见翻开的那页，画着个大大的方框，方框中间是把大叉，就像字典里表示废字的符号。这废字符号将整页文字都覆盖了，也就是说这一页他没有一个字看得上。废字符号的四周，则是密密麻麻的文字，那是缪明亲自涂抹上去的墨宝。缪明舞文弄墨多年，对自己的笔头功夫很是自负。

朱怀镜只是瞟了一眼缪明桌上的文稿，很不在意的样子。他掏出一支香烟，故作心不在焉之态，半天不掏出打火机。宋勇正在倒茶，见朱怀镜拿着香烟捏来捏去，忙放下茶杯，过来点烟。可小伙子才凑过去，朱怀镜自己嚓地扣燃打火机，点着了烟。宋勇退了回去，嘿嘿笑着。朱怀镜只当没看见，慢吞吞地吐着浓浓的烟团。他知道缪明不抽烟，可依照礼节，也该问问人家抽不抽。他偏不问，独自在那里吞云吐雾。宋勇递茶过来，他也只是抬手点点茶几而已。

缪明坐在那里也不说话，面色似笑非笑，就像荆都名胜荆山寺里的那尊如来佛。缪明虽说没有虎气，看上去内在定力倒是很足。而通常定力很足的人，往往道行深厚。如此思量，缪明似乎又有些神龙见首不见尾的意思了。

等宋勇掩上门出去了，缪明才慢条斯理开言道："怀镜同志，同你商量个事。这些年，我们一直坚持地委总揽经济工作全局，几位副书记的肩上，都压上了抓经济工作的担子。但是，地委这边真正懂经济工作的同志不多，工作就很难抓得实在。抓经济工作，你是内行，我想拜托你多操心。我们地区经济发展水平还很不行，特别是工业，相当困难。我初步考虑，请你把工业这块抓起来。当然，具体工作还是行署那边抓，地委这边只是抓宏观，抓方向。你又长期在市里工作，各方面关系都通，只有靠你多多辛苦了。"

朱怀镜忙摇头说："工作还是要靠地委一班人的共同努力啊。你缪书记的指示，我会坚决服从。只是我自己能力有限，怕有负你的重托啊！"

缪明笑道："怀镜同志，你就别推辞了，只有你才吃得消这块工作。"缪明便将农业、财贸、城乡建设等等工作往地委几位副书记头上摊，说这是他考虑的初步方案，征求朱怀镜的意见。

朱怀镜谈了自己的看法，说得很简单，不过就是同意缪书记的意见。按照现行政治逻辑，地委加强对经济工作的领导，天经地义，没人敢说什么。可缪明是否有更高妙的用心，朱怀镜暂时猜不透。他倒觉得缪明这一招并不高明。党委一把手，只须牢牢掌握人事大权就行了，而对于经济工作，尽可以唱唱高调，何必真的去管？不仅管不好，而且会增加对行署工作的掣肘，无端地多出些扯皮的事来。而唱唱高调，反而会显得很有思想，整个就是做大领导的料子。

"好，就这样吧。过几天开个会，集体通过一下。"聊得差不多了，缪明站了起来，半伸出右手。朱怀镜也就站起来，可离缪明距离远了些，他只得上前一步，伸出自己的右手。缪明握着朱怀镜的手，摇了摇，说着不痛不痒的客套话，很有些一把手的味道。但他的左手不经意间搭了过来，轻轻拍着朱怀镜的肩头。朱怀镜感觉肩头腻腻的，很不自在。

在走廊里，朱怀镜见一位年轻人笑嘻嘻地望着他，叫道："朱书记好。"

他一时想不起这小伙子是谁了，随便应了声。可那小伙子仍是望着他，笑眯眯的。他这才猛然想起是舒天，便停了一下，问道："小舒过来了吗？"

舒天笑道："过来几天了，安排在综合科。"

朱怀镜边走边含混道："哦哦，好好！"说着便进了自己办公室。他知道舒天可能正望着自己的背影，说不定还想跟着进来。他却不回头去，不想让别人看出他同这小伙子有什么特别关系。见舒天到底没有跟进来，便想这小伙子还算懂事。

朱怀镜坐下来翻阅文件，却还在想刚才同缪明握手的事。他想这缪明也许一直得意自己的道德文章，处处做得像个正人君子。可他到底也是凡人，就在他伸出右手，俨然谦谦君子的时候，左手不由自主地在别人肩上渗透着江湖气了。朱怀镜脑子里的缪明形象就很有意思了：右手严肃，左手庸俗。

过后没几天，地委正式调整了几位副书记的分工，朱怀镜负责联系工业。其实他并不想把工业这副担子揽在自己肩上。行署分管工业的副专员是袁之峰，平时朱怀镜同他打交道感觉还不错。但朱怀镜如果对工业插手太多了，同袁之峰的关系肯定就会微妙起来。而且，就工业问题打几句官腔还好说，真要抓好谈何容易！但在场面上谁都会说得信誓旦旦。如今知其不可为而为之的事实在太多了，大家也就习惯了干什么事都信誓旦旦。

朱怀镜专门找袁之峰作了一次长谈。那天晚上，他请于建阳关照厨房炒了几个菜，送到梅园五号楼的房间里。于建阳拿了酒来，朱怀镜推掉了，开了自己的一瓶五粮液。于建阳问要不要他在这里服务，朱怀镜谢绝了。于建阳又说是不是让刘芸来，朱怀镜只好说他同袁专员有工作要谈。于建阳这才放心走了。朱怀镜便关了手机，断了电话，同袁之峰闭门对酌。等到夜深更残，瓶干酒尽，两人就称兄道弟了。

袁之峰稍长，朱怀镜便言必称兄："之峰兄，缪书记要我多过问一下工业，我能做的也只是过问过问了，还是靠你多操心啊！什么抓宏观，抓方向，那是场面上说的套话，我不去管它。我倒觉得，梅次的工业，更应下功夫的是一个个非常具体的问题。如果只要沾点儿官气，就口口声声抓宏观，抓方向，具体工作就没人做了。"

袁之峰听了这话，很是感叹："是啊，怀镜老弟，你看到了问题的实质。梅次的毛病就是，不论研究什么工作，大家都热衷于讲大道理，回避最实际、最具体的矛盾和困难。不是我说谁怎么的，缪明就最不敢触及实际问题。他原本就是在市委摇笔杆子的，写惯了大话套话，不懂得联系实际。大家都说他大会上报告做得好，头头是道，铿锵有力。这有什么用？得落实啊！可以说，在梅次，清谈之风，向来如此，于今为烈。"

袁之峰如此毫无顾忌地说到缪明，朱怀镜倒吃了一惊。他想袁之峰一定是喝多了。俗话说，酒醉心里明。这袁之峰肯定就是陆天一的铁杆弟兄了。他不想议论人是人非，就玩笑道："缪明同志不同啊，他是一把手。一把手说话就得高瞻远瞩啊！他是出思想、绘蓝图的，具体工作就靠我们这些喽啰了。"朱怀镜玩笑之间对自己的语气和表情作了艺术处理，让你听上去既像真心话，又像风凉话。这都取决于你愿怎么听了。

看来袁之峰没有觉得朱怀镜在替缪明说话，也不以为他在调侃缪明。朱怀镜需要的就是这种效果。袁之峰说："我今天多喝了几杯，说话就没遮拦了。什么思想、蓝图，我就不这么看。一任书记一个思想，一张蓝图。梅次的什么思路、规划实在太多了，朝令夕改。缺的就是一以贯之和具体落实。不论谁来当书记，就总想标新立异，另搞一套，不然就显得没水平似的。又越来越急功近利，只想在短短几年就搞出个经验、典型，然后就政绩卓著，官升一级。"

朱怀镜点头说："谁都清楚是这么回事，也没有办法啊！"

袁之峰笑了起来，说："的确，我自己也是从乡党委书记、县委书记这么一级一级干上来的，自己原先也是这么做的。当初这么干，如鱼得水，还很得意。现在不在一把手位置上，只是一个旁观者，看得就更清楚了。"

"所以说，形式主义、表面文章，也不完全是谁想不想搞，往往还是不得不搞。"朱怀镜说，"而工业这个老大难，你想搞些形式主义、想做点表面文章都不行。工人们的肚子是搞不得形式主义的，是做不得表面文章的。所以说，行署这边，你的担子最重啊。"

袁之峰笑道："就因为工业担子重，缪明就把书记中间最懂经济工作的领导安排在这一块。"

朱怀镜忙摇头说："之峰兄，你这话就不够意思了。我说了，主要还是靠你多抓。工业方面有什么事情，你觉得有必要同我商量的，我随喊随到。"

袁之峰仍是客气："你是副书记嘛，我得在你领导下开展工作啊。"

朱怀镜表情神秘起来，笑道："之峰兄，你这话就是撂担子了。那天在会上，陆天一对缪明说的，就是这个意思啊！"

袁之峰哈哈大笑了："不敢不敢！好吧，我尽自己的能力就是了。你也得多多过问，为我撑腰啊！"

两人都喝得够意思了，说上几句，就会对视着傻笑。袁之峰有些口齿不清了，话就说得慢而简短："朱书记，你，休息，休息。"朱怀镜重重地握了他的手，什么也不说，目光意味深长。

朱怀镜送袁之峰出来，远远地望见刘芸站在服务台里，微笑着："朱书记，袁专员，你们好。"刘芸躬身请安。朱怀镜见刘芸伸过手来，才知道他自己原来早把手伸过去了。"辛苦你了，小刘。"握着刘芸的手，软软的，他便突然清醒了，也并不怎么失态。

两人并肩下楼，互相搀扶着，话却不显醉意。他俩多半只说些字词，再点点头，挥挥手，对对是是，意思就完整了。若是有人闭上眼睛听他们对话，就莫名其妙了。走到下山的台阶处，袁之峰说什么也不让他送了。两人握着手，推让再三，说不尽的客气话。

朱怀镜上了楼，腰直挺挺的，掩饰着醉态。他望着刘芸点点头，和颜悦色的样子。刘芸微笑着，说："有人找您，朱书记。"朱怀镜望望走廊尽头，见有人立在他门口。他没去想是谁，只是有些恼火。不知什么时候了，肯定已经很晚了。

那人迎了过来，伸出双手，说："朱书记，您好，我来看看您。"

朱怀镜伸出一只手，勉强带了一下。他刚准备掏钥匙卡，只听到刘芸说："朱书记，我来开。"原来刘芸一直跟在他身后。

刘芸跟了进来，说："朱书记，给您泡杯浓茶喝？"

朱怀镜点点头，就坐下了。他也不招呼来的人坐，刘芸在一旁请那人坐了。刘芸双手捧了茶递给朱怀镜，再倒了杯茶送在客人手里。刘芸临走，回头犹豫着，终于说道："朱书记，您早些休息吧。"

朱怀镜略略颔首，说道："好吧。"

那人忙说："朱书记，太晚了，不好意思。好久就想来看看您，您总是忙。我是……"朱怀镜耳朵里尽是噪声，越来越听不清楚，隐约听得这个人是哪个县的书记或县长，他便不好太冷淡人家了。他脸上开始有了笑容，话仍是不多，只道："客气什么。"他也想多说几句，舌头却有些不听使唤了。听人说着奉承话，他只得不时地摇头或点头，只觉得这人的声音忽高忽低，头也忽大忽小；又见墙壁、家具、沙发等等，都呈现着磨砂效果；空气仿佛也看得见摸得着了，是一团浓稠的暗褐色雾气。朱怀镜心里明白，自己越来越醉了。

那人站了起来，伸出双手，露着一口白牙，说了些什么。朱怀镜只知点头了，说着："好的，好的。"

门一关上，他就支持不住了，跌倒在沙发里，闭上眼睛。天旋地转，太阳穴胀痛难耐。心想肯定是假酒，他本来独自喝一瓶五粮液都没问题的。不知躺了多久，越来越难受，胃里像有无数个铅球在滚动，五脏六腑被坠得老长老长，深沉的钝痛像连续不断的闷雷，头像缠上了无数的铁箍，痛得他想往墙上撞。

忽然听得有人在耳边问："朱书记，您没问题吗？"

朱怀镜眼前仍蒙着层暗褐色雾气，一位面色模糊的女孩伏下身子，笑吟吟地望着他。他知道是刘芸，却不能开口叫她。一阵恶心滚过胸口，怎么也止不住，就呕吐了。他突然从沙发里滚了下来，要往浴室里去，却跌倒在地毯上。刘芸扶着他，说："朱书记，您吐吧，没事的，您吐吧。"他摇着头，跌跌撞撞的，勉强去了浴室。他扶着马桶，哇哇地吐了起来。刘芸托着他的头，不让他往马桶里栽。

吐完了，他全身瘫软，坐在地上起不来。刘芸将马桶盖上，他便将头埋在上面，嘴里嘟囔着说："对不起，对不起。"

刘芸说："朱书记，我给您放水，您洗澡吧。"

朱怀镜已经无力回答了，伏在马桶盖上喘粗气。刘芸便放了水，再去取了他的换洗衣服来。她将浴室门拉上，飞快地跑回值班室，换上套干净衣服。她被朱怀镜吐了一身。刘芸不敢在值班室停留半步，马上又跑回朱怀镜的房间。

朱怀镜躺在浴缸里，身子虚虚的，直往下沉。他没力气搓身子，只想泡泡算了。脑子慢慢清醒了，人却越来越疲乏。不知刘芸怎么会想着进来看看，兴许是他醉态太明显了吧。他总以为自己步履不乱，说话不结巴，别人看不出的。

他又恶心了，却没什么吐的。呼吸困难起来，水蒸气如同浓烟，呛得他喉头发喘。他很清醒，知道这是大脑缺氧，只是四肢都不听使唤了。必须马上离开浴室。他想坐起来，可身子一动，立即头晕目眩，人又重重摔了下去，耳边是嗡嗡的钝响。头撞着了浴缸，却没有痛感。他想叫人，又张不了嘴。

正在这时，听得有人伏在他耳边喊："朱书记，朱书记，您听得见我叫您吗？"他听出来了，这是刘芸的声音。他张了张嘴，不知自己说了什么。"您起得来吗？朱书记您起得来吗？"他睁开眼睛，见刘芸搂着浴巾，低头望着别处。他无地自容，想请刘芸出去。可他动弹不了，只好把手伸向她。刘芸拿浴巾裹住他，扶着他去了卧室。

他躺在床上，静了会儿，就感觉整个人都在化着水和泥土。刘芸出去了，听得她在外面打扫。三更半夜的，真是难为她了。他困得不行了，不久便呼呼睡去。又时常醒来，总觉得外面客厅里有动静。他想出去看看，却没有力气起身。这是他第二次喝假酒了。记得在县里工作时，别人送了瓶茅台，不想是假的，他喝过之后就进了医院。这回没有上次中毒严重，却也磨得他跟死差不多了。借着地灯的余光，看见床头柜上放着他的睡衣，他这才想起自己还赤裸着，忙闷在被窝里穿了衣服。

通宵就这么时睡时醒，直到天明。他起床去卫生间，不经意瞥见刘芸躺在客厅沙发里，还没有醒过来。他忙轻轻关了洗漱间，将水放得小小的，怕吵醒了她。洗漱完出来，见刘芸已经醒了。她慌忙爬了起来，说："对不起，朱书记，我睡着了。"

"哪里哪里，让你辛苦了。你整夜没睡吧？"朱怀镜问。

刘芸说："我昨晚不敢过去睡了，怕您到时候身体不舒服，没人招呼。"

朱怀镜想着自己昨晚赤裸裸的样子，毕竟难为情，不禁说道："小刘，对不起，很不好意思……"

刘芸也红了脸，说道："我昨晚过来关走廊的灯，正好听得您在里面呻吟，不知您怎么了，就进来看看。我按了门铃，不见您回答。"刘芸说着，低头整理沙发。没想到她一抖毛巾被，竟滚出一个大纸袋。刘芸躬腰捡了，却从纸袋里跌出一捆钞票。刘芸顿时慌了，说："我才看见，我昨晚拿了枕头和毛巾被过来，随便睡下了。朱书记，您数数吧。"

朱怀镜眉头皱皱，笑笑说："小刘，我也是才看见。你替我点点吧，看有多少。"

刘芸疑惑着望望他，坐下来点钞票。朱怀镜也在对面沙发里坐下来，想不清这钱是怎么回事。记得昨晚袁之峰到来之前，先后来过三个人，都没坐多久，就让他打发走了。他同袁之峰约好了，晚上两人扯扯事情。送走袁之峰，又来过一个人，却怎么也记不得是谁了，只隐隐想起他是哪个县的领导，就连他长得什么样儿都忘了。

"一共十万，朱书记。"刘芸点完了，将钱全部塞进纸袋里。

朱怀镜掏出烟来，慢悠悠地吸着："小刘，这钱我也不知道是从哪里来的。我想你也猜到了，肯定是谁送给我的。"

刘芸没有说话，只是紧张得呼吸急促。朱怀镜说："小刘，这钱的事，我请你保密。也请你相信我。"

刘芸点头说："我知道了，请朱书记放心。"

朱怀镜长长地叹了口气，站了起来，说："好吧小刘，你忙你的去吧。你白天应该休息吧？昨晚你可是没怎么睡啊。"

刘芸说："我是每天中午接班，第二天清早交班，上午休息。"

朱怀镜夹上提包，准备下楼去。他早餐多是在宾馆里吃，顺手将提包带上，免得再上来一趟。

"朱书记，其实您不说，我会以为是您自己的钱。"刘芸临开门时，突然回头说道。

朱怀镜笑道："说不说，都不是我的钱。"

朱怀镜吃完早餐出来，赵一普便笑着迎了上来，接过他的提包。原来赵一普早同杨冲候在餐厅外了。去办公室不远，驱车不过三四分钟就到了。赵一普替朱怀镜泡好茶，就去了自己的办公室。朱怀镜有些心神不宁，先不去想做什么事，只闭着眼睛品茶。昨晚先去看他的那三个人，他记得清清楚楚，有位县长，有位行长，还有位是企业老板。他挨个儿回忆那三个人进出的每一个细节，想不出谁有可能留下那个纸袋子。最后去的那个人到底是谁呢？好像也是县里的头头？哪个县的？书记或是县长？副书记或是副县长？那人都说了些什么？朱怀镜想破了脑袋瓜子，却连影儿都想不起了。

袁之峰来了电话，哈哈一笑，问："朱书记，你昨晚怎么样？"

"我？我昨晚差不多快没命了。你呢？"

袁之峰又是一笑，说："你酒量不错的啊，怎么会呢？我一回家就吐了，老婆伺候我一个通宵。"

朱怀镜大笑，说："之峰兄，你是不好意思把话说破吧？我说呀，昨晚我俩喝的，百分之百是假酒。"

"假酒？"袁之峰就笑得有些幽默了，"没想到朱书记那里也有假酒啊！老百姓就只好喝农药了。唉，假酒真是害死人。朱书记，你没有人照顾，太危险了哦。"

朱怀镜只道："我没事。只是把你害苦了，就怪我。"

两人说笑一会儿，就放了电话。报纸送来了，朱怀镜随意翻了翻。每天送来的报纸有十几种，他都是二三十分钟就翻完了，多半只是看看标题。今天《梅次日报》的头条新闻竟让他大吃一惊。这新闻的标题是"陆专员独闯夜总会，怒火起铁拳砸公车"：

> 昨夜十点三十分，地委副书记、行署专员陆天一路过夜夜晴夜总会，见门口停着很多公车，不禁怒气冲天。他掏出随车携带的警棍，朝这些公车奋力砸去。围观的群众拍手叫

好,都说要好好整治这些使用公车出入娱乐场所的腐败干部。

陆专员爬上一辆公车,挥舞着警棍,对群众大声疾呼:党和政府严惩腐败的决心是坚定的,不论他是谁,不论他职务多高,后台多硬,只要他敢搞腐败,我们就要把他拉下马。人群里顿时爆发出雷鸣般的掌声。望着群众那理解和支持的目光,陆专员显得更加坚毅和自信。他平常最喜欢说的一句话是:只要身后站着人民,没有什么办不好的事情。今天,他再一次坚信了这一点。

…………

朱怀镜想象陆天一挥舞警棍的样子,怎么也不是个味道。这时宋勇过来请他,说:"朱书记,缪书记说有事请你去一下。"他笑着说声就来,仍坐着不动。宋勇便点头出去了。朱怀镜拖了一会儿,才去了缪明那里。"坐吧坐吧。"缪明揉着肚子,微笑着。

朱怀镜接过宋勇递上的茶,望着缪明客套几句。他也不问什么事,只等着缪明开腔。缪明办公室总是很整齐的,桌子中间放着正在修改的文稿,一头是文件筐,一头放着一沓报纸,像是才看过的。就连笔筒里的钢笔、毛笔、铅笔、蘸水笔等,都是整齐的一把,向同一角度倾斜着。

"怀镜,同你商量个事。上次地委会上,否决了陈冬生的任命。后来组织部门又另外做了个方案,拟让陈冬生同志任畜牧水产局副局长。我想听听你的意见。"缪明说。

"组织部同我汇报过这事。陈冬生学的是畜牧水产专业,也算是学有所用吧。我个人没什么意见。"朱怀镜知道陆天一必定暗中协调了,才有这么个曲线方案。谁都是这么个心思:如果能提到个要紧岗位上当然更好,实在不能尽如人意,先上个级别也未尝不可。

缪明说："好吧，你若认为这个方案可行，下次让组织部提出来通过一下吧。"

朱怀镜点头说好。他心里明白，给陈冬生这么个位置，等于缪明和陆天一各退了一步。看来缪明也不是真的要挡住陈冬生，只是想让陆天一的意图打点折扣。缪明没别的事说了，却想同朱怀镜闲聊几句。

"住在那里习惯吗？"缪明问道，他的右手在桌上轻轻敲着，左手却闲不下来，正来回揉着肚子。

朱怀镜说："很好啊，那可是总统套房，我还没享受过这种待遇哩。"

缪明笑了，说："怀镜开玩笑，什么总统套房？梅次人自己说的。"

朱怀镜说："真的，还行。可惜有蚊子了，不然夜里开着窗户，空气太好了。"

说的都是些寡淡无味的话，朱怀镜只想赶快走了。他瞟了瞟缪明桌上的那沓报纸，见最上面那张就是《梅次日报》，载有陆天一砸车的新闻。缪明闭口不提这事，就有些意思了。

朱怀镜回到自己的办公室，仍是闭目抽烟。桌上放着文件夹，却是做样子的。那十万块钱怎么办？他还没有想出更好的主意。这时舒畅打了电话来："朱书记吗？昨天晚上想来看您，打了您房间电话，总没人接。"

"是吗？谢谢了。"朱怀镜想起昨晚他同袁之峰谈话，把电话线扯了。却也不必同她解释。"我昨晚回房间很晚了。"

"哦，是吗？我想来看看您，又总怕打搅您。"舒畅说。

朱怀镜笑道："打搅什么？你有空随时来嘛。"

"好吧。您很忙，我就不多说了。"舒畅说。

舒畅已打过好多次电话了,都说晚上想来看看他。可总因为他要开会或有应酬,她都没有来过。自从上次她带着弟弟上门后,他再也没有见过她。可是奇怪,偶尔想起她,他心里就有种说不出的感觉。

放下电话,朱怀镜又在想那钱的事。他可以马上向缪明提议,让地委几个头儿碰在一起开个会,他当着大家的面,把钱交出来。他在会上应该有个义正辞严的发言。可他如果这样做了,同陆天一在街上砸车没什么两样了。梅次人茶余饭后就必谈朱怀镜了,百姓会说他是清官,同僚会说他只是作秀。

纪委有个廉政账号,设立一年多,只在最初收到寥寥数百元,传说也是纪委自己放进去的。这可能是所有廉政账号的必然结局。贪官自然不会往账号上打钱,账号原本就是给想廉洁又怕廉洁的同志设立的秘密通道。但清官更不会往账号上打钱,因为它除了安慰自己的良心,很难证明自己的清廉。

朱怀镜在荆都财政厅当副厅长时,自然也见过这种钱,却没像这回感觉烫手。那时候,他不知水深水浅,只知道闭着眼往下跳。经历了一次挫折之后,他知道自己该往上浮了。对于这十万元人民币和以后还会无法拒绝的不同数目的人民币(或许还会有外币),他必须要交出去。但如果他还想延续自己的政治生命,还想有所作为,他还必须保证两点:一、不能让人知道他交出去了;二、在关键时刻,又必须能证明他早已经交出去了。

下班时间还没到,朱怀镜就坐不住了。他叫了赵一普和杨冲,说有事想回宾馆里去。上了车,杨冲说起了陆天一砸车的事:"到处都在议论陆专员大闹夜总会。老百姓高兴,都说梅次出了个陆青天。我们当司机的有个毛病,就是爱车。一听说陆专员砸了好多高级轿车,就心疼。他那一警棍砸下去,没有一两千块钱是修不好的。听说他昨夜一口气砸了二十多辆车,等于砸掉

41

了好几万块钱。这钱谁出？"

朱怀镜只是听着，一言不出。赵一普觉着气氛尴尬，就说："陆专员是个张飞性子。"杨冲仍是说："我只是想，这事怎么收场？"

说话间就到五号楼下了。朱怀镜独自下车，上楼去了。服务台里站着的是小周，微笑着叫道朱书记好。朱怀镜点点头，还算客气，却不说话。他开了门，却见刘芸正歪在沙发里，见了他，忙坐了起来，脸儿通红。"对不起，我没想到您……"

"没事的，没事的。要不你仍旧休息？"

朱怀镜说着就要出门。

刘芸站起来，说："那怎么行？我收拾完您的房子，有些累了，想您一时也回来不了，就眯瞪了一会儿。白天不能够在值班室休息，我住的集体宿舍白天也嘈杂……"

这时，于建阳推门进来，说："朱书记您回来啦？我……"他话没说完，突然见着刘芸，愣了一下。他抬眼望望刘芸那稍稍显乱的头发，便微笑了。"我来看看朱书记还需要什么。好好，我不打搅了。小刘，这个这个小刘，朱书记需要什么，你安排就是啊。"于建阳说完就拉上门，出去了。

刘芸很窘迫，额上立马就汗津津的了。她去洗漱间匆匆梳了下头发，低了头出来，不敢正眼望人，只说："朱书记对不起，您休息吧。"

刘芸走了，朱怀镜就在客厅来回走动。他进卧室提提皮箱，感觉一下重量，就放心了。他不停地抽烟，脑子里也是一团烟雾。到底没有想出个周全的法子，便想吃完中饭，先去银行把这钱存了。

第四章

朱怀镜的办公室在二楼。窗外是片樟树林。樟树本是成行成排整齐栽种的，可从二楼望去，却是森然如墨。因为喜欢这片樟树，朱怀镜的窗帘便总是拉开的。有各种各样的鸟在林间唧啾，只是他没有留意过。他太忙了，哪有听鸟的闲情？

这天下午还算清闲，他翻完了文件，时间还早，又没别的事，就打开电脑上网。地委和行署都是上的荆都经济网，多是些经济信息和时政新闻，做领导是必须看的，可看多了也乏味。这时秘书长周克林路过门口，微笑着望了里面一眼，见朱怀镜手握鼠标在桌上抹来抹去，就进来了，说："朱书记上网哪！"上网在梅次都还是时髦事儿，很多领导办公桌上的电脑都是和尚的笼子，没用。周克林特意进来这么说说，就有些奉承的意思了。

朱怀镜头也没抬，点击着电脑，说："克林同志，能不能还给我开通个因特网？我们这个政府经济网，毕竟有局限，很多网站都不能访问。"

周克林回道："我同保密局的同志商量一下吧。领导上网，保密局要过问的。"

43

朱怀镜这才抬起头来笑笑，说："看行不行吧，不行就算了。"

周克林说："我想没问题的。"

缪明突然来电话，说："怀镜，天一同志提议我们几个商量个事情。你过来一下，就到我办公室吧。"朱怀镜马上过去了，其他人都还没有到。缪明说的"我们几个"，就是指地委正副书记。

"什么急事，临时动议？"朱怀镜问。

"砸车的事。"缪明语气平淡。

说话间陆天一到了，气呼呼的样子。朱怀镜拿出烟来，陆天一摇摇头，掏出自己的烟。他的烟抽得冲，嫌朱怀镜的烟淡了。陆天一和朱怀镜抽着烟，缪明从容地揉着肚子。谁也不说话。李龙标马上也到了，他是管政法的副书记，却总是满面春风的样子，不见一丝煞气。宋勇早过来了，给各位领导倒了茶，仍旧出去了。缪明叫住宋勇，说："你叫周秘书长来一下吧。"周克林马上就到了，便开始开会。缪明说："天一同志，你先讲讲吧。"

陆天一将烟屁股往烟灰缸里使劲一拧，说："关于我砸车的事，不知同志们是否也听到了种种议论。我听到了，很让我生气。我向各位领导同志汇报我的想法。不是我陆天一缺乏雅量，而是这说明一个问题。那就是说，在梅次，一定程度上，正不压邪，或者说是邪气上升，正气受到压制。我是眼睛里容不得沙子的，只要看见少数人公车私用，包括公车迎亲，用公车上高档娱乐场所，我就气得七窍冒火。结果呢？我砸了车，群众是拍手叫好，有的干部却说我是土匪，说我假正经。好吧，我就匪给你们看看。我提议，追查那天晚上使用公车的当事人。我当时就请交警部门的人来了，当场记下了车牌号，一个也跑不了。我的具体意见是两条：一是车辆维修费由当事人负责；二是给予当事人一定的行政处分,县处以下干部由单位自己处理,县处以上干部交地委处理。我就是这个意思,地委定吧。"

陆天一说完,谁也不看,只望着窗外,脸黑着。平时开会,发言自然而然形成了顺序,通常是缪明提出议题,陆天一紧跟着发言,次者朱怀镜,再次李龙标。朱怀镜今天不想马上发表自己的意见,只埋头吸烟。缪明就提醒道:"怀镜同志、龙标同志,你们谈谈吧。"

朱怀镜只得说了:"公车私用,特别是开着单位的车,去高档场所吃喝玩乐,影响极坏,这股歪风一定要刹刹。这次的事具体怎么处理,我同意天一同志的意见,缪书记最后定。但是,要从根本上解决这个问题,就得有治本之策,比方说,改革用车制度。不然,今天强调一下,紧张一阵,过后又是老样子。"他的这番话,听上去是赞同陆天一的意见,其实是不以为然。

李龙标说:"天一同志的意见很好,怀镜同志也发表了自己的看法,我都同意。群众对少数干部的作风很有意见,应该引起我们的高度重视。不能把公车私用当做小事,特别是开着公家的车出入夜总会,太不像话了。"

周克林也得发表意见,又只能说别人说过的话。秘书长被当做参谋长,得是很有点子的样子,却又不能太有主见。下级太有主见了,上级会很不舒服的。大家都说了,程序就很民主了。缪明最后拍板,说:"各位的意见都很好,我原则同意。第一,修车费由用车当事人负责;第二,严肃处理有关当事人,县处以下干部由各单位处理,县处以上干部由地委处理;第三,责成地委办、行署办研究用车制度改革办法。怀镜同志的意见,我深有同感,纪律固然重要,但治本之策还是要有制度保证。"

散会后,周克林专门跑到朱怀镜办公室,请示道:"朱书记,缪书记要我专门向您汇报,请示您对用车制度改革的意见。"

朱怀镜笑道:"我也没有什么很成熟的具体意见,只是感觉光靠强调纪律,或者处理几个人,是解决不了问题的。具体怎么办,你们研究吧。外地也有改革的先例,看看有没有成功的经验?"他只能说到这个份上,不能说得太透了。谁都清楚,公车私用可谓中国特色,解决起来太棘手了。说是归说,只怕是没有办法改革的。

"天一同志,嘿嘿,太有性格了。"周克林突然如此说道。

朱怀镜望着他笑笑,说:"是吗?"

周克林捉摸着朱怀镜的心思,试探着说:"天一同志有时就是急了些。一急,就不注意方法了。公车私用,很多情况下是说不清的。"

朱怀镜笑道:"天一同志给纪委出了难题,也给组织部出了难题。按干部管理条例,这够不上什么,怎么个处理法?不处理,天一同志面子上过不去。"

两人都说得含蓄,其实私下都认为陆天一太鲁莽了。周克林看样子有很多话想说,却只得遮遮掩掩。朱怀镜并不愿意同周克林一起说三道四,他的话就适可而止了。要不然,只要他稍加点拨,周克林就会说出很多不堪的话来。陆天一的风头的确也出得太离谱了,很多人会说他的闲话的。

下班后,朱怀镜回掉了几个应酬,自己跑到宾馆去吃便餐。于建阳见了,吆三喝四的,要服务员加菜。朱怀镜黑了脸说:"小于,我说你,你就是不听。我一个人能吃多少?别浪费了。"

于建阳只顾自己笑,说:"朱书记,我老是挨您批评。好吧好吧,就加一个菜。"

朱怀镜也不想再同他啰唆,便点头笑笑,埋头吃饭。吃完后,于建阳忙端了碟水果过来。朱怀镜没说什么,拿牙签挑了片哈密瓜,边吃边往外走。他怕于建阳又跟着去房间,就说:"小于,你忙去吧。"于建阳略作迟疑,只好站在那里了。

刘芸正站在服务台里吃饭,见了朱怀镜,忙放下碗,说:"朱书记您好。"说着就跑到前面去开门。朱怀镜说:"小刘你别麻烦了,你吃饭吧,我自己开就行了。"刘芸回头笑笑,说:"没关系的。"开了门,刘芸也进去了,替他倒了杯茶。朱怀镜连声道谢,叫刘芸快去吃饭。刘芸嗯了声,就往外走。朱怀镜又叫了她:"小刘,你没事就把饭端这里来吃嘛,站着吃不难受?"刘芸将门拉开一半,说:"习惯了,没事的。"

朱怀镜自从那晚醉酒之后,总觉得自己同刘芸亲近起来。刘芸自是客气,却也不像起初那么拘谨和羞涩。每次朱怀镜回来,她都会进来为他倒茶,有时还接了他的包。洗衣房送来的衣服,她会把它拿出来,重新叠一次,整整齐齐放在他枕头边。依宾馆的服务规范,洗好的衣服是放在写字台上的。头一次在枕边看见了自己的衣服,朱怀镜内心说不出的温馨。

朱怀镜刚准备去洗漱一下,忽听得门铃响。开门一看,没想到是刘芸,端着饭碗,站在那里笑。"快进来坐吧。"朱怀镜说。刘芸进来了,坐下笑道:"我这样子,于经理见了,起码扣一周奖金。"朱怀镜像逗小孩似的,说:"小刘你别信于建阳的。对外面客人才讲究这些规矩,我们是自家人,哪管那么多。"

刘芸很安静地坐着,顺手拿了茶几上的一本杂志翻着,埋头吃饭。朱怀镜打开电视,看《新闻联播》。"饭早凉了吧?"朱怀镜问。刘芸抬头笑笑,说:"这饭吃了一个多小时了。没事的,又不是冬天。"朱怀镜说:"我要向于建阳提个建议,改革一下你们的作息安排,不然饭都吃不安稳。"刘芸听了不说话,只是笑着。其实朱怀镜也只是说说,他哪能去过问宾馆服务员吃饭的事?

《新闻联播》完了,刘芸饭也早吃完了。她也没了顾忌,去洗漱间洗了碗，出来说："朱书记您休息吧，我去了，有事您就叫我。"她说走又没有马上走，站在那里望着电视微笑。一对恋人漫步在银色海滩，彼此凝望，含情脉脉。场景切换成林荫道，男人遥望天际，目光悠远；女人仰视着男人，秋水望穿。脚下的水泥路幻化成萋萋芳草，恋人席地而坐。女人说，我真幸福。男人说，可我总觉得缺少些什么。女人生气了，噘着嘴说，我就知道你总忘不了她。男人说，不是我有意的，但只要乍晴乍寒，我的思念就油然而生。这时，画面上飞出一贴膏药：双龙风痛贴。随之响起的是雄浑的男中音：乍暖还寒的时候，有人想着您；夜半更深时候，有人念着您。双龙风痛贴，您永远的思念。天有风云变幻，人有双龙贴膏。刘芸顿时乐了，笑弯了腰。

　　刘芸走了，朱怀镜便靠在沙发里闭目养神。可他没坐多久，就有人上门来了。有的先打了电话，有的连招呼也没打一个。有的人找他真是有事，有的人转弯抹角编着个事儿来，也有的人进门打个哈哈就算了。他心里有些烦，可也没办法。他不能将别人拒之门外，又没地方可躲。他原本很讨厌晚上开会的，可现在竟巴不得晚上开会了。基层同上面不同，老是晚上开会。但也不可能每天晚上都开会，他就只好待在宾馆里，等待令他头大的应酬。

　　于建阳没多久就来了。他几乎每天晚上都会来坐坐的，问的都是几句老话，无非是需要这个吗、需要那个吗，朱怀镜总是说道很好很好。在场的人越多，于建阳就越活跃，似乎他在朱怀镜面前很得宠似的。于建阳每次进来，问问朱怀镜还需要什么之后，就会打个电话，让刘芸送些水果来。其实他只要吩咐下面每天配送水果就行了，却硬要每天临时打电话叫，显示他的殷勤。于建阳越是事事躬亲，处处周到，越不像个宾馆老总，充其量只像个嘴巴太多的餐饮部主管。他在朱怀镜眼里的分量就一天天轻起来。有时朱怀镜实在烦了，也会说上几句。可他越是骂人，于建阳越是觉得他亲切。

不知是谁把话题扯到陆天一砸车的事上来了。朱怀镜不好说什么，就让他们说去。他们好像是随意说着，却总在琢磨他的态度，意思就变来变去。

"陆专员真是疾恶如仇，见不得这种事。"

"是啊，前几年，有回他到下面检查工作，菜弄多了，他就是不肯端碗吃饭。"

"那也未必，现在不论十碗八碗，他不一样坐下来同大家喝酒？"

"吃几顿饭，到底是小事，何必那么认真？"

"陆专员就是太认真了。谁不用公家的车？用车嘛，有时候公事私事说不清的。"

"嘿嘿，陆专员，真有意思。"

正闲扯着，舒畅来了电话："朱书记吗？我想来看看您，方便吗？"

"没什么，欢迎欢迎。"朱怀镜说。

舒畅停顿一下，迟疑道："您那里还是有很多人吧？"

朱怀镜说："没关系，你来就是了。"

舒畅说："那就改天吧，我怕影响你们谈工作。"

朱怀镜说："没事的，我们也不是谈工作，聊天。"

舒畅说："我怕您不方便。"

朱怀镜说："那好吧。你随时过来就是了。"

那些聊天的人听他接完电话，都站了起来，说不早了，朱书记休息吧。他也不再客套，请各位好走。于建阳却有意挨到后面，好像他同朱怀镜关系就是不一般。朱怀镜只得说："小于，你也休息了吧。忙了一天，够辛苦的了。"

49

于建阳却没有马上走，说："哪里啊，您朱书记才辛苦。"

朱怀镜忍不住打了哈欠。于建阳居然还不走，找了话说："朱书记，下面对您反映很好，说您平易近人。您的威信很高啊。"

朱怀镜暗自冷冷发笑，心想只有最不会拍马屁的人才会这样说话。不过他来梅次也有些时日了，很想知道自己是个什么口碑。像他这种身份，最安全的是中性形象。说他好话的人太多了，未必就是好事。当然老让人说坏话，也是不行的。可他不指望从于建阳嘴里知道什么真实情况。他不能信任这个人。于建阳见他始终没什么反应，才很不甘心似的，道了晚安，拉上门出去了。

看看时间，才十一点多。时间还早，就拿了本书来看。刚才闹哄哄的，那些人一走，朱怀镜马上就静下来了。在这无聊的迎来送往中，他变得越来越没脾气了。这种应酬的确很能磨炼人的耐性的。凡是头一次上门来的，多不会空着手。他们若只是提些烟酒来，他也不会太推托，说几句也就收下了。也有送钱的，就不太好办。当面把钱拿出来的，他就好言相劝，退回去，也不让别人面子上挂不住。有的人把钱偷偷留下，他又觉得不好办的，就把钱暂时存着。他仍是没有找到个好办法处理这些钱。不到一个月，梅次真有脸面的或自以为有脸面的人，差不多都到朱怀镜房间坐过一晚或几晚了。他们在外面提起朱怀镜，都会说，朱书记是个好人。今天还算好，没有人送这送那的。

朱怀镜看了一会儿书，突然心里空空的。兴许是刚才接了舒畅电话的缘故。他还没有同舒畅见过第二面，可她的面容在他的脑子里却越来越清晰了。似乎也没了头次见面时的那种莫名其妙的张皇，有时又觉得早就同她很熟识似的。还真想叫舒畅来说说话了，却又不便打她的电话，太唐突了。再想想，他这会儿的心念完全没来由，毕竟只同她见过一面。

朱怀镜突然就像掉了什么东西似的，在房间里一边走着，一边上上下下摸着口袋，好一会儿，才想起没有洗澡，便进了浴室。脱了衣服，才想起换洗的衣服没拿。便想反正一个人，洗完澡再出去换衣服算了。

他开了水，闭上眼睛，站在莲蓬头下痛痛快快地冲。他不习惯用香皂，喜欢清水洗澡。今天心里总觉得梗着什么，就一任清水哗哗地冲着。眼睛闭着，脑子就更清晰了。这会儿塞满脑海的竟是舒畅。也许寂寞的男人容易夸张女人的韵味吧，舒畅在他的想象中越来越风致了。

突然又想起梅玉琴，他忙睁开了眼睛。浴室的灯光并不太强，却格外炫目。朱怀镜像是一下子清醒了，摇头默默说着不不不！

他一边擦着身子，一边出了浴室。还没来得及穿衣服，电话铃响了。他想这么晚了，肯定是香妹来的电话，胸口一紧，却不得不拿起话筒。

没想到还是舒畅。"朱书记，您休息了吧？"

"没有，刚洗完澡。"朱怀镜躺在床上，身上的水珠还没有擦干净。

"您也太忙了，晚上也闲不下来。"舒畅的语气很体贴。

朱怀镜说："也不忙。晚上总有人来坐，有时是谈工作，有时只是闲聊。"

舒畅就说："这些人也真是的。工作可以白天谈嘛，何必要打扰您休息？没事找您闲聊就更不应该了，他们有闲工夫，您哪有闲？"

朱怀镜叹道："都像你这样知道关心我就好了。"这话是不经意间说的，可一说，他的胸口就怦怦跳了。

51

舒畅显然也感觉到什么了，静了一会儿，却传过来压抑着的粗重的呼吸声。"我老想着来看看您，就是怕您不方便。我想您一定是不懂得照顾自己的。我想过请您到家里来吃顿饭，怕您不肯。"舒畅越说声音越温柔了。

朱怀镜有意开玩笑，说："你又没请我，怎么就知道我不肯去？"

舒畅笑道："那好，哪天我请您，可不许推托啊。我做不好山珍海味，可我的家常菜还是拿得出手的。"

朱怀镜朗声笑道："舒畅啊，我跟你说，我馋的就是家常菜。"

"那好，我一定做几道拿手的家常菜，让您好好解解馋。"舒畅说。

朱怀镜忙说："我可就等着你替我解馋了啊！"

舒畅应道："好。我可得好好策划一下，这可是一件大事啊。"

朱怀镜笑了起来，说："这是什么大事？用得上策划这么严重的词语？"

"毛主席早就说过，吃饭是第一件大事。何况是请您吃饭呢。"舒畅语气有些顽皮。

朱怀镜说："吃饭事小，解馋事大。我很久没吃过家常菜了，这会儿都咽口水了。"

舒畅说："我一定让您满意。哦哦，太晚了，您休息吧。"

朱怀镜早没了睡意，却也只好说："你也该休息了。好吧，我可等着你请我啊！"

朱怀镜睡在床上，免不了有些胡思乱想。他毕竟已是很长时间过得不像一个男人了。不知什么时候，朱怀镜才在想入非非中睡去。本是想着舒畅，却见梅玉琴笑吟吟地站在他床前。朱怀镜心头一喜，刚想张嘴叫她，就醒了过来。恍惚间虚实莫辨，心脏在喉咙口跳。

这时,电话尖厉地响起,惊得他几乎弹了起来。他想这回一定是香妹了。一接,方知是宣传部副部长杨知春打来的。"朱书记,这么晚打扰您,实在对不起。有件紧急事情需要请示您。"

他心里有火,也只得压住,问:"什么事?"

杨知春说:"《荆都日报》的一位记者,带了个三陪女在梅园三号楼过夜,被派出所干警抓了。这位记者是来我们梅次专门采访投资环境的,是我们宣传部请来的客人。我已同公安部门联系过了,请他们考虑特殊情况,通融一下算了。可公安态度强硬。没办法,我只好请示您了。"

朱怀镜睡意顿消,坐了起来,嚷道:"派出所是吃饱了撑的!跑到梅园来抓人来了!"嚷了几句,才说,"这事你请示李书记嘛!公安要他说话才算数啊!"

杨知春说:"李书记上荆都看病去了,联系不上。"据说李龙标患上了喉癌,好几家大医院确诊过了。病情他自己也知道了,就是不愿意相信。

朱怀镜又说:"成部长呢?"成部长就是宣传部长成大业。

杨知春说:"成部长也不在家。"

朱怀镜沉吟片刻,明白杨知春不便将这事捅到缪明和陆天一那里去,只好说:"好吧,我马上给公安处吴处长打电话。"

朱怀镜掏出电话号码簿,翻了半天,才找到公安处长吴桂生的电话。拨了号,半天没人接。好不容易有人接了,却是一个女人,极不耐烦,说:"这么晚了,谁发神经了?"

朱怀镜只好宽厚地笑笑,说:"我是朱怀镜,找老吴有急事。"

听这女人的反应,仍是没听清是谁。果然吴桂生接了电话,不大耐烦,半梦半醒,冷冷问道:"谁呀?"

"是我，朱怀镜。"朱怀镜平静地说道。吴桂生似乎马上惊醒了，声音一下子清晰起来："啊哦哦哦！朱书记？这么晚了您还没休息？有什么指示？"

朱怀镜说："《荆都日报》有位记者，被你公安抓了，你知道吗？"他故意不提事情原委，免得尴尬。他需要的只是放人，别的不必在乎。

吴桂生说："梅阿市公安局的马局长向我报告了，地委宣传部杨副部长也给我打了电话。我态度很坚决，要马局长做牛街路派出所的工作，要他们无条件放人。可是那位记者天大的脾气，非让抓他的两位干警当面向他道歉不可。我那两位干警死也不肯道歉，这就僵着了。"看来吴桂生也明白事情不好敞开了说，只字不提细节。

朱怀镜说："那两位干警的事今后再说。现在麻烦你同马局长一起，亲自去一趟派出所，向记者道个歉，送他回梅园休息。"

"这个……"吴桂生显得有些为难。

朱怀镜说："桂生同志，只好辛苦你亲自跑一趟了。你就高姿态一点儿吧！"

吴桂生只得答应去一趟。朱怀镜说："那我等你电话。"

吴桂生说："太晚了，朱书记您安心休息，我保证一定按您的指示把事情办好。"

"那好，就拜托你了。"朱怀镜放下电话。这些记者也真他妈的浑蛋！朱怀镜躺了下去，愤愤地想。

第二天一早，朱怀镜刚出门，就接到吴桂生的电话，说是事情办妥了。朱怀镜边接电话边下楼，见赵一普已站在小车边微笑着等候他了。赵一普替他开了车门，他坐了进去，才挂了手机。

赵一普听出是什么事了，便说："最近，牛街派出所老是找梅园的麻烦。"

朱怀镜听了，很是生气，说："他们吃饱了没事干？专门找地委宾馆的麻烦？"

赵一普说："这种事发生多次了，只是这次抓着的是记者，才惊动了您。听说，是梅园的总经理于建阳同牛街派出所关所长关系搞僵了，才弄成这种局面。"

朱怀镜问："真是这样？怎么能因为他们个人之间的恩怨，就影响梅次地区的投资环境呢？"朱怀镜自然明白，这种事情也往投资环境上去扯，很牵强的。可如今的道理是，荒谬逻辑一旦通行了，反而是谁不承认谁荒谬。

赵一普支吾起来，后悔自己多嘴，可一旦说了，就不便再遮遮掩掩。他便让自己的支吾听上去像是斟词酌句，说："我也是听说的。说是牛街派出所过去同梅园关系都很好，从来不找这边麻烦。最近派出所关所长想在梅园开个房，于总说不方便，没有同意。关系就这么僵了。当天晚上，就在四号楼抓了几个赌博的。后来又抓过几次人，有赌博的，有带小姐进来睡觉的。每次都连同梅园一起处罚，罚金都是万字号的。梅园当然不会交一分钱给派出所，但关系彻底弄僵了。据说关所长还扬言要传唤于建阳。"

朱怀镜还没来得及说什么，车已开到了办公楼下了。进来办公室，朱怀镜阴着脸说："小赵，你叫于建阳来一下。"

赵一普点头说声好，心里却隐隐紧张，知道自己说不定就为朱书记添麻烦了。他拿过朱怀镜的茶杯，先用开水冲洗了，再倒了茶。他每次替朱怀镜冲洗茶杯，都尽量久烫一些。他懂得这些细节最能表现出忠心耿耿的样子。今天他内心不安，冲茶杯的时间就更长了。很多领导并不会怪你知情不报，却很讨厌你什么事都在他面前说。不知道就等于平安无事，知道了就得过问。而很多棘手的事情总是不那么好过问的。

赵一普双手捧着茶杯,小心放在朱怀镜桌子上,这才去自己的办公室拨通了电话。于建阳听说朱书记找他,不免有些紧张,忙问是什么事。赵一普不便多说,只说:"可能是想了解一下昨天晚上《荆都日报》记者的事吧。"于建阳问:"朱书记是个什么意见?"

赵一普说:"朱书记态度鲜明,认为派出所的做法不对。"

于建阳心里有了底,语气就缓过来了,提高了嗓门:"关云那小子就是混账,仗着身后有人,忘乎所以。"

这可是赵一普没有想到的,心里更发毛了,却又只好故作轻松,随便问道:"他有什么后台?"

"不就是向延平的侄女婿嘛,有什么了不起的?好好,我马上过来。"于建阳说道。

赵一普惊得只知"哦哦",放下电话。他这下明白,自己真的给朱书记添麻烦了。要不要告诉朱书记?如果朱怀镜知道这层关系了,仍是揪着不放,就是同向延平过不去;若不再过问了,又显得没有魄力了。反正因为自己多嘴,让朱怀镜陷入尴尬了。赵一普左右权衡,心想还是装蒜得了,免得自己难堪。于建阳要是同朱书记说什么,那是他的事。赵一普盯着门口,见于建阳从门口闪过,忙追了出来,走在前面,领他去了朱怀镜办公室。

"朱书记,您好!"于建阳谦卑地躬了下腰。

"坐吧。"朱怀镜目光从案头文件上抬起来。

赵一普替于建阳倒了杯茶,准备告退。朱怀镜却招招手,让他也留下。赵一普只好坐了下来,心里直发慌。

朱怀镜望着于建阳,微笑着,客气几句,就切入正题:"昨天晚上的事……你说说情况吧。"

于建阳仍是紧张,使劲咽了下口水,说:"朱书记,梅园宾馆现在面临前所未有的恶劣环境。派出所三天两头上门找碴,可我们那里发生治安案件他们又不受理。我本想自己把这事摆平，不惊动地委领导。今天朱书记亲自过问，我只好敞开汇报了。矛盾的症结，在牛街派出所所长关云那里。关云自从去年三月调到这里当所长以后，我们关系基本上处得不错。他常带人来就餐，我都很关照，一般情况下都是免单的。说实话，这人太不知趣，来得太密了，次数也太多了。我有些看法，他也许也感觉到了。但这些人在外吃惯了，才不在乎别人的态度。矛盾公开激化是在最近。他提出想在梅园五号楼要套房子，平时来休息。梅园五号楼是专门用来接待上级首长的，是我们那里的总统套房，他关云算什么？我想这未免太离谱了，婉言推辞了。麻烦就来了，当天晚上，五号楼一楼有客人玩麻将，就被派出所抓了。客人正好是到我区进行投资考察的新加坡客商，弄得影响很不好。"

朱怀镜一听，气愤地敲着桌子："简直混账！这事你怎么不向地委汇报？"

于建阳摇摇头说："这事惊动了李龙标同志。龙标同志过问了这事，事后还亲自看望了新加坡客人。但是，问题没有从根本上解决。龙标同志可能也有顾虑。"

"你这话是什么意思？"朱怀镜问。

于建阳叹道："关云若不是仗着自己有后台，怎么敢这么做？"

朱怀镜心里微微一震，却不得不追问下去，语气是满不在乎的，又像是讥讽："后台？他有什么后台？你说说看！"

于建阳支吾半天，只好说："他是向延平同志的侄女婿。"

朱怀镜马上接过话头："难道向延平同志会支持关云这样做？扯淡！"

赵一普立即附和道："对对，向主任根本不可能知道这些事。"他这么一说，似乎绷得紧紧的情绪就缓和些了。

朱怀镜接着说:"建阳同志,你说延平同志是关云的后台,这种说法不对。不明真相的人听了这话,还真会以为延平同志支持关云乱来哩。不能说谁是哪位领导的亲戚,领导就是谁的后台。我们什么时候都不能为地委领导添麻烦啊!"

于建阳忙说:"是是,我的说法是不对。我的意思,只是想说明他们的特殊关系。"

朱怀镜说:"谁都会有各种社会关系,这不奇怪。我们不能因为谁是领导的什么人,谁做了什么就同领导有某种关系。好吧,情况我清楚了,我准备向缪书记说说这事,要彻底解决这个问题。这样吧,晚上我出面宴请那位《荆都日报》记者,你安排一下。"

于建阳一走,朱怀镜便交代赵一普:"你具体落实一下。"

朱怀镜没有明说落实什么,赵一普却意会到了,就是让他了解一下那位记者今天的安排,敲定晚上宴请的事。领导宴请特别尊贵的客人,时间得由客人来定,至少要征求客人意见;而宴请此类记者,领导自己定时间就行了。毕竟,领导宴请记者,看上去客气,有时甚至恭敬,其实是给记者赏脸。记者们当然有面子上谦虚的,有样子很张扬的,有牛皮喧天的,但骨子里多半是受宠若惊的。场面上吹牛,谁只要提起某地某领导,在场的记者准会马上插嘴,说,对对,知道,他请我吃过饭哩。

赵一普打了一连串电话,知道这位记者叫崔力,据说是《荆都日报》的名牌记者,获过全国新闻大奖。此君最大的癖好就是在新华社内参上给下面捅娄子,各级领导都怕他多事,总奉他为上宾。本来晚餐杨知春要请的,听说晚上朱书记要亲自请,他就改在中午请算了。杨知春在电话里很客气,感谢朱书记对宣传工作的支持。他请赵一普一定把他这个意思转达给朱书记。

最后赵一普拨通了崔力的电话:"崔记者吗?我是朱书记朱

怀镜同志的秘书小赵，赵一普。朱书记晚上想宴请你，你没有别的安排吧？"

赵一普听得出，崔力很是感激，却有意表现得平淡："哎呀，今天晚上只怕不行呀，杨部长今天一大早就同我约了。"

赵一普说："我已同杨部长汇报了，他说晚上就着朱书记的时间，朱书记请，他就安排中午请你。你说行吗？"

崔力故作沉吟，说："那就这样吧。我说，你们地委领导太客气了。他们这么忙，没必要啊。"

赵一普客气道："哪里啊！朱书记说，你一向很支持我们地区的工作，再忙也要陪你吃餐饭。崔记者，在梅次有什么事要我效劳的，你只管吩咐，我一定尽力去办。"

崔力说："不客气，不客气。以后多联系吧赵秘书。"

赵一普立即跑去朱怀镜办公室，报告说："朱书记，联系好了。这位记者叫崔力……"

"就是崔力？"朱怀镜说道。

"朱书记认识他？"

朱怀镜淡然一笑，说："听说过，是个人物吧。"

荡漾在朱怀镜脸上的是介于冷笑和微笑之间的笑，叫人不好捉摸。但只凭直觉，赵一普也可想见，朱书记对这位崔记者并不怎么以为然。仅仅因为嫖娼被抓了，就身价百倍了？天下哪有这般道理？可崔力又的确因为嫖娼被抓了，地委副书记和宣传部领导都争着要宴请他。

赵一普见朱怀镜没事吩咐了，就准备回自己办公室。他在转身那一瞬，忍不住无声而笑。可他脸上的笑容还没有尽情释放，朱怀镜在背后发话了："小赵，我去缪书记那里。"赵一普飞快地把脸部表情收拾正常了，回头应道："好的好的。"

朱怀镜敲了缪明办公室，听得里面喊请进，便推开门。见政

59

研室主任邵运宏正在里面,朱怀镜笑着说:"哦哦,打搅了,我过会儿再来。"

缪明马上招手:"怀镜同志,我们谈完了。进来进来。"邵运宏便站起来,叫声朱书记,点头笑笑,出去了。

缪明桌上又放着一沓文稿,不知是讲话稿,还是他自己的署名文章。依然是大大的废字符号,将整页文字都毙掉了,四旁是密密麻麻的文字。早听说邵运宏的文字功夫不错,却也伺候不了缪明。心想缪明哪有这么多工夫修改文章?更要命的是邵运宏他们写的文章,到了缪明手里,就不是修改,而是重写了。缪明摩挲下腹的动作那么悠游自在,显然多的是闲工夫。

朱怀镜在缪明斜对面的沙发上坐下来,先将自己分管的几项工作汇报了,再随便说到牛街派出所同梅园的纠纷,又把崔力被抓一事详细说了。

缪明听了,摇头晃脑好一阵子,叹道:"这些记者,也太不自重了。"

朱怀镜点头说:"的确不像话。但问题不是一个记者怎么样,我们不能听凭派出所三天两头到地委行署的宾馆去抓人,弄得人心惶惶。真的这样下去,外面客人就视梅次为畏途了。说到底,这是投资环境啊。"

缪明说:"我给吴桂生同志打个招呼,要他向下面同志强调一下吧。"

朱怀镜说:"应该有个治本之策。我建议,以地委办、行署办的名义发个文件,就公安部门去宾馆检查治安作出规定,限制一下他们。鉴于这项工作牵涉到执法问题,为慎重起见,我建议地委集体研究一下。"

缪明点着头,这个这个了片刻,说:"行,下次会议提出来。是不是这样,我同龙标同志说说,请你和龙标同志牵头,地委办、行署办和政法委抽人，先研究个稿子，到时候提交会议讨论？"

"这个我就不参加了吧！这是龙标同志管的事，我不便插手啊。"朱怀镜语气像是开玩笑，心里却是哭笑不得。心想缪明怎么回事，他自己总沉溺在文字里面也就算了，还要把整个地委班子都捆在秘书工作上不成？起草一个文件，只需将有关的地委副秘书长叫来，吩咐几句，再让下面人去弄就行了。缪明倒好，居然要两位地委副书记亲自上阵。

缪明却只当朱怀镜在谦虚，说："哪里，都是地委工作嘛！好吧，你也忙，就不参加草稿研究吧。不过这事你要多想想啊，你的点子多。唉，这些记者，太不像话了！"

朱怀镜再聊几句，就想告辞了。缪明却站了起来，离开办公桌，慢慢走了过来，同他并肩坐在沙发里。看样子缪明还有话说。可他半天又不说，只是一手敲着沙发，一手揉着肚子。朱怀镜又想起缪明的所谓涵养了。似乎他的涵养，就是不多说话，多哼哼几声，多打几个哈哈，不停地揉肚子。

的确看不出缪明要说什么，朱怀镜也不想无话找话，憋得难受，就起身告辞了。在走廊里低头走着，他再一次佩服缪明内心的定力。像刚才那样，两个人坐在沙发里，一言不发，他心里憋得慌，而缪明却悠游自在。天知道这人真的是道行深厚，还是个哑蚊子！这时，朱怀镜无意间瞟了眼门口，正好邵运宏从这里走过。朱怀镜便点头笑笑。他一笑，邵运宏定了一脚，就进来了，说："朱书记您好。"

朱怀镜合上手中的文件夹，身子往后一靠，说："小邵坐吧。"

邵运宏坐下来，有些拘谨，一时不知说什么才好，只是笑着。他是见朱怀镜望着他笑了，仓促间进来的，事先没有酝酿好

61

台词。朱怀镜随意道:"小邵,梅次的大秀才啊!"

邵运宏摇头苦笑道:"真是秀才,生锈的锈,废材料的材。缪书记水平高,要求也高,我是一个字也写不出了,感觉就像脑子生了锈。"

"是啊,缪书记是荆都一支笔,有公论的。"朱怀镜说。

邵运宏半开玩笑说:"朱书记,我在这个岗位上很不适应了,得招贤纳士才是。请你关心关心我,给我换个地方吧。"

朱怀镜笑道:"小邵你别这么说啊,你们政研室是缪书记亲自抓的,你是他的近臣,我哪有权力动你?"

邵运宏只好说:"是啊,缪书记、朱书记对我和我们政研室都很关心。"

邵运宏本来就是进来摆龙门阵的,不能老坐在这里,说上几句就道了打搅,点头出去了。朱怀镜自己也是文字工作出身,很能体谅秘书工作的苦衷。邵运宏嘴上只好说缪书记很关心,实则只怕是一肚子娘骂不出。

第五章

朱怀镜在梅园餐厅里吃过中饭,刚回到房间,手机就响了。刘芸正给他倒茶,听得手机里传出女人的声音,她便低头出去了。原来是舒畅打来的电话:"朱书记,吃中饭了吗?"

"吃了吃了。你吃了吗?"朱怀镜放下中文包,靠在沙发里。

"朱书记,宾馆饭菜怎么样?"舒畅说。

朱怀镜笑道:"宾馆里的菜,哪里都一样,真是吃腻了。好在我的胃很粗糙,什么都能吃。怎么?今天请我吃晚饭?"

舒畅一笑,说:"我说得好好策划的。我准备好了再请您。"

朱怀镜笑道:"别弄得这么隆重啊。"舒畅说:"你是谁嘛,不隆重怎么行?朱书记,您一个人在这里,说不定缺这个少那个的,您得跟我说啊。对了,您的衣服自己洗?让我给您洗洗衣服吧。"

朱怀镜说:"不给你添麻烦了。我什么事都做过的,洗衣服不在话下。"

舒畅说:"你们男人,衣服哪洗得干净?还是我来替您洗吧。"

"真的用不着，舒畅。我的衣服都是交给宾馆洗的，很方便。"朱怀镜觉得话似乎太生硬了，又补上一句玩笑话，"舒畅，你放心，保证下次你见到我的时候，不让你闻到我身上有什么怪味。"

"我今天晚上还是过来看看您，看您缺什么少什么。"舒畅说得很平静。

朱怀镜听了，竟微觉慌乱："你……你来吧。"

"那您好好休息吧，不打搅您了。"听上去舒畅很是愉快。

朱怀镜放下电话，几乎可以听见自己的心跳。静了静，忽又觉得自己可笑。这个中午他睡得很不安稳。

下午他没有出去，在办公室看了一会儿文件，然后上网。开通了因特网，有意思多了。还是职业习惯，他访问别的网站，照样喜欢看经济和时政类新闻。他整个下午都是在磨洋工，只想快点儿下班，巴不得一眨眼就到晚上了。他很吃惊自己几乎有些少年心性了，心想这样还是不好吧。

赵一普终于过来提醒他："朱书记，就去梅园吗？"

朱怀镜刚才一直想着别的事，竟一时忘了，说："哦哦，对对。你同杨师傅在下面等着吧，我就下来。"赵一普下楼去了，朱怀镜轻轻把门掩上，想再待一会儿。他不想去得太早了，一个记者，就让他等等吧。他推开窗户，微风掠过樟树林，扑面而来，有股淡淡的清香。临窗枝头，两只叫不上名的鸟儿，正交颈接项，关关而鸣。他甚至不情愿去应酬什么记者了，就让小赵敷衍一下算了。毕竟又不能这么小孩子气，过了十来分钟，他只得提上包，下楼去了。

赵一普忙迎上来，接过他的公文包，小心跟在后面走了几步，马上又快步走到前面去，拉开车门。他慢慢坐了进去，赵一普轻轻带上车门，然后自己飞快地钻进车里，好像生怕耽误了领导的宝贵时间。

杨知春和于建阳等几位,已陪同崔力坐在包厢里了。"对不起,让你们久等了。"朱怀镜伸出手来。

大伙儿全都站了起来,笑眯眯地望着他。杨知春一边说着朱书记太忙了,一边将朱怀镜伸过来的手引向一位戴眼镜的中年男子,介绍说:"这位是崔记者。"

"你好你好,辛苦了,崔记者。"朱怀镜同崔力握了手,示意大家就座。赵一普过来掌着椅子,伺候他坐下。坐下后,他谁也不看,只接过小姐递来的热毛巾,慢条斯理地揩脸、擦手。他的所有动作都慢,几乎慢得让望着他的人免不了屏住呼吸,甚至紧张兮兮。他自然知道全场人都望着他,也知道崔力正在朝他微笑,想接过他的眼风,说几句客气话。朱怀镜用完热毛巾,眼看着崔力要开口了,却故意不看他,只是斜过身子,对杨知春说:"崔记者在梅次的采访调查工作,你们宣传部要全力配合啊!"

不等杨知春表态,崔力马上说了:"杨部长很支持我的工作,这几天一直派人陪着我。只是惊动朱书记,不好意思。朱书记,我久仰你的大名啊。"

朱怀镜很不喜欢听别人说什么久仰大名,这总让他想起在荆都的那些不开心的日子,又好像那些不愉快的事谁都知道似的。这时,小姐过来,问于建阳可不可以上菜了。于建阳便请示朱怀镜,可不可以上菜了。朱怀镜点头说,上吧上吧。又有小姐过来问于建阳要什么酒水。于建阳又请示朱怀镜。朱怀镜说,低度五粮液吧。按说要征求客人意见的,朱怀镜也不问崔力了。

崔力无话找话,说:"朱书记海量吧!"

"哪里,我不会喝酒。陪好你,要靠同志们共同努力了。"朱怀镜不等崔力的客气话说出来,立即转移了话题,"你们报社的几个老总,我都打过交道。"他便将《荆都日报》正副社长、正

65

副主编的名字全部点了出来。

崔力一直被朱怀镜的气度压着，这会儿见自己的老总们朱怀镜全都认得，他越发没什么底气了，几乎还显出些窘态来。朱怀镜第一次举起酒杯的时候，他注意到崔力的手有些微微发抖。

可酒是轻薄物，崔力喝上几杯后，骨架子又松松垮垮了，开始吹大牛。大小官员都成了他吹牛的材料，职位再高的官员，他都一律称某某同志，而且免称他们的姓氏，显得他跟谁都是哥儿们似的。

朱怀镜心想他妈的谁是你的同志，你见了那些官员差不多想叫爷爷，敢叫他们同志？他是懂得套路的，知道崔力的牛皮吹得再响，无非是他参与过一些领导活动的新闻报道。而他们记者采写的重大新闻，一律得新闻办主任把关。荆都市新闻办主任是朱怀镜的老同事，市政府的周副秘书长。此公本来就黑得像个雷公，却又偏生着双死鱼眼睛，严厉而刻板，又有些装腔作势，记者们送审稿件时都有些胆虚，生怕稿子被废了。偏偏这周副秘书长因为曾担任过市政府研究室主任，便总以才子自居，看谁的文章都是斜着眼睛。没有几位记者不在他面前挨过训。

朱怀镜知晓底细，便越发觉得崔力的吹牛实在可笑。他今天心里本来就还装着别的事，席间便有些心不在焉。不过这心不在焉在崔力他们看来，却是严肃或孤傲什么的，倒也恰到好处。

"朱书记是个才子，你的文名很大。"崔力奉承道。

"哪里啊，写文章是你们记者的事，我不会写文章。"朱怀镜说。

崔力又说："朱书记太谦虚了。我们记者是写小文章的，像朱书记当年那种大块头文章，我是一个字也写不出的。"

朱怀镜微微一笑，不说什么了。心想这些舞文弄墨的人，眼睛里只有文章，总喜欢以文章高下论英雄。却不知道官员们并不把写文章当回事的,你夸他们写得一手好文章,等于说他们是个好秘书。好比史湘云夸林黛玉长得好,很像台上那个漂亮的戏子,倒得罪了林黛玉。但如果是缪明,你说他的文章好,他会很高兴的。

宴会的时间是由朱怀镜把握的,他见一瓶酒差不多完了,应酬也还过得去,就发话说:"酒全部倒上,喝杯团圆酒吧。"

喝完酒,随便吃了些点心,朱怀镜站起来,伸手同崔力热情地握了,说:"崔记者,怠慢了。有什么事,就同杨部长说,同小赵联系也行。"

大家早就全部起立了,恭送朱怀镜先出门。他也不谦让,挥挥手,出门了。看看时间,才七点过一会儿。他交代赵一普说:"小赵,晚上我有朋友从荆都过来看我,我陪他们去了。有人找我的话,你挡挡驾。"

赵一普说:"好好。那我就不跟您去了?"

"你休息吧。我的私人朋友,陪他们随便找个地方喝杯茶就行了。"这赵一普实在精明,他明知不需要自己陪着去,可为了万无一失,仍这么问一声,证实一下是否真的用不着陪,又把殷勤之意表达得不露声色。

刘芸像是刚洗完澡,头发是半干的,却已梳得整齐了,端站在服务台里。见了朱怀镜,她忙问一声好,仍旧跑到前面去开门。刘芸一手推门,一手就接了朱怀镜的包:"朱书记您衬衣掉了粒扣子,我已补上了。"刘芸说着,就拿了他的茶杯过来准备倒茶。朱怀镜忙谢了,又说:"不用了小刘,我自己来倒茶吧。"刘芸只是笑笑,仍去泡了茶,放在茶几上。她又觉得哪里不妥帖似的,抬头四处看看,摊开手探了探。"还需要调低些吗?"原来她在感觉房间的温度。朱怀镜看着很满意,说:"正合适,不用调了。真要感谢你小刘。"刘芸又是笑笑,也不说不用谢。不过平时刘芸进来了，他喜欢叫她多待会儿，同她说几句话。可是今天，他只想她快些走。

刘芸招呼完了，轻轻拉上门出去了。朱怀镜扯了电话线，再去洗澡。他洗澡一贯潦草，今天更是三两下就完事了。平日他总因为一些生活细节暗地里笑话自己斯文不起来。譬如，他吃饭吃得快，抽烟抽得快，洗澡也洗得快。他原先走路也快，说话也快。经过多年修炼，如今走路大体上是步履从容，说话也慢条斯理了。

洗完澡，他想是不是穿着睡衣算了呢。犹豫片刻，还是觉得不庄重，便换上了衬衣和长裤。刚换好衣服，手机就响了，正是舒畅。"朱书记，我不会耽误您的时间吧？"她说得很轻松，却听得出是压抑着紧张。

"没关系，我今天晚上没事。你来吧，随便坐坐。"朱怀镜也感觉自己呼吸有些异样。

舒畅沉默片刻，又说："我……我有些害怕……"

朱怀镜以为舒畅这是在暗示什么，却装着没事似的，哈哈一笑，说："你呀，怎么像个女学生了？来吧来吧，我等着你。"接完电话，便关了手机。他不由得看看窗帘，是否拉严实了。

他出了卧室，在外面的会客厅里坐下，打开电视。可是等了半天，仍不见有人敲门。他怕舒畅有变，又开了手机。可又怕别人打进来，立马又关上了。好不容易听见了敲门声，感觉浑身的血都往上冲，太阳穴阵阵发胀。他便长舒一口气，做了个气沉丹田的动作，这才开了门。

舒畅微微歪着头，在笑。她穿了件水红碎花无袖连衣裙，肩上挎着别致的黑色小包，人显得很飘逸。"请进请进。"朱怀镜心里慌乱，嘴上却是温文尔雅。

舒畅笑吟吟地进来了，坐在了沙发里。他问她喝什么，她说喝茶吧。她并没有说自己来吧,只是始终笑着,望着朱怀镜替她倒了茶,才伸出兰花指来,接了杯子。他心里有数,知道舒畅今晚把自己完完全全当做女人了。女人一旦以性别身份出现在男人面前,她们的天性就尽数挥洒了,变得娇柔又放纵,温顺又任性,体贴又霸道。而这种时候的漂亮女人,会感觉自己是位狩猎女神。

"谢谢你来看我,舒畅。"朱怀镜不知要说什么了。他感觉舒畅浑身上下有某种不明物质,无声无息地弥漫着,叫他魂不守舍。

舒畅只是笑,整个脸庞都泛起淡淡的红晕。她望着朱怀镜,沉默了好一会儿,才说:"就怕您不让我来看您哩!"

朱怀镜再也没有了眼睛生痛的感觉,毫无顾忌地望着舒畅。他恍惚间觉得一切都是自己预谋了似的,心想今晚只怕会发生一些事情。他想起有次自己感慨气候无常时的幽默:气候从冬天直接走向了夏天,就像男女从手拉手直接就走向了床。他望着舒畅微笑,忍不住想要赞美她的美丽迷人,虽然这就像电影里的老一套。

可是,他还来不及说什么赞美的话,舒畅站了起来,说:"我看看您住得怎么样。男人身边啊,不能没有女人照顾的。"舒畅说着就进了卧室,四处看看,伸手拍拍床铺,然后坐在了床沿上。

朱怀镜不知坐哪里是好,迟疑片刻,回头坐在了沙发上。柔和的灯光下,舒畅洁白如玉。床铺比沙发稍稍高些,舒畅歪头微笑时,目光是俯视着的。他便有种抬头赏月的感觉。"舒畅,你们公司怎么样?"朱怀镜语气干巴巴的。

"能怎么样?混吧。"舒畅说。

朱怀镜又说:"物资公司,原来可是黄金码头啊。"

舒畅笑道："一去不复返了。不过公司的好日子，我也没机会赶上。"

"那是为什么？"朱怀镜问。

舒畅说："我是后来进去的。"

"哦。"朱怀镜便找不到话说了。他想喝茶，茶杯却在客厅里，便起身去了客厅，取了茶杯。刚一回头，却见舒畅也跟着出来了。他只好请舒畅在客厅就座，心里说不出的滋味。

"舒天小伙子不错。"朱怀镜说。

舒畅说："他没工作经验，人又单纯，请朱书记多关心吧。"

朱怀镜说："舒瑶也不错，主持风格很大气。"

"她还大气？过奖了。"舒畅笑了起来。

朱怀镜见自己说的都是些没意思的话，急得直冒汗。"企业，难办啊。"

朱怀镜这会儿简直就是说蠢话了。舒畅不知怎么搭腔，只笑了笑。

"热吗？"朱怀镜说着就去调低了温度。

舒畅抱着雪白的双臂，摩挲着，说："不热哩。"这模样看上去像是冷，朱怀镜又起身把温度调高些。舒畅突然站起来，说："这地方还算不错，我就不打搅了吧。"

"就走了？"朱怀镜不知怎么挽留，左右都怕不得体。

舒畅拉开门，回头笑道："打扰了，朱书记，您早点儿休息吧。"

"谢谢你，舒畅。"朱怀镜没有同她握手，她也没有伸过手来。他送舒畅出来，见刘芸还没有休息，站在服务台里翻报纸。舒畅不让他下楼，他也就不多客气。在走廊拐弯处，舒畅回头挥了挥手。她那白白的手臂刚一隐去，他就转身往回走了。平时他来了客人，刘芸多半都会进去倒茶的，今天她没去。他内心忽然说不出的慌张，忍不住说："我同学的表妹。"刘芸嘴巴张了下，像是不知怎么回答他，便又抿嘴笑了。朱怀镜立即意识到自己很可笑，内心尴尬难耐。衬衣早汗湿了，进屋让空调一吹，打了个寒战。他懒得换衣服，便靠在沙发里，索性让衬衣紧贴着皮肉，感觉好受些。

　　他闭着眼睛坐了片刻，忍不住笑了起来。几乎有些滑稽，总以为今晚会发生什么故事的，却平淡如水。他隐约间总盼着什么，结果只落了身臭汗。舒畅从进门到出门，不过二十分钟。忽又想着刚才刘芸张嘴结舌的样子，他背上又冒汗了。

第六章

朱怀镜在办公室坐上一会儿，就疲惫不堪了。他昨晚没睡好，翻来覆去想着自己同舒畅说的那些不着边际的废话。他从没想到自己竟会如此乏味。而他同刘芸说舒畅是谁谁，却有些此地无银三百两的味道。他本不是个芝麻小事都耿耿于怀的人，这回却为自己的刻板而后悔不迭。直到天快亮了，才勉强睡了一会儿。醒来时，脑袋有些涨痛。便又想自己本不该为这些事劳心的，这算什么呢？真是小家子气。

舒天突然敲门进来，说："朱书记，我姐夫……他想拜访一下您。"

朱怀镜本已昏昏欲睡，却猛然间清醒了。一个高大英俊的男人，已站在舒天身后了，正朝他点头而笑。朱怀镜微笑着，慢慢站了起来，伸出手，说："欢迎欢迎，请坐吧。"

"你是……"朱怀镜含混道。

舒天听出他的意思了，忙说："这是我大姐夫。我二姐舒瑶还没成家哩。"

朱怀镜心里莫名其妙地打起鼓来，却故作从容，招呼道：

"舒天，麻烦你给你姐夫倒杯茶吧。"

舒天姐夫忙摆手说："不客气，不客气。"他说着便躬身上前，递了名片。

朱怀镜接过名片一看，见上面印着：华运商贸公司总经理，荆都市音乐家协会副主席，梅次地区企业文化研究会副会长，梅次地区广告艺术研究会会长，贺佑成。

不知怎么的，见了这名片，朱怀镜心里轻松多了。他把名片往桌上轻轻一放，说："小贺，有什么事吗？"

贺佑成说："没事没事。我到大院里面办事，想过来看望一下朱书记。"

朱怀镜笑道："谢谢，你太客气了。你们公司怎么样？效益还好吗？"

贺佑成摇头说："我那叫什么公司？我原来在市物价局，早几年兴下海，自己出来办了这么个公司，凑合着过吧。还要请朱书记多关心啊。"

朱怀镜听了，嘴上只说："好啊，好啊。"这话听上去像是同意关照，又像是赞赏贺佑成自己下海办公司，其实毫无意义。他忍不住打了个哈欠，眼泪都挤了出来，忙拿身后衣帽架上的毛巾擦了眼睛，掩饰着窘态。

贺佑成便说："领导太辛苦了，没休息好吧？"

朱怀镜摇摇头，笑笑。贺佑成却说了一大堆奉承话，嘴里蹦出了好些个成语，什么日理万机、殚精竭虑之类，不是个味道。朱怀镜有些没耐心了，再说马上要去开个会，他便站了起来，伸出手，话还算客气，说："今后有事让舒天同我说声吧。"

贺佑成这才起身告辞。舒天走在他姐夫后面，回头朝朱怀镜笑笑。他见舒天似乎很难为情，却又不便表示歉意。朱怀镜总是善解人意的，也朝舒天笑笑，消解他内心的难堪。像舒天这么精明灵泛的小伙子，陪同这么一位姐夫来拜访他，背上不一阵阵发麻才怪。

朱怀镜掩上门，说不上为什么，心里就是不痛快。他不知要同多少人打交道，舒畅也好，贺佑成也好，本可不在意的。无数熟悉或陌生的面孔，在他的脑子里，都被"群众"二字抽象掉了。可是舒畅，这位他并不了解的女人，竟成了他脑海里挥之不去的具象。朱怀镜忙着批阅文件，没工夫细想什么抽象或具象，只是种种怪念，如同似有若无的背景音乐，在他头顶飘浮。

快十点钟了，朱怀镜便收拾好文件夹，去了会议室。还是陆天一砸车的事，缪明说简单碰个头。仍是缪明、陆天一、朱怀镜、李龙标、周克林，都到场了。陆天一沉着脸不做声，缪明说话了："这个事情，有关单位都按照地委要求抓了落实。通过认真调查，牵涉到的县处以上干部只有一人，地区统计局副局长龙岸同志。据反映，龙岸同志平时表现很不错，业务能力很强。所以，我个人意见，还是慎重为好。各位都说说吧。"

按惯例，该是陆天一发言了。可他只黑着脸，大口大口吸烟。看样子，他同缪明意见相左。别的人就不好说话了。沉默就像看得见的投影，在陆天一脸上停留几分钟，依次就落到朱怀镜脸上了。朱怀镜便窘迫起来，知道谁都在等着他发言。他若是再挨几分钟，沉默的投影就落到李龙标脸上去了。朱怀镜也许内心定力不够，忍不住了，终于发了言："我个人认为，我们按党纪、政纪处理干部，同执行法律还是有区别的，不存在以功抵过。"他说了这句话，故作停留。陆天一没有抬头，却舒缓地吐了口浓烟。其他人都望着朱怀镜，等着他说下去。他就像征求大家意见似的，环视一圈，再说："所以说，龙岸同志平时表现怎么样，同这次的问题怎么处理，没有关系。"他又停下来，吸了口烟。陆天一仍然没有抬头，还将头偏了过去，可他那耳朵反而像拉得更长了。缪明像是有些急了,那正揉着肚子的左手隐约停了一下,马上又摩挲自如了。朱怀镜接着说:"我们要研究的只怕首先不是龙岸平时表现如何,该不该处理,而是他这次表现出的问题具体触犯了党纪、政纪哪一条,情节如何,够不够得上处理。只有按章论处,才能达到批评教育的目的。"

陆天一终于抬起头来了,也不望谁,凝视着窗外。缪明的右手悠悠然敲击着沙发扶手。朱怀镜说完了,陆天一立马发言:"怀镜同志的意见当然很正确。但我个人认为,目前群众对少数干部的腐败很有意见,已严重影响到党和政府的形象,我们对干部的要求应更严格一些。如果认为公车私用,特别是开着公车去夜总会鬼混,没什么大不了的,问题会一步步严重起来的。我们有中国特色的法律在非常时期讲究从重从快,执行党纪、政纪更应该考虑具体情况。同志们,风气正在恶化,问题不可小视啊!"

李龙标和周克林就不知怎么说话了。他俩自然也得发言,既然发言就得有必要的篇幅,不然显得口才太差了。他俩说的听上去有观点,实际上什么意见也没说。缪明就着难了。他若再坚持自己的观点,陆天一就下不了台;他若赞同陆天一的意见,不仅打了自己的嘴巴,只怕朱怀镜也会有看法。于是,他的表态只好不偏不倚:"同志们都说了,基本意见是一致的。我原则同意对龙岸同志的问题作出处理。至于怎么处理,我们不在这里研究,建议由纪委、监察两家拿出具体意见,报地委通过。"

会开得不长,十一点多就结束了。朱怀镜回到办公室,刚坐下,电话就响了。没想到是舒畅。"朱书记,您好。"

朱怀镜笑道:"你好你好,有事吗?"

舒畅说:"没事,打电话问候一下。"

朱怀镜笑笑:"谢谢你,舒畅。"

"谢什么?别怪我打扰您就行了。"舒畅也笑着。

"真的谢谢你，舒畅。有空去我那里聊天吧。"朱怀镜说。

舒畅说："我的嘴很笨，最不会说话。昨天本想久待会儿，陪您说说话。可我不知说什么才好，干脆走了算了。"

朱怀镜很随便的样子，哈哈一笑，说："对不起，是我怠慢你了。"

舒畅说："朱书记您说到哪里去了？"

朱怀镜笑道："我俩别在电话里客气了。你知道刚才谁来过这里吗？"

舒畅问道："谁？"

朱怀镜说："你先生。"

"贺佑成？"听不出舒畅是吃惊还是生气，"他去您那里干什么？"

朱怀镜道："他没什么事，来看看我。他在我这里坐了一会儿，太客气了。"

舒畅冷冷地说："让您见笑了。"

朱怀镜感觉蹊跷，却只作糊涂，说："你先生可是一表人才啊。"

"谢谢您的夸奖。不打搅您了，您忙吧。"舒畅语气有些怪怪的。

"好吧，有空去我那儿聊天吧。"朱怀镜实在也找不出什么话说了。他感觉舒畅打电话依然是轻松自如的，并不像见面时那么拘谨。

这时，赵一普送了个文件夹进来。朱怀镜接过文件夹，见是政法委起草的《关于改进宾馆服务行业治安管理办法的通知》。这是朱怀镜自己建议的事情，他便审阅得相当仔细。文稿上已有几位领导签字了，文件内容他大体上也同意，也就作了些文字上的修改。可他总觉得对那些滥用职权的公安人员缺乏过硬约束，便明确加上一条，大意是公安人员对几家大宾馆进行治安检查或查房等，须经分管政法的地委领导批准方可。斟酌再三，最后回头看看文件标题，发现大为不妥。"改进"二字会让公安的同志听着不舒服，好像他们过去的工作抓得不行似的。便提笔划掉"改进"，改作"加强"。又发现"加强"同后面的"办法"搭配不当，却找不到恰当的词取代"办法"。略一思考，发现没有"办法"，就是最好的"办法"，于是又划掉"办法"。在他的一番窃自幽默中，文件标题就成了"关于加强宾馆服务行业治安管理的通知"。

朱怀镜很得意自己对标题的修改，认为这体现了某种只可意会不可言传的智慧。既然下这个文件的目的是为了加强管理，就可以封住一些人的嘴巴。如果有人硬是认为执行这个文件就是放松了治安管理，只能说这些人没有认真领会地委领导的决策。他当然清楚，这个文件的实质，就是要在某种意义上"放松管理"，而名义上只能说是"加强管理"。只不过这层意思是怎么也不可以挑破的。他认为对几家大宾馆的治安管理得宽松些，利多弊少，翻不了天的。假如一位外商在宾馆里赌博或者嫖娼，被公安人员抓了，公安方面只不过是处理了一起小小治安案件，大不了就是收了几千或上万元罚款，而梅次地区却有可能丧失上千万上亿的投资。孰轻孰重，显而易见。

下午，朱怀镜带着赵一普去几个地直部门转了一圈。权且叫做调查研究吧。这些部门领导自然都有留他吃晚饭的意思，他都回绝了。回到办公室，离下班时间还有三十多分钟。他刚坐下来，一位年轻人微笑着敲敲门，站在门口。门本是敞开着的。年轻人有些面善，只是一时想不起来了。

"有事吗？请进吧。"朱怀镜说道。

年轻人轻手轻脚进来了，说："我是黑天鹅大酒店的小刘。"

77

朱怀镜这才站了起来，同小刘握了手："对对，小刘，刘浩，黑天鹅的老总，对吧？"

刘浩忙奉承道："朱书记的记性真好。"

朱怀镜关切地问："有事吗？"

刘浩坐在沙发里，身子前倾："我是专程找朱书记汇报来的。知道您出去视察去了，又不敢打小赵手机，怕影响您工作，就一直在这里等。地委、行署对我们台属企业一直很重视，我非常感谢。听说，最近又准备出台一个新政策，重点保护一些大宾馆的治安环境。我听了很受鼓舞。我想请求地委把我们黑天鹅也纳入重点保护的范围。"

朱怀镜点头做思考状，半天才说："我个人表示同意，还得同其他几位领导商量一下。最初我们考虑的主要是地委、行署宾馆和几家国营大宾馆。黑天鹅大酒店是我们地区唯一一家台商投资的宾馆，软硬件建设和管理水平都很不错，是我区旅游服务行业的一块牌子，应该享受一些特殊政策。这样，你打个报告，我签个意见，再送其他有关领导。"

刘浩很懂得办事套路，早有准备，忙从皮包里掏出一份报告来递上："我们已打了个报告，朱书记看行不行。"

朱怀镜接过报告，笑道："报告只是给领导一个签字的地方，没什么行不行的，又不要写诗。"

他只将报告草草溜了一眼，很爽快地签了字。见刘浩伸过手来，朱怀镜说："报告你就不要拿走了，我让办公室的同志送其他领导，免得你自己去找他们。这样快些。"

刘浩很是感激："那就太感谢了。朱书记，我有个不情之请，能不能请您今晚去我们酒店视察一下？"

朱怀镜笑道："小刘你客气什么？为你服务，是我的职责啊。"

刘浩说:"我知道您很忙,不一定有时间。这样吧,欢迎朱书记随时到我们那里指导工作。您有什么吩咐,尽管指示我。"

朱怀镜马上要赶到宾馆去接待上级领导,就站了起来,伸出手来同小刘握了,说:"不客气不客气,就这样好吗?"

早就接到通知,范东阳会来梅次调研。梅次的农村基层组织建设搞得好,范东阳说想来看看。越是上级领导,说话越是平和。他们说下去看看,就是调查研究。范东阳从吴市过来,赶到梅次吃晚饭。朱怀镜等刘浩一走,就去了梅园五号楼。缪明、陆天一和地委组织部长韩永杰早在大厅里等着了。几个人不停地看表,说不准范东阳什么时候会到。又不方便打电话催问,只好憨等。陆天一便不停地抱怨,说:"梅次的交通太落后了,高速公路不搞,硬是不行了。"

缪明问:"天一,项目怎么样了?"

陆天一说:"有眉目了,但吴市还在争。"

缪明说:"该有个结果了,争来争去都好几年了。"

陆天一说:"是啊,该有个结果了。"

缪明说:"辛苦你了,天一同志。要不惜一切代价,把这个项目争下来。"

陆天一说:"他们刚从北京回来,初步情况我听了听。改天向地委专门汇报吧。"

缪明同陆天一的对话,外人听了,如坠五里云雾。他们说的是国家计划新上的一条高速公路项目,途经梅次。这个计划有东线西线两套预选方案。梅次想争取东线方案,西邻吴市想争取西线方案。若依东线方案,高速公路自北而南纵贯梅次全境,而西线方案只从梅次西北角拐过,走吴市去了。吴市当然在力争西线方案,因为东线根本就没挨他们的边。就看梅次和吴市谁争得赢了。两个地市都成立了专门的班子,不知跑了多少趟荆都和北京。当然得花钱，到底花了多少钱，谁都守口如瓶。几年来，就像经历了漫长的伯罗奔尼撒战争，胜败如同秋千，总在两个地市间晃来晃去。梅次这边眼看着快赢了，会突然听到消息，上面又偏向吴市了。于是梅次这边又十万火急，赶赴荆都或者北京，挽回败局。等你惊魂未定，北京或者荆都又有坏消息来了，说吴市正盯得紧哩。你又得跑去酣战一场。这个项目太重要了，陆天一亲自负责。

好不容易看见一辆黑色皇冠轿车来了，是荆都车号。几个人同时站了起来，刚准备迎上去，却见下来的是两位陌生人。缪明他们只好又坐下来等待。陆天一忍不住说韩永杰："永杰同志，你连市委组织部长的车型车号都不熟悉，不行啊。"

韩永杰面有愧色，说："唉，我这人记性不好。我们小李记得。"他说的小李，是他的司机。说罢忙打了司机电话。然后说："809号，奔驰，不是皇冠。"缪明见韩永杰居然红了脸，就望着他笑笑。陆天一不管那么多，脸黑着。朱怀镜也觉得陆天一太过火了，韩永杰到底还是组织部长，不该如此对人家说话。反过来一想，似乎缪明太软弱了。当一把手，就得像陆天一，要有些虎威。

809号奔驰终于来了。缪明、陆天一、朱怀镜、韩永杰围上去，依次伸过手去。缪明说："范部长，我们本来想去路上接你的，但是……"

不等缪明的"但是"说完，范东阳爽朗一笑："你们太客气了。"其实大家心里都很明白，范东阳还享受不到地市领导去路上迎接的待遇。他若是下到县里去，县委书记和县长们却是必须远接远送的。缪明虽然不可能去路上接范东阳，但他嘴上不如此说说，似乎又失礼了。这类客套大家司空见惯，却又不能免礼。比方说某些会议，轮不到重要领导到场，其他领导往主席台一坐,开口总会说,某某同志本来要亲自看望大家的,但他临时抽不开身,让我代表他向同志们致以亲切的问候。台下的人都知道这种客套同扯谎差不多,却也得热烈地鼓掌。

握手客套已毕,就送范东阳去房间洗漱。缪、陆、朱、韩仍回大厅等候。又约二十多分钟,范东阳下楼来了:"让你们久等了。"

范东阳再次同大家握手。说让你们久等了,这就是上级在下级面前必尽的礼节了。有时上级本可不让下级久等的,比方刚才范东阳,明知大家在等他吃饭,洗脸却花了二十分钟。说不定他三分钟就洗漱完了,故意在里面磨时间也未可知。"范部长晚上没安排吧?那就喝点白酒吧。"缪明说。

范东阳说:"不喝吧,就吃饭。"

陆天一说:"喝点吧,意思意思也行。"

范东阳点头说:"好吧,就一杯。"

真的举起杯子了,陆天一说:"范部长,这第一杯,我看还是干了。"

范东阳笑笑,说:"好吧,就干这一杯。你们尽兴吧。"

再斟上酒,范东阳就不再干了。缪明打头,依次敬酒,范东阳都只稍稍抿一小口。"梅次各方面工作都不错,我看关键一条,就是各级都重视基层组织建设。"范东阳说。

缪明说:"离不开市委组织部的具体指导。我们地委一直很重视基层组织建设,注意发现和培养典型,总结和推广经验。"

陆天一说:"我们不是空洞地喊加强组织建设,而是同经济工作密切结合。基层组织到底抓得怎样,关键看经济工作成果如何。"

"是啊,离开经济建设,空喊组织工作没有意义。这是新时期组织工作的新思路。你们喝酒吧。"范东阳说。

范东阳再怎么叫大家喝酒，可他在酒桌上一本正经谈工作，酒就喝得干巴巴的了。不过也无妨。酒桌上热闹，说明领导和同志们随便。酒桌上冷清，领导也好同志们也好，也不尴尬。他们正如斯大林所说，是特殊材料制成的，什么场合都能自在。若是有心人，细细琢磨他们的谈话，也绝非味同嚼蜡。范东阳是不同下级开玩笑的，他不谈工作就没话可说。他能像拉家常一样，在酒桌上谈工作，也是个本事。缪明同范东阳有相似风格，两人可以互为唱和。陆天一强调组织工作同经济工作的关系，暗中针对着缪明所说的地委。按他理解，这里所说的地委就是缪明，而经济工作就是他陆天一。他俩的对话看似平淡，却暗藏机锋。朱怀镜明白缪、陆二人的意思，就绝不掺言。反正组织工作是他分管的，功劳自有他的份儿。他若说话了，就等于自大，或是抢功，反而不好，可谓不著一字，尽得风流。

快散席了，缪明说："范部长，我们地委已经准备了材料，遵照您的意思，只下去看看，我没机会专门汇报了。明天由怀镜同志和永杰同志陪你，去马山县视察一下。梅次经验是从马山发源的。全面情况也就由怀镜同志沿途向你汇报了。我和天一同志……"又没等缪明说完，范东阳就接过去了："你们忙吧。书记、专员是最忙的，我知道。"这又是官场客套了。通常只有市委书记以上的领导下来，地市一把手才全程陪同。就算是副市长下来，也得看他的实际分量，地市一把手多半只是陪他吃一两顿饭。何况范东阳这会儿毕竟还没当上常委。看来范东阳深谙其中奥妙，干脆不让你把话说透。心知肚明的事说透了反而不好。

吃完饭，缪、陆、朱、韩一道送范东阳去房间。略作寒暄，都告辞而去。只有朱怀镜留下来坐坐。缪明说："怀镜，你正好住在这里，你就陪范部长扯扯吧。"他这么一说，怀镜一个人留下来就似乎有了某种合法性，免得生出什么嫌疑。单独陪上级领导说话，多少会让同僚忌讳的。

"范部长这次一路跑了好几个地市，够辛苦的啊。"朱怀镜说。

范东阳那张带括号的脸，看上去永远是微笑的。"辛苦什么？你们才辛苦。跑跑好，下面的工作经验都是活生生的，对我启发很大。如何发挥组织工作的优势，是我们时刻都要考虑的问题。"范东阳将一路见闻和感谢一一道来。朱怀镜不停地点头，不时评点几句。他的评点往往精当而巧妙，好像他也深受启发。范东阳也许有演说癖，见朱怀镜听得津津有味，他更是滔滔不绝。眼看着他的演说可以告一段落了，朱怀镜岔开话题，说："范部长又不打牌，不然叫几个同志陪你搓搓麻将。"

范东阳摇头一叹，说："我老婆也老是说我不会玩，是个苦命人。我平时就只是看看书，写写字，要么就画上几笔，没其他爱好。"

朱怀镜笑道："范部长学养深厚，同志们都说您是学者型领导。我得向您学习啊，范部长。"

"哪里啊，"范东阳谦虚一句，说，"怀镜，那你休息吧，也不早了。"

朱怀镜就起身说："范部长您早点休息吧。"

领导干部多少会有些轶闻的。范东阳的读书，就很有意思。范东阳很喜欢读武侠小说，从金庸、古龙、梁羽生，到不入流的雪米莉，他都通读了。不过他的武侠小说阅读长期处于地下状态。身为领导干部，该天天抱着马列著作才是，热衷于读武侠小说就不像话了。直到有一天终于听到金学一说，他才慢慢公开自己的阅读兴趣。读武侠小说好像并不是俗不可耐了，可还得有个堂皇的理由，便说："读武侠小说，是大脑体操。一天到晚工作紧张，读些打打杀杀的书，可以放松放松。"

朱怀镜回到房间，打了马山县委书记余明吾电话，落实汇报材料和视察现场的准备情况。听罢余明吾汇报,朱怀镜说:"辛苦你了,明吾同志。对了,忘了跟你说了,范部长的书法、绘画都很漂亮,你叫人准备些笔墨纸砚,凡是安排视察的地点都放些,说不定他有兴趣题词作画的。"余明吾说马上叫人准备去。

朱怀镜刚准备去洗澡,电话铃响了,是刘浩,说想过来看看朱书记。他本有些累了,却不好回绝,就说:"你来吧,欢迎。"

过了几分钟,刘浩就敲门进来了。他一定早在宾馆的哪个角落候着了。见刘浩是一个人,朱怀镜就意识到了他的来意。刘芸按了门铃,进来替刘浩泡茶。只要望着刘芸,朱怀镜心里就熨帖。真是怪,他越来越觉得自己同这小姑娘很亲,自家人一样。刘芸走了,刘浩说了几分钟的客气话,就掏出个信封,说是感谢朱书记的关心。

朱怀镜笑道:"小刘,我同意黑天鹅纳入重点保护范围,完全是从工作考虑。起先没有想到你们,是我考虑欠周全。所以,你用不着感谢我。"

刘浩说:"朱书记您这么说,我就不好意思了。我是诚心诚意的,希望朱书记接受。"

朱怀镜仍是笑着:"小刘,我若板着脸孔,你肯定会说我假正经。我同意,有同意的理由。如果没有理由,你再怎么说,我也不会同意。你的心意我领了,钱是万万不能收的。退一步讲,如果你提着两条烟,两瓶酒,我收了也是人之常情。"

话说得入情入理,刘浩也不难堪,却仍想说服朱怀镜:"我也是看出您朱书记是位爽快的好领导,有心高攀,才冒着被您批评的风险来的。您看……"

朱怀镜笑道:"你说我爽快,我就爽快地把心里话说了。你先告诉我,里面是多少?"

刘浩红了脸,说:"不好意思,不多,就这个数。"他说着便伸出两个指头。

朱怀镜点了点头,说:"两万,的确不多。可我的工资一年也就三万多。能不能这样,我也发现你这年轻人不错,直爽、厚道,也是个干事业的料子。你送我两万块钱,倒不如我俩做朋友。两万块钱,可抵不过一个朋友啊。"

刘浩受宠若惊,忙收起信封,说:"小刘我本来也是一番真心,没想到差点辱没了朱书记的清白。做朋友,我真的不敢高攀。今后朱书记有用得着我小刘的地方,尽管发话。"

朱怀镜朗声大笑,说:"没那么严重嘛!我也是凡人。当官一张纸,做人一辈子。再说了,领导干部同群众交朋友,错不到哪里去啊。我有心把你当朋友看,就看你有没有这个诚心了。"

刘浩感激万分,说:"朱书记这么看重我小刘,我就像古书里常说的,愿为您肝脑涂地,万死不辞!"

朱怀镜正经说:"不客气不客气。既然是朋友,我就没什么弯子绕,你也别说我打官腔。你今后只要一心一意把酒店经营好,为梅次树立一块宾馆行业的样板,也让外商感觉到我们地区投资环境不错,就是在我面前尽了朋友的本分。我这个朋友可是地委副书记,要让群众拥护才能把饭碗端稳啊。"

刘浩连连点头:"一定一定。"

朱怀镜接着说:"有什么困难,你尽管找我。你随时随地都可以找我,除非我陪着上级领导视察工作。只要能把生意做好,经营搞活一点,没关系的。你也知道,吸毒贩毒在梅次也已露头,宾馆容易成为藏污纳垢的场所,所以你要千万警惕。只要不同毒品有任何瓜葛,别的什么事都好说。要紧的是要管好下面的人,别出乱子。一条原则,你们自己惹的麻烦,我能帮就帮,不能帮的你不要怪我;要是别人找你们麻烦,我二话不说,负责到底。"

刘浩不停地点头:"小刘明白。我们家祖祖辈辈都是规矩的生意人，本分持家，和气生财。我爷爷每年都会回大陆一次，就是不放心我，怕我在这边不正经做生意。我这边的生意基本上也是按爷爷在台湾的模式管理的，还算可以。"

朱怀镜赞赏道："这就好。大陆有大陆的特点，包括有时需要打点，这也是无可奈何的事。我保证一条，只要我在梅次任职一天，你就不要向任何人打点。办不通的事，你找我。我不相信这股歪风就真的刹不了！有人说，花钱才能办事，都成国风了，这还了得？"

电话响了，是香妹。朱怀镜说："等会儿我打给你好吗？有人在这里谈工作。"

刘浩见状，起身告辞："朱书记，那我就不多打搅了。我一定按您的指示办。"

朱怀镜站起来同他握手，说："别左一个指示，右一个指示。不是才说了做朋友吗？"

刘浩走了，朱怀镜犹豫半天，不敢挂家里电话。正迟疑着，电话响了，果然是香妹："你很忙嘛！"

朱怀镜胸口一下就被堵住了，说不出一句话。香妹说："我们的事，你要早点想好，总这么拖着，对谁都不好。"

朱怀镜说："香妹，我俩能不能先冷静一下？每天都得过一次堂，真受不了。"

香妹说："长痛不如短痛。"

朱怀镜说："你为什么这么犟呢？为了孩子，我们也应和解啊！"

香妹说："儿女自有儿女福，我操什么瞎心？也是你没有替孩子着想啊！"

说了几句，朱怀镜就不想多说了。反正说来说去就是这些话，无非是互相折磨。直到香妹疲了下来，她才挂了电话。听着嘟嘟的电话声，朱怀镜胸口突突地跳。脑子茫茫然，好一会儿才清醒，就像水罐里装了半罐沙子，晃荡了一下，一片浑浊，沙子半天才慢慢沉淀下来。

刘芸又进来了，收拾茶杯。朱怀镜马上换作一副笑脸，说："小刘，你休息吧，这些明天收拾也不迟。真是太麻烦你了。"刘芸望着他笑笑，说："应该的，没关系。"刘芸收拾完了就要走，朱怀镜让她坐坐。她便坐下了，憨憨地笑。真让她坐下来了，朱怀镜也没什么话说了。他问刘芸家里有些什么人，哪里上的学，喜欢看什么书，平日玩些什么。刘芸一一答了，话也不多。朱怀镜说话时，她会歪了头望着他，眼睛眨都不眨。朱怀镜都不好意思了，她却只是莞尔一笑。

第七章

韩永杰的奥迪轿车开路，范东阳的奔驰轿车居中，朱怀镜的皇冠轿车殿后。紧跟后面的还有梅次电视台的新闻采访车。不到二十分钟，就逼近马山县境了。朱怀镜打了余明吾手机："明吾你到了吗？我们就不下车了。见了我们的车，你就在前面走吧。"

余明吾说："行行。我已看见你们的车了。"

朱怀镜说："我也看见你了。那就走吧。哦对了，你准备笔墨纸砚了没有？"

余明吾说："都准备了。我深更半夜叫县委办买的，送到村里去了。"

"好吧好吧。怎么还有辆警车？"朱怀镜问。

余明吾说："我想路上方便些，怕堵车。"

朱怀镜说："明吾同志，这些细节问题，其实是大事，你得同我们说说。"

余明吾有些为难了，说："对不起，朱书记，我事先没多想。那就让警车别走了？"

朱怀镜说："别越弄越复杂了，就这样吧。"

朱怀镜刚打完电话,手机又响了。

"怀镜同志吗?"没想到是范东阳打来的,"我们是去调查研究,怎么搞成鬼子进村的架势?"

朱怀镜忙说:"我刚才已经批评过余明吾同志了。他说明了情况,最近这边好几处修路,很多车辆分流到这边来了,老是堵车,所以才安排警车开路的。下面同志都知道您范部长一贯主张轻车简从,今天情况特殊,请您原谅。"

范东阳语气不温不火,分量却也不轻,说:"怀镜同志,我们要时刻注意自己在群众心目中的形象啊。"

"是是。今天就请范部长原谅,情况特殊。"朱怀镜说。

行车约一小时,到了一个叫杏林村的地方。地名并不符实,不见杏林,却是漫山遍野的枣树。村干部早迎候在村口了。范东阳下了车,先同村干部握手,再同余明吾和县长握手。县长姓尹,叫尹正东。朱怀镜同尹正东握手时,眼睛不由得一亮。说来奇怪,他同尹正东是初次见面,却有似曾相识的感觉。

正是枣花季节,凉风吹过,清香扑鼻。枣林深处,农舍隐现,鸡鸣狗吠,声声入耳。范东阳兴致勃勃,双手叉腰,环顾四野,说:"多好的田园风光啊!这让我想起了两句古诗:绿树村边合,青山郭外斜。怀镜,这是王维的诗吧,是不是?"

"范部长真是诗书满腹啊!"朱怀镜隐约记得这好像是孟浩然的诗,只好如此含糊了。

村干部带着领导同志走了一圈,然后到村委办公室坐下来。村支书是位精干的年轻人,汇报情况条理分明。范东阳听着很是满意,说:"好啊,俗话说得好,村看村,户看户,群众看干部。村支书、村干部,代表党和政府形象啊。实践证明,你们加强基层组织建设,经验可行,效果很好。看着你们这成片成片的枣林,我对农村工作充满信心。这是一片希望的田野啊!我建议,梅次地委和马山县委要进一步总结这里的经验，一定要突出组织建设促进经济建设这个主题。"

朱怀镜马上表态，说："我们一定组织专门班子，作深入细致的调查研究，把经验总结好。像杏林村这样的典型，马山县还有很多，这个村是比较突出的代表。"

范东阳问："明吾同志，像杏林村这样的枣子村还有多少？"

余明吾说："马山县总共三十五个乡，东边这九个乡，户户栽枣树，村村是枣林。"

"这九个乡，枣子已成了重要经济支柱。"尹正东补充道。

范东阳听罢，眼睛放光，抚掌道："好啊，好啊！我说呀，怀镜看你们同不同意我的观点，这个我说呀，马山经验，要突出枣子开发，这应该说是加强基层组织建设的成果嘛。我看思路越来越明朗了。怀镜同志，永杰同志，明吾同志，正东同志，你们要好好总结啊！"

一行人走起来看似阵容随意，其实自有规矩。范东阳的右手边是朱怀镜，左手边是韩永杰。余明吾和尹正东随后，也是一左一右。尹正东也许性子太急，走着走着，就会走到前面去，凑在范东阳面前说几句。他马上又会发现自己不对劲了，忙退了回来。可过不了多久，他忍不住又走到前面去了。望着尹正东串前串后，朱怀镜总在回忆，不知在哪里见过他，或是他像某位熟人。

范东阳突然萌发了新灵感："对了，我有个想法。典型越具体越好。我建议你们就抓住这个村，把它的经验总结透。这个这个叫杏林村吧？我看改个村名吧，就叫枣林村。"树先进典型似乎有个规矩，就是总树基层的好人好事。下级同上级的关系，近乎橡皮泥同手的关系。橡皮泥你想捏什么就是什么，越是基层，越是好捏。

改村名可是个大事啊！朱怀镜带头鼓掌，说："范部长，我用老百姓的话说，全村人托你洪福啊！你能不能为这个新生的枣林村题个词？"

范东阳欣然答应了。村支书便拿出宣纸，往桌上一铺，请范东阳题词。村支书三十多岁，刚下车时，余明吾介绍过他，大家听得不太清楚，不知他姓甚名谁了。毛笔是新的，半天润不开。朱怀镜急出了汗，就望望余明吾，怪他工作做得不细致。余明吾便望望随来的县委办主任。县委办主任没谁可望了，就红着脸，手不停地抓着头发。范东阳却是不急不慌，将笔浸在墨水里，轻轻地晃着。

他的脸相总是微笑着的，村干部们看着很亲切。毛笔终于化开了，范东阳先在旁边报纸上试试笔，再挥毫题道：学习枣林经验，加强组织建设。范东阳题。某年某月某日。

大家齐声鼓掌。朱怀镜说："好书法。范部长，我不懂书法，看还能看个大概。你的字师法瘦金体，却又稍略丰润些。我们不懂书法的人，只知道字好不好看。范部长的字就是漂亮。"

范东阳接过毛巾，揩着手，摇摇头，笑着。他摇头是谦虚，笑是高兴。看来朱怀镜说中了。临上车，范东阳突然回头说："怀镜，你坐我车吧。"

朱怀镜便上了范东阳的车。一时找不着话，朱怀镜只好说："范部长书法真好。别说，这也是领导形象哩。毛泽东同志，大家就不得不佩服，文韬武略，盖世无双。"

范东阳笑道："怀镜说到哪里去了，我怎么敢同他老人家相提并论？他老人家啊，你有时候还不得不相信他是神哩！"

"是啊。"朱怀镜说。

望着车窗外茂密的枣林，范东阳忍不住啧啧感叹："王维那首诗，用在这里真是太贴切了。'故人具鸡黍，邀我至田家。绿

91

树村边合，青山郭外斜。开轩面场圃，把酒话桑麻。待到重阳日，还来就菊花。'诗人描写的，就是一幅画啊。"

"是啊，王维本来就是个画家，他的诗就真的是诗情画意了。"朱怀镜说得像个行家，心里却很虚，生怕范东阳的秘书听出破绽。秘书坐在前面，不多说话。组织部长的秘书就该如此，看上去像个聋子，不注意领导同志们的谈话。

"好漂亮的乡村景色，真叫人流连忘返。我退休以后，就选这种乡村住下来，没事写写生，多好。"范东阳感叹道。

朱怀镜说："范部长，我很想要你一幅字，或是画，只是开不了口。"

范东阳笑了，说："你这不开口了？好吧，改天有空再说吧。"

朱怀镜忙道了谢。范东阳又问他都读些什么书。朱怀镜说："我读书读得很庞杂。"便随意列举了几本书，有的是读过的，有的并不曾读过。范东阳便笑道："你说的读得杂，其实就是博览群书啊。"

朱怀镜忙摇头笑道："怎么敢在范部长面前谈读书呢？"

范东阳却用一种感慨的语气说道："怀镜是个读书人。"

朱怀镜谦虚道："哪里啊。"他琢磨范东阳的感觉，像个博士生导师。范东阳的谈兴更浓了，总离不开读书。朱怀镜书倒读过些，却是个不求甚解的人，他的过人之处是记性好，耳闻目睹的事，不轻易忘记。范东阳提到的书，他多能附和几句。范东阳像是找到了知音，演说状态甚佳。

紧接着视察了三个村子，却是一个比一个好。范东阳显然后悔了，不该早早地就把先进典型定了下来。可说过的话是不能随便收回来的，就只好兴高采烈，一路说好好好。余明吾看出朱怀镜有怪他的意思，就私下解释说："我们有意让视察的典型现场一个比一个好,就是想收到一个层层递进、引人入胜的效果。没想到范部长会这么高兴,下车就表态了。"尹正东插嘴说:"杏林村本也不错……"没等他说完,朱怀镜轻声说道:"别说了,算了吧。"

朱怀镜陪同范东阳一天半,形影不离。范东阳离开时,朱怀镜坚持要送他到边界处。范东阳再三说:"怀镜哪,好好总结你们的经验。我们荆都的重头是工业,过去对农业和农村工作花的气力不多。其实,农村有很多值得大力宣传和推广的东西啊。怀镜不错!"范东阳本是谈工作,却突然冒出句"怀镜不错"来,手法上像蒙太奇。范东阳是含蓄的,这四个字的意思就非常丰富了。

望着范东阳的轿车绝尘而去,朱怀镜上了自己的车。刚开动,又叫司机停下来。余明吾同尹正东从车里钻出来,看朱怀镜有什么指示。朱怀镜招招手,叫余明吾到他车里来。尹正东就站在那里嘿嘿笑。

余明吾上车就作检讨:"对不起朱书记,我们没有安排好。"

朱怀镜说:"也没什么,还算不错。不过接待无小事,要事事细致。当年周总理为什么经常亲自过问外交接待问题?重要嘛。"

"是是。"

朱怀镜说:"马山经验,当然主要是枣林经验,要好好总结。我意思是地县两级组成联合调研班子,集中时间搞一段。我回去向缪明同志汇报这个想法。"

"行行,我们按朱书记意见办。"余明吾说着又笑了笑,"范部长一句话,就把一个村的名字改了。朱书记,这里还有个法律问题。"

朱怀镜说:"没什么大不了的,你向民政部门报批一下就是了。范部长说改个地名，你能说不改？我跟你说老余，范部长这次对你们用警车开道很不感冒，提出了批评。我替你圆了场。范部长很注意形象的。"

余明吾说："朱书记，你别怪我说直话。他要是真到了必须得用警车开道的级别，你不用警车，他照样会不高兴。他是怕太张扬了，影响他日后进常委吧。"

朱怀镜严肃起来："明吾你越说越不像话了。"

余明吾红着脸，憨憨地笑。在领导面前适当说些出格的话也无妨的。领导会认为你有性格，而且信任他。朱怀镜不在马山再作停留，当天下午就回到了地委机关。余明吾同尹正东自然送他到县界，握手再三而别。朱怀镜同尹正东握别时，随口说道："正东像我的一位朋友。"尹正东将朱怀镜的手握得更紧了，使劲摇着说："这是我正东的荣幸。"

第八章

朱怀镜同袁之峰一道，去几个重点国有企业转了一圈回来，见手边没什么当紧事了，专门向缪明请了假，说回荆都去一趟，动员夫人调过来。他不能不回荆都去，好歹得同香妹说出个结果。这些日子，每到夜晚，儿子的眼睛总在他的床前闪来闪去，鬼火似的。而香妹几乎每天晚上都会打电话给他，死活都说要离婚。可是为着儿子，他说什么也不愿离婚了。儿子下半年就要上中学了，他打算让儿子到梅次来上学。让儿子待在身边，他心里会踏实些。误了儿子，他会终生不安的。

缪明很高兴，同意朱怀镜马上回荆都去住上几天，还开玩笑说，不把夫人磨动就不许回来。现在很多从市里下去的领导干部，都没有带上夫人，被称做飞鸽牌干部，迟早要飞的。所以凡带上夫人一块儿走的，多少会落得些好口碑。

缪明握了朱怀镜的手，还拍拍他的肩膀，说："你负责回去说服老婆，我负责在这几天内把你的住房安排好了。我同地委办早说过了，让他们把你的房子安排好。他们见你夫人反正一时来不了，也就不太急吧。"

朱怀镜是上午到家的,香妹上班没回来,儿子待在屋里玩"电游"。学校放暑假了。他开门进去的时候,儿子回过头来,样子说不上是惊恐还是惊喜,嘴巴动了一下,好像没发出声音。他愿意相信儿子喊了爸爸,只是自己没听清。他放下公文包,站在儿子背后,问儿子好不好玩。他想让儿子知道,爸爸对"电游"也很感兴趣。心里却感到可笑,自己还得在儿子面前逢迎。儿子并不在乎他站在背后,依旧只顾自己玩。他偷偷望着儿子的头顶,见儿子理着短短的平头,头发紧巴巴地贴在头皮上,很没有生气。头发还有些发枯,就像六月里晒蔫了的树叶。

凭他说什么,儿子总是心不在焉地嗯嗯啊啊。儿子终于玩腻了"电游",又懒懒地躺在沙发里看电视。朱怀镜坐过去,拉了儿子的手。儿子却触了电似的,手抖了一下。儿子的手并没有缩回去,却冒着汗。朱怀镜心里很是窘迫,抓住儿子的手不知如何是好,抓着也不是,放了也不是。

朱怀镜突然感到背上发了汗,便问儿子热不热。儿子没有做声,头木木地摇了摇,眼睛仍瞪着电视。他就势放开儿子的手,过去开了空调。

可老半天,不见凉快下来。他凑上去,伸手试试,见空调吹出的风没有一丝凉意,而上面显示的温度却是18℃。他怀疑空调是不是坏了。

这时听到开门声,知道是香妹回来了。儿子并不回头,仍旧看他的电视。香妹见了朱怀镜,就像没见着,只问儿子作业做了吗,儿子只在鼻子里答应了一声。

朱怀镜问了声:"回来了?"香妹没有应他,只是过去关了空调。他便知道空调的确是坏了。

香妹进厨房时,问了声:"你在这里吃中饭吗?"她的问话冷冰冰的,没有叫他的名字,甚至"你"都没有叫,还把"家"替换成了"这里"。

朱怀镜很敏感，心里哽哽的，只答了一个字："吃。"

中饭吃得很没有生气。儿子那样子似乎不在乎谁的存在，眼皮总是耷着，长长的睫毛把眼睛遮得严严的。一家人谁也不说话，只有碗碟相碰的叮当声。

吃了中饭，香妹去厨房洗刷，儿子进他自己房间去了。朱怀镜站在厨房门口，想说几句话，香妹不怎么应他。他知道这会儿不能说她调动的事，说了弄不好就会相骂。

他便回到客厅，站在厅中央，无所适从。站了一会儿，便推开书房门，立即闻到一股霉味。再一看，发现书房还是他走时的样子，角落散落着几本书。那是他四个月前清理书籍时没来得及收拾好的。书桌上、圈椅上、沙发上、书柜上，都落满了灰尘。看样子，这四个月香妹从来没有进过他的书房。

朱怀镜本想独自在书房里待一会儿，可这里脏得简直没地方落脚，只好去了卧室。去荆都之前，因为同香妹关系僵着，他多半是躺在书房的沙发上看书、睡觉。与香妹同枕共席的感觉已经很陌生了，甚至这几个月他很少萌生男人的冲动。可这会儿他真的躺在夫妻俩共同的床上了，关于夫妻生活的所有记忆，一瞬间全部复活了。香妹曾是一位多么温柔可人的妻子！

可是，整个中午香妹都没有进房来。朱怀镜一个人火烧火燎地激动过后，精疲力竭地沉沉睡去。直到下午四点多，他才醒来。在醒来的那一霎时，他惊了一下，身子微微一抖，脑子一片空白。他知道香妹肯定又上班去了，儿子不是在看电视就是在玩"电游"。他不想起来，躺在床上望天花板。他不知道香妹能否回心转意。

朱怀镜这次下了决心，非说动香妹不可。他没有再去在乎时间，只是躺着。听见香妹回来了，他也不起床。听着晚饭熟了，香妹有意高声叫儿子吃饭了。他还是没有马上起床,想等等是否会有人来叫他吃饭。

他听到了碗碟声,知道他们母子俩已开始吃饭了,没有谁来叫他。他有些生气,但也只是赌气再躺一会儿,最后自己起床了。他有意显得轻松,夸张地搓搓手,说菜好香,没有人答理他。一家人依然干巴巴地吃饭。

吃完饭,朱怀镜全身汗腻腻的,很不舒服。他想马上洗澡了,却又正是《新闻联播》时间。因为职业关系,朱怀镜一般不会错过看《新闻联播》。可他今天只是稍作犹豫,就决定去洗澡,新闻不看就不看吧。

凉水冲澡,痛快淋漓。但洗完之后皮肤发烧,又是大汗。心静自然凉,可他的心烦躁死了。儿子晚上不做作业,在看电视,朱怀镜便陪着看。香妹却是躲着他,去了儿子卧室。他怕晚上两人睡不到一起,没机会说事儿,便硬着头皮推开了儿子的房门。没有开灯,黑咕隆咚。朱怀镜开了灯,见香妹向隅而卧,身子弓得像只虾。

"我想同你商量,请你同我一起到梅次去。"朱怀镜站在床边。

香妹没有回答他。

"一家人在一起,对儿子也好些。"朱怀镜在床沿边坐了下来。

香妹还是没有回应。

"琪琪这孩子,性格好像都变了……"朱怀镜抬手去扳香妹的肩。

"别碰我!"香妹肩膀一甩,呼地坐了起来,冷冷地瞪着他。

他终于愤怒了,扑过去,压着女人,扯她的衣服。香妹闷在他身下,呜呜地叫着,挣扎。他本来兴趣索然,却强迫自己兴奋。任女人怎么挣扎,他却狂暴地揉搓她亲吻她。过了好久,女人耗尽了力气，一动不动了。他却是自欺欺人，想象着女人被降伏了。他骑在女人身上，尽量夸张着男人的勇武和尊严。

香妹躺在那里却像一袋打湿了的灰面粉，冷冰冰，腻巴巴。完事之后，朱怀镜的懊恼比手淫还难受。他下了床，脑子昏沉沉的。他不待在客厅，也没有去卧室，去了书房外面的阳台。他先是坐在地板上，然后就躺下了。很闷热，又有蚊子在耳边嗡嗡叫着，还可以闻到灰尘刺鼻的霉味。

窗外天幕上，星星拥挤着，你不容我我不容你的样子。朱怀镜像位自虐者，忍受着蚊叮虫咬和酷热，躺在肮脏的地板上，遥望星空，胡思乱想。他和梅玉琴的那些事，终究会让人们慢慢淡忘的。权力、金钱和女人的故事每天都在演绎，人们听故事的心情也和欢场定律一样，习惯了喜新厌旧。不管他会怎样思念那位可怜的狱中女人，别人不会再对他们的风流韵事感兴趣。

第二天一大早，听着香妹上班去了，朱怀镜才爬了起来，往屋子里走。他仍沉浸在昨夜的情绪里，身子虚飘飘的像个梦游人。可他猛然看见了儿子，浑身一热，便无地自容了。好在儿子并不望他，只顾玩着"电游"。他忙做贼似的，闪进了卫生间，照照镜子，见自己头发散乱，面色如土，衣服脏兮兮的。

朱怀镜站在莲蓬头下，一任冷水冲洗，顿时鼻腔发酸，眼泪长流。一切都糟透了，儿子呆得像根木头，妻子冷得像条死蛇。人一辈子，再怎么风风光光，或者浑浑噩噩，家总是最后的归宿啊！

朱怀镜想，也许单靠自己这张嘴皮子，只怕说服不了香妹了，得请亲友们出面劝劝才是。到了这份儿上，也不怕别人说他们夫妻关系如何了。家家有本难念的经，谁都理解，没什么大不了的。况且荆都离梅次远得很呢，荆都这边有人知道他们夫妻不和，而到了梅次人的眼中，他们或许又是模范夫妻哩。毕竟在外人面前,香妹懂得护面子。

朱怀镜冲了澡,就坐在卧室里打电话。他打着哈哈同朋友们聊天,然后再请人家这几天有空来家里坐坐,劝劝香妹。都是有些脸面的朋友,哪有不答应的道理?朋友们知道他回来了,难免要请客。他没有心思陪朋友喝酒,把所有饭局都推了。

于是从当天晚上开始,不断有朋友上门来。朋友们多是夫妻双双上门。朱怀镜陪朋友在书房里聊天,女人便陪香妹在卧室里说话。最初几天,任人怎么说,香妹都是默不作声。过了几天就喋喋不休,哭哭啼啼,诉尽委屈。后来又是低头不语,任人游说。

好几天过去了,朱怀镜觉得没希望了。看来香妹对他是心死了。他无可奈何,准备第二天回梅次算了。不料这时,有天深夜,香妹躺到他床上来了。

"这辈子,不想同你在一起也没有办法了。真是冤家对头啊。"香妹叹道。

朱怀镜伸手揽过香妹,她也不冷不热松松软软地弯在他的胳膊里。"你想去哪个单位?"朱怀镜问。

香妹说:"哪里都行,只要有工资。"

朱怀镜说:"你就不要再赌气了,好好想想,我好同缪明同志说去。给别人安排工作,我可以随便怎么同下面打招呼。是你的事呢,我就得请示缪明同志了。"

"是啊,朱书记对自己一贯要求严格啊。"香妹嘲讽道。

朱怀镜不往心里去,反而听做玩笑话,笑道:"不是我要求严啊,是你的架子太大了,我没资格管啊。"

香妹并没有笑起来,闭目寻思片刻,说:"方便的话,就去你们地区财政局吧。我长年搞财会工作的,去了也不会白拿工资。"

朱怀镜当晚就打了缪明电话，说香妹答应调梅次去。缪明很高兴，说房子安排好了，是老专员范家学的房子。范老专员早就随女儿到美国养老去了，这边房子一直是他家亲戚住着的。

　　第二天，一家三口刚吃完晚饭，陈清业打电话来，说来看看朱书记。不知他从哪里知道朱怀镜回荆都了。朱怀镜今晚本不准备会客的，他想好好陪陪香妹，因为明天一早就得回梅次去。可是陈清业电话里很是客气，他也不好推托。在荆都做生意的乌县老乡中间，陈清业给他的印象最好。

　　一会儿，门铃就响了，知道是陈清业到了。像陈清业这种身份的人去拜访人，总是事先做好了一切准备，到了人家楼下，再打电话联系。别人要是不在家，或者不方便接待，那就改天再来。要是别人说行，他马上就到，免得人家等候。他们最不怕走白路，最不怕耽搁时间，最不怕麻烦。他们就靠这本事讨饭吃。

　　开了门，果然是陈清业到了，身后随着两个人，都搂着纸箱子。一箱鲜提子，一箱果奶。这都是平常礼物，不会让人脸上过不去，朱怀镜只是说了句："清业你客气什么？"陈清业只是笑笑。随来的两个人放下箱子，笑着道了声朱书记好，就要出门。朱怀镜请他们坐，两人只说车子在下面。陈清业说让他们下面等吧。朱怀镜也不强留，客客气气地送两人出了门。

　　香妹出来倒了茶，满面春风的样子。她招呼一声客人，就同儿子去了里面房间。朱怀镜递给陈清业一支烟，笑着问道："清业生意越来越发达了吧？都买小车了？"

　　陈清业摇头一笑，说："发达什么，有个车，办事方便些。"

　　"好啊，清业，你好好干，有一天会成为荆都鼎鼎大名的民营企业家的。"朱怀镜赞赏中带着勉励，便不失领导风度了。领导面对腰缠万贯的老板，如果光是赞赏，不轻描淡写地勉励几句，难免露出钦羡的意思，就显得掉格了。

陈清业仍是摇着头，说："哪里啊，我才起步啊。一直得到朱书记的关照，我心里感激不尽呢！您去梅次好几个月了，我早就想过去看望您，总让七七八八的事情冲掉了。这几天正准备去的，知道您回来了。"

朱怀镜摆手道："清业见外了，老朋友了，又是老乡，用得着这么客气？有事去梅次的话，尽管找我。专程去一趟，就没有必要了。都很忙啊！"

见陈清业老是擦汗，朱怀镜才意识到屋子里原来很热，抱歉道："热吧？空调坏了。我不在家，也没谁去找人修。"

陈清业起身过去，看看空调机，说："朱书记，我前天才买了台两匹的海尔柜机，原准备放在酒店大厅里用的，功率小了，得换台三匹的。正好，我明天就把那台空调搬过来，省得去退货了。"

朱怀镜心里明白，哪有这么巧的事？你才说空调坏了，他那里就有台不合适的新空调。朱怀镜一向喜欢陈清业，就是发现这小伙子脑子转得特别快，办起事来让你觉得来也来得，去也去得，不至于尴尬。"清业，你赚钱也不容易，还是省着些用吧。这空调修修或许还能用的。"

陈清业便说："朱书记硬是舍不得这台旧空调的话，我拿去修好了，放在我酒店里对付着。"

朱怀镜说："谢谢了，清业。你嫂子马上也要随我调梅次去，梅次那边气候凉爽，空调不怎么用。"这话听来，不像是不要空调，也不像是要空调，只像在讨论梅次的气候是否用得着空调。

陈清业用不着朱怀镜明说要空调，也就讨论起气候来了："这几年气候越来越怪了，梅次那边也不像原来那么凉爽了，这我知道。如果回去十年，梅次真的用不着空调。朱书记，那边房子都安排好了吗？"

"房子这几天就会安排好,同这边的差不多大,也是四室两厅,只是旧了些。"朱怀镜说。

陈清业说:"旧没关系,装修一下就是新的了。"

朱怀镜淡淡一笑,说:"装修什么?能住就行。我这种人是身不由己的,天知道明天一纸调令来了,我又会到哪里去。装修房子不等于把钱丢在水里?"

陈清业玩笑道:"不装修怎么行?您当领导的艰苦朴素没关系,可也得为嫂子想想哩。嫂子是在城里住惯了的,简单的装修还是要的。您也忙,管不了那么多,这事就交给我吧。我自己手下有装修公司。"

朱怀镜很神秘的样子,轻声说道:"还让你说准了哩!你嫂子百事都好,就是讲究居住条件。她一直不想过去,就怕那边的房子住不惯。不过现在就是有心装修,时间只怕也来不及了。"

"请问嫂子什么时候过去?"陈清业问。

朱怀镜说:"时间迟早都由她自己把握。不过最快也得一个月以后,最迟也不能迟过两个月。过了暑假,孩子就得开学哩!"

陈清业一拍大腿,说:"这就行了嘛!我马上安排人过去,一个月时间装修,绰绰有余。装修完了,再放它个二十多天,去去油漆味,保证不用两个月,可以从从容容搬家。"

"你这边生意这么忙,顾得过来吗?"朱怀镜问。

陈清业回道:"这个朱书记放心,我会安排好的。"

朱怀镜微笑道:"那就谢谢你了。我明天一早就回梅次了,你去那边之前,先打电话给我吧。"

陈清业道了打搅,告辞了。香妹出来收拾茶几,问:"陈清业没事找你,就专为送礼?还要送空调,为你装修房子。"

朱怀镜说:"我心里有数,你放心。"

103

第九章

朱怀镜回到梅次，马上去缪明的办公室汇报。缪明又在修改什么文稿。他摘下眼镜，把皮圈椅转斜了，微笑着望着朱怀镜，请他坐下。缪明手闲着了，就放在下腹处了。胖胖的右手来回画着圆圈，就像是打太极拳。朱怀镜坐在办公桌斜对面的沙发里，仰望着缪明。他今天感觉缪明再怎么微笑，总有点居高临下的意思。他准备架上二郎腿，可是见缪明的二郎腿正抖得悠游自在，便不想掠人之美，终于平放双腿，样子恭谨地汇报了荆都之行。在缪明面前，他有时恭而敬之，有时漫不经心。也不是他恭倨无常，不过因时依势，随机而动罢了。

缪明知道陈香妹终于答应调到梅次来了，很高兴，说："怀镜同志，你还是有办法的。地委、行署领导中间，还有好几位，都说想让夫人调来，就是做不通夫人工作。好啊，夫人来了，你就不用天天跑食堂了。"其实朱怀镜从来就没有跑过机关食堂，他有的是地方吃饭。可缪明愿意把他说得这么朴素和廉洁，他自然很乐意。

"缪书记，有两件事还得向您请示。"朱怀镜说，"我夫人长年从事企业财会工作，后来本来有机会调市财政厅的，因为我去了财政厅任职，她就没去。她个人意愿，还是不脱离财会这个老本行，想安排在地区财政局。这事我自己不好说什么，地委定吧。"

缪明沉吟一会儿，马上表态："行啊，我个人意见可以。你夫人什么级别？"

朱怀镜笑道："女同志，什么级别不级别？她好多年的科级干部了。"

缪明笑道："你是管干部的，莫说我越权。我有个建议，我会找陆专员统一一下思想，等你夫人过来后，安排她任财政局副局长。你是财政厅下来的，我们地区跑上级财政方面，主要仰仗你的关系。给你夫人压压担子，今后让她跑财政厅，也方便些。这是从我们地区工作大局考虑，你可别说我私心啊！"

朱怀镜忙推托道："感谢缪书记关心，不过这个安排只怕不妥。我家小陈一直是个业务型干部，没有领导经验。再说，她一调过来就安排这么重要的位置，怕难得服众。"其实他更担心的是在陆天一那里面子上不好过。上次讨论陈冬生任财政局副局长，没有通过，就因为缪明不同意，朱怀镜意思含糊。而如今却要任命他的夫人任此要职，让人看上去是个阴谋似的。朱怀镜早已知道陈冬生同陆天一的特殊关系了。

这时，缪明离开高高在上的皮圈椅，同朱怀镜一道坐在沙发上，说："这不成问题，在于地委做工作。"缪明说着，还轻轻拍了拍朱怀镜的手背。

朱怀镜手背微微发痒，感觉缪明的眼神也有些意味深长。朱怀镜知道自己是梅次牌局的一张关键牌，缪明和陆天一都想把他抓在手里。如果他贴着陆天一，缪明很快就会下庄走人。但他朱怀镜捞不着任何好处，因为藏在陆天一身后准备分肥的还有很多

105

人，轮不到他朱怀镜喝上一杯羹。而他如果同缪明共坐一条板凳，说不定牌局就会发生变化，甚至陆天一的阵营也会分化的。左右权衡，朱怀镜愿意缪明占上风。再说，他支持一把手工作，摆得上桌面。不过，朱怀镜不想别人把他的真实态度看得太明白。今天缪明几乎不假思索便说要提拔香妹，决不是草率，一定有他的用意。

朱怀镜心知肚明，也就不想表现得太感激了，只说："怕给缪书记您增添工作难度啊！"

缪明依然大公无私的样子，说："怀镜同志，我说过了，这是为地区工作考虑。我们需要市财政局支持的地方多着哩！这事你就别管了。你说，还有什么事？"

朱怀镜说："小陈住惯了那边的房子，提出来一定要把这边的房子装修一下。我是不想装修，懒得麻烦。但就是说不通她，她甚至说房子不装修，她就不过来。你看，女人家，就喜欢在这些小事上赌气。我只好答应她，简单装修一下。这事我想得向你报告一下。"

缪明说："怀镜，我一直很感谢你支持我的工作。领导同志重大事情向组织报告，上面有要求，可有的同志做得不够。像房子装修，谁向我报告过？怀镜，你就依你夫人吧。简单搞搞就行了，我们这种人哪，没有必要为了这些小事，让人家去说三道四。"

"对对，正是这个意思。依我，只把卫生打扫一下就行了。"朱怀镜说。

"行啊，简单弄一下就行了。"缪明突然侧过头望着朱怀镜，眼神很专注，"怀镜，龙岸同志撕破脸皮了，说要同天一同志干到底。上次我们研究对龙岸同志的处理意见时，你的意见是对的。天一同志固执自己的意见，我不维护他又不太好。我是从大局考虑啊。"

"龙岸闹得很凶？"朱怀镜问。

缪明说："年轻气盛吧。他说自己是凭着业务能力上来的，没什么靠山。这次为着这事就栽了，反正不想有什么前途了，就要讨个公道。还说那天晚上开着公车去夜总会的县处以上干部并不只是他龙岸一个人，只是别的人关系过硬，摆平了。"

朱怀镜道："我想他说的只怕是实话。"

缪明说："我想也是的。问题是他这么一闹，地委、行署形象受损啊。他控告天一同志破坏公共财物，还一家一家去串联，请那些赔了汽车修理费的人同他一起告天一同志。有的人不敢出头，也有敢出头的。地区法院当然不会受理这个案子，龙岸同志的状子就满天飞，各级人大机关和新闻单位都收到了他的控告材料。这几天你不在家，这事在梅次传得玄哪！"

"天一同志是个什么态度？"朱怀镜问。

缪明摇头道："他还不是骂娘捶桌子，说龙岸这小子哪怕是孙悟空，也跳不出他如来佛的手心。天一同志有时说话办事就是不注意方法。"

朱怀镜也说："的确。我就觉得奇怪，天一同志车里老是放着条警棍干什么？没人去深究，其实他带着警械，本身就是违法的。脾气来了就砸车，这怎么行？"

缪明说："天一同志习惯了这一套。老百姓感情朴实，也为他叫好。他砸车，老百姓看着解气，都说陆专员是个大清官。这件事发生后，我单独同他沟通了一下，他说今后会尽量注意。他是不是真的把我的话听进去了，也不一定。天一同志固执啊！"

两人都清楚这话题不能往深处说了，再说就难免论及人是人非。一时找不到话说，两人就干坐着，笑笑，摇摇头。缪明说怀镜没事就再坐坐吧。看样子缪明想聊聊天，可他偏是个话不太多的人。找不着个正经事儿说，光是闲扯，缪明就傻了。据说擅长文字的人，口头表达总是欠缺。

朱怀镜找着几句闲话说说，见缪明总是哼哼哈哈，就起身告辞了。他回到自己办公室，一会儿就见舒天敲门进来，报告说："朱书记，刚才接了个电话，有个姓陈的，说是您乌县老乡。他说您的手机没开机，便打到我们那里，正好是我接的电话。"

朱怀镜知道一定是陈清业来了，便问："他说有什么事吗？"

"他说他已到梅次了，问您今天在不在机关里面。"舒天回道。

朱怀镜说道："知道了。小舒好好干啊！"舒天一脸感激，点着头走了。朱怀镜挂了陈清业的电话，果然是他。原来陈清业办事真的是火性子，朱怀镜前脚刚到梅次，他后脚就带着装修人马赶到了。陈清业在电话里反复说朱书记工作太忙，不用管他们的吃住，只需晚上抽时间见个面，去住房看看，听听朱书记说怎么装修。朱怀镜今天的确有些忙，好些天不在家，有些事情需要处理。他也就不多客气，约好晚上再联系。

陈清业还有生意要关照，不可能总是守在梅次。可朱怀镜又不想再同别的人发生联系。想来想去，他想到了舒天，便挂了电话去。舒天没想到朱怀镜会挂电话给他，一时口吃，舌头打结，连朱书记好都说不出来，只是忙说我我我马上过来。放下电话，朱怀镜不禁摇了摇头。其实他很理解年轻人的紧张，自己也是这么紧张过来的。不过今天舒天一紧张，没有说出朱书记好，倒也恰到好处。他想舒天身边肯定还有别的同事，他们若是知道，一位地委副书记对这个新来乍到的舒天有什么特别之处，也不太妥当。

一会儿，舒天敲门进来了。朱怀镜只抬头望了他一眼，仍批阅着文件，说："小舒，怎么样？"

这话问得没头没脑，舒天略一支吾，含混道："好……很好哩。"

朱怀镜仍没抬头，说："小舒，你晚上到我那里去一下吧，有事麻烦你。"

舒天不得要领，嘴里说着好好，站在那里走也不是，不走也不是。朱怀镜这才抬起头来，说："小舒，你忙你的吧。晚上八点，你来就是了。"

晚上，朱怀镜陪市委组织部的一位处长吃了晚饭，再吩咐下面的同志陪同客人打保龄球，自己推说晚上有会，失陪了。坐车回梅园的路上，他隐约看见林荫道下走着两女一男，好像是舒天和他的两位姐姐。近了一看，果然是的。车却不方便停下来。他想一定是自己没说究竟有什么事，舒天心里没底，便请两位姐姐一道来了。他看看手表，离八点还差二十多分钟。

很快就到了梅园五号，朱怀镜对秘书赵一普说："小赵，你也去陪他们打打保龄球吧。"

赵一普当然求之不得，忙说："朱书记放心，我一定替您招待好客人。"

朱怀镜笑笑，下车了。市里下来的处长们，也是怠慢不得的，尤其是组织部来的人，更要让他们玩得尽兴。但朱怀镜自己碍于身份，不方便去高档娱乐场所，每每只好推说开会。其实客人们心里都明白，朱怀镜多半是考虑影响，不一定真的就是有会。但他们嘴上仍会说朱书记太忙了，您忙您的吧，不用管我们了。好在有朱怀镜的秘书在场，他们也会觉得有面子。秘书虽说也只是个科级干部，但身份特殊，有时甚至就代表着领导。况且这些处长们要帮亲戚或朋友在下面办个什么事，往往是通过秘书去办的。

朱怀镜爬上楼，背上微微冒汗。刘芸微笑着问了好，忙接过他的提包。朱怀镜也不再道谢,只跟着刘芸往房间去。刘芸开了门,将提包送进卧室,出来替他泡了茶。"空调只需这个样子吗?"刘芸说着就伸手往空中探了探,抬头四顾。她每次送朱怀镜进屋都会这样,细致周到。朱怀镜说:"小刘,你再拿几个茶杯过来,我有几位朋友会来。"刘芸马上就取了茶杯过来,问:"几位?"她揭开茶杯盖,准备往里面放茶叶。朱怀镜说:"我让他们自己倒茶算了,你忙你的吧。"刘芸就停了手,说:"没关系的。好吧,等客人来了我再来吧。"

朱怀镜背上湿了,很想脱了上衣,可舒天他们马上就会到的,不方便。果然门铃就响了。朱怀镜不忙着去开门,先梳了下头发,再提提裤腰带,把衬衣扯周正些。

拉开门,迎面望见的是舒瑶。"朱书记,您好!"舒瑶头微微歪着,露出一口雪亮的牙齿。

朱怀镜忙请三位进了屋,笑着说:"舒天你也真是的,劳驾你两位姐姐干什么?"

舒畅笑道:"朱书记不欢迎我和舒瑶?"

朱怀镜瞟了舒畅一眼,说:"怎么不欢迎?只是今天没什么大事。我请了人来商量装修房子,我平时怕顾不过来,想让舒天帮我同装修的师傅随时联络。"

舒瑶说道:"这么说我和姐姐就来得正是时候。装修房子,得多听听女士们的意见。尤其是您朱书记,一天到晚有那么多大事要考虑,哪有时间去想装修房子的事?房子装修,有很多细节要想到,很烦琐呢!"

朱怀镜要起身倒茶,舒畅忙抢着上前,说道我们自己来吧。她先取了朱怀镜的杯子,倒了杯茶端过来,再替自己三姐弟各倒了一杯。舒畅来回递茶几个回合,朱怀镜的眼睛忍不住跟着她打转转。他怕这样显得失态,就不停地说着对不起让你自己动手。

舒畅只是浅浅地笑,说朱书记太客气了。整个过场不到半分钟,但如果没有他和舒畅的对话,就会十分尴尬。舒畅今晚显得格外丰腴,很有韵致,叫他胸口一阵阵发空。这大概是她今天穿了件墨绿色旗袍的缘故。刘芸说过来泡茶的,却没有来。

舒畅和舒天都平放着双腿,脚朝沙发底下缩着,望着朱怀镜说话。舒瑶却架着二郎腿,十指交叉优雅地扣在胸口处。她穿着发白的牛仔短裤,两条腿叠在一起,白晃晃的格外惹眼。看上去舒瑶比电视屏幕上显得丰满,也生动多了。当她抬手拢头发的时候,她的鼻尖和下巴都往上微微翘起,有股难以言说的味道。

舒天看上去从容,却又似乎老成中略带稚气。这多半是因为他今晚带了两位姐姐一道上门,才让朱怀镜有这种印象。朱怀镜想尽量同舒天多说说话,意在看看他的才情、性格和机智。而舒畅总是轻巧地接过话头,替弟弟说着好话。朱怀镜便觉得舒畅在弟弟面前更像一位母亲。

没多久,门铃又响起来了。几个人都争着去开门,只有舒瑶没有起身的意思。最后舒天抢着去开了门。来的正是陈清业,笑嘻嘻地叫道朱书记好。朱怀镜请陈清业坐下,只介绍这位是我的朋友陈先生,却并没有向他介绍舒天他们。舒畅倒了茶来,陈清业客气地接过了,说道谢谢。他只在接茶的时候瞟了舒畅一眼,就再也不敢望两位女士了。朱怀镜暗忖,想必是两位女士太亮眼了,陈清业感觉有些炫目吧。他自己初见舒畅,也是如此。

陈清业说:"朱书记,您也没时间考虑太多,您只交代个大概,余下的事交给我。别说我吹牛,我的装修公司在荆都可是第一流的,请您放心。"说罢,陈清业从公文包里取出一沓照片,说是他们公司装修的样板工程。

朱怀镜接过照片一一看过,只说"太豪华了,太豪华了"。陈清业却说:"朱书记,照片有个摄影效果问题,看上去富丽堂皇。其实我选的这些样板，都还算比较普通的。我知道您对自己一向要求严格，不敢把那些富豪型的样板拿给您过目。"

朱怀镜最后选中了一套比较简单的，说："可以参照这套房子。装修不是堆票子，经济实用就行。我也没那么多钱贴在墙上啊。"

舒瑶伸手要过照片，看了看说："我也觉得这套好。家具不显得烦琐，整个线条都简洁明快。不过我觉得主卧室的格调嫌冷了，还可以暖些，情调些。小孩子房间要照顾年龄特点，不要太成人化了。"

舒畅凑过来看看，说："总的感觉不错。我们女人是天天在厨房待的，最关心厨房。厨房处处都要考虑周到，伸手要取油，抬手要拿盐，还要方便打扫卫生。"

舒天也要过照片看看，说："朱书记应有个像样的书房。书房可以简单些，两排大书柜，一张书桌，但要有书卷气，尤其要充分考虑光线。还可以置张躺椅，朱书记一天到晚很累的，回来可以躺在书房看看书，养养神。"

朱怀镜听着各位的意见，只是点头。陈清业说："各位的高见都很好。我这里还有详细图纸，可以请各位提提意见。要不要请设计师给你那套房子出张效果图？"

朱怀镜说："不必了。你只把我们的意见同装修的师傅说清楚就行了。勉强过得去就是了，不必太多劳神。人嘛，说到底不就是……一日三餐，夜里……这个睡一觉嘛。不必太讲究了。"他本来想到了那句老话：日图三餐，夜图一宿。可话到嘴边，又觉得这是消极的人生态度，不像位地委副书记说的，便临时改了口。却又怕学中文的舒天在心里笑话他说得不伦不类，就瞟了眼舒天。舒天像是不在意，仍在看着手中的照片。

陈清业笑道："朱书记就是这样，对自己要求太严格了。但起码的生活条件还是要啊。卫生间有什么要求吗?我考虑装个浴缸。中国人就是太不讲究卫生间了,其实很重要哩。"

"装浴缸,太奢侈了吧。"朱怀镜说。

陈清业笑笑,说:"朱书记也真是的,连浴缸也被您说成是奢侈品了。事实上我们中国人祖祖辈辈都是洗浴缸的啊,只不过是木盆的。现在我们不过就是把木盆的改成现代材料的,怎么就奢侈了呢?"

朱怀镜哈哈大笑起来,指着陈清业说:"清业啊,你就是会开玩笑。"

朱怀镜这一笑,话没明说,却算是答应了。陈清业便不再问浴缸的事,只说:"朱书记要是来得及,明天人马就可以进场。"

"明天?急了些吧。房子我都还没来得及去看,不知有什么需要清理的。你也还得进材料什么的。后天吧。"朱怀镜说。

陈清业说:"那就后天吧。我已随车带了一些材料来,主要是榉木料,怕梅次这边没有好的。其他木料和金属材料,这里和荆都没什么区别。"

朱怀镜说道行,又指着舒天说:"清业,这位是我们地委办的小舒同志,你和他交换一下电话号码。我平时可能没多少时间过问这里的事,你有事就同他联系吧。""行行,不用朱书记操太多的心。我们是不是去看看房子?心里好有个底。"陈清业说。

朱怀镜说好吧,就带着各位出了门。路过服务台,见刘芸双手扣在胸前,微微鞠躬道:"朱书记您好,各位好。"朱怀镜微笑着点点头。刘芸刚才的仪态举止自然是很合服务规范的,却让他感到有些异样。

半路上,舒天说:"朱书记,我被派往马山搞材料去了,今天是周末才回来的。我担心会误您的事呀!"

不等朱怀镜答话,陈清业抢着说:"不碍事的,也没太多事麻烦你。马山也近。"

朱怀镜这才说："对对，没事的。去马山感觉怎么样？小舒要多争取这种锻炼机会啊。邵运宏是梅次一支笔，你要多向他学习啊。"

舒天说："感觉很好，马山确实有很多新东西值得认真总结。邵主任这个人很有意思，很敬业，对工作要求也严。但只要喝上几杯酒，就像换了一个人。"

"是吗？"朱怀镜随意道。

舒天说："他喝下几杯酒，就会把机关文字工作说得一文不值。可睡一觉起来，他又兢兢业业了。"

从梅园抄近路，走过几道回廊，就是鹅卵石铺成的小径，只几分钟就到宿舍区了。地委机关宿舍分南北二区，北区多是地委、行署领导住宅，南区多是处级以下干部住宅。朱怀镜的宿舍在北区一栋。打开门一看，见里面空空如也，打扫得干干净净。朱怀镜背着手，去各个房间转转，感觉不错。大家也都说不错。到了卧室外面的阳台上，舒瑶哇了一声，说："好大的阳台！就这么空着太可惜了。完全可以装个整体浴室，还可以置一套健身器，要不放上一张躺椅也行。"

朱怀镜心里暗想，这舒瑶满脑子的浪漫，只想着洗澡和睡觉，便忍不住对她微笑，说出的却是长者的话："你们年轻人，总想着舒服！"

舒瑶调皮起来，说："朱书记好像自己很老似的！很老也得睡觉啊！人一辈子有一半光阴是在床上度过的，不把睡的地方弄好，吃得再好，玩得再好，生活质量也不高。"

朱怀镜越发笑了起来，说："你看，我才说你只知道舒舒服服睡觉，接着你就说吃说玩，倒还有一套理论。你们这些年轻人呀！"

舒畅忙着替妹妹圆场:"朱书记您别听她瞎说。她呀,在他们台里是有名的工作狂。她几时睡过好觉?每天不到十二点钟以后不可能上床,长期依赖安眠药才能入睡。"

朱怀镜笑道:"我知道,逗逗她。舒瑶说得其实很对。革命领袖说过,不会休息的人就不会工作。舒瑶,你要注意休息啊,年纪轻轻的就老是失眠,不好啊!"

舒瑶这回却笑得有些羞涩了,说:"感谢朱书记关心!"

大家玩笑得差不多了,陈清业才说:"阳台上真的可以装个整体浴室。朱书记,其实这两年新修的厅级干部住宅,都是两个卫生间,你这房子是早几年修的吧?早落后了。我建议,装个浴室。"

浴室连着卧室,想着就很有情调。朱怀镜猜想在场所有人都想到了什么,只是心照不宣而已。其实刚才陈清业说中国人不讲究浴室,朱怀镜就想到外国的浴室了。西方人很讲究浴室,因为他们的浴室通常还是做爱的地方。他对阳台一侧的浴室早心向往之了,嘴上却说:"不忙,我再考虑一下吧。"

陈清业说:"这里有现成的供排水系统,很方便装浴室的。"

朱怀镜只做听不见,说:"大概就是这样,辛苦清业多操心。"

陈清业见事情谈得差不多了,就先走了。朱怀镜他们再闲话几句,一同下楼。三姐弟请朱怀镜走前面,他却说女士优先。朱怀镜伸手拉了下舒畅,请她走前面。舒畅笑了笑,同舒瑶并排走在了前面。朱怀镜有意同舒天并肩走,说说话,舒天却显得谦逊,稍后半步。朱怀镜今晚同舒畅倒是有说有笑的,可是两人独处却那么拘谨。

朱怀镜说什么也不要他们送他回梅园,就在半路上分手了。这条小路他白天常走,很是喜欢。夜雾迷蒙间,路旁的花草、奇石影影绰绰的，更是别具意味。他很想在这里稍作徘徊，又怕别人见了怪异，只好快步去了五号楼。到了楼下，仍不想上楼，就在楼下走着。不断有小轿车开过来，车灯很是刺眼。他想避避车灯，却又怕显得鬼鬼祟祟，只好上楼去了。

第十章

范东阳来过几次电话，都是说枣林经验。他回荆都后，念念不忘枣林村，随时都会冒出些新灵感，就打电话过来。朱怀镜就坐不住了，非亲自去马山蹲几天不可。

他本想图清净，不惊动马山县委，先去枣林村住上两天，作些调查研究。想想又觉不妥。余明吾和尹正东终究还是会知道的，他们就会有想法。说不定《梅次日报》还会有新闻出来说他微服私访。老百姓的政治理想自然是浪漫的，会说梅次又出了个清官，只怕在人们的口碑相传间，还会敷衍出些带古典色彩的故事，诸如断冤狱、惩贪官之类。官场中人见多了把戏，只会说他作秀。老百姓说好说歹都没什么关系，怕只怕官场的流言飞语。他又的确想去走村串户，最好在农家住上一两晚。想自己在官场上泡了这么多年，口口声声调查研究，却从来就是只听各级领导汇报，还没有真正从老百姓那里听到过一句话。反复琢磨，想了个两全其美的办法。枣林村还是去，也告诉余明吾。不用县里来领导陪同，只请那帮写材料的秀才去就行了。

余明吾接了电话，忙说："朱书记，您听我汇报，还是让我陪着您去枣林村，开个座谈会，看几家农户，住还是住到县里。农村条件到底还是艰苦，我们不能忍心让您住在农民家里啊。"

朱怀镜笑道："我朱某人怎么就不可以住在农民家里？我本来就是农民的儿子啊。明吾你也是乡下人啊。我知道，这会儿农村就是蚊子多些，其他都好。"

余明吾还想劝阻，说："朱书记，枣林村到县里又不远，住在县里，不影响您的调研工作。我说呀朱书记，您就接受明吾的建议吧。"

朱怀镜说："明吾啊，你就别操心了。我是农村人，习惯乡下生活，吃住都可以的。我又不是万金之体，不存在安全问题。你该干什么就干什么，我在枣林待过之后就去县里，同你碰头。"

朱怀镜执意要住在乡下，余明吾也不敢多说了。朱怀镜晚上打的电话，次日一早便赶枣林村去。随行的只有秘书赵一普和司机杨冲，也没有让新闻单位知道。

驱车不到一个小时，就进入了马山县的枣子产区。四野尽是低矮的山丘，栽满了枣树。山丘间是开阔的田野，水稻正在灌浆壮实。轿车穿村而过，枣树几乎要扫着车顶。枣子还没熟透，青白色的，缀满了枝头，枣树便婀娜如垂柳。

很快就到了枣林村，远远地就见村口聚了好些人。近了，先是看见邵运宏和舒天，再就看见村支书。想不起村支书名字了，只记得小伙子人还精明。还有很多人，只怕是村里看热闹的。

邵运宏迎上来，说："朱书记辛苦了。"

"你们辛苦，下来这么久了。"朱怀镜说着就把手伸向村支书，"辛苦了，辛苦了。我同明吾同志说了，不要打扰你们。怎么仍搞得这么兴师动众的？"

村支书憨厚地笑笑，说："余书记也没让我们做什么接待准备，只是交代我们准备汇报，准备个座谈会。怎么安排，请朱书记指示。"

"我们走走吧。"朱怀镜说罢,做了个请的动作。村支书客气一下,就在前面带路。邵运宏、赵一普、舒天他们紧随其后。虽说是深入基层了,还得听村支书的安排。要是凭着兴致,或是真想看个究竟,想上哪户人家就去敲门,说不定就会让自己下不了台的。

沿路尽是看热闹的乡亲,朱怀镜挥手向他们致意。乡亲们没什么反应,只是笑。有些女人见他笑了,竟往屋里藏。朱怀镜到底不算迂,挥手之间并没有喊乡亲们好。不然,乡亲们没有回答说首长好,那就难堪了。没人事先打招呼,乡亲们哪知道回答首长好?

见了栋两层的新砖屋,村支书说:"朱书记,我们上这户人家看看?"

"好吧好吧。"朱怀镜说。村支书就高声招呼这家主人,说:"三砣,三砣,在家吗?地委朱书记来看你们来了。"

一位西装革履的小伙子出来了,伸出双手拍着,说:"欢迎各位领导。"小伙子又回身朝里屋叫道:"翠翠快开大门。"屋子正中的大门吱的一声开了,一个女人微笑着说:"各位领导请坐。"两口子都穿得整齐,像要出门做客。女人还描了眉,抹了红,像乡下唱戏的旦角。

这是农家中堂,好比城里人的客厅,摆了些沙发和凳子。

入了座,村支书介绍说:"朱书记,这位是陈昌云,村里人都叫他三砣。三砣是我们村的能人,在外做生意,夏天做枣子生意,冬天做柑橘生意。别的生意也做,什么赚钱贩什么。"

三砣老婆翠翠递茶上来,朱怀镜道了谢,说:"好啊。搞活农村流通,就靠你们这些能人。"便问他家几口人,每年能挣多少钱,几个孩子,上几年级了,负担怎么样。三砣一一答了,朱怀镜点头不止。邵运宏、赵一普和舒天他们则是不停地记笔记，还得不时点头微笑。朱怀镜揭开茶杯盖，立马就闻到一股菜锅味了。想必女人是用菜锅烧的水。他也只好硬着头皮喝了口茶，点头道："好茶好水。"

门口早围了些人，场院里也有人三五成群地站在那里。年轻姑娘很害羞的样子，你打我一拳，我捏你一把，却都把眼睛偷偷往屋里面瞟。这时，听得外面有人喧哗。朱怀镜望望外面，见大家都往远处张望。心想是不是有人上访来了。下到基层，就怕碰上群众当面递上状子。古典戏曲对群众影响太大了，他们总把时空弄混淆了，希望碰上包拯或海瑞出巡，然后跪递诉状。朱怀镜正寻思着，只见人们迅速闪向两侧。他正想看个究竟，原来是余明吾和尹正东来了。有两位不认得的，想必是乡政府的干部。后面扛着摄像机扫来扫去的，肯定就是马山电视台的记者了。朱怀镜内心不快，却不好当着村干部发作，只好站起来，同他们亲切握手。"明吾同志，正东同志，你们真的不肯放过我啊！"

余明吾笑道："朱书记您就别再批评我了。您亲自下来了，我在县里坐得住？"

"是啊，我同明吾同志商量，哪怕您再怎么批评，我们也要赶来。"尹正东说。

朱怀镜只好说："好吧，你们就同我一道搞调研吧。"回头对主人说："三砣，你带我参观一下你们家房子行吗？"三砣的称呼从朱怀镜嘴里出来，别人听着就有几分幽默，都笑了。三砣就觉得亲切，抓耳挠腮的。

这种房子在乡下叫做洋房，格局却依然是旧式的。中堂设着神龛，立着祖宗牌位，香火不断。只是香火被革新了，两支像烛又像香的红玻璃管，通了电源，火苗闪闪，犹如长明灯。中堂平时又是家人看电视和待客的地方，沙发、茶几等尽可能讲究些。

中堂两头,各有两个套间,每套里外两间。中堂后面是楼梯间,楼上是三个套间,每套也是里外两间。房间里家具都还齐全,收拾得也干净。进了中间那个套间,里面家具、被褥和各式摆设格外不同些,应该是主人的卧室了。抬头一看,居然装着空调。"不错嘛,三砣。你这房子有三百多个平米吧?我只住一百多个平米,你比我级别高。按住房标准,你同国家领导人差不多了。"朱怀镜玩笑道。

此话其实并不怎么幽默,却引得满堂欢笑,其乐融融。人们对待领导,就同对待小孩差不多。小孩子只要稍有表现,大人就直夸他聪明。余明吾领了头,大家放声笑着。这笑声又夸张着朱怀镜的幽默,气氛说不出的快意。

大家笑得如此随便,三砣也就放肆了,说:"朱书记这么一表扬,我就不知道自己姓什么了。我想起前几年在春节联欢晚会上看到的一个小品。赵本山演个村长,说村长上面是乡长,乡长上面是县长,县长上面是省长,省长上面是总理。掰着指头一算,总理只比村长大四级。我三砣比村长矮一级,我还没有总理大,比总理矮了五级。"

大家不知三砣这话是否犯了忌,就望了望朱怀镜。见朱怀镜笑了,大家又哄堂大笑。朱怀镜还想看几户,就告辞出来。村支书高声吩咐:"三砣,叫你老婆弄几个菜,我们等会儿就到你屋里吃饭啊。"

三砣两口子都争着说要得要得,说好了就要来啊。又看了几户,都是村里的殷实人家。运气真好,户户都有主人在家,都烧了茶水,洗了茶杯。朱怀镜再不像在三砣家里那样坐下来细细询问,只是站着同主人攀谈几句,就拱手而别。他慢慢心里就清楚了,知道这些人家都是村干部事先打了招呼的。

"看几户困难人家吧。"朱怀镜说。

121

村支书便望着余明吾,不知如何是好。余明吾说:"小陈,你带朱书记看一两户有代表性的困难户吧。"原来支书也姓陈。乡村多是团族而居,每个村就是几个大姓,杂姓很少的。

陈支书拍拍脑袋,想了想,继续领着大家往前走。没走多远,就有人将两百块钱偷偷塞在朱怀镜手里。朱怀镜明白这是怎么回事,却不好说什么。不一会儿,就到了家土坯房前。陈支书过去敲了门,没人答应。陈支书回头说:"家里没人,出去做事去了。"又到了栋歪歪斜斜的旧木板屋前,陈支书上去叫门。听得里面有人应,却不见有人开门。陈支书推推门,门就开了。进去一看,里面漆黑如洞。

听得角落里隐隐有声,陈支书凑近一看,才见床上躺着个人。是位老太太,正轻轻呻吟。陈支书伏在老太太耳边高声说:"上级领导来看看你。是地委朱书记,还有县委余书记、尹县长,都是大官哩。"有人提醒说:"还有地委政研室邵主任。"陈支书又补充说:"还有地委邵主任。"

朱怀镜在床边坐下来,抓住老人家的手。老人家想坐起来,朱怀镜按着她的肩头,说:"老人家你躺着吧。你老高寿?"陈支书说:"朱书记问你多大年纪了。"老太太说了句什么,朱怀镜没听清。陈支书说:"老人家说她今年满七十九,吃八十岁的饭了。"朱怀镜又说:"老人家,你是寿星啊!你保重身体,日子会越来越好的。"陈支书又提高了嗓门,把朱怀镜的话重复一次,像个翻译。

这边却急坏了电视台摄像的,屋里的光线太暗了。他们静悄悄地忙作一团,打开所有窗户,又四处找电灯开关。开了灯,灯光又太暗了。听得尹正东低声骂人:"怎么不带灯来呢?打仗忘了带枪还行?"

朱怀镜询问了几句,掏出两百块钱,说:"老人家,我这里给你两百块钱,表示个心意。只要我们好好干,辛勤劳动,很快会脱贫致富的。"余明吾、尹正东、邵运宏每人也递上两百元钱。老人家捧着这些钱,说了很多感激话。朱怀镜一句也听不清,陈支书就翻译着。

又去了一户,也是栋低矮的土坯屋。一敲门,马上就开了。一位蓬头垢面的女人傻傻地笑。满屋子小孩,床上坐着,地上蜷着,凳上趴着。朱怀镜本想上去拉拉那女人的手,可那女人只知道笑。陈支书轻声说:"她脑子有些问题。她男人是个正常人,不在家。"朱怀镜便又递上两百块钱去,说了些勉励的话。女人反正听不明白,朱怀镜就说得敷衍。不说又不太好,摄像机对着他哩。余明吾、尹正东、邵运宏也依次递过两百块钱。陈支书就低头交代女人的大小孩:"你帮你妈妈收好钱,过后交给你爸爸,别弄丢了啊。"

出来后,朱怀镜皱了眉头问:"这家怎么这么多孩子?这不是越穷越生,越生越穷吗?"

余明吾和尹正东脸上都不太好过,心里怪陈支书不该带他们去这么户人家。陈支书不懂得搪塞,支吾道:"这家人我们村干部拿着不好办。女的是个弱智,男的蛮不讲理。说要将他老婆结扎,他就要杀人放火。我们是好话说了几箩筐,他是油盐不进。"

朱怀镜本想再看两户困难户的,心里一气,就不想看了。下面人察言观色,见他没有再看的意思,也就不再塞钱给他了。

路过村里祠堂,朱怀镜见大门上方的浮雕有些意思,就驻足不前了。是块两米多长、一米多高的镂空石雕。雕的是平林田畴,小桥流水,农舍野庵,村老童子,祥云飞鹤。旁有题款:杏林仙隐。大明正德十年孟春。大家不明白朱怀镜的心思,都不说话。"上次来时,怎么就没有看见这个祠堂呢?"朱怀镜问。

陈支书道:"上次没有从这里经过。"

朱怀镜说:"看样子,你们村历史上是出过人物的,不然修不了这么好的祠堂。这石雕很精美,很有艺术价值的。里面还有东西吗?"

陈支书说:"里面只剩个戏台了,破坏得差不多了。"

"进去看看吧。"朱怀镜说。

门只怕好久没有开了,推着吱吱呀呀响。门一开,就望见里面的青石板天井。走到天井里回头一望,就是戏台了。竟然还保留着好些对联,字迹清晰可辨。台前柱子上是一副长联:

四百八十寺皆付劫灰山水结奇缘尚留得两晋衣冠隐逸神仙堪合传

三万六千场无非戏局春秋多佳日好演出历朝人物忠奸贤佞看分明

朱怀镜念完,寻思片刻,啧啧道:"了得了得,你们陈家可有些来历,至少晋代就有很显赫的祖宗了。"

陈支书说:"我们哪里知道!只听说这祠堂很久了。老人家说,过去每到春节和老祖宗寿日,村里都要唱两个月大戏,由村里大户人家出钱请戏班子。后来破'四旧',把里面很多东西都破掉了。老人家讲,原来还有很多对子,写在木牌子上的,都砸烂了。这些雕在柱子上的,还留下一些。"

又见戏台左右两个口子都有对联,却因掉了漆,看不清楚。只隐约可见左边台口上方有"出将"二字,右边台口上方有"入相"二字。朱怀镜想看清上面的对联,问:"戏台还能上人吗?"

陈支书说:"应该可以上去。怕不安全,就别上去了吧。"

余明吾也说:"朱书记,还是别上去。我看那木板都朽坏了。"

朱怀镜笑道:"我看无妨。只有这么高,摔下来也没事的。"

尹正东便说:"小陈你先上去试试吧。"

陈支书便独自爬上戏台,试着跳了跳,便听得吱吱响。"应该没事的。"陈支书说。

朱怀镜便上去了。余明吾也跟着上去,却回头说:"你们就不要上来了,人多了怕不安全。"

走近了,台口的对联就看清了。字写得草,又多是繁体,就更难认了。朱怀镜琢磨好久,才半猜半认地轻声念道:

世事何须认真境过追维成梦幻
人生莫以为戏眼前法戒当箴规

朱怀镜刚念出"世事何须认真"几个字,余明吾就摇头道:"太消极了,太消极了。"朱怀镜也不好说什么了,只道:"好书法。"转到后台,竟又有一联:

凡事莫当前看戏何如听戏好
为人须顾后上台终有下台时

余明吾又评价说:"道理也是这个道理,终究太消极了。"

这对联好面熟的,朱怀镜记不得在哪里见过了。想这都是前人悟出的道理,自会天下流传的。真能领会,活在世上就自在多了。却又不能说得太过了,只道:"看做人生哲学,也会很受益的。"

余明吾点头说:"对对,传统文化,我们要批判地吸收。"

下了戏台,朱怀镜又在祠堂里转了一圈。看看左右与两边壁墙上的痕迹,猜想那里原是有看台的。走近墙根看看,竟有壁画痕迹。画的是峨冠博带、木屐广袖，只怕是些戏曲故事。

都是缺头少腿的，不见一个完整人物。真是可惜了。"我说小陈呀，你们这地方过去很了不起的，丰衣足食，歌舞升平。这么个好祠堂，竟没有保存下来。"朱怀镜摇头道。

出了大门，朱怀镜再次回头，欣赏那块石雕，说："这可是文物啊！明正德年间是什么时候？我没有这方面知识，猜想只怕也有四五百年了。光清朝就是二百六十多年，清以后又过了百把年了。这么说，只怕五百年以上了。宝贝哩！"

"那真的是宝贝。这东西能保存下来，也是奇迹。"邵运宏说。

余明吾点头说："是啊，这充分体现了我国古代劳动人民的聪明才智。"

朱怀镜心里暗笑，想这余明吾怎么总是一口八股腔，这会儿没人考察你的政治水平啊。尹正东嘿嘿一笑，说："文物我是不明白，一个破罐子，一片碎瓦，都看做宝贝。"余明吾怕他这话说得不好，就望望朱怀镜。朱怀镜只是宽厚地笑笑，说："正东是个直爽人。"

说话间，就见陈昌云远远地站在那里笑。

陈支书会意，说："各位领导，是不是吃中饭算了？"朱怀镜点点头，大家就往回走。很快就到了陈昌云家，饭菜早就摆好了。共两桌，都摆在中堂里。鸡总在大门口逡巡，翠翠正啊嗬啊嗬地赶着。陈昌云就怪他老婆，说："今天鸡不该放出来。"朱怀镜笑道："没事的，没事的。我也是农村人，自小就是这么吃饭的。鸡呀，狗呀，猫呀，都在桌子下面找吃的。稍不注意，鸡就跳到桌上拉屎来了。"

说得大家都笑了起来。陈昌云忙说："朱书记真是农民兄弟的贴心人啊！"

见桌上摆的是五粮液酒，朱怀镜就望着余明吾说："这酒就是你和正东搞的名堂了。下到乡里来了，就过农民生活。有乡下正宗米酒就最好不过了。我不喝这个酒，想喝米酒。"

余明吾便叫人撤下五粮液，换上米酒。酒杯却是大的大，小的小。朱怀镜就提议："都用碗吧。大碗喝酒，大块吃肉，好比梁山兄弟。"大伙儿又笑了。

开始吃饭了，摄像机还在瞄来瞄去。朱怀镜朝摄像的小伙子笑道："你们也闲了吧，吃饭也照来照去，我们连嘴巴都不会动了。未必要我们吃饭也像演戏一样不成？"记者望望余明吾，就放下了摄像机。

朱怀镜先尝了口菜，连连点头，说："很好很好，味道很好。"

翠翠在一旁不好意思了，红了脸说："哪里啊，乡下人做菜，水煮盐相，熟了就行了。各位领导将就将就吧。"

朱怀镜说："我不是说奉承话啊。正宗的乡下菜，城里人是最喜欢的。城里人吃多了名菜大菜，就说要返璞归真了。你要是去荆都，满街都是正宗乡里菜的招牌。我说，翠翠有这个手艺，真能去城里开店了。"

余明吾忙附和道："好啊，朱书记给你指了一条发财路了。不是开玩笑啊，只要你会经营，肯定会发财的。"

邵运宏到底是有些文人的浪漫，说："真是啊。你们真按朱书记的指示办了，弄得好肯定会发财的。这就是一段佳话了。不说去荆都，就是去梅阿，也是有市场的。"

陈昌云眼睛早就放亮了，拍了大腿说："我按朱书记的指示办，就去梅阿开个饭店，弄得好再进军荆都。"

朱怀镜便举了酒碗，说："好，这第一碗酒，我们祝枣林村的能人开拓新的经营门路，财源滚滚。"

陈昌云忙说:"感谢朱书记关心。不过,这第一碗酒,还是欢迎朱书记、余书记、尹县长,还有其他各位领导来我们农家做客。我今天非常激动。我们枣林村自古还没有接待过这么大的人物,偏偏又在我家吃饭。都是我祖宗积的德啊。"

朱怀镜听着这话还真是感动,说:"农民兄弟感情朴实。他们最懂得什么叫恩情,什么叫关怀。其实,我们有愧啊。建国这么多年了,还有这么多群众生活没过好。刚才看了几户困难户,我的心情很沉重。明吾同志,正东同志,我们坐在自己的位置上,要时刻牢记自己的责任啊。来来,我们喝酒吧。"

朱怀镜干了这碗酒,然后任谁敬酒,他都只是抿上一口。菜还真合口味,只是偏咸了。农家菜讲究下饭,习惯了多放盐。若真是进城开店,味道还要淡些。没想到他一句玩笑话,真让人家当回事了。

米酒度数不高,口感醇和,大家都喝得尽兴。酒喝了很多,话说得更多。不论谁说了什么,朱怀镜都点头不已,或是爽朗一笑。

见朱怀镜这么随和,谁都想多说几句话,饭局便拉得很长。

终于吃完了中饭,余明吾便问:"朱书记,您中午休息一下?"

"就不休息了吧。找些村民来,座谈一下。"朱怀镜说。

余明吾说:"好吧。小陈,你安排一下吧。动作快一点,别老等啊。就在这里吧,我们先喝喝茶,你去找人吧。"

这边陈昌云两口子刚把场面收拾干净,参加座谈的村民就到了。都不太好意思,蹑手蹑脚的,尽往角落里缩。朱怀镜便朗声而笑,说:"别客气,别客气,你们随便坐吧。明吾同志,我们开始?"

余明吾点点头,说:"今天,地委副书记朱怀镜同志百忙之中抽出时间,来到我们枣林村,看望大家,作调查研究。这是对我们广大农民朋友的亲切关怀。这不光是我们枣林村农民朋友的大喜事，也是我们全县农民朋友的大喜事。让我们以热烈的掌声，对朱书记的到来表示欢迎！"

全场鼓掌。朱怀镜也鼓掌回应，说："我们应该经常下来啊！"

余明吾接着说："这次朱书记主要想听取大家对党支部、村委会工作的意见，了解一下村民们的收入情况、负债情况。大家不要有什么顾虑，想说什么就说什么。特别是有什么不同意见，包括对我们县委工作的意见，都可以大胆地提。"

余明吾说完，全场就沉默了。谁也不愿带头发言，都想让别人先说。只有喝茶的声音，嘀噜嘀噜响。陈支书就点名了，说："老五，你先说吧。"

老五是位中年汉子，抓了抓头皮，抬头一笑，红了脸，说："我就先汇报几句吧。我们村党支部、村委会，在地委的亲切关怀下，在县委高度重视下，在乡党委的直接领导下，为促进全村经济发展，带领农民致富，做了很多工作。突出表现在如下三个方面。一是认真制订切合实际的农村经济发展规划……"

朱怀镜听着傻了眼，一个农民怎么出口就是官腔？而且起码是县委书记以上的官腔。碍着面子，不便点破，只得硬着头皮听，装模作样地记笔记。老五开了头，就一个接一个说了，却都说得头头是道，冠冕堂皇。

朱怀镜暗自琢磨，哪怕是官腔，如果说的这些都是真实的，倒也不错。他只能捺着性子听完所有人的发言。就算是下面人安排给他的戏，也得装聋作哑。

终于开完了座谈会，朱怀镜显得饶有兴趣，说："不错嘛，党支部和村委会的工作是很有成效的嘛。还是那句俗话说得好，村看村，户看户，群众看干部，关键还在党支部。只要我们党支部真正地发挥了战斗堡垒作用，带领群众从本村实际出发，紧跟市场经济形势，就一定能够把枣林村的事情办得更好。"

村民们都走了，朱怀镜心血来潮，说："陈支书，很感谢你，感谢你们支部全体成员。我想请村支部、村委会的全体成员见个面，合个影留念。"

邵运宏在一旁说："小陈啊，朱书记可是太关心你们了。平时都是人家想拉着朱书记照相，今天可是朱书记主动提出来要同你们照相啊。"

陈支书面有难色的样子，又望着余明吾。

余明吾忙说："小陈你这还用请示我不成？这是朱书记的关怀啊。快去请党支部和村委会的干部都来，大家一起合个影。"

不一会儿，村干部都来了。陈支书一一介绍，朱怀镜就同他们一一握手。却突然发现，来的村干部原来就是刚才座谈的那几位。朱怀镜便不再同他们攀谈，匆匆合影了事。

晚饭仍在陈昌云家吃。朱怀镜早没了兴趣，表情仍是随和的。他甚至不想再在这里住了，只是原先说得那么死，不好又改了主意。晚上朱怀镜不作安排，只想独自待着。他猜想他们肯定会让他睡在陈昌云家楼上那间空调房的。果然，陈支书说："朱书记，乡里条件有限，您就睡在昌云家，只有他家有空调。"

朱怀镜说："那是人家主人的卧室，我怎么能喧宾夺主呢？随便给个房间吧。"

陈昌云玩笑道："朱书记，拜托您给个面子。您住上一晚，我那房间就不一样了。您哪天到中央去了，我房间还可以开个纪念馆哩。"

余明吾笑道："陈昌云会说话。我们朱书记可不是一般人物啊！"

朱怀镜便问余明吾："明吾，你同正东同志呢？"

余明吾道:"我同正东同志也在这里住下了。您就别管了,村里同志都给我们安排好了。"

朱怀镜笑道:"我不要求你二位也在这里住下来啊。改天别埋怨我,说我害得你们在枣林村喂蚊子。"说得大家都笑了起来。这时,外面场院里早站了很多村民。一会儿工夫,上面来的干部就让这些村民领走了。

洗完澡,朱怀镜独自在房间休息。赵一普和杨冲过来打招呼,请安的意思。他俩就住在隔壁。没多久,又听到敲门声。朱怀镜开了门,见来的是尹正东。"朱书记,向您汇报一下思想。"尹正东说。

朱怀镜心中隐隐不快,只请他坐,沉默不语。尹正东说:"上次专门去看您,时间太晚了。见您也很累,我就没有多说。"

朱怀镜突然想起来了,这尹正东就是上次送他十万元钱的那位神秘人物。难怪上次见了就觉得他好面熟!朱怀镜心里突突直跳,浑身的血都往头顶蹿。可又不敢太确定,就沉了脸说:"正东同志,我要说你了。你不应该一个人来看我,要来就同明吾同志一块儿来。不是我随便猜测同志们,万一明吾同志知道你一个人到我这里来了,他会怎么想?正东啊,要注意处理关系啊。我平时哪怕是找同志们谈话,都得是三人以上场合。正东,对不起,我话说得太硬了。你哪天去我家里做客,这是私人交道,你尽管独自上门。"

尹正东早满脸通红,嘿嘿笑着,几乎是退着出去的。门被尹正东轻轻拉上了,朱怀镜在屋里急躁地来回走着。最近上他那里拜访的人越来越多,意图也越来越明显。原来,李龙标患癌症的消息传出去以后,很多人就看到了新的希望。他们猜测,李龙标在地委副书记位置上待不得太久了。这就得有人去填补。

混到一定份上的人都开始打算盘,看自己能否顶上去。自以为最有把握接替李龙标的,是几位资格最老的县委书记。想顶李龙标这个位置的人不必拜朱怀镜这个码头,那是荆都市委说了算的。但一旦有县委书记上去了,这又为别的人提供了机会。余明吾算是资格最老的县委书记了,最近风传他会接替李龙标。朱怀镜这才明白,也许尹正东想接任县委书记。这真应了高前说的,梅次的官都得花钱买。

又响起了敲门声。朱怀镜很烦躁,黑着脸开了门。见余明吾同尹正东一块儿来了,他忙笑道:"请进请进。"

余明吾说:"我同正东觉得还是应该过来看看,不知这里洗澡是否方便。"

"很好,烧了两桶水,洗得很舒服。"朱怀镜说。

"不知朱书记有没有兴趣玩玩牌?我同明吾同志陪您。"尹正东问。

朱怀镜今天没兴趣玩牌,知道这牌桌上会有玄机的。可不等他答话,余明吾说:"朱书记也别把自己弄得太紧张了,玩玩吧。"

朱怀镜只好答应,说:"好吧,去叫小赵过来吧。"余明吾开了门,叫了两声小赵,赵一普就同杨冲一块儿过来了。余尹两位早做了准备的,带了两副新扑克来。"三对一?"余明吾问。梅次本来是说三打傻的,但这种说法已带有政治色彩,官场上识趣的人都忌讳说起。

朱怀镜说:"还是不突出个人英雄,强调一个团队精神吧。升级吧,二对二。"

余明吾说:"就升级吧。地区对县里?"

朱怀镜说:"牌桌上无大小,不分地区和县里。我同小赵一家,你们二位一家。输了就钻桌子。"

不输钱的,梅次叫做卫生牌。尹正东就笑道:"朱书记可是处处讲卫生啊。"朱怀镜下基层,晚上一般不安排公务,唱歌跳舞必定不去，只得玩玩扑克。反正下面领导会来房间拜访的，拒之门外当然不好，干坐着聊天也不是个事儿。聊天不小心就聊到是非，万万不可。干脆就玩玩扑克，输了也爽快地钻桌子。无意间倒落了个好口碑，说朱书记这人不拿架子。

朱怀镜下基层打牌，手气总是很好的。今天也总是赢，弄得余明吾和尹正东老是在桌子底下钻。余明吾身子胖，钻起来很吃力。赵一普就玩笑道："两位父母官真是爱民如子，到农家做客，还忘不了替人家扫地。"

朱怀镜只是笑，不怎么说话。尹正东同余明吾也想扯些话题出来，朱怀镜只道："专心打牌，不然你们钻桌子要钻到天亮了。"

这时，忽听得门口有响动。大家凝神听了，有脚步声轻轻地远去了。杨冲忙开门出去看看，没见什么异样。却突然发现脚下有张纸条，捡着一看，就望着朱怀镜。

"什么东西？给我看看。"朱怀镜说。

朱怀镜接过纸条一看，见上面写着：

> 报告朱书记，陈大礼是个大贪官，他不像个党支部书记，私心杂念恨重，每次领导从上面来看望贫困户，他都把领导带到他家亲气那里去，让他们落得几百块钱，今天他们又故技从演，变本加厉。

朱怀镜看罢，一言不发，将纸条揣进了口袋里。他这才知道陈支书大名陈大礼。他不准备把这张满是错别字的条子给余明吾和尹正东看，免得彼此尴尬。可余明吾和尹正东打牌更加慌了，老是钻桌子。他们私下都有些紧张，都以为那张纸条子同自己有关，便总禁不住要瞟一眼朱怀镜的口袋，似乎可以透视出那张条子上的文字。

时间差不多了,朱怀镜说:"很晚了,休息吧。"

彼此握手而别。朱怀镜又将杨冲叫了回来,交代说:"这张条子,你不要同任何人说。记住啊。"

杨冲点头道:"朱书记放心,我不会同任何人说的。就是一普问起来,我也不说。"

刚才房里人多,门又老是开,室温下不来。朱怀镜想调低温度。找了半天,在茶几下面找着了遥控器。竟是崭新的。再看看空调机,也是崭新的。他便明白八九成了。这空调一定是昨天晚上县里派人连夜装上的。

躺在床上,朱怀镜满心无奈。他觉得自己很可笑,居然想下乡住两天,一可调查研究,二可休息几日。还真忙坏了这些人,一个通宵就可以把什么都弄得天衣无缝。记得古时有位官员游了寺庙,写诗说:因过竹院逢僧话,又得浮生半日闲。僧人听了笑道:官人得了半日闲,贫僧知道您要来,为此忙了三日啊。不承想如今领导下来调查研究也成迂腐之举了。

夜已很深了,蛙唱虫鸣,不绝于耳。这样的乡村夏夜,本应让他沉醉的。可他今晚却是心乱如麻。

第十一章

朱怀镜不想再在枣林村待了,也没必要再去马山县城同余明吾、尹正东碰头。次日一早,就起程回去了。临行,叫了邵运宏来,交代了几句,要他把好关,把枣林村的经验总结好。他的表情其实也算正常,但余明吾和尹正东都感觉到他的不高兴。谁也不好解释什么,谁也不知道要解释什么。看上去余明吾和尹正东也有些难为情,却只好使劲儿赔笑,说些工作没有做好之类的客气话。朱怀镜便爽朗而笑,说哪里哪里,很不错很不错。

朱怀镜只能爽朗而笑,不然他的枣林之行就显得荒唐可笑了。他的最后一个笑脸也安慰了余、尹二位,让他们觉得面子上还过得去。让大家都过得去,这是场面上的游戏规则。朱怀镜当然乐于大家都有面子。在路上,他打了范东阳电话。范东阳听说他亲自去了枣林村搞调研,还在那里住了一晚,很是高兴。既然范东阳也高兴了,他朱怀镜有什么理由不高兴呢?在枣林村被人糊弄的那些事,他不会向任何人说起。

回到机关大约是上午十点多钟,他径直跑到缪明那里去汇报,说尽枣林经验的好。这个典型是市委组织部长亲自树起来的，他是不可以讲半个不字的。缪明听罢，点头称许："好啊，这个典型好。我们要认真总结他们的经验，在全区进一步推广。农村这一块稳了，大局就稳了。"

中午回到梅园，刘芸见了他，脸刷地红了。迎上来接了包，替他开了门。一天一夜没有见着小姑娘了，竟也有种特别的感觉。刘芸给他泡好茶，问："朱书记您换下来的衣服呢？"

朱怀镜有些不好意思，说："在包里，肯定臭烘烘的了。"

刘芸就笑了起来，说："脏衣服就是脏衣服，没什么的。"

刘芸对朱怀镜的照顾越来越细致，人却越来越害羞，进出总是低着头。见着她，朱怀镜有时也会惶恐，总觉得那钱的事应该对她有个交代。现在他隐约知道那钱是谁送的了，更应妥善处理好。不然，怕拖出麻烦的。

下午，朱怀镜反复想了想，认为最好的办法是匿名将钱捐给残疾人基金会。保存好原始凭证，以备不时之需。万万不可付给廉政账号。他打了刘芸电话："小刘，我是朱怀镜。麻烦你个事，打听一下地区残疾人基金会的受捐账号。你不要说是谁想知道。"

刘芸听了，口应承了。过了十几分钟，刘芸来电话，报了账号。朱怀镜说："你可以请个假，来一趟我的办公室吗？好的，我等着你。"

从梅园步行到他办公室，需花二十分钟。刘芸却是十几分钟就到了，气喘吁吁的。朱怀镜笑道："快坐快坐。不要这么急嘛。"说罢就将空调温度调低些。刘芸却有些紧张的样子，不知朱怀镜找她有什么事。

朱怀镜说："小刘，我请你帮个忙。你很信任我，我也信任你。还记得那十万元钱吗？这钱现在还在我手里，我一直没有想到好办法处理。我现在想好了，想请你帮我把钱捐给残疾人基金会，化个名。"

刘芸双手微微颤抖着，眼睛睁得天大，望着朱怀镜。朱怀镜回身从文件柜里取出那个纸袋，放在刘芸面前，说："你点点吧。"刘芸说："不要点了。我写张领条吧，回来再把捐款凭证给您。"

朱怀镜说别太认真了，刘芸却硬是要写领条。写好领条，刘芸又问："朱书记，写什么化名呢？"

朱怀镜想了想，说："随便，就叫洪鉴吧。"说罢就写了"洪鉴"二字，放在刘芸手里。又叮嘱道："小刘，此事重大，千万保密啊。"

刘芸点头说："我知道的，您放心。"

刘芸走后，朱怀镜就有事出去了。直到晚上，他才见到刘芸。刘芸将捐款账单交给朱怀镜，笑着说："银行工作人员都望着我，不知我是什么人。"

朱怀镜玩笑道："什么人？是我在梅次最信任的人。"

刘芸脸又红了，低头说："朱书记，我觉得……我觉得您好了不起的。"

朱怀镜笑道："傻孩子，我有什么了不起的？"

"我很敬重您，朱书记，真的。"刘芸说。

朱怀镜仰天而叹，说："小刘，我很感谢你的信任。信任比什么都重要啊。像你这个年纪，对社会的复杂性不应该了解太多。不然，会过早地变得沉重。你应该是单纯而快乐的。"

刘芸抬头望着朱怀镜，说："朱书记，您别老把我当小孩。您以为我不懂的事，其实我懂。能得到您的信任，我真的很高兴。我想不明白，为什么您不可以把钱明着交上去？"

朱怀镜乐了，说："你才说自己什么都懂，怎么又不懂了呢？我刚才不是感叹信任的重要吗？现在最难得的就是信任。我若是把钱上交了，会有种种不良后果。别的不说，至少有人会说，天知道他收到多少钱，上交个十万元做样子，只怕是个零头。"

刘芸圆睁了双眼，说："我的天，真会这样？你们当领导也真难啊。"

这天，刘芸在朱怀镜房间里待得很晚，两人说笑自如。来了电话，他也不接。送走刘芸，再去洗漱。躺在床上翻了会儿报纸，电话又响起来了。犹豫片刻，还是接了。原来是舒畅的电话："朱书记，您好，我是舒畅。看了新闻，见您在乡下视察。想想您应该回来了，就打您电话。总没人接。后来我到机关里面有事，顺路去了您那里，见您房间亮着'请勿打扰'，我就回来了。"

"是吗？我从来没有按过'请勿打扰'，一定是总开关一开，所有功能都显示了。对不起，对不起。"朱怀镜想那"请勿打扰"难道是小刘按下的，难怪整个晚上没有人按门铃。平时总有一两位不打电话预约的不速之客，径直就跑来按门铃了。

舒畅说："我是想，您下了乡，辛苦了，想慰劳您，请您明天来我这里吃晚饭。"

朱怀镜玩笑道："舒畅啊，我等你请我吃饭，胡子都等白了。"

舒畅听了，只是嘿嘿地笑。又道："我见您在电视里，同别人就是不一样。"

朱怀镜说："你这不是废话吗，同别人一样，那还是朱某人？我今天倒没看梅次新闻，不知自己怎么回事。"

"说您轻车简从，微服私访哩。"舒畅说。

朱怀镜听了，忙问："怎么？说我微服私访？竟然有这么愚蠢的新闻报道？我微服私访，他们电视台怎么拍的新闻？是拍我微服私访的电影？"

舒畅见朱怀镜真的生气了，就安慰他几句。放下电话，朱怀镜一时竟怒气难消。心想自己干什么事，都有一摊子坏事的人跟在后面。

次日上班，竟然又见《梅次日报》登出了长篇报道《朱副书记微服私访记》。洋洋四千多字的篇幅，还弄了好几个小标题。他随口说农家菜好吃那一节，也被敷衍得有声有色。

朱怀镜将报道溜了一眼，哭笑不得。他本来就担心别人说他微服私访，如今电视报道了，报纸也登出来了。什么微服私访？下面各级领导陪着，大帮记者随着，还微服私访？明眼人一看，就知道这是演戏，不让人笑掉大牙？就算是微服私访，他也不能这么张扬的。上面还有缪明和陆天一，轮不到他出风头。依他目前位置，既要适当表现能力，又不能锋芒太露。只有陆天一才不管这些，总要弄些新闻热点出来，什么时候都想盖住缪明。朱怀镜想该在会上提出来，凡是牵涉到领导同志活动的报道，要严格把关。

朱怀镜正看着报纸，杨冲进来了。朱怀镜今天一早就见他有话要说的样子，好像碍着赵一普在场，没有开口。"什么事，小杨？"朱怀镜问道。

杨冲表情神秘，说："朱书记，马山余书记和尹县长都向我打听那张条子，我说朱书记交代，严格保密。"

朱怀镜说："好，你做得对小杨。谁也不能说，也不要让小赵知道。"

"一普也试探过，我没说。"杨冲说。

朱怀镜再次说道："好，小杨你做得对。"

杨冲像领了赏似的，得意地走了。他也许觉得朱怀镜更信任他，而不是赵一普。朱怀镜越发觉得事情滑稽了。当时他见了那张条子，立马就收了起来。不是说这张条子如何重要，只是这事公开了，他的访问贫苦就是笑话了。他同余明吾、尹正东三个人谁面子上都不会好过。没想到却收到了意外效果，让余、尹二位都紧张起来了。为人不做亏心事，半夜敲门心不惊。他俩紧张什么呢？他俩是否以为有谁递了检举信吧？

有人敲门。朱怀镜说声请进，门就开了。进来的是位年轻小伙子，表情有些冷。朱怀镜便注意起来，因为通常推开这扇门的人都是笑嘻嘻的。"请问你有什么事吗？"朱怀镜问。小伙子说："我是统计局的干部龙岸，想向朱书记汇报一下思想。"

原来是同陆天一叫板的统计局副局长龙岸。朱怀镜笑道："是小龙啊，你坐吧。有什么想法，你说吧。"

龙岸说："我很感谢朱书记。我听说，只有您在会上提了不同意见，不赞成陆天一这么胡作非为。但是您的意见没有被采纳，这是体制的悲哀……"

朱怀镜本能地意识到，不能让龙岸再说下去了。他立马打断了龙岸的话，说："龙岸同志，你有权履行自己的合法权利，可以依照法律程序办事。但是，地委的决策过程是机密，你无权知道，更无权评价。我个人作为地委领导，无条件服从地委决议。"

龙岸大吃一惊，嘴张开了半天合不拢："朱书记，都说您是最开明、最有见识、最有人情味的领导，怎么会这样？算了算了，我什么也不说了，我彻底失望了。"龙岸几乎哭了起来，扭头走了。

望着龙岸逃也似的背影，朱怀镜内心很歉疚。但他只好暗自歉疚了，不能让外界知道他不赞同陆天一的做法，更不能让外界以为他支持龙岸告状。套用西方一种常见的幽默表述，官员们最讨厌三件事：第一件是告状，第二件是告状，第三件还是告状。而目前官员最喜欢讲的三句话：第一句是加强法制，第二句是加强法制，第三句还是加强法制。

晚上朱怀镜要去舒畅家吃饭。下班时，赵一普早就在车边候着了。朱怀镜说要上朋友家去玩，不用陪了，小杨送送就行。赵一普点头笑笑，伺候着朱怀镜上了车。直到轿车开出老远，赵一普才回头走了。似乎轿车的尾灯就是双眼睛，唯恐它们看到他不恭敬的样子。

地委机关到物资公司本来不远，路上却很费事。交通管理太乱了，机动车、人力车、行人，挤作一团。卖菜的小贩也将摊担移到路边，好向下班的主妇们兜售。坐车就比走路还要慢了。杨冲急得直骂娘，骂城管办和交警队是吃干饭的。朱怀镜心里急，嘴上不说。这些不是他分管的事儿，不好多嘴的。

几分钟的车程，花去了二十多分钟。朱怀镜在舒畅那栋宿舍前下了车，打发杨冲回去了。他径直上了舒畅住的四楼，刚到门口，门就开了。原来舒畅早就站在阳台上望着下面了。只见舒畅穿着宽松的休闲衣，倚门而笑："你好慢啊，就用屁股磨都早该到了。"舒畅说。

听着舒畅的嗔怪，朱怀镜感觉舒服。"梅次街上没有一天不堵车，"他又问道，"就你一个人在家？"

"我把孩子送到外婆家去了，就我们俩。"舒畅飞快地瞟了他一眼，目光就躲向了别处。

朱怀镜背膛一热，问道："孩子几岁了？男孩女孩？"

舒畅说："男孩，九岁了。你喝什么茶？我这里有上好的乌龙茶，原先的老同事从福建寄过来的。我最近喝玫瑰花茶，这罐乌龙茶还没开封哩。"

朱怀镜说："那就试试你的乌龙茶吧。玫瑰花茶有什么好喝的？我想象不出。"

舒畅笑道："说法倒是有，玫瑰花茶养颜的。"

他玩笑道："你这么漂亮，还养什么颜？"

舒畅红了脸，说："都老太婆了，还漂亮！你坐吧，我去炒

141

菜，马上就好。"

朱怀镜说："就我们俩，吃不了什么，随便炒两个菜就行了。"

舒畅说："行。其实我只是想尽个心意，我哪炒得了什么好菜，你喜欢吃什么菜？"

朱怀镜玩笑道："我胃口粗糙，什么都吃，就是不吃人。"

舒畅听罢，脸一红，笑了起来。

朱怀镜问："舒畅你笑什么？"

舒畅仍是笑，说："没有哩，我没笑什么。"

朱怀镜摸摸脑袋，说："是不是我说错了什么话？"

舒畅笑着说："你说不吃人，我就想起一个笑话了。唉！不说了。"

朱怀镜急了："你别卖关子，说嘛。"

舒畅拿手掩着嘴，又笑了一阵，才说："你可别说我呀！一对新婚夫妇，度完婚假，先生去上班，夫人还在家休息。夫人问，你今天想吃什么？先生端着夫人的下巴说，想吃你哟！结果先生下班回来，见夫人光着身子在客厅里跑步。先生吓了一跳，问你这是干什么？夫人说，我在给你热菜呀！"

朱怀镜装作没事样的，哈哈大笑。他没想到舒畅居然能说这种半荤半素的段子。舒畅笑着，就去了厨房。朱怀镜问："参观一下你的房子行吗？"

舒畅在里面应道："小门小户的，有什么好参观的。"

房子只有两室两厅，不算太大，家具也简单，可所有陈设都别致得体。要挑毛病的话，就是客厅那架钢琴似乎放置得不是地方。那是客厅不太宽敞的缘故。他随便看了看房子，就推门进了厨房。舒畅回头笑道："拜托你坐着吧，你看着我，我就慌了，哪炒得好菜？"

他说:"真的,你随便弄两个菜就是了。"

"好吧好吧,我只弄两个菜。你先去坐着,不然两个菜都弄不好了。"

朱怀镜回到客厅,打开电视,《新闻联播》正好报道一个领导干部腐败的案件,名字没听清,只听见说这位倒霉蛋身为领导干部,视党纪国法于不顾,大肆索贿受贿,公然卖官,沉溺女色,生活糜烂……没有听完,朱怀镜就换了频道。这是一档环保节目,介绍美洲神奇的动物世界。他一下子就沉浸其中了。他很喜欢看动物节目,同儿子差不多。看动物节目比看人的节目轻松多了。又想今天舒畅像换了个人,有说有笑,毫无顾忌。他自己也不拘谨,就像回自己家里似的。

只一会儿工夫,舒畅就端菜上来了。一盘腊肉片煎金钱蛋,一碟凉拌竹笋丝,一碗清炒豌豆尖,一罐老姜乌鸡汤。

他搓着手,夸张地咽着口水,说:"舒畅你怎么知道我喜欢吃这些菜?特别是这腊肉片煎金钱蛋,我自己做过一回,很好吃。我还以为是我独创的哩!"

舒畅拿出一瓶王朝干红,说:"我这里就没有好酒啊。"

朱怀镜说:"既然是吃家常饭,就得像在自己家里吃饭一样,喝什么酒?我只要哪餐饭不喝酒,就是最大的福气了。"

"那就吃饭?"舒畅歪着头,望着他,样子很逗人。她便盛了碗饭,双手递给他。

朱怀镜笑道:"真贤惠,差不多举案齐眉了。"

舒畅红了脸,说:"我才没有福气为你举案齐眉哩!"

朱怀镜吐吐舌头,笑了起来。他先尝了一片金钱蛋,比自己做的好吃多了。又尝了一小口鸡汤,也是鲜美异常。他吃饭本来就快,今天菜合口味,兴致又高,一碗饭一眨眼工夫就光了。

舒畅哧哧笑了起来,说:"你吃那么快干吗?"

143

朱怀镜说:"我斯文不起来,是个粗人。"

他便有意吃慢些,可再怎么慢,也吃得比舒畅快。他吃了三碗饭了,舒畅才吃一碗。他实在吃饱了,却怕舒畅独自吃饭没兴趣,就又盛了一碗。这碗饭慢慢地吃完,舒畅才添第二碗。他使劲儿磨蹭,还是比舒畅先吃完。他想陪着舒畅吃,便舀了一碗汤,慢慢地喝。舒畅吃完第二碗饭,就说吃饱了,添了一小碗汤。两人喝着汤,相视而笑。喝完了汤,舒畅低了头说:"见你吃这么多饭,我好开心的。女人嘛,就是喜欢看着男人吃得香。"

朱怀镜突然发现,舒畅今天始终没有叫他朱书记,只是左一个你,右一个你。他心里便有种异样的感觉。舒畅收拾好碗筷,出来坐着。一时无话,两人都望着别处。忽听得舒畅低声说:"你也许不想知道我的生活,可我觉得应该同你说说。如果不是他那天到你那里,我也不想说。我和他曾经是地区歌舞团的同事。我是团里的头牌演员,跳芭蕾的。他在团里号称钢琴王子。说实在的,他很有才气,人也长得帅,你见过的。我谈恋爱,大家都说很般配。结婚后,开始还行。慢慢就合不来了。他太自负,却又没有过硬的吃饭本事。我不嫌他没本事,可他并不老老实实过日子,还用他那套花架子去勾引女人。后来,歌舞团解散了,我们调动全家所有关系,替他找了个好单位。梅次地区没什么好单位,物价局就很不错了。他呢?自不量力,辞职办公司……"

朱怀镜说:"能办好公司也不错嘛!"

舒畅叹道:"他能办好公司?他出去几年,没赚一分钱,把家里的老底子掏空了,还欠着一屁股债。他穷得叮当响,身边却没少过女人。他要是有本事养得起女人,也还算他是个男子汉。他是凭着一副好看的皮囊,专门骗女人的钱。有些傻女人甘愿上他的当。他弹一曲钢琴，跳一曲舞，哪怕是说些黄段子，都可能让有些女人上钩。勾引女人已成了他的职业。他已没有廉耻，没有尊严。他已两年多没有进过这个家门了，却又不肯离婚。"

朱怀镜长叹一声，说："没想到，你看上去快快活活，却是个苦命人。"

舒畅却笑了，说："这话我不爱听。我起初也难过，后来想通了，就无所谓了。什么苦命不苦命？我不是靠别人活的。他要不争气，是他自己的事，我们不相干。"

朱怀镜不知说什么才好，便换了话题，说："舒天这小伙子很不错，脑瓜子灵，手脚也勤，会有出息的。"

舒畅却说："你也不要对舒天格外开恩，看他自己的造化吧。要紧的是他得自己有本事，你也照顾不了他一辈子。托你关心，调动了他的工作，让他有个机会，就行了。"

两人又没有话说了。沉默半晌，舒畅笑道："说点别的吧。到乡下走走，感觉怎么样？"

朱怀镜叹道："本是去看先进典型的，却看到了农民的苦。这话却又只能私下里说。枣林那地方，历史上只怕很有名的。留下个破败的宗祠，我进去看了看，可以想见当年的繁华。可是，正像那里面戏楼上对联说的：四百八十寺，皆付劫灰，尚留得两晋衣冠，隐逸神仙。如今却是两晋衣冠都没有了，只剩下断壁残垣，更不用说隐逸神仙了。"

不知舒畅是否听明白了，可朱怀镜的情绪分明感染了她。她望着朱怀镜，跟着他叹息。他又说："我当时读到'皆付劫灰'四字，真是万念俱灰，无限悲凉。历史和时间太无情了，人实在是太渺小了。记得有回看电视介绍哪个名寺放生池里的乌龟，两千多岁了。我马上就想起了孔子。那乌龟可是和孔子同龄啊。孔子呢？孔陵那个土堆里是否埋着孔子的尸骨还不一定哩。可是那只乌龟，依然睁着圆鼓鼓的眼睛，漠然地望着上山进香的善男信女。这就又想起了下联的话：三万六千场，无非戏局。人生百年，不过三万六千日，天天都是戏局。我想这人生的戏，那两千多岁的老乌龟只怕是没兴趣看的。只有人类自己自编自演，不亦乐乎。可悲可叹又可笑。"

不承想，舒畅听着听着，竟抹起眼泪来了。朱怀镜忙笑道："你看你看，倒让你伤心了。我也只是说说而已。说着说着，我都不知道自己说些什么了。说归说，还得跟着太阳起床，随着月亮睡觉。"

舒畅长叹一声，说："你说到人生百年，不过三万六千日。人都是懵里懵懂活着，真没几个人去算一算一辈子到底有多少天。可又有几个人能活到三万六千日呢？就算是三万六千日，也是昙花一现。想想你手头三万多块钱吧，水一样的，很快就流掉了。"

说得朱怀镜也背膛冰飕飕的了。"舒畅，人有时倒是懵懂一点好。有些事情，是不能去想的。"他想尽量轻松起来，因想起梅次方言很有意思，就说："舒畅你怎么讲普通话？其实梅次方言很好听的。"

舒畅说："我自小随父母在部队里，走南闯北，只好说普通话。后来我当演员，也得讲普通话。舒瑶能当上电视台主持，多亏她的普通话。你不知道，要梅次人说普通话，比什么都难。"

朱怀镜便学了几句梅次话，学得不伦不类，好笑死了。舒畅平时不说梅次话，却也能学着讲。她便讲了几句最土的梅次话，朱怀镜听了，嘴巴张得天大。舒畅便笑得气喘。朱怀镜便问是不是骂人的话。舒畅笑道："你也真是的，谁敢骂你朱书记？"

朱怀镜说："舒畅，你就别叫我朱书记好不好？"

舒畅躲过他的目光，说："那我怎么叫你？"

朱怀镜说："你就叫我名字嘛。"

舒畅故意玩笑道："民妇不敢。"

朱怀镜也笑了，说："本官恕你无罪。"

舒畅微叹道："说实话，你是吴弘的同学，我就感到天然的亲切，把你当兄长看。可是，你毕竟是地委副书记啊。"

朱怀镜说："地委副书记也是人嘛。说真的舒畅，我很喜欢你的性格。"

"其实昨天晚上，我是专门去看你的，见你门上亮着'请勿打扰'……"

"哦，对不起……"

舒畅望着自己的脚尖，双手绞在一起使劲地捏。朱怀镜望着她，见她的额头沁着微微的汗星子。谁也不说话。没有开空调。窗户开着，却没有风。感到越来越闷热。朱怀镜心跳如鼓，不敢再待下去了。这会儿只要听到她一声娇喘，他就会搂起这位漂亮女人。

"你晚上还有事吧？"舒畅突然说道。

朱怀镜嘴上"哦"了一声，像是从梦中惊回，明白了她的意思。他叹了一声，说："太晚了，我就不打扰了。"

舒畅说："别误会，我不是要你走啊。"

朱怀镜也不想马上就走的，却暗自咬咬牙，站了起来，说："我也该走了。谢谢你的晚餐。有空去我那里聊天吧。"

"我就不送你下去了。"舒畅倚着门，望着他下楼而去。

朱怀镜出了楼道，却见自己的小车停在那里。他很不高兴，可又不能发作。杨冲早看见他了，忙从车里钻了出来，打开车门。朱怀镜说："小杨，辛苦你了。没有多远，我散散步也好，你不用来接的。要车我会打你电话。"杨冲小心道："我打了您的手机，没开。打您房间电话，没人接，猜想您还没有回去，就开车过来等您。"杨冲也算忠心耿耿,当然不能责备他。却想这小伙子到底没有赵一普开窍。夜里路上畅通多了,很快就到了梅园五号楼。

朱怀镜上了楼,没见着刘芸。他自己开了门,进房间没多久,门铃响了。他没来得及说请进,刘芸开门进来,说:"朱书记,您回来了?我才离开不到一分钟,没迎着您。"

朱怀镜忍不住伸手拍拍刘芸的脸蛋儿,说:"这孩子,真乖。"刘芸脸羞得通红,埋着头笑。又说:"朱书记,于经理来过了,见您还没有回来,就叫我先把水果什么的拿来了。我给您削个苹果?"

朱怀镜也不讲客气,说了声行,却又笑道:"你自己也吃一个,要不我也不吃。"刘芸没说什么,只是笑。她削好了苹果,递给朱怀镜。自己却不削,随便抓了颗提子吃。问:"朱书记,您家房子快装修好了吧?"

朱怀镜说:"快了。"

"那你爱人、孩子也快来了吧?"

"快来了,孩子要上学啊。"

"那您……快要搬走了?"刘芸低着头。

朱怀镜忽然发现刘芸面色落寞,心里就慌了,却装作没事似的,说:"等那边家安顿好了,你要去玩啊。别人去要预约,你可以随时去。"

刘芸说:"于经理说,您很关心我。等您搬走后,他说安排我去办公室上班。其实您不用为我操心。我在这里上班很好,我只做得了洗洗刷刷的事,我的心不高。说真的,您对我做的事满意,我就高兴,就知足了。"

朱怀镜听着满心愧疚。他没有替刘芸说过半句话,多半是于建阳见他喜欢刘芸,就对她格外开恩了。说不定于建阳还会想得更复杂些。朱怀镜越发讨厌这个人了。"小刘,今天说到这个份上,我有句心里话想对你说。我很喜欢你,你对我很关心,很体贴,让我感动。我真的很感动。这些日子,我一天到晚再怎么忙,回到这里,喝上口你递上的茶,我就自在了,熨帖了。"

刘芸竟暗自流起泪来,双肩微微耸动。朱怀镜不知如何是好,只道:"小刘,你别哭。你哭什么呢?好好儿的哭什么呢?"

刘芸揩了揩脸,不好意思起来,笑笑说:"我也不知道怎么就哭了。"

朱怀镜说:"小刘,若是你不嫌弃,我就当你是我妹妹也好,女儿也好,反正我就把你当自家亲人了。你今后有什么事,就同我说。"

刘芸忙说:"我真没有这个贪心。您这么看重我,其实我也没做什么,我也没那么好。从心里说,我非常敬重您。"

朱怀镜叹道:"小芸呀,我朱某人也许没有你想象的那样好。但我想尽量做个好官。做好官,难啊!我注定是要走南闯北的,在梅次也待不了一辈子。今天我俩就约定了,不论我走到哪里,你都得同我联系。"

没想到刘芸竟又哭起来了,说:"才说您要搬走了,又说到走南闯北了。您哪天调走了,哪里去找您?日后您官做大了,想见我也见不着了。"

朱怀镜哈哈一笑,说:"这孩子,说到哪里去了。做到再大的官,他也是个凡人啊。"

夜已很深了,刘芸看看时间,忙说:"太晚了,太晚了。"匆匆地走了。朱怀镜独自歆歔良久,才洗漱就寝。

两天以后,《荆都日报》和《梅次日报》都在显著位置登载了同题新闻:《寻找洪鉴——匿名捐款的好心人,您在哪里?》。

…………

这是梅次地区残疾人基金会收到的最高一笔个人捐款。据银行工作人员介绍，前往办理捐献手续的是位漂亮的小女孩。这位女士留下的地址是梅岭路199号。有关方面负责人随即按图索骥探访好心人，却发现梅岭路最后一个门牌号是198号，再往前就是郊外茫茫森林了。好心人在哪里？只在此山中，云深不知处。

…………

第十二章

　　几乎是一夜之间，所有梅次人都知道吴飞被抓起来了。吴飞是胜远建筑集团的总裁，梅次著名的民营企业家，荆都市人大代表，曾被评为荆都市十大杰出青年。

　　民间传说总是戏剧性的，说是吴飞正带着他的漂亮情妇在外地考察工程项目，不知梅次这边早已布下天罗地网。地委书记缪明亲自打电话给吴飞，请他回来，有要事相商。结果，吴飞和他的情妇在荆都机场一落地，就"咔嚓"，双双戴上了手铐。检察院立马将吴飞秘密押往外地，这边却急坏了陆天一，他可是吴飞的把兄弟！陆天一忙派公安的弟兄沿路拦截。在天河镇渡口，公安的差点追上了检察院的，却让检察院的抢先半步。望着汽车轮渡慢慢驶离码头，公安的急得朝天放枪。

　　说得有鼻子有眼的，自然是民间演义。但就像稗官野史有时比官方正史更加可信，百姓的口头故事也绝不是空穴来风。传言是赵一普事后告诉朱怀镜的。朱怀镜只是笑了笑，说道："乱弹琴！"可他心里却清楚了：百姓不仅知道缪明同陆天一面和心不和，而且知道缪、陆二人对吴飞一个是要抓，一个要保。

民间传闻的风向又变了。原来因为陆天一砸车，都说他是个大清官。这会儿又说他原来是个贪官了。而对缪明，传闻中的形象没有多大改观，依然说他是傻蛋。民间对他的态度，大抵上是哀其不幸，怒其不争。

这天下午四点多，正是吴飞在荆都落网的同一时刻，缪明在梅次紧急约见了朱怀镜。缪明把办公室的门关上，请他坐下。缪明从来没有这么神秘兮兮过，朱怀镜感到有些莫名其妙。缪明看看手表，说："五分钟之前，吴飞在荆都机场被抓了。"

朱怀镜吃惊不小，却平淡地问道："还是因为偷税漏税的事？"

吴飞因为税收方面的麻烦，被税务局和检察院盯了很久了，各种传闻早就沸沸扬扬。吴飞很牛气，扬言没有人能扳倒他吴某人。朱怀镜也收到过关于吴飞的检举信，却从没有过问。他知道吴飞不是一般人物，况且这也不是他分管的事，就不想惹麻烦。

缪明表情严肃："不光是偷漏税收问题。他还涉嫌走私、虚开增值税发票、行贿，也许还牵涉一桩命案。"

"命案？"朱怀镜问道。

"对。两年前，一位很有来头的外地建筑商，在梅次工程竞标期间被人乱刀砍死。当时就有人怀疑是吴飞干的，但证据不足。这个案子至今未破。听公安方面反映，他们最近发现了吴飞谋杀人命的新线索。"缪明望着窗外，若有所思的样子。

朱怀镜听了只是摇头。缪明也沉默了，好一会儿才说："一个很有前途的民营企业家，就这样毁了。我很痛心。问题远不止于此，必定还会牵涉到一批干部，也许还会有相当级别的领导干部。这是我不愿看到的。"

朱怀镜说："我们不愿看到这种情况出现，但有人自己愿意以身试法，怪得了谁？"

缪明叹了口气，很无奈的样子，说："怀镜，我找你商量这事，就是想取得你的支持。可以预想，梅次领导班子将面临严峻的考验。我不是无端地怀疑谁，但根据经验，总会拔出萝卜带出泥的。我想听听你的意见。"

朱怀镜说："我并不希望看到这个案子牵涉到太多的干部。培养一个干部，不容易啊！但愿望代替不了事实，感情代替不了法律。所以我的态度是，不论牵涉到谁，坚决依法办事，决不姑息。"

"我需要的就是你这个态度啊！"缪明站了起来，倒背双手，踱来踱去，"说实话，我感到压力很大。你来梅次的时间不长，各种关系单纯些，我主要就靠你支持了。"

朱怀镜脑子嗡地一响，却不动声色。他明白，不管是理是法，这都是整人的事儿，沾了边没什么好处。凭他的直觉，吴飞的案子必定错综复杂，天知道还会扯上哪些人物。但他毕竟是管干部的地委副书记，他不想沾这事儿也推托不了，便说："我会支持你的工作。有一条，我想请缪书记同专案组的同志说说，就是要他们一定依法办案，认真办案。案子要办就办成铁案，经得起历史检验。"

"对，这个意见很对。"缪明坐下来，望着朱怀镜，"既要让这些涉案人员自己心服口服，也要让他们的家属无话可说，不留遗患。"

缪明破例伸手问朱怀镜要了支烟。朱怀镜替他点了火，一见他吸烟的样子，就知道他曾经是老烟客。"就靠你多支持啊！"缪明又重复了这句话，他的目光笼罩在浓浓的烟雾里，显得深不可测。今天他居然连肚子都顾不上揉了。朱怀镜猛然间发现缪明这话似乎不太对劲：就因为我来梅次时间不长，关系单纯，就成他的主要倚靠了。也就意味着只要来梅次时间久了，必然身陷泥

153

潭，不得干净了？

吴飞案说得差不多了，缪明就不再说了。他掐灭烟蒂，却又天上一句，地上一句，闲扯起来。朱怀镜便随意应付，心不在焉。他知道缪明的意思是想随便聊聊，显得两人跟兄弟似的。可缪明实在是个很乏味的人，同他闲聊简直是活受罪。朱怀镜尴尬得十分难受了，缪明才问："怀镜，房子……开始了吗？"

朱怀镜明白他问的是房子是否开始装修了。既然缪明回避着"装修"二字，朱怀镜也就绝口不提这两个字，只随口答道："开始了。"

"动作好快！"缪明说。

朱怀镜说："快点，好让她快点过来。"

缪明说："那也不急在一两天。我在做工作。"

这却又是在说推荐陈香妹任财政局副局长的事了。朱怀镜说："感谢缪书记关心。我看不必做工作，她长期从事具体业务工作，惯了。"

缪明说："就是要让一些真正懂业务的同志充实到领导岗位上来啊。"

两人就这么打哑谜似的说了一会儿话，缪明最后说："还有什么困难，就跟我讲啊。"这话听上去像是结束语，朱怀镜便说："谢谢书记关心。你忙，我走了。"

朱怀镜边说边站起来了，没有给缪明挽留的机会。他实在不想同缪明多待片刻。可缪明这风度，却是他自己十分得意的所谓涵养。不知这缪明是真糊涂还是假糊涂，他难道真不知道梅次人背后都说他是傻蛋？

从缪明那里回来，朱怀镜把自己关在了办公室里。他说有要事处理，交代赵一普挡挡驾。他点上一支烟，靠在沙发里，想好好静静。可他才闭上眼睛，脑袋突然像被什么敲了一下，不禁站了起来。说不上是急躁还是冲动,他直感到肛门发胀,想往厕所里跑。可他这会儿不想见任何人,就强忍着不去上厕所,只好站在窗前,气沉丹田。樟树林在风中摇曳,树枝晃来晃去几乎撩着窗户了。他想缪明也许并不傻,只怕是大智若愚!说不定这次逮捕吴飞,就是他一手策划的。再细想,缪明只字不提陆天一,就很不对劲。按说这么大的案子,缪明应同陆天一去商量才是。难道吴飞只是一根藤,顺着这根藤就会摸出更大的瓜?

直到快下班了,朱怀镜才把门打开二指宽的缝,做虚掩状。过了一会儿,赵一普进来,说梅次到处都在议论吴飞被抓的事。

"都有些什么议论?"朱怀镜随口问道。

赵一普说:"我接到很多电话,别人都想从我这里知道些真实情况。我是无可奉告。可别人却告诉我很多外界传闻。"赵一普便把外面稀奇古怪的流言飞语大致说了一些。关于缪明同陆天一如何斗法,老百姓那里越传越离奇,赵一普不方便一五一十地告诉他,只是说了个大概。

听的虽是流言,朱怀镜却是越发相信,缪明这回是真的要对陆天一下手了。可怪就怪在检察长向长善,也是阴县人,听说是陆天一的把兄弟,就是所谓的八大金刚之一。难道他投到缪明门下了?或者个中另有缘由?朱怀镜再一次肛门发胀,同赵一普招呼一声,就去了厕所。地委办公楼只有蹲式公厕,总免不了有股难闻的气味。他憋着气,稀里哗啦一阵,全身通畅了。当他提起裤子的时候,已经神情笃定,成竹在胸了。

第十三章

陈香妹的调动手续还没办好，任命她为梅次地区财政局副局长的文件却已下发了。这在梅次历史上算是破了天荒。拿缪明的话说，这叫特事特办，梅次迫切需要这样一位财政局副局长。那天地委研究干部时，议到陈香妹了，朱怀镜请求退席回避。缪明笑笑，说："回避什么？你不发言就是了。"其他几位领导也都附和说："是啊，不用回避。古人还讲用贤不避亲哩。"朱怀镜在座，谁还能说什么？自然一致同意陈香妹同志任财政局副局长。

吴飞案发以后，地委领导层那儿，表面上还看不到什么异样。他们照样头发梳得油光光的，优雅地钻进轿车里，去参加各种各样的会议，翻来覆去发表几点意见。所谓无三不成文，他们通常是讲三点意见。领导们是很讲究祖国传统审美哲学的。

外界传言却很不中听，多是说陆天一的。有的说他被关起来了，有的说他吞安眠药自杀未遂，有的说他想潜逃美国被公安部门在首都机场截住了。原来陆天一上荆都开了几天会，没有在梅次电视新闻中亮相。后来陆天一终于又在电视里作指示了，老百姓照样在电视机前指指点点，说他一下子老了许多，人也没精神了。

赵一普不断带来外界的种种传言，朱怀镜听了总是淡然一笑。赵一普怕言多有失，有时忍着不说。朱怀镜便时常不经意地问："群众很关注吴飞的案子是吗？"赵一普便明白他的意思了，就说说外面的议论。朱怀镜听得用心，表情却是不在乎的样子。

地委领导们该开的会照样开，只是开得比以往简短多了。每次开会，总是缪明先说几句，其他同志再简单发个言，最后又由缪明提纲挈领，归纳几条意见，拍板了。似乎这些从政多年的领导们，一改积习，说话不再拉开架势起承转合，尽可能言简意赅。

朱怀镜事后想起开会的情境，总感觉自己另外还有一双眼睛，趴在窗外，往会议室里张望。只见缪明一个人谈笑风生，其他人都表情肃穆。一股阴冷之气在会议室里弥漫。

缪明的中心地位从来没有如此突出过。要是原来，像讨论陈香妹任命问题，不可能缪明一个人说了算的，陆天一说不定就会发表不同意见，尽管他也许会说得很委婉、很艺术。朱怀镜知道，像陆天一这种德行的，关键时候是不怕得罪任何人的。当然往桌面上摆，这就叫做原则性强，或者说是有魄力。

有一天下午，朱怀镜听得走廊外面有人喧闹。仔细一听，有人要找朱书记，办公室的同志不让他进来。那人就说，我是朱书记请来的，不信你看看报纸。朱怀镜听出来了，原来是枣林村的陈昌云。他忙推开门，出去打招呼："啊呀，是昌云呀，你怎么不打个电话呢？我派人去门口接你嘛。对不起，对不起。"办公室的同志不知是怎么回事，只好退了回去。

真是有意思，陈昌云果真进城开店来了。他的饭店就叫"杏林仙隐"，开在地委机关正对门。才开张，朱怀镜进进出出哪会注意？"朱书记，我是响应您的号召啊。有您一句话，我们余书记、尹县长都很重视。我在这里人生地不熟，县里派人替我联系

157

了门面。我想请您有空去店里坐坐，指导指导。"陈昌云说。

朱怀镜听着就觉得好玩，没想到自己还要去小饭店指导工作。可他欣赏农民的朴实，答应有空去看看。又说："你有什么困难，可以找我。我把秘书小赵的电话号码给你，你可以打他的电话。怎么样？生意还好吗？"

"刚开张，还行。我不懂行，听人家说，梅阿人喜欢吃新鲜，新店都有三日好，怕只怕吃几天就厌了。"陈昌云说。

朱怀镜说："你菜做出特色，服务好些，会红火的。"

这时，邵运宏过来请示工作，见陈昌云来了，很是意外。朱怀镜笑道："运宏，你说的那段佳话，现在开始了。昌云进城开店来了，就开在机关对门。"

"是吗？昌云你落实朱书记指示可是不折不扣啊。"邵运宏说。

朱怀镜说："运宏，等会儿带昌云去你那里坐坐，看他需要什么帮助。"他说着又心血来潮，交代邵运宏："你同宾馆联系一下，我请昌云吃晚饭。你、小赵、杨冲几个作陪。"

陈昌云哪敢留下来吃晚饭？忙说："朱书记您太忙了，哪有时间陪我吃饭？算了算了，我心领了。"

朱怀镜笑道："哪有这个道理？我去你家，你那么客气。你到我这里来了，就不可以吃饭了？你先去运宏那里坐坐，过会儿我叫你。"

邵运宏汇报完了，就带着陈昌云出去了。快下班了，邵运宏又过来了。朱怀镜便说："你同小赵先过去，我带昌云来。"

邵运宏又去带了陈昌云过来，再叫上小赵，一道往宾馆去了。朱怀镜便同陈昌云随意扯谈，说的都是家常话。陈昌云却总有些拘谨，急得汗水直流。朱怀镜知道他是紧张，却只问是不是热，又把空调温度调低些。估计邵运宏他们已去宾馆多时了，朱怀镜就带着陈昌云下楼去。杨冲早候在下面了,忙开了车门。陈昌云上了车,手脚只顾往后缩,生怕碰坏了什么。朱怀镜拍拍他的手,说:"昌云啊,难得你这样一位农民朋友啊。"

于建阳不知朱怀镜宴请的是什么尊贵客人,也早恭候在大厅里。见朱怀镜带来的是位乡下人,先是吃了一惊,又立即热情地迎了上来。他以为朱怀镜的乡下亲戚来了。朱怀镜替他俩作了介绍,说:"这位是我的农民朋友陈昌云。这位是这个宾馆的总经理于建阳。"

朱怀镜请陈昌云入主宾席位,说:"昌云,你今天是客,但不要客气。我在你家可是一点客气也不讲啊。"于建阳仍然不离左右,殷勤伺候。要紧的是朱怀镜请客,客人是谁倒在其次了。朱怀镜说:"小于,你也一起吃吧。"于建阳欢然入座。

原是上的五粮液酒,朱怀镜说:"换上茅台吧。"他本是喜欢喝五粮液的,可他想老百姓多以为中国最好的酒是茅台。陈昌云果然脸色潮红,呼吸都紧张起来了。

朱怀镜只想让陈昌云放松些,头杯酒斟上了,他便说:"昌云,我看你还是讲客气。你就当是走亲戚吧,来来,干了这一杯。"

陈昌云举着酒杯,双手微微发抖,说:"朱书记,邵主任,于经理,赵秘书,小杨同志,我陈昌云做梦也没有想到这辈子还会有今天。我不敢说这辈子报答朱书记,我没这个本事。我只有好好劳动,勤劳致富,报答朱书记的关怀。"

干了杯,朱怀镜点头而笑。邵运宏直道昌云是个实在人。赵一普很是感慨,说:"我在朱书记身边工作,最受感动的,就是朱书记的百姓情怀。朱书记真是个感情朴实的人,是个父母官啊。"

邵运宏忙接了腔,说:"正是正是。今天这一节,又是一段佳话了。地委副书记宴请一位农民，莫说绝后也是空前。按中国文学传统，会把这种佳话写成戏文，代代唱下去的。"

于建阳早想插话了，等邵运宏话音刚落，忙说："朱书记真是好。他在这里住了这么久，我们宾馆上上下下都说他好。他每次回到宾馆，都是满面春风，同员工们打招呼。没有一点架子啊！就是对我要求严格，老是批评我。"

朱怀镜笑了，说："总不找个人来让我批评，哪天我就只会表扬人，不会批评人了。这不利于革命工作啊。"

于建阳便嬉笑着，直呼冤枉。杨冲好不容易才抢着了话头，说："像我和一普，天天跟着朱书记跑，同朱书记在一起比同老婆在一起的时间还多些，感觉他身上所有东西都平常了。所以你们说朱书记这好那好，我们见着都是很自然的事。我说朱书记就是这么一位很平常的好领导。"

朱怀镜又举了酒杯，笑道："好了好了，别再说好听的了。我们喝酒吧。你们要陪好昌云，多敬他几杯酒啊。"

说是宴请陈昌云，大家却都想敬朱怀镜的酒，说尽他的好话。朱怀镜同每人碰了一杯，仍叫大家多敬陈昌云。大家便不再给朱怀镜敬酒，奉承话还是不断地说。朱怀镜只是笑，由他们说去。听着翻来覆去的奉承话而不烦躁，也是需要功夫的。下面人总想寻着些机会奉承领导，领导们与其不让他们奉承，倒不如给他们这个机会。下面人得了这个机会，就同你贴近多了。说奉承话的未必就是阿谀之徒，爱提意见的也未必就是正直之士。凡事都是辩证的。有时听听别人说奉承话，既可反观自己身上的毛病，也可将这些干部看出个几成。朱怀镜今天就琢磨了每个人的奉承话，都很有个性特征的。

陈昌云喝得酩酊大醉。好在他的酒性好，喝醉了话不多，也不吐，只是面如赤灰，微笑不止。朱怀镜让杨冲和赵一普送陈昌云回去,自己回房休息。见于建阳又想跟着他上楼,朱怀镜便说:"小于,辛苦你了。我就不请你上去坐了,你忙你的吧。"于建阳只得道了好,请朱书记好好休息。

刘芸开了门,问:"朱书记今天请一位农民吃饭?"

朱怀镜觉得奇怪,问:"你怎么知道?"

刘芸笑道:"全宾馆的人都知道了,都说你讲义气。"

朱怀镜笑了,说:"说我讲义气?我成了江湖老大了。唉,有位农民做朋友,很难得啊。"

最近几天,刘芸知道朱怀镜快搬走了,总是到他房间里来坐。来人了,她就走了;来的人走了,她又进来了。她也没好多话说,不是替朱怀镜泡茶、削水果,就是坐在那里搓手。朱怀镜就净找些玩笑话说,想逗她笑。今天见朱怀镜喝了酒,刘芸便泡了杯浓茶,又削了梨:"您吃个梨吧,梨水多,清凉,醒酒的。"

朱怀镜便想起自己上次醉酒的情形,心里不再难堪,竟然感到暖暖的。他今天喝得不多,稍有醉意。眼睛有些蒙眬,望着刘芸,女孩便越发粉嘟嘟的。他忽然有种对花垂泪的感觉,眼睛涩涩的,便闭上眼睛,靠在沙发上。刘芸以为他醉了,便拿了凉毛巾来替他冷敷。这孩子很细心,知道朱怀镜在陪人喝酒,就拿了几条毛巾打湿了,放在冰箱里冰着。朱怀镜微微睁开眼睛,见刘芸是从冰箱里取出的毛巾,心里陡地一震。这女孩太惹人爱了。

过了两天,朱怀镜吃了中饭,回房休息。朱怀镜见刘芸正低头看报,就问:"小刘,这么认真,看什么呀?"

刘芸猛然抬头,望着朱怀镜笑道:"看您哩。"

朱怀镜还不明白刘芸的意思,只跟着她往房间去。刘芸开了门,就把报纸递给朱怀镜看。原来《梅次日报》上又载了篇写他的通讯——《地委副书记的百姓情怀》。文章是邵运宏写的。朱怀镜整个上午都在开会,还没有见着报纸。邵运宏的文笔倒是不

161

错,把朱怀镜同陈昌云的交往写得很动人。他同陈昌云的所谓交往,其实没有几件事,可到了邵运宏笔下,桩桩件件,感人至深。却又没哪一件事是无中生有。文墨高手就是文墨高手。这篇文章倒没有让他反感,因为邵运宏把他写得很有人情味。通讯多次写到陈昌云的饭店"杏林仙隐",说不定还会收到广告效果。

朱怀镜飞快地将报纸溜了一眼,仍还给刘芸。

刘芸拿着报纸,忍不住抿着嘴儿笑。

过了几天,朱怀镜家房子装修好了,儿子也快开学了,陈香妹准备正式赴梅次财政局上任。他没时间回去搬家,太忙了。陈清业帮忙帮到底,不声不响替朱怀镜搬了家。

即使是地委的宿舍,也像这大院的任何一栋建筑一样,都有些高深莫测的气象。宿舍的每扇窗户自然也装了铁的或不锈钢的防盗网,窗户也通常是紧闭着的,但这并不妨碍窗帘后面的人们注视外面的动静。这个夏天,梅次多事,因为吴飞被抓,有关地委领导的传言很是热闹。

朱怀镜也同样被人们关注着。有心人终于发现,替朱怀镜装修房子的、搬家的,都是那位年轻人,姓陈,外地来的。其实陈清业并不怎么在梅次露脸,常跟装修师傅打交道的是舒天。偏偏舒天倒被那些好奇的人忽略了。在他们看来,舒天是地委办的普通干部,他常去装修现场转转,不过就是献殷勤罢了。值得注意的人倒是那位神神秘秘的姓陈的外地人。似乎每一扇窗户后面,都趴着一双眼睛。

朱怀镜终于退掉了梅园五号楼的房子,住到家里去了。于建阳倒是说仍把这边的房间留着,如果朱书记待在家里找的人多了,也好有个地方休息一下。朱怀镜摇摇手笑道,不要浪费,退了吧。于建阳便说,朱书记硬要退房,就退了。需要房间,招呼一声就是了。朱怀镜笑着道了谢。心里却想这人好不懂事,我朱怀镜哪天要开间房，还要他于建阳给面子不成？朱怀镜总感觉于建阳的热情让人不太舒服。

家里还没收拾停当，陈香妹也还没有去局里报到，就有人上门拜访了。第一位按响门铃的是刘浩。"听说嫂子过来了，来看看。"刘浩进门笑嘻嘻的。

朱怀镜正同香妹一道在清理衣物，家里有些乱。"请坐请坐。你看你看，还是这样子。"朱怀镜摊摊手，表示不方便握手，一边又向香妹介绍，"刘浩，黑天鹅大酒店总经理。"

香妹夸道："这么年轻，就当总经理了，前程无量啊！"

刘浩摇头笑道："哪里啊，嫂子过奖了。"

刘浩见这场面，不方便多坐，没几分钟，就告辞了："朱书记和嫂子太忙了，我就不打搅了，下次再来拜访。"

朱怀镜也不多留，就说："真不好意思，茶都没来得及喝。"又指着刘浩提来的包说，"刘浩你真是的，提这个干什么？"

刘浩笑道："就是两条烟、两瓶酒，您就别批评我了。"

朱怀镜记得自己曾对刘浩说过，几条烟，几瓶酒，无所谓的。他也就不再客气什么，说欢迎下次有空来坐坐。一边说着话，朱怀镜去洗漱间洗了手，然后同刘浩握手作别。

刘浩临出门了，又回头问："要不要我明天派几位服务员过来，帮忙收拾一下，打扫一下卫生？"

香妹说："谢谢谢谢，不用了。收拾得差不多了。"

刘浩刚走，电话铃响了，余明吾说来看看朱书记。朱怀镜很客气地推托，硬是推不掉。他只好说"欢迎欢迎"。

电话又响了，朱怀镜示意香妹接："喂，你好你好。老朱他还没回来，对，还没回来。不要客气，不要客气，真的不要客气。那好，再联系吧，再见。"

"谁呀？"朱怀镜问。

163

"说是梅园宾馆的小于,硬是要来看看你。"香妹说。

朱怀镜一听就知道了:"是梅园宾馆的经理,于建阳。天天见面的,还要看什么?"

门铃响了。朱怀镜伏在猫眼上一看,来的正是余明吾。他退回来,靠在沙发里,架上二郎腿,让香妹过去开门。香妹见男人这样子,忍不住抿嘴笑了。朱怀镜却只当没看见,点上了一支烟,悠悠然吞云吐雾起来。

门开了,余明吾手中也提着个礼品包。香妹连说请进,立马掩上了门。

朱怀镜站起来握手,嘴上却说:"老余你看你,提这个干什么?"

余明吾只是笑笑,什么也不说。朱怀镜给他递上一支烟,要替他点上。余明吾忙自己掏出打火机,点了烟。

朱怀镜玩笑道:"老余你看,提着这么个包,不知道的,还以为你送了什么宝贝给我哩!你倒是送我几万块钱,还没人知道。"

香妹递茶过来,笑道:"有人敢送,你朱怀镜同志也不敢收啊。"

朱怀镜叹道:"是啊,如今当领导难就难在这里。上门来看望你的,不带上些什么,他总觉得不合人情;带上个小礼品呢,眼目大了,让人看着实在不好。真的送你几千几万呢?别人敢收,我是不敢收。"

余明吾说:"所以我平时的原则就是,钱分文不收。是亲戚朋友呢?送两条烟,两瓶酒,礼尚往来,不就得了?"

朱怀镜便想只怕很多官员都会说这话,很有意思。"调研班子在下面工作得怎么样?"朱怀镜说,"辛苦你多关心一下。不是简单写篇文章,要抓住事物的本质和特点,不容易。要突出时代性、指导性和可操作性。"

余明吾说："您上次亲自去枣林村调研，作了重要指示，同志们感到思路更加清晰了。材料主要是地委办、行署办负责，去的都是政策水平和文字水平很高的同志，我们县里主要是搞好服务。朱书记，您别批评我，不是我推责任啊。"

"县里的配合很重要啊！"朱怀镜说。余明吾点头称是。他先是闲扯着，然后转弯抹角就说到了下面的话："加强农村基层组织建设，我们虽然做了些工作，但主要还是因为上级领导重视。工作上的差距，我们自己知道。我们也感觉到了，有些同志有不同看法，说不定还会有人告状，对我们说三道四。如果是对我的工作提出批评，我虚心接受。有则改之，无则加勉嘛。但如果牵涉到对个人的中伤或诬告，就请组织上明察。马山复杂嘛。"

如今做官的都会说自己工作的地方复杂，无非是群众不如以往俯首帖耳了，学会了告状。听了今天余明吾这些话，朱怀镜心里就有谱了。也许枣林村那张神秘纸条，真成余明吾的心病了。朱怀镜当时的表情太严肃了，那是因为他感觉自己受了愚弄，心里有气。在余明吾眼里，就以为有什么大事了。朱怀镜立马将纸条收了起来，事后又交代杨冲保密，余明吾就越发认为那纸条只怕同他有关系了。天知道尹正东又会作何思量？他也问过杨冲，可见他也放心不下。

朱怀镜没有马上答话，故意拖了片刻，才说："明吾同志，我是信任你的。"他这短短的一句话，足以镇住余明吾。你可以理解为他的确收到检举信之类，你就得当心；他又说信任你，你就得听话。

电话又响了，朱怀镜就对香妹说："你接吧，就说我不在家。我要同老余说说话。"

朱怀镜这么一说，余明吾便一脸感激，似乎自己很有面子。

香妹一接电话，脸色立即灿烂起来："李局长，你好你好。不用了不用了，这么晚了，难得麻烦啊。我明天就来局里报到。哪里啊，要你多关照。真的不……"

朱怀镜听出是财政局局长李成的电话，就问："是李成同志吗？那就让他过来坐坐嘛。明吾在这里没关系的，又不是别人。"

香妹就改口说："那好吧，欢迎你过来坐坐。"

朱怀镜说："我同老余先到里面去说几句话，等李成同志来了，你再叫我。"

"也好，我有事正要找李局长哩。"余明吾便跟着朱怀镜进里屋去了，仍觉得自己享受了什么特别待遇似的，感觉很舒服。

进了里屋，说话的氛围自然就不同了，朱怀镜免不了说些体己话。余明吾点头不止，直道请朱书记多多关照。但他已不便再问朱怀镜收到什么黑材料了。万一朱怀镜又没有收到什么材料呢？不是此地无银三百两了？

梅次人脉，朱怀镜已经摸清楚。县委书记中间，没有同陆天一拜把子的，余明吾算一个。按梅次人的说法，县处级领导，没有同陆天一拜上把兄弟的，不是不想拜，而是拜不上。都说想入围这个把兄弟圈子并不容易，而一旦进去了，陆天一什么事都会照应周全。

偏偏缪明却很看重余明吾，多半是两人性格相投，惺惺相惜。在马山，尹正东就常跟余明吾抢风头。余明吾在全区县委书记中间，资格最老，人们都说他是缪明的红人。其实无非是召开县市委书记会议时，缪明讲话时多说了几句"明吾同志你说是不是"，要说这句话有多少含金量也谈不上，可官场里面有些话的象征意义就是大于实际意义，这也是尽人皆知的。而缪明偏又是个太极高手，惯于含蓄。最近传闻余明吾会接李龙标的班，任地委副书记。人们自会认为这种说法是有来由的。

朱怀镜同余明吾没说上几句，香妹敲门进来，说李局长来了。朱怀镜便领着余明吾出来了。彼此握了手，余明吾说："我正准备明天去找李局长汇报哩。我们县里那个报告，李局长看了吗？"

李成笑道："你余书记的报告，我敢不看？上面有朱书记的签字啊！"

朱怀镜指着李成玩笑道："老李你别说便宜话了。我再怎么签字，最后得你肯给钱啊！"

李成哈哈一笑，说："朱书记这是在批评我了。我还是讲组织原则的啊，领导怎么指示，我怎么执行。"

朱怀镜半真半假说："以后啊，财政这一块，我是不好发言的。你老李是德高望重的老局长，我老婆又是你们的副局长，我怎么管？在家里，我还归她管哩。"

香妹在一旁笑道："别当着李局长和余书记的面说漂亮话了，谁管得了你？中国妇女，就我一个人没解放了。"

"今天老余找我有工作商量，我让夫人把所有人都挡了。刚才听说是你要来，我忙让她请你来坐坐。"朱怀镜又开起玩笑来，"你是陈香妹同志的上级，她是我的上级，你就是我上级的上级啊。"

李成的脑袋只顾晃，连说："反了，反了，下级管上级了。说实话，朱书记，听说地委安排陈香妹同志来我局里，我心里非常高兴。以后啊，我们干工作腰杆子更硬了。"

朱怀镜笑道："老李你千万别当她是什么特殊身份，她只是你的同事和下级。我会支持你的工作的。"他知道李成说的并不是心里话。谁也不希望上级领导的夫人做自己的下级，弄不好会连领导夫人和领导一块儿得罪的。

朱怀镜谈笑风生，余明吾和李成微笑着附和。其实他们三人，一个上级，两位下级，凑在一起，又是在家里，会很不自在的。既不能装模作样地谈工作，又不能推心置腹地说些心里话。所以话虽说了许多，仔细一想，只有几个哈哈。如果他们两人一对，任意组合，或许都会有些真话说。这样的会谈，不在乎内容，只求有个气氛就行了。眼看着气氛造得差不多了，余、李二位就起身告辞。

朱怀镜说声你们等等，就进房取了四条烟出来，说："每人拿两条烟去抽吧。"两人硬是不肯要，朱怀镜就说请他们帮忙，烟又不能久放，会生霉的。这话听着诚恳，他们就收下了。都说朱书记太客气了。

送走客人，朱怀镜说："这些人来看望我，都不好空着手。我呢，也不好对他们太认真了。今后就这样办理吧，烟酒呢，送由他们送，回由我们回。都由你负责。"

香妹说："我知道怎么办理？有礼轻的礼重的，同你关系也有亲有疏的。"

朱怀镜说："没什么，不必秤称斗量，你看着办就行了。"

香妹玩笑道："我的权力还蛮大嘛！"

香妹说罢就动手收拾茶杯，显得有些神采飞扬。朱怀镜看出她的心思，多半是见李成亲自上门，她心里受用。这就不好了，不能让她有此类优越感，人家到底是局长，一把手啊！他准备到时候说说她。领导干部的夫人也不好把握自己的，很多人都在帮忙宠着她们哩！

其实没等找到什么适当时机，就在两人上床睡觉时，朱怀镜就说了："你到财政局去以后，一定要注意处理好同事关系，特别是同老李的关系。因为你的身份特殊，别人也会特殊地对待你，你就更要注意了。"

香妹听了脸上不好过，说："我早就说了我不想当这个副局长,是你要我当的。做你的老婆就是难,好像什么都是托你的福。我有好些女同事,副处级都几年了,马上就要转正了,她们能耐比我强不到哪里去。"

朱怀镜说:"我就知道,怎么说你怎么有气。你就是带着一股气到梅次来的,我现在不同你多说。等你气消了,好好想想,看到底怎么处好关系。"

两人背靠背睡下,不再说话。

第十四章

朱怀镜在外应酬回来，已经很晚了，家里却坐着些人。香妹开门时，满脸笑意，像是正同客人们说着愉快的话题。客人们都站了起来，朱怀镜便同他们一一握手。邵运宏也来了，他是头一次登门拜访。也有朱怀镜不认得的，香妹就介绍了。都说朱书记太辛苦了。他刚喝了些酒，红光满面，神清气爽，摇头而笑。坐了下来，却没什么话说。他便随意问问，怎么样？被问的人并不知道他想知道什么怎么样了，那反应迟钝的就口讷神慌。往往不等人家明白回答，他就"哦哦"两声，又问别的人去了。都知道这种交谈没什么意义，无非是找些话说。朱怀镜挨个儿问了个遍，便啊哈哈地点着头，靠在沙发里了。他微笑着，目光一片茫然。这目光似乎注视着每一个人，其实他谁也不看。客人们找话同他攀谈，他不再多说，只是微笑着点头。

如此半个小时左右，邵运宏站起来说："朱书记太辛苦了，我就不打扰了。"其他人就全站起来了。香妹便进去拿了几条烟出来，每人塞一条。都说不要不要，双手摇晃着往外推。朱怀镜便笑着说："这是我夫人的意思，你们就领个情，让她贤惠一次吧。"香妹笑了笑,瞟他一眼,说:"看你说的,好像我平日是个母夜叉。"客人们这才接了烟,很是感谢。有人将烟往腋下一夹,立即觉得不太恭敬似的,忙双手捧着;有人本是右手拿着烟的,唯恐误了握手,忙将烟换到左手;有人反复看着手中的烟,抑制不住脸上的笑。

朱怀镜单叫邵运宏留一下,有事说说。送走其他客人,关上门,朱怀镜就说:"小邵你来凑什么热闹?"

邵运宏听了这话,感觉自己同朱怀镜很亲近,便嘿嘿笑着,抓耳挠腮的,说:"从来没有看望过朱书记,过意不去。朱书记对我很关心。"

朱怀镜说:"小邵不错。这才去马山调研,辛苦了。我上次去只是走马观花,你是认真作了调查的,最有发言权。你说说,情况到底怎么样?"

朱怀镜本已专门听取过调研汇报,今天又问起这事,就别有意味了。邵运宏会意,谨慎道:"枣林经验的确很有特色。但是,我今天个别向朱书记汇报,就讲几句真话。说组织建设促进经济,理论上讲完全正确。但做起文章来,硬要把一些具体的经济工作牵进来,就会违背客观事实。比方说,枣林村自古就有种枣习惯,很多枣树都是多年前栽种的,有的甚至是建国前栽的老枣树。可是为了写文章,硬要说这是近几年加强组织建设的成果,就假了。还有,整个马山县的枣树都存在着品种不好、枣林老化的问题,加上市场风险大,经济效益并不好。可是,为了写文章,硬要想当然地算账,说枣树为农民增加了多少收入,这又假了。"

朱怀镜点点头,若有所思的样子,然后说:"你们就枣林经验给缪书记写的署名文章,我看了,写得不错嘛。"

邵运宏笑了笑,说:"那种高水平的文章,我们哪写得出?

算是缪书记亲自写的。"

邵运宏话中有话，朱怀镜听出来了，却只装糊涂。如此看来，枣林经验确有可取之处，而做起文章来就难免有水分；而这本来就有水分的文章，经缪明妙笔生花，差不多就是假的了。朱怀镜生怕邵运宏把这层意思点破了，就问了些生活琐事。他问得越细，越显得体贴入微。邵运宏心里暖暖的，却又暗自后悔不该说真话。

朱怀镜又把话题拉了回去："马山经验，当然主要是枣林经验，上面是很重视的。市委组织部范部长今天同我通了电话，说王书记专门过问了。范部长告诉我，王书记认为，马山经验要突出组织建设促进经济建设这个主题。王书记很有兴致，说有时间会亲自过来看看。我看，马山会成为王莽之同志的联系点的。"

邵运宏身上开始冒汗了，知道自己的确说了些不当的话。上面认定了的事，下面是不能说三道四的。他收不回说出去的话，只好不停地点头。却总想着挽回些什么，就说："朱书记，其实那篇文章，以您的名义发表最恰当了。您是管这方面工作的，又亲自作了调研。"

朱怀镜忙打断他的话，说："小邵你快别这么说。这项工作上面非常重视，是事关全局的重要工作，一定得以缪明同志的名义发表才够分量。一切都要从有利于工作出发啊。"

邵运宏听了，不停地点头，忽又说："朱书记，陈昌云的'杏林仙隐'，生意很不错哩。我今天又去看了看，门庭若市啊。"

"哦，是吗？"朱怀镜只是淡淡地答了声，心想这毕竟不是值得他太多挂怀的事。却又怕自己太冷了，邵运宏他们就不关心了，坏了人家生意，便又随便说道："你尽可能帮帮人家吧。"

邵运宏点头说："好的好的，我会出些点子给他。只要不时写些小文章在报上发表，就是软广告了。又不用收他的费。"朱怀镜只是点头，没说什么。邵运宏好像还想说些别的，朱怀镜已起身同他握手了，说："好吧，就这样。你有空随便来坐，不准学他们，搞得复杂。不错不错，小邵不错。"

邵运宏走了，朱怀镜忍不住长叹一声。真有些累了。他进去看看儿子做作业，准备去洗澡。香妹说："琪琪比我们上班还辛苦。"朱怀镜叹道："学校怎么回事？把学生弄成做作业的机器了。才开学啊！"电话又响了，朱怀镜便舞手眨眼的，进浴室去了。

洗完澡出来，朱怀镜说："晚上十点以后，就把电话线拔了。"想想又不行，怕万一误什么大事："没办法，还是拜托你接电话吧。"

儿子已经睡了。朱怀镜穿着短衣短裤，坐在沙发里。他想坐几分钟再去睡觉。香妹也坐下来，问："外面都在说，缪明要上调，当副市长。人家都问我，我说不知道。他们就说我还保什么密。"

"哪来的说法？"朱怀镜笑笑，"这年头，好像谁都是组织部长，可以随意安排干部的任免大事。"

香妹说："还说你哩，说你要接任地委书记。"

朱怀镜忙说："谁对你这么说，你要说他几句，态度严肃些。"

香妹说："我有什么资格随便批评人？"

朱怀镜说："你为什么没资格？原则问题上，你就得这样。"

原来不久前，《荆都日报》头版头条刊载了缪明的那篇署名文章《枣林村的做法和体会》。题目看上去很谦虚，其实就是介绍经验。懂得套路的人都知道，这种文章决不是随便刊登的。要么是某种重大政治举措要出台了，要么是某人很快就要飞黄腾达了。而无论属于哪种情况，肯定有人要升官了。一夜之间，梅次

173

到处都有人在打听：听说缪明要提上去当副市长。

香妹又说："四毛今天给我打了电话，说想到这边来做生意。"

朱怀镜说："到处都可做生意，为什么偏要到这里来？梅次又不是商业都市，钱并不好赚。"

香妹说："那还用说？就是想让我们照应。他想过来开酒家，我回掉了。他的意思是想让我们拉些人去他那里吃饭，那不成笑话了？"

朱怀镜说："四毛真是的，跟我们在荆都也干了那么久，怎么就没长进？"

"我想，帮还是要帮一下。他后来说，想来这边开个杂货店，做点小生意，我就没说什么了。"香妹说着就望着朱怀镜。

朱怀镜不便多说，只道："是你表弟，你看着办吧。"

香妹叹道："没办法，人太亲了。我还得替他找门面。"

朱怀镜说："好吧，由你。只是要注意影响。睡觉吧。"

次日下午，袁之峰来到朱怀镜的办公室，说有事要汇报。"之峰兄啊，你在我面前，可别一句话一个汇报，我实在担当不起啊！请坐请坐。"朱怀镜没有叫赵一普过来，亲自倒了茶。袁之峰忙说自己来嘛，双手接过茶水，喝了一口，刚准备开口，朱怀镜又递过烟去，替他点上。

"朱书记，这事一定要劳驾你。"袁之峰这才说了起来，"烟厂三期技改，马山就要招标了。这个项目一直是天一同志亲自抓的，今天上午他找到我，说他最近太忙了，要我接手，把招标工作抓起来。我想这是个大事，怕出纰漏，想同你商量一下。我个人意见，还是请你亲自挂帅。"

朱怀镜笑道："之峰啊，你这是推担子啊！你是管工业的副专员，你挂帅，顺理成章。"

袁之峰说:"不是我偷懒,实在是事情重大。五千多万的投资,在我们梅次,也是大项目了,不是儿戏啊!"

朱怀镜微微点头片刻,沉吟着说:"我看,这事只怕要报告缪明同志,地委会上定一下,不能由你我两人商量了算数。"

袁之峰说:"这个自然。我想先同你通个气,再去找缪书记汇报。我想缪书记会同意我的意见的。天一同志也会同缪明同志通气的。"

朱怀镜只好说:"那就这样吧。之峰,你说说大体情况吧,这个项目我从未过问,是天一同志亲自抓的嘛。"

袁之峰说:"二期工程是大前年投入使用的,效果很好。那也是天一同志亲自负责的,上面有关部门对这个项目很满意。天一同志在这个项目上倾注了很大的精力,取得了成功,争取三期工程也就说得起话了。三期工程前年开始报批,去年定下来的,资金最近才全部到位。现在的情况是,设备合同都已签好了,是天一同志亲自抓的。这次招标的是土建,一千八百多万元的工程量。"

"好吧,之峰,我们尽早提请地委研究。我想请你在会上对这个项目的总体情况作个介绍,其他领导同志不一定清楚。大家心里都有个底,也好帮着拿主意。"朱怀镜心想不过一千八百多万元的项目,大家都避之如瘟神,中间必有蹊跷,不如把这事做得阳明昭昭,"之峰同志,现在建筑领域的腐败,是群众关注的热点,大意不得。我想招标工作一定要严格按照公开、公平、公正的原则进行。如果地委安排我负责,我可以参加方案的研究,具体工作还是请你多费心。"

袁之峰笑道:"这个自然,我嘛,就是做具体工作的。"

朱怀镜也笑了起来:"之峰兄呀,你可是总忘不了变着法子批评我啊!"

两人再闲扯了几句，袁之峰就告辞了。赵一普送了几封信过来，说："朱书记，这些请您亲自看看。"朱怀镜说声好吧，这会儿却没空看。老百姓看了他微服私访、同农民交朋友的报道，有事没事都给他写信，多半是告状、检举，也有些人专门写信夸他是个好官。这就苦了赵一普，每天拆阅信件得花上半天时间。也给朱怀镜自己出了难题，有些事下面反映上来了，他就不能装聋作哑。过了一会儿，赵一普过来给他添茶，见他还没看信，就拿了封信说："朱书记，您先看看这封信。"

"什么重要信件？"朱怀镜说罢就抽出信来了。一看，顿时傻了眼。是封检举信，顶头就是醒目的标题"尹正东十大罪状"：

一、张开血盆大口，大肆索贿受贿。尹正东身为县长，辜负了人民的期望，忘记了人民的重托，利用手中职权疯狂敛财。他收取不义之财的主要途径有如下五条：一是包揽建筑工程，从中牟取好处费。仅县粮食大厦工程，尹正东收受包工头胡老二贿赂一百五十多万元。据知情人估计，近三年内尹正东收受县内建筑包工头贿赂在一千万元以上。二是卖官，收受下面干部的贿赂。尹正东为人蛮横，作风霸道，把持人事大权，干扰正常的组织人事制度，提拔干部得他点头算数。干部能否提拔重用，就看你给尹正东送钱多少……

二、拉帮结派，打击异己……

这时，刘浩打电话过来："朱书记，您好。我想请您过来吃顿饭，方便吗？"

朱怀镜问："饭哪里都是吃。你是个什么事？"

刘浩说："很不好意思。我来了几个生意上的朋友，都是很不错的年轻人，能得到您的接见，是莫大的荣幸。我想请您赏个光,也让我小刘脸上好看些。"

朱怀镜笑道:"你小刘脸上够好看的了,年轻英俊。好吧,我来吧。说好了,只吃饭,不谈别的啊!"

刘浩已非常高兴了:"您朱书记赏脸就行了,谢谢!我来接您吧。"

"不用接,我自己来吧。"朱怀镜说。

朱怀镜接着看完了信,沉默片刻,说:"一普,你可要守口如瓶啊,这可是非常严肃的事情,漏不得半滴水啊。"

赵一普点头说:"请朱书记放心。我看尹正东这个人是有些怪。上次在枣林村,您将那张纸条收了起来,后来他就专门找到我,问那张纸条。我也不知道那张纸条的内容,他还说我不够朋友。"

朱怀镜说:"你既不要评论这事,也不要猜测这事,什么都不知道就对了。"

赵一普便点点头,一句话都不说,低头出去了。

临下班时,缪明打电话过来:"怀镜,之峰同志找过你了吧。我同意他的意见,烟厂招标的事,请你挂帅一下。这个……天一同志回避一下有好处。"

缪明分明话中有话,朱怀镜只装糊涂,说:"我服从缪书记的安排。但我想还是请地委开会,专门研究一下这个问题。"

缪明说:"我同意。就这几天开个会吧。"

这是封印刷的匿名信,不知发出去了多少。缪明案头肯定有一封,只怕早看完了。看他如何处理,朱怀镜早就料到尹正东不是个好鸟,不然他哪来十万元钱送人?好在那钱早就处理掉了,再拖只怕就会出事。尹正东迟早会出事的,必定会带出些人来。

下班时间已过了好几分钟了,朱怀镜还没有走的意思。他想稍坐一会儿,就让刘浩他们等着吧。赵一普过来提醒道:"朱书记,下班了哩。"

朱怀镜道:"你先回去吧,让杨冲在下面等等我。"赵一普还有想等等的意思,但见朱怀镜沉着脸,他就做了个笑脸,拉上门走了。

又想起缪明刚才的电话,颇费琢磨。难道他真的掌握了陆天一什么把柄?要不然,像缪明这样城府极深的人,说话哪会如此直露?不过如今说谁有问题都不奇怪。也许袁之峰也看出了什么,要不然他怎么会把这个工程往外推?谁都巴不得手中有个项目管管啊。那么他朱怀镜若是接手烟厂工程,也就是万人瞩目了。

看看时间,已是六点二十五分了。刘浩自然不敢打电话来催。朱怀镜夹上包,下楼去了。路上又堵住了。杨冲骂着娘,掉头钻进小巷子里。过了这个巷子,到了曙光大市场。大市场早早就关门了,冷火秋烟的。这里白天也没什么生意,经营户老为门面租金和管理费的事集结在地委门口上访。前几年,一说大力发展市场经济,各地的官员们就以为是建市场设施。于是很多地方便不分青红皂白,建了各种各样的市场。梅次也不例外,这曙光大市场就是那会儿一窝蜂建起来的。

"这地方,晚上一个人来转的话还怕有鬼哩!"杨冲说。

朱怀镜没有搭腔,只是瞟着外面一晃而过的门面。心想可惜了,真的可惜了。他心情有些沉重,便想强打起精神,不能苦着脸去见客人。

刘浩远远地见了朱怀镜的车,便搓着双手,迎了过去。朱怀镜同他随意握了下手,就径直往前走。刘浩忙走在前面引路,手往前伸着,不停地说请。进了包厢,见果然是几位年轻人,都站了起来,叫道朱书记好。原来刘浩爷爷同北京那边合作,开了家合资宾馆,也叫黑天鹅。今天来的是北京黑天鹅大陆方面经理成义,另几位都是他的手下。

坐下之后,成义再次致意:"朱书记,我一来这里,刘总就同我说起您,他对您可是非常尊敬。"

朱怀镜说:"小刘不错。我支持他的工作,应该的。欢迎成先生来梅次做客。有不满的地方,让刘浩告诉我。"

成义忙说:"哪里啊,非常不错。真不好意思,我们太没见识了。没来梅次呢,总以为这里很落后的。来了一看,才知道这里山清水秀,物产丰富,人也热情好客,民风古朴。真是个好地方!"

朱怀镜笑道:"发达地区的客人到了落后地区,总是称赞他们那里山清水秀,民风古朴。"

成义不好意思起来:"朱书记好幽默,批评人也很讲艺术。我说的可是真心话。这个时候您去北京,风沙很厉害,睁眼就是灰蒙蒙的。哪像梅次这地方,空气多好!"

朱怀镜说:"从某种意义上讲,这几年,所谓山清水秀,民风古朴,已成了落后的标志。但我想,只要因势利导,这其实也是我们的优势。现在,环境问题是世界性话题,而商业道德、商业信用方面的危机则是中国普遍存在的问题,所以我说,一个环境,一个民风,都是难能可贵的资源。对不起,在你们这些企业家面前高谈阔论经济问题,班门弄斧了。"

成义很佩服的样子:"哪里哪里,受益匪浅。朱书记,我是美国哈佛商学院 MBA 毕业的,回国四年了。我接触过不少官员,有的还是很大的官儿。可是,像您这样能把民风,包括商业道德、商业信用也看做经济资源的,是头一回碰上。"

朱怀镜来不及谦虚,刘浩忙说:"我们朱书记是梅次最有思想的领导,看问题独到、精辟。来来,菜上来了。朱书记,仍是喝红酒?"

"依我啊，什么酒都不喝。"朱怀镜笑道。

刘浩说："今天还是喝杯红酒嘛。"

朱怀镜道："行吧。成先生，像你这样，学有所长，干些实实在在的事业，很好。来，我就喧宾夺主了，借小刘的酒，欢迎成先生来梅次！"

干完一杯，成义说："按中国国情，更需要大量像您朱书记这样有能力的领导干部。毕竟是个政治主导的社会啊！"

朱怀镜谦虚几句，又笑道："看来我同成先生谈得来。我有个精英论，不知成先生和小刘同意不同意。我觉得，中国的精英，只能是准精英。这是同西方国家比较得出的结论。西方国家，真正的顶尖人才集聚在工商企业界，他们是社会财富的直接创造者，是社会精英分子；二流人才才去从政。而我们中国，精英分子却相对集中在党政机关，无缘进机关的才去工商界或别的行业。而西方国家那些进入工商界的精英，因为机制原因，总体上都能做到人尽其才，并有相应的回报，他们也就越发优秀，成为真正的精英。我们国家呢？哪怕你真的就是名牌学府的高材生，当你进入机关打磨多年之后，除了会讲几句空洞的官话，就别无所长了，只能是准精英。好在情况在不断好转，已有一批真正优秀的人才不再迷恋官场，转头投身工商界，他们是值得敬重的先驱者。比如你成先生，就是这中间的佼佼者，是真正的精英人才。而且官本位的思想也在不断变化，最近有个沿海城市招考公务员，要招好几十位，结果报名的才十几位。"

成义很是感叹："真了不得！像您朱书记这样的高级领导干部，能够将思维跳出来，很超然地看问题，真让我佩服！来来，朱书记，请您接受我由衷的敬意。我先干为敬吧。"

朱怀镜摇头笑笑："成先生说到哪里去了！你北京过来的人，见过多少大干部，我这也是高级领导干部？"

成义笑道:"朱书记这又是在批评我们北京人了。外地人都说,北京人吹大牛,国家大事无不知晓,好像他们日日夜夜在中南海墙头上趴着似的。"

听了这话,大伙儿都笑了。

朱怀镜说:"我有个同学,原来在北京某部里工作,后来自己下海了,办了自己的公司,搞得很红火。"

成义问:"谁呀?您说说,指不定我们还认识哩。"

朱怀镜说:"哪有那么巧的事?北京那么大。我那位同学叫吴弘。"

成义问:"图远集团吴弘先生?"

朱怀镜问:"你们认识?"

成义一敲桌子,欢然道:"世界上还真有这么巧的事!吴弘先生的图远公司,就租在我们宾馆八楼办公室哩!"

朱怀镜也觉得很有意思:"正是常言说的,世界真小!我每次去北京,都是吴弘去看我,我还没去过他们公司。"

成义说:"最好最好!朱书记下次去北京,不嫌弃的话,就将就着住我们那里,你们同学见面也方便。"

刘浩说:"是啊,朱书记下次去北京,就住黑天鹅,条件还过得去。"

朱怀镜说:"梅次这家黑天鹅,算是我们这里最够档次的宾馆,北京黑天鹅我想更不用说了。"

成义说:"勉强也算是五星级的吧。不过我们服务很好,生意一直不错。"

朱怀镜说:"都在于管理啊!有成先生这样的高级人才,没有搞不好的宾馆。"

刘浩说:"成先生这次来,有两个目的:一是考察我们宾馆,看能不能在我们这里投资些项目;二是来指导我们服务上档次。

最近两个月,我们这里生意有些清淡,我老爷爷着急,专门请成先生过来一趟。"

朱怀镜说:"是吗?很好啊。黑天鹅是我们梅次宾馆业的一块招牌,同你们北京黑天鹅也是亲缘关系,放心投资吧,我支持。生意嘛,最近清淡些,会好的。"他知道最近廉政建设风头比较紧,酒店、宾馆和娱乐场所的生意都下滑了,便不好往深处说。

热热闹闹说了一大堆客套话,应酬便完了。刘浩今晚没说上几句话,却特别高兴。一位地委副书记成了他的无形资产。

分手后,朱怀镜刚进家门,电话就响了。本应是香妹接的,可她在卫生间里洗澡,他只好接了。"朱书记吗?我是尹禹夫,一中校长。我想来汇报一下……这个这个今天我去看了看朱琪,这孩子很不错的。"尹禹夫显得有些紧张,语无伦次。

朱怀镜很客气:"你好你好,是尹校长。欢迎你来家里坐坐。"放下电话,朱怀镜软塌塌靠在沙发里。忙了一天,实在想休息了。心想琪琪都还没上几天学,校长就登门了。听尹校长电话里的意思,只怕没什么正经事要说,不过就是想来拜访一下。未及见面,尹禹夫在他心目中难免就被打了折扣。可在儿子的老师、校长面前,他从来都没有架子,很有些礼贤下士的意思。

不一会儿,就听见有人敲门了,朱怀镜猜想准是尹校长了。拉开门,一位瘦高个儿就微笑着自我介绍:"我是尹禹夫。"

"请进请进,尹校长。"朱怀镜猜这尹禹夫这么快就到了,说不定早在楼下某个隐蔽处守了好久了。心想怎么回事,喜欢上门拜访领导的人,都有这套功夫,知识分子也不例外,真是无师自通。

香妹穿着整齐出来,朝尹禹夫笑笑。朱怀镜说这是琪琪学校的校长。香妹更加客气了,问了好,倒了茶过来。

"尹校长，孩子放在你们学校，就请你多费心了。我和他妈都忙，可能没多少时间管他。"朱怀镜说。

尹禹夫说："这是我的责任啊！领导干部就是太忙了，莫说管孩子，一天到晚见都难得见着孩子。所以，我常交代学校的教师们，对领导干部子女，尤其要多用点心思。既不能让他们有特殊感和优越感，又要让他们多得到点关心和爱护。"

尹禹夫这话说得太巴结了，朱怀镜不好多说什么，只道："拜托了。"

香妹说："琪琪这孩子，学习不算很好，还过得去。就是性格太内向了，不太多说话。"

尹禹夫说："可能是朱书记和陈局长太忙了，平时同他沟通太少。我会注意他这个特点的。"

说了不一会儿，电话响了。又是一位县里的领导要来看看朱书记。朱怀镜就站起来，伸出双手同尹禹夫握了："对不起，尹校长，想留你多说几句话都不得安宁。下次有空再聊吧。"

尹禹夫看样子还有话说，却只得站起来告辞。朱怀镜突然问："尹校长是抽烟的吗？拿两条烟去抽吧。"

尹禹夫忙摇手："这哪行？这哪行？"

香妹已从里面拿了两条云烟出来了，硬塞给尹禹夫。尹禹夫推了一会儿，千恩万谢地接了。朱怀镜连说不客气不客气，再次同他握手，开门请他慢走。

尹禹夫走后不到一分钟，县里的同志就按响门铃了。朱怀镜依旧坐在了沙发里，让香妹开了门。整个晚上，就这么迎来送往，快十点钟了才告清净。一共来了六拨人，有独自上门的，有两三人结伴来的。等送走最后一批客人，朱怀镜才有时间去洗澡。上床时，已是十一点三十分了。

"没有一个晚上是清寂的，这么下去怎么得了？"朱怀镜叹道。

香妹说:"多半都说找你的,我知道怎么得了?"

朱怀镜无奈道:"是啊,都是我的下级、同学、老乡或企业老板,我不好在他们面前摆架子。"

香妹说:"最麻烦的是这些烟啊,酒啊。不收又不行,人家说你假正经;收了又没地方放。你也抽不了这么多烟,喝不了这么多酒。我说你的烟酒还是戒了吧。"

朱怀镜不理会她戒烟的建议,只说:"送吧,谁来送给谁。"

香妹说:"送也只能送个意思,不能人家提了多少来,我们就送多少去。唉,家里都快变成副食品商店了,乱糟糟的不好收拾啊!对了,四毛要的门面,我联系好了,就在这个大院门口东边。"

"四毛没一点亲戚情分。"朱怀镜想起他往日过河拆桥的事就有火。

香妹叹道:"到底是亲戚嘛。"

朱怀镜有些睡不着,坐起来想抽烟。床头却没烟了,就说:"麻烦老婆去拿条烟给我。"

"才说要你戒烟,你就忍不住了。"香妹虽说嘴上这么说,还是起床取了条烟来。是条云烟。朱怀镜凑近床头灯拆封,却半天找不到烟盒上的金色封条。再仔细一看,像是叫人拆开过的。便想送礼人也太粗心了。拉开烟盒,顿时脑袋嗡嗡响。里面塞的是钞票!香妹本已睡下,这时也坐了起来。将钱全部掰出来,数了数,三万元整。

"这烟是谁送的,还想得起吗?"朱怀镜问。

香妹说:"这怎么想得起来?"

朱怀镜说:"我俩起来,把家里的烟、饼干盒什么的,都检查一次。"

烟酒什么的都放在阳台上的大壁柜里,早塞得满满的了。打开一看，一时清理不完的。香妹就说："今天就算了吧，太晚了。明天正好星期六，我俩关着门清理。"朱怀镜看看时间，已是深夜一点多钟了，只好先睡觉再说。

第十五章

朱怀镜难得在家吃顿晚饭，香妹特意做了几个菜。两人都回来得晚，饭菜端上桌，已快八点钟了。饭桌上摆着当天的《梅次日报》，上面又有篇洪鉴捐款的报道《再寻洪鉴》。

…………
依然是梅岭路199号，依然是洪鉴，这位神秘的好心人给残疾人基金会再次捐上十八点五万元。记者找到银行工作人员采访，他们表示，捐款人一再要求他们不要透露有关情况。当记者问到办理捐款手续的是否还是上次那位漂亮的小女孩时，银行工作人员不置可否。漂亮的小女孩，你是谁？你在哪里？你就是神秘的洪鉴吗？
…………

香妹问："怀镜，那钱就这么处理，行吗？"
朱怀镜说："我同你说过道理，只有这么处理。别人也许有更好的处理办法，但我想这是最好的办法。"

香妹笑道:"别人根本就不会处理,往腰包里一塞得了。"

"那也不见得,你别把干部都说得那么坏。前几天《焦点访谈》还报道了一个好干部,一位县委书记,坚决不收贿赂,限令下面干部把送给他的钱拿回去,三天之内不拿回去的,上交财政。结果,这位县委书记上交了六十多万元。"朱怀镜说。

香妹说:"是吗?我没注意看。风气也太坏了,就缺少这样的好领导。"

朱怀镜摇头一笑,说:"不过,这位同志来得太刚了,只怕不好收场的。"

香妹又问:"哎,那位漂亮的小女孩是谁?"

朱怀镜怕解释了反添误会,只说:"什么漂亮的小女孩!就是地委办的工作人员。写文章的人,总要妙笔生花的。"

香妹忽然睁大了眼睛,说:"我说怀镜,我们总是拿烟送人,是不是送了钱给别人也不一定啊。"

朱怀镜也吓了一跳,说:"天哪,我怎么就没有想到这一层?我说,把清出来的钱一笔一笔记上,注明是烟盒里的,还是饼干筒里的。说不定有一天要对账的。"

两人边吃边说,还没吃上几口饭,门铃响了。猜想一定是尹禹夫夫妇来了。门一开,果然是他们两口子。琪琪的数学成绩不行,尹禹夫坚持每天上门来给他补课。朱怀镜两口子觉得过意不去,说要补课,请琪琪的数学老师来就行了,我们按规矩付补课费。尹禹夫说还是他自己来吧。据说这尹禹夫还真是块当校长的料,中学课程门门拿得下,在一中没人不服。他夫人向洁也是个勤快人,说在家反正没事,过来帮忙收拾一下家务也好。朱怀镜和香妹都觉得这样不太好,可人家硬是一片热心,推也推不了,就只好由着他们了。所以尹禹夫两口子每天都是八点左右来,也不用事先打电话。

也不需多寒暄，尹禹夫径直去了琪琪房间，向洁就像个熟练的钟点工，里里外外收拾起来。来了外人，两人就不说那件事了。朱怀镜埋头吃着饭，问香妹："找保姆的事，有着落了吗？"

香妹说："托人找了几个，都不太理想。"

朱怀镜说："又不是选美，别那么挑剔。"

香妹说："你想得好，给你选美。保姆最不好选，比相亲还难。"

向洁在一边忙着，插话说："我乡下有个亲戚，很灵泛，手脚也勤快。原先在人家那里做过几年，经验也有。要不过几天带来看看？"

香妹望望朱怀镜，再对向洁说："太麻烦你了。"

向洁笑道："这有什么麻烦的？打个电话去叫她来就是了。"

香妹只好说："那就看看吧。"

饭还没吃完，缪明打了电话过来，请他马上去一趟，有急事商量。朱怀镜顾不上吃完饭，稀里哗啦喝了碗汤。也不叫司机，夹上包就往办公室去。他先打开自己的办公室，开了灯，却不进去，仍旧拉上门，然后往缪明的办公室走去。

缪明已经同陆天一、李龙标、向长善坐在那里了。朱怀镜忙点头笑笑，说："几位久等了。没个保姆硬是不行，不到八点多吃不了晚饭。"

缪明笑道："你也别太艰苦了，保姆还是要请的。"

陆天一也笑着说："是的，没保姆不行。"

李龙标和向长善还没来得及参加关于保姆问题的讨论，缪明严肃起来了，说："我们几个紧急碰一下头。吴飞案最近有新的突破，他供出了梅次卷烟厂厂长郑维明。"

"郑维明？"朱怀镜听着有些吃惊。在他的印象中，郑维明是位很老实、很朴实的企业领导。上次他同袁之峰去烟厂现场办公,同郑维明初次见面。那天郑维明穿了件皱巴巴的旧西装,发了黄的白框眼镜老是滑在鼻尖上,脸就像烟熏过的腊肉,五十多岁的人看上去像是老头子了。真是人不可貌相啊!

缪明继续说道:"对,郑维明。烟厂第二期技术改造的土建工程,是吴飞承建的,他向郑维明行贿七十万元。关于郑维明,一向就有很多举报。我估计,吴飞供出的只怕只是冰山一角。下面,请长善同志把情况说说吧。"

"大致情况,就是缪书记说的这些。"向长善先谦虚一句,再说,"下面,我把最近检察机关侦查吴飞案的情况简要汇报一下,并重点汇报一下郑维明涉嫌受贿的问题。"

向长善将案卷放在膝盖上,再掏出笔记本,一五一十地汇报起来。他说着说着,就激动了,表情和语气就像法庭上的公诉人,一点儿也不像在向领导汇报情况。

朱怀镜没事似的瞟了眼缪明、陆天一和李龙标,发现他们都低着头,望着脚尖出神。朱怀镜也就不抬头看谁了,也望着自己的脚尖。似乎谁都猜不透谁同这案子的关系,只好谁也不看谁。直等到向长善汇报完了,几个人才不约而同地抬起头来,可都避免望着别人的脸,而是望着对面的墙,表情一律地沉重。

只听见陆天一首先开腔道:"我先谈几句吧。对吴飞案,要一查到底,我一直是这个态度。案子慢慢开始有进展了,像郑维明这样的人开始暴露出来,说明检察院的同志办案是有成绩的。我同意将郑维明立案侦查。我估计这可能是个系列大案,地委一班人一定要统一认识,支持检察院的工作。不论查到谁,都要一查到底。如果牵涉到我陆某人,或是我的家人和亲戚,同样依法办事。鉴于企业工作的特殊性,我建议地委马上要研究确定烟厂新的负责人。"

"怀镜同志谈谈吧。"缪明说。

朱怀镜却客气道:"龙标同志管政法的,还是请你先谈吧。"

据说李龙标原先很算条汉子的,说出话来梆梆响,下面很是服他。自从他患上癌症以后,别人自然也不怎么听他的了。他倒是显得很有修养,对谁都客客气气了,也不管你对他是否客气。朱怀镜说请他先谈,他照例客气几句,不紧不慢说了起来。不过他说的同向长善说的没什么区别,只是说得粗略些。倒是把犯罪分子如何狡猾、办案人员如何辛苦大说了一通,而这些话通常是结案以后在庆功会上说的。不过他发言的时候,在座几位都微笑着望着他,非常亲切。而他说得再没有水平,大家都原谅他了。

李龙标表扬了检察院,朱怀镜也就不得不就势表扬检察院,尽管他知道现在说这些话不是时候,而且文不对题。朱怀镜尽了这套程序,才说:"我赞成天一同志和龙标同志的意见。特别是确定新的负责人一事,应该尽快。企业乱不得。建议组织部和行署主管领导一起先拿个意见,由地委定一下。同时建议办案的同志务必做好保密工作。办案过程中难免有种种传闻甚至谣言,这也正常。但我们要尽可能不让群众产生过多猜测和议论。听说最近外界把吴飞案传得沸沸扬扬,好像整个地委、行署大院里面全是腐败分子。我看,要向宣传部专门布置一下,最近要重点抓几个廉洁奉公、艰苦创业的好典型,加大这方面的宣传力度。请缪书记和陆专员定吧。"他说着便就势望了望缪明和陆天一。缪明就顺便望了望陆天一。

陆天一脸色微微一红,很快就正常了,不是眼尖的人还看不出。朱怀镜偏是个眼尖的人,不得不佩服陆天一。能让红着的脸马上平淡如常,不是谁都做得到的。

"缪明同志定吧。"陆天一显得很有涵养。

缪明最后表态,无非是归纳和肯定陆、朱、李、向几位的意见:"第一,要进一步统一思想,坚决支持检察院的工作;第二,同意对郑维明立案侦查;第三,同意马上研究确定卷烟厂新的负责人,请组织部和行署的同志先拿个方案,交地委研究决定;第四,加大反腐倡廉宣传力度,特别是要多从正面宣传廉政建设的好典型、好经验,压制邪气,弘扬正气。"尽管缪明说的这些话也有朱怀镜贡献的智慧,但他听着并不以为然。看样子陆天一是不可能真正支持检察院工作的,统一思想只是套话而已;对郑维明是否该立案,纯属法律问题,却需要地委书记表态同意,真不知法大还是权大;烟厂新的负责人当然是要尽快定下来的,但是不是又定下一个新的贪官,谁能说得准?老百姓是越来越相信事实了,并不在乎你怎么宣传,所以光在报纸和电视上做文章,没人相信,这事实上成了纵容邪气。但谁都只能说这些连自己都表示怀疑的话。

最后,缪明表情深沉起来,语气也抒情多了,说:"今天的《梅次日报》同志们可能都看了。那位叫洪鉴的神秘的好心人,又为残疾人基金会捐款十八万多元。不到两个月,这位洪鉴已捐款二十八万多元了。有的人为了金钱,不惜丧失人格、良心,不惜以身试法;而有的人却仗义疏财,无私捐献,不计名利。人的精神境界真是天壤之别啊!"

缪明满怀激情的时候,朱怀镜猛然想起了那份关于尹正东的检举信。他相信在座的所有人只怕都收到了那封信,可是好些天过去了,没有任何人作出批示。更滑稽的是也许这会儿所有人都想到了那封信,谁都在猜测别人。今晚研究的正是贪污受贿案件,大家不同时想到那封检举信才怪。只怕有人还生怕别人把这信公开出来。

碰头会完了,陆天一先走了。向长善本想马上就告辞,却忍了一脚才走,似乎觉得紧跟在陆天一后面离开不太好。李龙标不方便再磨蹭,只好同向长善一道出门了。其实他们都过虑了。从缪明办公室出去，再下楼，走过一楼大厅，马上就各上各的车了。仅仅两三分钟的路程，随便搭讪几句无关痛痒的话，就混过去了，不至于尴尬的。也许今天情况太特殊了吧，谁都显得瞻前顾后的。

朱怀镜不用避什么嫌，他总得关了办公室的灯再走吧。天知道吴飞案这个泥潭有多深！朱怀镜刚想关灯走人，缪明敲门进来了。

"怀镜，情况的确是越来越复杂了。"缪明倒背双手，站在那里，"长善同志个别向我汇报过，说有人千方百计在暗中阻挠办案。别看他嘴上说得坚决，背地里做的是另一套啊。"

朱怀镜明白缪明说的是陆天一，却也装糊涂，只说大道理："只要地委态度坚决，谁也没能耐暗中作梗。"

缪明叹道："只是怕给侦查工作增添难度。到时候会不会有来自上面的压力也说不定。"

朱怀镜说："我倒是建议你尽早去市里跑一趟，先向有关领导汇报一下，争取支持。"

"我正有这个打算。"缪明又说，"烟厂招标的事，还是按既定方案办吧，你多辛苦一下。不能出了个郑维明，正常工作就停了。腐败要反，经济要上啊！"

朱怀镜应道："既然地委定了，我就担起来吧。"

缪明说罢就去自己办公室了。朱怀镜想先回去了，就夹了公文包下楼。突然手机响了，却是贺佑成打来的："朱书记啊，您好。这么晚了还打搅您，不好意思。您休息了吗？"

朱怀镜像嚼着了苍蝇，很不舒服，却只好含含糊糊地说："没有哩。你有什么事吗？"

贺佑成说："没事没事。我同几位朋友，都是企业界的，在银庄茶座喝茶。他们都很尊重您。您能抽时间见见他们吗？"朱怀镜听了，心头很火，又有些哭笑不得，却又不能发作，只好说："太晚了。我这里还有些事，走不开。你代我向你的朋友问好吧。下次再见好吗？"

通完电话，朱怀镜气得胸口发闷。这不简直混蛋吗？谁都可以一个电话就叫我去喝茶，我朱某人算什么？朱怀镜越想越恨，不知贺佑成到底是什么货色。好好一个舒畅，怎么就嫁了这么个东西？

他又总觉得事情怪怪的，难免好奇。寻思再三，他打了赵一普的电话。听声音赵一普好像已经睡了，他却装糊涂，说："一普，你还没睡吗？"

赵一普声音马上清爽起来，说："朱书记啊，没睡没睡。您有什么指示？"

朱怀镜说："我才开完会。我有几个朋友，在银庄喝茶。本想去看看他们的，没时间了。你去一下，代我问声好。应酬一下就行了，不要多说什么。你找贺佑成吧。"

赵一普说马上就去，又问道："贺佑成干什么的？我今晚要向你回信吗？"

朱怀镜就说："他是我的一个朋友。不会有什么要紧事的，明天再说吧。"

交代完了，朱怀镜突然止步不前了。他想干脆去看看舒畅，好久没见她了。看手表，也才十点多。他没先打电话，径直出了大门，顺着马路散步一样走了一段，再在一个僻静处拦了一辆的士。一会儿就到物资公司了，却不在大门口下车，仍找着附近最暗的树荫处下了车。

"舒畅，我想来看看你。"朱怀镜打了个电话。

舒畅像是很吃惊，支吾说："这么晚了，你……"

朱怀镜说："对不起，太冒昧了。我都到你门口了。"

舒畅说:"那你……快进来吧。"

走近大门时,见传达室老头目光炯炯地望着外面,朱怀镜禁不住胸口直跳,后悔自己如此冒失。就在他转身准备往回走时,传达室老头已经望着他了。老头儿的目光很陌生,他便松了口气,目不斜视地往里走。

突然,听得老头叫了一声,他身子微微颤抖了一下。回过头去,却见老头儿笑眯眯地同他说着什么。老头儿说的是梅次下面哪个县的方言,他一时听不懂,只当人家认出他来了。他刚准备编个说法,终于听出老头儿是问他时间。原来老头儿手中正摇晃着一块手表,准是坏了。朱怀镜很客气地报了时间,低头往舒畅家楼道里走。虽是虚惊一场,却发现这地方他是不可常来的。

舒畅早就站在门后候着了,朱怀镜还未敲门,门无声地开了。两人只是相视而笑,不说什么。朱怀镜不声不响地进去了,舒畅不声不响地关了门。朱怀镜轻声问:"孩子呢?"舒畅嘴巴努了下里屋,说:"刚睡着。"

朱怀镜坐下说:"刚散了会,在外面走走。就想来看看你。"

舒畅穿着睡衣,头发有些蓬松,总是望着别处:"你总是这么忙,要注意身体。"

"刚才贺佑成打我电话,约我喝茶。"朱怀镜说。

舒畅这才望着他,眼睛睁得圆圆的,想了老半天,说:"按理他哪敢随便请你喝茶?我知道,他在女人面前如鱼得水,在当官的面前就委琐得很,怎么回事呢?"

朱怀镜说:"有句话,我本不该说的。你们本来就是好几年的名义夫妻了,他不肯离,你不如就向法院起诉,请求法庭判决算了。"

舒畅摇头道:"我不是没想过,只是怕费神。"

朱怀镜听罢,叹息不止。他也低了头,不敢望舒畅。舒畅身子微微发抖，双手抱在胸前。"对不起，时间不早了，你快走吧。等会儿大门就关了。"

朱怀镜重重地叹了口气，说："好吧，我走了。"他说了，却又没有起身。舒畅也不再催他，只是身子越发抖得厉害。朱怀镜扶住她的肩头，想抱起她。舒畅抓住他的手，说不清是推还是捏。"舒畅，我，我不想走了。"朱怀镜声音发颤。

"你……还是走吧……"舒畅连说话的力气都没了。

舒畅开了半叶门，望着朱怀镜，目光郁郁的。他夹上包，突然装作没事似的，笑了笑。他也没有将门全部打开，就从半开着的门里挤了出去。舒畅站在门后，没有目送他，可那半开着的门，过了好久才轻轻关上。

次日一上班，赵一普给朱怀镜倒了杯茶递上，说："朱书记，昨天晚上的事，向您汇报一下。"

朱怀镜倒一时记不起是什么事了，嘴上却答得很快："行，你说说吧。"

赵一普说："贺佑成他们也没什么事，就是想见见您。其他人您也不熟吧？都是梅次这边做得不错的建筑老板，多半是民营企业的。"赵一普说着就掏出几张名片，一张张念给朱怀镜听，又说："贺佑成可能是多喝了几杯酒，也可能他是这个性格，很活跃。"

"贺佑成没说什么具体事？"朱怀镜问。

赵一普说："没说什么。只是反复说感谢朱书记关心，这么忙，还专门派秘书去看望他的朋友，很给面子。"

"哦，知道了。"朱怀镜猜着贺佑成也许是酒壮人胆，同人吹嘘自己同朱书记关系如何铁，便仗着酒性给他打了电话。那么他今后再也不会给这个面子了。

第十六章

缪明从市里回来后,在走廊里碰见朱怀镜,只点了下头,就将自己关在了办公室里。朱怀镜颇感蹊跷,想打电话问问情况。电话号码没拨完,却忍住了。按说,缪明是同朱怀镜商量着才去市里的,回来后竟只字不提这事,其中必有缘由。

第二天下午,朱怀镜有个事情需要汇报,去了缪明的办公室。缪明客气地请他坐,听他一五一十地汇报工作,然后作指示,只是绝口不提上市里的事。朱怀镜更加不便问了,完事就想走人。

"市委很支持我们。"缪明突然没头没脑说道,左手不紧不慢揉着肚子。

"那就好嘛。"朱怀镜还想听下去,本来站起来了,却不走了。

缪明又马上掉转话头:"烟厂负责人的事,有个初步意见了吗?"

朱怀镜说:"我正准备向你汇报哩。我同之峰同志商量过,之峰同志倾向于让高前同志上来。高前是烟厂的总会计师,在厂里干了快二十年了，情况熟悉，很能干。我让之峰同志向你和天一同志汇个报，然后由组织部提出方案，地委尽快定一下。"缪明说："好吧，尽快定一下。这次可要选准啊，不能再出乱子了。已经有好几个很不错的企业领导翻船了，往往是在五十五岁以上就开始出问题。这不能不引起我们的深思啊。"

朱怀镜幽默道："高前同志年纪同我差不多，才四十多岁，还可以干上十几年再去腐败嘛。"说罢就收敛了笑容，摇摇头，显得很忧虑的样子。其实他心里没有半点忧虑。不是不想忧虑，实在觉得忧也是白忧。这并不是哪个人本身的道德问题，按这个体制去办企业，厂长经理们不贪才怪。

缪明这次上市里汇报遭遇了些什么事情，朱怀镜无法知道。缪明不愿多说此事，那么至少此行不太顺意。他含含糊糊地说句市委领导很支持我们，只怕是替他自己护面子，也想让朱怀镜别动摇了。看来，陆天一在市委领导那里是大有市场的。

朱怀镜其实早就想过，缪明是上任市委书记的"政治遗产"，现任荆都市委书记王莽之不会对他好到哪里去。而陆天一却是王莽之亲自提拔起来的。要不是当初王莽之初来乍到，总得有所顾忌，只怕早就把缪明晾起来了。缪、陆之间，朱怀镜对缪的感觉好些。他私下里是向着缪明的，但不弄清市委意图，他也不会鲁莽行事。此等关口，倘若感情用事，就太幼稚了。静观其变，相机而行吧。

人的外相有时也很占便宜的。王莽之是个高嗓门的山东大汉，说上三句话就会打个哈哈，谁见了都会以为他是个心直口快的大好人。不过朱怀镜早就不相信人的外相了，他在这方面是吃过亏的。早年有个同事，尖嘴猴腮，见人就笑嘻嘻的。都说尖嘴猴腮的人奸猾不可交，可他见这同事实在是热情得不得了，便忘了防备。后来果然就被这人从后面捅了刀子。曾经还有位同事，慈眉善眼的，肯定是好人了，后来发现这人却是地道的伪君子，背地里专门弄人。

回到自己办公室，赵一普送了个文件夹过来，说是几个急件。朱怀镜翻开文件夹，提笔批示。其中有个同公安有关的报告，朱怀镜便想起前不久发的那个《关于加强宾馆服务行业治安管理的通知》，就随意问赵一普："那个文件在下面反映怎么样？"

赵一普马上就知道朱怀镜问的是哪个文件了，回答说："总体上反映很不错。"

朱怀镜抬起头来，问："怎么叫总体上反映不错呀？也就是说还有不同反映？"

赵一普脸陡然间红了，忙说："我表达不准确吧。各宾馆以及广大顾客都很满意。但也确实有人讲怪话，其实说穿了，也就是个别公安人员。不奇怪，触犯了他们的切身利益嘛。"

朱怀镜放下笔，靠在座椅里，说："将本职工作利益化，靠山吃山，靠水吃水，这股行业歪风，一定要刹！一普你说说，他们都有些什么具体意见？"

赵一普说："我也没作调查研究，都是道听途说。"便将在外面听到的各种说法一一说了："牛街派出所所长关云，牢骚满腹，有些话还说得很难听。"

见赵一普欲言又止的样子，朱怀镜也不催他，只是毫无表情地望着他。赵一普却更加急了，额上沁出了汗，后悔自己又多嘴了，却不得不说下去："他不知从哪里知道，那个文件是您出的点子，说了您很多坏话。"

朱怀镜不想知道关云都说了他哪些坏话，只道："由他说去吧。可也得我有坏处他才有得说吧？"

朱怀镜批示完了文件，赵一普拿了文件夹出去了。朱怀镜将门虚掩了，背着手在办公室里踱步。不知怎么回事，这会儿他并不怎么恼火关云,而是对赵一普很不感冒。当秘书的,不能听了什么话都往领导耳朵里灌,这可是大忌啊。朱怀镜原以为这小伙子很不错的,时间一久,就发现毛病了。心想还是趁早换了他吧。又想那关云也的确是个混蛋,竟敢在外面说他的坏话。可碍着向延平的面子,朱怀镜又不好将他怎么办。向延平坐在人大主任的位置上总觉得屈才,只要有机会,他就会尽量释放一下能量,让你不敢小瞧他。这次为逮捕郑维明,向延平很做了一回文章。因为郑维明是荆都市人大代表,梅次地区检察院在收审他的时候,按照法律程序,建议荆都市人大常委会罢免了他的人大代表资格。但向延平硬是鸡蛋里挑骨头,说地委领导研究收审郑维明时,没有同他通气,人大的位置往哪里摆。这分明是在问他向延平的位置往哪里摆。只是毕竟郑维明已是犯罪嫌疑人,向延平也不好闹得太过分。可反过来说,为着一个贪污腐败分子,向延平都可以同缪明叫一下板,这人也就不太好惹了。朱怀镜略一忖度,觉得向延平还是不得罪的好。得罪向延平一人事小,弄得向延平那个圈子里的人都同他作对,那就不好了。再想那关云一介莽夫,与其用硬办法整他,倒不如采取怀柔政策。这种人,封他个弼马温,就把他收服了。

忽然想起待在家里老是不得安宁,便想有个可以清净的地方。本来梅园宾馆是个好去处,可那于建阳只怕有些多事,只好打了刘浩的电话。刘浩十分恭敬,只问有什么指示。朱怀镜说:"哪有那么多指示,只是要麻烦老弟。"

"朱书记您说哪里话,有什么让我效劳的,尽量吩咐。"刘浩说。

朱怀镜笑道:"也没什么。你最近老说让我去你宾馆看看,我没空。今天我是自己上门讨饭吃了。这样吧,我晚上过来吃饭。你也不用准备什么,简单些,我只同司机一块儿来。"

刘浩道:"我当什么大事哩!朱书记您可真会吓唬人。"

朱怀镜笑道:"你还真吓着了?你看你看,说要麻烦老弟,你就吓得什么似的,是怕我让你出血吧!放心,我只是讨碗饭吃。"

刘浩忙说:"朱书记您这么一说,可真的就吓着我了。好吧好吧,我恭候您。"

刚放下电话,袁之峰来电话,说过来汇报一下烟厂班子的事。朱怀镜忙说:"行行,我在办公室等你。之峰同志,你别老这么客气,开口闭口就是汇报。"

袁之峰说:"汇报就是汇报嘛。干了几十年工作,就学了这么一点儿规矩。"

朱怀镜哈哈大笑起来,说之峰真有意思。只几分钟,袁之峰就过来了。朱怀镜亲自替袁之峰倒了茶。袁之峰坐下,喝了几口茶,说:"我同天一同志通了气,他专门问了你的意思。他说,既然怀镜同志也有这个意思,就让高前同志上吧。"

朱怀镜笑道:"要体现地委意图啊,而且主要是听缪明同志和天一同志的,不能我一个人说了算。"

袁之峰说:"那就尽快提交地委研究吧。"

朱怀镜说:"行吧。缪明同志专门催过我。你不急着走吧?干脆坐一下,我让组织部韩部长过来扯扯。"

打了电话过去,韩部长韩永杰一会儿就到了。朱怀镜依然是亲自倒了茶。韩永杰接过茶杯,说声谢谢,笑道:"两位领导作批示吧。"

朱、袁二位都笑了。朱怀镜说:"我们研究一下梅次烟厂厂长拟任人选。企业不同别的地方,不可一日无帅。情况很急。之峰同志对企业情况比我们熟悉,他经过多方了解,认为烟厂的总会计师高前同志比较合适。我们和缪明同志、天一同志通过气了,初步统一了意见,让高前同志出任厂长。"

韩永杰插话说:"高前同志我也熟悉,确实不错。"

朱怀镜说:"当然我们也不能凭印象办事,还是要按干部任用程序办理。请组织部尽快拿出方案,就在这个星期之内提交地委研究。总的原则是特事特办,快而稳妥。"

韩永杰忙说:"行行,我马上布置下去。"

事情算是说完了,但韩永杰和袁之峰都没有马上走的意思。于是三个人便很自然地说到了高前,既像是碰情况,又像是闲扯。但这么扯扯显然很有必要,不至于让高前出山变得突兀。朱怀镜的办公室不过二十平方米。这小小空间里密集着他们三人呼出的二氧化碳,而每一个二氧化碳分子似乎都夹带着一个信息:高前的确不错,烟厂厂长舍他其谁?眼看着造成这么个氛围了,韩、袁二位就走了。这就像如今很多的大事,都是事先定了调子,然后再去论证。

送走韩永杰和袁之峰,朱怀镜一时不知该做什么,便摊开一个文件夹作掩饰,脑子却一片空白。上网也没有意思。不免就胡思乱想起来。想有些领导,每天的工作日程,都是下面人安排好了的,按时出场就行了。同演员差不多。而自己的官不大不小,工作有时下面安排,有时自己安排。忙总是很忙,但也有不忙的时候。一旦闲下来,倘若自己想不出什么事做,还真无所适从。

正这么胡思乱想着,突然想起组织部替他写的一篇署名文章,还没时间细看。便拉开抽屉,翻了出来。题目叫"关于加强企业领导班子建设的思考"。这样的文章难免老生常谈,他连看看的兴趣都没有。不看又不行,便硬着头皮浏览了一遍。果然了无新意。本想批给组织部,让他们重写一下。可组织部那几个写手只有这个水平了,他便停了笔。他想试试舒天的文采,便打电话过去。不到一分钟,舒天就敲门进来了。

"朱书记,有什么指示?"舒天站着,不敢擅自坐下。

201

朱怀镜笑笑，示意他坐下，说："这里有篇文章，我没时间过细看，你拿去弄一下，看能不能出些新观点。"

舒天接过稿子，有些紧张，说："我尽能力，认真搞吧。肯定不能让朱书记满意的。机关里的干部都知道，朱书记当年是市政府里的文墨高手，没有几个人的文章能过您的眼。"

朱怀镜笑道："任务还没接手，你就开始替自己找台阶下了。现在的年轻人，比我们那会儿聪明多了。"

舒天不再多说，只是憨憨地笑。朱怀镜便问："在这里工作还算习惯吗？压力大不大？"

舒天回道："习惯，机关工作特点都差不多。压力肯定有，这里联系的面宽多了，有很多情况需要熟悉。反正精力、体力都顾得过来，吃点苦有好处。"

朱怀镜免不了赞赏几句，就打发舒天走了。再看看时间，差不多要下班了。赵一普过来，照例要送朱书记回家了。朱怀镜却说："你先回去吧，叫杨冲在下面等等我就行了。"赵一普点头笑笑，就下去了。最近朱怀镜总是只让杨冲单独接送，赵一普的笑意已在掩饰某种落寞了。

朱怀镜再坐了几分钟，就夹了公文包下楼。在楼梯口正巧碰见舒天，也没多想，就说："舒天，跟我出去吃饭去。"

舒天一时没反应过来，呆了一下，才说："好，好。"便跟着朱怀镜上了车。

便不再走大街了，仍旧穿小巷，从曙光大市场走。一会儿就到了黑天鹅，刘浩早在大厅里候着了。朱怀镜下了车，颔首而笑，只言未吐。刘浩也就不多说什么，微笑着领着朱怀镜他们上二楼去了。推开一个大包间，早有两位服务小姐恭候在里面了。见了客人，两位小姐一齐鞠躬，道了谢谢光临。

朱怀镜微笑着坐下，却暗自钻起牛角尖来，光临岂不是让人脱光了来？脸上便笑得更好看了。刘浩见朱怀镜很高兴，也就愈加兴奋，说："朱书记能在百忙之中赏光我们酒店，我太感谢了。遵照你的指示，简简单单安排了几个菜。"

朱怀镜笑道："刘老弟，我是来你这里吃饭的啊，不是来作指示的。你别左指示右指示的。"

刘浩忙点头道："老弟知罪！"又指着舒天问："这位老弟眼生，好像第一次见面。"

朱怀镜说："舒天，地委办的。"

刘浩明白，能够单独跟朱怀镜出来吃饭的，必定忽视不得，再次同舒天握了手，说："第一次打交道，今后请多多支持。"

舒天笑道："刘总你太客气了。我能支持你什么？我只有几张方格纸。"

朱怀镜对刘浩说："你以后有什么事，找不着我，可以找舒天，让他跟我说。"

听了这话，舒天却是浑身发热。他交代自己脸千万别红，不然就难堪了。脸真的没有红，只是背膛有些微微冒汗了。该红脸时没红脸，就是可塑之材。这时，只有朱怀镜只顾自己慢慢喝茶，刘浩和杨冲都望着舒天微笑。舒天其实内心很不自在，感觉脸上就像有蚊子在爬，却不便伸手去拍。幸好马上就开始上菜了，刘浩招呼服务员去了，杨冲帮着移开两张多余的凳子。舒天这才感觉自然些。

刘浩正忙着，朱怀镜叫他过来，说："我俩找个地方说两句话。"

刘浩会意，领着朱怀镜一声不响出去了。两人进了隔壁包间，服务小姐跟着进来要倒茶。朱怀镜挥挥手，说："不用不用，谢谢。"小姐出去了，朱怀镜问："生意怎么样？"

刘浩说："还行吧。我们酒店主要是三大块，相比之下，餐饮和娱乐好些，住宿要差些。但今年明显不如去年。"

朱怀镜嘴上"哦"了一声，便说："我想请你帮个忙。找我的人太多了，有时躲都没个地方躲。想在你这里开个房，有时也好避避。我想你这里反正也住不满，空着也是空着。"

刘浩笑道："朱书记说到哪里去了！就算天天爆满，也得给您空着间房候着啊！不是我当面奉承您，还真难找您这样的好领导，千方百计躲着那些送礼的。别人可是把手伸得老长老长啊！"

朱怀镜半真半假地批评说："刘浩你可别乱说。你看见谁把手伸出来了？领导干部都有自己的难处。当然的确也有些人不自重，贪图些蝇头小利，就把自己的灵魂给卖了。"

"是啊是啊，我说的是个别情况，大多数领导是廉洁的。但像您这样的领导就少了。"刘浩说。

朱怀镜笑道："别给我戴高帽子了，出去吃饭吧。"

回到这边包厢，见杨冲同舒天说笑。朱怀镜对身边人都是看在眼里，放在心里。杨冲平时也很傲气，就因为他给地委副书记开车。但这种人朱怀镜不太在意，小小毛病也就由他去了。见他对舒天格外客气，一定是看出这小伙子很有面子。朱怀镜想自己今天对舒天其实也没什么特殊表示，可下面的人就爱在你举手投足间捕捉某种信息。

早有小姐拿盘子托着几样酒水过来了。刘浩便问："朱书记，用点什么酒水？"

朱怀镜说："喝点红酒，意思意思就行了。"

刘浩说："这里有几种洋酒，法国……"

刘浩话没说完，朱怀镜摇手说："不喝洋酒，喝国产葡萄酒最好。就来王朝干红吧，里面泡几片黄瓜片。"

刘浩笑道："朱书记是怕我心疼那瓶洋酒吧？"

朱怀镜说："我知道几瓶洋酒也喝不穷你，只是最近老是有报道说洋酒这问题那问题，怕喝。"

朱怀镜不让各位敬酒，只说："自便自便，都自便吧。"几个人就边喝边聊，气氛很轻松。舒天是第一次陪领导吃饭，倒也应付自如。朱怀镜见了心里暗自赞赏。

喝完几杯，刘浩欠了身子说："朱书记，告假两分钟，我到隔壁去敬杯酒。"

朱怀镜说："去吧，没关系。"随口问道："什么贵客？"

刘浩摇头说："也不是什么贵客，派出所的几位朋友，关云他们。"

朱怀镜问："就是牛街派出所的那位关云？这里可不是他们的管区啊。"

刘浩说："公安哪分什么管区？不论哪里有线索，他们都会管。他们可真的是闻警而动啊。"

朱怀镜只是笑笑，没说什么。舒天忍不住点破了："他们实际上是在抢生意。那'线索'的'线'字，应把绞丝旁改作金旁。哪里有'钱索'，就到哪里去。"

刘浩笑道："朱书记身边的人就是水平高，看问题看本质。"

朱怀镜说："你去敬酒吧。敬完之后，叫关云过来一下，就说我请他过来。"

刘浩顿时眼睛瞪得老大，半天才说："朱书记，您这么屈尊，可真给老弟面子了。"

刘浩走后，朱怀镜说："从严治警，可不是小事啊！"

舒天说："派出所之间经常为管区发生争执，不是争责任，而是争利益。"

朱怀镜只是听着，什么也不说。倒是想事情这么凑巧，才听说关云在外面讲他的坏话，就在这里碰上了。

听舒天说了一会儿，朱怀镜岔开了话题。这时，刘浩推门进

205

来，后面跟着个黑脸大个子，端着酒杯笑嘻嘻的。朱怀镜站起来，黑脸忙伸手过来，躬身道："朱书记您好，我是小关，在牛街派出所。"

朱怀镜笑道："哦哦，好好。我敬你一杯酒吧，辛苦了。"

关云来不及说什么，举杯一碰，飞快地先干了，再说："岂敢岂敢，我是我是白酒，是小关敬朱书记。"

朱怀镜笑道："那就算互敬吧。"

看样子关云想说些什么，朱怀镜却伸出手来握手，将他打发了："好吧，你同兄弟们慢用吧。"

关云双手举着空杯，连连打拱，说道朱书记慢用，退出包间。关云走后，朱怀镜问："刘浩，文件下来后，宾馆环境好些了吗？"

刘浩说："好多了。但公安的朋友来了，我们还是要招待的，人之常情。再说，保不了什么时候就让他们抓住什么把柄了，也难说。我们做生意的，还是广结善缘的好。"

一会儿，关云又推门进来了，仍旧笑嘻嘻的："朱书记，弟兄们知道您在这里，都想敬您酒，但他们不敢来，一定要我代他们再来敬您一杯。这杯酒，请朱书记一定赏脸。"关云个头比朱怀镜高，腰便始终躬着。

朱怀镜微笑着站起来，说："同志们太客气了。好，这杯酒我喝了。谢谢，你代我向同志们问好，我就不过去了。"

"哪敢劳动朱书记？我们派出所都是些年轻人，有些不对的地方，请朱书记多批评。"关云拱手道。

朱怀镜说："你们很辛苦，谢谢了。"他始终不叫关云坐下，说了几句客气话，就请他自便了。关云又双手举着空杯，拱手退身而去，黑脸早成了红脸。

朱怀镜喝得差不多了，自己一口干了，请各位尽兴。别人哪敢再喝,也都干了。这时,听得外面乱哄哄一片。刘浩忙起身出去。外面慢慢地就静下来了。一会儿刘浩进来,说:"对不起,惊动朱书记了。是公安的那些弟兄,原先说是不敢过来给朱书记敬酒。后来他们多喝了几杯,就壮胆了,有几位就吵着要过来敬酒。关云就骂了他们,说他们不懂规矩,也不看看自己算什么东西,还想去给朱书记敬酒。就吵起来了。关云说很不好意思,本想送走他的弟兄们,自己再过来道歉的,我挡了驾。"

朱怀镜笑道:"这些年轻人,倒也豪气。"

吃完饭了,朱怀镜说:"杨冲送舒天回去吧,我在这里同刘浩说说事,要车我再叫你。"

杨冲、舒天便起身走了。朱怀镜随刘浩去了十八楼,开了一个大套间。"不错嘛,感觉比梅园还好些。"朱怀镜称赞道。

刘浩谦虚道:"哪里,条件一般,朱书记就将就些吧。"

朱怀镜里外转了一下,说:"老弟,你就忙你的去,我这里就不用你管了。我洗个澡,休息休息,自己叫车回去。"

刘浩说:"要不到时候您叫我,我送您回去?"

朱怀镜摆摆手说:"谢谢了,不用。你自己忙去吧。"

刘浩出去了,朱怀镜独自静坐。近段时间发生的事情太多了,他感觉脑子里整天就像钻满了蚊子,闹哄哄的。不知今晚又有些什么人上他家里去,他不想回去了。前几天又从礼品包里清出了九万多块钱,有的知道是谁送的,有的根本弄不清哪里来的。他不想再让刘芸去捐钱了。她还是个孩子,不能过早地让她知道官场真相。自然想到了舒畅。犹豫再三,他抓起了电话:"舒畅,你好,睡了吗?"

舒畅说:"还没睡哩,孩子刚睡着。你还在忙?"

"没有,我在黑天鹅宾馆。"朱怀镜说。

"这么晚了,在那里开会?"舒畅问。

207

朱怀镜说:"我问这里老总要了个房间,平时好躲躲人。我今晚不想回去了,就在这里休息。1818房,你哪天要是有空,我们可以来这里聊聊天。"

"哦……"舒畅含混着。

"打搅了,你休息吧。"朱怀镜说着,有意显得轻快些。听了舒畅的语气,他就很后悔自己打这个电话了。真是鬼使神差!

他独自坐在客厅里,没有开电视,内心说不清的沮丧。重重地叹了几声,便去浴室冲澡。冲罢澡,仍不想去睡,便穿了睡衣,歪在沙发里抽烟。这会儿他很想念梅玉琴,他俩在一起的很多细节都袭上心头。只要想起她,那双美丽而忧伤的眼睛,就会针一样往他心坎里扎。他想不管怎么样,下次去荆都一定要托人去看看她。现在遇着了舒畅,他总不能往前走一步,似乎有某种听不见的声音时常在身后召唤他。这声音是什么?就是那双美丽而忧伤的眼睛吧。舒畅是惊艳的,却又是柔美的。她的柔美就像花的淡淡的芳香,时时浸润着他。

不知过了多久,忽听得门铃响。心想这么晚了会是谁呢?打开门,朱怀镜眼睛睁得天大。只见舒畅站在门口,急促地喘着气。他忘了说请进,舒畅自己进来了。"看你热得这个样子,快洗个脸吧。"朱怀镜说。

舒畅往洗漱间去,回头说:"我只有四十分钟时间,看看你就走。"

"这么急?"朱怀镜问。

舒畅说:"我单位晚上十点钟准时关门,你知道的。"

朱怀镜见舒畅半天没有出来,却不好去洗漱间叫。听得里面水老是哗哗响,就猜想舒畅在里面洗澡,更是只有干等着了。他心里怦怦直跳,呼吸也粗重起来。等了老半天,怕有什么意外,便跑到洗漱间外叫道:"舒畅,你好了吗?"

舒畅开了门，只见她满手香皂泡，说："我把你换下的衣服洗了。"

朱怀镜忍不住笑了起来："我的傻妹妹哎，我没有带换洗衣服来，明天早上我穿这套睡衣出门？"

舒畅顿时红了脸，说："谁叫你这么马虎？还要穿的衣服就不该放在洗漱间里。"

"没事的，没事的。等会儿我叫他们拿烘干机烘烘就行了。"朱怀镜站在洗漱间门口，望着舒畅洗衣服。舒畅见他老是从镜子里看她，就总把头低着。朱怀镜仔细一看，见舒畅头发根湿湿的，像刚洗过澡的样子。低头一看，她正穿着浴室里的拖鞋哩。朱怀镜再一次心跳如雷。

衣服洗完了，舒畅看看手表，说："你休息吧，我该走了。"

朱怀镜迟疑片刻，才轻声回答："你走吧。"

舒畅揩手的动作很慢，然后又对着镜子梳理着头发，把毛巾、浴巾都一一晾整齐了。朱怀镜说："舒畅，能坐几分钟吗？我有个事同你说。"

朱怀镜打开冰箱，见里面有些水果，就拿了出来。舒畅便拿了刀子削苹果。朱怀镜先问她："最近梅次出了个好心人洪鉴，专门给残疾人基金会捐钱，你听说了吗？"舒畅说："哪有不听说的？在老百姓中间，传得跟神仙似的。"

"老百姓都是怎么说这个人的？"

"老百姓当然说这是个大善人。也有人说怪话，说这个人说不定是钱赚得多，却做了很多亏心事，就做善事消灾，自然就不敢留名了。"舒畅说。

朱怀镜问："你怎么想的呢？"

舒畅突然抬起头来，说："你怎么关心这个？我没有琢磨这事儿。"

209

朱怀镜仰天一叹，说："告诉你吧，这个洪鉴，就是我。"

舒畅惊得差点儿削了手，说："怎么？你不是开玩笑吧？你哪来那么多钱做慈善事业？"

朱怀镜这才道了原委，然后说："正巧第一次收到这种钱，梅园的服务员小刘看见了。那孩子很朴实的，我相信她，就让她帮我捐了这钱。后来还请她捐过一次。她就是报纸上写到的那个漂亮的小女孩。但我想她毕竟还是个孩子，早早地就让她知道社会这么复杂，不太好。所以，我就想到了你，想请你来帮我做这件事。"

舒畅将削好的苹果递给朱怀镜，望着他眼睛眨都没眨。好半天，舒畅才说："你真是个好人。行吧，我帮你做好这事。"

"那就谢谢你了。"

时间早已是十一点多了，舒畅还没有离开的意思。朱怀镜想提醒她，却又舍不得她走。舒畅手里总操着那把水果刀，没事样把玩着。朱怀镜伸手要过刀子，问她要梨子还是要苹果。她也不讲客气，说就吃个苹果吧。可没等他的苹果削完，舒畅突然说："太晚了，我走了。"朱怀镜吃惊地抬起头，舒畅已快步走到门口了。

第十七章

王莽之说来就来了，沿着马山县东边枣林成片的几个乡走了一圈。朱怀镜正好在荆都参加组织工作会议，没见着王莽之。这次组织工作会议主要是学习马山经验，加强农村基层组织建设。范东阳本来说是枣林经验，可王莽之老记不住，总说马山经验。于是正式说法就成马山经验了。

朱怀镜往会议室里一坐，见主席台的领导同志面前都摆着一个漂亮的玻璃杯，高高的，剔透如水晶。杯子里面泡着银针、龙井或是参须，都历历在目。他还不知怎么称呼这种新款口杯，只是觉得它品位高雅。不经意瞟一眼自己左右，见个别地市领导也有这种杯子了。心想梅次毕竟落后些，什么都慢一个节拍。会期三天，到第二天开会时，就有三分之二的地市领导换掉不锈钢杯了。朱怀镜仍捧着用了两年的旧口杯，不觉背膛发热。他本不是个喜欢赶时髦的人，可置身这等氛围，就像传闻中听气功大师的带功报告，恍惚间就进入某种神秘的气场了。

说来真有意思，如今官场，吃的穿的用的，什么都是一阵风。不过在二十世纪七十年代以前，领导干部总显得有些羞羞答答，不太敢去赶时髦。那会儿工人戴个鸭舌帽就是工人老大哥，别的人戴个鸭舌帽就是流氓地痞了。那时的夹克衫也稀罕，总以为那是二流子穿的。那些年电影或小人书里的流氓，通常是穿夹克衫、戴鸭舌帽。可到了二十世纪八十年代，穿夹克衫、戴鸭舌帽的就不是流氓，而是领导干部了。西装本是正统服装，可中国八十年代最先穿西装的，也让人另眼相看，几乎同流氓差不多。那会儿官场中人还是乐于穿四平八稳的中山装。到了九十年代，单从衣着上看，已经不太容易分出了。可能这是社会进步的标志？大约从八十年代中期开始，领导干部就逐步开始率领消费新潮流了。

最有意思的是口杯换代。最初流行的是玻璃内胆的保温杯，领导干部往会议室里一坐，一人一个保温杯。过了几年，突然一夜之间，他们手中都捧着紫砂内胆的保温杯了。后来更新越来越快，一眨眼工夫，他们都换上了不锈钢保温杯。不论流行哪种口杯，领导干部的换杯工程往往会在两三天之内完成，效率极高。万一哪位领导的口杯因为没有人及时奉送而换得慢了，或是不得已自己偷偷买一个撑面子，那种滋味是很不好受的。

晚上，在荆都做生意的朋友来看望朱怀镜，没带别的什么来，只送了个玻璃口杯给他，正中下怀。打开包装把玩，见了"诺亚口杯"四字。又看了说明书，方知"诺亚"只是个企业名称，仍不知怎么叫这种杯子。心想，就叫它水晶杯？第三天，他捧着水晶杯进会议室，就自在多了。放眼一望，会议室里早已见不到不锈钢杯的影子了。

王莽之没能亲自参加会议，范东阳宣读了他的书面讲话。于是每十几个人坐在一起，七嘴八舌说王莽之讲得如何如何好。这叫分组讨论。会议讨论其实类似于中小学上语文课，无非是将领导讲话归纳几点，再谈谈体会。这同归纳课文段落大意和中心思想差不多。这种呆板的教学方法早就受到了抨击，但语文课式的会议却习以为常了。

这回朱怀镜很显眼。他在会上发了言，介绍马山经验。市委领导总往他所在的小组跑，参加他们小组讨论。范东阳同他见一次面就握一次手，拍他的肩膀，说怀镜不错。朱怀镜一激动，就专门找了范东阳，想请他吃顿饭。范东阳笑着说，怀镜别客气嘛，来日方长。没有请到范东阳吃饭，朱怀镜并不觉得没面子。他琢磨范东阳说的话，感觉意味深长。"来日方长"的"来日"是哪日？就是范东阳当上常委以后吧。

即使是会间花絮，也同朱怀镜有关。先是《荆都日报》又发了条关于洪鉴捐款的报道《云深不知处——再寻好心人洪鉴》。

············

这是好心人洪鉴第三次捐款了，距他第一次捐款时间不到两个月。据介绍，这次前去办理捐款手续的不再是那位漂亮的小女孩，而是位高贵、优雅的女士。这位女士戴着墨镜，讲普通话，声音甜美⋯⋯

⋯⋯人们从名字推断，洪鉴可能是位先生。那么，这位甜美女士就是他的爱妻吗？那位漂亮的小女孩是他们的孩子吗？种种猜测寄予了人们美好的愿望。

············

当天吃晚饭，同桌的都是各地市县的领导。大家不知怎么的就说到洪鉴捐款的事了。朱怀镜这才知道，洪鉴早在全荆都市传为神奇人物了。有人玩笑道："朱书记，你们梅次真是出奇人啊。再多出几个洪鉴，你们连招商引资都不需要了，光接受捐款，就把你们搞富裕了。"

"哪会有那么多洪鉴?"朱怀镜随意笑道。

有人又说:"我们总在想,洪鉴会是个什么人呢?为什么捐款硬是不留名呢?朱书记,您应该是清楚的。是不是早就知道是谁了,故意作为新闻由头来炒作?"

朱怀镜微笑着反问:"您当书记的还分管你们那里的新闻炒作吗?"

大家都笑了。又有人说:"到底是个什么人呢?怎么有这么多钱捐?不到两个月,捐了四十多万了。为什么又不一次捐了呢?"

"是啊,为什么要弄得这么神秘兮兮呢?"

"梅次那地方有大老板吗?肯定有的,你看你看朱书记,我问他们有没有大老板,他就有些意见了。"

"不管怎么说,这捐款的人肯定有隐衷。"

"隐衷?难道这钱是偷来的抢来的不成?何必偷钱抢钱做好事呢?"

"是个谜,真是个谜。"

"现在是大千世界,无奇不有啊。说不定哪天谜底露出来了,吓你一跳也不一定。"

"这洪鉴总不至于是个坏人吧?"

"难说。"

朱怀镜只是笑,什么也不说。哪怕别人问他,他也只是微笑着摇头。他也猜到,说不定有一天会真相大白。如果注定有那么一天,他现在就应沉默。可他并不希望最后让人知道他就是洪鉴。非得显露庐山真面目了,那一定是大事不好的时候啊!

快散会了,《荆都日报》又登了篇同梅次有关的报道《缺钱修学校,专员卖坐骑》。

这是个炎热的夏日。梅次行署专员陆天一顶着酷暑，下基层考察工作。当他路过龙湾县豹子岭乡金鸡村小学时，破败的校舍引起了他的注意。他下车看望了这所小学的师生，仔细察看了每一间教室。当小学校长汇报说所有教室都是危房时，陆天一的心情非常沉重。天真无邪的孩子们见一下子来了这么多高级轿车，高兴得围着车子打转转，却不敢上前摸一把。这一幕深深刺痛了陆天一的心。他当即叫过随行的一位企业负责人说，这辆车我不敢坐了，望着这岌岌可危的校舍，望着这些活泼可爱的孩子，我坐不住啊。我把这车卖给你们企业，拿这钱来盖学校。再穷不能穷教育，再苦不能苦孩子啊！

所有人都沉默了，只有云雀在空中喳喳叫着飞过。山风吹拂着，国旗在简陋的旗杆上猎猎作响。那位企业家当场开出了三十万元的支票。陆天一双手捧着支票，郑重地交在校长手里。

农民一样朴实的山村校长顿时泪如泉涌。"同学们，我们马上就有新学校了！"当校长宣布了这个好消息时，孩子们高兴得在尘土四起的操场里狂奔。

…………

马上就有人同朱怀镜开玩笑，说："朱书记，您的车什么时候卖掉？"他什么话都不方便说，只好笑笑。他几乎有些难堪，就像自己孩子在外面出了丑似的。心想陆天一干吗老同车过不去，不是砸车，就是卖车。最近因为吴飞案的种种传闻，陆天一的人气指数很低，他就坐不住了吧。但也没有必要出此下策啊。

回到梅次，朱怀镜马上去缪明那里汇报。他先把水晶杯锁进了办公室文件柜，留作以后再用。心想缪明同志还没有用上这种杯子，他不好僭越。去缪明的办公室，却见缪明桌上早摆着个晶莹透亮的水晶杯了。果真是信息社会了。缪明只让朱怀镜简要说说会议精神，决定下午立即召开地委领导会议，再听取详细汇报。

说好下午开会，缪明又道："怀镜，你不在家的时候，我们几个人碰了下头，给了龙岸一个除名处分。"

朱怀镜听着吃惊，问："怎么会这样？依我个人意见，龙岸同志再怎么也不该除名啊。只怕不妥，会留下后遗症的。"

缪明摇头道："你不知道啊，上次给了龙岸同志警告处分，他不服，班也不上了，上荆都，上北京，四处告状。旷工长达一个多月。就抓住这条，天一同志提出来，一定要给他除名。我也觉得可以缓和些处理，可会上的意见一边倒，都支持天一同志。我就只好听大家的意见了。不过动不动就上访，这股风刹刹也好。"

朱怀镜心想陆天一硬是要整人，谁也阻拦不了。领导们都讨厌告状的人，也难怪大家都附和陆天一了。因想起陆天一卖车的事，朱怀镜问："缪书记，天一同志卖车的事，您知道吗？怎么回事？"

缪明不想多说，只摇摇头，道："天一同志，就爱个热闹。"

朱怀镜也就不说什么了，回到自己办公室，将新杯子放在了桌上。心想陆天一这出戏未免演得太愚蠢了。国有企业花钱买了你的车，不照样是用国家的钱？何必不直接从财政拨钱下去修学校呢？用得着如此虚晃一枪吗？你卖了车，今后真骑单车上班不成？你个人把车卖了，没有卖车的领导脸往哪里放？索性大家都把车卖了算了！这下好了，今后各级领导只要出门就一二一，齐步走。

朱怀镜脑子里想着这些，手却没有空闲下来。他打开了笔记本，将一些重要处用红笔勾勾，标上些序号和他自己才弄得懂的符号，就算准备好汇报提纲了。本来这套工作都没必要，口头汇报也不会出差错。可这样显得太草率了，大家看着不好。又突然想起：刚才没注意缪明是否又在修改什么重要文稿。朱怀镜偏是个看上去一本正经，而内心总免不了有些小幽默甚至恶作剧的人，就暗暗同自己打赌：缪明肯定又在修改文章。

他便找事儿再过去说了几句，果然见缪明正低头伏案，眉宇紧锁，斟词酌句。

朱怀镜回到自己办公室，点上一支烟，悠悠然抽着，私下替缪明预测政治前途。依他看来，缪明的长项也许真的是官样文章，可他只怕是成也文章，败也文章。倘若他的文章情结稍稍轻些，多花些时间想大事，或许能走上省市级领导的位置。而就他目前情状，只怕最多回市里去弄个市委秘书长干干，勉强算个副省（市）级。这就只是准副省（市）级领导了。干几年，快退休了，运气好的话还可以弄个市人大副主任，或是市政协副主席的位置坐坐。即使如此，只怕已是缪明的上上签了。时下梅次这边传说缪明要上调了，只是空穴来风而已。

下午，朱怀镜微笑着在会议室坐下，却见同事们差不多都已换杯了，只有邢子云仍用着不锈钢杯子。才两三天工夫啊！朱怀镜暗暗吃惊。他猜想，等会儿向延平进来，说不定也捧着不锈钢杯子。可是缪明说，开始吧，向延平同志住院请假，都到齐了。这时，周克林拿了一沓报纸进来，笑嘻嘻的，每位领导同志面前放一张。朱怀镜不急着汇报，先打开报纸。原来是当天的《荆都日报》，头版刊登了王莽之视察梅次的长篇通讯，题曰："枣红时节马山行"。缪明便说："天一同志，怀镜同志，我们是不是先学习一下这篇通讯？"于是周克林便开始念报纸。通讯免不了有些文学笔调，同会议气氛很不协调；而周克林用梅次话读着那些刻

217

意修辞的句子，简直就有些滑稽了。

"……枣子熟了，红红的枣子坠满枝头，压得枣树弯了腰；村民们笑了，望着累累硕果，老人们笑弯了腰。"通讯终于念完了，朱怀镜便汇报市委组织工作会议精神。

缪明最后拍板，定了三件事：一是在全区推广马山经验，并将马山经验进一步规范化；二是加强马山枣子基地建设，由陆天一同志联系马山工作；三是搞好马山东边九个乡的基础设施建设，迎接全市农业产业化会议召开。

原来，王莽之下来走了一圈，非常高兴，说："我今后会多到马山走走。天一同志，你也要多去去马山啊！市里正准备召开农业产业化会议，我想把同志们拉到马山来看看。"王莽之说着就像拉家常，实际上就是把马山作为他的农村工作联系点了，还指定陆天一也要把马山作为联系点。但是按照惯例，王莽之应指定缪明联系马山县的工作。据说当时缪明正揉着肚子的左手戛然间停了几秒钟，立即又恢复正常了，说："对对，由天一同志联系比较合适。"

事后大家才知道，围绕马山经验，居然有些曲折。王莽之并不喜欢缪明，本不乐意在梅次树典型的。但范东阳有这个意思，王莽之也就由他去了。范东阳是王莽之任用的组织部长，得给他面子。于是他就打破惯例，点名要陆天一对口联系马山。梅次这边同样微妙。陆天一总把余明吾看做缪明的人，自然不希望马山出什么先进经验。他没有说怪话，同样碍着范东阳的面子。

会后，朱怀镜叫赵一普到了办公室，说："向延平同志住院了，你从侧面打听，看缪明同志去看了没有。"

朱怀镜在家刚吃着晚饭，赵一普来了电话："朱书记，缪书记去看了向主任，今天中午去的。"

朱怀镜说："好好。这样吧，你给杨冲打个电话，说我晚上用车。八点十五分，你同杨冲来接我。"

"晚上又开会?"香妹随便问道。

"不开会。向延平病了，去医院看看他。"朱怀镜说着，笑了起来。

香妹知道他笑起来往往是想起什么了，就问："看你笑得怪怪的，什么事呀?"

朱怀镜笑道："我是想这官场规矩，好玩。我知道向延平病了，想马上去看看，同事嘛。可还得打听缪明是不是去看了。他去看了，我才能去看。"

香妹说："有这么玄吗? 我就不懂了。"

朱怀镜道："在官场，你才启蒙啊。我若是赶在缪明前面去医院探望，他会怀疑我在笼络人心。我若是硬要先去看，就得事先告诉缪明，见了向延平还得说，缪书记一时来不了，委托我先来看看你。这样的话，我自己在向延平面前没做得人情，说不定还两头不讨好，何必呢?"

香妹说："你只怕是想得太多了。"

朱怀镜叹道："还是想复杂些好啊!"

晚饭后，坐了一会儿，赵一普敲了门。

他没有进屋，只站在门口问："朱书记，就走吗?"

朱怀镜应了声，夹上包出来了。赵一普接过包，让朱怀镜走在前面。车在医院门口停下，赵一普下去买了花篮、水果。这些都只是个意思。只要朱怀镜人到了场，比什么都重要，送不送东西都无所谓的。

病房里已有几位坐在那里，他们见了朱怀镜，都站起来，闪向两边，点头问好。朱怀镜也点头微笑着，他并不认识这些人。

向延平坐在床头，朱怀镜忙过去握手道："才知道，才知道。"

219

"惊动你了，又不是什么大病，用不着来看。"向延平说着，又看似不经意地掉了一句，"缪明同志中午来过了。"

朱怀镜又说："我到市里开会，才回来。下午我汇报市委组织工作会议精神，没有见着你，一问，才知道你生病了。怎么样？"

向延平说："人老了吧。胸闷气塞，四肢无力，还没确诊哩。"

朱怀镜说："你身体一向好，不会有什么问题的。我想你是太累了吧。好好养养，没事的。"

向延平笑道："我累什么？二线干部。"

朱怀镜也笑了笑，说："向主任，人大领导是二线干部，可没这个说法啊！"

向延平说："我们不说这个吧。朱书记，你这么忙，专门跑来干吗？"

病房里站着的那些人终于发现自己仍待在这里不方便，就告辞了。朱怀镜才说："向主任，你是梅次的老资格了，我的工作离不开你的支持啊。"

向延平忙说："朱书记，你太客气了。不过扪心自问，对你的工作，我是支持的。你也一直支持我的工作啊。我们到底不是一级人大，只是市人大的派出机构，更需要地委领导的支持。"

朱怀镜说："向主任，所谓支持都是相互的啊。你正住着院，不方便同你谈工作。我就把这次市委组织工作会议，简单向你汇报一下吧。"

向延平摇头道："客气什么！"他嘴上这么说，心里是受用的。

朱怀镜便将会议精神说了个一二三，很是精炼得体。向延平不断点头，俨然享受着某种高贵的待遇。其实朱怀镜也是无话可说，正好说说会议精神，既免得尴尬，又显得尊重同僚。这比单单说几句客套的安慰话好多了。

完了，朱怀镜笑道："向主任，你身体不适，我们工作就不多谈吧。我只盼着你早点出院，我俩找机会单独喝几杯。我还从没同你对酌过哩。"

向延平摇头叹道："朱书记啊，酒我是陪不起了。约在一起叙叙，倒是好。"

朱怀镜玩笑道："你向主任喝酒不是寡妇的裤子——经不得扯吗？"

向延平大笑："你看你看，我当年的'三个寡妇论'，流毒不浅啊。"

这时，关云进来了，冲着朱怀镜握手："啊呀呀，朱书记，您好您好！"

"小关呀，你好。"朱怀镜回头对向延平说，"小关很不错，有朝气，有干劲。"

向延平只道："他太年轻，嘴上没毛，办事不牢。小关同我说过，说你朱书记对他很关心。我说，对他们年轻人，更多的是要批评，少表扬他们。"

朱怀镜说："哪里啊，小关办事原则性强，很难得。我同他们梅阿市委领导说起过他。"

关云点头道："莫说让您朱书记替我说上一句话，就是说上半句，我在下面就好做了。"

朱怀镜说："我没那么神吧？又不是金口玉言。"

向延平说："他们梅阿市委领导同我说了，准备提小关当公安局副局长，该谈过话了吧？"

关云道："谈话了。我知道，都是朱书记关照的。"

朱怀镜微笑着说："小关，可不能这么说。一个干部的成长，

221

是组织关怀和自己努力的结果,不是哪位领导就可以栽培一个人。这可不符合我们的组织路线啊!"

向延平严肃地望着关云,说:"讲年龄,朱书记比你大不了多少。可讲水平,你这辈子都赶不上。你还是要虚心学习啊。"

关云点头不止:"那是,那是。"

朱怀镜起身告辞时,无意间发现向延平床头放着的确实是个不锈钢茶杯,茶杯腰部的橡胶套已老化了,龟裂如干涸的水田。

第十八章

回家后，上床睡下了，香妹问："怎么又出了位高贵、优雅的漂亮女士？"

朱怀镜含糊道："写文章的，你信得那么多？你只知道那冤枉钱我没拿就行了。"香妹说："你正好说反了。钱你拿没拿，我倒不关心。拿冤枉钱的多着呢。我只关心为什么一会儿是这个女人，一会儿又是那个女人。"

朱怀镜不想解释，只道："说不清我就不说了。"两口子好几天不在一块儿了，原本都有那意思的。这些话一说，都懒了心。两人就背靠着背，睡了。

第二天上午，朱怀镜在附近几家企业转了一圈，往地委机关赶。老远就见地委大门口堵了很多人，皱了眉头说："又出什么事了？"

"可能又是哪里上访来了。"赵一普说。

杨冲马上就将车掉了头，说："朱书记，我们不能走大门了。"

朱怀镜不吱声，内心有一种说不出的滋味。车拐到后门，见那里也围着很多人。

朱怀镜说:"开到黑天鹅去吧。"

不用朱怀镜吩咐,赵一普便马上打了刘浩的电话,也没说什么事,只说朱书记马上就到。刘浩正在外面办事,忙说马上赶回宾馆。

刘浩刚下车,就见朱怀镜的车也到了,马上笑眯眯地迎了过去。朱怀镜却是一脸严肃,径直往楼上走去。刘浩跟在后面走,不好多问,偷偷望着赵一普,想从他的脸上看出些什么名堂来。赵一普也不好说什么,悄悄地摇了摇手。刘浩更加紧张起来,以为发生什么天大的事了。

"同地委办联系,看是什么事。"朱怀镜坐在沙发里,黑着脸。

刘浩见这气氛,走也不是,坐也不是,又不便插嘴,只好交代服务员送些水果上来。

赵一普放下电话,说:"朱书记,是马山县的农民上访,为负担问题。"

"你能不能说详细些?"朱怀镜没好气。

赵一普红了脸,说:"刚才是张秘书长接的电话,他说马上过来向您汇报。"

"向我汇报有什么用?要我亲自去处理?他副秘书长是干什么的?你接通张在强的电话!"朱怀镜平日很少这么暴躁。

赵一普说:"好吧。但张副秘书长只怕在路上了。"

朱怀镜不说话,赵一普只好接通了张在强电话:"张副秘书长吗?朱书记请你接电话。好吧,好吧。"

赵一普很为难的样子:"张秘书长说,他正往您这里赶,两分钟就到了。"

朱怀镜点上一支烟,闭着眼睛抽了起来。碰上这种情况,很让他为难的。视而不见吗?他是地委副书记。管吗?农村工作不由他负责。再说,在家的领导肯定都在紧张地处理这事,他也不便从中插一杠子。最好的办法是他这会儿回机关去,同其他同志一块儿研究。可是他回不去。

张在强敲门进来了,裤子上有几块黄土印子。见朱怀镜望着他的裤子,张在强苦笑起来,说:"唉,我可是爬墙出来的啊!"

刘浩这才隐约知道是怎么回事了。他见这场面难堪,忙说:"领导们研究工作,我先告辞了。"

见朱怀镜顾不上招呼刘浩,赵一普便笑了笑,说:"刘总你忙你的吧。"

朱怀镜请张在强坐下,说:"你花这么大的劲头爬墙,不如留在那里处理问题嘛。说说吧,谁在处理?"

张在强说:"克林同志和永泰同志为主处理。马山县的同志也来了。"

"是个什么情况?"朱怀镜问。

张在强答道:"来的是马山县李家坪乡的农民,他们反映上交任务太重了,超过了国家规定。起因是有个叫李远佑的,过去是村党支部书记,上次换届,选下去了,想不通,就总同上面作对。凡是《人民日报》《荆都日报》《梅次日报》这些党报上登了的关于减轻农民负担的文章,他都搜集起来,在群众中间宣传,弄得老百姓对县里、乡里意见很大。李家坪乡在这个事情处理上也有问题,大前天,乡政府叫派出所将李远佑抓了,说他煽动群众闹事。这下可好,老百姓就闹到地区来了。"

朱怀镜脸色铁青,说:"简直不像话!动不动就抓人,天下老百姓是抓得尽的?这李远佑动机也许是泄私愤,可人家的做法不犯着哪一条呀!国家政策,本来就是要让老百姓掌握的,他们倒好,抓人!这摆得上桌面吗?你说说,群众有什么具体要求?"

张在强说:"群众的要求,说起来条条在理,但就是难办。马山县和李家坪乡都来了领导,克林同志和永泰同志正同他们一道在研究。群众的要求主要是三条。一是要求把负担在现有的水平上减少百分之二十。这个标准依据是什么,一时说不清,得作调查才能定。二是马上释放李远佑。对此乡里也有顾虑。我想他们的顾虑是抓人容易放人难。放了,就说明抓错了,乡里麻烦就大了。三是要求严惩凶手。说是李远佑被打伤了。县乡两级的领导都说,干部有干部的难处,他们这样做,方法上固然欠妥,但都是从工作出发。"

朱怀镜愤然道:"既然群众说的条条在理,为什么就不能答应?什么叫方法欠妥?这叫违法行政!人民群众是当家做主的,不是我们的统治对象!我们是人民政府啊!"

朱怀镜站了起来,点上一支烟,踱来踱去。谁也不敢说话,都望着他。他的愤怒是真实的,没有一点惺惺作态的意思,但他还是感觉到身边人的惊诧,这才意识到自己刚才义愤得太过冠冕堂皇。他深吸一口气,让自己平静些,然后自言道:"都这么捅娄子,地委不成抢险队了嘛!"

他叫赵一普接通缪明的电话:"缪书记吗?我是怀镜啊。关于马山群众上访的事,我想汇报一下个人想法。一是地委马上组织一个专门工作组,会同县乡两级,到李家坪乡去调查研究,求得一个群众认同的负担标准。同时要总结出一些经验,用以指导全区。二是无条件马上放人。他们自己干的事,自己擦屁股去,地委只要一个圆满的结果。三是要严肃查处酿成这次事态的责任人,要给必要的处分。我觉得很有必要在全区干部中进行一次作风整顿,切实改正工作作风和工作方法。全市农业产业会议就要召开了,这些问题不处理好,会给地委添麻烦的。"

缪明说:"我同意你的意见。我觉得应综合研究一下农民负担同县财政、乡镇财政的关系，从根本上解决问题。财政问题你是专家，请你多出些点子，下次地委专门研究一下。"

朱怀镜答道："我最近正在考虑这个问题，还不太成熟。国家正在考虑进行农村税费体制改革，我觉得我们也要尽早研究这个事。到时候再向你汇报吧。"

这时，刘浩进来说："朱书记，都快一点钟了，是不是吃午饭？"

"今天本不想在你这里混饭吃的，但是我们回不去了，只好这样了。"朱怀镜笑着对张在强说，"在强，我今天就不客气了，不留你在这里吃饭，你得马上回去，帮着处理事情。我的三点意见，缪书记表示同意，你回去落实一下。你去爬墙也好，钻地洞也好，我都不管你了。"

张在强点头笑着，自嘲道："我们工作没做好，吃不上饭，活该活该。"

刘浩不敢弄得太烦琐，只吩咐下面做了几道下饭菜。吃得也不铺陈，只一会儿就吃完了。赵一普问："朱书记，您是不是就在这里休息一下？"

朱怀镜点头说："好吧，我想睡一觉。你们也找个地方，躺一下吧。"

赵一普笑道："您休息吧，我们您别管。"

赵一普同杨冲一前一后，将朱怀镜送到房门口，没有进去。朱怀镜也不客气，就关了门。赵、杨二位是休息不成的，他们得回去打探打探，看看堵门的群众是不是散了。

以朱怀镜对农民的了解，稍有承诺他们就会撤离。他们比很多人想象的要通情达理得多。所以朱怀镜这一觉睡得很沉，醒来已快三点钟了。他正想打赵一普的电话，就听到了敲门声。一开门，正是赵一普和杨冲。

227

"朱书记,是回机关吗?"赵一普问。

听赵一普这么一问,朱怀镜心里有数,知道没有人堵门了,就说:"回去吧。"

"休息好了吗?"杨冲问。

朱怀镜叹道:"你说能休息好吗?我是寝食不安啊!"

赵一普摇头道:"太辛苦了,领导也真不是人当的。"

地委机关大门又是一派庄严肃穆的样子了。迎面就有些干部冲着他的汽车微笑,其实他们根本看不清车里面的人。茶色太阳膜让领导们的轿车更加神秘了。这些干部有些他认得,有些是陌生的。但他们多半都微笑着。他们只要看清领导的车号,表情几乎都会变化。进办公室不久,舒天敲门进来:"朱书记,文章我弄了一下,不知行不行,请您过目。不过我态度是认真的。"

"这么快?"朱怀镜接过稿子,"好吧,我看一下,过会儿再叫你。"

"那我走了?"舒天笑着,到底还是有些紧张,怕朱怀镜说他快,是讲他敷衍的意思,回头又说,"我态度是认真的,晚上加班加点哩。"

朱怀镜也就微笑着说:"好好,辛苦了。"

朱怀镜翻开稿子,眼睛不由得一亮。真是一笔好字!舒天把文章重新抄了一遍,说不定就将原稿动了大手术。原稿是打印件。除了群众信访件,朱怀镜现在很少看到手写材料了。没看文章,光是见了这么漂亮的字,感觉就好起来了。再细看下去,感觉是越来越好了。朱怀镜原来就是笔尖儿上讨吃的人,深谙文章三昧。这舒天用的也是原稿的素材,不过就是重新布局谋篇,稍作提炼,润色文字,文章就焕然一新了。可见这小伙子是个聪明人。朱怀镜很满意,但仍是签上"请克林同志文字把关后打印"。这既是程序,也是尊重秘书长的意思。

舒天接了电话，即刻就到了，红着脸，手忍不住在后脖子上抓着。能不能让朱怀镜满意，他心里毕竟没底。

"不错嘛。是头一回接触这种文章吗？坐吧。"朱怀镜说。

舒天坐下，手便不抓后脖子了，笑道："是头一回。上次去马山调研，我只分了一块材料，后来让缪书记一改，一个字都没剩下。我对企业情况不熟悉，用的是现成材料，生怕又是一个字都不行哩。"

朱怀镜说："不错不错，还是不错的。情况可以慢慢熟悉，要紧的是文字功夫。再努力些，你会很长进的。"

舒天笑笑，说："我修改这文章，也只是在文字上动了动，换换说法，内容还是现成的。我很担心朱书记批评我偷懒哩！"

"修改文章，能弄成这个样子，也不错了，又是头一回。"朱怀镜嘴上却不想说得太过了。

舒天笑道："记得我上大学时，哲学老师说了句幽默话，他说哲学嘛，就是用大家都不懂的语言，说大家都懂的道理。我改这篇文章，就有这个感觉。"

舒天这玩笑开得有些过头了，但朱怀镜对他印象很好，也就不计较，反倒觉得小伙子蛮有意思，便说："表面上看只是文字修改，其实是理性深化。不然，文章就没有高下之分，哲学也就是天下最无聊的学问了。"

正说着话，周克林进来了，像是有事要汇报。朱怀镜便将文章交给他，说："组织部那边以我的名义写了篇文章，不行。我让小舒修改，其实等于重写了，我看还不错。你再把把关吧。还是你周秘书长手下有人才啊！"

周克林觉得很有面子，满脸是笑："朱书记都满意的文章，还用得着我把关？小舒的确不错，我们调他，是经过严格考察的哩！"

229

舒天不好意思起来，忙说："哪里啊，我刚来不久，很多情况都不熟悉，需要学的东西多着哩！"

周克林便又说："小伙子人也谦虚，又灵活。"说着又抖抖手中材料，"他这笔字也漂亮。字是文人衣冠啊。"

舒天怕自己老待在这里不方便，就说："两位领导要研究工作吧？我就不打搅了。"

说罢就轻轻掩上门，出去了。

从此以后，周克林就会更加高看舒天了。周克林也实在老练，明知舒天是朱怀镜推荐来的，却从不点破这一层。倘若日后舒天受到器重了，他周克林就乐得做了人情，朱怀镜也不会让人说什么闲话。所以大家含蓄着好些。

周克林汇报了几件事就走了。朱怀镜心情很好，便打了舒畅的电话："跟你说呀，舒天这小伙子很不错哩！我有意试试他，让他修改了一篇文章，真是化腐朽为神奇，将一篇要死不活的干瘪文章，弄得像模像样。不错不错，真的不错。"

舒畅笑笑，说："他年轻，没经验，你不要太多表扬他。"

朱怀镜说："舒天真的不错。"

舒畅像是找不到话说，只道："谢谢你。"

朱怀镜顿了片刻，又问："那篇报道，你看见了吗？"

舒畅说："看见了。《梅次日报》和《荆都日报》都登了。"

"说你高贵、优雅、甜美哩。我就喜欢这句话。"朱怀镜笑着。

"还说我是你的……"舒畅没说下去。

朱怀镜说："我不敢提这句话。怕冒犯了你，对不起。"

挂了电话，朱怀镜心里闷闷的。回家吃了晚饭，他独自待在书房里。但愿今晚没人上门来，他很想一个人静静。他几乎怕守在家里了，每天都有人按响门铃，不是找他的就是找香妹的。香妹如今是财政局副局长了，找她的人也多。

尹禹夫两口子早就到了，一个在辅导琪琪功课，一个在带着红玉收拾家务。红玉是向洁乡下的隔房侄女，做事很活泛，人也不显土气。香妹倒是闲住了，坐在沙发里喝茶看电视。结婚这么多年，她还从来没有这么清闲过。向洁总在那里说红玉，这也做得不好，那也做得不好，朱怀镜听着便有些烦。他倒是觉得红玉这孩子很不错的，向洁的唠叨听上去更像是做给谁看的。

听得门铃声响，知道又有人来了。一听是四毛，也就放心了。四毛手里提着个大号旅行箱，望着朱怀镜笑。朱怀镜不说话，也不起身，顺手拿本书翻了起来。他尽量不同四毛多话，要说什么都由香妹说去。香妹将书房门关了，领着四毛去了阳台。香妹同四毛轻声说话，朱怀镜却听得很清楚。

"你今天把上次的账结了，这次的下次取货时再结吧。"香妹说。

四毛说："是不是销多少结多少呢？"

香妹说："你进货是怎么付款的？人家也是寄销？你就当是进货嘛。"

四毛说："进货多是付现款，也有寄销的，过期销不了的，我可以退货。"

香妹笑笑说："我同你也成谈生意了。寄销的都是些大路货，我这里可都是些名烟名酒，而且绝对没假货。"

四毛忙说："要说假货，有时我还真愿要些假货，进价低，赚头大。识货的人并不多。"

香妹有些生气了，说："你这么说，我这些货倒给你添麻烦了？"

四毛这才软了下来："好吧，那就一次结一次吧。实在碰上生意清淡的时候，就请姐姐宽限些。"

四毛走了,朱怀镜脸色很不好,说:"你怎么这样?能赚几个钱?"

香妹说:"送人也送不了这么多,何必放在这里生霉落灰呢?"

"我说这样不好,让人知道,把我们人都看小了。"朱怀镜有些生气。

香妹也有气了,说:"这事你别管,没什么大不了的。哪怕天塌下来,我一个人顶着。你怕我轻松?都得一件件清理了,生怕哪里又藏着钱呀什么的。"

见香妹边说边数钱,朱怀镜就埋头看书去了。香妹数完钱,就拿张报纸包了,也不说有多少,就出去了。朱怀镜略略估了一下,暗自吓了一跳。再一想,这些收入虽摆不上桌面,却都是人之常情,左右都说得过去。平时看着并不显眼,细细一算,数目也太大了。朱怀镜便有些如坐针毡了。可他的确不方便每天晚上为着这些烟呀酒呀同别人推来推去,倒显得很虚伪似的。

过了会儿,香妹带着尹禹夫夫妇进来了。"坐吧,坐吧。"朱怀镜微笑着起身,招呼一声,仍旧坐下。

"怀镜,尹校长想同我们交换一下琪琪的情况。"香妹说。

见香妹的脸上似乎凝着一层霜,朱怀镜便猜想琪琪只怕哪里不好,便交代香妹:"你同红玉说一声,有人打电话,就说我俩都不在家。"回头问尹禹夫:"尹校长,琪琪这孩子在学校怎么样?"

尹禹夫说:"这几天,我找他的几位任课老师了解了一下情况。总的说来,这孩子听话,不惹事,也没什么违纪表现。说实在的,就是太听话了。上课老老实实坐着,可就是精力不集中,有时发呆。老师提问,总要叫几遍他才反应过来。不知是忧郁,还是内向,他总不太与同学往来,碰上老师也不像别的同学一样打招呼。几乎很少听见他主动与同学说几句话。上午第二节课和下午上课，总是打瞌睡。"

听尹禹夫这么一说，朱怀镜眼睛也直了。尹禹夫见了，马上说："当然，这孩子人倒是聪明。我辅导他功课，就可以看出他上课是没听进去，但我单独同他讲，他接受也还快。我想，朱书记跟陈局长，得抽时间同他谈谈。还有，这孩子原来是这样吗？"

香妹说："琪琪小学时人还算活泼，就在最近一年多，好像就变了个人，在家也没什么话说，还总躲着我们。我原以为男孩子大了，总会有些变化的，没想到他越来越……唉！"

朱怀镜听着，心里很不好受。这一年多，他同香妹的关系一直僵着，难免苦了孩子。如今的孩子啊，比猴还精，大人的事，瞒不过他们的。"只好拜托尹校长和老师们辛苦了。我和他妈的确也忙，每天同他见面的时间不超过四小时。"朱怀镜无奈地叹了一声。

"孩子学校成绩还行吗？"香妹问。

尹禹夫说："成绩不算太差。最近搞了次单元考试，琪琪在班上总分排第十五位。但按他的资质，应在前几名。其实考试分数并不是评价教育成果的唯一标准。有时学生考得不好，并不一定就是学生的问题，很可能是教育评价体系和评价方法的问题。更重要的是得培养学生健康的心智和人格。"

朱怀镜点头道："尹校长说得很对。只是，具体到琪琪，怎么办才好呢？"

向洁笑笑，说："你们说的是科学，我说个迷信。我听说城外青云庵有个老尼姑，法术很高。小孩子有个什么毛病，让她作作法，很灵验的。我有个熟人，他家女儿有一阵子成天像丢了魂似的，让这师傅作了法，还真的就好了。反正也碍不了什么事，不妨告诉我琪琪的生辰八字，我明天去一趟？"

尹禹夫见朱怀镜夫妇不吱声,就说他老婆:"你呀,就信这一套。"

香妹笑道:"她也是为着琪琪好嘛。"

尹禹夫两口子走后,香妹出去招呼琪琪睡了,回来仍同朱怀镜说儿子的事。两人都感到束手无策。香妹便说:"是不是按向洁说的试试?"

朱怀镜说:"你自己看着办吧,我不好怎么说。"

香妹便打了尹禹夫家电话,告诉了琪琪的八字。向洁说明天一早就上青云庵去。

朱怀镜低着头,手不停地敲着太阳穴,然后说:"只怕同身体状况有关。我看,得带琪琪去医院看看。营养结构、饮食习惯都会同孩子的智力状态、精神状态有关。琪琪不是从小就偏食吗?"

"那就去看看医生吧,明天正好星期六。"香妹说着,就进卧室睡觉去了。她也不招呼一声男人,就关了床头灯。不一会儿,里面就传来微弱而匀和的鼾声。朱怀镜将书房里的灯也熄了。慢慢地,窗外天幕上的星星就清晰起来了。

第十九章

第二天一早，香妹就带着琪琪去了医院，朱怀镜在家也休息不成，就想下乡去看看。他也没有叫赵一普，带上了舒天。他想去马山县，也不准备同县里打招呼，径直到农户家里去。不同下面领导打招呼就下去，总让人觉得你有故意找碴儿的意思。朱怀镜原是顾忌着余明吾和尹正东的，可同他们打了几次交道，就不管那么多了。

驱车出城，往南不到二十分钟，就是马山县境了，一派田园风光。这条公路纵贯马山县西部，沿途不像东边那样满是枣林，却是一望无际的稻田。很少见有农民在田里劳作。稻子快收割了，没多少农事。看样子又是一个丰年。沿路见很多农民蹲在家门口闲坐或玩牌，很是悠闲。看他们那怡然自乐的样子，朱怀镜多少有些神往。他哪天这么清闲过？忽见前面一栋农舍前坐着两位老人，在打瞌睡，他们脚边蹲着一个小孩，其乐融融的样子。朱怀镜叫杨冲停车，下去看看。

朱怀镜三人下了车，微笑着朝两位老人走去。两位老人却都闭着眼睛，只有那小孩在憨憨地笑，满口涎水。

"老人家，你们好啊！"朱怀镜躬身问好。

一位老人睁开了眼，陌生地望着他们；另一位老人却仍闭着眼，几只苍蝇在他鼻子上爬来爬去。

"老人家，晒太阳哪？"朱怀镜再次招呼道。

"不晒太阳做什么？"老人脸上毫无表情。

旁边有张条凳，舒天搬了过来。却见上面脏兮兮的，便掏出包里的纸，准备抹一下。朱怀镜示意舒天不要抹，就坐下了。他知道乡下人的忌讳：你要是抹了凳子，乡下人就以为你嫌弃他们。若是他们自己替你抹了，就是敬重你了。舒天请杨冲坐，杨冲却在一块石头上坐下了。舒天便坐在了朱怀镜身边。

"你们是上边来的干部吗？"老人问。

朱怀镜说："我们不是干部，路过这里，想在您这里坐，休息一下，可以吗？"

老人憨憨地笑了，没说什么话。

"看样子，今年收成还行啊？"朱怀镜问。

"收成再好，也落不了几个钱，不像你们城里人，轻轻松松挣大钱。"老人说。

朱怀镜笑道："我们像挣大钱的吗？"

"不是挣大钱的，就是做大官。辛苦不赚钱，赚钱不辛苦啊。老百姓都不肯种田了，划不来。就眼前这片望着好看，往里走走看，荒着哩！这里挨着公路，不种水稻乡政府要罚我们款。这是种给上面领导看的。领导嘛，下乡坐着桑塔纳，隔着玻璃看庄稼。"老人说着笑着，就像这一切都与他无关。

杨冲指着自己开的皇冠车，逗老人："这是什么车？"

老人说："桑塔纳。"

杨冲又指着公路上飞驰而过的奔驰："那是什么车？"

老人便有些生气的样子，说："你这年轻人真是的，就像逗小孩。我们过去叫你们这种车叫蛤蟆车,现在都叫桑塔纳,又叫乌龟壳、王八车。"

朱怀镜说了杨冲,便问老人:"是您的孙子吗?多大了?"

老人拍拍怀中的小孩,说:"我的孙子,还不到两岁。别看他小,只怕比你们的本事都大。他从一生下来就做爷爷了哩!"

朱怀镜不明白,问:"怎么就做爷爷了?"

老人笑道:"我们这里啊,上面的摊派是按人头算的。他一生下来,每年就得上交三百多元,养上面那些当官的。你想,他干吗要出钱养他们?"

朱怀镜脸上顿时发烧。老人仍是笑眯眯的,又说:"这是我老父亲,八十多岁了,又聋又瞎,腿也瘫了。他每年也得上交三百多元。你想,那些当官的,要不是他的爷爷,他干吗八十多岁了还要养他们?"

朱怀镜只好赔着笑,看老人家还有什么说的。老人家果然又说了:"说到底,孙子也是我,爷爷也是我。我那儿子在外面打工出了事,死了,儿媳妇另外嫁人了。一家三口人的负担,都在我一个头上。"

这时,围过很多看热闹的人,老人家说一句,他们就哄笑一阵。有人说,这三个人一看就是干部,同干部有什么说的?

朱怀镜笑道:"干部脸上有字?"

那人嗨嗨一笑,说:"过去嘛,贼脸上像写了字;现在嘛,官脸上像写了字。"

朱怀镜只得笑笑,回头问老人家:"那您老人家说说,怎么办才合理呢?"

老人家摇摇头说:"我说有什么用?当官的能听老百姓的?"

朱怀镜说:"我们就当扯谈嘛!"

老人家说:"扯谈都算不上,只能算是扯鸡巴蛋!按我说呀,你们城里人参加工作才发工资,到了六十岁就退休。农民呢?生下来就有负担,到死都不退休。也太看得起我们农民了。都说农民伯伯,工人叔叔。伯伯比叔叔的辈分高嘛!我说呀,负担要是按人头摊,至少要到十八岁才摊嘛!到了六十岁,你莫说发我们退休工资,至少上交也得免了嘛!"

朱怀镜点头说:"您老说得有道理。那么按田亩摊呢?"

老人家还没回答,看热闹的有位黑脸老汉说了:"我是邻村的,到这里走亲戚。我们村就是按田亩摊的,每亩田一年得交二百五上下,算到人头上,同这里差不多。受不了。"

朱怀镜说:"但不交也不行啊!皇粮国税嘛。你们说是多了,还是不公平?"说着就站了起来:"好吧,我们得赶路了。你们可以把意见反映上去,总有办法解决的啊!"

朱怀镜同老乡们挥手作别,听得后面有人在议论:肯定是干部,肯定是干部。你不见他那肚子,油鼓鼓的!只怕是个大官,学皇帝老子微服私访。那两个年轻人,一个是警卫,一个是司机。

上了车,朱怀镜苦笑着问舒天:"警卫,有何感想?"

舒天略作支吾,说:"我想起了一句古话,说起来有些反动:兴,百姓苦;亡,百姓苦。"

朱怀镜沉默片刻,说:"我们需要的是实事求是,而不是很先验地认定哪个观点正确还是反动。现在有些百姓的确还很苦,这是事实。怎么解决?现在的问题是,大家都在当老师,只出题目,不答考卷。村干部是小学老师,乡镇领导是中学老师,县级领导是高中老师,到我们地市级领导就是大学教授,再上面的领导就是硕士生导师和博士生导师了。"

舒天笑了起来:"朱书记好幽默。"

朱怀镜长叹一声,说:"我哪有心思幽默啊!你想想刚才那种情况,我们连自己的干部身份都不敢承认。我起初不说自己是干部,是想听听真实情况。后来呢?想承认都不敢了,不要让他们骂得灰溜溜地出来。"

杨冲很义愤的样子,说:"那些农民,嘴也够油够狠的。要是过去啊,该去坐牢!"

朱怀镜说:"不能这么看问题。群众敢说政府的坏话,这是历史的进步。错不在群众,而是我们政府。我们要做到尽量少些坏话让群众去说,这才是道理。当然一贯正确、一切正确的政府是不存在的。"

"只怕领导干部中,敢于像朱书记这么看问题的不多。基层有些干部总是埋怨,说现在的农民都被上面的政策惯坏了!"舒天说。

"荒唐!"朱怀镜说道。

"朱书记,我们怎么走?"杨冲问。

朱怀镜说:"你先走着吧。今天我们先安排宽松些,先沿途看看,晚上再找农户住下来,开个座谈会。晚上我们就不搞微服私访了,亮明身份,虚心听取群众意见。明天一早,就赶到马山县委去,同余明吾同志交换看法。"

这时,见路边有栋新修的洋房子,有位老奶奶坐在门口,也在晒太阳。朱怀镜想去看看,便叫杨冲停了车。

"老人家,您好福气啊!"朱怀镜走过去问好。

"啊?你说什么?"看样子老奶奶耳朵不太好。

"说您老人家福气好!"舒天高声重复道。

老奶奶笑了,说:"搭帮如今政策好啊!"

听了这话,朱怀镜顿时来了兴头,自己搬了张小凳,准备同老奶奶拉拉家常:"您老高寿?家里有几口人?"

老奶奶自己耳朵聋,好像也怕别人听不见,高声道:"我今

239

年七十三了。老话说,七十三、八十四,阎王不喊自己去。我身体还很硬朗,就是耳朵有点不管事。儿子成家了,在外面打工。种地划不来,划不来。不是政策好,哪准出去打工?家里就我和老头子,他去地里了,刚去哩!"

朱怀镜很关切地问:"您儿子儿媳在外做什么工作?"

老奶奶说:"我不懂啊。听村里人说,儿子在皮带厂做事,专门拉皮带的。儿媳在盐厂做事,专门卖盐。"

这时,有些村里人走过来,远远地站着只是笑。朱怀镜脑子里一阵懵懂,马上什么都明白了。他二话没说,转身就走。拉皮带其实是拉皮条,卖盐其实是卖淫。坐在车里,三个人都不说话。其实谁都懂了,只是都不点破。

眼看着就到中午了,朱怀镜说:"看看路边哪家店子干净些,我们下车吃些东西吧,我请客。"

走了一程,见有家"好好酒家"的小店,看上去还很洁净。朱怀镜说:"下去看看吧。"

车未停稳,有四五位小姐围了过来,一窝蜂地叫请请请。朱怀镜哪见过这种场面,感觉马上坏了起来。进去一看,只见桌子上杯盘歪七竖八,叮满苍蝇。舒天忙说:"不行不行,换个地方吧。"

这时,里面出来一个胖女人,像是老板,满面堆笑:"几位老板,请坐啊!"

舒天说:"我们想到别处再看看。"

胖女人依然笑着:"我们哪里不好,可以提意见嘛,别说走就走啊。"

朱怀镜说:"你们这里场面都还没收拾好,我们还是下次再来吧。"

杨冲说:"你看你们这苍蝇!"

胖女人笑道:"桌椅碗筷我们马上收拾,不劳你们久等。要说这苍蝇,天下哪有没有苍蝇的地方?"

舒天说:"老板,生意人,不要这样。随便什么买卖,都有挑三挑四的,吃饭也一样啊。"

胖女人说:"小老弟,我做生意十多年了,还用你教训?生意不在人在嘛。好吧,你们不吃饭也行,茶可是倒好了,每人交十块钱茶水钱吧。"

朱怀镜笑了起来:"你这茶是龙井,还是碧螺春?"

胖女人也笑着:"这位老板别取笑我们乡下人没见识。什么龙井虎井我不懂,我这里的茶就卖十块钱一杯。"

朱怀镜说:"好吧,今天我们算是见识了。"说着就要伸手掏钱。

舒天拦住他,说:"别送这冤枉钱!"

杨冲早来火了,说:"老板你可得长眼啊!"

胖女人说:"这位老兄会说话。我们坐码头的,没别的本事,就会看人。你们这位老板啊,要么就是当大官的,要么就是做大生意的。有钱的哪怕你是美国大老板,当官的哪怕你是联合国秘书长,喝了我的茶,就得付钱。这个道理啊,就是你坐着宇宙飞船飞到天王老子那里去问问,也不会错的。对了,停车费还没说哩!还要另收停车费一百五!"

舒天说:"好好,我们还有事要办哩,不同你争了。钱我照付,你开发票,注明茶三杯,收费三十;停车二十分钟,收一百五。"

胖女人歪着嘴一笑,说:"开发票?没听说过。我做生意十多年了,还没见过发票什么样哩!我们生意人,就喜欢听个'发'字,就不爱听什么'发票'!"

朱怀镜心想今天的确是碰到泼妇了,说:"付钱吧,付钱吧。"

241

舒天不让他掏，自己争着摸口袋。杨冲却拦着两人，暴跳如雷："谁也不许掏钱！今天哪怕动刀动枪，钱也没有给的！"

"不给钱就走不了人！"一位服务小姐爬上了轿车，叉腰坐在上面。

杨冲见有人爬到他的宝贝车子上，火气冲天，吼叫着出来："你马上滚下来！你只要刮掉一点点漆，你一年的工资都赔不起。"

"要刮要刮就要刮！"这女人边说边拿鞋后跟在车上蹬。杨冲过去一把提着女人往下拉。

"好啊，你耍流氓！你要摸老娘的包子啊！"女人放泼了，朝杨冲撞过来，在他身上乱抓乱打。杨冲却蒙了，只有招架的份儿。那女的却是越发占了上风，大喊大叫。

这时，听得有人大喊了一声："放手！"

那女人被镇住了。一位高大的汉子横着脸过来，一掌推开那耍泼的女人，再指着女老板大声说："李好好，又是你啊！"

朱怀镜这才看见余明吾从人群中挤了过来，冲他伸出双手："对不起，朱书记，让你碰上这种事。"

朱怀镜笑道："碰上了就是好事。"

余明吾不明白朱怀镜这话的意思，抓耳挠腮地笑笑。"云启同志，你在这里处理一下，我同朱书记去你们乡政府。"余明吾对那横脸大汉说。

那大汉这才走过来同朱怀镜握手。余明吾介绍道："朱书记，这位是当地的土地爷，李家坪乡党委书记向云启同志。"

向云启很不好意思，通红着脸："朱书记，请你批评，是我们的工作没有做好。"

朱怀镜说："先不说这些吧。你处理一下马上过来，我在乡政府等你，有些事情，我们商量一下。"

乡政府会议室里早准备下了茶水和瓜果，几位乡政府干部忙着倒茶递烟，完了就站在一边，没人敢上来握手。余明吾一一介绍，他们才走过来，都显得有些拘谨。乡里干部见到朱怀镜，就像见到大首长了。

余明吾玩笑道："朱书记，明吾救驾来迟，恕罪恕罪！"

朱怀镜问："你是碰上的，还是知道我来了？"

"知道你来了，我忙从县里赶来，在路上又同向云启同志联系，让他等我。打了你手机，关着的。我以为小赵同你来了，打了他电话，他说不知你今天有活动安排。我不知你要去哪里，准备沿途去碰你哩！"余明吾说。

朱怀镜笑道："倒是我惊了你的大驾啊！你的耳朵很灵嘛，怎么知道我来了？"

"乡政府干部报告我的。你的车在李家坪境内一停，就有乡政府干部看见了。只是他们不敢冒昧地接近你，就打电话给我了。"余明吾始终笑眯眯的，不知是得意自己消息灵通，还是在消解好好酒家的尴尬。

见两位干部在门口咬着耳朵说话，看样子是在安排中饭。朱怀镜说："明吾，中饭就别烦琐了，叫食堂下几碗面条吧。"

余明吾说："这哪行啊？饭还是得吃啊！"

朱怀镜笑道："我不是同你客气，实在是饿得不行了，赶快下面条来吧。也不作古正经去餐厅拿开架子吃了，端到这里来吧。"

只一会儿工夫，面条就端上来了。大伙儿正稀里哗啦吃着，向云启回来了，满头大汗，气都没缓过来，赶紧说："唉呀呀，吃面条呀！朱书记，我们工作没做好，我代表我们乡党委、乡政府先作个检讨，请首长批评。这个酒家年初发生过一起殴打顾客的事件，公安和工商部门对他们作了严肃处理。他们不吸取教训，屡教不改。我已把派出所长和工商所长叫去了，责成他们从严处理。"

朱怀镜淡淡地说："依法办事，按章论处。不要因为是碰着了我，情节就显得严重了。"

向云启说："情节已经很恶劣了。"

余明吾接过话头："朱书记，事先不知道你下来视察，没有很好地准备汇报。是不是先请云启同志汇报一下李家坪乡的情况，然后我再汇报，最后请你作指示？"

朱怀镜放下碗筷，揩了揩嘴，微笑道："我是做秘书工作出身的，那些汇报材料是你的秘书们怎么炮制出来的，我清楚得很。那种汇报材料就拿去应付大首长吧，显得严肃认真。我今天也不是来视察工作的，只想随机作些调查研究。不瞒你们说，我们原准备晚上随便找家农户住下，开个座谈会，最后再同明吾同志碰头，共同研究一些问题，哪知被你们搅了。这样吧，今天你们就不要作什么全面汇报了。我们就研究两个问题。一是农民负担问题。弄清楚现在农民实际负担到底是多少，收取办法都有哪几种。能不能把农民负担真正控制在国家政策规定的范围内，能否在收取方法上改正一下。昨天李家坪乡群众到地委上访，好在处置得当，没有酿成冲突。工作组到了没有？地委是要求他们今天到位的。二是经济环境问题。当然不仅仅是路边店坑蒙拐骗问题……"

余明吾说："地委工作组今天一早就到了。他们提出先到群众中间作调查，再听我们汇报。云启同志，你先汇报吧。"

向云启忍不住抓着耳朵揉来揉去，显然心里没底，他喝了口茶，镇静了自己，才说："我们李家坪乡，地处马山县最北端，靠近梅次地委、行署所在地梅阿市，可以说，既是县域经济的边缘，又是市场经济的前沿，地理位置得天独厚，总人口……"

这分明又是个全面汇报的架势，而且是现成套路。朱怀镜就打断了他，问："全乡农民负担总体水平怎样？能不能以一个村为例，一项项说说？"

向云启这个这个地支吾了起来，眼睛在会议室里四处搜索。便有一位干部起身向外走。向云启脸马上红了，额上冒着汗珠子。朱怀镜知道他是说不出了，就说："云启同志，你可是一把手啊！你说不详细，就说个大概吧。"

朱怀镜这话说得轻，落得重。大领导在小干部面前总是客气的，他们的严厉或粗暴往往只有身边工作人员才能领教。向云启更加大汗淋漓了，只好一句一个大概，一项一项汇报起来。这时，刚才出去的那位干部回来了，递给向云启一份材料。向云启翻翻材料，便直了直腰，语气也响亮些了。

朱怀镜却是不断插话，追根究底，总弄得向云启应答不上。余明吾看着，很是难堪，就不时批评几句。他抽空骂了人，自己还得低头在本子上写写画画，看上去是在做笔记，其实是在准备汇报提纲。他见今天这个阵势，也有些着急了。

朱怀镜对余明吾就客气多了。余明吾汇报时，他就悠悠然吸着烟，时不时点点头，或是低头记上几笔。气氛慢慢也缓和些了。朱怀镜既然坐在地委副书记的位置上，县委书记也就不太好得罪了。再说余明吾平时也有靠近他的意思。

听完余明吾的汇报，朱怀镜说："明吾同志讲的思路是很清晰的，关键是下一步怎么落实。我看，结合这次地委工作组的调查，一定要把农民负担情况彻底搞清楚。该收的要坚决收，不该收的要坚决取缔。如有可能，近三年收过头了的，可以考虑清退，或抵减今年任务……我这里谈的只是个人看法，不代表地委意见，但你们可以在同工作组碰头时，考虑这些意见。我不可能听了几句情况汇报，就作出什么英明决策。我从不把自己当神仙。"会议室里鸦雀无声,大家都在认真记录朱怀镜的重要指示。他们听了最后几句话,不由得抬起了头,望着朱怀镜。谁都听出了朱怀镜的弦外之音,就是对今天的情况汇报不满意。

汇报会完了,晚饭时间就到了。向云启说:"朱书记,我们随便找家干净点儿的店子吃吧。这里条件不行,请朱书记见谅。"

朱怀镜笑道:"小向你真不会拍马屁。请我见谅,好像我专门贪吃似的。刚才来的时候,同一位老大爷聊天,他说我们干部,下乡坐着桑塔纳,隔着玻璃看庄稼。还有两句他没说,我早听说了,就是百姓挨饿懒得管,哪里有酒哪里呷。看来我朱某人也是这种形象?我说,哪里也不用去,就吃食堂。"向云启忙说:"哪里啊,食堂没准备。"

朱怀镜说:"要准备什么?有什么吃什么!"

向云启说:"问题是什么都没有吃的。我们不同上级机关的干部,待在办公室的时间不多。我们每天都在下面转,食堂的饭最不好做。我们就搞报餐制。今天我们没有报餐,就没有吃的。"

朱怀镜说:"我就不相信今天在你李家坪乡政府连口饭都吃不上。我不管那么多,反正就在乡政府吃!"

向云启还想说什么,余明吾朝他做了个眼色,他就说:"好吧,就在食堂吃吧。那就得麻烦朱书记稍等。"

余明吾说:"云启你还在这里干什么?快去安排呀!"

向云启忙出去了,其他几位乡干部也都跟着走了。朱怀镜对舒天和杨冲说:"你们俩也出去一下吧。"

舒天和杨冲马上起身去了。朱怀镜侧过头,轻声道:"明吾同志,这次李家坪农民上访的事,地委非常重视,缪明同志作了重要指示。我看,不追究一下责任人是过不了关的。"

余明吾明白他的意思,道:"向云启同志工作魄力不错,组织能力也很强,也舍得吃苦。就是有时候方法简单,太过鲁莽。"

显然是想替向云启说情。

朱怀镜说："农村工作面临的形势变了,我们的用人观念也要转变。作风霸道不能等同于工作魄力,家长作风也不能等同于组织能力。工作方法的简单或复杂,都不是问题的本质。本质是什么?本质在于是不是依法行政。"

余明吾知道自己没法护着了,就点头道："这位向云启同志,的确应该让他吸取些教训了。要不然,下次弄出个人命案来都不一定哩。"

朱怀镜说："我们的目的不是要处理一个人,主要在于向全体干部敲敲警钟。有的干部根本就不管群众死活,有的地方甚至流传这样的顺口溜:喝药不抢瓶,上吊不解绳,投河不拉人,告状不开门。像什么话?麻木不仁到了何种程度!"

余明吾脸上马上冒汗,只知点头而已。他自己知道,这顺口溜就是从马山县传出去的,朱怀镜不明说,是给他面子了。"明吾啊,你是全区资格最老的县委书记,地委很看重你啊,千万不能在这种事情上跌跟头啊,万万小心啊。"朱怀镜语重心长。余明吾领会了朱怀镜的意思,心里很是感激。

这时,向云启推门进来,余明吾忙摇摇手。向云启说了声"准备用餐了",就退出去了。

朱怀镜接着说："你们县委慎重研究一下吧,我只说一条原则,要分清责任,严肃处理,不能应付交差。"

余明吾说："行!我们一定认真研究,尽快将处理结果报地委。唉,是个教训啊!"

朱怀镜说："教训,迟吸取,不如早吸取。马山将是全市农业产业化会议的参观现场,不能悬着这么个事放着啊。好吧,吃饭去吧。"朱怀镜始终不点出向云启的名字,却让余明吾明白,他的意图就是要处理一下这个人。

进食堂餐厅一看，只见满满一桌菜，早已摆好了。朱怀镜心想，要一下子变出这么多菜来，就是荆都有名的神功大师袁小奇也办不到。一定是他们早早就在餐馆里订好了，见这边不肯去，就叫人送了来。朱怀镜却不好点破了，欣然入座，只说："弄这么多菜干什么？吃不了的。"又见陪席的只有余明吾和向云启，就说："就我们五位，吃不了的。叫他们一块儿来吃吧。"

余明吾说："他们受拘束，不肯来的，我们吃吧。"

朱怀镜说："那就叫师傅来，一样分掉一半，让同志们在外面再坐一桌嘛。"见朱怀镜执意如此，向云启便叫人拿了碗来，一样分了些去。余明吾一再感叹："朱书记真是个实在人。"

向云启举了杯，准备敬酒。朱怀镜却不等他说话，就摇摇手说："今天我喧宾夺主，改个规矩。你先别敬酒，由我先敬。你们工作在基层，非常辛苦，我代表地委感谢你们。来，一起干了这杯吧。"

朱怀镜敬了这杯，大家才按照惯常礼数，依次举杯。向云启喝了几杯，话就多了："朱书记，我们在基层工作，难啊！不说别的，就说身体，真得像斯大林同志说的，要是特殊材料制成的。几天几夜不睡觉，要熬得；挨着枕头打呼噜，要睡得；几餐吃不上一口饭，要饿得；酒桌上一坐不胆虚，要喝得；碰上横人蛮人不要怕，要硬得；有时也得和稀泥，要软得……"

余明吾忙叫住向云启："小向你一喝酒嘴就没遮拦了。你这和稀泥的理论，同我说说也就成了，还向朱书记汇报？"

朱怀镜笑道："我也是在基层工作的。云启同志说的其实也都是实话。"

向云启喝酒很上脸，早连脖子都红了。他见朱怀镜并不怪罪，就又要敬酒，豪爽地笑着，红脸便更红了。

余明吾喝酒不上脸的。望着向云启兴高采烈的样子，他那略显苍白的脸看上去有些凝重。他也许要想，这欢快得像只猴子的向云启，马上就要挨处分了，却还在鼓里蒙着。

朱怀镜取消了原来的安排，不去县里了。吃完晚饭，便往梅次赶。朱怀镜和同志握手道别，余明吾却执意要送到县界，这都成定例了，朱怀镜怎么也说服不了余明吾，又不好批评人，就由他去了。

朱怀镜回到家已是深夜。香妹听见动静，便起床替他拿了衣服，侍奉他洗澡。洗得一身清爽，穿好衣服，站在镜前照照，猛然觉得自己很陌生似的，怎么会有这种奇怪的感觉呢？又想起自己今天真是稀里糊涂过去的。本想下去看看真实情况的，却弄得啼笑皆非。真是难啊，上次去马山，由着下面安排，却是处处被蒙，这次自己下去，又是处处碰壁。

朱怀镜从浴室出来，见香妹仍没去睡，坐在沙发里，像是有什么话要说。

"带琪琪看了医生，没看出什么毛病。"香妹说。

朱怀镜说："没毛病就好呀，可这孩子是怎么回事呢？"

香妹说："给琪琪看病的是位博士，还很年轻，也姓朱，说他很荣幸，是你的本家。他还说想来拜访你哩。"

朱怀镜听着就有气："你这是怎么了呢？"

香妹说："我哪是到处张扬的人？怪我局里那司机，同人家见面就说，这是地委朱书记的儿子，麻烦大夫好好看看。"

朱怀镜想想，倒笑了起来："好吧。既然是位博士，学问肯定不错的。这些人要是相投，交交也行。等于请了个家庭医生嘛。"

香妹却叹了一声，说："向洁去了青云庵，问老尼姑讨了法。"

朱怀镜道："是吗？"

香妹取出个红纸包,打开了,见里面包着几个小红纸包。朱怀镜伸手去拿,香妹忙捉住了他的手,说:"不能拆的。"

朱怀镜也不好多问,生怕犯着了什么。香妹说:"这个法术,说来有些作孽。"

朱怀镜不解:"佛门法术,怎么会作孽?"

香妹说:"这是七个小红包,里面都包着些钱。半夜里出去,分七处丢在路上,让过路人捡了去。谁捡了,谁就沾了晦气,琪琪身上的晦气就没有了。"

这简直是邪术,哪是佛门所为?朱怀镜心里不以为然,却什么也不说。

香妹怪怪地望着他,好一会儿才说:"要不,你陪我出去一下?深更半夜的,我不敢一个人去。"

朱怀镜仍是什么也不说,就去换了衣服。两人不再说话,一声不响地下楼了。夜深了,院子里很安静。黑黝黝的树荫、旮旯,都像藏着什么怕人的东西。香妹紧紧地挽着朱怀镜,手有些发抖。朱怀镜知道她很害怕,却仍不说话,只是拍拍她的手。

两人贼一样出了机关大院,往前走了很远,香妹才掏出红包。她连一个扔的动作都不敢做,只是偷偷地松开手指,让红包自个儿从手里掉下去,生怕有人看见似的。见香妹这个样子,朱怀镜也不由得胸口突突直响了。

丢完了红包,两人手挽着手回机关大院。香妹身子抖得更厉害了,牙齿敲得嘣嘣地响。朱怀镜抱紧了她,心想这女人到底还是太善良了,做不得亏心事的。夜里,朱怀镜好几次醒来,都见香妹的眼睛睁得老大。

第二十章

次日，朱怀镜夫妇都留意儿子，看他有什么异样。琪琪仍然是蔫蔫的，好像没有什么变化。夫妇俩谁也不便点破，只当法术也没这么快就见效。

吃完早饭，忽然听得有人敲门。香妹望望朱怀镜，有些生气，轻声说："谁呀，电话都不打一个，这么早就敲门了？"说着就起了身，伏在猫眼上看了看，回头说："好像是个尼姑。"难道是青云庵来的？香妹示意着问朱怀镜开门还是不开门，朱怀镜点了点头。

门一开，忽就见一位中年尼姑，双手合十，阿弥陀佛。香妹问："师父有什么事吗？"

尼姑从褡裢里拿出个本子，轻声道："阿弥陀佛，我是荆山寺的，来化点儿缘，请施主大发慈悲，多少不论，都是功德。"

一听是荆山寺来的，朱怀镜也有了兴趣，起身问道："你们圆真师父好吗？"

尼姑说："圆真师父很好，多谢施主。他这次同我一路出来化缘，先回寺里去了。"

朱怀镜听了觉得不对,想那圆真大师何等人物,怎么可能出来化缘?便问:"请问荆山寺的住持是谁?"

尼姑支吾一下,说:"贫山住持是达摩大师。"

朱怀镜一听就明白了几分了,忍不住哈哈大笑了起来:"还释迦牟尼哩!"心想这假尼姑居然还知道达摩大师。

尼姑哪里想到朱怀镜同荆山寺住持圆真大师是朋友?她仍嘴硬,说:"你是不是怀疑我?你看你看,我这里有证明,盖着荆山寺的公章。"

朱怀镜不笑了,正色道:"你还是马上走算了!"

尼姑也生气了,但语气仍是软软的:"你看来还是个当官的,怎么这么歧视宗教人士?不施舍也行,不要随便怀疑我们嘛!"

朱怀镜便有火了,说:"像你们这种披着宗教外衣行骗的人,要严厉打击!"

尼姑就像立马还了俗,高声骂了起来:"你凭什么?凭什么说我是骗子?白纸黑字红印章,你自己看呀!"

这时,住在楼上的秘书长周克林闻声下来了,厉声喊道:"是谁在这里闹?"

"这里有个行骗的尼姑,叫保卫科的人把她带走!"朱怀镜说罢就关了门。听得外面假尼姑叫骂了一阵,就没声响了。

过了半个小时左右,周克林敲门进来,说:"报告朱书记,那的确是个假尼姑,我们已经把她送派出所去了。最近机关保卫工作有所松懈,我已经同张在强同志说了,要他今天上午马上召集保卫科研究一下,闲杂人员一律不能放进大院。我想再在适当时候召开一次机关保卫工作会议,请院内所有单位分管安全保卫的负责同志和办公室主任参加。有可能的话,请朱书记到场作作指示。"

朱怀镜说:"行,开个会吧。机关保卫工作是要抓一下了。

我就不讲了吧,你去讲讲就行了。"

周克林忙回道:"行行,我去讲吧。我会尽快把这个会开了。"

周克林就势再说些别的事情,就说不打搅,告辞了。

送走周克林,朱怀镜的感觉说不出的好。他放出半句话来,下面人就得尽量细化他的指示,几乎会弄出个系统工程来。这就是官场机制的魔力。可朱怀镜只飘飘然了片刻,就冷静下来了,甚至暗暗笑话自己小家子气。他想这兴许也是官场可怕的地方。中国历史上,越到底下酷吏越多,道理也就在这里。

因这假尼姑的事,朱怀镜就想起圆真来了,心血来潮,挂了电话。圆真道:"感谢朱书记,你这样做维护了我们荆山寺的形象啊。你现在也太忙了,好久没见着你了。欢迎你拨冗光临贫山,喝杯清茶。"

朱怀镜说:"好啊,下次来荆都,一定上山看望你,听你说说佛。"

朱怀镜今天不想出门了,就在家好好休息。没想到上午十点多,却接到于建阳电话:"朱书记吗?您好。跟您汇报呀,刘芸生病了,我已经把她送到医院住下了。"

朱怀镜听着很生气。刘芸病了他当然关心,可是于建阳专门打电话向他汇报,就真是浑蛋了。这姓于的要么真是个自作聪明的傻瓜,要么真以为他同刘芸是那么回事。他只怕还会很得意自己玉成了好事吧。朱怀镜心里不快,却也还得问道:"什么病?住在哪里?"

于建阳说:"也不是大病,重感冒。只是症状很重,烧得人都昏迷了。我安排她住在地区人民医院的老干部病房,那里条件好些。"

"噢,知道了。"朱怀镜越发厌恶了。

于建阳居然把刘芸安排到老干部病房，他以为这样就是拍着朱怀镜的马屁了。

不知那孩子现在怎么样了，他还是想去看看，便叫了车。香妹知道他是去医院看人，也不多问。一会儿杨冲就到了，按了门铃。下了楼，朱怀镜才说："去医院。"到了医院门口，朱怀镜说："买些水果，买个花篮吧。"

杨冲将朱怀镜送到病房，马上就出来了。是个单间，刘芸独自躺在病床上。见了朱怀镜，刘芸眼睁得老大，半天说不出话。朱怀镜摸摸她的额头，说："还发烧吗？"

刘芸摇摇头，眼泪就出来了。朱怀镜抓着她的手，拍着，说："傻孩子，哭什么呢？重感冒，就是人难受，很快就会好的。"

刘芸使劲点头，泪水还是止不住。朱怀镜笑道："幸亏我知道了，来看看你。只是发烧、头痛，是吗？咳吗？"刘芸只是泪眼汪汪地望着他，点头，摇头，没吐半个字。他感觉刘芸的手先是软软地放在他手里，慢慢地就把他捏紧了。他早就隐隐察觉到这孩子的心思，却总是故意装糊涂。

"她很漂亮，是吗？"刘芸突然问道，声音微微发沙。

朱怀镜有些莫名其妙，说："谁呀？"

刘芸说："那位戴眼镜的女士。"

没想到刘芸也看见那报纸了，朱怀镜就笑笑，搪塞道："我以为你说谁哩，她是我的表妹，傻孩子，等你长大了，比她还漂亮。"

刘芸把手捏得更紧了，闭上眼睛，泪水哗哗地往外淌。她喑哑着声音，说："我也不知道自己怎么回事，只是感到您很亲很亲。我想亲近您，有时……甚至想在您身边……在您身边……撒娇。但我知道自己什么也不是，我不是您的女儿，也不是您的妹妹,更不是您的……不是您的什么人。我好傻的,是吗?见您又让别人去做那件事了,以为您……以为您不喜欢我了。"

朱怀镜拍拍她的脸蛋儿,说:"谁说呢?怎么不喜欢你呢?我是想啊,不能让你知道事情的复杂性。你还小,有些事情知道得太多了不好,真的不好。你应该快快乐乐地生活,你应该多做些梦。"

刘芸头一次对他说了这么多话,可是这些话,都是让他心惊肉跳的。这孩子,终于把自己的心思说穿了。他却仍只能装作半懂不懂的,捏着她的手,没事似的同她说笑。时间不能待得太久了,他伸出指头理理她的头发,说:"好孩子听话,好好休息。感冒了,休息是最好的治疗。要谨遵医嘱,按时吃药,吃药可不许娇气。"刘芸点着头,这才笑了。嘴却微微噘着,娇态可掬。

杨冲见朱怀镜出来了,忙从车里钻出来,开了车门。一时两人都不说话,气氛有些不自在。朱怀镜正寻思什么,杨冲说话了:"朱书记真是关心人。大家都尊重您,自然是有道理的。"朱怀镜很随便的样子,说:"小刘这孩子,很懂事。我在梅园住这么久,都是她端茶倒水,还给我洗衣服、擦鞋,很乖的。"又玩笑似的叹道:"我这人没女儿福,要是生个女儿多好。"杨冲便笑了,说:"这也叫饱人不知饿人饥。您有儿子,就说女儿好,我是生的女儿,我老婆做梦都想着要儿子。"两人如此说笑一会儿,就自然了。朱怀镜便不说话了,懒懒地靠在车里。想着刘芸这孩子怪可怜的,刚才他真想亲亲她,却又怕惹得她那份心思更重了。他感到胸口郁着团什么东西,想重重地呼吸一会儿。可又怕杨冲看着奇怪,只好使劲把那团说不清道不明的东西往肚子里憋。

星期一上午,朱怀镜正在给邵运宏布置工作,秘书科的送了《梅次日报》来。朱怀镜打开一看,见上面发了一条新闻《朱书记智破假尼姑》。朱怀镜见了，大为光火。光看新闻标题，他就来气。朱副书记的那个"副"字，大家平时在嘴上都省去了，可落在白纸上，却是万万省不得的。天知道缪明会怎么想？还有那"破"字用得不伦不类，改作"识"字也稍稍好些。破什么假尼姑，仙姑他都不想去破！再说如果这种事都值得报道，别人会以为他朱怀镜成天瞎混，事无可彰，就拿些花边新闻作重要活动来张扬。这几乎同陆天一玩的是同样的套路了。他知道这报道说不定是周克林授意的，就请他过来，说："克林同志，你同报社说说，明确一条纪律。今后凡是牵涉领导同志活动的报道，原则上都得由领导本人过目首肯，至少要报告一声。不然，要出乱子的。"

周克林知道自己好心办了坏事，却又不好辩解。朱怀镜也不点破，只是如此笼统地下了一道指示。周克林掩饰着脸上的难堪，连连点头称是。朱怀镜这么严肃地同周克林说话，邵运宏听着不好意思，却又没法回避了。好在没说几句，周克林就点着头出去了。这时，赵一普过来报告说："朱书记，《荆都日报》的那个崔力又来梅次了，他说想拜访一下您。"

"有什么好拜访的？他没说有什么事吗？"朱怀镜问。

赵一普见邵运宏坐在这里，怕朱怀镜没空，就说："那我就回掉他算了？他也没说什么事，只说想看看您。"

朱怀镜抬头看看墙上的挂钟，说："你让他二十分钟以后来吧。"

朱怀镜继续说："运宏哪，这个课题缪明同志很重视。具体由你负责组织调研。加快农村税费体制改革，切实减轻农民负担，是项非常重要的工作，所以这个课题一定要搞好。目的是为即将全面铺开的农村税费体制改革做好准备，争取主动。要进行深入细致的调查研究，要系统全面地考虑问题，尽可能把情况弄透。提出的措施、办法，要有可操作性。总之，要把农民负担问题，同乡镇财政体制改革、乡镇机构改革、教育体制改革等等，统筹考虑，是个系统工程啊。"

邵运宏说："有朱书记亲自挂帅，我们有信心搞好这个课题研究。但是完全达到你朱书记的要求，只怕也困难。最近你在《荆都工作研究》上发表的《关于加强企业领导班子建设的思考》，市委王莽之书记还作了重要批示。我组织全室同志认真学习了你的文章。我们是既从观点上学，又从写作技巧角度学。如何在充分调查研究的基础上，提炼观点，锤炼文字，是我们的薄弱环节。"

邵运宏说的这些都是场面上的话，朱怀镜听着也没什么不自然的。都说实在话，哪有那么多话说？上下级之间，场面上的应付话自然更多了。朱怀镜对下级总体上是宽厚的，能表扬就表扬。他说："你们政研室的工作还是很不错的，文字水平都还比较过硬。当然文章无止境，还是要高标准，严要求。"

邵运宏谦虚几句，又说了几声是是，却忍不住叹了口气。他目前的境况其实是非常无奈的。他自从参加工作那天起，就从事文秘工作。磨砺多年，终于脱颖而出。能坐到政策研究室主任这个位置上，怎么说也算是梅次第一支笔了。他也侍候过好几任地委书记了，历届领导对他的工作都很满意。他尽管不算个自满的人，可天长日久，写官样文章的自信心却是越来越足了。不承想，他牵头起草的任何文章，只要摆上缪明的案头，都是一个废字符号了事。起初几次，他还自我安慰：领导各有口味，慢慢适应，会找到感觉的。可是替缪明起草文稿两年了，还没有一次过关，他就有些心灰意冷了，过去人们公认的笔杆子，如今一个字都写不好了。心里难免赌气：既然你每次都是自己全盘重写，事先就别要我们写啊！何必让我们白辛苦呢？又不是练字！可他纵有百般苦楚，也只好闷在心里。只有一次，在家吃饭时，见儿子这样菜不吃，那样菜不吃，就对老婆说："那缪明，总以为天下文章只有他的好，其实他就像小孩子吃饭，偏食！"

朱怀镜不知道邵运宏这么难做，当然不明白他是为什么事叹气，只当他是太辛苦了。"文字工作好累，我是过来人啊。"朱怀镜很是体谅。那份《荆都工作研究》就摆在桌子上，朱怀镜随意拿在手里，放在桌子上敲了几下。他倒是没想到王莽之会对自己的文章作出批示。那批示看上去倒也很有分量：

> 新形势下的企业领导班子建设面临很多新情况、新问题，认真研究和解决这些问题，已成为摆在各级领导干部面前的重大课题。朱怀镜同志这篇文章，材料比较翔实，分析比较透彻，提出的建议也很有启示意义，值得各级领导同志认真一阅。我们要继续大力提倡开展扎扎实实的调查研究，进一步提高决策水平和领导水平。

前几天，朱怀镜刚收到这期《荆都工作研究》，读着王莽之的批示，说不清为什么就有些兴奋。领导也是各有风格，有的言行举止都有深意，一般不会随便说什么或做什么；有的却是粗枝大叶，张口就是指示，提笔就是批示。比方批示部下的文章，有的领导一旦为你作了批示，就意味着他开始注意你了，或者准备重用你了；不然，哪怕你真的文比相如，他也视而不见。有的领导就不同，他或者心血来潮，或者喜欢体现权威，都会不假思索地作批示。在他的笔下，文章就是文章，批示就是批示，并无其他象征意义，你激动也是白激动。这王莽之属于哪类领导，谁也弄不准。不过，哪怕王莽之就算是处事随意的领导，当他哪天真要重用你的时候，他的这些批示，也可视做舆论准备了。下级的机关的领导,都很看重在上级首脑机关的内刊上发文章,当然能在中央、国务院机关内刊发表文章就更牛气了。因为这是各级领导关注的刊物。报纸、杂志到底算是大众媒体,而你当不当官,又不是大众决定的。何况他的文章王莽之还作了批示呢?批示长达一百三十一个字,如果加上标点符号竟长达一百四十二个字!朱怀镜一字一字数过了的。如此思量,朱怀镜还是有理由兴奋兴奋的。

过了二十分钟,崔力跟着赵一普准时来了:"您好,朱书记,很忙吧?"

朱怀镜站起来,同他热情地握手:"不忙不忙,什么时候到的?"

"今天一早到的,朱书记对我太关心了,所以先到您这里来报个到。"崔力接过赵一普递上的茶,回答说。邵运宏和崔力原是老熟人,也就留下来陪他说话。这时,舒天从门口经过,随意望了眼里面,见崔力在这里,也都是认识的,就进来打个招呼。他本不想打搅,道了声好就要出门,朱怀镜却让他也坐坐。

"这次来,没有明确具体任务。想请教朱书记,最近有什么好新闻线索?"崔力说道。他的意思是想弄点儿好新闻,比如哪方面的成功经验、先进典型之类,最好是同朱怀镜分管工作有关的。也算是感谢朱怀镜上次替他摆平那件事吧,当然不方便明说的。记者们总以为自己替谁写了篇正面报道,就是帮了谁天大的忙似的。朱怀镜是长期同文章打交道的,见得多了,就不以为然,不过就是篇文章嘛!便玩笑道:"崔力你偷懒啊,我帮你出题目,你既完成任务,又捞稿费。"

崔力笑道:"哪里哪里,是想听听朱书记的指示。您的马山经验真是个好题目,只是才发过大块头报道。要不,您有什么文章需要发的,我也可以带回去。发您朱书记的文章,可就为我们报纸增色啊!"

朱怀镜说:"文章倒是有一篇。上次舒天替我写了篇《关于加强企业领导班子建设的思考》,市委内刊用了,你那里还可以用吗?"

崔力说:"当然可以用,内刊同我们报纸不相冲突。"

"等会儿我让舒天找一份给你吧。"朱怀镜说。

崔力说:"我们那里理论版正好缺像样的文章,朱书记的文章,肯定水平很高,可以给我们报纸增色啊。"

"我说了,是舒天替我写的。"朱怀镜笑道。

邵运宏便很欣赏地望着舒天,说:"现在年轻人肯在文字上下功夫的不多,舒天的文章能让朱书记看上,的确不简单。"其实邵运宏年龄并不大,只是因为当了政研室主任,说话办事都老成些,便总喜欢叫别人年轻人,可这会儿也算是年轻人的赵一普脸上就不太自然了。

舒天忙说:"哪里哪里,是朱书记的思想,我只是在文字上组织一下。"

朱怀镜只是笑笑而已,并不在意这个话题。天下人都知道,领导干部的文章是秘书捉刀的,忌讳这个没有必要。朱怀镜对此是通达的,在他看来,朱怀镜是个人,而地委朱书记朱怀镜就是个职务人,或者干脆就是一种制度了。所以朱怀镜名下的任何文章,再怎么精辟深刻、文采飞扬,同他本人并无多大关系。不像缪明,把文章看得命根子似的,几乎有点偏执狂,会因小失大啊!

崔力像是看出朱怀镜不太领情,却仍想把人情做到家,说:"朱书记,我常来梅次,发现您在梅次各级干部中威信最高。"

朱怀镜忙摇手道:"可不能这么说。"

崔力这话可真是犯了大忌,也许他在任何领导面前都会说这种话的，其实很愚蠢。朱怀镜甚至想玩个幽默，提醒崔力在缪明面前说这话，就得把"最高"改成"很高"，因为人家是一把手，理所当然威信"最高"。

这时，崔力只得说明白了："我很想在您朱书记分管工作方面，找个新闻由头，写篇好文章。朱书记，您真得替我出个点子。"

朱怀镜身子尽量往后靠着，选择了一个很舒服的姿势，而眼睛却只能望着天花板了："感谢你，崔力。我只是在缪明同志领导下，分管地委工作的一个部分，要说取得什么成绩，也是大家共同努力的结果。我可不敢贪天之功啊！"

"你朱书记就是谦虚。"崔力说。这时，朱怀镜端正一下身子，很严肃地说："这样吧，如果你有兴趣，有这么两条线索你可以考虑一下。一是我们地委班子团结一心，形成合力，带领全区人民全面开创工作新局面。这里面很有文章可做，最重要的是缪明同志作为一把手，当好班长，善于协调，使整个班子达成了高度团结。二是我们地委高度重视干部队伍建设，特别是加大反腐倡廉力度，进一步提高了干部队伍的整体素质。"

崔力说："行行，这可是两个大题目啊。"

朱怀镜不聋不傻，当然知道梅次恰恰是领导班子不团结，群众对腐败问题的意见也很大，可他并不是故意逗着玩。他的确是从大局着眼，想让崔力从正面报道这两个问题，也好消除某些负面影响。

听朱怀镜出了两个题目，邵运宏、赵一普和舒天也是点头不已。他们虽然天天跟在领导屁股后面，却很难弄清领导间的纠葛、恩怨，以及很多事情的本源。他们哪怕就是感觉到了真相，一般也不敢作出客观的判断，宁愿认为自己看花眼了。这些人通常是最相信领导的一群人，因为他们往往用领导的脑子在思考。

当然如果他们是某个领导绝对信任的铁杆兄弟,也许会知道些内幕。这些内幕也许会颠覆他们心目中某些神圣的东西,使他们要么老成起来,要么消沉起来,这都看他们个人的造化了。崔力本应适可而止,就此告辞的,却仍觉得不过瘾似的,又找了个话题,说:"朱书记,您对我很关心,我这个人也讲感情,不知怎么的,我自然就很关心梅次的事情了。最近我上北京,发现有篇稿子就是你们统计局有个叫龙岸的干部,反映地委、行署领导什么问题,快要发内参了。我马上同那班哥们儿疏通,稿子就压下来了。"

"感谢你啊,崔力。不然,真会给我们添乱子的。"朱怀镜话虽如此说,却并不以为然。他本来就对陆天一处理龙岸有看法。想来这崔力借着这件事儿,会到梅次所有领导面前讨人情的。

朱怀镜见崔力没有走的意思,又不准备请他吃饭,只好站了起来,很是客气:"崔力今天就这样好吗?来了就多待几天嘛,辛苦你了,感谢你对我们地委工作的支持。"

崔力便道了感谢,点头而去。大家都走了,邵运宏故意拖了会儿,留下来说:"朱书记,真有那么巧吗?恰好就有这么篇文章,快要发了,他就去北京了,而且恰好就让他碰上了。我同崔力打了多年交道了,他的话听半信半。"朱怀镜听了,也不多说,只点点头道:"他们就靠这一套讨吃,我知道。"

第二十一章

吃罢晚饭，朱怀镜靠在阳台的躺椅上养神。有那么一会儿，阳台上的光线说不出的柔媚，不知怎么的，他就想起舒畅了，心里便柔柔的，像有团湿湿的白云在里面缭绕。天很快就暗了，夜变得暧昧起来。窗外本是舒缓的山丘，种着些桃树和橘树，离房子稍近了些，白天临窗而望会感到憋闷。天黑下来就好了，见到的是外面真实的夜，而不至于总望着别人家的灯火。他却很少有时间这么安静地坐下来，想些奢侈的事情。他的脑子也静不下来，让他挂怀的事太多了。才想着舒畅，马上又想到陆天一了，荆都那边已来了电话，说是市教委主任段孟同志过几天会来梅次，要给陆天一赠送一辆新车，据说是辆最新款的别克。陆天一卖车助教的壮举，居然让市教委领导大为感动。他们说，怎么能让堂堂行署专员没车坐呢？教委砸锅卖铁，也要倾囊相助。其实教委何须砸锅卖铁？那个清水衙门富得流油！

突然来了电话，香妹叫了他，说是于建阳。朱怀镜就有些不耐烦，抓起电话，鼻子里轻轻喂了一声。于建阳说："朱书记好，我想来看看您，方便吗？"

朱怀镜说:"天天见面的,还没看够?有什么事吗?没事就算了吧。"

于建阳从不在乎朱怀镜话的轻重,重了只当是他俩关系随便,好像他们已是人到知己言语粗了。"朱书记,有事向您汇报。"

"电话里可以说吗?"朱怀镜冷冷的。

于建阳笑道:"还是当面汇报吧,就耽误您十几分钟。"

朱怀镜说声好吧,不等那边回应,就挂了电话。尹禹夫正好从琪琪房间里出来,听朱怀镜接完电话,感叹道:"朱书记真是清净一会儿都做不到。当领导真辛苦啊。"朱怀镜没说什么,苦笑一下。尹禹夫见朱怀镜没时间同他搭话,又进去了。没过多久,于建阳就来了,还带了个人来。是位年轻小伙子,还提着个礼品袋。"朱书记,这是我的朋友,小李。"人没坐下来,于建阳先介绍了客人。朱怀镜毕竟怕尹禹夫两口子看着不好,就领他们进了书房,小李便递上名片。朱怀镜看了一眼,见上面印着"金字塔建筑公司总经理李铭",朱怀镜心里就明白几层了。果然,闲话一会儿,于建阳就说:"小李搞工程讲质量、重信誉,他想竞争烟厂工程。"于建阳毕竟不敢说请朱书记多关照,不过有些话原来就不必说得太透的,只需心领神会就行了。

朱怀镜笑道:"想参加竞标?好啊,欢迎。参加的单位越多,我们可选择的余地越宽。"

李铭说:"不瞒朱书记,我担心的就是竞争对手太多了。讲企业资质,讲技术能力,讲信誉度,我都不怕。只是我们是新公司,知名度还不太高,这一点我是有自知之明的。我知道自己冒昧,想请朱书记关心一下我们公司。"

朱怀镜说:"小李啊,这个事是我负责,这不错。但我只管大的原则,不管具体操作。你放心,只要你们竞标有力,也是有把握成功的。请你相信我们的公正性。"

李铭说："这个自然，这个自然。"

不管李铭怎么说，朱怀镜就是几句官话打发。于建阳便说："不打搅朱书记了，您休息吧。"李铭也忙说："打搅了，打搅了。"朱怀镜指着礼品说："小李，这个你带走吧，别客气。"

李铭就嘿嘿地笑，不好意思似的，望了望于建阳。于建阳说："就是几条烟，朱书记，您别太认真了，就当我小于送您的嘛。"

硬是推不掉，朱怀镜也就不多说了。等他们走了，香妹过来收拾茶杯，顺手将烟拿过去了。只一会儿，香妹叫道："怀镜，你快来一下。"朱怀镜进去了，见香妹正拆着刚才李铭提来的礼品包，他立即知道是怎么回事儿了。香妹唯恐尹禹夫夫妇听见，轻声说："四条烟，里面都是钱。"

朱怀镜也不怎么吃惊，只道："今天倒是没想到，哪有送钱还带着个见证人的道理？你先数数吧。"

香妹埋头数钱，朱怀镜就在书房里踱着步。心想于建阳白活三十多岁了，他只怕真以为自己在朱书记那里很有面子吧？朱怀镜平时对于建阳是最不给脸色的了，他却总是嬉皮笑脸的。朱怀镜最担心的是有人去袁之峰那里送礼。万一有人摆平了袁之峰，而他朱怀镜又要公事公办，就麻烦了。不是他不相信谁，金钱面前，谁说得清呢？是不是打个电话给袁之峰，告诉他有人送钱的事？袁之峰知道他的态度硬邦，也就只好铁面无私了。寻思再三，觉得不妥，管他怎么办，自己先硬起来再说。"二十万。"香妹说。

朱怀镜哂笑道："倒也不多。"

香妹说："还不多？是我十年的工资啊。"

朱怀镜说："你不知道，这都是有行规的。按工程造价，他得送我五十万。他的意思，大概是先给个预付款吧。"

香妹摇头道："我也真佩服他们，几十万元的票子，敢这么随随便便就往人家跟前放。万一钱打了水漂？"

朱怀镜说："你又不懂了，谁都知道这是烫手的钱，你如果拿了，就得给他办事。你不想给他办事，也没这个胆量把钱昧下来，就得退回去。我刚才跟他把道理说得清清楚楚，他只当我是打官腔吧。再说了，就是不想送钱了，既然提来了，也不好提回去。就只好放在这里了，反正也不怕丢了。"

"那怎么办呢？"香妹问。

朱怀镜说："没什么好考虑的，把于建阳找来。"

香妹欲言又止，迟疑半响，说："怀镜，你能帮人家吗？"

朱怀镜明白香妹的意思，也不责怪她，只道："必须退回去。"

烟盒已撕掉了，香妹把钱放进一个塑料袋里，往桌上一推，摇头笑了，那样子像是很遗憾似的，她又忍不住叹息一回，拉上门出去了。朱怀镜也不觉得香妹有什么不好，人之常情嘛。他手头没有于建阳电话，便找了赵一普："一普吗？你同于建阳联系上，让他打我电话。"

过了几分钟，赵一普回了电话："朱书记，我同他联系上了。他只问您找他有什么事，我说不知道。"

朱怀镜等了老半天，不见于建阳回电话，他就有些生气了，又挂了赵一普电话："怎么回事，他这个时候还没回电话？"

赵一普吓死了，忙说："怎么，他这就太不像话了，我再同他联系。"

于建阳这才回了电话，说："朱书记吗？对不起，我在外面，刚才正好手机没电了，您有什么指示？"

朱怀镜发火了，叫了起来："你说呢？你先别问那么多，马上到我家里来。"

于建阳连连说好,没过十分钟,于建阳就来了,汗津津的。见他这样子可怜巴巴的,朱怀镜也不想太过分了,便笑道:"小于,我俩去书房吧。"回头又交代香妹,今晚谁的电话都不接了。

朱怀镜指着桌上的钱,脸上仍是微笑着,说:"小于,这怎么行?"

"这……这是怎么回事?"于建阳支吾道。

朱怀镜又笑道:"建阳啊,你是真不知道,还是装糊涂?"

于建阳第一次听朱怀镜叫他建阳,就像恋人间听到了昵称,竟有些感动:"真的,朱书记,我确实不知道。我真以为他只是送您几条烟。"

朱怀镜知道于建阳是在搪塞,不然他不会迟迟不回电话。却也不想揪着不放,也装糊涂,便说:"建阳,我知道你是个古道热肠的人,朋友面前肯帮忙,但是有些事情,不能做的,就是不能做,没道理讲的。道理我都同他说了,他也许以为我说得冠冕堂皇,其实言不由衷吧,所以他还是把这些放在这里了。当然,你朋友也许自有他的道理,怕不按游戏规则玩就办不了事。这次我就想告诉大家,天下事情,也有不按庸俗的游戏规则玩的时候,这些东西,你数数,替我退了。"

于建阳不停地点头或摇头,然后说道:"朱书记,今天我真是深受教育。您一向对我要求严,我自己不注意,差点儿给您带来麻烦了。"

"已经带来麻烦了嘛。"朱怀镜的语气像是说笑。

于建阳不好意思了,忙说:"是是,是是。朱书记,领导同志都像您这样,事情就好办了。"

朱怀镜笑道:"建阳,你又怎么知道领导不都是这样呢?"

于建阳知道自己说话又不得体,又是点头不止,说:"那也是，那也是。"

"不要以为抓了几个贪官，人人都是贪官。"朱怀镜说。

于建阳感叹道："朱书记，今晚这一课，我会终生难忘啊。不是我当面说得好听，我小于这辈子会告子告孙，讲今晚的事情。"

朱怀镜摇头说："建阳，我正要交代你，这件事情，此处说，此处了。你不要到外面去张扬，对你自己不好，我这是爱护你啊。本来，我已同有关方面打了招呼，凡搞歪门邪道的，一经发现，取消竞标资格，看在你面子上，就不追究了。跟你朋友说，不要背包袱，凭自己的实力来竞争吧。"

"好好，我相信我那朋友会理解朱书记的。"于建阳说罢又问，"这是多少？"

朱怀镜说："我只把它拿了出来，没工夫数，你点点吧。"

于建阳便把钱点了一遍，可他点的时候，总忍不住抬头同朱怀镜说几句话，不然就怕不礼貌似的，结果点出了二十点七万元。朱怀镜说："不可能有这么个零头，你再点点吧，不要说话。"于建阳又重新点了一遍，终于对数了，打了个条子，收到某某款项二十万元整。

于建阳走了，香妹进来说："于建阳是在梅次场面上走的人，多是同领导打交道。他在领导和老板之间穿针引线，只怕不是头一次了，像你这样不给面子，他只怕是头一次碰上。"

朱怀镜知道香妹有些怪他，只是嘴上不好说。他便玩笑道："我说老婆，我不知道你这是表扬我，还是批评我？我也知道于建阳不是头一次当掮客，但我不管别人是怎么做的，我不能这么做。像烟厂这样的工程招标，几百双眼睛盯着我，我就是想贪，也没那么大的胆量啊。"

香妹冷冷说道："你别弄错了，我不是想让你贪啊。"

真是没有不透风的墙，过不了几天，朱怀镜拒贿的事，便在梅次悄悄流传着。他是听赵一普说的，赵一普说是缪明秘书宋勇说的，朱怀镜就觉得有些不太好了，他不希望人们把这事说得沸沸扬扬。缪明见了他，却绝口不提这事，就更是奇怪了。他想既然宋勇知道了，缪明自然就听说了，朱怀镜知道于建阳是个多嘴的人，肯定忍不住就在外面说了，便找于建阳来，说了他一顿。于建阳矢口否认，硬说自己没有漏半句口风，也就不知道到底是于建阳，还是李铭说的了。朱怀镜明知追究这个也没有什么意义了，找于建阳来说，也只是想发发火。

这天下午，崔力突然来到朱怀镜办公室，说："朱书记，没有同您预约，不好意思。"

"哦，你还在梅次？"朱怀镜这话别有深意，崔力好像没听出来。

崔力说："朱书记，我听人私下说到您拒贿的事，真让我感动。您能向我介绍一下情况吗？我想把这事报道一下。"

朱怀镜摇头道："没这回事，都是别人瞎说的。"

"怎么可能啊？别人可是说得有鼻子有眼的。"

朱怀镜笑道："崔力你也真是的，怎么硬不相信当事人，而要相信别人呢？先进典型谁不想当？我真巴不得自己成为廉政建设的典型哩。"

崔力说："那么，可以请您谈谈对廉洁自律的看法吗？或者说谈谈自己是如何廉洁自律的？"

朱怀镜说："关于这个问题，我上次给你出了题目的。我的意思，是要突出我们班子这个整体，不能宣传哪位个人。关于整个班子的情况，你得采访缪明同志和陆天一同志。"

任崔力怎么说服，朱怀镜坚决不接受采访。崔力最后只好笑道："朱书记真是位有个性的领导。"其实这就是怪朱怀镜不给面子。朱怀镜也装蒜，打了个响亮的哈哈。两人便热情地握手，又是拍肩，道了再见。送走崔力，朱怀镜冷静地想想这事，觉得还是保持沉默为上。就让这种传闻似是而非，未必不是好事。舒畅打了电话来，没半句寒暄，就说："您今晚有空吗？我想见见您。"

"好吧，到你家，还是到黑天鹅？"朱怀镜问。

"到黑天鹅吧，晚上八点钟我去那里，您方便吗？"

"好的，我准时等你。"

朱怀镜回家吃了晚饭，推说开会，就让杨冲送他去了黑天鹅。他也没有同刘浩打招呼，自己开门进了1818房间。刚到八点，门铃就响了。开门一看，正是舒畅。

"坐吧，吃饭了吗？"朱怀镜问。

舒畅扑哧一笑，说："您就不知道说点别的？这时候没吃饭，您请客？"

朱怀镜也笑了，说："吃饭了吗？这是中国式的哈罗。"他不知舒畅是有事找他，还是光想看看他，却又不好问，问就尴尬了，便又说道："吃点什么？苹果，还是提子？香蕉？"房间的吧台里时刻摆着酒水和水果，冰箱里总有各种饮料。

舒畅笑笑，说："怎么不请我喝杯酒呢？"

"这个我倒是真没想到。好吧，我俩就喝杯酒吧。"朱怀镜说。

舒畅忙说："哪里哪里，我是开玩笑的。算了，我自己泡杯茶吧。"她不等朱怀镜讲客气，自己就泡茶去了。

朱怀镜却真有喝酒的意思了，说："真的，舒畅，喝杯酒吧。这里有白兰地，有人头马，有轩尼诗，也有茅台酒、五粮液。"

舒畅不答话，只是笑。朱怀镜就试探道："喝洋酒？"舒畅仍不吭声，只望着他笑，他就倒了两杯人头马。舒畅接过酒杯，同他轻轻碰了下，说："突然想着好久没见着您了，就想见见您。冒昧吧？"

朱怀镜说："舒畅你怎么说话呢？我巴不得天天见着你这甜美的女士哩。"这却是提到《荆都日报》上的话了。舒畅说："您怎么不说我是您的爱妻呢？"

朱怀镜不禁红了脸，说："对不起，我怕这话冒犯了你。"

舒畅说："怎么会呢？我是巴不得啊，又还有位漂亮的女孩。"

没想到舒畅如此说话，朱怀镜心里有些打鼓。"舒畅，你真的是位很甜的漂亮女人。我说给你听，不怕你笑话。头次见着你，我正眼都不敢望你，觉得你漂亮得刺眼睛。"舒畅把脸一红，低了头，忽又抬头笑道："没您说得那么严重吧？喂，我说，我听说有人又送了您五十万，被您拒绝了，听说中央电视台都知道了，要来采访您呢？"

朱怀镜听罢笑了起来，说："哪天还会说我拒贿一百万哩。"便把事情来由说了。

舒畅说："我说哩，原来是这样。我总不明白，你们官场里的人，怎么明明放着好人不敢做呢？倒怕别人说他如何如何的好。"

朱怀镜说："也不绝对如此，情况很复杂。跟你说吧，像我拒贿这件事，老百姓中间都在流传，可我们天天见面的地委、行署领导却都装聋作哑，你不明白中间的道理吗？"

"真不明白。"

朱怀镜欲言又止，道："你不是个中人，说了你也不会完全明白。你明白也没意义，就不说了吧。"

舒畅说："我可能的确听不明白。其实这些我也不关心，我只关心这些事传来传去，对您的影响是好，还是不好。因为我听

271

您说过,不希望别人谈论这些事。"

"事情总不会依照自己的想象去发生的。既然这样了,也无所谓了。我自己不会说半句话,让外面真真假假地说去吧。来来,喝酒吧。没有菜,就这么喝干的,有点西方人的意思了。"朱怀镜说。

舒畅喝了口酒,心绪仍有些沉郁的样子,说:"您……也真不容易……"

朱怀镜却突然笑了起来,舒畅抬眼望着他,目光有些慌乱。朱怀镜便说:"我刚才发现,你原来还总叫我朱书记,现在什么称呼都没有了,只叫'您'。还把'您'字咬得很准,像个陌生的北京人。"

舒畅也笑了:"那我仍叫您朱书记?"

"拜托了,你不敢叫我的名字,就叫我朱哥也行嘛。"朱怀镜其实是故意说笑。他自然知道,男女之间口口声声你你我我了,必是到了某种佳境了。所谓卿卿我我,不就是你你我我?

舒畅摇头一笑,说:"我也想叫您哥,就是开不了口。"

这层意思点破了,反而自然了。说话间,不知怎么的,舒畅就叫他哥了。他却仍叫她舒畅,也是常理。两人慢慢地抿着酒,竟也各自喝下了三杯。舒畅脸色绯红,目光有些迷离。朱怀镜害怕想象她的心思。他想起了那天晚上,舒畅在洗漱间里洗了澡,又半天不敢出来,就磨蹭着把他的衣服洗了。她几次说走,又没有动身。后来他请她吃苹果,她说吃个苹果,可不等他把苹果削好,她突然低头走了。后来他只要想起这件事,就心乱如麻。今晚,她那梦幻般的目光,也让他心旌摇曳。"舒畅,我俩不喝了,好吗?"朱怀镜说。

舒畅说:"今晚我就是想喝酒,再喝一杯吧。"

朱怀镜问:"你没事吧?"说着又添了杯酒。两人不怎么说话了,这杯酒就喝得很快。看样子舒畅有些醉意了,朱怀镜就真不让她喝了。可她硬是要喝,自己去吧台倒了酒。步子有些摇晃了,酒溅到了裙子上。朱怀镜就说:"去洗洗吧,黏黏的,不舒服。"

舒畅也没搭话,拿着包就进洗漱间去了。朱怀镜便喝了舒畅那杯酒,说什么也不能让她喝了。听着里面流水哗哗,他又免不了心里发慌,他打开电视机,不停地换台。过了好久,舒畅才开门出来。"洗完了?"朱怀镜没事似的回头问道。却见舒畅穿着睡衣,头发蓬松地拢在后面,也不敢望他。双手在脸上揉着搓着,就走过来了。朱怀镜也不敢多望她,只说:"你先坐坐吧,我去洗澡。酒我喝掉了,你就不要再喝了。"他的声音有些发干。

进了洗漱间,见舒畅已把裙子和内衣裤都洗掉了,晾在里面。他明白,自己隐隐渴望而又有些惶恐的事情,终于来了。浴缸的水声比平时似乎大了许多,震得他脑子发蒙,灯光也好像格外刺眼,叫他眼睛生疼。他闭上眼睛,躺在浴缸里,尽量让自己的呼吸匀和起来。他洗澡都是很快的,今天却故意拖沓。水不断地流着,满是沐浴液泡沫的浴缸,最后清澈见底了。

终于洗完了澡,穿好睡衣,吹吹头发,才开门出去。却见舒畅不在客厅里。朱怀镜顿时胸口狂跳,推门进了卧室。卧室里也没有人。她一定是去了阳台吧?他轻快叫道:"舒畅,你在哪里?"说着,就去了阳台。阳台上也是空的,朱怀镜就慌了神,又去了客厅、卧室,没有人,再留神一看,舒畅的包也不见了。

朱怀镜就有些害怕了,生怕舒畅出什么事。不知她的酒量到底如何,是不是酒性发作,独自出去了呢?他试着打她家里电话,没有人接;想下楼看看,又怕太惹眼了。没别的办法,只好不停地打她家里电话。最后终于有人接了,却半天听不到声音。"喂,是你吗?请你说话。"

"对不起，"真是舒畅，"真是对不起，我……"

朱怀镜就说："没事就好，吓死我了，我生怕你有什么问题了。"

舒畅说："我……我……我没问题。我只是……只是突然觉得自己太荒唐了，就走掉了。"

朱怀镜也没什么顾忌了，说："舒畅，我很喜欢你，你可能也看出来了。但是……但是，我总怕自己不小心就伤害你了。"

"今天……今天是我的生日。"舒畅轻声说。

"是吗？你怎么不说呢？这样好不好？我马上过来接你，我们好好庆祝你的生日。"朱怀镜有些急切。

"算了吧。今天我的生日过得很好，真的。"舒畅有意显得很高兴。

第二十二章

下午，朱怀镜刚去办公室，宋勇过来说："朱书记，缪书记请您过去一下。"朱怀镜说了声就来，让宋勇先去了。刚准备走，赵一普敲门进来，说："朱书记，这里有封信，特别注明请您亲启。"

朱怀镜接过信，见信封上收发地址和收信人姓名都是打印的，心想又是匿名信了，他几乎每天都能收到一两封检举信，又多是匿名的。打开一看，见这封信又是关于尹正东的，信同样是打印的。

尊敬的朱书记：

您好！

上次寄给您的那封关于尹正东十大罪状的信，您应该早就收到了吧。我天天盼，日日盼，就盼着您能下令查处这个大贪官，但是，这么长时间过去了，我的信泥牛入海，杳无消息。我们每天照样看见尹正东这个马山大贪神气活现，耀武扬威，颐指气使。难道真是官官相护，天下乌鸦一般黑吗？

也许您是高处不胜寒吧。我的信能到您手里吗？只怕早被您下面的喽啰大事化小，小事化了啦。我可以想象您下面那帮人的德行，他们只知道看领导脸色行事，点头哈腰，唯唯诺诺，自己没有思想，没有骨头。自古都是奸臣误国啊！老百姓都说，您是个好官，是我们的贴心人。尊敬的领导，您能听到我们老百姓的声音吗？

……………

对不起，尊敬的领导，我只能以匿名信的形式表达百姓的心声。只要尹正东不倒，马山的天还是姓尹，地还是姓尹，我如果暴露了自己的身份，就没法活了。我承认我怯懦，但我不是躲在一边放暗箭的卑鄙小人。

一个对贪官充满愤怒的老百姓只有"朱书记"三个字是手写的，一横一竖，僵直生硬，写信人显然要刻意掩饰自己的笔迹。正文就通篇都是"尊敬的领导"了。无疑又是一封满天飞的告状信。这两天，又不知有多少位领导案头摆着这样一封信，他们都会被这位匿名者称为好官，人民的贴心人。没时间多想这件事了，朱怀镜把这封信锁进保险柜里，便去了缪明办公室。

"怀镜，请坐请坐。"缪明放下手中的笔，身子朝门的方向侧了过来。朱怀镜瞟了眼缪明的桌子，见上面放着什么文稿，心里暗笑，这缪明只怕有些偏执狂。朱怀镜坐下来，也没说话，只掏出烟来吸，微笑着。

"怀镜，同你商量个事儿。"缪明一手揉着肚子，一手在桌子上轻轻敲着，没有发出半点响声，"是这样的，市里的农村产业化会议很快就要召开了，马山的参观现场，地委一定要把好关。我原打算自己下去一趟的，看样子走不开，就请你去看看，你去过几次了，情况也熟悉。"

朱怀镜点点头道："行，我去看看吧。"

缪明又说："你要同马山县委强调，工作要做细，出不得半点乱子。明吾同志办事老成，正东同志作风干练，我相信他们能把这个事办好。我们自己还是要去看看，放心些。"

"缪书记放心吧，我明天就去。"朱怀镜说。

"好吧。"缪明又说，"怀镜，市教委段孟同志来了，我们几个陪他吃餐饭吧。"

"专门送车来的？"朱怀镜笑着问道。

缪明摇头笑笑，说："段孟同志算是找着个政府领导重视教育的好典型了。"

缪明分明是话中有话，朱怀镜也就没了什么顾忌："是啊，不在于卖车支教有什么实际意义，市教委也不在乎做这种赔本生意，重要的是他们需要这么个好典型。政府领导为了支持教育，把车都卖了，这有多动人啊。"

"天一同志……"缪明只说了这么半句，就摇头笑了。

朱怀镜说："吃饭我就不去了吧。"

"还是去去吧，对段孟同志，我们还是要表示热烈欢迎啊。"缪明这话又是春秋笔法了。

下班时，缪明过来叫他："怀镜，一起去吧。"朱怀镜便坐了缪明的车，杨冲开了车跟在后面。两人径直去了五号楼，见陆天一和地委秘书长周克林、行署秘书长郭永泰、地区教委主任卢子远几个人已坐在大厅里了。虽是天天见面的，也总是握手道好。陆天一情绪极佳，脸上总是挂着笑。朱怀镜便玩笑道："天一同志，你的算盘太精了。一辆旧车卖了三十万，还倒赚一辆新车。新款别克，手续都办齐，只怕要四十多万吧。"

陆天一便笑道："段孟同志太客气了。"

说话间，段孟下楼来了，身后跟着几位他的部下。又是握手道好，开些并不太幽默的玩笑，而所有人都笑得不亦乐乎的样子。既要笑得爽朗，又不能龇牙咧嘴的，笑声便有些京剧效果了，很具艺术功力。

客气着，大家就来到了餐厅，相互谦让着进了包厢。刚坐定，段孟就大为感慨，道："各级领导都能像我们天一同志这样，对教育事业倾注自己的感情，教育事业就大有希望。我们非常感谢梅次地委、行署的领导啊。"

缪明说："段孟同志太客气了。教育，我们从来不把它当做是哪个部门的工作，它是关系到我们梅次长远发展的全局性、战略性工作啊。"

陆天一说："我们地委、行署对教育工作一直都是很重视的。"若是换了别人，就会做个顺水人情，说缪明同志对教育工作很重视。陆天一是不可能这么说的，他就连眼睛都很少往缪明的方向瞟一下。

轮到朱怀镜说话了，他却想不出什么有意思的话说。不说又不行，陆天一肯定会有看法，对段孟也显得不尊重，便说："梅次的教育发展水平在全市不算太靠前，但这几年进步很快。说明我们地委、行署还是下了最大决心，作出了最大努力的。我们经济能力有限，要靠市教委多支持啊。"

段孟听了，开怀而笑，玩笑道："缪明同志、天一同志，我建议你们让怀镜同志分管教育。你看他多精明，抓着机会就开口向我们要钱。我就有个观点，会向上面要钱的领导，就是能干的领导。还没开始喝酒，我先表个态，要不然，等会儿我说酒话，酒后就不算数了。只要我在这个位置上坐着，我们市教委一定给梅次最大限度的支持。当然，我们的蛋糕只有那么大，你们不要嫌弃就是。"

这时，酒也斟好了，陆天一抢着说了话："段孟同志，我也不讲规矩了，不等缪明同志为酒席剪彩，我先举杯了。来，就冲你这句话，先敬你一杯。"

缪明便笑着，左手没有揉肚子，却始终放在肚脐处。刚才陆天一说到不等缪明同志剪彩了，所有人都不禁望了望他，他便笑得更宽厚了。又生怕他的那点儿笑脸不够大家瓜分，尽量笑得更多些。在座的人多半心里有数，知道陆天一是不怎么尊重缪明的。

段孟举杯说："不不不，头杯酒，还是一起来吧。缪明同志，我们都等着你剪彩哩。"

缪明这才举了杯，说："欢迎段孟同志来我区指导工作，感谢段孟同志长期以来对我区教育工作的大力支持，并请段孟同志继续加大力度，一如既往地支持我们。来来来，我们干了这杯。"

段孟免不了客气几句，大家便一起举杯，干了。段孟苦一下脸，先是倒抽一口气，再把这口气回过来，就成了感慨了，说："缪明同志、怀镜同志在这里，天一同志这个性格，我最喜欢。豪爽、直率，是个大炮，感情朴实。我是常听到关于天一同志的精彩故事的，真让我感动。来来，我敬梅次各位领导一杯酒。"

干了杯，陆天一才说："段孟同志太看得起我了。我承认陆天一是个粗人，硬是斯文不起来。还别说，就是看见别人斯文，我心里也急。毛主席他老人家说得好，革命不是请客吃饭，不是绣花，不是做文章，来不得半点儿斯文。我说呀，当前各项工作都迫在眉睫，斯文坏事。"陆天一说着说着，脸就涨红了，脖子上的筋也粗了，声音好像打雷。

有人就偷偷往缪明脸上瞟，又飞快地移开目光。缪明仍是笑着，用手摸了摸T恤衫的扣子。他穿了件黑色T恤衫，三颗扣子全部扣上，很严谨的样子。"天一同志这个性格好，肚子里没有弯弯儿。"缪明说道，气度偏显得斯文。

朱怀镜不说话，只是微笑着点头。轮到他敬酒了，就举杯敬酒。周克林、郭永泰、卢子远他们也不太说话，也是附和着笑。只要缪明同陆天一两人同时在场，别人都不会太多插嘴的。只有段孟不太忌讳，他毕竟不怎么明了个中微妙。"都说天一同志是明星专员。在全市市长、专员中间，天一同志的知名度只怕是最高的。天一同志，你是牛市啊！谢谢，同饮吧，同饮吧。"段孟长得文质彬彬，喝酒却是来者不拒。

陆天一笑道："段孟同志这么说，我就不好意思了。我的什么知名度，就是性子直。我是疾恶如仇，见了消极腐败现象，就沉不住气。唉，我为此也背了不少骂名啊。"

缪明笑道："天一同志是个血性子。"陆天一说了什么，缪明总要附和两句，不然就过意不去似的。而缪明说了话，陆天一多是充耳不闻。

"我知道了天一同志卖车支教的壮举，非常感动。当即决定，一定要送天一同志一辆新车。当然，不瞒你们说，在我们教委内部也有争议。有人说，我们买车送给陆专员，不如拨钱下去给学校。"段孟说着，眼睛在每个人脸上扫了一圈。

陆天一脸不由得红了，想说什么，却插不进话。段孟谈兴正浓，开怀而笑道："哈哈哈哈，天一同志，要说算经济账，我还亏了。"

陆天一已把手举起来了，就像学生想要发言。可段孟摇摇手，头也晃着，立马说道："但是，天一同志，这个……缪明同志、怀镜同志，我们要的就是政府领导这种态度。我们是共产党人，一切都是为了人民利益，不在于让自己留什么名。要不然，专员卖车支教，会成为千古美谈啊。"

段孟说得眉飞色舞，听着的人面子上都不好过了，话不该说得这么透的，就连陆天一都有些难堪了，看来段孟喝酒有些过量了。已经喝完两瓶酒了，陆天一还说要添一瓶，段孟说是说行了行了，意思又并不坚决。朱怀镜望望缪明，示意他设法阻止了，不然，让段孟再喝几杯，只怕会出洋相的。缪明却两眼含笑，像尊菩萨，于是又开了一瓶酒。

段孟却先举了杯，说："缪明同志、天一同志、怀镜同志，对全市教育事业的长远发展，我个人是有全盘考虑的。但实施起来，难啊。毕竟，我只是个小小的教委主任，人微言轻啊。教育的发展，关键在于政府重视，要是各级政府都像梅次地委、行署这样，事情就好办了。"

听了段孟这话，大家含糊着点头，嘴上只是嗯嗯啊啊。段孟的意思是批评市政府不重视教育，好像他自己完全可以出任管教育的副市长。朱怀镜就暗暗吩咐服务员，给段孟添酒时只是点到为止。段孟也看不出自己杯中酒的多少了，不断地仰着脖子干杯，豪气冲天。

段孟又说："天一同志，我们同有关新闻单位都打了招呼，要好好宣传你卖车助教的事，要作深度报道。这事儿很有炒头啊。就是要在全社会形成重视教育、支持教育的社会风尚。"

说得陆天一都很不好意思了，笑道："段孟同志，这事闹得够热闹的了，我看算了吧，我陆天一不是为了出风头啊。"

看样子段孟是个酒仙，又没谁出头喊休战。朱怀镜便说："缪明同志、天一同志，我替你们做主了。看来今天大家都很尽兴了，难得段孟同志今天这么高兴，酒就总量控制，把瓶里剩下的全部匀了，大家喝杯团圆酒吧。"既然有人提出来了，大家也都同意，就说行吧行吧，团圆团圆，于是全体起立，碰杯、客套、干杯。

缪明、陆天一、朱怀镜三位送段孟去房间休息，说了会儿客气话，缪明同朱怀镜先告辞，陆天一仍留下来陪段孟扯谈。缪、朱二人出门，并肩走在走廊里，路过服务台，服务员点头叫缪书记好、朱书记好，朱怀镜抬头笑笑，便想起刘芸了。刘芸已经去办公室了，天天坐在那里看报喝茶。他也有些日子没有看见刘芸那孩子了。

缪明总不说话，朱怀镜也不做声。两人就这么微笑着下楼，碰上有人打招呼的，两人同时点头。出了大厅，各自的车都在等着，彼此点头而别。朱怀镜上了车，仍暗自在笑，心想缪明真的好涵养，要是常人，总会说说段孟的，哪怕是开句玩笑。朱怀镜觉得自己定力不如缪明，而缪明的定力又好得太过分了。今天的应酬他本不太愿意去的，去了也只不过为了给陆天一撑面子。

第二天，朱怀镜便赴马山去了。车刚出城，就见尹正东的车停在那里，尹正东早下车了，站在那里招手。朱怀镜下了车，同尹正东握手，说："正东你这么客气，不用接嘛。"

尹正东说："朱书记一贯轻车简从，我们连接都不接，也太不像话了。向您报告一下，明吾同志昨晚突然病了，躺在医院里，要我向您请假。"

"病了？什么病？没问题吧？"朱怀镜关切地问道。

尹正东说："我去看了，胃出血，血已经止住了，可能要在医院里住几天吧。"

"正东你坐我的车吧。"两人上了车，朱怀镜又说："明吾不怎么喝酒，怎么弄出个胃出血了？"

尹正东笑道："朱书记这个观点就有点教条主义了。不喝酒就不会胃出血，那么女同志都不会胃出血了。"

虽是玩笑话，但尹正东的语气让朱怀镜不快，他点头道："那也是的。"

尹正东说："朱书记，是不是这样？我们沿着参观路线走，边走我边汇报？"

朱怀镜点头应允了，没走多远，就见公路上有个大坑。朱怀镜还没说话，尹正东的脸阴下来了，说："这是怎么搞的？我昨天才看过的，好好的啊！"朱怀镜没有说话，只是随尹正东一道下了车。原来农民为了引水，横着路挖了一条沟。

　　"怎么可以这样？谁想挖就挖？这还叫公路？"尹正东边嚷边举目四顾，却不见一个人影儿。尹正东的司机和秘书忙跑到前面来，找了几块石头往沟里丢，垫出个车道，车子勉强过去了。尹正东说："请朱书记放心，我们一定处理好，到时候绝不会出现这种情况。"

　　朱怀镜说："要注意啊，大意不得。农民要引水灌溉，这也是实际情况，我想应该有个两全其美的办法，不能笼统地不准农民开沟放水。这条路的维修搞完了吗？地区可是拨了专款的啊。"

　　"修过了，修过了。朱书记，地区那点钱，远远不够啊，我们县里补了一大截。地委也太抠了，这么重要的会议，不舍得多拨些钱，尽往我们县里压担子。"尹正东嘿嘿笑着，偏过头，望着朱怀镜。

　　朱怀镜笑着说："正东你这话可真难听啊。怎么叫往你县里压担子呢？地区拨钱不拨钱，上面参观不参观，你们路还得修啊。我说正东呀，你是把地区和县里分得太清楚了。"

　　这时，见前面路上又是一条引水沟。朱怀镜就说话了："正东，这是怎么回事？如果总是这样，就不是农民的问题了。排灌系统，应该是预留的呀。"

　　尹正东下车去了，同司机、秘书一道亲自搬石头填沟。朱怀镜仍坐在车里没动，却叫赵一普和杨冲也下车帮忙。忙完了，尹正东满手是泥，在水里随便洗洗，在衣服上揩揩，就上车来了。"朱书记，我们下面这七品芝麻官，不好当啊。"尹正东笑道。

　　朱怀镜心想尹正东今天怎么回事。哈哈一笑，说："正东，你意思是说,我这地委副书记比你县长好当,你比我辛苦多了。平时你也老是说领导辛苦了,原来都是说假话呀。"

尹正东也笑了起来,说:"朱书记呀,我发现说人话就是难,朱书记是我们认为最务实的领导,也会觉得忠言逆耳。"

朱怀镜更不高兴了,偏偏笑道:"正东呀,我常说,下面同志辛苦,是真心实意理解你们的难处啊。我也是从基层上来的,常言道,上面千条线,下面一针穿啊。"

朱怀镜以为有他这句话,尹正东就可以收场了。没想到他说了句"是啊",便唠唠叨叨,说起基层工作的艰难来了。既有诉苦的意思,也有牢骚的意思,更有表功的意思。真是奇怪,尹正东一门心思要往上面爬,怎么净说些让领导不高兴的话呢?他以为自己说的都是真话实话吧。也许他就想让人觉得他性子直,敢说话。朱怀镜琢磨着,就暗自发笑了。

进入参观区了,尹正东长叹一声,结束了自己的唠叨。只见沿路枣林深处的农舍都贴上了白色的瓷砖,气象一新。朱怀镜便问:"新搞的吧?"

尹正东说:"新搞的。这说明农民通过大力开发枣子,经济收入增加了,生活水平提高了,住房条件大为改善。"

朱怀镜看着满意,他知道所谓会议参观现场,差不多都是这么布置出来的,只要不太离谱,也说得过去。又知道这肯定是政府强制性弄成的事,便问:"群众有抵触情绪吗?不要把好事变成坏事啊。"

尹正东说:"组织工作还算顺利,马山县的农民群众,总的来说觉悟还是很高的,听话。像李家坪那些不听话的农民,也只是极少数。"

既然提起李家坪农民上访的事了,朱怀镜就说:"正东啊,这个事情,地委很重视啊。事件中牵涉到的个别干部违法问题,你们可不要打马虎眼啊。"

尹正东笑道："我们正在调查。朱书记，我的意思，看您同意不同意。我说，干部能不处理，就不处理。这种情况，缓一缓，压一压，就没事了。"

朱怀镜正色道："正东，我这要批评你了。地委也是爱护干部的，不是说硬要整几个人，谁心里就舒服了。我们的原则是：一是要向群众有个交代，二是要严肃政纪法纪。像你这么说，好像你们县里做好人，我们地委在做恶人。"

朱怀镜真发火了，尹正东就软了，说："朱书记说的是，我们也是这个态度，不过具体操作起来，还是谨慎些好。"

"好吧，可不能久拖啊。"朱怀镜点头道。

车子驶入了一个枣子蜜饯加工厂，朱怀镜很腻糖，见满池满池糖汁泡着的熟枣，胃里就不舒服。他沿着生产线看了一圈，感觉不怎么好。不过朱怀镜脸上始终微笑着，这事毕竟不能由着他自己的性子。心想有这么个场面，应付得过去。再一琢磨，又觉得参观的人太多了，场子散不开，还会影响生产卫生。便说："正东，让领导同志们都沿生产线走，只怕不是个办法吧？"

尹正东说："这个问题我们也考虑到了，只是想不出别的好办法。是否可以准备几个大型陈列柜，将我们的产品陈列出来？我们可以把仓库收拾一下，布置成陈列室。领导同志只看看产品，生产线就不看了。"

朱怀镜想了想，点头说："这也是个办法。你们再斟酌一下，可行的话就这么办吧。"

经过一个集镇，尹正东遥指人头攒动处，说："还有个参观点，就是那里的枣子一条街。今天没安排疏通道路，车子过不了，是不是就不看了？参观那天，安排交警值勤，既保证集市正常交易，又保证交通畅通。"

朱怀镜想想，说："好，那就不看了吧。你可要保证会议那天不出乱子啊，车队堵在里面，可不是好玩的啊。"

"这个一定保证。"尹正东说，"总的来说，参观内容是四大方面：一是沿路二十万亩成片枣林，二是沿路农舍新貌，三是枣子系列加工，四是枣子贸易一条街。我们还印制了小册子，就是这些参观点的简介。"

朱怀镜说："好。准备工作总的来说不错。我再强调几点：一是把工作尽可能做细，保证不出纰漏；二是要切实做好安全保卫工作，特别是不能出现围堵领导告状的情况；三是县城要突击搞好卫生，整治环境；四是确保公路畅通。正东同志，时间很紧迫了，你们要抓紧落实。我看公路的维修只怕还差些火候，建议全面检查一次，有些地方你们要抓紧返工。我随你一道去城里，看看明吾同志。我今晚就不在你们那里住了，吃了中饭，马上赶回去。"

尹正东很想留住他，说："朱书记，你也别把时间卡得太紧了，住一晚再走嘛。"

朱怀镜笑道："时间还早，就不打搅了。我留一晚，你们可要忙坏啊。"

"哪里哪里，只是留不住啊。"尹正东也不好勉强，只道朱书记真是个工作狂。没事说了，赶回县城的路上，尹正东说着说着，又说到自己在下面如何辛苦了。朱怀镜明白他的意思，就是想尽快往前走一步，当上县委书记。不知道尹正东是否知道那些检举他的匿名信正满天飞？

驱车直奔县人民医院。到了病房门口，正好有人拉门从里面退出来，脸还朝着房内，招手点头，十分恭敬。这人转过身来，猛地见着尹正东，脸立马红了，嘴唇动了半天，才支吾着说了几句什么话。尹正东也不做声，推门进去了。只见满屋子的花篮，堆了好几层。余明吾见了朱怀镜，忙撑着身子要起来。朱怀镜快步上前，按住余明吾的肩头，说："明吾，你好好躺着，不要起来。"朱怀镜宽慰着病人，不经意环视一下病房，感觉很不好。花篮太多了，如果将病床往中间一放，活像个灵堂了。

朱怀镜坐了一会儿，就不停地打喷嚏。他对花粉过敏，便起身告辞，嘱咐说："明吾同志，你病了，就不要太操心，安心养病。"回头又对尹正东说："正东同志，你就要多辛苦些。重大事情，同明吾通个气。日常工作，你就做主了。"

出了病房，又见有人提着花篮来了。来的人见了尹正东，同样不好意思，红了脸笑。尹正东真是个下得了面子的人，黑了脸说："余书记病了，你们就要让他好好休息。看看看，有什么好看的？你怕他是大熊猫啊！"

朱怀镜心里却很不是滋味。看上去，如今上医院看望领导干部，方式都文明了，只提了个花篮。其实谁都清楚，还得另外递上个信封的。梅次地区县级通例一般是三五千块钱，一两千的也有，再多些的也有。场面通常是这样，探望的人一进门，说上几句漂亮话，就说领导好好休息，不打搅了。不能久待，说不定马上又会有人来的，探望者最好不要相互撞上。开始挪动脚步往外走了，才拿出个信封，说："我也不知道领导喜欢吃些什么，不好买。等您病好了，自己弄些吃的，好好调养调养。"领导自然要推辞，有的甚至还要骂人，只是缠绵病床，一时起不了身，无奈之下只好摇着躺着。朱怀镜估计，余明吾房间里花篮只怕已有百把个了，光收信封，少说也有两三万块钱了。他住进医院还不到一天啊！

第二十三章

　　高速公路项目总算最终定下来了。遂了梅次的意，走东线方案。其实不论梅次或吴市，负责跑这项目的人从中也捞了不少好处。可是就连他们也都烦了，私下里说，上面有些人赚钱也太容易了，只要在地图上多画一条线就行了。说归这么说，谁也不会在这种事上太认真。

　　缪明找朱怀镜商量，请他去北京，再一次向有关部门和领导汇报，感谢他们对梅次的关怀和支持。不能事情办好了，就把上级给忘了。这同做生意是一个道理，一锤子买卖是做不得的。这个项目原来一直是陆天一亲自跑的，他说最近忙，建议朱怀镜北上一次，其实谁都明白，现在凡是同工程有关的事，陆天一尽量回避着。

　　朱怀镜却不太想去北京。全市农业产业化会议就在这几天召开，王莽之会来梅次，他想留在家里，总有机会在王莽之面前露个脸。朱怀镜虽是地委副书记，却并不容易见到市委书记。上次王莽之来梅次，他去荆都开会了，这次本来可以见到王莽之的，他又得去北京。可是缪明同他说了，他只得服从。

烟厂三期技改的土建招标也不能再拖了,招标方案已研究过多次,每次朱怀镜都亲自参加了。他找来袁之峰,交代说:"之峰,缪书记让我去北京一趟,烟厂招标的事,你在家里弄了吧。按我们研究的方案,专家班子抽签决定,严格保密。所有人都看着我们俩,就拜托你了。"

袁之峰说:"我看还是等你回来吧。"

朱怀镜笑道:"这又不是做客,等什么?不要再等了。"

袁之峰只好答应:"好吧,我就代你行令吧。"

也就是在朱怀镜动身去北京的前几天,周克林跑到朱怀镜办公室,笑嘻嘻地说:"朱书记,想向您汇报个事。"

朱怀镜客气道:"请坐,什么好事?"

周克林说:"赵一普同志的正科级秘书干了好几年了,这个年轻人很不错,我个人认为有培养前途。我们办公室党组有个意思,就是想让他任个实职,初步考虑,想让他任综合科科长。我知道他在您身边工作,得到了很好的锻炼,您也舍不得他。但从培养干部考虑,还是动动好。您的秘书,我们考虑让舒天同志接替比较合适。准备给小舒提个副科级秘书。当然,这只是我们的想法,请朱书记决定。"

朱怀镜微笑道:"我不能把你的家都当了啊。既然你们有这个打算,也可以。小赵的确不错,让他换换岗,对他进步有好处,我原则上同意。"

周克林点点头,说:"感谢朱书记支持我们的工作。那么让舒天同志明天就到您这儿上班,赵一普同志先过综合科去。"

周克林汇报完,笑眯眯地去了。朱怀镜对赵一普慢慢不满意了,对舒天却很赏识。周克林早看出了几分,便顺水推舟,一石三鸟,既重用了赵一普,又提拔了舒天,还在朱怀镜面前讨了人情。望着周克林恭恭敬敬的背影,朱怀镜哑然而笑,这个人太精了!

朱怀镜马上叫过赵一普,说:"一普,克林同志刚才找我汇报,想提拔你当综合科科长。你工作很不错,可我不能拖你后腿,老把你放在身边。你自己有什么想法?"

赵一普笑道:"我听了感到很突然。但朱书记这么一说,我又平静些了。不然,我会以为是自己工作没做好。我嘛,听从组织安排,若依个人意愿,当然想继续跟在朱书记身边,可以多长进些。"

赵一普说的这些都是场面上的话。当初是周克林推荐他做朱怀镜秘书的,可见他同周克林关系非同一般。要么是周克林先向他露了口风,要么是他自觉失意而找了周克林。朱怀镜心知肚明,却故意装傻,仍要找赵一普谈谈,大家面子上好过一些。

"一普,你很年轻,一步步踏踏实实走下去,前途不可限量。"朱怀镜满面慈祥。

赵一普道:"需要朱书记多多关心啊。"

朱怀镜不想封官许愿的,太江湖气了,便说了句左右去得的话:"我很赏识你们这些有活力的年轻人。"

赵一普虽说车前马后跟着朱怀镜,却没机会跟他单独说几句话。多半是有什么事,赵一普请示过了,就去自己办公室。朱怀镜也是有事就叫他,没事就自己待着。两人一同出门,坐在车里,朱怀镜也不太说话。今天朱怀镜却有意留赵一普多坐一会儿,也客气多了。赵一普慢慢地就被感动了,说了很多奉承话。

"好啊,谢谢你了,一普。不跟着我跑了,也要常来坐坐啊,不能就生分了啊。"朱怀镜站起来,握着赵一普的手,摇了一阵,还在他手背上拍了几下。

"感谢朱书记关心,还要请朱书记继续关心。"赵一普又是点头,又是拱手,微笑着退到门口,侧着身子拉开门,出去了,再把门轻轻掩上。

望着掩上的门，朱怀镜脸上的笑容渐渐淡去。他伸手在头发里理了一阵，然后打了陈清业电话："清业吗？你好，忙吗？"

陈清业道："朱书记您好您好。我再怎么也不敢在您朱书记面前说忙不忙啊！朱书记有什么指示吗？"

朱怀镜笑道："哪有那么多指示？我过几天去北京，怕你有事找我，同你说声。找我你就打舒天手机，现在是他跟我跑了。"

陈清业很高兴的样子："那好啊，舒天我俩更谈得来。我说朱书记，我想随您去北京玩玩，你方不方便？"

朱怀镜笑笑说："我有什么不方便的？只是你陈老板时间就是金钱。哪有时间专门跟着去玩？"

陈清业说："哪里啊，朱书记若是恩准，我就跟您去，您鞍前马后也多个人。"

朱怀镜说："好吧，你若走得开，就去吧。我让舒天同你联系。"

陈清业欢喜得什么似的，连道了几个好。朱怀镜又挂了刘浩电话："小刘吗？我过几天去北京，想去你们北京黑天鹅看看。"

"是吗？那可是我们黑天鹅的荣幸啊！我马上同成义联系，让他恭候您的大驾。"刘浩说。

朱怀镜道："不客气不客气。"

刘浩说："哪里是客气啊！成义后来每次同我通电话，都要说到你，他对你非常敬佩。他每次都说，只要你去北京，让我一定告诉他，他去接你。"

下班后，朱怀镜回到家里，香妹早就到家了。红玉也做好了饭菜，只是儿子还没有回来。学生看上去比大人辛苦多了，七点过了，儿子才回来，一家人便坐下来吃饭。

"明天我去北京。"朱怀镜吃着饭，说道。

"明天？"香妹嘴里衔着饭，话语含糊。

朱怀镜道:"对,明天。"

香妹就不多问了,埋头吃饭,又不时提醒儿子吃蔬菜。儿子总不做声,慢吞吞的,吃饭跟吃药似的。朱怀镜原先要出远门,总会提前几天同香妹说的。现在他不知是太忙了,还是没这个心了,总忘记先同她打招呼。

吃过晚饭,尹禹夫两口子准时来了。朱怀镜同他们招呼一声,就躲到书房里去了。坐了会儿,就听见了门铃声。又听得香妹开了门,同人客气着,并没有进来叫他。心想是香妹自己的客人,由她应付去吧。香妹进来拿东西,朱怀镜轻声说:"我就不出去了,电话我也不接了。"

朱怀镜独自吸烟,闭着眼睛静坐。开着空调,窗户紧闭着,不一会儿,屋里就烟雾缭绕了,他只好忍住不吸烟了,仍闭着眼睛。忽听得电话响了,香妹接了,喊了声"刘浩"。朱怀镜忙拿起书房的分机听筒,说:"小刘,你好。"香妹会意,在外面放下了电话。

刘浩说:"朱书记您好。我把这边工作交代了一下,想干脆跟您去一趟北京,请您批准。"

朱怀镜说:"你若还有别的事,就便去一趟也行。专门陪我去,就没有必要了。"

刘浩说:"当然是专门陪您去。"

"那就没必要,真的。"朱怀镜说。

刘浩很是恳切:"朱书记您就别那个了,我也好几个月没去北京了,正好陪您去一趟。如果我去了不方便,那就算了。"

朱怀镜只好说:"行吧,你去吧。你把这边好好安排一下,别误了生意。"

香妹送走客人,进来取了旅行箱,替男人整理行李。又埋怨他在里面抽烟,屋子像砖窑了。朱怀镜说:"我现在是尽量不让人到家里来。你也要同这些人说说,不要老是上门来,别人看着不好。每天闹哄哄的,对孩子学习也有影响。"

香妹就没好气,说:"到底是找我的人多,还是找你的人多呢?"

明天就要出差了,朱怀镜不想闹得不愉快,就不多说了。香妹整理好了男人的行李,就去洗澡。洗完了出来,不知在外面做什么,没声没响的。朱怀镜再坐了一会儿,听不见任何动静,就想香妹准是睡下了。他出去看看,客厅灯已熄了。他还没洗澡,去卧室取衣服。推门进去,听得香妹早已睡着了,发出轻微而匀和的鼾声。朱怀镜想自己马上就要去北京,香妹应叫他一块儿上床睡觉的,可她却自个儿就去睡了。他心里就怨怨的,马马虎虎洗了澡,往床上重重地一躺。香妹就被吵醒了,也没说什么,只是翻了下身,马上又响起了鼾声。

第二十四章

第二天，朱怀镜起程北上，随行的有副秘书长张在强、交通局长何乾坤以及刘浩。秘书带的是舒天。一行人先坐火车，只在车上睡了一觉，次日一早就到荆都了。陈清业早已候着了。梅次地区驻荆办事处早买好了机票，当天中午就到了北京。

在荆都机场，朱怀镜进出都走要客通道，一到北京他就感觉矮了一大截，只好随着普通旅客鱼贯而出。不过他还是空着手，从从容容地走着，行李由舒天拖着。一行六人，似乎一个独立磁场，朱怀镜便是这个磁场的核心。当这个磁场运行到出口处，远远地就见吴弘和成义在那里微笑着招手。朱怀镜也招了手，微笑着，却并没有加快脚步，仍旧从容着。直到出口处，他还是不紧不慢，等吴弘跨前一步，他才伸出双手，紧紧相握："好久不见了，老同学！"

吴弘道："真是巧，成义你们也认识。原来这地球上没几个人嘛！"

成义过来握手："我同朱书记可是一见如故啊！"

朱怀镜说："劳驾你们两位老总亲自来接，真不敢当啊！"

吴弘和成义来的都是奔驰轿车，没带司机。朱怀镜不知上哪辆好，成义善解人意，说："朱书记您看您还是坐您老同学的车吧。"

朱怀镜只道随便随便，就上了吴弘的车。"吴弘，听着成义说话，就感觉你们北京人的'您'字总像加了着重号，而且用得又频。'您'是不是也这样了'您'？我是说不来。"朱怀镜故意把"您"字说得很重，有些滑稽。

吴弘笑道："我入乡随俗吧。"

到了黑天鹅，房间早安排好了。朱怀镜住的是个大套间，有宽大的会客厅，卫生间里装有冲浪浴池，所有设备都是一流的。其他几位住的也都是单间。

朱怀镜客气道："太奢侈了吧。"

成义说："哪里啊，只怕朱书记住得不舒服。这是我们黑天鹅最好的房间了，您就将就着吧。我们自称是总统套间，其实没上那个标准。"

朱怀镜问："恕我老土，我想问问，这房间多少钱一晚？"

成义说："房价标的是一万八千八。贵了点，没什么人住。我们也不在乎这几套总统套间有没有人住，放在这里就是个档次，一般都是用来招待像您朱书记这样的尊贵客人。"

朱怀镜直道了感谢，心里却也平淡。要是回去五年，让他住这么贵的房间，他不要通宵失眠才怪。而现在再让他住普通招待所，只怕也难得入眠了。人真是富贵不得的。

稍事休息，就去用餐。吴弘说："成总，我俩说好了，我老同学他们的开销，都记在我的账上。"

成义笑道："吴总您别给我客气。您要尽同学之谊，哪天拖出去，请他撮一顿，我也跟着沾光。在我这里，我就包了。"

吴弘道："好吧，我改天吧。"

295

朱怀镜说:"两位都别太客气了,我消受不了。再说,我这几天只怕主要在外面跑,尽量少打搅两位。"

成义道:"见外了,朱书记您这么说就见外了。"

吴弘说:"怀镜我们老同学,他这人就是实在,我知道。也行,你就忙你的,需要我的时候,说一声。"

饭间无非是杯盏往来,谈笑风生。毕竟是在北京,酒风不如梅次霸蛮,朱怀镜只喝了个七分醉,很是酣畅。一行人前呼后拥,送朱怀镜去了房间。都说不打搅了,让朱书记好好休息。只有吴弘可以随便些,跟了进来,陪同他略坐片刻。

"吴弘,你可是老板越做越大啊!"朱怀镜说。

吴弘摇头表示了谦虚,说:"像我,在北京这地方,大官是做不了的。凭着在官场这些年积累的关系,做点小生意,挣点辛苦饭吃,倒还勉强。怀镜,你就不同,前途不可限量啊。"

朱怀镜叹道:"我不说你也知道。我在下面可是根基不牢啊!说白了,关键时候难得有个为我说话的人。都说官场贪污腐败成风,可我是想贪都不敢贪。别人出点事可以大事化小,小事化了。我呢?人家想整你呢?没事可能都会给你弄个事。要是真有事,就是砧板上的肉,横切竖切都由人家了。所以,老同学呀,我可是小心翼翼地要做个好官啊!"

吴弘说:"老同学说话,就不必装腔作势。我说你能这样想最好。贪些小利,最后弄个身败名裂,不值得啊!硬是想挣钱,就别往官场里混嘛,有本事自己干挣钱的事去。又想当着官风风光光的,又想把腰包弄得鼓鼓的,世界上哪有这种好事?"

朱怀镜叹道:"你是觉悟得早,又占着好码头,现在是如鱼得水。我就惨了,官是当不大的,钱就更别想赚了。有时候想呢,天底下到底是当官的少,不当官的多,有钱的少,没钱的多。也就没什么想不通的了。做好自己的事,求个心安理得吧。"

吴弘道："我想起了两个人，说不定对你有帮助。一个是李老部长，你是知道的，早年当过荆都市委书记，又是荆都人。他虽然退下来了，但要帮你早一天从副书记走上书记位置，只怕是做得到的。就有这么巧，你们荆都市委书记王莽之，是他一手提拔起来的。听说王莽之这个人水平不怎么的，倒还讲义气，对李老很尊重。一个是康达公司老总胡越昆，我的一个朋友。别看他是民间身份，却有通天之功。他的背景，深不可测。他在官商各界，都没有办不成的事，我们朋友圈里都服他的能耐。他若能对你以朋友相待，保你官运亨通。"

朱怀镜听了暗自欢喜，说："老同学毕竟是在天子脚下，交游广泛，结识了不少高人啊。找时间我们见见面，看看我有没有贵人相助的缘分。"

"好吧，我尽快同他们联系上。你就先休息吧。"吴弘说罢告辞了。

下午开始，朱怀镜就挨个儿上门拜访有关部门的领导，早有梅次驻京办事处联系好了，一切都很顺当。朱怀镜只需汇报汇报，感谢感谢，再请有关领导"密西密西"，就完事了。刘浩和陈清业不方便跟着朱怀镜跑部门汇报，也不想出去玩，天天只在宾馆睡大觉。

三天下来，该拜访的部门都去过了，该请客吃饭的也请过了。吴弘准备联系朱怀镜同李老部长见面。朱怀镜试探道："怎么个见面法？"

吴弘说："李老部长退下来后，没别的什么爱好，就喜欢收藏个古字画什么的。"

朱怀镜犯了难，说："这一时半会儿哪里找去？"

吴弘说："你别担心，我都替你想好了。你觉得行，我就叫朋友带个做古玩生意的来。我那个朋友是行家，识货。"

297

朱怀镜点头说："都由你安排了。"

吴弘便打了电话，约他的朋友带人来黑天鹅宾馆。吴弘朋友说是马上动身，只怕总得个把小时才会来的。北京的路太难走了。

吴弘说："其实北京有几位书法名家，专门替人写字送礼。事先联系，先交定金。行情是一万块钱一个字，你说好送谁，什么时候要货，完了上门取货就行了。也不用托人，也不要关系，就同去商店买东西一样。我们马上要，就来不及了。俏得很，要半个月、二十天前联系。"

朱怀镜听着也不吃惊，只是淡然道："这几位书法家不要赚死？"

吴弘摇头而笑。朱怀镜又随便问道："你这位朋友是专门搞字画鉴赏的吗？"

吴弘说："我这位朋友姓毛，是个画家，又好收藏，玩久了，眼睛就毒了。"

朱怀镜又问："有名吗？"

吴弘笑道："北京文化浪人太多了，有才气的不少，有运气的不多。我这朋友的画很不错的，只是没出名。"

说话间，门铃响了。开门一看，来的正是吴弘的画家朋友和古玩商人。稍作介绍，古玩商人便打开一个古色古香的木盒，抽出一幅古画。徐徐展开，见是元代倪瓒的《容膝斋图》。画的是远山近水，疏林空蒙，茅舍野逸。朱怀镜根本不知倪瓒是何许人也，也不懂画，半天不敢做声。吴弘说话了："我是生意人，说话俗气，朋友们别介意。今天是做买卖，不是艺术欣赏。毛先生，您替我好好看看，识个真假，看个高低。"

毛先生掏出放大镜，说："这画我早看过好多次了。先声明了，我不是权威，说真说假也只是个人看法。依我看，这幅画应是真的。这是倪瓒很有名的一幅纸本水墨画，可以代表他的风格。他的构图有独创性，像这幅画，就很能体现他的结构个性。近景是平坡，上有疏林茅舍；中景往往空白，透着清朗之气；远景多为低矮山峦，旷远无边。画的上半部又是空白，疑为长天，又似平湖。他的这种构图法影响中国画坛几百年。他的画多有题跋，词句清雅，书法俊美，可以说是诗书画三绝。倪瓒作画，多用干笔和皴搓，用笔简洁，极少着色。有时笔墨并不透入纸背，却绝不纤弱单薄。还有，他的画中都没有人物，多为岸石坡渚，空旷寂寞，明净淡雅，清气逼人。"

朱怀镜问："我想请教毛先生，你可以同我说说倪瓒这个人吗？"

毛先生说："倪瓒是元代无锡人，家中很富有。他自小才华横溢，诗词书画俱佳，仕途却很不顺。他佛道兼修，性情温雅，清逸脱俗。中年以后，散尽家财，携家人隐遁江湖。"

吴弘倒抽了口气，自嘲道："唉，不像我们这种俗人，还削尖了脑袋往钱眼里钻。"

毛先生说："倪瓒的画质和人品很得后朝文人们推崇。明清两代，江南大户都以家中是否藏有倪瓒的画以区分雅俗。"

吴弘说："根据你的鉴定，这幅画是真的了？"

毛先生说："我只说自己意见，不打包票，不做中人。我还得告诉你们，一般都以为这幅画的真品藏在台北故宫博物院。如果这幅画是真品，台湾那幅就是赝品了。"

听毛先生这么一说，朱怀镜就望了望吴弘，委婉道："这就叫人没把握了。"

毛先生说："这不奇怪，罗浮宫里还有赝品哩！"

朱怀镜问："毛先生，我想请教，古玩鉴定，有没有科技手段？"

毛先生说:"当然有。不过一般情况下,还是靠鉴赏者的个人修养。同一件古玩,放在两位等量级的鉴赏大师面前,结论也有可能完全相反。出现这种情况,官司就没法打了。"

朱怀镜心里更加没底了,问吴弘:"你说呢?"

吴弘说:"看看价格吧。"

古玩商一直没有开言,这回他说话了:"是真是假,得听行家的,我说了不算。可这幅画的来历我是知道的。"他便跟说书似的,噼里啪啦说了起来。无非是说谁谁爷爷的爷爷原在宫里当差,后来发了家,怎么的就弄到了这幅画。后人派生出几脉,每代都会为这幅画发生争执,好几次差点儿弄出人命,可见这画的珍贵。说得有鼻子有眼的,很是传奇。

朱怀镜笑道:"刚才毛先生说的我不懂,你说的我可懂了。街上摆摊子卖狗皮膏药的,多是七岁上了峨眉山,八岁进了少林寺,只因生性顽劣,没学得几手好拳脚,只偷得师傅膏药一贴。不敢说悬壶济世,但求个养家糊口。而一个鼻烟壶,一个痰盂钵,必是宫里出来的,谁谁祖上原是宫里大太监,在老佛爷跟前行走,这些个劳什子,都是老佛爷高兴了赏的。只是不清楚清朝太监都有嫡嫡亲亲的后代,那会儿并没有克隆技术。"

古玩商生气了,说:"先生您这么说,我就没话了。就像我存心蒙你似的。毛先生是我朋友,也是吴先生的朋友。真蒙了您,毛先生跟吴先生就不要见面了不成?"

吴弘打圆场,说:"这些都是玩笑话,不说了。你出个价吧,说个实数。"

古玩商打了个手势,嘴巴却闭得天紧。吴弘摇摇头,说:"太贵了。"

古玩商也摇摇头,然后又打个手势。吴弘说:"说实话,我相信毛先生,但这幅画到底能值多少,我也不知道。你说到底值多少？你当然不会说，但你知道，你心里有底。我这朋友是真心想要，但得有个承受能力。价格合适，买得下，就买了；吃不了，你就只好另寻下家了。你的这个价格还是高了。"

古玩商又做个手势，终于开口了："这是最低价了。"

吴弘说："你稍等，容我俩商量一下。"

吴弘同朱怀镜去了里面卧室。"你说呢？"吴弘问。

朱怀镜说："我不懂行情，根本不知贵贱。"

吴弘说："我不懂真假，但古画的行情略知一二。如果是真画，这个价格就太合算了。我们都是外行，又要得急，就没有别的办法了。不管是真是假，你只说这个数目你没问题吗？"

朱怀镜说："不是太多，没问题。我是出不起的，只好请陈清业帮忙了。"

两人出来，吴弘再次压价，将尾数去掉了。古玩商直摇头，像是吃了很大的亏，又哭笑不得的样子，直说吴总太精明了，生意场上必定驰骋江湖无敌手。吴弘便玩笑道："你是得便宜讲便宜啊。再怎么说，你拿到的是钱，我朋友拿到的是纸啊。"

下午，吴弘带着朱怀镜见李老。陈清业想跟着去见识见识，朱怀镜也就让他上了车。吴弘驾车，上了长安街，在西单附近的一个口子边拐进胡同里，钻了几圈，停了下来。

吴弘说："车就停在这里，舒天和陈老板就在这里等等吧。"

朱怀镜回头望望陈清业，不经意间流露出一丝儿难为情的意思。陈清业使劲儿点头笑，不在乎的样子。车里只剩下两个人了，陈清业禁不住叹了一口气。

舒天不知个中文章，就问："陈哥这几天好累吧？"

陈清业忙掩饰道："没有啊，我在空调车里坐久了，就困。"

两人坐在车里等着，无话找话。陈清业总想叹气，便放声说笑。舒天总在想象部长家里是个什么样子，笑是笑着，却并不在意陈清业说了些什么。

吴弘领着朱怀镜,朝胡同口走了不远,就在一个四合院前停了下来。吴弘按了门铃,半天才听得里面有人应了。门开了条缝儿,是位小姑娘,笑道:"吴总,您来了?"说着就开了门。

吴弘说:"小李你好。老爷子好吗?"

"很好,很好。前天有人给老人家送了双绣花鞋,才这么长。"小姑娘拿手比划着,"好漂亮的,老人家可喜欢哩,整日价拿着玩,只说好。"

院子中间有棵大树,亭亭如盖。这是北方的树,朱怀镜不认得。院子四周放着好几个大铁架子,上面摆的都是些石雕。吴弘说:"都是李老多年收藏的。"

"爷爷,吴总来了。"小姑娘上前推开正房的门,叫道。

朱怀镜轻声问:"李老孙女儿?"

吴弘说:"李老乡下远房的,论辈分,叫他爷爷。"

听得里面应了声,吴弘就领着朱怀镜进去了。"李老,您好,好久没来看您了。"吴弘忙上去握了李老的手。看上去这是李老的书房。

李老是位精瘦的老人,看上去还健旺。他放下手中的三寸金莲,说:"这位就是小朱?"

朱怀镜忙上前握手,说:"李老您好,专门来看望您老。"

吴弘先把玩一下李老桌上的绣花鞋,赞叹一声,才详细说起朱怀镜。李老又抓起了三寸金莲,用放大镜照了照,抬头说:"莽之的部下,肯定不错的,强将手下无弱兵嘛。"

朱怀镜便说:"王书记很关心我。"

吴弘同李老天南地北扯了起来,就当朱怀镜不在场似的。朱怀镜心里窘,脸上却总微笑着。吴弘同李老有时大声说话,抚掌而笑;有时压着嗓子,语意也隐晦。他们说到一些人和事,朱怀镜都很陌生。他就不知自己哪些话该听，什么时候该附和着笑。他便似笑非笑的样子，不经意地打量着书房。窗前是个大书桌，很古旧，只怕也是文物级的。左壁是书柜，书塞得满满的。右壁是博古架，摆满了各色古玩。一些字画随意挂在书架和博古架上，没了装饰效果，书房倒像是古玩店了。朱怀镜瞟了眼那些字画，有古人的，有时人的。正对面的书架上是"危行言孙"四个字，朱怀镜琢磨了半天，不明白是什么意思。条幅的上方有密密的题款，看不清楚。下方隐隐看清了"就教于李老部长"一行小字。再想看清落款，字又太草了，根本认不得，不知是当今哪位名家的字。

这时，吴弘从包里拿出那个红木盒子，说："李老，你别怪我。我不让小朱讲客气，他非说初次拜访您，一定要表示个心意，就弄了幅字画，说是倪瓒的真迹，我们都是外行，又不懂。反正不论真假，都是小朱的心意……"

吴弘话没说完，李老早把手中的绣花鞋放下了，双手接过了盒子。老爷子走到窗前，又开了灯，将画徐徐展开。这时，一位老太太微笑着进来了。吴弘忙叫："董姨您好，这是小朱。"朱怀镜猜她必是李老夫人了，忙上前握手道好。董姨同他握了手，又摇摇手，指指李老。李老正低着头，拿着放大镜瞄来瞄去。大家就屏息静气，望着李老的秃顶。

好半天，李老直起了腰，反手捶捶背，说："依我的见识，不敢认定是真迹，但也是真假难辨。好啊好啊，小朱，谢谢你，谢谢你。老婆子，你叫妹子弄饭菜，我们要喝酒。"

李老很有兴致，叫小李搬了沙发，放在院中的树荫下，说是三个人到外面去聊天。朱怀镜说想欣赏一下李老收藏的石雕，长长见识。李老自然高兴，便指着那些石狮子、石菩萨、石门墩什么的，一一说出来历。朱怀镜点头道好，却暗自想，这些玩意儿，没一件抵得上马山乡下的那块"杏林仙隐"石雕。

都看过了，就坐下来说话。李老只是谈古玩，论收藏，不再说半句王莽之，聊了好一会儿，饭菜才弄好。却只是三菜一汤，简单得很。酒却是上等洋酒，朱怀镜也没喝过的，叫不上名儿。董姨不让李老喝酒，总是在一旁说他。李老只是嘿嘿笑，不时开玩笑，说："对领导，有时也要脸皮厚些。她说她的，我喝我的。"

董姨佯作生气，说："你什么时候把我当领导了？"

饭没怎么吃，酒也没怎么喝，只是话说了不少。也多是李老说，谈笑风生的样子。吴弘和朱怀镜总是点头而笑。吃完了饭，李老握了朱怀镜的手，说："小朱，感谢你啊。这幅画说不定是我的镇堂之宝啊。"

时间不早了，吴弘就说："李老，您和董姨就好好休息。我改天再来看望您二老。"

李老握着朱怀镜的手，说："小朱，好好干吧。我会给莽之同志打个电话。你还年轻，前途无量。"

上了车，朱怀镜说："李老真是个实在人。"

吴弘把车子发动了，说："是的。每次我去，他都要留我吃饭。也都是这样，让小李炒几个菜，陪我喝几杯。菜简单，酒却都是上好的洋酒。"

朱怀镜说："李老只怕没多少文化吧？对古字画却很内行啊。"

吴弘说："这就叫见多识广嘛。不过说实在的，你我都是外行，听他说起来就头头是道了。他的收藏是否有赝品也未可知。"

朱怀镜笑道："哪怕就是有赝品，别人也不好当面点破。我说呀，这幅《容膝斋图》，说不定就是冒牌货。"

"不一定吧。你不听毛先生说，世界著名藏馆里也有赝品哩，台湾那幅才是假的也不一定。难得李老高兴啊,说这幅画盖过了他所有藏画,是镇堂之宝了。"吴弘说。

朱怀镜回头说:"两个小伙子还饿着肚子哩。"

陈清业忙说:"没事哩,又不饿。"

"是啊,不饿。"舒天也说。

吴弘笑道:"饿也是为革命而饿。好吧,找个地方,好好犒劳两位小老弟吧。"

朱怀镜又说:"今天李老很高兴。"

吴弘说:"是,很高兴。"

"李老的夫人董姨很开朗啊。"朱怀镜说。

吴弘应道:"对对,开朗开朗。怀镜,你回去时就在荆都停一下,找找他。李老说打电话,一定会打的。李老的话,他绝对听。"

朱怀镜点头道:"我去一下。"

舒天和陈清业不知他俩说了些什么,只觉云里雾里。吴弘将车开到全聚德:"怀镜,我俩也一起吃点儿吧。我看你酒是喝了几杯,也没吃什么东西。我是酒都不敢多喝,要开车。"

四人找座位坐下。吴弘去点菜去了,朱怀镜便朝陈清业点点头,什么话也没说,陈清业会意而笑。舒天就像看哑剧,却没看出什么意思,也傻傻地笑了。

朱怀镜突然想起李老书房那几个字了,就说:"舒天,你是学中文的,危行言孙,是什么意思?"

舒天瞪了半天眼睛,没有反应过来,便问:"哪几个字?"

朱怀镜说:"危险的危,行为的行,言语的言,孙悟空的孙。"

舒天这才听明白了,拍拍脑袋说:"对对对,想起来了。这是《论语》里面的,原话是:'邦有道,危言危行;邦无道,危行言孙。'孙'字念'逊',意思也是'逊'。意思大概是说,如果天下太平,你就正直地做事,正直地说话;如果天下大乱,你行为仍可正直些,说话就得小心谨慎了。"

朱怀镜"哦"了一声,就不说什么了。心想李老家里怎么挂着这么几个字?是不是别有深意?不知李老是有意为之,还是并不懂得这几个字的意思。舒天的手机突然响了,他打开一听,只说了声"袁专员你好",就把手机递给了朱怀镜。原来是袁之峰打来的。"朱书记,向您简单汇报一下,招标工作今天顺利结束了。人和建筑集团中标。"

"辛苦你了,之峰同志。"朱怀镜满脸是笑,好像他相信自己的笑容远在千里之外的袁之峰能看得见。

袁之峰说:"告诉您朱书记,这次招标,大家认为是最公正合理的,没有谁能挑出半点儿毛病。这都是您把关把得好啊。"

"哪里哪里,是你的功劳嘛!"朱怀镜摇摇手,似乎袁之峰就坐在他对面。两人在电话里再客气几句,就挂断了。

菜上来了,服务小姐细声介绍着烤鸭的吃法。倒是周到得很,只是让所有的顾客都觉得自己是土包子进城。朱怀镜先举了杯,说:"两位老弟辛苦了,干了这杯吧。"然后朱怀镜单独敬了陈清业两杯酒,吴弘便说他礼贤下士。

陈清业感激不尽的样子,说:"朱书记向来关心我哩!"

吴弘和朱怀镜你一句我一句,总说李老如何如何,又重复李老说过的一些话。其实会晤了三个多小时,李老并没有说过多少太有意思的话。老爷子关心的只是他的字画、石雕和绣花鞋。可是叫他俩事后重温一下,意义就丰富了。两人又老是隔着一层说,舒天和陈清业听得云里雾里,那李老在他们心目中,更是神仙般的人物了。

回到黑天鹅,张在强和何乾坤都到朱怀镜房间里来坐坐。半天没见到朱怀镜了,他俩都觉得该来坐坐。看上去他俩都笑嘻嘻的,却有种说不出的味道,会不经意从他们的眉目间溜到脸上来。那是一种说不清是失落感还是别的什么感觉的东西。朱怀镜将两位正处级干部晾在宾馆,却只带了舒天和陈清业出去,他们怎么也想不通的。退一万步讲,带上舒天还说得过去,秘书嘛!凭什么就带了陈清业而不带地委副秘书长和交通局长呢?谈笑间,朱怀镜感觉出些名堂来了,却只字不提今天下午的活动,只道:"打扑克吧?"

听说打扑克,大伙儿都过来了,客气一番,便是朱怀镜同张在强、何乾坤、刘浩四人上场,吴弘、成义、舒天、陈清业四人看热闹,朱怀镜叫他们四人也开一桌,吴弘说我们看看吧。舒天是巴不得看看牌算了,他口袋里可没多少钱。牌直打到深夜三点多,又下去消了夜,这才各自回房睡觉。

吴弘过来同朱怀镜道别:"明天上午,你有兴趣的话,我带你去怀柔,看野长城,吃红鳟鱼。下午赶回来,我们同胡总见见面,吃顿晚饭。"

朱怀镜道:"行吧,听你安排。只是太麻烦你了,天天都让你三更半夜才回家。红鳟鱼倒是吃过,很不错。野长城是怎么个说法?"

吴弘笑道:"北京人的习惯叫法,就是那些没经人工修复过的长城遗址。因为山势走向迂回曲折,从北京往北走,随处可见长城遗址。我了解你的性情,想必有兴趣去看的。"

朱怀镜果然觉得有意思,欣然道:"好好,去看看吧。"

第二十五章

吴弘带了两辆车,早就在宾馆大厅里候着了。已约好了时间,朱怀镜他们准时下楼。成义也说去玩玩,难得朱书记来北京一次。朱怀镜有些过意不去,问怕不怕误了正经事。成义笑道:"没事的,哪有那么多正经事让我去误。"朱怀镜也就笑了起来,说:"你的事自然都是大事。只是用不着成天钉在那里。成天待在办公室的,就不是老板,是马仔了。"说得大家都笑了。

成义也去了辆车。三辆车慢慢出城,上了高速公路,奔怀柔而去。朱怀镜同舒天仍是坐吴弘的车,见沿路很多富康、捷达和奥拓驶过,朱怀镜便问:"这些都是私家车吧?北京私家车好像很多啊。"

吴弘说:"北京私家车大概六十多万辆,超过很多省会城市车辆总数。"

朱怀镜说:"北京人收入要高些吧。顺口溜总说,到北京才知道自己官小,到深圳才知道自己钱少,到海南才知道自己身体不好。其实,真正赚大钱的,还是在北京。个中奥妙,自不待言。"

吴弘说："是这么回事。南方小老板多，北京大老板多。北京这地方，真正是藏龙卧虎啊。不过说到私家车，主要还是消费观念问题。广州人喜欢买房，北京人喜欢买车，上海人总算计买车同打的哪样合算。"

朱怀镜笑道："上海人的确精明。我当年旅行结婚，去上海。在火车上，正好碰上一对上海夫妇。这对上海夫妇眼尖，一看就知道我们是旅行结婚的，热情得不得了。告诉我们，去上海后，可以买些糖回去请客，但是要动点心眼。有种糖一斤有九十五颗，有种糖一斤有一百零一颗，有种糖一斤就只有八十三颗。他们交代我一定要买颗数多的，回去请客散得开些。还一一替我开了清单，写出糖的牌子和厂家。还说，称好之后，要数一数，颗数不对，肯定少了秤。还告诉我住哪几家旅社最经济，条件也不算太差。又说哪些地方喜欢宰外地人，通常都是怎么个宰法，要我们千万小心。同我整整说了两个多小时。"

吴弘笑道："上海人精打细算，有经济头脑，其实是文明的表现。只是有时候太过火了，就不近人情了。有回我接待了两位上海客户，就很有意思。我仍是荆都人的性格，豪爽好客，请他们吃饭，还自己开车带他们去八达岭看长城。两位上海朋友坐在后座上，用上海话叽里咕噜讲了足足五十分钟，就是商量是不是请我一顿饭。他们以为我听不懂上海话，其实我全听明白了。他们说吴总这么客气，还是回请一下吧。他俩是两个不同公司的，就考虑费用两家分摊。费用怎么个分摊法，又提出了几套方案。一个说你负责酒水，我负责饭菜；一个说酒水没个底，有些高档酒贵得不得了，再说你喝酒我又不喝酒，最好不要太劝酒，喝几瓶啤酒就行了，就算每人喝十瓶啤酒，也花不了多少钱，十瓶啤酒，撑死他。钱还是看总共花了多少，再分摊吧。我在心里暗笑，同上海朋友打交道多年了，从来还没见他们请我吃顿饭，今天总算盼到了，有啤酒喝也好，自己小心些，也撑不死的。没想到，这两位朋友左商量，右商量，最后决定还是不请算了，麻烦。他们差不多用了一个小时，得出这么个结论，我实在忍不住了，大笑了起来，我的上海朋友顿时红了脸，知道我听清他们的话了。我只得掩饰，说自己想起个好玩的段子来了。两位上海朋友这才相视而笑，得意自己上海话可以瞒天过海。"

舒天说："我上大学时，同寝室就有位上海人。我们打了交道之后，都知道上海人把你的我的分得很清，谁也不动他的东西。有回寝室八位同学凑份子下馆子，完了算账，这位老兄说什么也要少给五块钱。他说他的食量本来就小，加上今天感冒了胃口不好，吃得最少。从此以后，我们寝室搞活动，再也不敢请他参加了。最有意思的是他买了瓶墨水放在桌面上，大家不注意，有时急了也不分你我，用了他的墨水。他也不说，等墨水用完之后，他挨个儿收钱。我们都傻了眼，只好每人给了他两角钱。英雄牌墨水，一块四角钱一瓶，每人合一角七分五。他也决不多要，四舍五入，收每人一角八，硬是给每人找回两分钱。刚毕业，玩得好的同学还通过几封信。我给同寝室的所有同学都写封信，大家都回了信。只有这位上海同学回了张明信片，上面只写了一句话，我心想这上海人真是小气。可是话又说回来，这几年，只这位上海同学每逢元旦节都会寄张明信片过来问候。当然明信片是他们公司统一印制的，等于替他们公司发广告资料。"

朱怀镜大笑了起来，说："今天我们是开上海人的批斗会了。不要再说上海人了，人家要是知道了，会找我们算账的。"

下了高速公路，汽车在山谷间行驶。山势较缓，不像南方大山那么陡峭；山上也不怎么长树，北方的生态太脆弱了。谷底有小溪流过，水量不大，自然不会淙淙有声。却见很多城里的轿车奔这里而来。在朱怀镜看来，这里的景象多少有些苍凉意味的，却是北京人眼中的山野风光了。

吴弘望着窗外，说："怀镜，你看见长城了吗？"

朱怀镜和舒天都朝窗外看，果然遥见烽火台、城堞沿着山尖和山脊蜿蜒，或隐或现，或存或毁。舒天倒抽了口气，摇头不止，说："真是不可想象。"

吴弘笑道："我是生意人，就想修这长城得花多少钱？如果当年也是现在这种风气，修长城得富了多少包工头？又得多少朝廷命官吃了红包倒下去？又会出现多少豆腐渣工程？怀镜，你见了长城第一感觉是什么？"

朱怀镜长叹一声："我想到了权力的神秘力量。手中握有至高无上的权杖，一声令下，移山填海都能做到，何况修筑万里长城。舒天，你呢？你的第一感觉是什么？"

舒天不曾说话，先摇头笑了起来。"我感觉真不好意思说，有些迂。望着这废毁得差不多了的长城，我忍不住就倒抽几口凉气。荡气回肠，就是这种感觉吧。苍凉、孤独、无奈等等说不清的情绪都奔到心头来了，鼻腔就有些发酸，几乎想哭。"

朱怀镜笑而不语。吴弘叹道："不奇怪，舒天。倒回去二十年，我和你们朱书记可能都会有你这种感觉。可是到了中年，人就像披上了铠甲，刀枪不入了。进入暮年，人的精神、情感又会返老还童，变得多愁善感。有些人年轻时也许做过很多坏事，老了就慈祥了。"

朱怀镜说："吴弘，我们这么随意扯谈，也蛮有意思，甚至有些哲学味了。由长城，又说到人了。舒天，这叫什么？是不是叫意识流？还是叫无主题变奏？吴弘说的让我想起有个退下来的老同志。自己在台上时，也许并不比谁好到哪里去；如今赋闲了，就一身正气了，成天骂这个不正派，那个是浑蛋。"

说话间，就到了一家餐馆前，泊了车，大家下车四顾，都说是个好地方，餐馆简陋，就像古典小说里常写到的那种鸡毛野店。小溪正好从餐馆门前淌过，截溪为池，池内尽是尺把长的红鳟鱼。老板是位年轻先生，笑嘻嘻地出来了，敬烟待客，同吴弘很熟的样子。吴弘问大伙："是不是先点了菜，有兴趣的就跟我上山看看长城，再下来吃饭？"大家都抬了头，见那长城断断续续，逶迤曲折，起于山巅，没入深谷。见朱怀镜很有兴致，大家就都说去看看野长城，一定别是一番意趣。吴弘就点了菜，说好开饭时间，带了大家去爬长城。

朱怀镜问："这里农民一定很富裕吧，开这么个店子，一定很赚钱的。"

吴弘就笑了笑，说："我们朱书记群众观点就是好，总想着老百姓。告诉你吧，普通农民，轮不到他们来开这餐馆。别看这个店子，其貌不扬，也是有根底的。你没有进去看，里面墙上挂的是这位老板同北京大人物的合影。"

朱怀镜问："这位老板原来不是农民？"

吴弘说："他原是北京某部里的干部，混得不错的。不干了，自己到这山沟里开餐馆。拿我们荆都话说，几年下来，赚肿了。"

朱怀镜说："沿路很多餐馆，就没有一家是普通老百姓开的？"

吴弘笑道："我也没有调查，不过我去过的地方，一打听，都不是一般人物。"

朱怀镜苦笑了一下，摇头不语。闲扯着到了山脚下。山势很陡，几乎没有路。有人不想爬了，但碍着朱怀镜的面子，只好硬着头皮上山。山上没什么树，只有些低矮的灌木和荆棘。手没处攀援，只得双手着地。靠山脚的长城早就毁得不见影子了。半山腰才有些残砖乱石。可爬得没几步，一个个早大汗淋漓了。满山松软的碎石，大家偏偏都穿着皮鞋，爬起来很吃力。朱怀镜笑道:"吴弘,你今天可为我们找了个好差事。"吴弘却爬得最快,脸不红,气不喘。他回头说:"怎么回事?你们这么不经事?尤其是舒天,你最年轻啊!"

朱怀镜终于爬到了城墙上,吴弘坐在那里等他。朱怀镜也坐了下来,说:"要喘口气了,快不行了。"

吴弘说:"怀镜,你平时不注意锻炼吧?我们都是四十多岁的人了,身体开始走下坡路了,一定要注意锻炼。"

朱怀镜说:"锻炼什么?早晨起来跑步坚持不了。"

吴弘说:"你要转变观念了,多参加些消费型体育锻炼,比方游泳、打保龄球、打网球等。只想着晨跑这条路,如果坚持不下来,就不锻炼了,这不行。我坚持每天游泳,每周打一次保龄球,一次网球。"

朱怀镜喘着气说:"吴弘啊,你不了解基层啊。我原来在荆都,还常常打保龄球、打网球。到梅次就不行了。屁眼大个地方,我朱某人走到哪里别人都认得。我去打保龄球,哪家球馆都不好收我的钱。就算我自己掏钱,也没人相信。弄不了多久,我只怕就会落下个外号,叫保龄书记。叫久了,就会被简称保书记。人们就听成宝书记。宝书记什么意思,你知道的,就是傻书记。我若真这样,的确就是傻书记了。"

"那你只有眼睁睁望着自己的肚子一天天大起来?"吴弘笑着,凑过来耳语,"还有个办法,就是找个情人,可以消耗脂肪。"

朱怀镜摇头大笑。其他几位本已跟上来了,见朱、吴二人又是耳语,又是神秘地大笑,就收住脚步,远远地望着他俩,也都笑着。只有成义可以少些顾忌,只停了一脚,仍追了上来。便总是朱、吴、成三人走在前面,舒天他们有意掉后一些。张在强和何乾坤走在最后,笑着笑着,脸上都有些说不清的意思。来北京几天，朱怀镜只是公务活动带上他俩，其他时候都把他们冷落了。

城墙沿着陡坡向上走，砖石多松动了。朱怀镜便回头叫大家小心，一脚一脚踩稳了。吴弘又想照顾着朱怀镜一块儿上，又忍不住要表现他的健壮。他便爬上几步，又回头拉朱怀镜。朱怀镜偏不让他拉，硬要自己爬。老同学在一起了，暗暗地争强好胜。成义爬得不是很吃力，毕竟年轻些。他不紧不慢地爬，嘴上说着小心，却也不好意思拉谁，只是客气地笑。

好不容易到了第一座烽火台，朱怀镜喘得不行了，心脏跳得受不了。"怀镜，你一定要锻炼啊。"吴弘说。朱怀镜苦笑着，摇着头，半天答不上话。头顶太阳正烈，好在风很凉爽，也不觉得太热。站了会儿，气匀了，朱怀镜才笑道："今天才知道自己老了。"

成义忙说："朱书记怎么就说老了，你正年富力强啊！"

吴弘说："怀镜，你说到老的感觉，我最近也是越来越强烈。倒不是说身体怎么的了。四十多岁的人了，生命处在巅峰期，自然就开始往下滑。眼看着老之将至了。我们在生意场上，就得硬邦邦的，来不得半点婆婆妈妈，或者儿女情长。可如今，钱虽赚得不多，怎么花也够了。就开始惶恐了。最近我晚上老是失眠，尽想些哈姆雷特的问题。"

"生，或者死，是个问题。"成义笑得有些顽皮。

朱怀镜却睁大了眼睛，说："吴弘，你莫不是真这么傻吧？"

吴弘摇头而笑，说："我当然不会这么傻，只是想想，有些形而上的意思。见多了一些人和事，很多东西就不相信了。怀疑的东西多了，最后就开始怀疑自己。做官的拼命做官，赚钱的拼命赚钱，都是为了什么？"

朱怀镜叹道："是啊，看看这长城，当年费尽多少人的血汗？

帝王们把它做自家院墙，是要永保家业的。结果呢？家业保住了吗？什么万世尊荣，什么千秋功业，什么永固江山，都是昙花朝露啊。所以啊，想想人间的纷争，名利场上的争斗，多没有意思。"

三位一时都不说话，抬眼望着蛇行而上的长城。长城往西龙游而去，遁入白云深处。朱怀镜拍城墙上的青砖，恍惚间觉得长城是个活物，它的尾尖正在西北大漠里迎着狂风颤动。"吴弘，我刚才琢磨到舒天说的那种感觉了，鼻子里有些发酸。这种时候，最能体会陈子昂登幽州台的感觉。"朱怀镜笑得有些腼腆。

吴弘就调侃道："怀镜，陈子昂感叹自己孤独，是前不见古人，后不见来者，千古唯他一人。你怀镜大概也是此类。"

这时，舒天他们上来了。舒天听了吴弘的话，就说："弘哥，你是故意挖苦我们朱书记吧？陈子昂说的不是你这个意思。当时陈子昂是随军参谋，献出的计策没有被上司采纳，结果吃了败仗。他的意思是，古时候重用贤才的人肯定有，但他无缘见到；今后重用贤才的人肯定也会有，他也无缘见着。他说的'念天地之悠悠'，中间'天地'两个字说的是时空，或说是宇宙。时空如此浩渺无边，而他陈子昂偏生不逢时，自然会'怆然而涕下'了。"

成义望望朱怀镜，说："朱书记，你的秘书可选准了，水平真高啊。"

朱怀镜笑笑，很赞赏的样子。舒天谦虚了几句，又说："陈子昂这种感叹，其实是中国知识分子的一个千年不散的心结。每个年代的知识分子，都会感叹自己生不逢时。当然，春风得意的人什么时候都会有，但在总体上知识分子都是生不逢时的。这是中国历史的惯常状况。中国什么时候出现过治平之世？什么这个之治，那个之治，都是史学家们做的文章。"

吴弘说:"老弟这几句话我倒深有感触。中国人什么时候都在等,都在挨。心想只要挨过这一段,就会好的。"

朱怀镜笑道:"舒天越说越学问了,吴弘越说越沉重了。不说这些了。还爬不爬?不爬就下山去。"

大家看出了朱怀镜的意思,都说不爬了,人也累了,时间也不早了。不从原路返回,另外寻了条小径下山。下山更不好走,几乎是手足并用滑下来的。

如此一番,大家胃口都格外好。成义学着梁山好汉,直说饿了饿了,嘴里都淡出鸟来了。红鳟鱼的味道更显鲜美了。喝的是冰镇啤酒,痛快淋漓。

第二十六章

回到宾馆，约五点钟的样子。都是一身臭汗，进房就洗澡。朱怀镜刚洗完，吴弘来电话说："怀镜，我的意思，就只你、成义、刘浩和我几个人去算了。"

朱怀镜明白吴弘的意思，去的人不能太杂了。但他怕让刘浩去了，却不让陈清业去，摆不平关系，便说："行吧。不过要调整一个人。刘浩就不去了，舒天去。"

吴弘却不完全明白他的意思，调侃道："那也对啊，你这么大的书记，怎能不带着秘书走呢？"

五点半钟的样子，吴弘同成义一道来接朱怀镜。舒天已在朱怀镜那里等着了。路上七拐八拐半个小时，到了个叫鱼翅宴的地方。一位穿红旗袍的小姐过来轻声招呼："吴总好，成总好。胡总已到了。"这些话朱怀镜都只是隐约听到，不太真切。习惯了梅次那边服务小姐的高声吆喝，这会儿便觉得听力不行了。

小姐轻轻敲了包厢门，推开了。一位瘦高个儿站了起来。吴弘介绍道："这位是胡总，胡越昆先生。这位是我的老同学朱书记，朱怀镜先生。"等他俩握了手，坐下了，吴弘再介绍了成义和舒天。

小姐过来点菜。胡越昆说:"客人点吧,客人点吧。"

朱怀镜摇手笑道:"点菜是个辛苦事,我就躲懒算了。"

胡越昆便道:"那我就随便点了。"

吴弘说:"没几个人。简单点吧。"

一会儿就开始上菜了。先是几道炒菜,青是青,白是白,通通泛着亮光。都是勾了芡的,只是不见半点儿辣椒星子。朱怀镜吃不惯这种菜,早没胃口了。却只道:"菜做得好漂亮。"

胡越昆忙说:"对了,只怕是中看不中吃。没辣椒啊!小姐,你们这里有辣椒菜吗?"

不等小姐搭腔,朱怀镜抬手道:"算了算了,你们这里就算有辣椒,也是甜的。我什么都吃,只是不吃亏。当然,在朋友面前,吃亏也就吃了。"

胡越昆已举起了酒杯,停在了半空中,说:"朱书记,您这话说到我心里去了。我这人也就这脾气,在朋友面前,该吃点亏就吃点亏。来,干了这一杯吧。"

朱怀镜干了杯,说:"吴弘同我说过,说您胡总够朋友。我的交友原则是两句话:广结善缘,凡事随缘。今天一见面,您胡总果然是位豪爽的兄弟。我俩真是有缘了。通常是东道主酒过三巡之后我们才能说话的,现在我就喧宾夺主,先敬您一杯。"

胡越昆举了杯,说:"不敢当,不敢当。我跟您说朱书记,您这位老同学吴弘,可不像您,他可是牛皮哄哄,傲气十足,一般人他是瞧不起的。但反过来说,凡是他看重的朋友,肯定够水平,够档次。来,同饮吧。"

吴弘笑道:"胡总这么一说,我吴弘整个儿就是个势利眼了。"

胡越昆哈哈大笑,说:"不不不不!当然按你的说法,这叫读好书,交高人。"

朱怀镜说:"胡总你也别谦虚,你可真算是高人哪!"

胡越昆又是大笑,说:"朱书记,幸好我一位兄弟不在这里,不然他会说您在骂他哩。"

朱怀镜问:"我怎么就骂了您兄弟了?"

胡越昆道:"我有位兄弟,脑瓜子活得不得了,做生意精得很,就是文化水平不高。老把'商人'写作'高人'。我就老开他玩笑,叫他高人。也只有我敢这么叫他,别人可没这个待遇。"

朱怀镜觉得幽默,却不便笑得太过了,只道:"您这位兄弟可就真是高人了。按古人说法,人有生而知之,学而知之,困而知之。您那位兄弟文化不高,却是商业奇才,就说明他的聪明是天生的,不是后天学来的。大聪明是天生的,靠读书读不来。正是苏轼说的,书到今生读已迟。您那位高人兄弟,了不起啊!"

胡越昆道:"好啊,我哪天把您这个评价告诉他,他会非常高兴的。来来,喝酒喝酒,一块儿干一杯吧。"

朱怀镜再次举杯,说:"各位老总,胡总、成总、吴总,你们的商业理念代表中国商界的方向,令我敬重。来,我借花献佛,敬你们一杯。"

胡越昆笑道:"哪有您朱书记说的那么意义重大?我们啊,不过就是个商人。只要别说我们无商不奸就得了。"

朱怀镜信口道:"我望文生义,以为商人商人,就是要商量着做人。生意只要大家商量着做,自然会赚钱。"

胡越昆马上将酒杯换到左手,腾出右手同朱怀镜握了手,说:"朱书记可是妙语惊人啊!您说出了生意的真谛。钱是赚不完的,更不要指望一个人把天下钱都赚尽了。所以啊,凡事商量着办,自己赚点儿,也让别人赚点儿,生意就好做了。痛快痛快,这酒我干了。"

干了杯，成义道："朱书记的观念总是出新。就像他们梅次，一般人的印象中就是闭塞和落后，而朱书记却可以从中发现现代经济中许多缺失了的宝贵东西，比如信誉等等。他把这种民俗的、文化的东西，看成是一种经济资源，令我耳目一新。我说，现在就是朱书记这样的领导太少了。"

朱怀镜玩笑道："成总给我戴高帽子了。"

说话间，一位厨师带着一位服务员进来了，现做鱼翅。厨师的动作有板有眼，却也夸张，就像演话剧。兴许这就是饮食文化吧。只一会儿，鱼翅就端上来了。朱怀镜吃着鱼翅，想起了一个笑话。有回在荆都，一位老板请朱怀镜吃饭，也上了鱼翅。吃得差不多了，东道主客气道："看还要上个什么菜？"朱怀镜说："不必了。都吃饱了。"没承想，跟着朱怀镜去的一位部门领导说："别的都不要了，就刚才吃的那粉丝味道还不错，再添一碗吧。"偏偏此公年纪最大，这种场面，连朱怀镜都不好点破他，只是望着东道主笑笑。结果，每人再上一碗鱼翅。吃完饭后，上了车，朱怀镜问那位老同志："你知道那粉丝多少钱一碗吗？"老同志说："粉丝能贵到哪里去？就算这是豪华饭店，十五块钱一碗顶天了。"车上人都笑了起来。朱怀镜说："同志哥哎，那粉丝可是三百八十块钱一碗啊！"

朱怀镜忍不住笑了起来，就说了这故事。胡越昆听罢笑道："这事我也碰上过，人家说是豆芽菜。"

朱怀镜说："不过说句真心话，胡总太客气了，其实不必这么破费。我这胃啊，粗糙，吃这鱼翅，感觉还不如我在荆都吃四块钱一碗的红烧牛肉面。"

胡越昆道："朱书记实在，我下次去您那里，您就请我吃牛肉面吧。"

成义插话道："胡总您真去梅次，哪有牛肉面给您吃？朱书记客气得不得了。那地方啊，民风就是好，热情好客。"

朱怀镜谦虚道："落后地区嘛，什么都没有，就只剩个热情好客了。"

成义道："朱书记就是这个观点，把民风当做经济资源看待。"他转头望着舒天："那天舒天也在场，你是听他系统阐述过的。我建议，你们秘书班子要把朱书记这个想法理论化，公开发表。"

舒天来不及搭腔，吴弘调侃道："成总不该当企业老总，应该去梅次当秘书长。我相信中国的许多思想、理论，就是这么形成的。比方哪位领导随口说，我们一要吃饭，二要建设啊。马上就有人附和说，这是多么高深的经济理论啊。对不起，对不起怀镜，我不是说你啊，我这是借题发挥。"

朱怀镜朗声笑道："你说我也没什么啊！在座只有你知道我的老底子，也就最有资格说我。再说，就是说了我，这也是夸我啊！中国有几个人能做到放个屁都是香的？"

今天大家在场面上只是说说笑笑，正经话没说一句。只是握手道别时，胡越昆说："朱书记，今天真是幸会了啊！今后，要是有用得着我胡老弟的地方，您昐咐一声就是了。"

朱怀镜道："需要麻烦您的地方，我不会客气的。很希望胡先生有机会去我们那里考察一下，说不定也能发财啊！"

胡越昆大笑道："这话我爱听！官场上的人都习惯说，欢迎去我们那里支援我们经济建设。对不起，我们是商人，我们是去赚钱的，如果支援了你们经济建设，那也只是客观效果。如果只是欢迎我们去支援经济建设，我才没那个兴趣。我又不是志愿军。"

朱怀镜点头道："对啊！我们做招商工作一定要同你们做老板的在思维上找到一个共同的契合点，不然都是一相情愿，效果不会好。"

吴弘道:"看来您二位是难舍难分了,站着说话都说了半天了。"

朱怀镜回头说:"对不起,冷落我们吴总了。好好,今天就辛苦胡总了,感谢感谢!"

大家再次一一握手。上了车,吴弘说:"看来怀镜你同胡总真是有缘。他这人在场面上有礼有节,骨子里傲得很。今天你看,他对你可是至真至诚。我也见过有些老板,说话间总把一些大人物的名字挂在嘴上,好像他天天在中南海走亲戚。胡越昆就不同,他底子硬得很,却从不显山显水。"

朱怀镜问:"胡越昆是个什么背景?"

车上不太方便,吴弘隐晦着点了几句,朱怀镜会意,直在心里喊了了啦。暗自想道:胡越昆这样的朋友,早结识几年,自己只怕也不是这个样子了。荆都市有两位副市长、一位副书记,就是他朱怀镜这个年龄。再略略一忖,他若要做到省市级领导,就算顺顺当当,也还得四五年。也就是说,至少要在一两年之内当上地委书记,在地委书记位置上至少也得干三到四年。那时也就五十出头了。还得环环紧扣,稍有耽误,就只得在地市级份上退休了。如此一想,朱怀镜几乎有些惶恐起来。

回到宾馆,陈清业和刘浩过来聊天。"下午上哪里玩去了?"朱怀镜随口问道。

刘浩说:"我同清业上街瞎逛,正巧碰上金庸先生签名售书。我俩凑热闹,每人买了一套金庸全集,精装本的,很漂亮。"

"是吗?拿来看看。"朱怀镜很有兴致。

陈、刘二人都站了起来,争着去取书。最后还是陈清业过去取了书来。书有一大摞,套在精致的纸盒里。打开一看,朱怀镜眉开眼笑,说:"你们怎么不多买几套呢?难得碰上金先生签名售书啊。人家这么大年纪了，又这么大名气，谁给你签名售书啊。"

陈清业说："没想到朱书记也喜欢。您就拿着吧。"

朱怀镜忙摇手，说："那哪成呢？我不能夺人之爱啊。"

陈清业说："不怕朱书记批评，我是不太看书的。不像刘浩，是个儒商。您就拿着吧。"

朱怀镜道了谢，就笑纳了。陈、刘二位闲扯会儿就走了，朱怀镜抽出本《笑傲江湖》，躺在床上翻了起来。他从没看过武侠小说，本没什么兴趣。不料看上几页，竟看出些味道来了。不知不觉，就看了个通宵。他有种奇怪的感觉，发现金庸的武侠小说，写的就是人间万象，而且尤其像写官场。天亮了，书还没有看完。朱怀镜猜想，凭岳不群的手腕，一定会成就武林霸业。但看样子金庸的小说路子很传统，最后只怕还是会惩恶扬善。朱怀镜便猜想岳不群总不会善终，说不准会死在令狐冲的剑下。只是生活哪像小说这么单纯？

第二十七章

北京的事情办好后，朱怀镜没有马上回梅次，在荆都住了下来。依吴弘嘱咐，他要去拜访市委书记王莽之。朱怀镜只让舒天留着，叫其他人先回去了。刘浩本想留下来，朱怀镜让他走了算了。他是个聪明人。知道朱怀镜如此安排必有深意，就不多说了。陈清业正好要去照顾一下梅次的装修工程，也一道过去。

朱怀镜下榻天元大酒店，荆都最老的五星级宾馆。地区本来专门下过文件，规定地直单位工作人员凡是到荆都出差，原则上必须入住驻荆办事处，否则住宿费不予报销。可地委、行署领导还没谁住过办事处。办事处只有招待所，条件太简陋了。

朱怀镜还从没单独拜访过王莽之。不管他原来当着财政厅副厅长，还是现在就任地委副书记，都还没这个格。他同王莽之的秘书李元也只有几面之缘，不过是认识而已。朱怀镜不能像平时那样让舒天先挂通电话，自己再去接。他亲自拨了李元的电话："李处长，你好。我是朱怀镜。我刚从北京回来，汇报高速公路的事。定下来了，对对，定下来了。感谢你的关心啊！我有些事情想向王书记汇报一下，有个十来分钟就行了。你看能安排得过来吗？"

李元沉吟道:"王书记刚从你们梅次回来,这几天的工作安排得满满的。我看这样,我先向王书记汇报一下,你开着手机,等我电话好吗?"

朱怀镜忙说:"好的好的,麻烦你了李处长。"

通完电话,朱怀镜禁不住有些心跳。他不知这一等将是多久。等得再久,也是不方便催促的。朱怀镜坐在沙发里抽烟,却恨不得在房间里蹦来蹦去。没想到李元马上就回了电话:"朱书记吗?王书记这会儿正在参加一个外事活动,没空同你通话。他请你中午一点半到他办公室去。他会在那里等你。"

"那不耽误了王书记休息吗?"朱怀镜说。

李元说:"王书记就是这样,他说,你们从基层来一趟不容易。没事的,他常这样,惯了,你按时来就是了。"

看看时间,已是十一点三十分了。他想一定是李老部长打过电话了,不然王书记哪会这么快就安排他汇报?他叫过舒天,吩咐道:"你马上叫办事处派个车,我们出去吃顿便饭。中午有事哩。"

没几分钟,办事处主任陈大强亲自驾车过来了。朱怀镜一再说简单些,陈大强却不敢马虎。请示道:"朱书记,我们找个地方吃海鲜怎么样?"

陈大强早把各位领导的脾胃摸透了,知道朱怀镜就喜欢吃海鲜。"行吧。不过要快,也不要叫多了菜。"朱怀镜只是看表,不想再为吃饭白耽误时间。

到了家叫蓬莱阁的海鲜楼,陈大强让服务小姐请经理过来。经理出来,老远就笑嘻嘻地拱手,说陈老板你来了。陈大强便有些不好意思,看看朱怀镜。朱怀镜做了个眼色,陈大强就不敢介绍了,只问:"吴经理,生意很好啊!我们还有急事,点几个菜就行了,只是要快。"

325

点完菜，陈大强说去洗手间，却在过道里碰上酒店经理，说了几句什么。那经理就朝这边看。朱怀镜避过目光，只当没看见。

没有喝酒，饭便吃得很快。不到半个小时，朱怀镜就放下碗筷抹嘴巴了。谁也不敢再拖拉，都说吃饱了。陈大强叫着买单，服务小姐却过来说："先生您好，我们老板请客了。"

"那就谢谢你们吴经理了。"陈大强笑笑，忍不住望望朱怀镜，面有得意之色。其实朱怀镜心里早明白八九分了。这陈大强有意显显神通，好让朱怀镜高看他些。陈大强任办事处主任快五年了，虽说是个正处级，但毕竟是个车前马后的差事，早就想调回去任个县委书记什么的。可这人总在这些小聪明上误了自己。地委领导见面都拍着肩膀表扬他，说他这个主任当得很称职，但就是不调他回梅次去。

车到市委大院，不到一点钟。朱怀镜让师傅将车停在离常委办公楼百把米远的树荫下。坐上几分钟，朱怀镜就困了。他连续两个晚上都在看《笑傲江湖》，一看就是通宵。舒天见朱怀镜懒洋洋的，忙说："朱书记您闭上眼睛养养神吧，我们盯着王书记的车。几号车陈主任知道吗？"

陈大强也说："是啊，朱书记你休息一下吧，还有将近个把小时哩。王书记是99号车，一辆黑色皇冠。"便再也没人说话，怕吵着了朱怀镜。

朱怀镜累是累了，却也睡不着，只是闭目养神而已。刚才舒天问起王莽之的车号，朱怀镜其实是知道的，却不说。荆都高层干部都忌谈这个车号，只有很知心的朋友才私下里拿它开开玩笑。原来99在荆都不是个吉利数字。九九要归八十一，这是荆都骂人的话，意思是说人坏事做多了，总有报应。说来也巧，好几位用过这个车号的领导，都没得善终，不是因腐败倒了台，就是患上不治之症。这王莽之是外地人，不懂荆都风俗，要了这车号，还只说这个数字好。他也许是想北京紫禁城里的台阶都是九级吧！别人便在一旁看热闹。那些拍马屁的有心想点破，也不太敢说。

一辆小车挨身而过，朱怀镜立马睁开眼睛。正是王莽之的99号座车。车到常委楼前停下，王莽之戴了顶藏青色礼帽，慢悠悠钻了出来。站岗的武警战士"嚓"地立正，敬礼，道："首长好！"隔得远，朱怀镜他们听不清战士的问好声。不过朱怀镜很熟悉这些战士的问好。因为语速太快了，问好声便含混不清，听着便是一声吆喝了。被问好的首长是一律不回礼的，只顾昂首前行。这会儿的王莽之便是如此，缓步迈上台阶。常委楼前的台阶，朱怀镜几年前就无意间数过的，不是九级，是八级。大概创意就是"发"吧。省市级领导暂时没能达到"九"的至尊境界，得通过"发"才可能实现。

这时，突然间见一个乡下人模样的中年男子蹿上前去，拦住王莽之，问了句什么。王莽之微笑着，抬手往外指了指，上完最后一级台阶，扭头进去了。

朱怀镜说："舒天跟我去吧，小陈你在这里等一下。"

朱怀镜领着舒天往里走，迎面碰上那位乡下人。"请问领导，刚才那位是王莽之书记吗？"乡下人问。

朱怀镜装糊涂："哪位？我没看见。"

乡下人像是自言自语，说："电视里看着王书记高大些，比刚才进去这位要高出一头。电视里面的人同真人不一样，可能是我看错了。"

朱怀镜嘿嘿一笑，不好说什么，进去了。

一敲门，李元应道请进。推开门，李元忙伸出双手迎过来了，拿嘴努了下里面。听得王莽之在里面叫道："怀镜吗？请进请进。"

李元过去推开里间的门，请朱怀镜进去。"王书记。您好您

327

好，让您中午也休息不成。"朱怀镜连连拱手。

王莽之站起来握手，说："你从北京风尘仆仆赶回来，比我辛苦啊。李老身体好吗？"

朱怀镜欠身回道："李老很精神，还能喝酒哩。董姨不太让他老喝，他那天很高兴，说非得陪小朱喝几杯。"

王莽之很感叹的样子，说："李老就是这样，很赏识能干的年轻人。高兴了，就不管自己的身体了。"

朱怀镜听着，便当王莽之是借着李老说他能干了。官能做到朱怀镜这个份儿上，能干是自然的，纯粹一个草包，再怎么提携你也是枉然。但你是不是能干，同领导说不说你能干，却是两码事。朱怀镜一脸幸福的表情，说："李老说起您王书记啊，话就没个完。他说自己革命几十年，培养过不少干部，最叫他自豪的就是您王书记。"

王莽之笑道："哪里啊，总算不辜负他老人家的栽培吧。对李老，我是非常尊重的。他的确是值得尊重的老领导啊！"

朱怀镜说："知道您要去梅次视察，我原本想留下来向您汇报的。临时缪明同志让我去北京。梅次工作还很欠缺，王书记多批评。"

王莽之笑道："不错嘛。这次虽说是农业产业化会议，看的典型却是农村组织建设的成果。是你分管的啊。不错不错。看着农民群众日子一天天好了，我就感到欣慰。马山经验，很不错的。"

这时，李元倒了茶进来。王莽之叫道："小李，你陪这位……小舒？对，你陪小舒在外面聊聊天吧。"

朱怀镜顿时就有了种受宠的感觉，似乎自己顷刻间就同王莽之亲近了。果然，王莽之说了些通常情形下不可能说的话："怀镜，最近缪明同志和陆天一同志好像有些不协调？"

朱怀镜不好怎么说,只道:"您王书记都知道了,也许吧。"

王莽之说:"怀镜,你在中间要做好润滑剂啊!我们要像爱护眼睛一样维护团结。团结出战斗力,团结出政绩,团结出干部。缪明同志和陆天一同志,都是组织上非常信任的好干部。只不过,缪明同志夫子气重些,陆天一同志性子急些。都没有原则性分歧嘛,要搞好团结。最近《荆都日报》登了篇文章,宣传你们梅次地委班子团结一心,真抓实干的经验。我看很好。这是主流嘛。"

"是啊,我也是这么看的。我会尽可能做些化解工作,反正一条,不能因班子的不团结,影响了经济工作。"见王莽之只是泛泛而谈,朱怀镜也只好讲些套话。不过,看上去王莽之对缪、陆二人是一碗水端平,却隐约叫人感觉他更看重陆天一。

王莽之打了个哈哈,说:"怀镜,我的消息可是灵通得很啊。这篇文章是你策划的,我知道。说明你是维护地委团结的。用心良苦啊!"

朱怀镜笑道:"王书记英明。不过这么细节的问题,您是怎么知道的?"

"崔力是个跳蚤。"王莽之说。

朱怀镜不明白王莽之说的"跳蚤"是什么意思。是说崔力人很活跃,还是损他?不过可以确信,那篇文章的缘起,王莽之是从崔力那里知道的。崔力连王莽之这里都要来串串,难怪他平时吹起牛皮来天响。不过,懂得套路的人,并不会因此就对他刮目相待,而只会说这人脸皮厚。凭崔力的身份,如果脸皮不厚,是很难同市委书记接触的。市委书记同你小记者之间,可以说隔着千山万水啊!你跑到他跟前去,想讨个好脸色,说这说那,点头哈腰,可是他能正眼望你一下,就是你的福分了。

"怀镜,看来,梅次班子在搭配上还是有考虑不周的地方。

你在班子里的分量很重，拜托你多做些工作。"王莽之说。

王莽之这些话，本是云遮雾罩。但朱怀镜自己是管干部的，就不难理解了。朱怀镜心跳加剧，猜想王莽之只怕会尽快重用他了。"王书记，我一定好好协助缪明同志和陆天一同志工作，不辜负您的信任。"朱怀镜的双腿，本是一只弯着，一只半伸着的。这会儿他说话间，双腿立马都曲成了九十度角，双手也平放在膝盖上，就像受过严格训练的黄埔生。

王莽之说："我发现你理论水平也不错。上次你关于企业领导班子建设那篇文章，我是认真拜读了的啊！"

朱怀镜忙说："王书记这么说我就紧张了。我们在下面接触实际工作，现实情况逼得我们不得不思考一些问题。您却那么重视，作了重要批示。"

王莽之取下帽子把玩着，像是离开了这个话题，只道："我信任你。"听上去莫名其妙，有些蒙太奇的意思。

"谢谢王书记的信任，"朱怀镜又随意说道，"好漂亮的帽子。"这就更加蒙太奇了。

王莽之笑道："你喜欢？就送给你吧。"

朱怀镜忙摇手："岂敢岂敢！"

王莽之说："不客气嘛。不过送顶旧帽子给你，也不像话。我柜子里还有顶新的，你拿去戴吧。"

王莽之说着就要起身，朱怀镜忙止住了他，说："王书记如此关心，我情愿要这顶旧的，意义更非同寻常。"

王莽之便双手递过帽子，很是高兴。朱怀镜也伸出双手，恭谨地接了，戴在头上。王莽之点头微笑着，说："很好嘛！那里有镜子，你去照照！"

朱怀镜过去一照镜子，发现并不好看。他头大脸长，戴上帽子，头就拉得更长了，就像竖放着的大冬瓜。却道："对对，很好。还不在于我戴着好不好看，这是王书记送的帽子，意义就重大了。"

王莽之颔首而笑，目光几乎有些慈祥。朱怀镜就戴着帽子，再也没有取下。他这才将此次北京之行汇报了一下，很扼要。王莽之听罢，也只是讲了个原则："好啊。一定要保证质量，如期完工。"

时间差不多了，朱怀镜说："王书记，那我就告辞了？耽误王书记休息了。"

王莽之站起来，紧紧握着朱怀镜的手，又使劲拍拍他的肩，很关切的样子："好好干吧。"

出了常委楼，见武警战士正同那个乡下人在推推搡搡。朱怀镜只顾昂头往外走，只当没看见。听得那乡下人喊着："他妈的，明明是王莽之，他自己还不承认！老人家讲古，还讲大丈夫坐不改名，行不改姓哩！我就是要见他，好不容易花了钱，才进得这里来的！"只听见那乡下人哎哟一声，再不言语了。

朱怀镜见舒天一言不发，也不回头张望，很是欣赏。他这会儿心情好极了，没什么事能败了兴致。临别时，王莽之叫他"好好干吧"，短短四个字，分量太重了。其实只有三个字"好好干"，"吧"字不过是个语气词，可以忽略。不不不，实质上只有两个字，就是"好"和"干"。大领导的话，不在于多，而在于分量。讲得轻，落得重。汽车里放着音乐，朱怀镜忍不住要跟着哼哼。才哼上几句，马上就停下来了。真是少年心性，太易得意了。这会儿他不想回宾馆去，只想找个地方好好待一下。所谓喜出望外，就是这个意思吧！他想起了荆山寺，不如去那里转转？立即就打了圆真大师手机。不巧，圆真正在北京，参加全国佛协的会议。圆真在电话里只顾道歉，说下次一定好好陪朱书记。挂完电话，朱怀镜便没了游山雅兴，仍回宾馆去了。人一兴奋，再困也睡不着。朱怀镜便又躺在床上看《笑傲江湖》。

晚上,朱怀镜去辞访范东阳。他同范东阳工作联系密切,随意走走,很是自然。事先约了的,范东阳的夫人开了门,说:"老范在书房哩。"说着就引朱怀镜和舒天进去了。范东阳正在作画,抬头招呼道:"怀镜你先请坐啊。"

朱怀镜忙说:"范部长你画你的。我正想看看哩。不影响你吗?"

范东阳笑道:"影响什么?随意画画,只当练气功。"见画面上,近处枣树成荫,农舍掩映,中部云烟浩渺,远处平林漠漠。范东阳手中夹着三支笔,不时颠来倒去,在画面上点点抹抹。又歪着头左看右看一番,放下那三支笔,另外换了支笔,在上端空白处题道:夏访马山,过枣林村,枣花飘香,蜂飞蝶舞,宛在仙境。

朱怀镜拍手道:"太漂亮了。范部长,你答应送我画的,我不如就要这幅了。"

范东阳摇头笑道:"随意画的,没怎么用心思,哪敢送人啊。"

朱怀镜说:"范部长你也忙,我要见你也难。我就要这幅了。"

范东阳笑着说声"这个怀镜呀",便提笔补题道:怀镜同志留念。

朱怀镜啧啧不绝,说:"中国水墨画真是太妙了,一支毛笔,可造万千气象。"

范东阳问道:"怀镜其实懂画?你是谦虚吧。"

朱怀镜说:"真的不懂,不过以前同画家朋友交往过。"

范东阳微微点头,说道:"水墨画,神就神在墨上。墨分五色,干黑浓淡湿。古人称之为五墨。墨可代替一切颜色,古人说运墨而五色具矣，说的就是这个道理。阴阳明暗、凹凸远近、苍翠秀润、动静巨微，尽在五墨之妙。"

朱怀镜若有所悟的样子，说："我细细领会范部长说的，就不光是作画的道理了。我想这其实体现了中国一种重要的传统哲学，即道法自然。"

范东阳看来很有兴趣，望着朱怀镜，希望他讲下去。朱怀镜便又说："所谓五墨，干黑浓淡湿，可以理解为事物的自然情状。那么五墨运用自如，就是参悟了自然。我也讲不明白，只是有这么种体会。而且我想，人间百态，无非五墨。只怕做人做事，也要学会五墨自如。这也是辩证法吧。范部长，你今天又给我上了一课啊。"

范东阳欢然道："怀镜啊，是你给我上了一课哩。你是心有灵犀，一点即通啊。"

两人继续谈书论画，很是相投。朱怀镜便想起从前交往过的画家李明溪了，却始终没有提及他的名字。范东阳算不上真正画坛人物，不一定就知道李明溪，若是说起来就突兀了。夫人进来倒茶，范东阳便说去客厅坐吧。来到客厅，见茶几上放着个大纸盒子，范东阳眼睛圆了，说："怀镜你这是搞什么名堂嘛。"

朱怀镜笑道："范部长真是的，你还不了解我？我敢在你面前乱来吗？是套精装的金庸全集。都知道你范部长是个金学家，金庸作品你都有，不稀罕。我们在北京正巧遇着金先生签名售书，就给你买了一套，你收藏吧。"

范东阳这下就高兴了，打开纸盒，拿了几本书出来，把玩良久。他便大侃《射雕英雄传》《天龙八部》《神雕侠侣》之类。朱怀镜就连《笑傲江湖》都来不及看完，怕说多了露出马脚，唯有点头而已。时间不早了，范东阳谈兴未尽，却也只好作罢了。同朱怀镜最后握手时，范东阳说："怀镜，这次会议才开过几天，

333

我们就收到举报信了,说马山经验是虚假典型。梅次复杂啊。"

朱怀镜很生气,说:"有人就是唯恐天下不乱。马山的参观现场,我事先自己去看过的,怎么能说是假典型?请范部长放心,我们一定会把马山的工作做得更好。这么说,你送我这幅画,意义就更不一样了。我会找荆都最好的裱画师裱好,挂在我办公室里。"

第二十八章

朱怀镜从荆都回来，下了火车，正是上午九点多钟。周克林亲自到车站迎接，握着朱怀镜的手，使劲儿摇，说："朱书记辛苦了。"朱怀镜笑道："哪里，你们辛苦。缪书记在家吗？"周克林说："缪书记不在家，到基层搞调研去了。"朱怀镜"哦"了一声，笑了笑，没说什么，就上了车。他想缪明带着秘书下去跑几天，回来又可以写篇文章了。缪明这辈子只怕也会著作等身的。车进了地委大院，他不忙着回家，叫杨冲径直送他去了办公室。

周克林随他进了办公室，说："朱书记，那个神秘的洪鉴，前天又捐款了，这次是十万。昨天报纸发了消息，您看。"

朱怀镜很是吃惊，拿起报纸看了起来。周克林察觉到他的异样，也没起什么疑心，只是觉得奇怪，就说："朱书记，您……您看这中间有什么问题吗？"

朱怀镜笑道："我发现不了什么问题，只要是出钱做好事，总是好的。"他说罢又低头看报。报道的题目弄得玄乎："千面洪鉴，扑朔迷离——神秘的好心人再次捐款十万元"。

……这次露面的洪鉴,是位令人尊敬的夫人。她也戴着墨镜,将太阳帽压得很低。银行服务人员说,这位夫人始终没说一句话,只是埋头填写单据……

　　不用多想,这位夫人肯定是香妹。朱怀镜怕香妹误事,心里就有火。

　　周克林还没走,他也不好表露。随意扯了几句,朱怀镜突然想起范东阳送的画,就问:"克林,梅次裱画店哪里最好?"

　　周克林白了半天眼睛,才说:"这个我倒想不起。我打听一下。"

　　朱怀镜从包里取出范东阳的画,说:"范部长送的。你拿去,找梅次最好的裱画店裱好。"打开一看,皱皱巴巴的,很是不堪。范东阳的画本来就不怎么样,就连周克林都一时找不到奉承话说了,只把头左偏右偏,想看清上面的题词。

　　朱怀镜便说:"范部长的字和画,都很有水平的,是上档次的艺术品。你别看这画皱成这个样子了,一裱出来,效果就不一样了。"

　　朱怀镜定了调子,周克林就说话了:"对对,这画好漂亮。细细一看,还真像马山县的枣林树。"

　　朱怀镜听着就有些哭笑不得。周克林突然脸色沉重起来,措辞也谨慎,说:"朱书记,向您报告一事。这次全市农业产业化会议代表来我区参观指导,反映都很不错。市里领导也充分肯定了我们的成绩。但是,会议刚一结束,怪话就出来了。地委几个头儿都收到了一封匿名信,说马山是假典型。怎么回事呢?总有人唯恐天下不乱,硬是要制造麻烦。所以,我向地委建议,要在全区干部群众中间开展一场进一步统一思想的大教育。我们要把统一作为一种旗号,无论在什么问题上,只要是地委定了的,只要是有利全局工作的,就要强调统一。特别是干部,不能对上面决定了的事说三道四。"

这时,舒天进来,送来几封群众来信,中间就有周克林说的那封匿名信。朱怀镜也不表态,只说:"知道了。"周克林点头笑笑,出去了。朱怀镜打开信看了几行,脸色凝重起来。这其实是份传单,题目很有火药味:"劳民伤财欺上瞒下——马山县委、县政府弄虚作假令人发指"。

…………

一、"美居工程"成了"白色恐怖"。为了制造群众生活水平大大改善的假象,县委、县政府一声令下,要求参观现场沿线的群众都要将房子外墙贴上白瓷砖,说这叫"美居工程"。为此,政府给每户补贴八百元。因为时间太紧,经费也有限,离公路远些的房子就用石灰浆刷成白色。现在,上面参观完了,戏也演完了,有的乡政府就重新作出决定,要求每家每户偿还政府补贴的八百元钱。群众负担本来就重,还要强行收回原先补贴的钱,这是什么道理?现在公路沿线农村一片白色,看起来很漂亮,却是群众的一块心病。老百姓气愤地说:这哪是"美居工程"?简直是"白色恐怖"!

二、"专业枣市"实为"海市蜃楼"。会议期间,县委、县政府费尽心机,布置了一个专业枣市,号称什么"枣子一条街",其实是天大的笑话。哪有什么枣子一条街?每逢枣子成熟季节,外地做枣子生意的老板,都是开着卡车进村收购。更可笑的是,上面来人参观的时候,枣子已快过季,乡下已没有多少枣子了。政府就花钱四处搜罗,好不容易收购了几百斤枣子。参观那天,政府安排一些村里的党员和干部扮成卖枣子的农民,乡政府干部就扮成外地商人,装模作样地讨价还价。为了掩盖假象，他们苦心孤诣，不让参观人员下车，只让车队从市场慢慢开过去。只要有人下车，马上就会露馅。原来，箩筐里面都是空的，只是罩在箩筐上的筛子里堆了十几斤枣子。

三、"产品陈列"原是"偷天换日"。马山县的枣子加工根本上不了档次，生产的枣子蜜饯又黑又硬，不堪入口。为了讨上级领导欢心，他们将外地生产的名牌枣子蜜饯、枣子罐头等枣子系列产品改头换面，假充马山产品，供上级领导参观……

朱怀镜看罢，手禁不住抖了起来。他相信检举信里说到的桩桩件件，都是真实的。如今还有什么怪事不让人相信呢？想想电视里披露过的那些荒唐事，就没什么不能相信的了。某地耗费巨资，将水泥里掺上绿色，铺满整整几个山头，为的是应付上级绿化检查。某地农村改了厕所后，不让老百姓拉屎撒尿，得让上级领导视察完了才准使用。

又被余明吾和尹正东耍了一次。他又能拿他们怎么样呢？这可是范东阳树起来的典型，王莽之也大加赞赏的，他朱怀镜自己也在中间插过手。他再如何气愤，也只能打落牙往肚里吞。信中总共列了十条，措辞激烈，甚至尖酸刻薄。看样子这封检举信是熟悉情况的干部写的，这人只怕不太得志。这位干部的年龄也许在四十岁以上，因为文章有"文革"遗风，处处带刺，动辄十条。朱怀镜心情很坏。讨厌余明吾和尹正东，也讨厌检举信的语气。他不能对这封检举信作任何批示，哐的一声锁进了抽屉里。

朱怀镜中午没有回去，陪市计委主任吃饭。下午下了班才回到家里，香妹接过他的包，笑笑说："听说你上午就回来了？"朱怀镜"哦"了一声，没说什么，只问琪琪回来了没有，他知道琪琪不会这么早回来的，无话找话。

饭菜弄好了，要等琪琪回来才开饭。朱怀镜独自坐在书房里抽烟，心情不佳。回到梅次，先是知道香妹擅作主张捐款，马上又看到那封讨厌的检举信。他忍住先不问香妹，看她自己怎么说。如果她闭口不说，等睡觉时再去问她。

快七点钟了，门铃响了。一开门，琪琪低头进来了。朱怀镜笑道："琪琪，爸爸回来了，你不叫爸爸？"

琪琪瓮声瓮气喊了声"爸爸"。朱怀镜应了声，玩笑道："我儿子是金口玉言。难得自己叫声爸爸啊。"

吃饭的时候，朱怀镜老想逗着儿子说话，儿子却没声没气。香妹就望望朱怀镜，撮嘴巴做眼色，要他别老说儿子了。香妹总忌着儿子，生怕儿子不高兴。朱怀镜便感觉一种酸酸的东西从鼻孔里往上冲，只想长长地舒口气。又不想让香妹和儿子觉察到他的情绪，便将身子往后一靠，镇定了几秒钟，忍住了叹息。他有些伤感，他拿儿子没有任何办法。

吃过晚饭，尹禹夫两口子就来了。朱怀镜同他打声招呼，就躲到书房里去了。不断听得有人打电话来，香妹接了，都说怀镜他不在家，你打他手机吧。他便想自己才回来，香妹不想有人来打搅吧。

香妹破天荒地泡了杯牛奶送进来。朱怀镜觉得奇怪，忍不住笑了起来，说："我老婆突然贤惠起来了，我都不习惯了。"

香妹噘了下嘴巴，也笑道："你是贱吧？人家对你好，你还讲风凉话。"

朱怀镜想起个笑话，便说："我有个朋友，他两口子生活过得很有情调。他回到家里，只要看见茶几上泡着杯牛奶，就知道今晚有功课了。起初还觉得很甜蜜，心想老婆这么体贴，又晓风月。哪知他老婆的瘾越来越大，后来每天回家，他都看见茶几上泡着杯牛奶。好恐怖啊。终于有一天,他受不住了,拔脚就往外跑,说,老婆,我们单位今晚通宵加班。"

香妹笑着说:"你们男人,就是没用。没女人,你们过不得;女人稍微厉害些,你们又喊受不了。你们只希望天下女人都为你们准备着,你们招招手,她们就来了;你们挥挥手,她们就去了。"

虽是玩笑话,朱怀镜听着也不太舒服。并不是香妹这些话有什么不中听,而是她身上散发着某种叫人不畅快的东西。香妹原是很顺从的,不知受了什么蛊惑,她现在总是拗着他。

朱怀镜喝着牛奶,太甜了。却忍住不说,毕竟香妹好久没有泡牛奶给他喝了。香妹进门出门好几次,忙个不停,没有坐下来。朱怀镜仍是克制着,不问她捐款的事。

很晚了,香妹穿了睡衣进来,说:"你该洗澡了。"看她这装扮,知道尹禹夫两口子早就走了。他便去洗澡。见香妹已替他拿好了睡衣,他心里又软软的。洗澡出来,见香妹已斜躺在床头了,翻着本杂志。灯光柔和,香妹头发蓬松,很有几分娇媚。可他一上床,香妹就啪地熄了灯,打了一个长长的哈欠。刚才在他心里慢慢升腾、弥漫的那种温润,顷刻间冷却了,凝固成一团凉凉的、硬硬的东西,哽在胸口。

没过多久,就听到香妹轻微的鼾声了。朱怀镜几乎有些难过,长吁短叹。他发现自己越来越怪了,好像并不在乎香妹心里有没有他,却又计较她的一笑一颦。他想自己四十多岁的人了,又是这么个没法浪漫的职业,生活早已现实得只剩下些很简单的元素了。可是,自己就像晒干了的果脯,空气一湿润总会返潮。

他忍不住碰了碰香妹,说:"问你个事。"

香妹哼了声,转过身子,没醒。"问你个事。"朱怀镜又碰了碰她。

香妹蒙眬醒来，迷迷糊糊地说："怎么你还没睡？我都做梦了。跟你说，我梦见……"

见香妹没事似的同他说梦，他更加烦了，打断她的话头，说："梦就别说了吧，说说真事儿。你去捐了款？怎么不同我说一声呢？"

香妹的话被他堵回去了，没好气。挨了好一会儿，她才说："同你说声，就不要捐了？硬要留着那位甜美的女士和那位漂亮的女孩去捐？这事也让你不高兴，我不明白。"

朱怀镜说："你别想得太复杂好不好？我只是考虑你不是一般身份，让人认出来了不好。现在梅次的情况很麻烦，你不知道。如果正常些，我为什么不理直气壮地拒贿？也可以明着将钱上交纪委啊。暂时不能这么做，我才出此下策。虽是下策，就目前情形看，又是上策。我说，你还是不要干预我这些事，由我自己处理。"

香妹不答话，背朝他躺着。朱怀镜也不再说什么，想着自己面临的许多棘手事情，心里说不出的灰。他以为香妹早睡着了，却突然听她冷冷地说："好吧，再不管你的事了。"

第二十九章

中秋节一天天临近了。可离过节还有十来天,就开始有人上门拜节。他不能将他们拒之门外,应酬起来又实在头痛。不胜其烦,干脆家也不回了,天天躲在黑天鹅。不过他在不在家,那些拜节的人也并不在乎,香只烧到庙里就行了。再说,香妹已不是一般的家庭主妇,他们一份人情,既拜了地委副书记,又拜了财政局副局长,太合算了。香妹说她也有些受不了,但只好在家里敌着。朱怀镜有时打电话回去,香妹总是埋怨他躲在外面清闲。他总听香妹这么埋怨,便听出些异样来:这女人其实很满足这种天天有人打扰的日子。这也许就很可怕了。就像有些人一天到晚皱着眉头,说忙死了忙死了,其实是在向人炫耀他的成功。没本事的人才一天到晚闲着哩!

陈清业专程从荆都赶过来拜节。关系毕竟不一般,朱怀镜就在黑天鹅请他吃了饭。朱怀镜怪他不该老远赶过来,太见外了。就是要拜节,打个电话就行了。这可是最文明的拜节方式啊。

陈清业笑得很憨厚,说:"那哪行呢?不能偷工减料啊!"

朱怀镜大笑道:"你做工程要是这样就好了。"

陈清业忙说："朱书记你知道，我陈清业做事，都来得去得的。凡我做的工程，没有谁在质量上说过半个不字。"

朱怀镜说："那就好。钱嘛，别想着一次就赚足了。要有眼光，从长计议。"

陈清业点头称是，又像是随意地问道："朱书记，梅次卷烟厂的高厂长是你的同学？"

朱怀镜明白他的意思，便不绕弯子了，说："清业，你很讲义气，够朋友。我就很欣赏你这些。不过，这次烟厂的工程，你就不要沾边了。我建议，你还是干老本行，搞室内装修。若有合适的装修工程，我可以替你说说话。搞室内装修，没那么显眼，同样赚钱。"

陈清业点头不止，说："朱书记说的是。搞装修，钱还赚得轻松些。听说第二招待所要装修，改成宾馆？"

朱怀镜说："对，有这事。改名叫梅城宾馆。才研究过，估计还没有包出去。你自己先联系一下，我同有关同志说说吧。"

陈清业喜笑颜开，忙举杯敬酒。干了杯，朱怀镜说："清业，我同你把话说直了。个别关键人物，你看着办。你若是根毛不拔，最后却包到了工程，就奇怪了。人家会以为你把我朱某一个人喂饱了。我这里呢，话先说到前头，你若要见外，给我送这个送那个，我就不认你这个老弟了。我还要保着这顶官帽子，多为百姓干些事情哩。"

陈清业说："我哪敢啊！说实话，这么多年，你一直关心我，我总想表示一下心意，就是怕你骂我。你看，就连给你拜个节，还要挨骂。"

临别，朱怀镜交代说："具体是副秘书长冯源管这个事，你找找他吧。你也不必打我的牌子。"

第二天，冯源正好有事到朱怀镜那里汇报。朱怀镜谈了几点意见之后，随意提道："梅城宾馆装修的事，怎么样了？"

冯源回道："正在研究装修方案，马上就请设计人员出图纸。"

朱怀镜说："我们梅次宾馆行业总体水平不高，接待水平也就上不去。二所基础不错，在装修上下下功夫，设备再完善一下，再在管理上作些努力，是可以上档次的。我看，装修的基点要高些。主要是两条：一是设计要好，二是装修队伍要好。"

冯源应道："我一定记住朱书记指示。我看如果朱书记有空的话，我会把情况随时向您汇报。"

朱怀镜仰头一笑，说："给你出出点子吧。"

从这以后，冯源三天两头就梅城宾馆的事找朱怀镜汇报。一来二去，冯源就觉得朱怀镜对他非常关心，几乎有些飘飘然了。正式决定装修队伍的前一天，冯源找朱怀镜汇报："朱书记，目前可选择的装修公司大概十多家，基本上是梅次本地的，水平不怎么样。我看荆都来的那家清业装修公司技术力量雄厚些。"朱怀镜说："行啊，当然要选最好的队伍。"很快，中秋节前夕，陈清业就拿到梅城宾馆装修业务了。

舒畅有时会去黑天鹅看看朱怀镜，往往只是坐坐，说说闲话，就走了。刘浩照应自是周全，朱怀镜却从来没有让他同舒畅碰过面。中秋节的前一天，舒畅请朱怀镜去她家里过节。他欣然答应了。

朱怀镜本想请刘浩安排一下，就在黑天鹅吃顿饭算了。舒畅不依，硬是要在自己家里过。舒畅将儿子送到外婆家去了，就他们两个人，倒也自在。舒畅做了几样他喜欢的菜，少不了准备些月饼。

喝了几杯红酒，就见月在东窗了。舒畅回头一望，喃喃道："多好的月亮！"朱怀镜见她那样子似乎有些伤感，就不多说，只道:"是的。"两人都不怎么说话,只是不停地碰杯。他俩已经很习惯这样寂寞相对了。舒畅突然放下碗筷,也不说什么,就搬了茶几到阳台上去,又将酒菜都移了过去。阳台上本是有灯的,舒畅却要就着月光。朱怀镜默然而坐,望着她飞快却又轻巧地做着这些事。月光冷冷地照在她的脸上,略显凄艳。他放下酒杯,伸过手去。舒畅略作迟疑,缓缓地送过手来。朱怀镜的手滚烫滚烫,舒畅的手却凉凉的。两人都微微抖了一下。朱怀镜笑了笑,掩饰内心的窘迫,松开手说:"这个中秋节过得真好。"

朱怀镜看出舒畅微醉了,就说不喝了。他想帮着收拾碗筷,舒畅娇嗔一声,止住了他,说:"我这会儿晕晕乎乎,只想好好坐一会儿。你也坐着吧。碗筷,有的是时间收拾。"

朱怀镜想自己去泡茶喝,又让舒畅拦住了。她说:"我去给你泡吧。告诉你,我发明了一道新茶,很好的。我昨天把乌龙茶同玫瑰花茶泡在一起,感觉特别的好。你试试!"

舒畅一会儿就回到阳台上,捧着个紫砂壶:"用紫砂壶泡,味道更好些。"

朱怀镜接过紫砂壶,把玩着说:"好漂亮。"

舒畅说:"你要是喜欢,我明天就去买个送你。"

朱怀镜说:"我不如就拿这个,你再去买个新的吧。"

舒畅说:"这个有什么好?我用了几年了,脏兮兮的。"

"我就喜欢这个!"朱怀镜说道,试了口茶,"真的,感觉特别不同。"

舒畅说:"好吧,你要你就拿着吧。"

朱怀镜一边喝茶,一边把玩紫砂壶,见壶的一面刻着一枝老梅,一面刻了什么文字。就着月光看了,见是"吟到梅花句亦香",便说:"有些意思。"

舒畅却说:"没什么意思,酸不溜秋。其实就这句话来说,四个字就够了：'吟梅句香'。"

朱怀镜想也合理，说："你的文字感觉很好，真的。"

舒畅笑道："你尽瞎说，我读过几句书自己还不知道？"舒畅本是高高兴兴的，表情却突然黯淡起来，眼睛望在别处。朱怀镜猜不透她的心事，故意夸张道："真好，乌龙茶配玫瑰花。"

舒畅回过神来，笑道："不骗你吧？乌龙茶本来就有股醇香，而玫瑰花是清香。这两种香很合，就像音乐的两个声部，产生一种立体效果。"

"是吗？你说得很玄。可我琢磨着，好像也领悟了。"朱怀镜说着，突然想起乌龙配玫瑰，是种浪漫美丽的意象，不由得耳热心跳。女人的某个动人的部位，就称作玫瑰门啊。而乌龙，自不待言了。

他偷偷地透过窗户，瞟屋里的挂钟。舒畅看出来了，问："你是急着走吗？"

他说："没有哩。我是怕时间走得太快了。"

舒畅的脸"刷"地绯红了，好半天才抬头望着他，轻声说："你还是走吧。"

朱怀镜只好叹了声，起身走了，却忘了带上紫砂壶。回到黑天鹅，刚准备洗澡，电话响了。原来是高前，说是中秋了，来看看朱书记。朱怀镜发现高前不再叫他老同学了，开口闭口叫朱书记。他也不讲客气，只笑道："你的鼻子厉害，我躲到这里你都闻到了。你来吧。"朱怀镜便不洗澡了，坐在客厅里看电视。一会儿，高前就按响了门铃。

"找得你好苦啊，书记大人！"高前提着个大包，进门就叫。

朱怀镜说："谁也没让你找啊，厂长大人！"

高前忙说："朱书记你就别叫我厂长了，叫我高前，自在多了。我知道，没有你，我是当不了这个厂长的。"

朱怀镜道："我不想贪天之功，你当厂长，是地委集体研究决定的啊。"

高前点头笑道："我心里有数，心里有数。"

朱怀镜说："既然是老同学，我说话就直了。你真用不着专门赶来凑热闹。我专门躲到这里来，就是怕这一套。你把自己的工作搞好，就是为老同学脸上贴金了。目前你主要是三件事：一是稳定企业，抓好生产经营；二是配合专案组查清郑维明案子；三是抓好三期工程的施工质量。"

高前道："都说新官上任三把火，我就先按朱书记指示，烧好这三把火吧。"

这时，门铃响了，不知又是谁来了。也不打个电话预约，朱怀镜心里很不畅快，开了门，他大吃一惊："哟，是舒畅呀！"见她手中提着盒月饼。

舒畅听出里面有人，就说："朱书记不方便吧。"

"没事没事，进来吧。"朱怀镜叫了高前，"这是吴弘的表妹，舒畅。"

高前忙站起来握手，自我介绍："我也是吴弘的同学，高前，在烟厂工作。"

朱怀镜玩笑道："高前你就别谦虚了。"又望了舒畅说："他是新上任的厂长。"

舒畅道了声幸会，就坐下了。三个人说话，倒没什么好说了。客气着聊了几句，高前说先告辞了。只剩两个人了，舒畅就说："对不起，我太冒昧了。"

"没事的，高前又不是别人。"朱怀镜望着舒畅，胸口有些紧张。他刚才在她家里，她急急地催着他走。他走了，她又一阵风样地随了来。

电话又响了，朱怀镜说不接，就是天王老子打来的也不接

347

了。可那电话发了疯似的，停了一会儿又铃声大作。朱怀镜照样不理。等铃声停了，他打了刘浩电话："小刘，你叫总机将我房间电话掐了算了，净是电话，麻烦！"

再也不见有电话来了。也许是谁走漏了风声，今天电话突然多了起来。明天就是中秋了，今天是最后一天拜节。这会儿只怕至少有几十部或者上百部电话在喂喂叫喊，找他这位朱书记。兴许那寻找他的电磁波正围着他打转转，就是不认识他。朱怀镜此念一出，觉得很有意思。假如哪位作家有此灵感，完全可以写个精妙绝伦的荒诞小说。你想想，挟带着朱怀镜这个信息的众多电磁波在空中相互拥挤着，彼此追赶着，却故作神秘，视同陌路。最有趣的是那些电磁波分明在他身边团团转，哪怕就是认出了他，也没法叫他，你说急不急？

舒畅说："忘了请你吃月饼了。"

"谢谢你，舒畅。"

"你现在想吃吗？我给你切。"

"先放着吧，才吃过饭。"

舒畅就没话说了，拿起电视遥控器，不停地换台。

"电视是越来越没什么看的了。有人开玩笑，说老百姓手中最大的权力，就是掌握电视遥控器。只要看见当官的在电视里装模作样，就换台。"朱怀镜说。

"你倒是很有自省意识啊。"舒畅笑道。

"这也叫自省意识？无可奈何啊。我喜欢看动物世界之类的节目。"朱怀镜说。

舒畅说："我喜欢看《米老鼠和唐老鸭》。"

朱怀镜笑笑，说："我看你有时就像个孩子，很好玩。"

舒畅低了下头，马上抬眼看电视。正播着译制片，一个男人搭着女人使劲儿亲，都半裸着。西方人鼻子太高了，就歪着头亲,就显得更热烈。电视剧却在这里戛然而止,英文字幕飞快地往上推,就像些老鼠在逃窜。

舒畅又换了个台,只见张学友和张曼玉都裸着身子,脸对着脸,喘着粗气,大汗淋漓,一来二去,像是坐在床上做爱。朱怀镜和舒畅都不说话,眼睛盯着电视。镜头慢慢地往下拉,原来电视里这对男女在推豆腐。朱怀镜忍不住哈哈大笑。舒畅也笑了,瞟了眼朱怀镜,脸绯红绯红。

朱怀镜仍是摇头笑着,说:"真是的……"

舒畅突然站起来,说:"你休息吧。"

朱怀镜禁不住叫道:"舒畅……"

舒畅拉开门,回头笑笑,红着脸,咬着嘴唇,走了。

第三十章

　　吃晚饭了，香妹叫了几声琪琪，这孩子才有气无力地答应了。又挨了好一会儿，还不见出来。红玉早端上了饭菜，便进房去叫："琪琪，吃饭了。"琪琪这才跟在红玉后面，疲沓沓地走出来。朱怀镜不好说他什么，只望望香妹。香妹也有些无奈，悄悄摇摇头。香妹不停地往琪琪碗里夹蔬菜，轻声说："琪琪要多吃蔬菜，不要偏食。"琪琪总是只说两个字："好哩！"朱怀镜望望儿子僵硬的头发，说："琪琪要多说话，爸爸妈妈叫你，马上就应，不要千呼万唤才出来。"琪琪又说："好哩！"可他连眼皮都不抬一下。香妹望着朱怀镜摇摇头，示意他别说多了，免得儿子腻烦。

　　一家人埋头吃完晚饭，琪琪洗漱一下，就进房间做作业去了。尹禹夫两口子准时来了。也不用多客套，尹禹夫去琪琪那里辅导作业，向洁帮着红玉收拾碗筷。朱怀镜洗完澡，坐在客厅里看了几眼电视，没什么意思，就进书房看书去了。他又去买了套金庸全集，读着也觉得蛮有意思的。本是想着日后同范东阳见面多个话题，不料真的喜欢上了。不时听到有电话响，他都不接。

有几伙硬要上门来的,他也不见,让香妹陪他们外面聊几句,打发走了。

有些人天天在朱怀镜眼前晃来晃去,他见着就想发火。偏偏又不能发火,还得同他们微笑,陪他们聊上几句。比如尹禹夫,比方朱医生。还有好几位,也是隔三差五上门来坐上个把小时。家里快成这些帮闲者的俱乐部了。朱怀镜同朱医生见第一面时印象还不错。心想一个医学博士,不是瞎混可以混出来的。可是多见几次面,就感觉出这个人的猥琐和媚气来了。心想一个做学问的人,天天往当官的家里跑,能跑出个什么名堂来?可那朱医生老是往他家里钻,只个把月工夫,就当上了普内科主任了。其实朱怀镜也没有替他说过半句话。也许是他总拿自己同朱怀镜的关系在医院里招摇吧。朱怀镜见他口口声声称本家,就觉得他没点读书人的味道。

家里没有一天清寂的。也怪他两口子自己待客太仁厚了。看来有时候还是要做得出来,别老怕得罪了别人,弄得自己连平常日子都过不好。

香妹敲了门,原来今晚朱医生又来了。朱医生毕竟是个博士,对他应客气些。朱怀镜就请他坐,笑道:"朱博士,最近搞什么研究?"

朱医生谦虚道:"还是老课题,脑神经搭桥技术。"

其实每次见面,朱怀镜都问这句话。脑神经搭桥早已是地区医院的成熟技术了,据说朱医生搞的是深化研究,还同计算机有什么联系。朱医生本是内科专家,却搞外科研究,天知道中间是什么道理。朱怀镜总问些老话,显得心不在焉的样子。朱医生却总是受宠若惊,因为他可以进书房来坐坐,而别的人都被香妹挡在外面就打发掉了。

朱怀镜脸上客气,心里颇为鄙夷。两人找不到共同的话题,想到什么就说什么,好不尴尬。朱医生忽见朱怀镜桌上摆着《天龙八部》,就说起金庸来了。"朱书记,您也喜欢金庸小说?那我俩可有共同爱好。我上医学院五年,后来读硕士,读博士,全搭帮金庸小说,是我的精神食粮啊。"朱医生就开始喋喋不休,朱怀镜捺着性子听,一言不发,只是笑。

琪琪做完作业,尹禹夫夫妇过来打声招呼,就走了。朱医生也不便久坐,也告辞了。朱怀镜叫过香妹说:"尹禹夫两口子天天这样,我很不好意思。还有这个小朱,真是的。"

香妹过去掩了门,说:"是他们不好意思才对。说真的,我心里很烦,却不好说。"

朱怀镜说:"真的不好说。尹禹夫到底还是辅导了儿子。"

香妹说:"我宁愿出钱请家教,也受不了他们这个殷勤劲儿。我还听说,尹禹夫老在外面吹牛,说你对他如何地好,经常送烟酒给他。"

朱怀镜笑笑,说:"就由他说吧。"心里却想,他这么吹牛对我也没什么不好,倒显得我礼贤下士。有意思,送过他两条烟,就算是我经常给他送烟酒了。

香妹说:"向洁老是说,他老尹当副校长主持工作都快一年了,还没有转正。我想,他们两口子是想让你说说话吧?"

朱怀镜问:"尹禹夫是副校长?"

香妹说:"向洁说,校长调梅阿市教委任副主任后,就是尹禹夫主持工作,却一直没有明确他校长职务。说是原校长同他有矛盾,人家当了教委副主任,就老是卡他。"

朱怀镜说:"他们两口子也想得太简单了。梅阿市教委副主任也只是个科级干部,一中校长再破格只怕也就是个正科级吧?我这地委副书记难道要去过问一个科级干部的任命?"

香妹说:"我看你在方便的时候,可以同他们市里领导提提。

我想你只需要提提尹禹夫的名字,他们就明白了。"

朱怀镜笑了起来,说:"看来你也入道了。我这个地委副书记干脆你来当,只怕还像些。"

香妹也笑了起来:"你怕你这副书记我当不像?我俩换个位置,逢年过节,我躲到宾馆里去,你在家应付别人。你想想,我一个人在家,既要应付你的人,又要应付我自己财政系统的人。没有一天是安宁日子。刚才一共来了五个人,只有两个人是找我的。"

朱怀镜叹道:"唉,当官也有当官的难处。不知道的,还以为我们贪这些小便宜。"

香妹说:"这回别人拜节的月饼,我放在四毛那里寄销去了,还剩下好多。家里这些只怕只有扔掉算了。吃又吃不了,放又放不得,真是害人。"

朱怀镜说:"怎么个扔法?不要扔,影响不好。"

香妹说:"家里又没人喜欢吃,不能放在那里生霉呀。"

朱怀镜想想,说:"也真是麻烦。"

"只有扔了。"香妹说。

朱怀镜说:"真的扔不得。你不知道,早几年,市委吴书记家春节过后,把一条生了霉的腊鱼扔进垃圾桶。有位老干部也不争气,捡回去吃。结果吃出问题来了。你想怎么了?可能是霉得太重了,那位老干部吃了就中毒住院了,居然死了。家属也不讲道理,吵到吴书记家里去。弄得影响很不好。"

香妹说:"哪有你说的这么玄?"

朱怀镜说:"我想这样,往卫生间里倒算了。"

"堵了卫生间那不害死人?"

朱怀镜想了想,说:"只好辛苦我们自己,将月饼用水泡烂了,往卫生间里倒。"

香妹笑道:"亏你想得出。"

香妹便出去叫红玉早点睡算了。红玉很讲规矩的,每天都要等到朱怀镜夫妇安歇之后才去睡觉。两口子坐着说了会儿话,估计红玉可能睡着了,便将月饼一盒盒拆开。盒子仍码在柜子里,留着隔三差五地丢去。盒子上的标价,多则上千,少则几百元,很少有几十元钱一盒的。

香妹便摇头道:"真是造孽!"

朱怀镜说:"一盒月饼,哪值这么多钱?太离谱了,真是暴利!"

香妹说:"送什么月饼嘛,花冤枉钱!中秋节我们留着吃的那盒月饼,两千八百八十八块,也没什么特别味道呀。"朱怀镜想逗逗老婆,说干脆送钱撇托多了,却说不出口。

总共提了四提桶月饼,用大塑料盆子泡了六次才泡完。香妹生怕堵了卫生间,便挽起袖子去揉,用锅铲使劲儿搅,搅得稠稠的糊糊的,这才倒掉。香妹说:"我生怕有人在月饼里塞了钱,还好,没有发现。"

朱怀镜有些饿了,闻着浓郁的月饼香,便有些嘴馋,抓了个月饼便吃了起来。香妹抢了他的,说:"你别吃,等会儿又说胃疼。"

朱怀镜吃甜食胃就难受,只好忍着了。他蹲了一会儿就说腰痛,站了起来,望着香妹揉月饼,说:"北方民间流传这么个故事。从前,麦子拳头大一粒,家家户户都丰衣足食。有次,天老爷下到凡间察访,见有户人家在烙烙饼,他家小孩一边吃着烙饼,一边拉屎。等小孩拉完后,做妈妈的随手拿了张烙饼给小孩揩屁股。天老爷见了,大为震怒,怪凡间不珍惜五谷。从此以后,麦子就再也没有拳头大了。"

香妹听了,抬起头来,怔怔地望着朱怀镜,说:"要是真有天老爷，他见我们这样，以后麦粒就怕是只有粟米大了。"见香妹这样，朱怀镜又想起她那天晚上丢红包的事了。那天她也是这么神经兮兮，生怕真造了孽。

两口子忙到很晚才上床睡觉。香妹想起件事，说："向洁说，梅次南边不远的乡下，出了个很神的'三岁娃娃'，有求必应。是个三十多岁的女人，突然有天就神仙附体了。她一作起法来，说话呀，神态呀，就像两三岁的小孩，老百姓都叫她'三岁娃娃'。灵验得不得了，你有什么病呀，灾呀，她都像见了似的，说得丝毫不差。完了，她给你一碗水，要么就是念几句咒，就万事大吉了。也不用你破费什么，就是烧几炷香，送上几升米、几斤油就行了，给钱也行。这'三岁娃娃'从不开口要价，只要你心诚。听说，每天去求'三岁娃娃'的不知道有多少人，清早天没亮就开始排队。"

朱怀镜笑道："你真相信这些？上次说青云庵的尼姑如何如何，也是向洁说的呀！"

香妹说："我是有句说句。他们两口子确实让我不好受，但向洁四处打听偏方呀、法术呀，都是为琪琪好。"

朱怀镜问："你的意思，还是试试？"

香妹说："就试试吧。"

朱怀镜说："那就由你吧。"

第二天晚上，朱怀镜一进家门，香妹就说了琪琪的事："向洁去拜了'三岁娃娃'。还真神啊，'三岁娃娃'见面就说，你这阿姨，又不是你自己的孩子，要你操什么心？向洁就说虽是别人的孩子，但也同自己孩子一样，天天在一起的。'三岁娃娃'就说，我知道，这个孩子啊，不是平常人家的，他爸爸妈妈都是当大官的。俗话说得好，一代做官，九代变牛。吃饭不长肉，吃奶不变血。他这可是现世报啊。你要他爸爸妈妈多做些好事吧。向洁还不敢把这话学给我听,是我硬问出来的。"

朱怀镜听着就没好气了:"真的有这么神?我就不信!又没有人证明,是不是向洁瞎编的也不一定。"

香妹说:"当时我听的时候也这么想过。但我马上又想回来了,人家向洁百事没有编这些话给我们听做什么呢?要编人家不知道编好听的?"

朱怀镜问:"你的意思,硬要相信了?那么她讨回什么法子没有呢?"

香妹说:"讨碗水回来,让琪琪喝了。还有……刚才不同你说了?"

朱怀镜很是生气:"简直不像话!要我们多做好事!难道我们平时作恶多端不成?"

香妹就劝他别生气:"人家也是一片好心。再说了,谁都要多做好事啊。何况,你坐在这个位置上,本来就是要你多做好事的啊!"

第三十一章

朱怀镜上次从北京回来没几天，梅次地委、行署好几位领导都弄了顶礼帽戴着，就连颜色也多半是朱怀镜那种藏青色。半个月之后，也就是一次地委扩大会议之后，半数以上的地直部门领导和县市领导都戴上礼帽了。老百姓看着乐了，编了顺口溜：礼帽头上戴，四个轮子转；说像许文强，没有那么帅。周润发扮演的许文强，戴着礼帽，风流倜傥，老百姓印象太深刻了。中国还从来没有过如此受人喜爱的流氓。

伴着礼帽一块儿风行的是关于朱怀镜马上就要当地委书记的传闻。戴了礼帽的各级领导，几乎没有谁不知道朱怀镜头上那顶礼帽是市委王书记送的。那天朱怀镜回到梅次，去缪明那里汇报。缪明抬头一看，说："你这帽子好像王书记那顶。"朱怀镜笑笑，说："是的。王书记硬要送给我。"缪明脸上便不太自然了，却使劲儿笑着，说："很好，很有风度。"后来陆天一见了他，也说："好像王书记的帽子啊！"他照样笑笑，说："王书记非送给我不可。"陆天一也是眼睛一亮，立马拍了他的肩膀，笑眯眯的，很有意味。

真是奇怪,他们对王莽之帽子的印象怎么如此深刻?似乎王莽之也是最近才戴上礼帽的。几夜之间,礼帽就成了梅次领导干部的标志了。陆天一也弄了顶礼帽戴着,黑色的。缪明虽然没有戴礼帽,却也找了个机会说自己戴帽子不好看。那是地委领导开会时,缪明玩笑着说的。明白人听着却不像玩笑,他也许是想叫大家别误会了,莫以为他有意弄得同大家离心离德似的。其实这帽子就是他心头的一个结,它的象征意味太大了。

朱怀镜本是无意间说出帽子的来历的,绝无炫耀的意思。可是,说他要高升的传言却更甚了。如今没有传闻的领导,往往是没有出息的。传闻大致是三类:升官、贪污和情人。其实早就有风声,说缪明要上调,朱怀镜接班。如今他将王莽之的礼帽往头上一戴,人们更加相信那些话了。

朱怀镜却因传闻而略感不安。他同王莽之的关系,好像是近了,但还尚欠火候。那么传闻太过火了,怕有负面影响。外面传得有鼻子有眼睛,他只是装蒜。辟谣显然是多此一举。因为吴飞、郑维明的被捕,梅次官场显出些耐人寻味的异样来。缪明、陆天一和地委、行署其他头头脑脑也在传闻中各就各位,有的说要调走,有的说会留任,有的前途未卜。各种传闻大同小异,较为一致的是:朱怀镜任地委书记,陆天一只怕要被抓起来。

传闻越来越盛行,就连朱怀镜都感到奇怪了。本来是不足为怪的,领导干部有些传闻太正常了。难道一顶帽子就真可以改变他的命运?只有神话中才有这种神奇的帽子,可以让它的主人实现所有愿望。

可是,官场中很多看似怪诞的东西,其实就是真实的。据说当年,从不戴帽子的赫鲁晓夫,有一天心血来潮,戴了顶皮帽子召集政治局会议,结果十五分钟之内,其他政治局成员都有工作人员从家里取了皮帽子送来。他们相视一笑,同总书记保持高度一致。在办事效率极低的苏联，这简直像玩魔术。荆都就流传过文化厅厅长同上面保持一致的故事。有次，文化厅的几位老同志一边打麻将，一边看电视新闻，见中央领导穿了中山装。有人就说，明天你们注意，我们厅长要是不穿中山装上班，我就是孙子！第二天一早，几个老头子约好，打完太极拳，便站在办公楼前看把戏。果然见他们的厅长身着蓝哔叽中山装，风纪扣扣得严丝合缝，踱着方步走过来了。几位老人顿时乐了，笑弯了腰，弄得那位少年得意而又惯于故作老成的年轻厅长莫名其妙，手足无措。有人事后添油加醋，说那位年轻厅长慌手慌脚抬手揩脸，怕自己脸上沾着口红，原来他晚上是在情妇那里过夜。

那顶普通不过的帽子，竟会在梅次引发连锁效应，朱怀镜事先真没料到。他的印象中，这么跟着领导学样的，前几年还有过一次。那年荆都郊县遍发大洪水，市长下到各地察看灾情。市长有个偏好，就是折扇不离手。整个夏天，只要打开电视，就是市长在那里手摇折扇，指点江山。一时间，折扇在荆都官场风行起来。老百姓管折扇叫油纸扇，于是又有了顺口溜：油纸扇儿手中摇，十有八九是领导。跑到东来跑到西，不是吃喝就是嫖。当年的确有几位领导干部不争气，因为嫖娼翻身下马。

朱怀镜想自己在北京上李老部长家拜访了之后，王莽之马上单独接见，然后把头上戴着的帽子取下来送给他。这一切看上去平平常常，仔细想想又意义深远。那么这顶帽子就不是简单的帽子了。

也许正因为这帽子的不寻常，他担心自己在梅次的处境复杂起来。缪明照样很是客气，但不再同他单独商量事情了。吴飞案、郑维明案不见有新的进展，缪明很是着急，却再也没有向朱怀镜讨过主意。这事本应是李龙标抓的，缪明只需过问一下就行了。可李龙标是个病人，不能让他太劳神了。缪明也正想亲自抓着这事儿，恰好李龙标病着，这就更加顺理成章了。陆天一的态度是不易捉摸的，但朱怀镜猜想他肯定不会太舒服。陆天一向来认为只有他自己才是梅次的老大，不会在任何人面前服输。其实不管缪明还是陆天一，都不相信外界的传闻是真的。只是他们猛然间才发现，朱怀镜同王莽之原来关系很好。他们起先没有弄清人脉，可见朱怀镜老到得很。陆天一的不舒服，说得庸俗一些，就是见自己身边多了一个同他在王莽之面前争宠的人。而缪明只怕是悔恨交加了，悔恨自己不该把朱怀镜当做最可信赖的人。

朱怀镜终于知道，检察长向长善如今同缪明贴得很紧。办吴、郑二案，向长善可谓全力以赴。有人透露，每次地委领导集体听取案情汇报之前，向长善都要单独先向缪明汇报。而向长善同陆天一事实上已经反目了，只不过在场面上仍是应付着。原来，自从李龙标患癌症的消息传出后，很多人就盯着他那把交椅了。向长善盘算，自己本来就是副地级干部了，再把位置往前挪正一点，弄个地委副书记干干，也是理所当然，而且自己又是老政法干部了，业务能力呱呱叫。陆天一却有意让公安处长吴桂生接替李龙标，已在上面为他做过很多工作了。据说陆天一曾私下找向长善谈话，说你老兄已经是这个级别的干部了，就把这个机会让给桂生老弟吧。向长善嘴上不怎么好说，从此却同陆天一疏远了，倒是三天两头往缪明的办公室跑。

天天都有新的故事流传。故事的主人公无非是吴飞、郑维明和地委、行署的领导，以及一些女人。今天听说郑维明自杀了，明天又听说是有人想谋杀他而未成。一会儿有人说吴飞硬得很，任你吊打只字未吐，一会儿又说他已在牢里痴呆了。关于吴飞和郑维明的关押地点，也是人们最感兴趣的话题。传得很玄，说是天天换地方，三人一班轮着看守。三天两头传说陆天一被关起来了，可马上又会看见他在电视里发表重要讲话，叫人平添许多遗憾。老百姓因为这些故事，显得兴趣盎然、无可奈何、义愤填膺、慷慨激昂、垂头丧气。"烂吧，烂吧，烂个透，一锅端了。"经常可以听见这类愤愤不平的议论。

朱怀镜每隔一段时间就得打电话给李老部长，殷勤相问。就连他的声音董姨都很熟悉了，只要接了他的电话，她就非常客气，说小朱你等着啊，我让老头子过来接电话。朱怀镜还特意嘱咐驻京办主任，常去看望李老。当然是代朱怀镜去看望。在北京和荆都，朱怀镜都有好些需要委托办事处常去看望的重要人物。地委领导各有各的关系网，驻外办事处主任就负责替他们经营着一张张网络。那些被看望的重要人物，都很懂得透过现象看本质。在他们的眼里，办事处主任是现象，本质就是缪明或者朱怀镜等。这些办事处主任都是办事极灵活的人，今天拜访张三，他是缪明；明天拜访李四，他就是朱怀镜了。有时领导的关系网是交叉重叠的，那么他在王五面前，就一会儿是缪明，一会儿又是朱怀镜。

胡越昆毕竟是同龄人，朱怀镜就没有顾忌，时不时打电话去聊聊天。人家自己是挣大钱的，也不指望他派办事处的人三天两头去看望。胡越昆也打电话过来，说有事一定不要客气。两人的确投缘，真像认识多年的老朋友了。朱怀镜心想如今中国只怕有很多大大小小的胡越昆，他们不过就是生意人，可门路熟，人缘好，也自有他们的个人魅力，便左右逢源。他们或者介乎清浊之间，或者亦清亦浊，做事滴水不漏，不留把柄，让很多老到的官场人物都自叹不如。

有一天，胡越昆来电话，顺便问到梅次高速公路的事，说："怀镜，你那里的高速公路工程，我原来有意参加竞标。怕你不好避嫌，就不提了。怎么样了？"

朱怀镜说："越昆你太客气了。你若有意，就来试试嘛。我知道你也不会让我为难。你们公司实力雄厚，也不存在让我为难的事。不好意思，我原来不知道你主要做什么行当，早知道你们高速公路也做，我正儿八经代表地委向你招商了。"

胡越昆沉吟道："那好，我派人过来一下。"

朱怀镜说："你亲自过来一下嘛，我们也好见见面。"

胡越昆说："我缓一步再来。"

朱怀镜话是说得轻松，却不知道让胡越昆过来参加高速公路投标，妥还是不妥。他便马上同吴弘联系了，说出自己的顾虑。吴弘听了，哈哈一笑，说："怀镜，你太谨慎了。胡越昆这个人，做事很讲路数，左右都过得去的。让朋友为难的事，他是不会做的。到了他这个份上，凭自己的实力完全可以做成事，干吗还要来邪的呢？我可以这么说，只要你们那里真的把事情做公平了，胡越昆肯定中标。"听了这些话，朱怀镜就放心了。

第三十二章

　　梅次这地方很怪，时常会让人觉得说不出的紧张。不管是在机关里，还是在街头，总会碰见些人凑在一起，低声说着什么，脸色极为神秘。说不定那里面就有你的熟人。你一走过去，他们立马散了，没事似的。人们就神经兮兮，总觉得会发生些事情。可谁也不明白自己在期待着什么。日子就长得没了边，而时间又在飞快地流逝。转眼间半年多过去了，已是冬天了。梅次的冬天多阴雨，寒风飕飕，人的心情很容易坏起来。朱怀镜每天一早出门，望望死气沉沉的天空，就有些烦。天气就像舞台上的背景音乐，凝重沉郁的音乐之下不可能上演欢快的剧情。

　　朱怀镜的心情本不是容易让天气左右的，只是最近很多事情越来越叫他不开心。袁之峰最初很听他的，慢慢地就有些说不出的味道了。袁之峰同他关系如何，仅仅是个表象。深层背景是他同缪明、陆天一的多边关系越来越微妙了。陆天一看起来越来越客气，但朱怀镜对他的感觉越来越不好。吴飞、郑维明相继被捕的时候，陆天一像换了个人，现在他似乎又变回去了。外界的传闻越是难听，陆天一脸上的笑容就越是叫人捉摸不透。缪明正在树立强硬形象，决心办几件叫人眼睛发亮的事，包括查处吴、郑二案，他的调子很高。朱怀镜依然像往常一样有事就向缪明汇报，缪明依然很原则地表态。两人笑是笑着，其实心中都有数，嘴上不说罢了。

最近梅次有些死气沉沉，工作只是很日常地运转着。可突然接到市委办通知，王莽之又要来梅次视察工作了。大家都兴奋起来，忙着迎接王莽之。官员都学谦虚了，不轻易说视察，总是说去调研。市委办公厅发给梅次的传真，就是《关于王莽之同志赴梅次等地市开展调研活动的通知》。如今很多官方用语都不是本义。比方说，非领导职务中有什么巡视员、调研员之类，其实是既不巡视，也不调研。

梅次却没谁有闲工夫去琢磨"调研"二字有什么毛病，最近恰恰因为这两个字，上上下下都忙坏了。安全保卫工作要做到万无一失。地委、行署和王莽之沿途落脚的县市都要准备汇报材料。要布置参观现场，所有参观点都得经过验收，免得到时候出洋相。有些地方要突击打扫卫生，清理乞丐、算命先生、流浪人员等等。顶顶要紧的是密切注意那些上访人员，不能让他们围着王莽之告状。这是王莽之今年第三次来梅次了，人们相信肯定有人要升官了。

这次王莽之除了看企业看农村，还要深入几户贫困户。要过冬了，困难群众的生活让领导放心不下啊。李元打电话给朱怀镜，暗示一个意思。朱怀镜一听就明白了，就是要找干净些的贫困户，王书记要进他家坐坐。这户人家还得有个小孩，自然也要干净些，让王书记抱着。

这事不能交给别人去办，朱怀镜得亲自下去一趟。他跑去同缪明商量，说："缪书记，我的意思，将王书记看望贫困户的活动安排在阴县。"

缪明想了想,说:"是不是安排在马山呢?阴县是天一同志的联系点,上他的联系点看贫困户,怕他有看法。"

缪明总是忌着陆天一,真是个软蛋。朱怀镜说:"我意思还是定在阴县。马山是范部长定的先进典型,王书记对马山工作也很赞赏,上马山看贫困户,不太妥当。我意思,上马山,可以看国营企业解困,看农村基层组织建设。李元说没找到你,就打电话给我,他说王书记也是这个意思。"

缪明便不好说什么了,只道:"那好吧。"

朱怀镜就亲自去了趟阴县,让县委书记陪着,看了几个贫困户,最后敲定了。既要贫困,又要讲卫生,还得有个干净些的小孩,也真是难找。朱怀镜抱着那个小孩,拍拍他的脸,说:"这孩子还长得不错,只怕蛮上镜哩。"县委书记脑瓜子更活,悄悄对朱怀镜说:"朱书记,我马上让人带这孩子上医院做个体检,可别有什么病。"这倒是朱怀镜没想到的,他点头笑了。心想下面有的是会办事的人。

梅次按上面意图,草拟了王莽之视察的路线和具体活动安排,发传真给荆都;荆都那边略作改动,又发回梅次。最后就定下来了。几乎像个电视脚本,几点钟进入梅次,先看哪里,再看哪里,各处停留多长时间,在哪里用餐,哪里住宿,很是详细。

王莽之进入梅次境界的头一站将是阴县,再经马山县入梅阿市,也就是梅次地委、行署所在地。按惯例,要么是缪明和陆天一双双陪同,要么是缪明一个人陪同。这回打算由缪明去阴县边界迎接,陆天一在家准备汇报事宜。缪、陆二人这么商量好了的。陆天一唯恐显得不恭,专门打了电话给王莽之。陆天一同王莽之还算比较随便,笑道:"王书记,缪明同志安排我在家准备汇报材料,我就接不了您了。到时候我会赶到马山去,您再当面批评我吧。"王莽之也笑笑,说:"我就知道,你们越是认真准备

365

汇报材料,就越是想认真糊弄我。你可要把材料准备得滴水不漏哦,小心我挑毛病啊!"陆天一说:"我早就做好了挨批评的思想准备。"王莽之说:"你同缪明同志说说,请朱怀镜同志随他一道来。我想听听高速公路的情况。"陆天一忙说:"好的好的,我马上同缪明同志联系。"陆天一答得很快,其实他几乎听到自己胸口传出一声钝响。他怕王莽之听出什么异样,才有意表现得像参加电视抢答赛似的。陆天一马上打电话给缪明。缪明一听,说了两声"这个这个",马上就像刚回过神似的,说:"行啊行啊,就按王书记的安排吧。"

正是这天,胡越昆派过来的人已赶到梅次了。朱怀镜没法顾及,只同客人匆匆见了一面,然后打电话给胡越昆。胡越昆哈哈一笑,说:"怀镜,您放心陪好你们王书记。我派去的人,我让他们公事公办。他们只需同你们有关部门联系一下,履行有关手续,拿套资料,自己沿设计路线走一趟,就行了。我派来的都是技术方面的专家。"

朱怀镜说:"这样吧,我让交通局派人随他们现场考察。"

"这样也好。只是会给您添麻烦吧?"胡越昆说。

"哪里啊,这是我们应该做的工作。"朱怀镜便打电话给交通局长何乾坤。何乾坤恭敬从命,说自己带上技术人员,亲自陪同。

朱怀镜心想,哪需要交通局长亲自陪同?只怕何乾坤看出胡越昆同他的特殊关系了。他不希望这样,便将招商引资的重要意义说了一通:"乾坤哪,你们很重视外来投标的客商,这很好。我们一要坚持招标原则,二要为他们搞好服务。"

何乾坤回道:"朱书记,这个工程您亲自挂帅,我可不敢怠慢啊。"

"乾坤你太客气了。好吧,你就自己陪陪吧。"朱怀镜说。两人说得轻松，甚至有些玩笑的味道，其实彼此心思，只怕都明白了。

缪明同朱怀镜是坐同一辆车去阴县的。他们坐的是缪明的皇冠座车。缪明说本届市委领导都是作风简朴的，喜欢轻车简从，车去多了不好，会挨批评的。两人都没有带秘书随行，宋勇和舒天只在阴县宾馆待命。

边界处有座桥，梅次历届领导通常都是在这个地方迎送上级首长。不知是什么时候兴起的，反正已成定规了。古时候官员们迎接上面大员，最隆重的礼节就是"郊迎"，也就是出城迎候。现代官员越发讲礼，发展成"界迎"了。

缪明和朱怀镜赶到桥头时，时间还早。朱怀镜说："这地方不怎么好停车，是不是再往前走一段？"缪明只得同意，"好吧，径直往前开吧。"往前再走了约三十公里，忽见前方警灯闪闪，车队飞驰而来。缪明忙叫司机将车停在路边避让。等车队刚过，朱怀镜忙说："掉头跟上去。"心想幸好不是高速公路，不然就误事了。

车队到了桥头，停了下来。王莽之头戴深灰色礼帽，身着浅灰色西装，脚穿白色皮鞋，下车同人握手。那是邻市的市委书记和市长，他们也按规矩送王莽之到边界。他们也戴着礼帽，不过朱怀镜当时并不在意，只是事后想起那场景，有点意思。缪明和朱怀镜忙迎上去，顺手同兄弟市的两位领导打了招呼，便去同王莽之握手。无非是说些"欢迎欢迎，辛苦辛苦"之类的话。

王莽之笑道："我说嘛，这是缪明同志的车。"

缪明忙说："王书记的记性真好。"

王莽之手一挥："走吧。"他又猛一回头："怀镜没来车？坐我的车吧。"

王莽之便关切地拉了拉朱怀镜的手，请他一同上车。朱怀镜心里欢喜，恭敬地伺候王莽之上了车，自己才钻了进去。两人并坐在后面，前面坐的是秘书李元。李元回头再次同朱怀镜致意，刚才在车下太匆忙了，彼此都没有尽到礼数。

略作寒暄，王莽之说："专门叫你来，是想听听你这个……这个高速公路的想法。"这话说得有些缺胳膊少腿，但很多领导同志说话都是这样，点点中心词，不太注意语法或逻辑，能会意就行了。朱怀镜便将地委研究过的意见扼要汇报了。

王莽之听罢，说："市里原来的意思，是想将全线统筹起来。但各地都在争，想自己组织施工管理。也好，各地各负其责，也有利于施工环境的管理。但一定要保证质量。"

朱怀镜点头称是。

王莽之说："高速公路是个新生事物，里面很有学问，要认真研究。你们地市拿钱并不多，却在投资中占了大头，沾了土地的光。你们捡便宜了。"

朱怀镜说道："感谢王书记关怀。"

王莽之说："一边筹建，一边就要着手组建高速公路管理公司。以我的意见，公司要将收费、维护、路政、交管等各项职能统筹起。"

朱怀镜回道："我们马上本着王书记的指示，认真研究个方案报上来。"

"怀镜哪，"王莽之偏过头望望他，"你脑子活，点子多，协调能力也强。我会同缪明和陆天一同志建议，由你负责高速公路的事。"

朱怀镜点头道："感谢王书记器重。我服从安排，会尽自己最大努力，争取保证质量，保证工期。"

王莽之爽朗一笑，手拍拍朱怀镜的膝盖："怀镜啊，我这样算不算干涉你们地委工作？"

朱怀镜只觉有团温热而圆润的东西，从膝盖往上滚向胸口，几乎是一种恋爱的感觉，欢然道："王书记这是在批评我们梅次地委吧？我们可一向是听您招呼的哦！"

王莽之微微点头，不紧不慢道："怀镜，我信任你。"

王莽之这话似乎有弦外之音。朱怀镜说的是梅次地委，而王莽之却单单只说朱怀镜。而通常意义上的梅次地委并不是虚拟的，而是具体的，多半指的就是缪明。王莽之对缪明不太感兴趣，只怕是明摆着的事了。这位山东大汉虽然长得干干的，但毕竟身材魁梧，肚子也并不小，坐在车内体积还是很可观的。相比之下，朱怀镜就显得瘦小多了，尽管他并不单薄。他突然觉得自己就像个孩子，在王莽之身上体会到了一种慈父般的温暖。他心头一热，却又暗自感到一种不能与人言说的难堪。

"怀镜，你很有想法嘛！你那篇关于农村税费体制改革的调研报告，我看了，很好。我已作了批示，很快内参就会发下来。我们研究问题是要超前一些啊！"王莽之说。

朱怀镜免不了谦虚几句。《荆都内参》给人的印象比《荆都工作研究》档次又高些，因为下发范围更窄些。官场里面总是越神秘就越高级，尽管现在神秘的东西越来越少了。也许正因为如此，有些人为着高级，难免就故作神秘。

王莽之嘴没停过，问这问那，朱怀镜一一作答。虽然看上去像是老太太拉家常，但作为领导干部，这就是调研了。快到阴县宾馆了，王莽之问："两个案子进展怎么样？"

朱怀镜答道："缪明同志亲自抓的。我只是地委领导集体听取汇报时参加过几次。目前具体情况不是很清楚，只知道难度很大。"

王莽之很是严肃，大手一挥："腐败不反，亡党亡国。这一点，作为领导干部，要非常清醒，态度坚决。但任何时候，都不能用运动式的方法反腐败。最近荆都电视台做节目时标新立异，弄出个廉政风暴的说法，就很不严肃。我批评了他们。像反腐败这种重大工作，就连具体提法，中央都有规范的。上面什么时候说过要掀起一场廉政风暴嘛！所谓风暴，不就是搞运动？运动害死人，我们是有深刻教训的。要坚持个案办理的原则，不捕风捉影，不节外生枝。"

车队驰进了宾馆。王莽之下了车，仍同朱怀镜并肩说话，手一扬一扬的。缪明本想过来握手，走了几步就忍住了。因为他见王莽之站住了，正低着头同朱怀镜交谈。"总之，反腐败一要加大力度，二要讲求方法。千万防止有些别有用心的人，借反腐败之名，行政治斗争之实。"王莽之这才抬头微笑，同缪明和一直在此恭候的阴县党政负责人一一握手。

从县界到县城，大概跑了一个多小时。王莽之滔滔不绝说了一路，朱怀镜多是"对对"地点头，答话都极简短。在领导面前，切忌说长话。这是经验，很多人却不懂，幻想让领导欣赏自己的口才。真是自作聪明。表现口才的机会应该让给领导。朱怀镜仔细聆听了王莽之的谈话，暗自归纳要点，就是两条：一是关于高速公路，二是关于反腐败。如果将这两个要点破译一下，王莽之的意思就更加明朗了。看来梅次的高速公路建设，王莽之是要过问的，换句话说，朱怀镜要注意向他汇报；好像王莽之希望吴、郑二案要尽早办结，不宜过多纠缠，不宜牵涉太多人。

王莽之进房间洗漱一下，就去隔壁的会议室听取阴县工作汇报。汇报很简短，三十分钟就完了。王莽之作了四十分钟的重要讲话，无非是充分肯定阴县工作，然后就当前农业和农村工作发表几点意见。意见虽是坐在阴县说的，却具有全局性指导意义。汇报会一结束，正好就是中饭时间。不见一个上访群众进宾馆来，一切都很顺利。领导下来视察越来越有些外交工作特色了，有关工作事宜都先由工作组磋商好了，领导只需最后出出场就行了。一应如仪，有条不紊。

中饭后，稍事休息，就下去看望贫困户。王莽之红光满面，精神矍铄。随行的年轻人却忍不住哈欠喧天。王莽之就慈祥地笑，玩笑道："怎么？你们这些年轻人，抵不过我这个老头子？"李元忙说："我们哪里比得过您王书记，您是精力过人啊。"大家都笑了。年轻人心里其实并不以为然，知道老年人瞌睡少了；而且老年人睡觉没有规律，躺在床上睡不着，坐在凳上又犯困。

驱车出城，行驶四十多分钟，到了一个山村。群众夹道欢迎，高喊王书记好，向王书记致敬。王莽之微笑着挥手致意，喊着乡亲们好，我代表市委、市政府来看望你们。王莽之走进一栋破旧的木板屋，一位精瘦的中年汉子迎了出来。王莽之高声说道："老乡，我来看看你。我们进屋坐坐行吗？"屋子里收拾得倒也干净，堂屋里摆着几张大木凳。王莽之坐了下来，同主人拉家常。中年汉子说上几句，早感动得热泪盈眶了。村干部就在旁边插话，说这家一共五口人，老父老母身体不好，治病花了好多钱，家里生活暂时困难些。这位中年汉子姓彭，是家里的顶梁柱。他媳妇也能干，很肯做事。两人有个小男孩，六岁了。王莽之就微笑着问："孩子呢？"就有人推进一个小孩，说："这是他们家孩子。"王莽之将手伸向孩子，说："过来，爷爷抱抱你。"孩子怯生，眼睛睁得天大。李元忙过去抱过孩子，放在王莽之怀里。王莽之抱着孩子，亲了亲，说："好可爱的孩子，长得很精神。"围观的百姓就私下议论，说这孩子命贵，小小的就让大官抱过了，长大了肯定有出息。

王莽之抚摸着孩子的头，说："等你长大了，我们国家就好了，大家都会过上好日子。"说着又抬头对孩子父亲说："小彭啊，可我们不能坐等那一天的到来啊。有首歌唱得好，樱桃好吃树难栽,幸福生活等不来。没有穷命,只怕穷志气,穷精神。暂时有困难,政府会帮助。关键是要靠我们自己勤奋劳动,发家致富。"

中年汉子泪流不止,头点得像鸡啄米。最后,王莽之掏出几百块钱,塞在中年汉子手里,说:"这只是个心意,你拿着吧。快过年了,办点年货,过个热闹年。"

王莽之接着又走了几户,却没有坐下来,只站在场院里说几句暖心话,塞上几百块钱,握手而别。王莽之一行穿村而过,走到哪里,看热闹的群众跟到哪里。几位老太太拄着棍子,颤巍巍地跟着走,她们觉得很幸福,都说自己活了七八十岁了,还没有见过这么大的官。村里的狗也不知出了什么大事,通村地跑,头紧张地摆来摆去,不停地狂吠。王莽之始终笑容满面,直说群众真是太好了。

王莽之在梅次调研了两天半。每天荆都电视台和梅次电视台的头条新闻就是报道王莽之的梅次之行。他总喜欢左手叉腰,右手挥动着。不知道老百姓中间有没有人议论王莽之的派头,官场中人是不会说的。就眼下来说,在官员们心目中,王莽之倒是很有个人魅力的。他走在外面时,加了件乳白色风衣。风衣在寒风中猎猎扬起,气度不凡。跟随他左右的先是缪明和朱怀镜,后来有了陆天一。朱怀镜的镜头甚至比缪明和陆天一还要多些。

中国百姓人人都是政治观察员,他们最善于从电视新闻里分析时政动态。王莽之梅次之行以后,人们更加相信朱怀镜无疑将是地委书记了。也有人猜测他会取代陆天一,出任专员。因为陆天一最初没有出镜,后来虽然现了身,但总只是在后面缩头缩脑,镜头明显比朱怀镜的要少些。据说电视新闻的镜头语言很讲究的。谁走前面,谁次之,谁又次之,正面镜头或侧面镜头,时间长度,播出时段,等等,里面学问很深。可老百姓见得多了,再深的学问他们也无师自通。反正从此以后,梅次人更加认定朱怀镜将坐头把交椅。

送走王莽之,朱怀镜才有空回家。平日里接待上级领导,虽是笑嘻嘻的,神态轻松自如,实则是紧张而疲惫的。这回朱怀镜却是少有地畅快。他隐隐感觉到,几个月来梅次的传闻只怕要兑现了。像王莽之这个层次的领导,多半都有这样的基本功:什么也不说,也会让你明白他的意图。朱怀镜相信自己历练多年,不会猜错的。

家人早已吃过晚饭了。香妹坐在沙发上喝茶,儿子在里面做作业。朱怀镜拿嘴努了下里面,香妹点点头,丢个眼色。朱怀镜就知道尹禹夫在里面。他坐下来,轻声笑道:"他已当上正校长了,还天天来干什么?"香妹看看儿子房间的门,朝朱怀镜做个样子,不说话。最近尹校长的夫人向洁隔几天才来一次,不天天上门了。她说红玉做事上路了,用不着她天天打招呼。朱怀镜心想他们是不是在有计划地撤退?真是这样就好了。

中央台的《新闻联播》一过,就是梅次电视新闻。只见王莽之在看望一户贫困农民,说了些鼓励的话,塞了几百块钱过去。

香妹问:"钱是王莽之自己掏的吗?"

朱怀镜笑而不答。

香妹指指电视说:"你看你看,我说你有点儿抢戏。你注意到刚才缪明的表情没有?他的眼睛朝你不经意闪了一下,味道很怪。"

朱怀镜说:"哪是我抢戏?我总想落在后面些,让缪明突出些。可王书记总是扯着我说话,我想躲远些都不行。"

香妹说:"王莽之这打扮,有点儿做少年状。他不六十好几了?你看,他走路总喜欢身子前后一晃一晃的,好不老成似的。"

朱怀镜忍俊不禁,笑了起来:"你也真是的,人家爱怎么走

373

就怎么走。上面又没下文要求领导干部怎么走路！"

香妹说："老百姓能议论什么呢？他们的长篇大论才没有人去关心哩。老百姓就议论这些，议论他们的长短。你看他，右手总比画成手枪朝天挥舞，老百姓就说他像个草头大王。你再看他走路，总有个向前送胯的动作，就像小孩子骂娘，很不雅观。有人就说他可能做这个动作做得太多了，习惯了。在荆都，人人都说王莽之人老心不老。说是电视台的女主持人卢艺是他的情妇。"

朱怀镜忍不住笑了起来，说："真是岂有此理。我同你做这个动作也快二十年了，走路怎么不是那样？别在这些小事上苛求领导。我想起一个笑话。当年英国有位年届七十的政要，大冬天里同妓女在海德公园做爱，被警察发现了，把他抓了起来。英国本是个很传统、很保守的国家，顿时舆论大哗。丘吉尔知道后，说，天哪，零下五度，七十岁！我再次为自己是个英国人而感到骄傲！这事让丘吉尔一句玩笑就烟消云散了。斯大林也是个不喜欢在小节问题上同人家过不去的。有次，斯大林撤换了一位高级将领。被撤的将领向斯大林述职时，装作不经意地提起继任者生活作风不检点。斯大林只是装聋作哑。这位被撤将领仍不甘心，临走时再次提起，说斯大林同志，我们应该怎么对待这个问题？斯大林说，你就眼巴巴看他玩得开心干吃醋吧！我说香妹同志，没必要在这些小事上揪住人家不放。有些领导干部，就喜欢玩女主持人，好像已经是时尚了。让他们玩去，翻不了天的。"

不料香妹瞟着他说："你也是领导干部呀，梅次也有很漂亮的女主持嘛。那个舒瑶，就很不错。"

"看你说的是什么话！开句玩笑，你就这样！"朱怀镜有些恼了。

香妹说："同你说个正经事。我们财校想新修一栋教学楼，要你们地委、行署领导批准。报告递上去了，到时候研究时，你说句话吧。"

朱怀镜说:"这是归行署那边定的事,不会交地委研究的。依我个人观点,不同意你们新修教学楼。你想想,什么财校啊、农机校啊、银行学校啊,等等,教学资源太分散了,浪费太大。要改革,总的思路是整合教学资源。"

香妹笑道:"老李就是怕你们不同意,要我说服你。没想到你是这个观点。万一汇报到你那里去,你得照顾我们啊。"

朱怀镜说:"我最多做哑巴。"

第三十三章

地委秘书长周克林突然跑到朱怀镜办公室，喘着粗气，神色异样："朱书记，缪书记请你马上去开个会。郑维明自杀了。"

"你说什么？死了吗？"朱怀镜眼睛瞪得老大。

"死了死了。"周克林回道。往常缪明有要事相商，都是自己打电话给朱怀镜，后来就改成地委办通知了。但多半是周克林自己过来请，不敢打电话或是让普通干部来通知。

朱怀镜夹上公文包，三两步就到会议室了。陆天一、向长善、吴桂生已坐在那里了，还有几位领导没有到齐。缪明来回踱步，像位陷入重围的孤城守将。陆天一低头抽烟，神情凝重。向长善和吴桂生凑在一起说着什么。一会儿，李龙标、向延平、邢子云都来了。

缪明坐下来，沉着脸："长善同志，桂生同志，你们把情况说说吧。"

向长善先汇报："首先我要作检讨，是我们失职。过程不复杂。郑维明一直不肯交代问题，只说些不痛不痒的事情。凡是有线索牵连到别人的问题，他要么死不认账，要么就一肩膀自己扛着。从前天开始,他态度有所转变。他说能不能让他安静一天,好好想想,准备彻底说清楚。昨天我们就没有提审他。不料今天一早,发现他上吊自杀了。他把衬衣撕成条,吊在窗户上死的。"

缪明发火了:"说这些有什么用?我现在是要追究责任!怎么会出现这种情况?不是三个人一班,轮流看守的吗?地委对这个案子已经够重视的了,我甚至对如何看守都讲了意见。我当时提出来要三个人一班,是有考虑的。就是怕如果两人一班,一人去卫生间,另一个人就可能帮助郑维明串供。我并不是不相信大家,但措施要到位。现在呢,还是发生了这种情况。到底是自杀,还是别的原因?"

吴桂生搭腔:"我们刑侦方面派人去了,认为是自杀。"

缪明火气依然很大:"出现这种情况,是不可原谅的!我们怎么向老百姓交代?全区五百多万干部群众都在看我们的笑话!"

在座的都发了言,没有任何结果,无非是要求查清事故原因,严肃处理有关责任人。只不过有的说得严厉些,有的说得缓和些,这都看发言者自己的分量了。比方李龙标声色俱厉,因为他是主管政法工作的,可他同时也作了检讨,说自己应负领导责任;向延平话也说得很重,多半是因为他毕竟任过地委副书记,自觉余威尚存,但实际上已没有相应的慑服力了;邢子云说话就软多了,他是从县委书记的位置上来后,稍稍过渡升任现职的,明白自己的话只能说到哪个份儿上;朱怀镜话说得有轻有重,却理性多了,少了些情绪性的东西;而陆天一则是四平八稳,显然是想让缪明的失态更加可笑。

会倒是开得很简短,却也没什么实际意义。临散会了,陆天一突然笑眯眯的,拿出一张纸,递给缪明:"缪书记,我们行署几位领导研究了一下,提出了一个干部拟任名单,供地委参考。"

会议室里顿时就像空气都稀薄了,所有人都有种呼吸困难的

377

感觉。前几天,地委几位主要负责人初步碰过头,准备调整部分县市和部门的领导,组织部门正在做方案。没想到陆天一会这么做,根本就不按套路来玩。缪明脸色铁青,嘴皮子神经质地抖动着。但他说不出一句话,伸手接了名单。陆天一没事似的笑笑,说:"只是供地委研究干部时参考。行署是抓经济工作的,对从事经济工作的同志,相对了解些。"说罢,微笑着走了。在场的人看着难堪,不好多说什么,只当什么也没看见,什么也没听见,各自起身离开。

缪明叫住朱怀镜,请他留一下。"你看你看,他怎么可以这样搞?"缪明的脸色已由青转白了。门已被出去的人掩上了,会议室也宽大,说话也不用压低嗓门。

朱怀镜说:"确实太过分了。"

缪明将名单递给朱怀镜:"你看看吧。"

朱怀镜接过名单一看,见上面列了十一位拟任干部,有县长,也有局长。有副职提正职的,也有调整岗位的。朱怀镜对梅次干部的人脉,早已了然于心,溜一眼就知道:事情只怕很难办了。名单上的人,有七位是陆天一的人,还有四位是向延平和邢子云的人。中间又有六位是陆天一的阴县老乡。如果不猜错的话,陆天一同向延平、邢子云早已达成默契了。那么,研究干部时,陆、向、邢这三票总是捆在一起的。所谓梅次牌局三打傻,就是这意思了。倘若不依这个名单,地委提出的方案只怕就通过不了。现在整个荆都市只有梅次的人大和政协领导是地委委员,很不寻常。缪明多次向市委汇报,说梅次有九位地委委员,太多了,工作不好协调,建议免去人大和政协领导的委员职务。王莽之口上答应慢慢调整,却迟迟不动。

"缪书记,你的意见呢?"朱怀镜问。

缪明没有回答,只是感叹:"都说这人骨子里是流氓,我原来还不相信。如今果然就原形毕露了。"

缪明向来含蓄得几乎木讷，今天竟然如此说话，真让朱怀镜感到意外。他不好附和缪明，只道："太不像话了。"

"哪有一点点儿领导干部的意思？简直是逼宫嘛！"缪明的脸色这才转红，却又红得过分了，"我一直是迁就他的，就是想让梅次有个团结干事的好氛围。可是他不珍惜团结，只玩他的小圈子。"

朱怀镜毕竟是管干部的副书记，也很不满意陆天一如此做派。他把这件事也看作是对自己的挑衅。缪明让他留下来说这事，不等于重新信任他了，而是发现在这件事上，两人有合作的必要。"缪书记，我个人意见，不能让他想怎样就怎样。一定要坚持党管干部的原则，这是不能含糊的。"

缪明沉思半天，才说："我想过了，如果听任他提出方案通过，梅次就成了他的家天下了。如果不依他的呢？这次干部调整就很难定下来。"

看来，缪明又想退让了。真是个软蛋！朱怀镜想着陆天一把他当摆设，心里就冒火。"我说，万万不能让他如愿！这次他如果得逞，今后地委就权威扫地了。"

"我也是这么想的。你有什么高招？"缪明问。

朱怀镜笑笑，说："一个字：拖！"

缪明低头不语，好一会儿才慢慢开口："拖？怕影响干部队伍和工作环境的稳定啊！"

朱怀镜笑道："我看没那么严重。又没哪个地方缺着负责人，只是调整而已。拖不出什么问题的。拖一拖，他就会急，说不准就会做出什么对他自己不利的事来。我看，事情变数很大哩。"

缪明问："你的意思，是不是也认为郑维明的死，事有蹊跷？"

朱怀镜说:"没根据的话,我不会乱说。我只是有种感觉,觉得郑维明的死太奇怪了。那么严密的看守,怎么可能自杀?事先关于他自杀、他杀的谣言就很多。无风不起浪,谣言有时候就是真相。"

缪明点头说:"我说,有的人一下子反常起来,说话硬了,只怕同郑维明的死有关。以为只要郑维明一死,什么事都抹平了。"

两人的交谈,都避免说出陆天一的名字。朱怀镜不想把事情说得那么肯定,就说:"我想,不能让郑维明自杀案就这么轻易过关了。如果有必要的话,可以请上级公安机关派员重新调查。"

缪明头也没抬,只望着猩红色地毯,说:"只怕上面有人不希望我们把这事深究下去。"

朱怀镜不知缪明说的上面是哪一级,是哪一位领导。他也不追问,甚至也不想知道。他只望着缪明,毫无意义地点着头。沉默了大约三分钟,缪明又没头没脑地说:"昨天打电话给我,要求我们尽快结案,要集中精力抓好经济建设。批评我们上个季度经济指标不行。好像我们反腐败,就影响了发展。什么逻辑!"

朱怀镜听着脑子嗡嗡一响,什么都明白了。缪明说的这个人只能是王莽之。缪明转述的这个意思,正是王莽之视察梅次时,同朱怀镜个别谈过的。

第三十四章

　　最近朱怀镜去荆都开会，王莽之单独接见了他。王莽之透露，市委将调整梅次班子，由朱怀镜任书记。"我相信你会干得很好的，市委很信任你。梅次这两年经济发展不尽如人意，说明领导配备上不太合理。后来你们地委调整领导分工，让你出面管经济，这个决策是正确的。我们就是要让懂经济的同志挑重担。只要把缪明和陆天一的安置方案定下来，马上各就各位。"

　　王莽之总是把"我"和"市委"作为一个概念使用。他习惯先说了"我"字，接着就说"市委"。听上去，王莽之就是市委，市委就是王莽之。他平时在会议上，也总喜欢说我荆都如何如何，似乎荆都就是王莽之自家的菜园子。

　　班子调整是个大事，总得通盘考虑。王莽之问："谁出任专员合适些？"

　　朱怀镜早就琢磨过这个事，在梅次却想不出个合适人选。不等他答话，王莽之就说："市委考虑从外面调一位同志去任专员，你的意见怎么样？"

　　"我服从组织意见。"朱怀镜说。他明白王莽之问问他的意见，只是个客气的程序，谁出任梅次行署专员，只怕盘子早定下了。

朱怀镜事后琢磨了王莽之此次谈话的每一个措辞，发现信息量远远超过了字表意义。比方他说到缪明和陆天一时，不是通常所说的安排，而是说安置。既然是安置，就不可能有什么好地方等着他们了。

朱怀镜带着天大的机密，回到了梅次。不用王莽之交代，他也知道这事是万万不可同任何人说的。机密事件，上不告父母，下不传妻儿。

没有不透风的墙，市委最后的意图，不知通过什么渠道传到了梅次。当然，这事在老百姓那里传着，没有什么新鲜可言，人们早就这么说了。而在官场里面，却引起了不小的震动。有的人便恍然大悟了，难怪王莽之对朱怀镜发表的文章屡作批示。朱怀镜那篇关于农村税费体制改革的调研报告在《荆都内参》上发表也有些日子了，有人还专门找出来细看，发现王莽之的批示大有深意：

> 农村税费体制改革事关农业和农村的稳定和发展，既是个经济问题，又是个政治问题。国家将就这项工作出台重大举措。我们提早对这项工作进行研究，很有必要。朱怀镜同志这篇调研报告，是在深入细致的调查研究的基础上形成的，视野开阔，思路清晰，所剖析的问题以及提出的建议、对策、思考等，在全市很有代表意义。这对我们今后贯彻国家统一部署，认真搞好全市农村税费体制改革，有一定的借鉴意义。各级领导干部一定要有战略眼光和超前意识，多研究一些问题，想得深一些，想得远一些，努力提高执政水平。

言下之意，朱怀镜就是执政水平很高的领导干部了。大凡成功的领导，都会成为官场中人个案研究的对象。他们希望透过这些成功人士的发达轨迹，为自己找到一条终南捷径。有些人的研究结果是，朱怀镜凭着两篇文章，就得到王莽之的赏识了。这很让那些成天替领导捉刀的机关秀才们鼓舞，幻想有一天这种奇迹也能发生在他们身上。他们也是最愿意相信这种研究结果的人。可有的人却认为这种结论太幼稚了。上面会因你写了两篇文章就对你格外器重了？功夫在诗外！他们提出的佐证的确也有说服力：缪明在荆都的文名远在朱怀镜之上，怎么眼看着就要让朱怀镜挤掉了呢？

晚上去朱怀镜家拜访的人就更多了，他感觉到了事情的不妙。自己现在越发是万人瞩目了，家门前天天车水马龙，会误大事的。他一直恪守自己的原则，坚持不拿不要。在外人看来，他不过就是依照人之常情，收了些烟酒而已。他也只是想做得有人情味一点，并不想占这点儿小便宜。可总有人要在烟酒里夹钞票，防不胜防。现在他反复一想，烟酒都不能收了。他做出了一个很私人化的决定：戒烟。

可以毫不夸张地说，朱怀镜的戒烟简直是个事件。很快，梅次各级领导和有关方面有脸面的人物，都知道朱书记戒烟了。起初还有些人继续上门来，笑眯眯地送上烟酒。朱怀镜也笑眯眯的，任你把烟酒放在那里。但你提来两条烟，两瓶酒，他就回你四条烟，四瓶酒。"我已戒烟了，酒也不喝了。你拿去吧。"不到一个星期，就不怎么有人上门了。

可有些人还是想来拜访，哪怕是空着手来干坐坐也行。朱怀镜反复一想，只好出了奇招，在门上贴上纸条：儿子要做作业，夫人要做家务，自己也想休息，无人奉陪说话，私宅不谈公务。

朱怀镜启。

此举有违常理，甚至同陆天一的路数差不多。可传到老百姓那里，他却落得极好的口碑。都说梅次会有一位好书记，老百姓高兴。官场中有的人却并不这么想。他们说朱怀镜是假正经，故作姿态。个别耳朵长的人还翻出他的老底子，四处里宣扬。朱怀镜知道自己这么做会有负面影响，但利害权衡，情非得已，只能如此。

朱怀镜察觉了外面的议论，在一次会议上借题发挥，说到这事："我戒烟，这只是我的个人行为，属于个人生活方式上的很私人化的事情，没什么重大意义，不值得人们去谈论。可我没有想到的是，这事会产生不小的社会反响。不过，从这件小事上，我发现一个问题，那就是，领导生活无小事。干部群众都看着我们哪，同志们！举头三尺有神明，不要以为我们做了什么事情，老百姓不知道。我可以感到欣慰的是，自从我戒了烟——当然酒也不喝了，我的身体好多了。更重要的是，没有人上我家来送烟送酒了。人们有个习惯，好像进人家的门，空着手不好意思，总得带点什么。说实话，我这个人面皮子薄，别人提着两条烟，两瓶酒，我是不好板着脸让人家拿回去的。就这个问题，这里我可以很坦诚地向同志们作个检讨。我过去抽烟喝酒，但自己从来就没有买过烟，也没有买过酒。一算账，这也是不得了的啊，同志们。如果上面要查我这个问题，我会如实交代。说到这里，如果烟酒问题只是人之常情，那么，我可以拍着胸脯同大家说，我朱某人还是过得硬的。"

朱怀镜的这番话，有没有人真的相信，且不管他。至少，他自己说破了这事，人们再议论，就没什么兴趣了。说得更明了些，他甚至等于承认自己也存在某种意义上的不廉洁，你们还说又有什么意思呢？不过，只要倒回去一个月，朱怀镜行事也好，说话也好，都不会如此直露的。他心里有底，很快就会就任梅次一把手了。一把手是允许有个人风格的，而其他副手最好是千人一面。

可是，万万没有想到的是，突然传出消息，有人举报，说朱怀镜在烟厂招标过程中有受贿嫌疑。那天，缪明找他去办公室谈话。缪明把门掩上，微笑着说："怀镜同志，首先请你不要误会，我是相信你的。我手头有份举报材料。说你在烟厂招标中，收了人和建筑集团的好处费。"

朱怀镜听了，简直如晴天霹雳。望着缪明的微笑，朱怀镜很不舒服。这微笑看不出是幸灾乐祸，还是真的信任他，抑或是他有意表现出宽厚和理解。"那么，你找我的意思，是想让我说说情况，还是想告诉我组织上的信任？"朱怀镜有些控制不了自己，说话明显有些生硬。

缪明仍是微笑着："怀镜你别多虑。我只是向你通报一下，希望这事不要影响你的情绪。很多工作，都要拜托你啊！"

朱怀镜说："那么，我不能说自己有没有这事，我只建议，组织上立案调查这事。"

缪明摇摇头说："这就没有必要了嘛！立案调查，影响不好。"

朱怀镜说："如果听凭谣言流传，影响更不好。"

缪明说："你放心，我会向市委说清这事的。"

"缪书记，可不可以把举报材料给我看看？"朱怀镜瞟一眼缪明桌上摊着的材料，却是划得乱七八糟的文稿。他几乎有些反胃了，心想这人不是精神上有问题才怪！事后朱怀镜闭上眼睛一琢磨，发现缪明给他的印象就是两件事：改文章、揉肚子。

也许是见朱怀镜的表情已很不好了，缪明又微笑起来："这就不好了。举报材料是不能同被举报人见面的，你也知道。"

朱怀镜心想缪明的所谓信任，就是冠冕堂皇了。"缪书记，说真的，你要我负责烟厂招标，其实我的工作也做得很不够。我只是主持了招标方案的研究制定，具体招标过程我没有参加，是之峰同志一手操作的。到目前为止，人和集团在我的印象中还只是个抽象的企业名称，我没有见过他们任何一个人。那么受贿之事从何谈起？说到这里，我得说件事，不是替自己脸上贴金。的确有人送钱到我家里，我事后知道，当晚就请送钱的人自己把钱拿走了。我不想在这事上出风头，就没有向地委报告。后来这事不知怎么传了出去，还有新闻单位找我采访，我回绝了。唉，我现在说这些也没用，还是请组织上立案调查。"

缪明避而不谈朱怀镜拒贿的事，只是含含糊糊点点头，再说："人和集团是老地委书记范家学的大公子范高明搞的，原是梅次民营企业的头块牌子，比吴飞做得大，在荆都市民营企业一百强中，排名第四。前几年老书记下来后，随女儿去了美国，人和就撤资去了深圳。人和走后，梅次建筑行业的老大才是吴飞。但范高明在梅次还是很有人缘，这边的大工程，他仍然会过来做。"

朱怀镜感叹道："过去是朝中有人好做官，现在是朝中有人好赚钱。这是题外话。问题是什么范高明范愚蠢，我是第一次听说。缪书记，我还是建议组织上立案调查这事。"

缪明笑呵呵地说："怀镜，你的心情我理解。你放心吧，我自有主张。再说，按照干部管理权限，立案调查你，也不是我可以做主的啊，得市委同意才行。"

朱怀镜回到自己办公室，心情很不好。谣言早不传，迟不传，偏偏在这个时候，凭空生出这等事情！青蘋之末，大风起焉啊！朱怀镜怀疑肯定是有人在背后捣鬼。他想缪明也罢，陆天一也罢，都不会很高兴地看着他坐上地委书记这把交椅。为着干部调整的事，陆天一找过朱怀镜，希望能得到他的支持。朱怀镜只往缪明身上推，说缪书记意思是再看看，就再看看吧。陆天一手下那帮弟兄自然耐不住，说不定就会弄出些事来。陆天一也巴不得他屁股不干净。按正常情况，接替缪明的应该是专员陆天一，而不是副书记朱怀镜。缪明说不定也很希望朱怀镜出事，他不同意立案，真实意图只怕是想听任谣言流传下去。

朱怀镜权衡再三，自己挂了电话给王莽之："王书记，向您汇报个事情。这边有人举报，说我在梅次烟厂招标中收了人和集团的好处费。我同缪明同志沟通了一下，请他向市委报告，请求立案调查。缪明同志不同意调查。我个人意见，还是请组织上调查一下，澄清事实真相。"

王莽之说："怀镜同志，我只问你一句，你说实话。你过得硬吗？"

朱怀镜一字一顿说："我经得起调查。"

王莽之说："行！怀镜，我有你这句话就放心了。举报材料，我案头也有一份。我正准备抽时间打电话问你哩。我相信你，市委的意图不会改变。你放心吧。"

听了这话，朱怀镜心头石头放下了。但王莽之也没说是不是立案调查。意思好像是不调查。王莽之的不调查，同缪明的不调查，显然不是一回事。王莽之要么真相信朱怀镜的确是清白的，要么是不管三七二十一仍然会重用他。反正一条，王莽之说他没问题，他就没问题。不过朱怀镜还是宁愿上面派人调查清楚，也好让诬告者浮出水面。

晚上回到家里，香妹把他叫到里屋，说："外面对你有传闻，你知道了吗？"

"哪方面的？"朱怀镜问。

香妹却反问："你有几个方面的问题？"

朱怀镜就有些生气了,说:"你怎么变得这么刻薄了?对我们这些人,什么传闻都有。"

香妹也有些不高兴,却忍住了,说:"说你受贿。"

朱怀镜说:"我若是受了贿,不交给你了?我一不吸毒,二不赌博,三不在外面养人,一个人放那么多钱在一边干什么?"

香妹说:"反正,你不能有什么事。我你可以不管,儿子还要靠你。"

这话朱怀镜听着不好受,却故作笑意:"看你说得多绝情。我俩还算是恩爱夫妻嘛!我怎么就不管你了呢?我俩关着门说自家话,我可真的是越变越好啊。你看,烟也戒了,这可是你多年的殷切希望呀。每天晚上也没人上门了,可以过安心日子。你的部下也不来了,这多好?"

香妹也笑了,说:"是啊,贪那点小便宜干吗?把人都做小了。我们好歹不缺钱花,就一个孩子,怕养不了他?"

朱怀镜说:"我俩都这么想,就好办了。只是这回的事,真是奇怪。王莽之同志说相信我,让我放下包袱,好好工作。唉,我现在就担心儿子。他怎么是这个性格呢?'三岁娃娃'的仙水也喝了,并不见什么效果啊。我说那些鬼名堂信不得。"

香妹说:"你信不信,是你的事。可不要乱说。你这事我前天就听说了,见你好像也不舒服,就闷在心里。可我担心死了,生怕你有什么事。今天下午在外面开会,路过青云庵,我也没多想,就进去替你求了个签。"

朱怀镜便笑了,说:"也难得你一片好心。说说,是个什么签?"

"签倒是个上签。我看了还是相信。"香妹说着就从口袋里把签掏了出来,递给朱怀镜。

观音灵签,第九上签:

烦君勿做私心事

此意偏宜说问公

一片明心光皎洁

宛如皓月飞正中

解曰:

心中正直

理顺法宽

圣无私语

终有分明

朱怀镜读了签,明白香妹讲的相信是什么意思了。"三岁娃娃"要他多做好事,这签也说到这意思。他却不想点破这话,只笑道:"是个上签就好。不管信不信,总不愿抽着个下签,会很不舒服的。唉!这个谣言,我还是想弄清楚,到底是谁在搞鬼。"

香妹说:"既然组织上信任,你就别多想了。你自己去过问这事,说不定会节外生枝。"

朱怀镜说:"我知道。"话虽这么说,他还是想知道是谁在中间做文章。却苦于没有办法查这事儿。想来想去,觉得可以找找关云。

次日上班,关云来到朱怀镜办公室。梅次上上下下都知道朱怀镜将是未来的地委书记,关云自然也不是聋子。朱怀镜亲自召见他,难免有些受宠若惊的样子。

"坐吧。"朱怀镜靠在圈椅里,望着关云微笑。等舒天倒好了茶,朱怀镜让他把门掩上。舒天看出朱怀镜要谈什么重要事情,不作一刻停留,退身出去了。

关云不知何事,只见朱怀镜如此神秘,便有些紧张。脸一直红着,有些拘谨。朱怀镜问了些闲话,无非是忙不忙之类,然后说:"关云,请你帮个忙。"

关云忙说:"朱书记太客气了。有什么指示,您尽管吩咐。"

朱怀镜如此如此道了原委,再说:"请你同人和接触一下,看是怎么回事。你最好以私人身份,目的是搞清真相。"

"这个好办。我同范高明有过交情,说话随便。"关云很兴奋,脸越发涨得通红。朱怀镜想自己的确是找对人了。他最先考虑的只是关云的职业便利,搞公安的,三教九流都打交道。不承想过关云是地委领导的侄女婿,可以说同范高明一样是梅次的"太子党",他们之间多有接触。

关云领了命,想多坐会儿,又不敢造次,扭捏会儿,只得告辞。朱怀镜握着他的手,摇了摇,说:"辛苦你啊。"

第三十五章

朱怀镜刚去办公室,一个女人敲门进来了。这女人穿着倒还精致,却一脸倦容,眼睛里噙着泪。朱怀镜只好问道:"请问你有什么事吗?"

"我是郑维明的妻子。"女人一说,更加眼泪汪汪了。

原来是郭月!朱怀镜已收到了她寄来的告状信,仔细看过了。她也在烟厂工作,是个质检员。因为郑维明同她感情不和,两人长期分居。郑维明在外养着一个,原是厂办秘书,后来自己下海做生意。这位小情人姓满,叫满玉楼,容易叫人听成满玉奴。不管玉楼还是玉奴,都像花名。她当然是由郑维明照应着,赚了不少钱。她倒是被收审了,涉嫌窝赃。办案人员找郭月问过话,却抓不到她任何把柄,也就没法将她怎么样。这回她男人死了,她出面了。她说郑维明不可能自杀,一定是有人杀人灭口。却也说不出什么具体理由,告状信中无非是些"沉冤不雪,死不瞑目"之类的哀告。可以想象,上至北京,下至梅次,不知多少领导的案头摆着那封告状信。没想到她会登门来找他。

"你的心情我是理解的。信我看过了,批给了公安局。其实在接到你的信之前,我们地委领导就认真研究过了,要求重新调查郑维明同志的死因。请你相信组织,一定会有个令人信服的结论出来。"朱怀镜说。

郭月揩了揩眼泪,抽泣着说:"依我同他的感情,我不会过问他的死活。他贪得再多,我娘儿俩没享他一分钱的福。要说这个死鬼,他自己也没享过什么福,衣服都没几件像样的。钱都到那狐狸精手里去了。真是红颜祸水啊,不是那女人,他也不会落到这个地步!可是,他现在人死了,还有什么说的呢?就是看在儿子的份上,我也应尽这份心。我们家人谁也不相信他是自杀的,怎么可能呢?三个人一班,轮流看守啊!未必三个人同时拉肚子?天下就有这么巧的事?我毕竟同他生活了几十年,最了解他了。按他性格,也不可能自杀的。他也知道自己的罪该不该死。前年抓起来的所谓荆都第一贪,两百多万的经济问题,现在不还活得好好的吗?我家老郑呢?现在他承认的,也只有一百五十多万。这都还没有最后认定哩。他干吗要死?我知道,是上面有人希望他死!"

朱怀镜只好劝她:"郭大姐,你不要伤心了,人都去了,你自己保重要紧。至于案子,没根据的话,我不能同你说。我只能告诉你,地委很重视这事,会有结果的。"

"我也知道,我在梅次是喊天天不应,喊地地不灵的。问题就出在梅次个别领导身上。我会上荆都去,上北京去。"郭月哭嚷着。

朱怀镜说:"郭大姐,上访是你的权利,我们不能阻止你。但我想奉劝你,还是相信我们。就是再怎么往上面告,也得由下面来落实啊。中国这么大,上面领导又不是千手观音,哪顾得过来?"

不料这话惹恼了郭月:"朱书记你这是什么意思?我为什么

想找你说说？就是听老百姓反映，说你是好官。可你这么说，意思是我再怎么告，材料还是要回到梅次，还是梅次个别人说了算？"

朱怀镜忙自打圆场："不是这意思，大姐你别误会。我是说，梅次不是哪一个人的梅次，它是一级组织，会依法办事的。"

郭月仍是哭哭啼啼，说个不停。朱怀镜只好耐心地听，小心地劝。看得出，郭月也并不是想问他要个结果，只是想哭闹一番，消消心头之恨。整个上午，朱怀镜做不成任何事。好在没什么要事处理。快到中午了，郭月才揩干眼泪，走了。还算是读书人，郭月临走时还知道说谢谢了。

麻烦要来就齐来了。下午，朱怀镜刚上办公楼，就见舒天在同一个老头儿拉扯。那人两腋下夹着拐杖，舒天不敢用力去拉。朱怀镜真想躲掉，请信访办来人处理。可他已来不及躲了，那人看见他了，喊道："朱书记来了，青天大老爷来了。"喊着就哭了起来。走廊里回声很大，这男人的哭声简直恐怖。

朱怀镜忙过去扶了那人，说："别哭别哭，有什么事同我说吧。舒天你快开门。"

舒天望望朱怀镜，有些难为情，怕他怪自己没有把人劝走。开了门，朱怀镜亲自扶着老人进去，坐下，又叫舒天倒茶。没等朱怀镜开口问，老头儿坐在那里双手作揖打拱不迭，口口声声青天大老爷。

"你老人家是个什么事？你说吧。"朱怀镜尽量让自己显得和蔼些。

老人家的眼泪怎么也止不住，说话颠三倒四，说到好些部门，好些人物，有的说了姓名，有的只说职务。加上方言很重，听着很是吃力。舒天是本地人，在一旁不时翻译，但也一时理不清头绪，好半天，才明白过来。原来，此人就是李远佑，马山县李家坪乡的前村党支部书记。因为宣传上级文件，被乡政府关起来的那位。李远佑最后几句哭诉，舒天翻译给朱怀镜听："他说我被乡政府非法拘禁达四十二小时，惨遭毒打，右腿已经残了。他说我要求严惩凶手，要求他们赔偿我损失，可告到县法院，没人管。他说老百姓都说朱书记是个好官，请朱书记给我做主。"

这时，听到走廊里有人问："请问缪书记在家吗？"

"缪书记呀，搞调研去了，嘿嘿。"答话的周克林，语气带着讥讽。看样子很多人都知道缪明快要走了。

"又搞调研去了？又有篇大块头文章要出来？"那人也笑笑。听这声音很熟悉，像是哪个部门的头儿，朱怀镜想不起是谁了。

周克林不再说什么，只是嘿嘿笑着。朱怀镜便猜测周克林的表情，说不定满是文章。

朱怀镜心里甚至有些同情缪明了。舒天望着他笑，也不坐下来。朱怀镜猛然意识到自己走神了，忙望着李远佑笑笑，点点头。记得马山县把处理向云启的文件寄了一份给他，却没有谁向他报告过李远佑被非法拘禁的具体情况。他以为事情早已过去了，不料还留着这么个尾巴。不过听这意思，只怕是有人别有用心，把李远佑推到他这里来，就是想给他添麻烦。当时处理马山县农民上访事件，朱怀镜谈了具体意见，还建议处理了责任人。说不定有人会说，你朱怀镜办事公道，就给你个机会，让你再公道一次吧。

朱怀镜不可能马上拿出个公道放在李远佑手上。他安慰道："老李同志，你是老党员了，一定要相信党。个别干部工作作风不好，不依法办事，这是存在的。你的事我知道了，我会让有关部门认真调查，该怎么处理，就怎么处理。老李同志，你看怎么样？我现在只能这么答复你。"

李远佑收住泪水，却仍是哭腔："感谢朱书记青天大老爷。

有你的话，我就不上去告状了，我就坐在家里等消息。"

朱怀镜忽动恻隐之心，掏出两百元钱，塞在老人手里："你拿着做路费吧。"

李远佑眼泪一滚又出来了，死活不肯收他的钱。朱怀镜硬要给他，舒天也在一旁劝他收了算了。推让好几回，老人才收了钱，作了揖，退着出去了。

想着李远佑说的会在家里等消息的话，他叫舒天马上挂电话，找到余明吾。他看这李远佑还是很老实很质朴的。他只是说了几句很原则的话，人家就说不到上面去告状了，只在家里等消息。如果让这样一位老实人失望，他会很不安。很快找到了余明吾，朱怀镜接过了电话："明吾同志吗？李远佑被非法拘禁的事，你们有个处理意见吗？"

余明吾问："是不是李远佑上你那里告状了？"

朱怀镜有些来火了："明吾你这是怎么了？是我在问你，你不回答，却问起我来了。"

余明吾忙赔了不是，说："李远佑的右腿残废了，说是乡政府干部打的，乡政府干部说是他自残栽赃。案子正在调查，有个过程。可李远佑每天不是在县委门口哭闹，就是在县政府门口哭闹，要么去法院吵。影响很不好。"

朱怀镜说："明吾同志，人家都那样了，有些情绪化行为，都是可以理解的。而且这都是我们自己干部胡来造成的后果，我们要有起码的自省意识。现在关键是要尽快给人家个结论。要尊重事实，尊重法律。错了就错了，不要文过饰非啊。这样吧，我请你半个月之内，给我个明确结论。错了，就要依法赔偿。"

余明吾沉吟半晌，显然有些为难。但朱怀镜的口气是不容商量的，他也就只好答应了，却说："朱书记，当然要讲法律，但也要具体情况具体对待啊。如果这种情况都要按国家赔偿法处理，怕引起连锁反应。"

朱怀镜听着更加火了："明吾同志，你这是什么话？难道你们马山县干部的工作作风一贯如此？有很多类似草菅人命的事？"

余明吾自知失言，改口说："我不是这个意思。"

朱怀镜说："明吾同志啊，我们不能再糊涂了。错了，就纠正。该赔给老百姓的，就要赔。哪怕赔得你们书记、县长卖短裤也得赔！要赔出教训来，今后看谁还敢乱来！"

放下电话，朱怀镜猜着余明吾会在那边骂娘的。骂就骂吧！基层有自己的难处，他不是不知道。上面对下面说话，多少有些站着说话不腰疼的意思，但也只能如此。有些事，不逼是不行的。往下传达政令，就像输电一样，会有线损。不妨严格些，即使有其"线损"，效果也会达到。

亲自接待群众，朱怀镜并不觉得有什么不妥。但他仍然叫过周克林，说了几句："周秘，你看我这里怎么成了信访办了？前不久不是专门召开了机关安全保卫工作会议吗？"

周克林微觉难堪，点头道："是是，我们要进一步加强安全保卫工作，尽可能不让闲杂人员进大院，更不能让他们跑到领导办公室里来。"

朱怀镜笑笑，表示并不过分责难的意思。却想这闲杂人员一说，大有问题。上访群众怎么能叫闲杂人员呢？当然他不会去纠正这种早就约定俗成的习惯说法。

第三十六章

尽管诸事繁杂，朱怀镜还是踌躇满志的。有准确的消息说，市里正在酝酿缪明和陆天一的去处。最近缪、陆二人自己也常往市里跑，不用说是在为自己跑出路。朱怀镜自然有些担心，怕他俩在上面活动，一来二去，最终会把他的位置挤掉了。这种情况本是经常发生的。他借故汇报工作，给王莽之打了电话。却不便明着问，王莽之也不明说。这些事电话里原本就不方便说的。但王莽之打了几个哈哈，朱怀镜也略略安心了。到底放心不下，便打电话给北京李老部长。李老部长说，莽之同志说了的事，肯定不会改变的。看样子王莽之把提拔他的事已告诉李老了。他总不能在李老面前食言吧？这才安心了。

有天晚上，八点钟的样子，朱怀镜接到一个电话，"喂，朱书记吗？你好！我是小王。"

"小王？"朱怀镜听着这声音很陌生。

"不好意思朱书记，我们没有见过面。我是王莽之的小孩。今天我来荆都办点事，想顺便看看您。"

朱怀镜便感觉出小王普通话中的山东味儿了，他的语气也热情多了："小王你好。怎么叫你来看我呢？你说，你住在哪里？我去看看你。"

小王也不多客气，只道："我住在梅园五号楼，208房间。"

"很近，我一会儿就到了。"朱怀镜说。

只几分钟，朱怀镜就敲开了梅园五号208的门。开门的是位高大的胖子，皮带系在肚脐眼下面。小王伸出手来："朱书记，打搅您了不好意思。"

"小王，你来了怎么不早些告诉我呢？"这家伙块头也太大了，叫着小王都有些滑稽似的。仔细一看，真像王莽之。个子也差不多高，只是一胖一瘦。

小王笑道："我只是来看个朋友，明天一早就走了。老爸从不准我到下面来找你们的，怕我这纨绔子弟坏你们的事啊！"

才见面就是这种玩笑口吻说话，朱怀镜还不太习惯，只是赔着笑。小王又说："只是听老爸常说起您，把您夸得什么似的，我就想来见见您。"

朱怀镜道："感谢王书记关心。"

小王提提裤子，可皮带还是原地不动。大概他提裤子只是习惯而已。朱怀镜说："小王，王书记对我非常关心。这个……你在这边如果有什么事，尽管同我说。我只怕也大不了你几岁，别'书记书记'地叫，你就叫我老兄吧。就你一个人来的？"

小王说："跟了两个弟兄过来。他们住在隔壁，我不让他们来打扰我们。"

朱怀镜说："你老爸是个很讲感情的人，我这人也不是薄情寡义的。当然，首先是要把工作做好，不给他脸上抹黑。"

小王笑道："这个当然。我小王在外面混饭，要说不沾老子的光，没人相信。我也从不吹这个牛。但我做事有原则，就是不让朋友们为难。违法的事，不能干啊！"

朱怀镜听出些名堂来了，知道小王一定是有事找他了。小王不停地提裤子，可那皮带怎么也越不过肚脐眼。据说中国人的皮带有三种系法：系在肚脐眼上面的是大干部，系在肚脐眼下面的是企业家，系在正肚脐眼上的就是普通人了。那么，这位小王就是企业家了。"小王你是在哪里高就？"

小王笑道："我是无业游民。我是学美术的，最初是在大学教书。厌了，就出来了。广告、影视、房地产，什么都搞过。都没成事，钱也没赚着。只落得个玩。嘿嘿，我是个玩主。"

朱怀镜说："哪里啊，你是谦虚吧。"

小王说："真的，我就是贪玩。朋友请我帮忙呢，帮得着的，就替他们跑跑腿。这次有个朋友听说我来梅次，就让我打听打听你们这里高速公路的事。"小王说罢就望着朱怀镜了，笑着。他的笑容很怪，就像烧着半湿不干的柴，慢慢地燃起来，等到最后就旺了。

朱怀镜猜得果然不错。"招标方案我们已研究得差不多了，不久就要公开竞标。请问你那位朋友是哪家公司？资质如何？"

小王道："飞马公司，听说过吗？"

朱怀镜想了想，说："就是曾什么的飞马路桥公司？"

小王说："朱书记哦哦朱哥记性很好嘛。经理叫曾飞燕，女中豪杰。"

朱怀镜说："是的是的，叫曾飞燕。她的飞马公司，可是荆都民营企业的第三把交椅啊。"

"正是。飞马公司的实力、资质、信誉等等，都是一流的。曾女士希望能拿下梅次高速公路工程，托我拜访一下您。"

朱怀镜只能说说很原则的话："行啊，我心里有数。参加竞争的都是些大公司，你请他们飞马也要做些必要的准备。"

小王很无奈的样子，叹道："唉，朱哥，现在有些事情真没法说。要说完全凭实力，他们飞马也不怕。我的意思不是说，中间就一定会有些别的东西。这个这个……唉！"小王也许知道自己想说什么，可话一出口，就意识到措辞不得体，却怎么也绕不圆，就在叹息中了结了。

朱怀镜却明白了他的意思，便说："小王，你也是个说直话的人，我也就不绕弯子。情况是复杂，谁都清楚。反正一条，只要不太难，我会尽量帮忙的。"

两人都知道话只能说到这份儿上了，接着便是闲扯。小王拉开架势摆龙门阵，就完全是高干子弟的味道了。正是俗话说的，天上知道一半，地上全知道。慢慢地朱怀镜就听出些意思了，隐隐感觉王莽之如此器重他，只怕都同高速公路有关系，心头难免沉重起来，不知下一出戏如何演下去。

临别，朱怀镜再作挽留，请小王在梅次再玩几天。小王谢了，说明天一早就回去了。这时，小王才掏出名片。朱怀镜接过名片一看，见上面只印着名字"王小莽"和电话号码，没有单位和地址。朱怀镜笑道："你这名片有点意思。"

王小莽说："哪里，无业游民，就是这种名片了。"

朱怀镜道："不不，像个现代隐士或者高人。"却在心里笑道，王莽之给小孩起名字也太缺乏想象力了，按这么个起法，他的孙子不要叫王小小莽？他的曾孙就叫王小小小莽了。握手之间，再打量了王小莽，真的太像他父亲了。似乎这王小莽晒干了就是王莽之了，而王莽之煮发了就是王小莽了。

说好不用送，彼此也就不客气了。朱怀镜回到家门口，正好有人从他家出来。那人叫了声朱书记好，就下楼去了。朱怀镜不认得这人，进屋就问是谁。香妹敷衍道："你不熟悉，找我的。"

朱怀镜觉得有些怪，就说："我跟你说呀，现在找我的人是慢慢少了，可别尽是找你的人啊。听说财校建教学楼，你自己抓着,这可不好啊。"

香妹听着有些来气,说:"谁想管事?又不是我想管,局党组定的,要我管着。怕放给学校去管,会超预算的。"

"你可记住,话我是说了。"朱怀镜不再多言。

次日,朱怀镜去办公室没多久,关云来电话,问他有没有时间,想来汇报一下。朱怀镜十点钟还要参加一个会议,就请关云马上过来。只几分钟,关云到了。

关云坐下,接过舒天递过的茶,说:"范高明在深圳,没见着面。不过我们通了电话。这边工程是他手下管的,姓马,叫马涛。竞标也是马涛一手操作的。我同他接触了,谈得很坦率。马涛说,这次竞标,可以说是荆都建筑招标史上最规范的一次,所有竞争者最后都心服口服。中间绝对没有见不得人的事。他还说,大家都知道负责这次招标工作的是朱书记,大家都知道朱书记为人正派,没谁敢去找他。"

朱怀镜抬头望了一眼天花板,说:"是不是人和为了强调自己是凭实力取胜,有意在中间打马虎眼呢?"

关云很自信:"凭我的经验,感觉不像。"

朱怀镜说:"如果能弄清是谁在中间搞鬼就好了。不可能空穴来风啊,总有源头。"

关云说:"我继续摸摸?"

朱怀镜说:"方便的话,你留个心眼儿吧。其实这事对我并不重要,我完全可以不予理睬。但知道比不知道好。"

关云点头道:"我懂了。"

第三十七章

　　十一月二十五日，将是朱怀镜终生难忘的日子。王莽之带着市委组织部长范东阳，亲赴梅次。梅次地委班子正式调整了。朱怀镜出任地委书记，印证了外界谣言的真实。专员名叫沈渊，原是吴市常务副市长，也到任了。缪明仍回荆都去，任市政府秘书长。陆天一调市纪委，任常务副书记。棋局已定，人们倒没多少凑热闹的兴趣了。不过大家仍关心着一件事，朱怀镜上来后，吴飞案会有什么新进展？听说吴飞已被押往外省了，在荆都哪里都不安全。

　　新旧班子的交接，当着王莽之的面，在会上就进行了。场面自是热烈。缪明和陆天一都满脸笑容，都说了感谢市委和王书记之类的话，当然也都向朱怀镜和沈渊表示了祝贺。程序很规范，就像有人导演过似的，自然也就有些像演戏了。

　　晚上，王莽之在梅园五号楼208房间里，同朱怀镜长谈到深夜。这正是他的公子王小莽上次来梅次住过的房间。王莽之懒懒地靠在沙发里，两手摊开，抓在两边扶手上。王莽之高而瘦，手就显得特别长，有点像长臂猿。最近，关于王莽之的说法越来越多，有些话很不好听。有人说，王莽之手很长，就是一语双关。而朱怀镜眼前的王莽之，在柔和的灯光下，是位仁厚的长者。"怀镜哪，市委非常重视你，非常信任你。梅次工作基础不错，不过这两年班子协调有些问题。我个人的看法，缪明是个书生，不行。就让他回去给市长写《政府工作报告》吧。人尽其才嘛。陆天一有魄力，毛病就是太自负，遇事不绕弯子。也不行。你呢，我个人的看法，是柔中有刚，刚柔相济。既有原则性，又有灵活性；既有实际工作经验，又有较好的理论修养。好啊，好啊。"王莽之总是强调他"个人的看法"，看似平常，却别有深意。官场中人发表意见，口头禅总是"个人看法"。不同人说到"个人看法"，意思大不一样。通常下级在上级面前表明自己说的是"个人看法"，有谦虚的意思；上级在下级面前表明自己说的是"个人看法"，看上去也是谦虚，其实是强调个人权威了。而王莽之这个时候讲的"个人看法"，除去通常意义，还附加了新的内涵，说明他个人对朱怀镜格外器重，有私人之谊。

"王书记，请您多关心，多支持。梅次干部队伍素质总体上都不错，但问题也不少。下一步，扭转作风，是个大事。工作问题也不少，总的说来是经济效益不高。我不会忙着出政绩，出经验，而是想抓住一些基本的、具体的工作，抓实抓牢。总的想法是，从宏观着眼，从微观入手。"朱怀镜注意既把自己的思路尽量讲透，又不能讲得太冗烦。

王莽之赞赏道："好啊。我早看出来了，你是有思想的。一味地忙着出政绩，难免会出现虚的、假的、空的东西。靠树几个供上级领导参观的典型，搞样板政绩；或者在数字上打歪主意，搞泡泡政绩；或者靠秀才们写几篇经验材料，搞文章政绩，等等，害死人。对此我们是有教训的。"

朱怀镜却是越发谦虚着，说："您刚给我戴上书记这顶帽子，我还没多少准备。我会认真思考一下,自己到底要怎样执政一方,实干一场。我到时候拿个大致工作思路,报请王书记批示。"

王莽之的声音突然低了下来,表情也神秘起来,说:"李龙标同志身体不好,要调整一下。暂时不急,缓缓再说。你考虑考虑,谁接任合适些。"

"好吧,我会认真考虑的。"朱怀镜心领神会,知道王莽之有意给他个人情做,让他自己从梅次推荐个同志任地委副书记。虽然只是一个地委副书记人选,对树立朱怀镜的威信却是意义重大。谁能在任用干部上说得起话,谁就有威信。

王莽之很满意的样子,点头而笑:"好好。郑维明死了,案子就不要久拖了,尽早结案。他老婆还到处告状,有什么告的?吴飞案也是一样。这是全市今年发生的最大的案子,影响很大。全市人民都在看着你们,同时也都在议论、猜测,也流传着很多谣言,真有些人心惶惶的味道了。也要快办快结。拖久了,涣散人心啊!"

朱怀镜应道:"您知道,这两个案子过去都是缪明同志亲自抓。我会召集有关同志认真研究的,尽快办结。"

王莽之脸作愠色,说:"怪了,他一把手,管个具体案子干什么?那龙标同志管什么去?如此越俎代庖,难怪搞不好团结!"

朱怀镜只是笑笑,没有说话。他想王莽之只是想说说缪明而已,他明知道李龙标身患癌症。他替缪明解释显然没有意义。私下又想:如果按照王莽之自己的逻辑,一个地委书记不必亲自抓具体案子,那么市委书记王莽之对这两个案子也未免太关心了。朱怀镜心里不以为然,脸上却灿烂地笑着。

谈到最后,王莽之开始打哈欠了,朱怀镜忙说太晚了,就要告辞。可王莽之谈兴仍浓,说:"我并不困啊,再扯扯吧。平时,也难得有这么多时间同你这些书记们说说话。"但朱怀镜硬说要让王书记休息了,说他已经很不安了。王莽之这才站起来,同朱怀镜紧紧握手,还在他肩头重重拍了几板,很是殷切。

出了门,朱怀镜迟疑半晌,还是按了范东阳的房间门铃。范东阳还没睡下,开了门,见是朱怀镜,忙请他进去坐。朱怀镜进去了,却不坐下,只道:"太晚了,我就不坐了。王书记找我谈话,谈到这个时候。本想早些过来看看您的。"

范东阳笑道:"我们之间就不要客气了,有的是时间扯谈啊。"

朱怀镜告辞出来,踩在走廊猩红色地毯上,步子格外轻快。他感觉范东阳的架子又放下来许多了。他说"我们之间",分明是将朱怀镜平辈待之了。他说"有的是时间扯谈",言下之意就是两人要做老朋友了。

缪明和陆天一是随王莽之一道离开梅次的。他俩自然也得由王莽之陪着,去各自单位与同志们见面。两人报了到,先后又回到梅次,处理些杂事。朱怀镜依礼,去拜访了两位。同陆天一见面,两人没多说什么,只几句客气话就算完了。缪明正在办公室清理东西,弄得很乱,却留朱怀镜坐了好一会儿。看来缪明想说些什么。

"怀镜啊,这就看你的了。"缪明微笑着,看上去像是千斤重担落了地,求之不得的样子。总算没见缪明改文章了,他的手却仍是在下腹处摩挲不停。

朱怀镜笑道:"我还不是按既定方针办?只要按你定的路子,亦步亦趋,不出麻烦就行了。"

缪明摇头道:"怀镜你就别谦虚了。领导和同志们都说你有思想,背后叫你朱克思。但是,困难也不少啊。"

朱怀镜点头称是,接着又摇摇头,无可奈何的样子。心里却在想自己原来替缪明预测仕途,以为他会从地委书记位置走上市委常委、市委秘书长的位置，最后当市人大副主任或是市政协副主席。没想到，连市委秘书长都没当着，只给他个市政府秘书长干。朱怀镜就更加明白王莽之说过的"安置"的意思了。所谓安置，就是把你放在那里，同放东西没什么两样。还有很多情况下的人员安排，都是说安置，或者说妥善安置。安置的意思早已注定，再说如何"妥善"都没多少意思了。

缪明说："梅次最大的问题在于，干部个体素质都不错，整体合力上不去。根子在哪里？你过去是管干部的，比我清楚。我建议，你要彻底扭转梅次干部当中玩圈子的宗派主义问题。上次干部调整，按你的意见，拖着不办，看来是对的。你自己接手，就主动了。"

缪明这番话倒也掏心掏肺，却也有些奉迎的意思。朱怀镜说："这是你的功劳，我要感谢你啊。"

"目前最棘手的是吴飞案。我就弄不明白，一个民营企业家，按过去讲法，不过就是个体户，怎么会有这么多人关心？上面有人不断打电话给我，要我快办快结，不要过多纠缠细枝末节。这中间就有问题了。也许，我不该在吴飞问题上太认真吧。"缪明的手终于停在下腹处了，头偏向一边，望着窗外。

缪明到底流露出了不满情绪，朱怀镜听了，心里明白八九分了。他立即想到了谁。如果真如他所猜测的，他也难办了。望着略显沮丧的缪明，朱怀镜觉得他到底还算个正派人，不过有点儿迂。但他不能当面说"缪明同志你是个正派人啊"。正派本是做人的底线，现在却成了对人的最高评价了。岂不荒唐？

不久就流传开了所谓梅次新十大怪的顺口溜。梅次同很多地方一样，自古就流传着什么十大怪，朱怀镜刚来时听说过，却记不全了。而这新十大怪，因为同他自己有关，便记下来了：

去的一个是傻蛋。
上的一个样样慢。
走路还比坐车快。
自己东西自己买。
农民伯伯不出汗。
工人叔叔不吃饭。
干部用钱别人赚。
贪污分子穿得烂。
警察要比小偷坏。
腐败头子反腐败。

头一句说的是缪明。大概缪明的傻，在梅次是妇幼皆知了。看来缪明自鸣得意的道德文章，在梅次是行不通的。第二句就是说他朱怀镜了。他说话慢条斯理，走路踱着方步，就连笑也是让嘴角慢慢咧开。有人说他作报告的语气，很适合致悼词。他便安慰自己：也许因为梅次亟待解决的问题太多，干部群众盼着他快刀斩乱麻吧。如此一想，倒也没什么恶意。第三句讲的是梅次城市和交通管理混乱，坐车不如走路。第四句就是讲曙光大市场了。因为没有什么生意，便讽刺商家之间只好你买我的，我买你的，就等于自己买自己的东西了。第五句讲的是农民土地撂荒。种地划不来，不种了，哪用得着出汗？第六句讲的是工人下岗，只好饿肚子了。第七句不用多说，人人明白。第八句讲的是前不久自杀死了的郑维明，平时不修边幅，简直还有些邋遢，不料是个巨贪。第九句也不言自明，反正百姓对警察没什么好话说。第十句讲的就是陆天一了。梅次人都说他是个大贪官，却调到市纪委去了，专门负责反腐败。新十大怪，打头和押后的都是原党政一把手，就怪上加怪了。

第三十八章

邵运宏好几次走到朱怀镜办公室门口,见他正忙,就回去了。看样子邵运宏是想同他聊聊天。这次地委班子调整,虽说传得很久了,消息却是真真假假。一夜之间换了,下面的头头脑脑都觉得突然,有些手忙脚乱。

这天朱怀镜想去黑天鹅休息,就叫上了邵运宏。邵运宏给缪明磨了两年多笔尖子,没有一篇文章过关,真苦了他。在车上,朱怀镜玩笑道:"运宏,还得辛苦你替我写两年文章。今天我请你吃饭,就是这个意思。"

邵运宏大为感动,忙说:"哪敢啊,哪敢啊。说实话朱书记,我好几次想找你汇报,就是想请你把我岗位换一下。这些年写字写得我太苦了。今天有你朱书记这句话,我就是当牛做马也愿意。"

朱怀镜笑道:"文字工作辛苦,我深有体会。我也是干这行出身的。运宏,我信任你,支持你,你就安安心心干吧。"

说着就到了黑天鹅,刘浩在大厅里迎候着。刘浩同邵运宏头次见面,免不了客气几句。朱怀镜说:"刘浩,你安排一下,我今天专门请运宏吃饭。我得靠他帮忙啊，不然开起大会来，我只好在主席台上演哑剧了。"

邵运宏像是吓了一跳，忙摇手道："朱书记呀，谁不知道你是出口成章，落笔成文？领导都是你这个水平，我们就要失业了。"

朱怀镜笑了笑，说："你的意思是，我的文字水平比缪明同志还高？"

这话就难住邵运宏了，叫他不知怎么回答。既不能说他的文章比缪明差，又不能说他的文章比缪明强。若说他的文章比缪明强，岂不更是一个废字符号就毙了秘书班子的文章？邵运宏脸憋得通红，嘴巴张着，只听得啊罗啊罗响，舌头就像打了结。朱怀镜笑笑，说："运宏，我跟你说呀，对待文章，也同对待人一样，要看得开。文章固然很重要，但眼里只有文章，肯定是不行的。你放心，给我起草讲话稿，我只是原则把关，其他的你说了算。"

邵运宏双手打拱，道："还是请朱书记要求严格些，怎么能是我说了算呢？"

舒天插话说："朱书记这是充分信任我们，鼓励我们。我第一次替朱书记弄那篇文章，我自己知道并不怎么样，朱书记就很欣赏。我们下面这些人图个什么呢？不就图领导看得起吗？如果头一次替朱书记写文章，就被他骂得一文不值，只怕这辈子都找不到磨笔尖子的状态了。"

朱怀镜笑道："小舒，你这就是只经得起表扬，经不得批评了。"

舒天忙说："不是不是。朱书记说到批评，我随便汇报个看法。有些领导以为批评就是骂人，其实不是。加上毛主席说过，要正确对待批评和自我批评，有些领导动不动就拿人训一顿。话扯远了。我说呀，朱书记对待官样文章的态度，就是大家气象。"

朱怀镜笑道:"舒天不作批评和自我批评,只学着表扬人。你看,把我表扬得好舒服。"

菜上来了,朱怀镜说:"刘浩,今天破例,我们喝点白酒。"

邵运宏说:"我不会喝白酒。"

朱怀镜说:"写文章的,哪有不会喝酒的?李白斗酒诗百篇,苏轼把酒问青天哩。"

邵运宏笑道:"朱书记这是故意激我。都说写文章的能喝酒,其实是误解。李白擅饮,有史可鉴。可苏东坡并不会喝酒,只是在诗文中间豪放豪放。"

刘浩说话了:"邵主任你别引经据典了。难得朱书记破一回戒,你丢了小命也得奉陪。你的面子可够大的了,上面来了领导,朱书记都只坚持喝红酒哩。"

邵运宏把衣袖一捋,身子往上一直,说:"好!今天就把命赔上了!"

朱怀镜摇头一笑,说:"我们把命还是留着吧,党和人民需要我们哩。酒嘛,能喝多少喝多少。"

斟上酒,邵运宏刚想举杯,被朱怀镜止住了。说:"运宏,你先别说话,今天是我请你。意思刚才说了,就是想请你再辛苦两年。来,这杯酒先干了吧。"

邵运宏本来还想客气几句,可是见朱怀镜已干了杯,忙仰了脖子喝了酒。舒天和刘浩也说借花献佛,各自敬了邵运宏。杨冲要开车,不能喝酒的,也以茶代酒,敬了邵运宏。邵运宏果然不胜酒力,脸通红的了。朱怀镜又举起酒杯,说:"其他几位敬的酒,你喝不喝,我不管,我至少要同你喝三杯。"

邵运宏抬起手腕亮了亮,说:"朱书记你看,我手膀子都成煮熟的虾米了。我真的不能喝酒。"

朱怀镜笑道:"我积四十多年人生之经验,发现喝酒脸红的人，多半酒量特别大。因为红脸就是酒散发得快。怕就怕不红脸，像我越喝脸越白，醉死了人家还会说我装蒜。"

邵运宏还想理论，朱怀镜已举杯碰过来了。他只得憨憨一笑，干了杯。朱怀镜见他咽酒时苦着脸，就说："我们放慢节奏，吃菜吧。"

邵运宏重重地喘了口气，说："朱书记太人性了。"

朱怀镜将筷子一放，大笑不止，说："运宏啊，我就不知道你是夸我还是骂我了。我起码还是个大活人嘛，怎能没了人性呢？"

邵运宏解释道："不是那个意思。我是想说，有些人，官位置上去了，很多做人应有的东西就麻木了。我想这只怕同中国官场传统有关。你看西方国家的官员，他们总想尽量表现得像个普通人。而我们呢？做了官，就千方百计想做得同普通人不一样。在这种文化背景下，下面的官员呢，很多就趾高气扬，忘乎所以，甚至视百姓如草芥。朱书记你看是不是这个道理？"

朱怀镜含含糊糊地点了点头，知道邵运宏真的喝醉了。邵运宏并不明白自己说话出格了，又说："朱书记，跟你汇报啊。这两年，是我最辛苦、最卖力的两年，恰恰是我最苦闷、最失望的两年。慢慢地我也就懒心了，消极了。上次随你去枣林村，陈家祠堂戏台的那副对联，我过后一个人专门跑去看了看，写得真好。'凡事莫当前，看戏何如听戏好；做人须顾后，上台终有下台时。'说实话，我没信心了，就完全是个听戏的心态了。事情我应付着做，做好做坏一个样，就由他去了。梅次的事情，吹到耳朵里来的就听听，不然就漠不关心。看着那些趾高气扬的人，我就想着上台终有下台时。我自己呢？别人看来也是个官，我是不把它当回事。"

见他越说越听不下去了，舒天便叫道："邵主任，你吃菜，来来，我给你盛碗汤，这汤很好的。"

"舒天，我知道你以为我醉了。我没醉。酒醉心里明哩。朱书记，我平时喜欢想些问题，而我想的那些问题都不是我该想的。比方说，对待一些消极现象，我认为就存在着估计过低或者说估计滞后的问题。比方腐败，最初只是很谨慎地叫做不正之风。直到后来越来越不像话了，才开始使用腐败这个词。又比方黑社会，过去很长一段时间，都只叫带黑社会性质的犯罪。其实有些地方黑社会早就存在。可是直到最近，才公开承认黑社会这个事实。这多少有些讳疾忌医。倘若早些注意到这些问题的严重性，采取断然措施，只怕情况会好些。"邵运宏说话时嘿嘿地笑，又有些东扯葫芦西扯瓢的味道。他真的醉了。

"也许是这样吧。"朱怀镜说。本说还要同邵运宏喝三杯的，见他这个状态，就不再提敬酒了。邵运宏的思路完全乱了，说话天上一句，地上一句。舒天生怕朱怀镜听着不高兴，老想拿话岔开。朱怀镜却说："运宏很有些想法嘛。"意思是夸邵运宏有思想。舒天见朱怀镜不怎么怪罪，就由他去了。

邵运宏的话越说越敏感了，朱怀镜就没有表情了。他举了杯子，同刘浩碰碰，干了。他知道邵运宏句句在理，只是不能这么明说。说说就说说吧，等他明天酒醒了，又是位谨小慎微、恭恭敬敬的干部了。

朱怀镜叹了口气，沉默不语。这时，他电话响了，是舒畅。她问："你在哪里？"

听她声音沉沉的，朱怀镜吓了一跳："我在黑天鹅。听你这样子，有什么事？"

"你方便吗？我过来一下。"舒畅说。

"好吧，你来吧。"

邵运宏突然像是清醒了，说："我只顾乱说，还没敬朱书记酒哩。"

朱怀镜说:"你也别敬了,今后再敬吧。来,我们都干了,大团圆吧。"

邵运宏握着朱怀镜的手说:"朱书记,我的毛病就是喝了酒就乱说话。等我酒醒了,你再批评吧。"

"酒醒了就好好工作吧。"朱怀镜叫杨冲,"你同舒天送邵主任回去。他老婆要是骂他,就说是我灌醉他的。"

"我老婆她,我老婆她……"邵运宏话没说完,就被舒天和杨冲架着往外走。邵运宏倔犟地回头笑笑,笑得样子有些傻,手在头上胡乱抓着。大概酒精具有让人返璞归真的功效,邵运宏这会儿拘谨得像个孩子。一种被宠幸的感觉,伴着酒精透进了每一个毛孔。

刘浩陪朱怀镜去了房间。朱怀镜握了刘浩的手,说:"刘浩,不好意思,这些天老是麻烦你啊。"刘浩忙摇手说:"哪里哪里,这是朱书记看得起我小刘。"最近朱怀镜总在这里单独宴客,请的都是有关部门的头头。谁该请请,谁不需请,他心里有数。被请来的,都觉得朱怀镜对自己格外开恩。他们就没理由不听他的了。就像赵匡胤杯酒释兵权,朱怀镜是杯酒服人心。

闲话几句,朱怀镜说:"我有位朋友过来说点事儿,你忙你的去吧。"

没过多久,舒畅来了,低头坐着,眉头紧锁。朱怀镜怕真有什么事了,小心问道:"怎么了?可以告诉我吗?"

舒畅不曾回答,却先叹息了:"唉,我们姐妹俩怎么都是这种苦命?"

朱怀镜听着心头直跳,却不好逼着问。他过去倒了杯茶,递给她。舒畅没喝,把茶放回茶几上。低眉半天,才说:"舒瑶找的男朋友,叫范高明,是老地委书记的儿子。这个人你可能不知道,现在到深圳发展去了。"

"最近才听说这个人，人和集团吧。"朱怀镜说。

舒畅说："我最初就不同意她同范高明好。那是个花花公子，混世魔王，身边不知有多少女人。可这人追女人就是厉害，弄得舒瑶神魂颠倒。后来，舒瑶受不了他了，想离开他。他不让。舒瑶死也不肯再和他好了，就另外找了男朋友。反正范高明也不常在梅次。这下好了，范高明找人把她男朋友打了个半死。如今正在医院躺着呢。那姓范的还扬言，要毁了舒瑶的漂亮脸蛋儿。"

"简直太嚣张了嘛！"朱怀镜气愤地站了起来，在屋里来回走着。

舒畅哭了起来："这事闹了好久了，我也不好同你说。为这些小事给你添麻烦，也不好。没想到，今天真出事了。"

朱怀镜来回走了几步，说："你放心，我会过问这事。这事不能拖，我怕这些流氓办事鲁莽，让舒瑶吃亏。你先回去，我马上叫人处理这事。"

舒畅上卫生间洗了把脸，梳理一下，先回去了。朱怀镜却想，也不能随便叫公安部门去立案，未免太简单从事了。舒瑶是梅次名人，他亲自过问这事本也说得过去。但范高明也不是一般人物，总不能让他面子上过不去。再说了，范高明手下有批流氓，你弄他初一，他搞你十五。你在明处，他在暗处。到头来只怕还是舒瑶吃亏。想了想，仍旧找了关云。关云接了电话，说马上过来，问他在哪里。他不想让关云知道黑天鹅这个房间，约好二十分钟后在办公室见。

朱怀镜下楼，却见杨冲刚泊了车，准备往里走。见了朱怀镜，他就停住了，说："刚送邵主任回来，就看见舒畅姐，我送她回去了。"

朱怀镜只装作没听见，没有做声。"去办公室。"心想这杨冲真有些蠢，白给领导开了这么多年车了。

朱怀镜上楼时，见关云已等在门口了。一进门，关云就拿过朱怀镜桌上的杯子，倒了茶递上去。朱怀镜客气道："怎么要你倒茶呢？"关云嘿嘿笑着，再替自己倒了茶。

朱怀镜喝口茶，清了清嗓子，把来龙去脉说清楚了，再说道："舒瑶是梅次的名人，是很受观众们喜爱的主持人。她的问题反映到我这里，我不会坐视不管。首先要指出的是，范高明指使人殴打舒瑶的男朋友，这是很恶劣的行为。是否构成刑事犯罪，立案调查再说。当然，范高明也是有特殊身份的人，我们也不希望他难堪。所以，我请你出面，协调一下这个事。如果舒瑶这边接受得了，可以不处理人。但要他们保证一条，今后不许再找舒瑶和她男朋友的麻烦。其他细节问题，你看着办吧。如果有必要，你可以亮出我的名字，说我很重视这个案子。这事要快，怕那些亡命之徒又生事端。"

关云头点得就像鸡啄米："好的好的。现在还早，不到九点钟。我马上叫几个人，去处理这事。"

"好吧，就辛苦你了。"朱怀镜站起来，同他握了手。

关云却是满口哪里哪里，那神色分明是因为得到朱怀镜的信任而兴奋。几乎是弓腰退着出去的。朱怀镜满脸笑容，望着他消失在灯光灰暗的走廊里。却想这人平时办事喜欢乱来，又曾经到处说他坏话，如今在他面前服服帖帖了。不管他怎么殷勤，只要他朱怀镜在梅次一天，就不能再让他往上走半步！

朱怀镜今晚本想睡在黑天鹅的，这会儿到了机关院子里面，他只好回家去了。香妹还没有睡觉，在看电视。电视声音调得很小，想必儿子早睡下了。他心情本来很沉重，却不能把情绪带回家里。进屋就笑眯眯的，问："还在等我呀。"

香妹故意噘了嘴说："谁等你呀？别自作多情了。你不是说不回来的吗？"

朱怀镜不答她的话，只是笑了笑。见沙发上放着个大口袋，上面印着英文，便问："什么好东西？"

"没什么，就一件大衣。"香妹仍望着电视。

朱怀镜拉开口袋拉链，见是件女式貂皮大衣，就问："你自己买的？"

香妹不答，只含混道："怎么了？"

朱怀镜说："什么怎么了？我问你怎么了。"

香妹这才说："一位朋友送的。"

朱怀镜追问道："什么朋友？"

香妹生气了，说："你怪不怪？"

朱怀镜认真起来，说："我跟你说啊，你可得注意啊。貂皮大衣可没价的啊，我在商场留意过，貂皮大衣几千、几万、十几万一件的都有。你同我说得好好的，让我注意这个注意那个，你自己可别这样啊。"

香妹呼地站了起来，进屋去了。朱怀镜心里梗着，不想进去睡觉。独自坐了好久，关云来了电话："朱书记，向你汇报一下。你还没休息吧？"

"没睡。你说吧。"

关云说："事情摆平了。正好范高明在梅次，我同他见了面。他起初不怎么好说话，说你们公安要怎么处理就怎么处理，反正这事还没完。没办法，我只好说你很关心这个案子，亲自过问了。他这才软下来。反正没事了。最后范高明又说，想托我请请你，吃顿饭。我说你最近很忙，以后再说吧。"

"行啊，辛苦你了小关。他请我干吗？我没时间。"朱怀镜语气很严肃。

朱怀镜马上打了舒畅的电话："没事了。你跟舒瑶做做工作，他们那边人也不处理算了，但医药费他们还是要负担。我了解了一下，打得也不算重。息事宁人吧。也请你理解，这种事公事公办反而不好。他们是流氓，哪天暗地里把舒瑶怎么了还不好。"

舒畅放心了，却也顾不着道谢，只是叹息而已。她没说什么，沉默半天，才放下电话。听着嗡嗡直响的电话筒，朱怀镜心里很不是味道。面对舒畅，他越来越说不清自己的心情了。似乎这女人就是天生有股魔力，叫他欲罢不能。

香妹已熄灯睡下了，朱怀镜独自坐在客厅里发闷。他见香妹越来越怪了，说不得她半句，一说她就冒火。最近找他的人多了起来，他晚上不怎么在家里。部门和县市的班子调整，正在酝酿方案，下面的头头脑脑都急起来了。尹正东到朱怀镜办公室去过几次，说是汇报工作，其实没什么正经事值得说的。朱怀镜明白他的意思，就是想听听口风。看上去尹正东老想把话挑破了说，可朱怀镜总是装糊涂。不论谁上门来，他总是几句漂亮话就把他们打发掉了。最近他老躲在外面，不知是不是还有人上门来。

第三十九章

郑维明的老婆郭月仍是四处告状，已告到北京去了。北京通知荆都，荆都通知梅次，梅次便派人去北京，将郭月接了回来。说接回来，是客气的说法，其实差不多是押回来的。北京是首善之区，岂容郭月这样的人去哭哭闹闹？况且你男人不管是怎么死的，总是个腐败分子吧。可郭月只在家里休整几天，又会哭哭啼啼上北京去。梅次只好又派人去接。谁也不能将郭月怎么处置，再怎么不喜欢老百姓告状，也不敢做得太过分了。不知何时是个了断。

李远佑又开始了新一轮告状。法院判赔了他三万块钱，作为医药费用、伤残补偿和误工补贴。可他还揪着不放，要求依法严惩殴打他的凶手，也就是几位乡政府干部。事情就僵着了。朱怀镜的态度很明确，要马山县委严格依法办事。正是梅次县级领导班子调整的前夕，余明吾能不能当上地委副书记，都还是个未知数。他就不敢不听朱怀镜的话。当然朱怀镜也清楚，余明吾自有他的难处。

那几位乡政府干部，也调整了战术，以攻为守，开始为自己鸣冤叫屈。申诉材料满天飞。为首的自然是向云启，他总觉得自己冤里冤枉挨了处分。看着那些好像满肚子冤屈的文字，朱怀镜很是气愤。这些人身为国家干部，明明是胡作非为，却还做无辜状！可他也只好在心里生气，批示还是要写得四平八稳，请有关部门认真调查。他毕竟没有亲自去调查，不能凭印象就下结论。

吴飞案，朱怀镜开始亲自过问。他想遵照王莽之意图，快速结案。同向长善慎重研究，将吴飞从外省秘密押了回来。外界都知道吴飞早已不在梅次了，所以押回来只怕是最安全的。关押地点，只有极小范围内的人知道。那是从前三线建设遗留下来的人防工事，离梅阿市五十公里的深山里。那防空洞是当年全国样板工程，据说方圆几百里的山头下面都挖空了，里面巷道纵横交错，密如蛛网。不熟悉的人钻进去就出不来。

戏台子是搭起来了，戏却不一定就能有板有眼地唱下去。梅次的权力格局打乱了，或者说原有的平衡被打破了。朱怀镜便在班子里面周旋，暗示，招呼，许诺，震慑，甚至交易。用什么法子，都因人而异。县市和部门领导班子还是尽早调整的好。不论你上面说得如何冠冕堂皇，下面还是相信一朝天子一朝臣。人们都在担心自己的升降去留。拖久了会贻误工作的。高速公路的招标工作正在加速运作，这是王莽之亲自交给他管的，不能把担子撂给别人。难办的是既要场面上过得去，又要能让王小莽或者说王莽之高兴。他反复想过，只要能保证把路修好，谁修都一样，何必让王氏父子面子上过不去呢？中间必有文章，也只好由他去了。其他日常工作也相当繁杂，几乎弄得他精疲力竭。

做梦也没想到，关于他在烟厂招标中收受贿赂的事又被人提起来了。还不是似是而非的传言，居然惊动了高层。陆天一亲自带着市纪委工作组下来了。市纪委来人，当然得王莽之同意。王莽之也许不得不同意吧，他亲自给朱怀镜打了电话，只嘱咐了一句:"怀镜哪,你自己真的要过得硬啊!"听那语气,就像担心朱怀镜不清白似的。朱怀镜也不多话,只说:"请王书记一万个放心。"

如今陆天一上镜率很高,老在电视里慷慨陈词。缪明却像消失了,电视新闻里看不到他的影子,报纸上也很少见到他的名字。市政府秘书长算不上高级领导,出头露面的机会本来就不多,缪明自己又是个迂夫子,就更加不显眼了。陆天一却是风头十足。他接受记者采访,总是越说越激动,太阳穴上的青筋胀得像蚯蚓,袖子也捋得老高,就像马上要同人家打架。有次朱怀镜见陆天一又在电视里亮相了,不禁笑了起来。香妹就问他笑什么,他说:"你看,陆天一这动作,分明是在模仿《列宁在十月》里的列宁形象。紧握拳头,拳心朝里,大手臂和小手臂构成九十度,拳头高高扬起,下巴也往上翘着。"这时,陆天一正做着列宁这个经典动作,大声说:"我要在这里同广大干部群众说一声,你们要打击贪官,反对腐败,就找我陆天一!"香妹笑了起来,说:"你这么一说,我想起来了。他真是学列宁的样子。"

陆天一到梅次的头一晚,就约见了朱怀镜。"怀镜同志,我陆天一本人是绝对相信你的,但是问题反映到我们那去了,我们装聋作哑也不行。我们这次来的目的,当然是想弄清真相,替你洗清不白之冤。我请示市委领导时,就亮明了自己这个态度。怀镜同志,按说,在办案之前,我是不方便和你接触的。老同事嘛,相互了解,还是开诚布公吧。"陆天一十分坦荡的样子。

朱怀镜笑道:"天一同志,我只能说感谢你的信任,但我不能就自己有没有这回事说半句话。你知道,我早表明过自己态度了,向市委领导也汇报过了。现在我的请求只是,请加紧办案,尽快结案。"其实他很清楚,陆天一带人下来,同最初缪明不主张立案,意图都差不多,就是想让他不好过,当然能弄出名堂来更好。他自己心里有底，没什么怕的，就由他去吧。

如今他是地委书记了，电视台的记者就像跟屁虫似的，一天到晚围着他转。他最烦这一套了。不过自从陆天一来了以后，梅次电视新闻里天天都有朱怀镜的身影了。他进工厂，下农村，召开会议，到处发表重要讲话。一天到晚笑容可掬，神采奕奕。既然谣言四起，他便天天在电视里露脸，可以将各种疑惑和猜测抵消些，冲淡些。果然外面说法越来越离奇，没注意看电视的人说，朱怀镜在书记位置上屁股还没坐热，就被抓起来了。

有天晚上，尹禹夫打电话说琪琪的数学看来已经上路了，不用每天晚上补了。从此就再也没来了。自从朱怀镜贴出谢客启事后，很少有人上门了，倒是尹禹夫每天都来，就像他有某种特权似的。现在他不来了，正好省得烦。可朱怀镜发觉有点儿怪：如果他不打算来了，先天晚上就会同他们夫妇好好谈一下。怎么可以临时突然打电话说不用来了呢？也许他以为朱怀镜马上就要出事了。真是好笑！

朱怀镜就再次找来了关云："小关，事情真是奇怪，你有没有办法？"

关云说："办法肯定有。如果朱书记放心我，你就不论我采取什么办法，反正我几天之内把事情弄清楚。"

朱怀镜掂量会儿，说："行吧。反正你自己把握，只要收得了场就行了。"

陆天一成天待在宾馆里，看文件，约老部下聊天。他只是坐镇的，案子都是下面人在办。而那些被他约了的人，都有些惶恐。他们生怕朱怀镜知道自己被陆天一召见了，于是就像地下工作者，悄然而来，悄然而去。但谁去了陆天一那里，什么时候去的，什么时候离开的，朱怀镜都知道了。没有朱怀镜吩咐，有人替他看着了。这人就是梅园宾馆老总于建阳。有天夜里，很晚

421

了，于建阳给朱怀镜打了电话："朱书记，我有些情况想向您汇报一下。"

也许是这段时间整个梅次的氛围就比较神秘，朱怀镜立即感觉到于建阳像是有什么重要事情要说，而电话说又不方便。"小于，你到我家里来一趟吧。"

不一会儿，于建阳就到了。"小于，请坐吧。"

于建阳坐了下来，眼睛一直望着朱怀镜，神色有些异样："朱书记，最近几天，我看见有些部门和县市领导，老往陆天一那里跑。"

朱怀镜故意笑道："天一同志是这里出去的老领导，回来了，人家去看看他，没什么问题吧。"

于建阳摇头道："我看不太正常。去的一个个就跟做贼似的。"

朱怀镜干脆问道："那么，你也知道天一同志这次是干什么来的？"

于建阳脸顿时红了，说："听到了些风声。谁相信呢？但是，不怕自己没有鬼，就怕人家在捣鬼。"

朱怀镜笑道："要捣鬼就捣吧。有什么办法呢？我又不能搞'水门事件'，将陆天一房间里装个窃听器。都是哪些人去了？"

于建阳忙掏出个本子，说："我早留意了，做了记录，连他们见面的时间都记下了。"

朱怀镜暗自很是吃惊，心想这种小人，无论如何都是不能重用的。他也在梅园住了好几个月，天知道于建阳都看见了些什么。于建阳一直以为他同刘芸是那么回事，可得留心这个人了。对这种人尽可能客气和热情，让他时刻觉得自己就是你的心腹，甚至时刻让他觉得自己马上就要发达了。但就是不让他占着半点便宜。朱怀镜内心极是鄙夷，面子上却很赞赏似的，笑着说：

"小于，感谢你，你的政治敏感性很强，很讲政治啊。我信任你。你继续注意吧，完了再向我汇报。此事只有天知地知，你知我知啊。"

于建阳像领了赏似的，很是得意，乐滋滋地回去了。

次日早晨，朱怀镜赶到办公室，突然心跳加快，头晕目眩，恶心难耐。他马上坐下来，闭目靠在沙发上。舒天见了，问："朱书记您怎么了？"

朱怀镜说："没事没事。一会儿就过去了。这几天太累了，晚上又没睡好。"

"要不要去医院看一下？要不就回去休息一下？"舒天问。

朱怀镜只摇摇手，没说什么。这时，他无意间想到陈清业，心跳又加快了，莫名其妙，好半天才静下来。"舒天，清业这一段在梅次吗？"

舒天说："前天他给我打了个电话，还在梅次。他两边都有生意要照顾，不知道他这会儿是在荆都，还是在梅次。要找他吗？"

朱怀镜说："你同他联系一下，看他在哪里吧。"

舒天打了电话，回话说："正好在梅次哩。"

"没什么事。你叫他晚上去黑天鹅。我们聊聊吧。"朱怀镜说。

一会儿，秘书科送了报纸和信件来。舒天接了，将报纸放在朱怀镜桌上，自己把信件拿去处理。一般的信件就由舒天做主处理了，该转哪个部门就转哪个部门，重要的就向朱怀镜汇报。朱怀镜正浏览着报纸上的重要新闻，舒天进来，说："有封很怪的信，就一句话。我看不懂。"

朱怀镜接过一看，见信上写道：高速公路招标，莫让王八插手。没有抬头，也没有落款。就这一句话，却是打印的。连信封上的字也是打印的。看来写信人生怕暴露自己。凡是匿名信，都是里里外外打印。现在电脑打印很普及，写匿名信方便多了。

什么意思呢？王八分明是骂人的话。说谁是王八呢？警惕谁插手呢？朱怀镜想来想去，没有头绪。但他意识到，这绝对不是谁在开玩笑。他让舒天把信放在这里，暂且不管吧。

晚上，朱怀镜本有个应酬，匆匆对付完了，就去了黑天鹅。陈清业早坐在大厅里等了，刘浩陪他在说话。朱怀镜笑道："刘浩，没什么事吗？没事就上去一道坐坐吧。我这一段忙坏了，今天没事，只想同你们几位小老弟喝喝茶。"

刘浩说："那就到我们顶楼茶座喝茶？"

朱怀镜没停下来。几位就跟在后面。他今天让司机杨冲、舒天一道儿跟着，别在一边傻等。"去茶楼？你是怕我没事做吧？"朱怀镜笑道。

舒天说："浩哥你只管叫人把好茶送到房间去。去茶楼，朱书记还能安安逸逸休息？"

进了房间，朱怀镜坐下长长伸展了一下，说："我就不讲礼貌了，你们几位先坐会儿，我去洗个澡。今天一早起来就没精神，洗个澡可能会好些的。"

舒天忙站了起来，说："朱书记您先坐着，我去把水放好。"

朱怀镜笑道："舒天今天学勤快了。好吧，今天我太累了，就辛苦你吧。"

舒天放了水回来，说："朱书记早就该批评我了。我不是不勤快，只是脑瓜子不活。"

陈清业道："你还不活？那我就是木头脑袋了。"

听听卫生间里面水声，就知道水放得差不多了。但舒天还是跑进去看了一下，回来说行了行了。刘浩早吩咐下面上茶去了。等朱怀镜洗澡出来，茶已上来了。刘浩道："朱书记，这是我这里最好的茶了，不知你喜欢不？"

朱怀镜喝了一口，说："不错不错。我喝茶不太讲究的，有点茶味就行了。舒天他大姐舒畅喝茶好讲究，注意品位。"

舒天笑道："我姐她是穷讲究，自小见她就是这样。我老笑她酸不溜秋，耍名士派头。昨天我还说她哩，我说哪有女名士啊。"

朱怀镜感叹道："生活嘛，就要善于自得其乐。我可是想悠闲一点都做不到。如今往这把交椅上一坐，更加是生活在聚光灯下了。你们不知道吧，上面派人查我来了。说我在烟厂招标中受了贿。招标时，除了杨冲，你们都跟我一道在北京啊。人和集团的人，到现在为止，我都没见过面。就让他们查吧！"

陈清业愤愤不平的样子，说："有些人真是居心不良。像你朱书记这样的廉洁干部，现在还有吗？刘浩我跟你说，我同朱书记多年的朋友了，他一直关心我。他可以说是连烟都没有抽过我一支。"

朱怀镜笑道："清业你这就不实事求是了，烟还是抽过的，刘浩的烟我也抽过。但今后你们的烟我都抽不着了，酒也喝不着了。还别说，现在烟酒不沾了，身体好像强多了。"

在座只有杨冲一个人抽烟，也只好躲到阳台上去，开着窗户过会儿瘾再回来。刘浩玩笑道："杨兄，我提个意见。你跟朱书记跑，就要适应朱书记的生活习惯。朱书记原来抽烟，你不抽也得学着抽；如今朱书记戒烟了，你就不要再馋那一口了。"

杨冲立马红了脸。不等他说话，朱怀镜先笑了："刘浩会当秘书，马屁拍得溜溜转。你同舒天换一下，让舒天替你当当老总，你随我跑一段。"

刘浩说："我哪有这本事？跑是不怕跑，问题是还要写就不行了。"

425

朱怀镜笑笑，对杨冲说："你别信他的，我不干涉别人的生活习惯。"

杨冲说："我是正在戒烟哩，比原来抽得少多了。朱书记一戒烟，我老婆就说，人家朱书记都戒烟了，你也戒了吧。可我没朱书记那种毅力，得慢慢来。"

陈清业就把这话引申开了："那当然啦，这就是区别。不然，谁都可以当书记了。"

朱怀镜笑道："清业你拍我马屁有什么用？我又不能提拔你。你现在生意怎么样？在梅次这边有几处工程？"

陈清业说："我没有向你汇报哩。三个工程，都是装修。一个是梅城宾馆，一个是工商银行新办公楼，一个是火车站新候车大楼。"

朱怀镜点头笑道："好嘛，蛮红火嘛。你看，你自己在这边闯，不用我打招呼，也吃开了嘛。请你谅解，就因为你是朋友，又是老乡，我就不好替你说话。"

陈清业会意："我也不敢麻烦你啊！你现在担子更重了，我哪能为自己的事找你？我嘛，反正是讨这碗饭吃的，生意总得有嘛。毕竟又是生意，成就成，不成另外找就是了。还有一条，我做工程，质量上过硬，别人想挑毛病也挑不着。"

朱怀镜说："清业，做你这一行不容易，我知道。建筑行业里面的鬼名堂最多。你现在也越来越成气候了，我建议你还是赶快转行，干点别的事。比方开商场，比方像刘浩这样投资酒店……对对，你在荆都原本就经营着酒店。早点儿脱离建筑行业好些。"

陈清业说："我早就有改行的打算了，只是一时拿不准去干什么。建筑的确不好搞，里面名堂太多了。说句实在话，多少不打点一下，是不可能拿到工程的。这是谁都知道的秘密。"

"清业，别送别送。"朱怀镜闭上眼睛，摇着头，"人的贪欲是无止境的，你送多少他都不满足。郑板桥有几句诗，说的就是当年有钱人给达官贵人送钱的。说是：尽把黄金通显要，惟余白眼到清贫。可怜道上饥寒子，当年华堂卧锦茵。毕竟是自己赚的辛苦钱，干吗要去送别人？到头来自己穷了，有人理你吗？"

刘浩若有所思的样子："朱书记，你这一课不光是对清业上的，也是对我上的。我们有时没有办法，只得破破财。谁愿意把钱白白拿去送人？有时是不送不行。"

朱怀镜说："你没有送我的，不照样也行了？你若是送了，我也收了，我们今天能这么坦坦荡荡坐在一起做朋友吗？兴许也可能朋友长朋友短的说，可味道就不一样了，心里会说，什么朋友？还不是金钱朋友！"

陈清业把叹息声拖得长长的，无限感慨的样子："若是天下当官的都像朱书记这样，就好了。"

"别给我戴高帽子了。不过你们要有信心。这毕竟只是过渡时期，慢慢会好的。你们都还年轻，赶在这会儿事业上又起步了。以后秩序好了，一切都正规了，更是你们大展宏图的时候。"朱怀镜突然想起那封怪信，就说了出来。

"王八？"陈清业问道，欲言又止。

朱怀镜问："怎么？你好像要说什么？"

陈清业望着朱怀镜，说："没有哩。"

朱怀镜感觉陈清业的眼神有些怪，猜想他一定是有话要说，可能是不方便说吧，过后再问他好了。这时，舒天手机响了。他接过之后，告诉朱怀镜："朱书记，是关云。我说您这会儿没空。"

这么晚了，关云没事不会找他的。便说："你接通他的电话吧。"

427

电话通了,朱怀镜听了几句,就站起来走到一边去了:"好好,你说吧。行行,你到我办公室等着吧。"

朱怀镜回头交代各位:"杨冲送我去办公室走一趟,我还要回来的。你们没事就在这里坐坐,要不就休息了。舒天你也在这里吧。"

舒天觉着奇怪,只好说:"行,我等您回来。"

十几分钟,就回到了地委机关。关云照例又在办公室门口等着了。朱怀镜开了门,顾不上说请进,自己先进去了。关云随后将门关上。"事情弄清楚了。的确有人收了钱,但不是任何一位领导。"说完这些,他才坐下来。

"谁?"朱怀镜急于知道。

"贺佑成。"关云说。

朱怀镜几乎被弄糊涂了:"贺佑成?不是舒天的姐夫吗?他凭什么收钱?"

关云说:"就是了,所以我说不让舒天一块儿来。"

"朱书记,我冒昧地问一声。都说贺佑成是你的表弟,是吗?"关云问。

朱怀镜大为惊愕:"哪里说起!我同贺佑成几乎说不上很熟。"

"是吗?"关云笑了几声,"那么这个案子就有些滑稽了。是这样的,贺佑成到处吹牛,说他是你的表弟。别人也相信,你换了秘书,让舒天跟你跑,说就因你们是亲戚。外面知道烟厂工程招标是你亲自负责之后,就想办法要接近你。他们一打听,说你人很正,有人送钱给你,却碰了钉子,就不敢找你。但他们还是想找个办法打破缺口。他们找来找去,见你在梅次只有贺佑成这么个亲戚,就求他帮忙。贺佑成好说话,谁找他,他都答应帮忙。但钱先不收,只说好一个数,事成再收,不成分文不取。钱要得也不多,三十万。他同每个人说的都是一套话。他说,我表兄是个正派人,不一定听我的。但我尽量去说,兴许他又给我个面子呢?说成了,你再给钱也不迟。其实,他也不用同你说,反正有一家要中标的。后来人和集团中了,就以为是得到了你的关照。结果如数付了贺佑成三十万。他们也不敢不给,他们以为,只要工程没完工,只要他们没全部拿到钱,你都有办法治他们。但这状却不是人和告的,告状对他们也不利。只是后来,那几家没有中标的,偶尔碰在一起说这事,就发现中间肯定有文章了。但他们都相信贺佑成是你表弟。"

朱怀镜听着哭笑不得,想这贺佑成玩小聪明倒也玩了三十万。难怪有次贺佑成同几位建筑老板在一起喝茶时,专门打电话给他,说他那些朋友想见见朱书记。贺佑成后来请过他几次,他都婉拒了。贺佑成还到他办公室去过几次,也没什么事,只是坐坐,他都只是勉强应付了。

"到底是哪家告的呢?"朱怀镜像是自言自语。

关云摇头道:"这个暂时查不出来。事情很清楚了,查不查得出都不重要了。"

朱怀镜说:"这事怎么处理好?我想听听你的意见。"

关云说:"若公事公办,按诈骗罪将贺佑成抓了就是了。看朱书记的意见怎样。"

朱怀镜知道关云的意思是顾忌着舒天,而朱怀镜却怕伤着舒畅。"这事还有别的人知道吗?"朱怀镜问。

关云说:"就只有我和我局里另外一位小伙子知道。人和是当事人,自然也知道。但别的那几家建筑公司只是猜测,他们拿不出真凭实据。"

朱怀镜站起来,双手插在裤兜里,低头沉吟。好一会儿,他抬头望着关云:"这事你暂时压着。"

"好吧，听你指示再说。"关云目光随着朱怀镜转，想弄清他到底在想什么。

朱怀镜却不容他再多琢磨了，伸出手同他道别了："辛苦你了，小关。注意保密。"

朱怀镜回到黑天鹅，陈清业、刘浩和舒天都还在那里。他们哪敢就走了。朱怀镜说声大家久等了，舒了口气，懒洋洋地瘫在了沙发里："刘浩，请你准备点夜宵好吗？也不到哪里去了，就端到这里来吧。你看，我成了丐帮帮主了，开口要饭吃了。"

四座皆笑。刘浩道："我正想请示朱书记要不要弄点夜宵哩。我没有看准时机，服务不到位吧。各位先坐着，我去去就来。"

朱怀镜正是要他暂时回避一下。"清业，那会儿说到王八，你像是有话要说？"

陈清业望望舒天，支吾起来。朱怀镜说："舒天在场没事的，但说无妨。"

陈清业就不好意思了，说："哪里，舒天……当然当然。朱书记，你难道真不知道王八是谁？"

"不知道。"朱怀镜摇摇头。

陈清业说："荆都建筑行内的人，在一边管王莽之的公子王小莽叫王八。"

朱怀镜说："这可是骂人呀！"

陈清业说："当然是骂人。不过大家给他取这个外号，是有来历的。我敢说，那个王莽之，肯定是个大贪官。荆都管区内，只要是两千万元以上的工程，他儿子都要插手。王小莽自己也不搞工程，只是把工程拿到手后，给人家做，他收中介费。什么中介费，只是个说法。实际上就是大工程谁来搞，必得他王小莽说了算。行内人都知道规矩了，只要有大工程，不去找别人，只找王小莽。王小莽有个习惯，对'八'字特别看重。你托他找工程的话，只要他答应了，先给八万块钱给他，叫前期费用。工程拿到手之后，再付他八十万。工程完工后，付清全部中介费，标准是工程总造价的百分之八。他总离不开'八'，大家都给他起了个外号，叫'王八'。可见大家是恨死他了。"

朱怀镜问："这些可是事实？"

陈清业说："当然是事实。前年荆都电信大楼工程，我想搞到手，托人介绍，同他接触过。他同意了，收了我八万块钱。后来工程没到手，他给了别人。还算好，他托人把八万块钱还给我了。后来我知道，是飞马公司做了那个工程。同飞马抢，我怎么抢得过？"

朱怀镜问："曾飞燕的飞马公司？他们不是做路桥的吗？"

"只要来钱，什么不可以做？"

朱怀镜略略算了一下，吓得心跳如雷。如果王小莽把梅次高速公路拿去了，他岂不要赚两亿多？工程的总体造价可是三十多亿啊！朱怀镜不知道自己早已站起来了，在客厅里走来走去，浑身冒汗，一会儿就感到背上湿腻腻的了。

陈清业说："荆都建筑行业里面，好久以来就有这种专门做中介的人了。他们神通广大，翻手为云，覆手为雨。但说白了，就是在官方有后台，有的本身就是官场里面的人。他们基本上形成了行规，各有各的山头，办事各有规矩。比方中介费，一般是百分之五。这是大家都认可的标准。他王八如今要百分之八，怎么办？建筑老板就只好在偷工减料上打主意了。我说，这几年王八经手的工程，迟早会出大事的。那王八更叫人恨的是，他不管你是锅里的还是碗里的，见眼就要抢几口塞进自己嘴里。荆都场面上混的人都说，做人要有人格，做官要有官格，做流氓也要有'流格'。这王小莽就是没'流格'。"

听得外面像是刘浩来了，朱怀镜轻声交代："刚才的话，就

431

到这里为止。"

刘浩进来说马上就好了。只一会儿，几位服务小姐就托着盘子，端菜进来了。茶几就成了餐桌。茶几很大，将就着也还行。朱怀镜起初还有些饿，这会儿却早没胃口了。只喝了一小杯红酒，沾了点儿蔬菜。

撤去碗碟，朱怀镜就让刘浩休息去了。然后叫杨冲送舒天回去，说自己就在这里休息了。他们俩刚出门，朱怀镜就打了电话给舒天："你听着，别说话。你这会儿到你大姐那里去，我一会儿也去那里。有急事商量。你就在她公司大门口等我吧。"

过了五分钟，朱怀镜下楼，叫了辆的士。他把礼帽压得低低的，怕司机认出来。夜里路上车少，很快就到了。见舒天正站在那里，四处张望。

舒天不知道有什么大事，神色有些紧张，见朱怀镜闭口不说，他也不方便问。两人一言不发，低头进了物资公司大院。敲了一会儿门，才听得舒畅在里面问是谁。朱怀镜不好说话，舒天答应了。舒畅开了门，穿着睡衣。见朱怀镜和舒天都站在门口，她眼睛都直了。朱怀镜忙笑道："对不起，这么晚了来打搅你。"

舒畅请他们进去了，自己马上回房，穿整齐了才出来。舒畅一句话都还没有说，只是望着朱怀镜和舒天。朱怀镜竟然呼吸急促起来，感觉很难开口说话。他摇摇手，再说："给我倒杯茶好吗？"

舒天刚要起身，舒畅马上站起来。她倒了两杯茶，递给他俩。喝了几口茶，朱怀镜才低下头，吸着烟，慢慢说起了贺佑成诈骗三十万的事。舒天也是才听说的，姐弟俩嘴巴都张得天大。

"事情就是这样。你说舒畅，怎么办？"朱怀镜问。

舒畅低头不语，眼泪哗哗地流。舒天很难为情，手脚都不知怎么放着才好。

"舒畅你不要难过。我可以让这事不露出来。"朱怀镜说。

舒畅抽泣道:"感谢你……朱书记。我哭的不是他,是自己。我这是哪辈子造的孽,怎么会碰上这种人?他什么正经事都不做,一辈子都在耍小聪明。你不要管我怎么样,依法办事,将他抓起来就是了。"

朱怀镜说:"我同公安局的同志说了,要他们先将这事压着。"

"可有人盯着你呀!不把他抓起来,怎么还你的清白?"舒畅说。

朱怀镜长叹道:"就让他们去查吧。他们总不至于把我抓起来搞逼供吧。到最后,顶多也就是个事出有因,查无实据。"

舒畅说:"这样不行。不等于给你留着个尾巴吗?别有用心的人还会拿这事做文章。群众不明真相,真会相信你是个贪官哩。"

"他如果真的抓起来了,只怕会坐几年牢。这对你,对你家庭,对孩子,都不好啊!"朱怀镜抬头望着天花板。

舒畅不停地抹眼泪,眼睛已经红肿起来了。她头也没抬,说:"不早了,你们回去休息吧。朱书记,你不要顾忌我们,依法办事吧。"

朱怀镜摇头说:"我不能不考虑你们啊。只要过得去,我不会让他难堪的。"

谁也不说什么了。枯坐了几分钟,朱怀镜起身告辞。舒天说不走了,陪姐姐说说话。舒畅说:"舒天你送送朱书记再回来吧。"

出了大门,朱怀镜让舒天回去。舒天坚持要送朱怀镜回黑天鹅去。朱怀镜说不回黑天鹅了,回家去。"你快回去劝劝姐姐吧,舒天,不要送了,我走走十几分钟就到了。舒天,你姐姐,可是

433

个很好的女人啊,就是命苦。"

说得舒天难过起来,低头说:"毕竟是他们自己夫妻的事,我做老弟的,不好过问。那个贺佑成,也真不是东西。朱书记,这事儿,您不要顾虑什么,该怎么办就怎么办吧。"

朱怀镜独自走在街上,寒风凛冽。他没怎么犹豫,就拿定了主意。他试着打了关云手机,关了。走到路灯下,翻了翻电话本子,找到了关云家里电话。

"哦哦,朱书记,这么晚了你还没睡?"听声音,好像关云还没有睡着。

"没有。我正一个人在街上走着哪。这样,你明天一早,就传讯贺佑成。"

"要把握分寸吗?"关云问。

朱怀镜说:"依法办事吧。"

关云应道:"我明白了。"

第四十章

贺佑成诈骗案很快在梅次传开了，自然敷衍出很多好玩的细节。有位最喜欢用哲理般语言表述观点的中学教师评论说，人类的智慧不外乎用在两个方面，或者把简单的事情弄复杂，或者把复杂的事情弄简单。贺佑成用最简单的办法赚大钱，可谓大智慧。一时间，这位风流倜傥的钢琴王子在梅次便家喻户晓了。

陆天一再待在这里就没有意义了，带着人马打道回府。临走，朱怀镜宴请了他："天一同志，先请你恕罪。作为老领导，你回梅次这么久，我也没有陪你吃顿饭。真是对不起。戴罪之身，诸多不便啊！"陆天一笑道："怀镜开玩笑了。我一下来，就同你说了，要为你洗清不白之冤。你看，目的达到了嘛。"场面自然客气。朱怀镜坚持不喝酒，只让别人陪陆天一干杯。朱怀镜烟是真的戒了，喝酒却是看场合。陆天一知道这些，便隐隐不快，却不好说什么。朱怀镜只作糊涂，满面春风。

舒畅嘴上说贺佑成不关她的事，可她内心肯定不好受的。外人看来，贺佑成毕竟是她的丈夫。朱怀镜却没法宽慰她，就连同她见面都不方便了。谁见着谁都尴尬。他便时常问问舒天，姐姐怎么样。舒天也多是说说客套话而已。其实谁也没有怪他不给面子,只是这事的确让人见了面不好说话。他真的越来越喜欢舒畅,却又越来越知道这样下去肯定是不行的。有时一个人坐在办公室,想起这事,还真有些黯然神伤。那天没有记着带走舒畅那个紫砂壶,后来也没机会说这事。不然,也好有个想念。

事过不久,荆都却突然流传起朱怀镜的桃色新闻来。却不说他同舒畅的事,而是说他同舒瑶相好。外面把故事说得很传奇,说是朱怀镜和范高明为了争夺舒瑶,在黑天鹅顶楼茶座谈判。那个晚上,茶座闭门谢客,只有朱怀镜和范高明两人在楼顶见面。朱怀镜的得意部下和范高明的贴身兄弟把守在茶座门口。就像电影里的场面一样。最后达成协议,舒瑶归朱怀镜,今后范高明在梅次的生意朱怀镜将多方关照。说是烟厂那个工程,就是这场交易的结果。而高速公路马上就要招标,肯定又是范高明中标了。

朱怀镜自然是梅次最后一个听说这件事的人了。他是听香妹说的。香妹是倒数第二个听说谣言的。她绝对不相信这是谣言,不过是她男人旧病复发罢了。那天朱怀镜下班回家,见香妹脸色不对劲儿,可儿子还没睡觉,他不便多问。直到两口子上了床,朱怀镜才问:"你今天是哪里不舒服吗?"

香妹冷冷一笑,眼泪就出来了:"我很舒服。老公魅力不凡,所向披靡,我怎么不舒服?很高兴哩!"

朱怀镜自己心里有数,嘴巴就很硬,说:"你是不是听说什么谣言了?我现在可是敏感人物,你知道总有人会无中生有,从中捣鬼的。"

香妹说:"说别的事我不相信。说你外面有女人,我怎么不相信呢?"

"你别翻旧账好吗?"朱怀镜听出女人话中有话。

香妹说:"谁翻旧账?上次说王莽之的时候,你不是说玩女主持是领导干部的时尚吗?原来你早时尚了,还在我面前装得没事似的。我那天说到舒瑶,你脸都不红一下,老手了。还给我引经据典的,什么丘吉尔、斯大林!真是搞政治的料子,大事小事都先从舆论上造势,蛊惑人心!"

朱怀镜更不明白是怎么回事了,问:"你在说什么呀?什么女主持?我不知道你在说什么!"

香妹更加气愤了,坐了起来:"全梅次人都知道,你同电视台那个舒瑶经常在黑天鹅鬼混!难怪,动不动就找借口,躲到黑天鹅去!"

朱怀镜就不发火了。听凭香妹嚷了一会儿,他再耐心地解释,把范高明如何硬要霸占舒瑶,舒瑶如何不从,范高明如何毒打舒瑶男朋友,他这地委书记又如何过问了这事,如此如此说了一番。最后说:"事情就是这样。我可以用任何方式向你保证,我同舒瑶没有任何事。她是舒天的二姐,你知道。他们是吴弘的表亲,你也知道。"

香妹说:"听你说得事事在理。可外面都在说,为了舒瑶,你和范高明差不多要大打出手,这是怎么回事?"

朱怀镜冷笑道:"你也不想想,我朱某人,一个地委书记,会为这事儿同个小混混去打架?你不是不知道我的性格啊!不说我会不会为了一个女人同别人去打架,就是他范高明也不敢同一个地委书记对着干啊!这不是天方夜谭吗?"

香妹说:"外面可是像说戏一样啊!说你的一个小兄弟,还被范高明手下打了。你从中调解,放了范高明一马。他就让了步,同意舒瑶跟你。人家还说,反正舒瑶是范高明玩剩下的,就送给朱怀镜玩玩吧。你看你还有没有面子!"

这没影的事儿,朱怀镜感觉却像真的一样,感到奇耻大辱。但又不好发作,只得再次指天赌咒。香妹将信将疑:"真是你说的那样吗？"

"不是蒸的，还是煮的？"朱怀镜自己心里很不好受，却想逗香妹开心。

香妹沉默半天，才说："他们说的那些细节，太玄乎了，唱戏似的，我也不太相信。但说你同舒瑶好，我还是相信。"

朱怀镜问："你现在还相信？"

香妹说："没什么相信不相信的。就信你的吧。"

朱怀镜再多作解释也没用了，只道："反正事情就这样。你自己再看看吧。"

有了这种传闻，朱怀镜就连见了舒天都不自然了。难怪最近他发现舒天也有些怪怪的，只怕他早就听到什么说法了。第二天，朱怀镜去办公室，刚一坐下，舒天就过来给他倒茶。他本想同舒天敞开了谈谈，却怕越说越尴尬，就忍住了。他便没事似的，吩咐舒天处理有关事务。

最伤脑筋的是不可能去辟谣。只好听凭人们去说，说得大家没兴趣了，就平静了。朱怀镜想起电影里面西方那些从政的人，身边专门有个班子，替他们包装形象。万一出了什么丑闻或谣言，就设法找个什么事儿，引开人们的注意力。看样子他现在也很需要这样的班子了。可哪里去找？还别说什么班子，此时此刻，就连个说句心里话的人都没有。

他便不停地下去调查研究，天天在电视里露面。他以往最喜欢穿西装，系着领带。他觉得自己穿西装并不显得古板，反而气宇轩昂。现在他改穿夹克了，有时还穿中山装，而且专穿那种色调老气的。礼帽依然戴着，但不像原来那样往两眉处稍稍下扣，而是几乎往后脑勺上压着，显得很土气。香妹说这套行头让他至少老了五岁。他说老就老吧，反正到这个年纪了。于是，现在梅次百姓从电视里面看到的，就是一个相当朴实的地委书记了。也许人们相信，花花公子也得有个花花公子的样儿，朱书记哪像那种人？简直就像个农民嘛！就算他穿上西装，最多也就像个郊区农民。可惜没人把这种说法传到朱怀镜耳朵里去，那样他会很高兴的。

人们看电视，只是见朱怀镜这里调研，那里指示。好一位体察民情的领导干部。其实他这次下去走一圈，真实意思是打招呼。下面班子怎么调整，他早成竹在胸了。他要最后亲自下去敲定一次，再向组织部门授意。他这次下去当然不是找谁正式谈话，只是暗示，吹风。暗示和吹风，比正式谈话意义更重大。正式谈话，只是组织程序。地委领导里面，可以让张三找你谈，也可以让李四找你谈。重要的是组织程序之外的东西。有权暗示和吹风的人，就是有权决定你命运的人。谁找你暗示或吹风了，你就是谁的门生了。这种人事渊源，也许会左右你终身的政治命运。

下去转了圈回来，桌上就堆了很多上访信件了。他根本就看不了，只交代舒天几条原则，由他转给有关部门。已是干部调整的关键时期，关于下面领导干部的检举信就更多了。光是揭发尹正东的信，他就新收到了七封。这些信他都暂不过问，统统锁进了保险柜。他亲自过问的最棘手的一件事，就是严厉责成余明吾将李家坪乡的两位乡干部逮捕了。他俩是殴打李远佑致残的直接责任人。他知道这么做还会引发很多后遗症：他们的家属会长年告状，他们自己哪怕被判了刑，从狱中出来都还会申冤。但也只能这样了。法不容情。

那些自己了解和信任的干部当然是要重用的，而各种关系也得适当摆平。谁也吃不下个整西瓜。朱怀镜不想做个嘴馋的人，霸蛮吃个整西瓜下去，只怕会坏肚子的。他下去走了一圈，就在心里定下了最后的人事盘子。但他不会像陆天一那样，公然出具文字方案。他只是找来组织部长韩永杰，说了自己的想法。

那是个很不错的冬日，阳光明媚。朱怀镜心情很好，亲自打电话给韩永杰，很客气地说："永杰同志，你这会儿有空吗？到我这里来一下吧。"

韩永杰来了，微笑着伸过手来。朱怀镜握紧他的手，说："永杰，气色不错嘛。"

韩永杰笑道："今天天气好，人就神清气爽了。朱书记可是天天红光满面啊。"

"哪里哪里。今年入冬以来，还没见过几个太阳，人很闷的。今天多好，能出去晒晒太阳，只怕很舒服的。"朱怀镜说着就叹了声，"唉，永杰，你我都不是享福的命啊。什么事都凑到一起来了。我想听听你对班子调整的意见。"

说是想听听韩永杰的意见，却不等人家说话，朱怀镜自己先说了。他的话或明或暗，或轻或重，听上去就像拉家常。神色有时候严肃，有时候随和，还不时打个哈哈。最后，他很不在意的样子，缓缓说道："当然，我说的只是个人的大致想法，供组织部做方案时参考，并不代表地委意图。方针政策决定之后，干部是决定因素。你们认真考虑吧，一定要慎之又慎啊。"

韩永杰自然心领神会，知道该怎么办了。他顺着朱怀镜的意思，谈了自己的意见。他的意见就具体了，点到了干部的名字，建议怎么安排。可他点出的个别名字，并不是朱怀镜的本意。朱怀镜也不说什么，只是点着头，表情严肃。这个时候表情必须严肃，调整干部可不是开玩笑的事。韩永杰的意见稍稍超出他的意图，他是允许的。组织部长不能自己提拔几个干部，玩不下去的。

没过几天，韩永杰拿了个方案向他汇报。他看了方案，小作调整，就说原则上同意，尽快召开地委会议研究吧。再略加琢磨，发现三十二个人的干部调整方案，属朱怀镜若有地区老乡的占十五人，这十五人中间乌县老乡又有九人；另外属朱怀镜财院的校友又占去六人。"永杰，地委决定之前，这事要严格保密。这可是梅次目前的最高机密啊。"韩永杰告辞时，朱怀镜郑重嘱咐。

按照目前的初步方案，只有马山县的党政一把手暂时不作调整。余明吾怎么安排，朱怀镜还要再作考虑。再说，余明吾不动，可以稳住尹正东。尹正东早就很心急了，可是他见余明吾还没调整好，也不好多说什么的。检举揭发尹正东的匿名信满天飞，可就是没有一位领导出面说句话，真是奇怪。尹正东迟早会是个麻烦的。可是朱怀镜这会儿顾不上，他想缓缓再说吧。

送走韩永杰，朱怀镜推开窗户，寒风扑面而来。他想清醒一下头脑。冬天的樟树叶，青得有些发黑。想这机关里栽樟树，也别有一番象征意义。它们就像这些干部，一年到头看不出什么大变化，规矩得几乎有些道貌岸然。突然想起刘禹锡的两句诗：玄都观里桃千树，尽是刘郎去后栽。这说的就是一朝天子一朝臣。他想，自己也不是有意任用私人，可的确也得用信得过的人啊！

近来，除去这些明摆着的劳神事儿，最让他寝食不安的是高速公路招标。他越想越清楚：如果听凭王莽之父子的意图行事，太可怕了。中国捞黑心钱上几亿的人肯定早就有了，只怕还会很多。但明显披露出的案子，并没有过亿元的。如果陈清业讲的属实，他猜想王小莽这几年赚的钱只怕也是好几个亿了。这钱可赚得太容易了，不过就是费几滴口水。这王小莽只怕做得太过分了，行内人士恨不得喝他的血。这就有可能很快出事。一旦出事，就是惊天大案，谁沾了边谁就倒霉。

朱怀镜的睡眠本来就不是很好，现在总是通宵失眠。他真的拿不定主意。拱手将这么大的工程交在王小莽的手里，他真的不敢，迟早要出大事的。可是得罪了王莽之，后果也是不堪设想的。尽管早就有传闻，说王莽之要调走了。即便他调走了，也是高高在上。自己一个小小地委书记，怎奈他何？朱怀镜甚至怀疑王莽之重用他的真实意图了。也许王莽之只是因为高速公路的原因，才断然决定让他出任梅次地委书记。也就是说，王莽之并不是任用了一个干部，而是指派了一个利益代理人。倘若真是这么回事，就太可怕了。

一天深夜，朱怀镜好不容易入睡，电话铃声惊醒了他。他心脏跳得快蹦出来了，简直要死过去。身体是越来越不行了，心力交瘁吧。这么晚了谁打电话给他，准没什么好事。他缓了口气，才拿起电话。

"朱书记，我是向长善，必须马上向你汇报。"

"好好，在办公室还是家里？你干脆到我家里来算了，好吗？"朱怀镜猛地坐了起来，脑子一阵眩晕，直想呕吐。

朱怀镜斜躺在床上，静静地坐了会儿，才穿好衣服，坐在客厅里。空调早关掉了，冷得他直哆嗦。忙去打开空调，还拿了床毛毯盖在腿上。他猜想，肯定是吴飞案子有进展了。吴飞案老是僵着，叫他着急；可又真怕案子有进展，有时候案子越往深处挖就越办不下去。敲门声一响，朱怀镜几乎吓了一跳。

向长善进门后，坐在朱怀镜对面的沙发里喘粗气，脸色发白，半天不说话。朱怀镜起身给他倒茶，他摇摇手，也不开口。朱怀镜也不催他，只是望着他。

"朱书记，吴飞终于开口说话了。可他说出的话，吓我个半死。他这几年包下的所有工程，都同王莽之的儿子王小莽有关。"向长善说到这里，喘得气促了。

朱怀镜居然一点儿也不吃惊，他自己也感到奇怪。也许他潜意识里早有所料吧。"别急，你慢慢说吧。"

"那王小莽有个外号，叫王八。"向长善慢慢也平静了，一五一十地将吴飞初步交代的情况说了，"吴飞只说了个大概。这几年，王小莽从吴飞手里拿走近一千万元。我估计，这事一扯出来，王莽之就完了。他儿子从一个小小吴飞手里，就捞了一千多万元，别的就不用说了。吴飞死扛着不开口，什么偷税漏税、虚开增值税发票、雇凶杀人等等，都死不认账，就是仗着后台硬。可我担心，这个案子还办得下去吗？"

朱怀镜问："知道这个情况的还有谁？"

向长善说："还有三位具体办案人员。"

朱怀镜闭上眼睛，像是睡着了。向长善也不打扰他，只是低着头，不知想什么事儿。过了好久，朱怀镜睁开眼睛，像是从梦中醒过来："长善同志，我认为此事非常重大。你们暂时不要再查下去，同时严守机密。容我考虑一下，我俩再作研究。要特别注意，守好吴飞，不能出半点纰漏。"

向长善点头道："好吧。我会做好同志们工作的。"

两人不再说半句话，只是干坐着。已经是深夜两点多了，向长善也没有走的意思。朱怀镜也不觉得困了，反像酒喝到半醉不醉的样子，清醒而兴奋。这时香妹起床，说要弄点儿夜宵给他们吃。向长善这才说太晚了太晚了，就走了。

第二天，朱怀镜就像丢了魂似的，眼睛望着什么地方就直了，脸也黑了，头发干涩涩的，怎么也梳不熨帖。他怎么也不相信王莽之父子胆子如此之大。也许是走火入魔了吧？他猛然间想到陆天一同王莽之的关系，恍然大悟。过去梅次的所有大工程，都是陆天一说了算数。难怪王莽之处处维护着陆天一。相比之下，缪明实在还算个好人。好人又怎么样呢？人人都说他是傻蛋！真是黑白颠倒了。

朱怀镜不知想了多少个主意，都只有摇头而已。真想有高人

443

指点，授他个万全之策啊。梅次这边又盛传王莽之要调走了，去北京高就，说法很多，反正都是做大官。传得有鼻子有眼的，说是他人还没去，他的儿子已在北京替他买下了一栋豪宅。像王莽之这个级别的干部，调北京去房子不是问题，但想住得很舒服就难了。真有狠的，就明里占着政府的房子做样子，暗里又以家人名分另置别墅。传闻是真是假，朱怀镜没法去打听。但他真希望王莽之马上走人。只要他人走了，事情总会好办些。

无奈之下朱怀镜打电话给胡越昆，说到这些烦人的事儿。胡越昆听他说完，问："怀镜，您自己想怎么办呢？"

朱怀镜叹道："我很矛盾。既不想让他操纵，又不敢得罪他。"

胡越昆说："确实是个两难选择。正像您说的，他们父子太不按套路玩了，旁边看着的人都怕。我说怀镜，我们公司能否中标，您不必过虑。您自己要谨慎些，看值不值得把这么大的工程送在他手里。很冒险啊。"

"我只是很矛盾，最终还是得按我自己的意图办的。越昆，我很希望您的公司中标。"朱怀镜说。

胡越昆说："怀镜，您真的不需要对我公司有什么特别关照。您正处在关键时候，我再给您添麻烦，就不是朋友之道了。"

朱怀镜听着很感激，邀请胡越昆一定过来看看。胡越昆却说暂时不过来，避避嫌吧。朱怀镜越发觉得胡越昆这个人够朋友。

有天晚上，尹正东上门来了，说是一定要看看朱书记。朱怀镜没法拒绝，只好接待了他。尹正东居然是空着手进门的，朱怀镜觉得奇怪。

两人关在书房里，说了半天不着边际的话，尹正东终于憋不住了，问："朱书记，我本不该打听的。但是，请你原谅，我很关心自己的去向。"

朱怀镜听着这话就不高兴，可毕竟是在自己家里，不好说重话。他不先说什么，只是微笑着问道："正东，你是不是听到什么话了？"

尹正东说："听说，整个盘子都定下来了，只有我们马山班子不动？"

朱怀镜说："地委还没有研究，你是怎么知道的？"

"这个，这个……"尹正东支吾着，半天接不上话。

朱怀镜说："正东，你放心。同志们怎么样，该怎么安排，组织上都有数的，会通盘考虑。你先安心工作，不要过问这事儿。"

"可是，很多同志都知道自己要去哪里了，我们一点消息都没听到哩。"

朱怀镜说："你是听地委的，还是听小道消息的呢？"

这时，电话响了。香妹在外面接了，说上几句，就敲门进来，说："你的电话。"

朱怀镜知道肯定是很重要的电话，不然香妹不会叫他的。接了，神色马上就凝重起来。忙说："好好，电话里就不说了。我在办公室等你。"

朱怀镜电话还没放下，尹正东早站起来了。他听出朱怀镜有急事处理。"正东，我们就扯到这里吧。我得马上去办公室。"

刚才电话是向长善打来的。朱怀镜没有叫车，步行十几分钟，就赶到了办公楼下。他独自走进办公楼，望着走廊里惨白的灯光，感觉到从未有过的恐怖。开门时，钥匙的哗啦声听上去也惊心动魄。一会儿，听见了脚步声，回音嗡嗡地响。他知道深夜的走廊里就是这种响声，也知道是向长善来了，却禁不住浑身发麻。

"对不起朱书记，事情又弄成这样。"向长善眼睛里满含愧意。

445

朱怀镜也不责怪他，叹道："有人竟敢这样，防也难防啊。你说说情况吧。"

"可能是天意吧。那里的防空洞太复杂了，我们都不是很熟悉。谁也没想到，关押吴飞的那个洞，有个机关。那本是个到头的岔洞，有现成的铁栅门隔着，可能是原先做仓库用的。可那洞的最顶头，有块大岩石是活动的，从隔壁洞里可以打开。"向长善边说边掏钢笔画了个示意图，然后看看时间，"四十七分钟之前看守人员听到一阵枪响。他们进去一看，吴飞已经死了。这才发现洞顶头有个口子，刚好可以钻一个人过去。吴飞身上中了十四发子弹。"

朱怀镜听罢，很是惊愕："这不像说书吗？你刚才说的时候，我就在想，什么人对防空洞的情况如此熟悉？"

向长善说："我也早想到这一点了。来你这里之前，我同地区人防办的负责同志联系过了。他们说，这个防空洞的图纸在上级军区，梅次这边没有。"

朱怀镜蜷在圈椅里，一动不动，眼睛望着窗帘出神。窗帘是咖啡色的，有些暖气，窗外却是漆黑的夜，寒冷的风，已是深冬了。朱怀镜沉默半天，谈了自己的意见："长善同志，我建议，上次我俩碰头说的那些情况，就此打住，先不管它。目前先就吴飞被杀的事查一查吧。你肩上担子重，我拜托你了。"

因为朱怀镜的目光很是殷切，向长善就感觉他的话语别有深意了，忙说："朱书记，我会不折不扣地按照你的意图办案。情况的复杂性，我也充分估计到了。有你的支持，我没什么顾虑。"

朱怀镜点头道："你是政法战线的老同志了，我对你是非常信任的。反腐败斗争的形势越来越严峻，社会治安状况也越来越复杂。长善同志，你今后肩上的担子会越来越重啊。"

向长善听出些意思来了，脸居然红了，说："朱书记，我很高兴能在你手下工作。"尽管他比朱怀镜年纪还大些,感觉却像个晚辈。

朱怀镜心里已有了算盘,想推荐向长善接替李龙标,出任管政法的地委副书记。余明吾接替周克林,任地委秘书长。周克林任人大联工委副主任,虽说不再是地委委员,位置看上去似乎正了些,也可安慰他了。准备让公安处长吴桂生接替向长善,任检察长,好歹让他上个台阶。都知道吴桂生是陆天一的人,朱怀镜用人不划线,自是大家风范。但只能就此一例。如果将陆天一的旧部全盘接收,朱怀镜就没法驾驭梅次局面。他必须在人脉上结束陆天一时代。尹正东的安排暂不考虑,看看再说。但这盘棋是否定得成,变数太大。

向长善欲言又止,最后还是说了:"我猜想,吴飞案的背景只怕相当复杂。"

朱怀镜说:"我也有这种预感。但我想,还是策略点儿吧。"

向长善走后,朱怀镜没有回去睡觉。他刚才虽说震惊,思绪却是清晰的。这会儿,他独自靠在沙发里,却又心乱如麻了。太嚣张了,太可怕了,太狠毒了。他很想抽烟。他拉开抽屉,找到一包烟,点了烟,猛吸一口,感觉烟雾顺着喉咙咝咝地往下窜,把像是淤塞了的五脏六腑全都熏开了,很是畅快。他就这么躺在沙发里抽烟,直到天明。

第四十一章

朱怀镜终于下了决心，高速公路工程的招标，决不让王小莽插手。他专门打电话给胡越昆，说："越昆，我们马上就要招标了。凭你们公司的实力，我相信你们会中标的。"胡越昆忙说："怀镜，感谢您的关心。可千万不要让您为难啊。该怎么办，您就怎么办吧。"

几天以后，地委主要负责人开会，最后一次研究招标事宜。朱怀镜说："有人给我打招呼，想插手高速公路工程招标。我在这里向同志们表态，谁的招呼也没有用。同志们，有的人打个招呼，就可以获利上亿。他有胆量要，我还没有胆量给哩！关键是我们地委一班人，一定要团结一心，坚决同一切腐败行为作斗争。高速公路是百年大计，千年大计，我们决不容许任何人在这件事上搞什么鬼名堂！"

听着的人谁都明白，朱怀镜说的"有的人"是谁。这个时候，关于王莽之即将调离荆都的说法似乎越来越确切了，只是有的说他会任这个职务，有的说他会任那个职务，反正是去北京。也就是在这次会议上，朱怀镜无意间发现，在座的地委负责人，没有一个人戴着礼帽。朱怀镜也早就不戴了，他将那顶藏青色礼帽随手送给开餐馆的农民朋友陈昌云了。有天陈昌云专门跑到他办公室坐了会儿，说很久没来看望朱书记了。朱怀镜正忙，没时间陪他说话，便笑眯眯地招呼一声，取下衣帽架上的礼帽，送给陈昌云，说是作个纪念。陈昌云喜滋滋的，戴着礼帽出去了。

朱怀镜同有关方面反复商量，决定对招标过程进行电视直播，号称"阳光招标"。事先，《梅次日报》和电视台炒作了一番，有兴趣的老百姓都关注着这事。可如今老百姓不再是小孩子了，总有自己的想法。有人说梅次只怕真的出了个好书记了，有人却说只怕又是演戏。上面做什么说什么要让老百姓相信，越来越不容易了。

招标日期有意安排在星期六，方便人们在家收看电视。朱怀镜没有去现场，也在家看电视。整整弄了一个上午，程序看上去滴水不漏。直到中午十二点三十分，总算顺利地完成了。整个工程是分三段分别招标的，为的是让施工单位之间有竞争，这对保证工程质量有好处。胡越昆的康达公司中标了，曾飞燕的飞马公司出局了。

朱怀镜马上打电话给胡越昆："越昆，恭喜您，你们康达公司中标了。"

胡越昆忙说："谢谢您，怀镜。我们公司会创造最好的工程质量，保证超过其他两家公司。"

朱怀镜笑道："越昆，您就不必对我客气了。我得感谢您才是。有你们康达这样好的公司中标，我就放心了。"

刚放下电话，王小莽打电话来了，把声调拉得长长的："老兄，你可真不够朋友啊！"没等朱怀镜说什么，他就挂了电话。朱怀镜禁不住胸口怦怦地跳，又急又气。他倒了杯凉开水，咕噜咕噜喝了下去。重重地喘了会儿，慢慢平静了。朱怀镜不准备同王小莽解释什么了,场面上的敷衍都没有必要了。听王小莽那语气,分明有威胁的意思。朱怀镜想起陈清业的说法,这王小莽果然没有"流格"。

既然这么做了,就没什么可怕的了。朱怀镜从来没有像现在这样觉得自己是个男子汉。似乎就是从这个礼拜六开始,他笑得更从容了,骨子里却更加刚毅起来。再难决断的事,他处理起来都轻描淡写。他看上去总是满面春风,说出的话却是警察手里的棍子——外面看着是橡皮,里面包的是钢铁。

事情只要让媒体参与,就会尽可能复杂起来的。电视台和报社都觉得这次工程招标太有新意了,还应作后续炒作。于是,报纸连连发了好几篇讨论文章,电视做了几期专题谈话节目。其实这些凑热闹的人,都是想让朱怀镜高兴。朱怀镜也真的很高兴了,人们都说这次招标没任何人捞着油水。

可是,过了没几天,朱怀镜突然接到举报:王小莽仍然从一家中标的施工单位那里捞到了好处!大约有八九千万元。

这可是他万万没有想到的。也就是说,那家公司能拿到工程,王小莽出了力。朱怀镜老以为这次招标,从方案到程序都无懈可击了,但还是有空子可钻。电视直播,可谓众目睽睽啊!这个丑闻公开出去,让老百姓还相信什么?几百万双眼睛紧盯着的事,到头来仍是假的,还有什么是真的呢?

朱怀镜勃然大怒,找来向长善,简直叫了起来:"要马上调查清楚,谁舞弊处理谁。"

向长善脸色凝重,语气却很缓和,说:"朱书记,这个事,我看暂时放放。逼急了,对你不好。"

"没什么好不好,大不了摘下这顶官帽子!"朱怀镜脸色铁青。

向长善脸色依然凝重,什么也不说,只是摇头舞手。过了好一会儿，见朱怀镜情绪稍稍平和些了，他才说："朱书记，你听我一回意见吧。"

朱怀镜冷静一想，叹道："好吧，听你的，等等再说吧。那个王小莽，本来已经捞了好处，却不满足，还要阴阳怪气地打电话给我，向我示威！真不是东西！"

向长善忧心忡忡的样子，说："弄不好，国家会毁在这些浑蛋手里。"

"长善，你可是替我分担了很多担子啊，谢谢你。你在检察长位置上干了七年多了吧？"朱怀镜注视着向长善，目光里尽是询问。

向长善憨笑着，回道："到这个月底，七年零三个月了。朱书记对干部的情况真熟悉啊。"

向长善扳着指头算日子，真有意思。朱怀镜长叹一声，脸严肃得发黑，说："长善，我朱怀镜从来不在同志们面前封官许愿。这不是我们共产党人的做法。可我今天要开诚布公地同你谈谈。我准备推荐你接替李龙标同志。现在的问题是，如果王莽之同志不是我们想象的好领导，不光你的副书记当不成，我的书记也当不长久。但我想，个人得失一点不考虑也不现实，可我们还应有些更看重的东西。我们毕竟是在这个世上活了四十多年、五十多年的男子汉啊，关键时候就得像条汉子。你若信得过我，就请你支持我的工作。就算赌一把吧，我就不信荆都的天下就永远跟着谁姓了。"

向长善说："朱书记，有你这么信任，我没什么可说的。我也不相信，他真可以一手遮天。下面都在传，说他马上就要走了。"

朱怀镜说："所以你说这事暂时放放，也有道理。但是，我们不能指望他走了，事情就好办了。我们自己要争取主动。所以，即使现在不管这个案子，也得有所准备。"

向长善点头道："行，我明白了。"

朱怀镜笑了起来，说："长善，我现在把头上这顶官帽子放在手里拿着。哪天谁要拿去，我马上丢给他。我朱某人一个农民儿子，没有任何靠山，就凭自己傻干苦干，能在地委书记位置上坐上个半天，也算光宗耀祖了。做人做到最后，就得为自己的骨气活。我是什么都不怕了，只是怕连累像你这些支持我工作的好同志啊！"

向长善竟有些感动了，长舒一声，说："朱书记，听你这些肺腑之言，对我是个教育啊。说实话，我在检察长位置上干了七年多了。中间有几次机会任地委副书记，都让人家给顶了。我有想法。现在，我看淡了。听你这么说，我更加看得开了。我就是当上地委副书记，干不了几年，就要考虑下来了。上不上，都没什么意思了。朱书记，我听你的，你说怎么办，就怎么办。"

话能说到这个份上，两个大男人都觉得有些庄严的意味。分手时，两人站了起来，都提了提气，紧紧握手。朱怀镜感觉有股清凉的东西，顺着背脊往上蹿，直逼头顶。顿时人也觉得清爽了许多，似乎眼睛都亮了些。

若说朱怀镜什么都不顾了，鬼都不会相信。不过他料定王莽之也不敢随意就将他怎么样。王莽之哪怕要对他下手，也得师出有名。他手头握有王小莽收受好处费的检举信，到时候王莽之要是不仁，他也就只好不义了。走一步看一步吧。

有天下午，舒瑶打电话给朱怀镜，说想见见他。他想自己正处在非常时期，不方便同她见面。舒瑶说她也没什么事，只是有些话想说说。她说朱书记没空就算了吧。朱怀镜听舒瑶这么一说，倒也顾不得那么多了，就约了晚上在黑天鹅见面。

舒瑶戴着帽子，围着围巾，敲开了他的房门。她这副样子，就像是地下工作者。朱怀镜忍不住笑了。他发现舒瑶再怎么掩藏，她那份天然的柔媚是包裹不住的。他很客气地请她坐，替她倒茶。

舒瑶坐下来，取下帽子和围巾，说："朱书记，我们家给您添了很多麻烦。"

朱怀镜笑道："别这么说。反过来讲，是我给你们添了麻烦。你们不同我相识，什么事儿都没有。吃我这碗饭，就得时刻在漩涡里面，真没办法。"

舒瑶说："我想同您说说话，当面向您道歉，不然要闷死我了。我在梅次是没法待下去了，想自己出去闯一下。这事也想征求您的意见。"

"你想离开这个环境，我理解。但我不希望你出去瞎闯，还是不要脱离你本行。"朱怀镜低头想了想，"这样吧，荆都电视台我倒是有朋友，别的地方我就不熟了。如果你有兴趣，可以考虑去荆都电视台。你也知道，要调进去一时还比较困难，你可以人先过去，借调也行，打工也行，以后再联系调动。请你相信，我说了这话，就会负责到底。"

舒瑶眼睁睁望着朱怀镜，半天才说："能这样也好。感谢朱书记。"

朱怀镜笑道："你别老叫我朱书记。你姐就叫我名字，你弟是因为工作关系才叫朱书记。你就叫哥得了，你不嫌弃有我这样一个哥吧？"

"我是把你当哥看，别人可不会把您当我哥。"舒瑶低了头，"我姐她，命太苦了。"

朱怀镜仰天欷歔，说："你姐真是个好女人啊！"

"我姐常同我说您。"

"舒畅她，还好吗？"

453

舒瑶说:"还算平静吧。我想她是理解您的。"

朱怀镜不敢留舒瑶久坐,闲聊了一会儿,早早就请她回去了。

他不想回家去了,就在黑天鹅休息了。才九点多钟,没有一丝睡意。看了会儿报纸,又打开电视,都没什么意思,索性静坐。客厅豪华而宽大,坐了会儿,就感觉莫名地孤独。他想给舒畅打电话,又不知对她说些什么。贺佑成早被正式逮捕了,还没有判决。他诈骗的三十万块钱,早花掉十几万了,还有十几万赃款退不出,只怕会多判几年的。朱怀镜实在不想让贺佑成去坐牢,可这个人自己不争气,怪得了谁呢?

朱怀镜犹豫了好久,还是拿起了电话:"舒畅,是我。你好吗?"

"好。"舒畅声音沙沙的。

朱怀镜说:"我不知同你说什么才好。你一定要注意身体,别老想着不愉快的事。我会同有关方面说说,尽量从轻处理。"

舒畅说:"你不必过问这事,是他自作自受。他怎么样,同我也没关系。"

朱怀镜说:"你要好好的。哪天我同舒天一道去看看你。舒畅,我……很担心你……"他本想说很牵挂她的,话到嘴边又走样了。

"你呢?好吗?"舒畅问。

"我不想回家,老在外面。我在黑天鹅。我……还好吧。"

放下电话,朱怀镜心情更糟了。听舒畅的声音,她像是病了。他却只能装着不知道。她是不是怪他不帮忙?她再怎么怪他,都有道理。其实只要贺佑成钱退清了,他再打声招呼,就没事的。可他不能这么做。

他草草地冲了个澡,拿睡衣一裹,躺在床上抽烟。最近又有些想抽烟了，心里烦。但只是背着人抽，尽量克制着。突然听到门铃响，他觉得奇怪。没谁知道他在这里啊。朱怀镜警觉起来，悄悄下床，往门后去。伏在猫眼上一看，真吓了一跳。原来是舒畅来了。他忙开了门。

舒畅没有抬眼，低着头就进来了。门一关上，舒畅就站在门后不动了。头仍低着，双肩抽动起来。朱怀镜慌了，按着她的肩头，劝道："你别哭，你坐吧，你……"

舒畅身子一软，扑进朱怀镜的怀里，呜呜地哭出了声。朱怀镜撩开她的头发，端着她的脸，说："别哭了，我们坐下来，好吗？"

舒畅坐了下来，仍靠着沙发扶手哭。那样子很招人怜的，朱怀镜便将她搂在怀里，说道："你想哭，就好好哭一场吧。"他紧紧地搂着她，吻她的头发、脖子和耳朵。舒畅先是埋着头，慢慢地就把嘴唇递了过来。她不再哭泣了，两人热烈地亲吻起来。

"我……我……我连个哭的地方都没有，多想……多想到你面前好好地哭一场。"舒畅说着又哭了起来。朱怀镜不说话，只是吻她。舒畅把头往他怀里钻，磨蹭会儿，就不再哭了。她那原本冰凉的身子，慢慢温暖起来。

第四十二章

第二天下午,舒天将一封信摆在朱怀镜桌上。一看信封,就觉得怪怪的。注明朱怀镜亲收,而且在"亲收"二字下面加了着重号。舒天就不方便拆开了。朱怀镜拿着信,胸口禁不住发紧。他也算是见事颇多的人了,可最近总莫名其妙地紧张。打开一看,他的脑子轰地一响。里面是两张照片。抽出来时正好是照片反面,可他已预感到肯定不是什么好事了。心想难道他昨晚同舒畅在黑天鹅过夜,让人拍了照?太可怕了。

舒天见他神色异常,却又不便多问。他看出是两张照片,但不便凑过来看。朱怀镜不敢当着舒天的面看照片,只装作没事似的将信封收进抽屉里去了。"朱书记,有什么事吗?"舒天问得很得体,既像是请示工作,又像是关心朱怀镜碰到什么麻烦了。

"没事没事,你去吧。"朱怀镜说。

舒天出去了,朱怀镜再拿出照片。一看,他几乎两眼发黑。两张照片,一张是舒瑶,一张是朱怀镜。夹着张白纸,只写着一句话:你们玩得快活吗?照片都有时间,某年某月某日某时某分。背景都是黑天鹅宾馆大厅。尽管只是他和舒瑶各自的单人照，可说明他不论走到哪里，背后都有一双可怕的眼睛盯着。幸好没人盯上舒畅，不然麻烦就大了。舒瑶是梅次名人，惹人注意些吧。

不一会儿，舒瑶来了电话。她只说了一句："就怪我！"便哭了起来。

原来舒瑶也收到照片了。朱怀镜说："舒瑶，你别哭。我们自己清楚是怎么回事，问心无愧，这就行了。你要坚强，不要上别人的当。我也不是这些下三滥的手段就能整垮的。我马上帮你联系，你早点离开这个是非地吧。"

下班回到家里，见红玉眼神怪怪的。朱怀镜问："陈姨还没回来？"

"回来了，在床上睡着。"红玉说罢，低头进厨房去了。

朱怀镜感觉不妙，进房一看，见香妹蒙着被睡着。他扯扯被头，却被香妹压得紧紧的。"怎么了？你哪里不舒服？"朱怀镜用力扯开被子，香妹却趴着睡，脸埋在枕头里。

"真的，你是不是不舒服？"朱怀镜伸手扳她的脸，却是湿乎乎的。他猜着是怎么回事了。她准是收到照片了。

任凭他怎么解释，香妹都不相信他了。"难道硬要人家拍下你们在床上的镜头才算数？难道硬要哪天你抱个儿子回来才算数？"香妹猛地坐了起来，简直是歇斯底里了。她一会儿哭，一会儿吵。朱怀镜虽说同舒瑶没什么，毕竟同舒畅真是那么回事。他心里到底有些虚，也不怎么说话。两人都没有吃晚饭，通宵没睡。

出门在外，香妹装作没事似的，毕竟自己也是领导干部了。可只要回家，就没好脸色，死活要离婚。朱怀镜则是死活不依，任她怎么闹，他只装作没听见。香妹的吵闹多半是从晚上十点多开始，到凌晨一点三十分左右结束。尽量避开儿子。不到一个星

457

期两个人都弄得像鬼一样了。正是俗话说的,一个巴掌打不响。朱怀镜不接招,香妹慢慢也就没有劲儿闹了。

朱怀镜天天同舒天面对着面,总觉得不是个滋味。他可以猜想到,舒天也许同样背负着巨大的压力。说不定外面还有人对他说三道四。他是否真的听说些什么了?还是约舒天谈一次吧。犹豫再三,还是忍住了。有些事情,是不方便说破的啊!

陆天一突然又带人来梅次了。他没有像上次那样,来了就同朱怀镜见面。朱怀镜很快得到消息,陈清业和刘浩被市纪委的人叫到梅园宾馆去了,好几天没有出来。朱怀镜明白了,这又是冲着他来的。王莽之不可能给他打电话了,他也不可能打电话过去探问。

每天晚上十一点钟,于建阳都会跑到朱怀镜那里去,把听到的,看到的,说给他听。朱怀镜只是听,不说半句话。他很不喜欢于建阳这种人,但这个时候他又非常需要这个人。尽管于建阳说的,多半是捕风捉影,但仍可从中提炼出一些有用的元素。比方,看看有没有人给陈清业和刘浩送东西,就可知道他们对陈、刘二人采取的是软办法还是硬办法。如果采取的是软办法,说明陆天一并没有掌握什么具体情况;如果采取的是硬办法,也许陆天一就自以为胜算在握了。看看经常进去的都是哪些人,就可知道他们到底想从什么事儿上对他下手;看看陆天一饮食是否正常,就可知道办案是否顺利,因为陆天一通常情况下是把什么都写在脸上的。

有天晚上,于建阳上他家说完了情况,又支支吾吾地说:"朱书记,陆天一怎么老是同您作对?"

朱怀镜说:"小于,你不能这么看问题啊。他是代表组织,不是他个人同我怎么样。"

于建阳说:"朱书记姿态高。外面人都说,陆天一就是想整您。"

"人正不怕影子歪啊。"朱怀镜说。

于建阳试探道："朱书记，我想您应回击一下他。"

朱怀镜正色道："小于，千万不可这么说话。"

于建阳看来早就想好什么办法了，非说下去不可。朱怀镜便望着他，想让他说下去。"朱书记，我有个绝妙办法对付这种人。"于建阳掉下这么半句，又望着朱怀镜，想看他有什么反应。见朱怀镜总不开言，他又说道："这个办法很简单，就是向上级单位写表扬信，弄好多高帽子往他头上戴。"

朱怀镜仍是不做声，只是望着他，目光有些云遮雾罩。于建阳面有得色，继续说："这办法我过去试过。曾经有个人快要提拔了，可我知道这人不行，非把他弄下来不可。别人碰到这种情况，多半会写举报信，列举他的劣迹。我反其道而行之，写表扬信。我用不同身份，写了好多封表扬信，寄给上级领导。结果，上级领导警觉起来，认为这些表扬信就是他自己授意的，可见有政治野心。后来，不仅没有提拔他，反而派人下来查他的问题。一查，他果然是个贪官，就完了。"

朱怀镜仍只是望着他，没有任何表情。于建阳不知是否还要说下去。他望望朱怀镜，实在看不出什么意思来。可既然说了，就说个穿吧。"我想，只要多写些表扬陆天一的信，往上面寄，说他如何廉洁，如何能干，只当个纪委副书记，实在是屈才了。说群众希望上级组织能重用他。我敢保证，过不了多久，陆天一就完蛋。"

朱怀镜始终没说一句话，临分手，只拍了拍于建阳的肩膀，说："小于，辛苦你了。你的点子真多。"

次日中午，朱怀镜独自在黑天鹅休息。家里没法过，他尽量待在外面。好些日子没睡个好觉了，这回睡得很沉。听得门铃响了，看看时间，已是下午三点钟了。准是舒天接他来了。开门一

459

看，正是舒天和杨冲。朱怀镜说声进来坐吧，就去洗漱。

下午在梅园宾馆有个会，三点钟开始。既然迟了，就索性再迟二十分钟。迟一分钟去，算是迟到。迟二十分钟去，算是处理重要事情去了。他让舒天接通周克林电话："克林吗？你招呼一下同志们。我有个事没处理完，再过十来分钟到。"

朱怀镜掏出烟来，问杨冲抽不抽。杨冲嘿嘿一笑，说："我响应您的号召，戒烟了。"朱怀镜摇头笑笑，自己点了烟。

舒天说："朱书记，向您汇报个事。中午我同杨冲处理了个小事。"

朱怀镜笑道："什么重要的小事，得向我汇报？"

舒天说："是个小事，可还得向您汇报。陈昌云同陈冬生打了一架……"

"陈冬生？畜牧水产局的副局长？"朱怀镜问。

"正是陈副局长。"杨冲答道。

朱怀镜说："这就怪了。一个进城开店的农民，一个畜牧水产局副局长。他们怎么可能打起来？"

舒天笑道："为您朱书记打架。"

朱怀镜睁圆了眼睛，认真起来，问："怎么回事？为我打架？"

舒天和杨冲你一句，我一句，说了事情原委，真有些滑稽。原来，今天中午，陈昌云的杏林仙隐照样来了好多客人。陈昌云好生高兴，喜滋滋地挨桌儿敬烟。通常是客人进门时，他给每人敬上一支烟；客人快吃完了，又去敬支烟。这本是乡下红白喜事的规矩，用在生意上，也很得人缘。有桌客人，看上去派头就不一样。眼看着他们吃得差不多了，陈昌云特意拿了包好烟，笑嘻嘻地过去敬烟。却听得有个人在说朱怀镜的坏话。话说得很难听，舒天和杨冲也不敢原原本本地学。陈昌云听了，马上就说话了:"各位老板,你们说别的领导,我不知道。要是朱书记,他可是位好领导啊。"

有人马上接腔:"你算老几?我们说话,你插什么嘴?"

陈昌云也就黑了脸,说:"我是个普通老百姓,算不了老几。朱书记,算是我的朋友,我了解他。你们说他坏话,我就得说两句!"

"朋友?你也不照照镜子。"那人打量一下陈昌云,嘲讽道,"不就是送你一项旧帽子吗?弟兄们你们看,他头上这顶帽子,正是朱怀镜戴的那顶。"

陈昌云发火了,一捶桌子,吼道:"我捅你娘!"

这就打起来了。有人报了警,陈昌云就被抓了起来。陈昌云在派出所里打电话给舒天。舒天急了,忙约了杨冲,一道去了派出所。正是关云从此发迹的牛街派出所。舒天怕陈昌云吃亏,人还没到,电话先打过去了。派出所的听说是朱怀镜的秘书,倒还恭敬,忙说你不用亲自来了,我们把人放了就是。舒天却说:"我们就到了。"

老远就听得陈昌云在里面骂骂咧咧,派出所的没人吱声。舒天一去,就问:"对方人呢?"

干警说:"他们把人送到这里,说清情况,就走了。"

舒天很不客气,说道:"他们同陈昌云,不就是打架的双方吗?事情没理清楚,怎么可以让他们先走了呢?是什么人?"

一问,才知道中间有位是畜牧水产局副局长,陈冬生。听说有陈冬生搅在里面,舒天就慢慢缓和下来,他怕给朱怀镜添麻烦。说了派出所几句,就把陈昌云带回来了。

"朱书记,我们一来急着来接您,二来怕这事让您不好办,就没有过分追下去。您说怎么办,朱书记?"舒天问。

"我们走吧。"朱怀镜站起来,"舒天你同陈昌云说说,别人说什么，要他装聋作哑。我朱某人怎么样，不是谁在外面乱说就算数的。"

去梅园的路上，三个人都不说话。朱怀镜不想过问这事，别让人看得太小家子气了。不过这事又让他长了心眼。陆天一的死党，必须清理掉的。只是不能操之过急，慢慢来吧。

在会议室门口，正巧碰见陈冬生，拿着手机，急匆匆地出来，想必是接电话。他见了朱怀镜，忙笑笑。朱怀镜也点点头。朱怀镜的身子在门口一出现，会议室马上静了下来。这是个有关部门一把手参加的专题会，没多少人。朱怀镜往沙发里一坐，环视一圈，问："克林同志，会议通知是怎么下的？不是让有关部门一把手参加吗？我看来了很多副职呀？"

周克林摸摸脑袋，支吾道："这……"

没等周克林说下去，朱怀镜说："有个纪律，不用再宣布的，我今天重新宣布一下。地委发会议通知，各单位就得按通知要求到会。请到会的有关单位副职注意，请你们马上离会，给你们二十分钟时间，同一把手联系上。会议再推迟二十分钟。今后凡是要求一把手参加的会议，如果一把手不在家，各单位接到通知后，要马上报告。派副职到会，先得由地委同意。"

本应一片哗然的，却是鸦雀无声。好几位副职，彼此望望，站了起来，提着包往外走。陈冬生接完电话，走了进来，回原位坐下，笑眯眯的。他忽见所有人都望着自己，立即就不自在了。却又不知发生了什么事，只是傻笑。周克林忙过去，同他耳语几句。陈冬生便提了包，走到朱怀镜面前说："朱书记，情况是这样的……"

朱怀镜望都没望他，只是低头批阅文件，说："我不管会务。"

陈冬生还想说几句，周克林忙轻声叫住了他："小陈你怎么回事？马上去打电话，让你们一把手来。"

缺席的几位一把手很快就到齐了，尽往后排坐。朱怀镜看看时间差不多了，抬起头来，说："你们都往后面坐干什么？是怕我吃了你们，还是要同我划清界限？都往前面坐吧。"

都坐好了，朱怀镜接着说："请大家记着今天。整顿梅次干部作风，就从今天开始，就从你们开始。按要求到会，这是最起码的纪律，有的同志却做不到。那么哪里还谈得上服从组织，服从领导？这个问题，今后还要专题强调。好吧，正式开会吧。"

头头脑脑们从来没有这么认真过，低头记着笔记。忘了带笔记本的，也低头在纸上装模作样画着。几位没带笔的，就手足无措了，几乎急出了汗。朱怀镜没说上几句，突然停下来，说："克林，你去拿二十支笔，二十个笔记本来，每人发一套。"

朱怀镜又不说话了，低头继续批阅文件。他想今天既然开了张，就严厉到底。领导干部中间这股拖拖拉拉、自由散漫的风气是该整一下了。却忙坏了周克林，急急忙忙给地委办打电话。笔记本倒好说，只是一下子哪里去找那么多笔？一会儿，笔和笔记本都送来了。笔记本是地委办统一印制的那种，笔却是铅笔、圆珠笔、钢笔，五花八门。大家都笑眯眯地接过笔和本子。那些自己带了笔和本子的，不好说不要，有的就将笔和本子轻轻放在茶几上，有的就很张扬地收进包里。

朱怀镜又开始讲话，却先交代周克林："周秘，你同于建阳说说，请他给每个同志准备个盒饭。看来这个会要拖堂了，我们就吃盒饭吧。叫他别小气，把盒饭弄丰盛些啊！"

大家都笑了起来，笑得分明有些夸张。他们愿意把朱怀镜关于盒饭的指示理解成一种幽默，气氛就好多了。

第四十三章

　　大清早，朱怀镜还没出家门，陈清业打电话来："朱书记吗？几天没来看你了。你忙吗？"朱怀镜说："哦，小陈。你怎么样？"陈清业说："没事。"朱怀镜说："有空来玩吧。再见。"朱怀镜明白，陈清业出来了，看来市纪委的人没弄到什么情况。刚进办公室，刘浩也来了电话。刘浩也没什么事，只是问候了几句。陈清业和刘浩都很老练，知道很多事电话里是不方便说的。这是陆天一来梅次的第五天。

　　又过了一天，陆天一突然打电话，想约见朱怀镜。朱怀镜去了陆天一下榻的房间。两人握手拍肩，欢然而笑。朱怀镜哈哈大笑："天一同志，你可是盯上我了哦！"

　　陆天一笑笑，叹道："我是奉命行事啊！举报信言之凿凿，说陈清业是你的内弟，他在梅次包揽所有装修工程，都是你打招呼包下的。正好你爱人也姓陈，又都是乌县人。怀镜，我是个直人，说实话，人家说陈清业是你内弟，我还真相信，但不相信你会因为这层关系就怎么样。唉，有些人就喜欢穿凿附会，捕风捉影。"

朱怀镜笑道："我听说，你陆天一是陆定一的亲弟弟，说你能当上大官，都是搭帮了陆定一这层关系。你说是吗？我姓朱，就肯定是朱德同志的什么人了。荒唐不荒唐？"

陆天一苦笑道："我算是了解你的，当然不会先入为主。把事情弄清楚了，比含糊着，让人们去议论，要好些啊。陈清业和刘浩都是很不错的年轻人，能干，够朋友。怀镜，你交了两位好朋友啊！"

这话分明有弦外之音，好像是说之所以没有查出什么问题，就是两位年轻人只字不说。朱怀镜巧妙答道："做朋友嘛，还是古训讲得好，君子之交淡如水。如今世风，真能做到淡如水，难啊！可我同陈清业、刘浩两位年轻人交朋友，做到了。天一同志，再住几天？"

朱怀镜这话听上去，像是客气话，又像是挖苦。陆天一只装作没事一样，笑道："不行啊，得马上赶回去。事多啊！"

朱怀镜说："又不是所有案子都非得下来调查，更不是所有案子都要你亲自带队。天一同志，我说你呀，长期以来忙惯了，闲不住啊！"

这些话，陆天一听着，更不自在了。分明是说他专门盯着朱怀镜。就连说他忙惯了，闲不住，听上去像是关心老同事，其实也是说他如今本应闲着了，是碗凉菜，却总闲不住，无事找事。陆天一心中不快，却也只好硬着头皮听着。

朱怀镜却是谈笑风生，硬要陪陆天一吃顿饭。席间，朱怀镜说："天一同志，我是戒了酒的你知道。今天为了陪你，我就破戒了。"其实，服务员斟酒时弄了手脚，朱怀镜仍是滴酒未沾，喝的尽是矿泉水。陆天一被灌得烂醉如泥，满嘴胡话，尽骂缪明的娘。朱怀镜只当没听见，望着陆天一的手下，说："好好，你们陆书记今天很尽兴，很高兴。痛快痛快。你们扶他先回去休息吧。"陆天一的部下们分明看出个中究竟，不好意思，只装糊涂。

送走陆天一，朱怀镜回家对香妹说："你看，分明是有人要弄我了。说陈清业是你弟弟，说他在梅次所有工程都是我打招呼包下的，说我从中捞了不少好处。你看，他们又落空了吧？陆天一带人住在梅园，神秘兮兮地弄了个把星期哩。你就别跟着起哄了。"

香妹左右琢磨，似乎也是这么回事；再说她见男人也有些焦头烂额的样子，天大的事也不应在这个时候给他添压力。于是尽管仍是疑虑重重，也只好忍气吞声，不再同他吵了。

正是这个晚上，李老部长突然打电话来，说："怀镜，听说你那里最近情况很复杂？"

朱怀镜听着觉得奇怪。李老部长从来没有亲自给他打过电话，都是他往北京打电话。他猜想中间必有什么名堂，却不便在电话里解释什么，只装作糊涂，道："是啊，很多问题都碰到一起来了。感谢李老关心。我准备最近来北京一趟，专门向您老汇报。"

李老也就不好明说什么，两人只是含糊几句，就挂了电话。朱怀镜回头细想，觉得是该专门去北京走走。他想将枣林村陈家宗祠那块石雕送给李老，就打了尹正东电话："正东，同你说个事。北京有位领导，很喜欢收藏。他听说了枣林村陈家祠堂那块石雕，非常高兴。我请你帮个忙，同村里联系一下，把它买下来。"

尹正东忙说："这个好说，我明天一早就去趟枣林村。"

朱怀镜说："谈个价，不能白要。拆的时候注意保护，千万别碰坏了。"

"我会亲自督阵。"

"还要请你同我一道去趟北京。"

尹正东听了几乎兴奋起来，说："行行行行。什么时候走？

我想快的话,明天把石雕谈好,拆下来,后天就可以动身。"

"就后天吧,辛苦你了。"朱怀镜说。

第二天上午,尹正东打了电话过来:"朱书记,谈好了。村干部正组织人在拆哩。"朱怀镜说:"好,谢谢你。正东,一定要给钱啊。钱你先垫着。这样吧,我这两天动不了身。辛苦你先带着石雕上北京去,我后头坐飞机过去。反正我俩同时赶到就行了,你去的话住北京黑天鹅,我让舒天同那边联系好,你去就是了。"

尹正东说:"行行。我也是这样想的,坐汽车去北京太远了,不能让您这么辛苦啊。我亲自押着就行了。"

朱怀镜想这尹正东哪怕是拍马屁,话从他嘴里出来,就是不好听。舒天送了几封信过来,都是注明朱怀镜书记亲启的。他就怕收到这类信件,反正不会是什么好事。见有个信封最厚,他就先拆了。一看,竟是于建阳炮制的所谓表扬信。共有十几封信,看上去都是不同身份的人写的。

尊敬的上级领导:

我是梅次行署机关的一位普通干部,长年在领导身边工作。根据我的了解和观察,陆天一同志是一位难得的好领导。他为人正派,清正廉洁,对工作高度负责,对人民群众有一颗赤子之心。同时,他具有杰出的领导才能,能够统筹全局,创造性地开展工作,工作成效也是有目共睹的。

…………

特别是在贪污成风、腐败公行的官场,陆天一同志就显得更加难能可贵了。他任梅次行署专员期间,所有大的建设工程都是他亲自负责。由于他自己过得硬,在招投标工作中,没有谁敢向他行贿,从而有效地制止了不正之风。

…………

　　依我一个普通干部的见识，认为像陆天一同志这样的好领导，就是应该提拔重用。很多同志都说，把他放在市纪委副书记这个位置上，实在太屈才了。依他的德才，理应走上省市级领导干部的岗位。请上级领导考虑一下我们普通机关干部的心声！
　　此致
敬礼！

机关干部江向阳
某年某月某日

　　信都是打印的，内容大同小异，假拟的写信人有干部、教师、工人、农民、复员军人、残疾人等。朱怀镜只大致瞄了几眼，没有细看。心想于建阳这家伙写起东西来倒还文从字顺。他将信折好，重新装进信封。却感觉信封里面还有东西，抽出一看，是张便笺纸。上面写了几句话：

　　朱书记，我将每封信都印了五十封，寄给上级领导去了。寄您一套，请过目。我怕您批评，不敢自己送来。

小于

　　朱怀镜将这纸条撕碎了，丢进了垃圾篓里。心想于建阳真让人不可理解。他也许猜着朱怀镜不太赞成这么弄人，却又想在领导面前立功，只怕还有整人的瘾。这种人就有些可怕了。电话响了，正是于建阳打来的。
　　"朱书记，您可能收到了吧。"于建阳试探着，分明有些自鸣得意。

"哦，再说吧。我这里正有事哩。"朱怀镜不想同他谈这个事儿。

再拆几封信，不是告状申冤的，就是检举揭发的。哪些信该立即批下去，哪些信暂时压着，他自有分寸。

三天之后，朱怀镜同舒天飞抵北京。吴弘到机场迎接，见面就开他的玩笑："怀镜，你可是越来越会办事了。那么大的石头，硬是从梅次运到北京来了。"

朱怀镜笑道："难得李老他喜欢，就送来吧。"

舒天听着却难为情，只当什么都没听见。吴弘笑道："下面会办事的人真多啊。你那位尹县长，真是想得出。他开着辆囚车把石头送进北京来了。见着囚车，我眼睛都直了。老尹说，开着囚车，路上方便些。他们县里的公安局长亲自开车。"

朱怀镜笑了起来，说："是吗？细节问题我没有过问。"

吴弘说："你当然不问细节问题，你是大领导啊。可我就得问细节。开着个囚车去李老家，不妥啊。"

朱怀镜说："是个问题啊。怎么办呢？"

吴弘说："我想了想，只好晚上去拜访李老。车开到门口，黑灯瞎火的，请几个民工将石头抬进去就是了。"

朱怀镜笑道："你别口口声声石头石头，那可是明朝留下来的文物啊。"

吴弘说："说正经的，这文物，放在你们那地方，不知哪天就被毁掉了。不如送到北京来，还可传下去。"

朱怀镜说："你这就是八国联军的理论了。"

吴弘就说："你自己干着八国联军的勾当，还说我是八国联军。"

两人一路说笑着，驱车去了黑天鹅宾馆。房间早安排好了，仍是上次住的那个总统套间。一会儿成义就到了，握手寒暄。

成义笑道："朱书记如今是一把手了，更是日理万机了。还

469

是要出来走走啊,朋友们都想念您。"

"感谢朋友们啊。"朱怀镜说着又开怀而笑,调侃道,"成义应该当干部,你官场上的应酬话,说得很顺溜。"

成义笑了笑,说:"我原本是当过干部的,有前科。"

说话间尹正东同一位年轻人进来了。尹正东老远就笑,手伸得老长。朱怀镜也不站起来,抬手同他拉了一下,就请他坐。问:"听说你来了辆囚车?"

尹正东说:"小车肯定装不下,小货车又怕路上麻烦。沿路过关过卡,说不定就让人当走私文物没收了。囚车就好,沿路畅通无阻。朱书记,对这项工作,我可是高度重视啊,我们县公安局长小马亲自开车。"

朱怀镜便点头同小马笑笑,算是道了辛苦。望着尹正东和小马,朱怀镜突然有种奇怪的感觉。心想这两个人放在梅次也许还上得了场面,到了北京就怎么看怎么不是回事了。尹正东那副笑脸,不再像位县长,倒像位山沟里的乡长或者乡镇企业老板;小马仍是警察的味道,却只像派出所下面的治安队员,看不出县公安局长的气象。

成义招呼会儿,有事先忙了。吴弘说:"怀镜,我俩说个事吧。"说着两人就去了里面卧室。坐了下来,吴弘还未开言,朱怀镜先问道:"你是说胡越昆去日本了?"

"对,去日本了,你们这回见不了面了。"吴弘说,"怀镜,我看这样。晚上就我、你、舒天三个人去李老家。车我来开吧。我会安排人在李老家门口等着,帮着卸车。"

朱怀镜点头道:"也好。"

吴弘说:"你手下的县长,怎么看上去像个农民?"

朱怀镜就笑了,玩笑道:"吴弘你怎么了?你可不能歧视农民啊。"

吴弘说:"两个都是老土,看上去好没层次。"

朱怀镜又笑道:"吴弘你有市侩气了。可不能赚了几个钱,就看不起老百姓了。"

说笑一会儿,朱怀镜便说了自己同王莽之的过节,最后长叹一声,道:"有些事情,我同胡越昆在电话里不好说。等他从日本回来,你有空找他扯扯。"

吴弘说:"叫他摸摸王莽之的底牌吧。我看这个胡越昆做得到。"

尹正东和小马还在客厅里坐着。他们几个人没话说,都盯着电视。见朱怀镜同吴弘出来了,尹正东就抬头笑笑,关了电视。

"正东,多少钱?"朱怀镜问。

尹正东一时不明白什么意思,嘴巴张得老大。朱怀镜又说:"我是说那石雕,花了多少钱?"

尹正东就笑了,说:"哪用花钱?"

朱怀镜皱了眉头说:"怎么可以不花钱呢?"

"我向村干部宣传了文物政策。文物属国家所有,政府可以无偿征集。村干部觉悟高,马上组织人拆下来了。"尹正东很是得意。

朱怀镜正色道:"正东,你这是坑蒙拐骗啊。"

尹正东仍是笑着,说:"朱书记,哪有您说的那么严重?这东西放在那里,总有一天会败掉的。送到北京来,还算弃暗投明哩。"

朱怀镜就望望吴弘。吴弘也说过类似的话,就笑了。朱怀镜也苦笑着。尹正东见了,也诡里诡气地笑了。舒天和小马不知道他们笑什么,也笑了。气氛莫名地神秘起来。

尹正东突然问道:"朱书记,我总觉得这回您分配给我的工作让我摸不着头绪。这石头是送给谁的?"

471

朱怀镜只作没听见，无话找话，问："你们在路上住了几晚？"

尹正东说："住了两晚。全搭帮是辆囚车，不然现在只怕还在路上哐当哐当摇哩。"

吴弘客套几句，起身走了，说等会儿吃饭再见。朱怀镜将吴弘送到门口，回来叫尹正东到里面说句话："正东，辛苦你了。这石雕是上面一位领导要的，你知道这个就行了。也不要同小马多说什么。"朱怀镜故作严肃，脸色都黑了。

尹正东脸却红了，后悔自己多嘴。朱怀镜又说："晚上你和小马就在这里休息，你把车钥匙交给舒天就行了，车由吴总开。"

尹正东听着神秘兮兮的，只好点头了。却忍不住问道："吴总是个什么人物？"

朱怀镜低声说："正东，你还是不要问吧。"

"好，我不问吧。唉，北京这地方，山高水深，龙潭虎穴啊！"尹正东摇头感叹。

朱怀镜不再吱声，只望着尹正东。尹正东慢慢就手足无措了，窘得像发慌。

吃过晚饭，天马上就黑下来了。吴弘驾了车，带着朱怀镜和舒天，尽走小胡同，七拐八弯，转了好一阵子，到了李老家门前。早有吴弘手下安排的民工候在那里了。朱怀镜直说转糊涂了，分不清东南西北了。心想哪怕尹正东和小马跟了来，也是云里雾里。

保姆小李开了门，吴弘忙叫民工将石雕抬了进去。又叫手下马上将囚车开回黑天鹅。原来吴弘那辆奔驰早已停在这里了。

董姨出来了，招呼客人进屋。"请坐吧，老头子在洗澡哩。他呀，喜欢泡，洗个澡总得个把小时。"董姨吩咐小李，"快倒茶啊。"

朱怀镜接过茶，客气道："董姨身体很好啊。"

董姨摇头道："好什么呀，关在家里还行，不敢出门。今年冬天格外冷。"

吴弘说："李老的身体也很好。"

"他还行，就这天气，还每天早晨穿着运动服打太极拳。我真怕他着了凉，叫他多穿些。他嫌我啰唆。"董姨笑道。

屋里暖气太大了，朱怀镜坐下几分钟就想松衣。又怕麻烦，只好忍着。背膛就开始冒汗。朱怀镜特意留意了墙壁上"危行言孙"那幅字，仍挂在原处。有的字画像是挪了位置，又增添了些新的。李老是否知道"危行言孙"的潜台词？说话间，李老围着睡衣出来了，笑道："只要我不在场，你就说我坏话。怀镜来了？"

朱怀镜忙迎了上去，握手问好。"是来开会，还是来办事？"李老问道。

吴弘抢着答道："怀镜在基层调研时，发现一块明代石雕，很有艺术价值。想着您老喜欢，就买了下来，专程给您老送来了。"

李老眼睛一亮，笑了起来，说："怀镜啊，我这就要批评你了。专门为块石头跑趟北京，不值得啊。"

朱怀镜说："哪里，只要李老高兴，我跑一趟算什么呢？只是怕自己看走了眼，捡块顽石当宝玉。"

李老站了起来，说："我们看看去。"

董姨忙说："外面冷，加件衣吧。"

小李便取了件大衣，披在李老身上。到了天井，立即就像掉进冰窟窿。石雕暂时放在大门里面的墙脚下，还没来得及上架。李老叫小李开了路灯，然后蹲了下去。老人家反复抚摸着"大明正德十年孟春"的题款，不停地点头。

"很好，很好，是件宝贝。我晚上眼睛看不太清，凭手的感觉，的确很有艺术价值。怀镜，你有眼力啊。"李老站了起来，拍拍朱怀镜的肩膀。

吴弘说："若是件宝贝，我再叫人来上架吧。"

李老笑道："不忙不忙。我们进去说话吧。"

进屋坐下，李老脱了大衣，又叫朱怀镜把外衣脱了。吴弘和舒天也将外衣脱了。大家都穿着毛衣，感觉亲热多了，就像自家人。先是东拉西扯的，后来李老一句话，就扯到正题了。他说："荆都和梅次的情况，我多少听说一些。怀镜，你也不容易啊。"

朱怀镜琢磨李老有些向着他了，就含糊道："有些情况，一言难尽啊。李老，我是想担好这副担子，这样才对得起您老的关心。可有些事情，让我太难办了。所以，还望李老关键时候说句话。荆都的事情，您是说得起话的。"

李老摇头说："怀镜啊，我退下来了，就不管事了。有时候，以一个老党员的身份，提点儿建议，他们听就听，不听我也没办法。"

朱怀镜忙说："哪有不听的？您老德高望重，在荆都任过职的那么多领导，没谁的影响力像您这么深远。"

"那我就是老不上路了。"李老爽朗而笑，又问道，"到底是个什么事？"

李老问得含蓄，朱怀镜却得清楚地回答。他略加思忖，便将高速公路招标的事一五一十说了，只讲王小莽如何如何，只字不提王莽之有什么不是，最后说道："莽之同志很关心我，我也很敬重他。我知道这最终都是因为您老关心。但是，莽之同志的公子王小莽，我就拿着不好办。他胆子太大了，迟早要出事的。"

李老站了起来，很气愤的样子，在屋子里来回走了会儿，说："我们很多领导干部，最后出问题都会出在子女和家属上。要警惕啊！"

董姨忙说:"老头子,你别激动。你退下来了,气也没用。"

李老站在屋子中央,一动不动,突然指着朱怀镜,样子像是骂人,说:"怀镜,你做得对。你放心,我什么时候都会替你说话。"

朱怀镜也站了起来,拱手道:"感谢李老关心。有您老关心,我就没什么顾虑了。"

吴弘见李老仍是激动,便想岔开话题,说:"李老,最近有什么新的宝贝?让我开开眼吧。"

李老就像破涕为笑的孩子,情绪马上好起来了,说:"没什么稀罕东西。前几天弄到一副清代皇妃用过的裹脚布,真丝的,绣工很好。我约了几位朋友一起看了,是真东西。"

李老就叫董姨去取裹脚布。董姨起了身,嘴上却玩笑道:"有什么好看的?王妈妈的裹脚布,又长又臭。"

李老笑道:"要是真能闻到臭味,就更稀罕了。"

董姨将两条长长的裹脚布铺在大书桌上,开了台灯。李老说声请,左手便往书桌方向摊开。朱怀镜想让李老走前面,也说声请。场面客气得就像上桌就餐。

第四十四章

朱怀镜的北京之行神不知鬼不觉。尹正东因为参与了这次准地下工作,总说不出的兴奋。他跟在朱怀镜后面走了一趟,本来什么也没见着,感觉就像见了大世面。朱怀镜水有多深,山有多高,他摸不着头脑。尹正东本是个嘴巴靠不住的人,可是这次神秘之旅,他不会向外吐出半个字。他相信自己上层秘密知道得越多,就越有脸面。秘密说出来了,就不是秘密了,似乎脸面就会缩水。其实他什么也不知道,只是在小马看来,他是掌握所有内情的。小马并不知道那块石头有什么稀罕,值得专门送到北京去。偏偏越是这样,就越有几分高深。小马看尹正东,又多了几分崇敬;好比尹正东对朱怀镜,几乎是敬而畏之了。

从北京回来不久,朱怀镜去荆都开了个会。会议规模不大,只是各市和地区的书记参加。王莽之身着白色西装,皮鞋也是白色的。头发本来早就白了,却焗了油,黑得发亮。六十多岁的人了,依然红光满面,目光炯炯。他进了会议室,微笑着叫道同志们好,就同大家一一握手。他握着部下的手,都会寒暄几句,有时还会拍拍人家的肩膀。他走到朱怀镜面前,只伸手轻轻一带,敷衍过去了，也没有说一句话。王莽之的脸是做给所有人看的，仍是满面春风，手却是软绵绵的，只有朱怀镜一个人才感觉得到。

会议室北面那张乳白色双人皮沙发，总是王莽之独自坐的。两年前，王莽之从外地调来荆都，头一次开会，往这张沙发里一靠，就再也没有第二个人去坐了。他总喜欢坐在沙发中间，手往两边夸张地摊开，架着二郎腿，摇晃着。双人沙发就成了单人沙发了。他说话时，头老喜欢两边摆动，目光便在一百八十度的扇面上睃巡。市长总是坐在旁边的单人沙发里，斜对着王莽之，显得很谦卑。

这时会议还没有正式开始，王莽之同大家闲聊，显得神采飞扬。他眉目含笑就像菩萨，挨次注视他的部下。但他的目光却怎么也不往朱怀镜的脸上瞟一下。朱怀镜却是没事似的笑着，视线跟着王莽之的目光走。而王莽之的目光，就像夏天里讨厌的蚊子，嗡嗡叫着，近了近了又远了，怎么也打不死它。

朱怀镜心想，这个白衣白裤白皮鞋的人，算是彻底得罪了！

王莽之爽朗的笑声在会议室里荡起了回声，而朱怀镜只觉右手心腻腻的就像满是鼻涕。王莽之的手掌软软的，滑滑的，湿湿的，让他很不舒服。会议终于正式开始了，王莽之口若悬河，滔滔不绝。虽说是个重要的会议，却没有任何实际意义。上面又有新精神了，需得先在下面一把手中间打招呼。其实一句话就可讲清的事情，却非得长篇大论不可。无非是这个事情，过去是怎么说的，现在形势发展了，得改口了，应这么说了。如此如此。

朱怀镜低头记笔记，却没记上几个字。很简单的事情，做起官样文章来，就要什么转变观念啦、统一思想啦、提高认识啦、加强领导啦，烦琐得不得了。王莽之那硬而冲的山东腔，听着也越来越不顺耳了。朱怀镜上北京时，并没在李老面前讲过王莽之半句坏话，只是心里有数。现在他简直厌恶这个人了，就连王莽之那一身白的穿着也十分的可笑。有人私下玩笑，说是在荆都娱乐场所，低头见了双白皮鞋，抬起头来一看，准是王莽之。

会后闲聊，大家都在议论王莽之调北京的事。看来他调走是肯定的了，只是迟早的事。这些地市委书记，都是受过王莽之恩惠的，私下却开始议论他的不是了。自古都说人走茶凉，如今有些官员，却是人走名臭。人还没走，就听到一片骂声，就并不多见了。可见王莽之做人做事，太不地道了。不过朱怀镜到底只是听着别人说长道短，自己不怎么掺言。他毕竟是王莽之刚提拔起来的，怕人家讲他也不地道。其实他的担心是多余的。他在高速公路招标的事上得罪王莽之，很快就传遍荆都官场了。不然，别人仍会把他看作王莽之心腹，哪能当着他的面说王莽之的坏话？

朱怀镜觉得自己同王莽之反目，他本人道义上无可指摘。可不知为什么，心里还是虚虚的，生怕别人说他是个白眼狼。于是开会那几天，他有空就往市里一些领导家里钻。有些领导平时他并不怎么去拜访的，这回也硬着头皮上门去。舒天和杨冲自然都跟着跑。舒天有时跟着朱怀镜上领导家里去，有时就同杨冲一道在车里守着。

去范东阳家倒是随便，打个电话，说去就去了。舒天也跟了去。范东阳正在看《新闻联播》，神色默然，示意他请坐。他也没说话，坐了下来，双眼使劲盯着电视。他也是喜欢看《新闻联播》的，却没有范东阳这么执著，来了客人礼貌都顾不上了。好在范东阳脸上有个括号，看上去时刻是笑着的，不然会很难堪的。新闻完了，范东阳就像突然换了个人，灿然笑道："怀镜，有些事情我都知道了，你是对的。"

范东阳向来是含蓄的，却会这么说话，就有些奇怪了。也许人事格局眼看着要变了，什么都会跟着变。朱怀镜也不好说透，只道:"我只能如此。"

范东阳说:"没想到梅次那边,这几年弄得这么复杂。陆天一已被双规了。"

"是吗?我怎么没听到一点风声?"朱怀镜很是吃惊。

范东阳说:"就是今天上午的事。检察院去搜查了他的住宅。只怕问题会很大。"

朱怀镜说:"事先可没有任何迹象啊,他本来是很老成的。"

范东阳说:"只要屁股不干净,出事只在迟早。这回算是他自己把尾巴露出来的。他不安心纪委副书记这个职务,自己假托群众的名义,给上级领导写信,为自己评功摆好。上至北京,下至荆都,很多领导都收到过他的信。这就引起上面注意了。加上也有举报他的,凑在一起了。"

朱怀镜自然知道是怎么回事了,却笑道:"真是滑稽。"

"聪明反被聪明误。"范东阳说。

朱怀镜猛然想起尹正东来了。心想检举尹正东的信,少说只怕也有一百位领导收到过,怎么就没见谁批示下来查查呢?他嘴上却说:"天一同志,我们也共事过一段,还算是个直爽人啊。"

范东阳笑道:"他人倒是直爽,只是太贪了,太霸道了。"

朱怀镜不想多说这件事,便道:"范部长,你送我那幅画,我挂在办公室里,同志们都说好。马山经验是你发现和总结的,我们会按照你的指示,把那里的工作做得更扎实。我只要看到那幅画,总会想起你上次说到的五墨,其实那就是人生哲学啊。做官就是做人啊,要学会浓淡相宜,干湿得法,深浅有度。不讲章法是不行的。"

范东阳来了兴趣,两人从画画说到了读书。很自然就说到金庸了。朱怀镜已看完了金庸全集,很有些心得,说:"范部长,我受你的影响,也迷上金庸了。我一口气把金庸的所有小说都看完了。依我个人观点，金庸对中国文学的贡献，完全可以同曹雪芹媲美。鲁迅先生那段评价《红楼梦》的名言，说道学家看见什么，革命家看见什么，我记不住了。我看金庸的小说，也有这种感觉。比方你是信佛的，就会在金庸小说里看见佛理禅机。金庸笔下，那些武功最终达到至高境界的，往往是那些笨拙愚鲁的人，比方郭靖、石破天等等。其实这就是佛家旨意。佛教以为，去尽心机，返璞归真，方可修成正果。如果你信奉儒家，从金庸小说里可以看见满纸的忠义礼智信。比方乔峰，忠义可比关羽，堪称义绝。说到乔峰，他又是情圣，情种们可以看到儿女情长。可以说，金庸把儒、佛、道、法、兵等各家的哲学思想和方法论都熔为一炉了。大智大慧啊。"

范东阳颇有知音之感，拍拍朱怀镜的膝盖，说："怀镜是个聪明人，悟性高，会读书。金庸小说就是这样，雅俗共赏。大知识分子喜欢看，普通百姓也喜欢看。"

"说到雅俗共赏，我又有心得了。"朱怀镜有些兴奋，不小心就抢了范东阳的话头，"我以为，一般意义上的雅俗共赏，就是寻找到一个雅俗之间的中间地带，或者说通过一种折中，最大限度地征服读者。而金庸小说的雅俗共赏，俗的俗到底，雅的雅上天，却又超乎雅俗之上。读者的学养不同，生活经历不同，文化背景不同，审美趣味不同，从中获得的东西就不同。粗通文字的人仅仅把它当做一般武打小说读，可以读得津津有味。有慧根的人，却可以从中悟佛悟道。"

范东阳点头笑道："怀镜是个爱想问题的人，有思想。"

朱怀镜谦虚道："哪里啊，我说的不过就是看书时的思维碎片，哪谈得上什么思想。范部长，我有个奇怪的感觉。刚接触金庸小说，发现他是个理想主义者和完美主义者。他笔下那些自己钟爱的人物，可以尽善尽美。又说到乔峰，几乎天底下男人所有的好品质,都集中到他身上了。金庸小说里面宣扬的都是中国传统文化最优秀的东西,比方惩恶扬善,行侠仗义,身忧天下,精忠报国,等等。他笔下的那些正面人物也多是大义凛然,威武不屈,清气逼人。可是越到后来,他写的一些正面人物就慢慢渗透些邪气了。比方他的封笔之作《鹿鼎记》里的韦小宝,简直就是个流氓和混混了。这是否反映了金庸先生对历史、社会和人生的一个思索轨迹呢?也许他最终意识到,理想到底代替不了现实吧。"

范东阳叹道:"怀镜,你我都是理想主义者啊。我们都想尽可能把自己分内的事情做好,可是,难啊。"

"的确难。范部长,我在下面,就更难了。还要请你多支持啊。"朱怀镜说。

范东阳拍拍朱怀镜的手背,说:"我也需要你的支持啊。怀镜同志,你现在主持全面工作了,更要重视组织工作啊。请你继续支持我的工作。"

朱怀镜听得明白,范东阳是要他到时候投个赞成票。上次范东阳没有进市委常委,就只差一票。有些话是不能点明的,只可含糊。朱怀镜说:"我肯定是支持你的。"

范东阳满意地点点头,说:"怀镜,你放心干吧。"

从范东阳家出来,上了车,舒天笑道:"朱书记,很惭愧,金庸小说我还没碰过一部。听你如此一说,我都有些心旌飘摇的感觉了。所谓'闻韶乐,三月不知肉味',就是这种感觉吧。我得赶快弄套金庸小说读读。"

"读读吧,你会明白很多道理的。"朱怀镜说。

第四十五章

不久，王莽之终于调走了。原先传说的很多好位置都没他的份儿，只在北京某部门安了个闲职。朱怀镜总算松了口气。向长善问吴飞案是不是还要继续追下去，朱怀镜也想马上查下去，但他仔细掂量，说再看看吧。他暗自猜测，陆天一只怕是根点燃了的导火索，说不定就会烧到王莽之那里去。静观其变，相机而行吧。

一夜之间，梅次各县市和部门的头头脑脑都走马换将了，只剩余明吾和尹正东仍在马山待着。朱怀镜同余明吾谈过一次，私下同他交了底。尹正东三天两头给朱怀镜打电话，要么汇报思想，要么请示工作。朱怀镜明白尹正东的心思，偏偏三缄其口。他心里早就有谱了，迟早要把尹正东弄下去。

朱怀镜突然接到市纪委电话，尹正东有麻烦了。电话是市纪委书记庞浩打来的："怀镜同志，陆天一供认，尹正东当县长那年，送给陆天一十五万。我们市纪委人手紧，想请你们协助一下。"

朱怀镜忙说："庞书记，我正要向你汇报哩。我最近接到群众举报，检举了尹正东很多问题。我们地委刚研究了，正准备立案调查。好吧，我们今天就将他双规。"

庞浩说："好，感谢你支持，怀镜同志。我们随时通报情况吧。"

朱怀镜马上打了向长善电话："长善，你赶快过来一下。"

放下电话，朱怀镜突然感到十分焦躁。关了门，点上一支烟，来回踱步。这毕竟是他头一次下令抓人啊，况且还会给自己带来麻烦。但也顾不了那么多了。办公室里开着空调，门窗关得天紧，一会儿就烟雾缭绕了。朱怀镜打开窗户，冷风飕飕地钻了进来。太阳穴马上胀痛起来。一个人在屋子里闷得太久了，大脑缺氧吧。

有人敲门，心想是向长善到了。朱怀镜坐到办公桌前，说声请进，却是周克林推门进来了。

"哦，克林，有事吗？"朱怀镜问。

周克林笑笑，说："没事。"

"哦。"朱怀镜不想留他说话，向长善马上就会到的。

"朱书记，听说天一同志的问题蛮大？"周克林试探道。

朱怀镜没有回答，只问："你听到的是个什么情况？"

"听说初步认定有千把万的经济问题。"周克林说。

"哦，是吗？"朱怀镜显得没有兴趣。

周克林说："如果确凿，天一同志脑袋只怕就保不住了。"

朱怀镜抬头望着天花板，说："相信法律吧。"

又听到敲门声。朱怀镜说声请进，周克林过去开了门。果然是向长善。周克林同向长善客气两句，就告辞了。

向长善坐了下来，气喘吁吁的。他上楼时走得太急了。朱怀镜也没叫舒天，自己倒了杯茶，递给向长善，又过去把门带上了，回头坐下，说："长善同志，同你商量个事情。"

向长善见朱怀镜目光严厉，就不问什么事，只是等着他说下去。朱怀镜拉开抽屉，取出烟来。向长善本不抽烟的，也要了一支。两人点上烟，吸了几口，朱怀镜才说："长善，将尹正东双规吧。"

"尹正东？"向长善吃惊地问道。

"是的，尹正东。"朱怀镜便把群众举报和陆天一的供认一一说了。

向长善叹道："看着这些干部一个一个倒下去，真是痛心啊。"

朱怀镜站了起来，缓缓说道："谁让他们不争气呢？"

向长善被烟呛着了，使劲地咳，脸红得像猴子屁股，半天才平息下来，说："朱书记，我觉得，吴飞案也不能久拖。"

朱怀镜低着头，来回走着，说："吴飞案，肯定是要查下去的。暂时时机还没成熟。先全力以赴查尹正东吧。尹正东有些匪气，要注意方法。长善，我建议，由组织部打电话给他，让他来地区谈话。他一到宾馆住下，你们就把他控制起来。我同组织部去说，你们派人在梅园等着。怕走漏风声，马上行动吧。注意，请你亲自带着人去梅园，先不同参加行动的同志讲，临时再告诉他们。尹正东人缘很好啊。"

朱怀镜说罢，拿出几封检举尹正东的信件，提笔作了批示。向长善接过批示，马上回去调兵遣将。闭目片刻，朱怀镜提起了电话筒："永杰吗？你好。请你给正东同志打个电话，请他来一下，我想找他谈谈。"

"正东同志？好吧，我同他联系上。"韩永杰语气间隐隐流露着迟疑。

朱怀镜怕韩永杰起疑心，便说："明吾同志我找他谈了，还没时间同正东谈。请他马上过来吧。"

韩永杰说："朱书记亲自找他谈谈好。我感觉正东同志好像有些想法。"

朱怀镜不再多说，挂了电话。过了几分钟，尹正东自己打电话来了，问："朱书记，我是正东啊。韩部长说你找我？"

朱怀镜哈哈一笑，说："正东啊，韩部长都同你说了吗？好吧，你过来一下吧。"

朱怀镜这么一含糊，就把尹正东的嘴堵上了。他不便告诉朱怀镜，韩部长没同他说什么。他也许以为自己要被提拔了，朱怀镜要亲自找他谈话。韩永杰只是纪律性强，才没同他具体说吧。尹正东的语气听上去有些兴奋，说："行行，我马上过来吧。"

从马山赶过来很近，下午刚上班，朱怀镜就接到了尹正东电话："朱书记，我到了。我到你办公室来？"

朱怀镜说："我四点钟找你谈，正有个会。你先住下来吧。"

尹正东说："我住下来了。"

朱怀镜说："那好。你住在哪里？我散会了过去吧。"

尹正东说："我住梅园三号楼，205。不麻烦您，到时候我过去吧。"

朱怀镜笑道："正东你客气什么？我又没请你吃饭。你在房间休息，等着吧。"

又过了几分钟，向长善打电话来："朱书记，我向你报告，尹正东被控制住了。"

"哦，好吧。"朱怀镜问，"他情绪怎么样？"

向长善说："他先是吃了一惊，然后就是骂娘。现在缓和些了。"

朱怀镜说："这个人要认真对付，你们要派最精干的力量。"

快下班的时候，向长善跑到朱怀镜办公室，表情有些神秘，说："朱书记，尹正东死不开口。他只强调一点，硬要同你见一面。"

朱怀镜断然道:"我不会同他见面的。"

向长善说:"你当然不能同他见面。我只是在琢磨,他是个什么想法。"

朱怀镜长叹一声,说:"长善,我俩坐一下吧。"

向长善的目光有些疑惑。朱怀镜心里明白,凭向长善多年的办案经验,八成猜着什么了,只是不好说出来。朱怀镜左右权衡,心想也不必再顾忌什么了,便说:"长善,尹正东给我送过十万块钱。"

向长善的手微微抖了一下,掩饰着他的惊愕。朱怀镜淡然一笑,就起身打开保险柜,取出几张银行账单。向长善看过账单,半天才反应过来,说:"原来是这样啊!"

朱怀镜说:"长善,我不想让这事传出去,借着这件事,我自己固然可以成为传奇式英雄,但是会有负面影响,让群众对官场失望。还会带出一系列问题。人们会问,难道只有朱怀镜一个人收到这么多钱吗?其他领导呢?他们就没有收到过一分钱吗?总之,对大局不利啊。"

向长善听着,眼圈竟红了起来,欷歔道:"朱书记啊,怎么回事?现在要做个好人这么难?非得偷偷摸摸不成?对不起,我情绪有些激动。也许是人老了吧,越来越容易动感情了。"

朱怀镜说:"长善,有些问题是容不得我们讨论的,就得按现实情况去做。你们不要管他尹正东说我什么,尽管依法办案吧。"

向长善揉揉眼睛,说:"好吧。我心里有数了,就不怕他使任何手段了。"

送走向长善,朱怀镜独自在办公室里坐了好久。他心里很不宁静,天知道尹正东还会咬出多少人来!

第四十六章

很快就是春节了。照说这个时候每天都会有人登门拜访的，但朱怀镜的门庭还算清寂。他的谢客启事家喻户晓，有些人想上门也不敢了。过了段时间，眼看着开始有人上门了，却突然冒出尹正东案，梅次的空气又异样起来，又没多少人敢来敲门了。隔三差五也有些人来串串，多是找香妹的。朱怀镜便总是说她，要她注意些。香妹不怎么在乎，说她自有道理。

突然有人半夜里打电话给朱怀镜："吴飞死了就死了，别老揪着不放。好好过年吧。"

"你是谁？是好汉报个名来。"朱怀镜才说了三个字，电话就断了。后面那句话，他是冲着嗡嗡响的电话筒说的。

从那以后，三天两头会有恐吓电话打来，弄得家里紧张兮兮。朱怀镜晚上再也不出门了，必不可少的应酬，也尽量简单地打发了。他几乎每天晚上都待在家里，守着老婆和孩子。放寒假了，孩子白天做作业，晚上看电视。朱怀镜总是坐在沙发里，一手搂着香妹，一手搂着孩子。他的这般体贴，香妹很久没有享受了，觉得格外温暖。儿子长大些了，早不习惯同父亲过于亲昵，总显得拘束。朱怀镜便总逗儿子，说："琪琪长大了，就不要爸爸了是吗？爸爸还不太老，还可以抱抱你，背背你。等爸爸老了，就要你背了。"一家人每晚这么挤作一堆，慢慢地，琪琪话多起来了。朱怀镜私下就对香妹说："唉，还是我平时关心不够。男孩子，就是要同父亲多待。"

到底还是担心发生意外。有人既然敢对吴飞下手，也许就是个疯子。朱怀镜和香妹倒不怕什么，来去都有小车，出入都是安全的地方。最不放心的是儿子，只好让香妹带着琪琪上班。琪琪就天天跟着妈妈，待在她局里的会议室做作业。

突然有消息说，王莽之出事了。只是道听途说，无从证实。这事在梅次却传得有鼻子有眼的，说是中纪委已派人到荆都来了。很多人都知道朱怀镜同王莽之有过节，他便不好向谁去打听。是不是陆天一把王莽之牵出来了呢？但没有任何说法来自可靠渠道，朱怀镜也只能将信将疑。他打电话给吴弘，吴弘说胡越昆还在日本。胡越昆让吴弘说得神人一般，让他摸清王莽之的情况，该不是个问题。

有天下午，朱怀镜正在办公室找人谈话，有人打电话进来，说："你别问我是谁，你听着。你的把柄我们还没有抓到，你老婆的辫子可是叫我们揪住了。你知道她的那件貂皮大衣值多少钱吗？三万八。财校教学楼她可是亲自抓的啊。"

有人在场，朱怀镜不好说什么，只好掩饰道："好的，好的，再联系吧。"接了这个电话，他就怀疑王莽之出事一说只怕是讹传了。他总以为这些神秘电话同王小莽有联系。如果王莽之真出事了，王小莽也就不敢再这么猖狂了。

晚上，这个人的电话打到家里来了，朱怀镜在书房里接了。那人说："你考虑好了吗？"朱怀镜愤然说："没什么考虑的，谁有问题就抓谁。有种你报个名来。"那人嘿嘿一笑，说："反正是你的冤家。"

朱怀镜担心的事情终于来了。他早就察觉香妹不对劲了，说她也不听。他左思右想，暂时还是不问她算了。快过年了，安静几天吧。他吩咐下面改了家里电话号码，并叫他们严格保密。可才清寂一天，神秘电话又来了。朱怀镜给吴桂生打了电话，让公安部门查，也没个结果。吴桂生汇报说，都是磁卡电话打的，没法调查。吴桂生觉得很没面子，便派人成天守在朱怀镜楼下。

香妹不想在梅次过年了，想回荆都住几天。朱怀镜也心神不宁，就答应了。他终于忍不住了，就问了香妹。香妹脸一下子白了，半天才低了头说："我没什么事，你放心。就算有事，也是我个人的事。"

朱怀镜急了，说："你这是什么意思呢？我可是你丈夫，你得信任我，也得让我信任你。真有问题，你就坦白吧。不然，被人检举了，再去交代，性质就不一样了。"

香妹说："你就不能放人家一马吗？你放过人家，就没人同我们过不去了。"

朱怀镜惊呆了，说："你怎么可以这么说呢？就算我不查他们了，就保证你没事了？你呀，忘了自己同我说的那些话了。才几个月啊，你就变得这么快！"

整整一个通宵，两人都没合眼。朱怀镜反复劝说，香妹都不说具体细节。"我的书记大人，你就别折磨我了。就是砍头，好歹让我过完这个年吧。"香妹最后说。

天下起了薄雪，香妹带着儿子先回荆都了。她说先回去收拾收拾，采办些年货，再怎么也要好好过个年。他也不再多说，总得让孩子过年高兴些。

朱怀镜直忙到腊月二十九，才由舒天陪着，回到荆都。太累了，他坐上车没多久，就呼呼睡去。到了荆都，他突然醒来，但见天地皆白，眼睛刺得生痛。原来荆都的雪比梅次还要下得大些。但愿明年有个好年成吧。

舒天也不回去了，朱怀镜留他一块儿过年算了。杨冲家里丢不开，当天就独自回去了。陈清业知道朱怀镜最近心情不好，家里又只有三个人，也来凑热闹，说一起过年。舒天见陈清业来了，也自在多了。要不然就他一个外人，也不是个味道。陈清业要去外面订餐，香妹不让，说就在家里弄些菜。过年嘛，就要个家庭气氛。朱怀镜真有些感激陈清业和舒天，不然香妹总冷着个脸，哪像过年？香妹天天说要好好过年，可烦心的事儿总挂在她心头。琪琪见下了这么大的雪，却是少有的兴奋。荆都本是不怎么下雪的。

朱怀镜回家坐下没几分钟，就打了范东阳电话："喂，范部长，你好，给你拜个早年。我回荆都过年来了。你这几天会在荆都吗？我可要去拜年啊。"

范东阳说："怀镜你就别客气了。一年到头，好不容易轻松几天，你就好好休息吧。"

朱怀镜想绕着弯子说到王莽之，话题却怎么也转不到那里去，便只好直接问了："范部长，我在那边听到很多莽之同志的传闻，不会吧？"

范东阳不直接回答，只是玩笑道："莽之同志是中央管的干部，我们同党中央保持一致吧。"

朱怀镜琢磨范东阳的意思，只怕关于王莽之的传闻不是空穴来风了。他想象范东阳的脸上，那个微笑着的括号一定很神秘吧。也许消息是准确的，却不是来自正式渠道。

不承想神秘电话居然又打来了。这时天刚黑下来，望着窗外灰白色的雪地，似乎多了几分恐怖。放下电话，朱怀镜把自己关在书房里，独自待了半个小时。有舒天和陈清业在场，朱怀镜也不好同香妹说什么。他沉思良久，挂了向长善电话："长善同志，你最近接到神秘电话了吗？"

向长善说："天天都有。过年了，我怕你担心，才没有向你报告。怎么？你也接到了？"

朱怀镜说："长善同志，你一定要注意安全。他们玩这种手段，只能说明他们心虚害怕。我先同你说说，你心里有个底。尹正东案要抓紧。等过了年，马上组织精干力量，将吴飞案、郑维明案查个水落石出！他们别以为人死了，就死无对证了，就万事皆休了。你先好好过年吧。这里就先向你拜个早年了。过完年，我马上回来。"

这么一折腾，香妹完全没了过年的心情了。"中了什么邪还是怎么的？事儿不断！未必别人当官都是这么当的？那谁还去抢着官当？哪是人过的日子？"

朱怀镜尽管心里有气，但毕竟过年了，怕冷落了儿子，就尽量劝慰香妹。但她仍是不开心。电话已让朱怀镜扯掉了，可整个屋子仍像被什么阴影笼罩着。琪琪感觉到了什么，没了白天赏雪的高兴劲儿，缩在沙发里，望着电视发呆。

朱怀镜看出了香妹的难过，却无从安慰。别的都不去想了，先让她和儿子清清寂寂过个年吧。他想在家里过年，无非是吃一顿。为何不出去过年呢？反正香妹也没心思忙年夜饭了。比方去宾馆？想着宾馆也没有意思。只恨时间太仓促了，不然干脆一家人飞到海南去。荆都这地方要说名胜，就只有荆山寺了。不如就去荆山寺？今年上荆山看雪，想必一定很漂亮吧。

朱怀镜说："我有个建议，今年我们过年换个花样好不好？"

见香妹不答话，陈清业只得附和："是啊，年年过年都是老一套，弄一大桌子菜，就是个吃字。其实等菜弄好了，肚子都腻了，吃也吃不下。"

香妹见毕竟有客人在，便强打精神，问："怀镜你说换花样，怎么个换法？"

朱怀镜说："我这个建议，只怕只有琪琪喜欢。去荆山寺赏雪去。不如明天一早上山，就在寺里过个斋年算了。"

琪琪果然高兴，说："好好。陈叔叔要陪我垒雪人。"

"好，垒雪人。"陈清业说。

香妹笑了起来："我都还没说同意不同意哩，你们就急着垒雪人了。怀镜你就知道玩手段，先用激将法把儿子争取了。我们过年，不就是想让宝贝儿子高兴？儿子同意上山，我还有什么说的呢！"

"好，那就这么定了。我们明天清早就出发。我现在就同圆真师父联系。上面宾馆倒是有，我们也不住，就住寺里客堂。"朱怀镜说罢就要挂电话。

陈清业却说："朱书记，我俩去里面说句话。"

朱怀镜放下电话，同陈清业去了书房。"这么神秘，什么事？"

陈清业笑道："既然去寺里过年，你不如信信佛。荆山寺大年初一的头炷香，最灵验了。保你烧了之后，万事顺意。"

朱怀镜摇头道："头炷香，我烧得起？要四十万的功德啊。"

陈清业说："这个老弟负责。"

朱怀镜忙抓住陈清业的手往外推，似乎那手里正揉着四十万元票子似的："不行不行，绝对不行。四十万啊，老弟！你别吓死我。"

陈清业说："不瞒你朱书记，我一直就有这个心愿，想去争个头炷香烧烧。可那香哪是我这种身份的人去烧的？你知道的，都是做大官的去烧。我听说这几年，只要不是北京来人烧，都是王莽之烧的。谁烧都得丢四十万进去。今年王莽之在北京，只怕不会去烧了。新上任的司马书记未必信。正好我们去烧。功德钱我出，就算是我们一道烧的嘛！这算不了什么，大不了就是支持宗教事务。"

朱怀镜说："只是太破费了。"

陈清业忙说："快别这么说了。罪过罪过！"

朱怀镜便笑笑，不说了。两人便出来了，正好听舒天在说："我见最喜欢拜佛的，差不多就是三种人，当大官的，赚大钱的，和最愚昧的。佛我是不信的。小时候我见着和尚，闻着香火味，就吃不下饭，现在还算好些了。"

朱怀镜便同陈清业相视而笑。陈清业忍不住说了："舒天，你少说怪话，小心你明天上了山肚子痛。"

朱怀镜便打了电话："圆真师父，我是怀镜。你好，拜个早年。我想明天去你那里赏雪，一家人就在你那里过年算了。你说方便吗？"

"欢迎欢迎，有什么不方便的。"圆真道。

朱怀镜说："我们也不想住宾馆，打算住你们的客房。有住的吗？"

圆真说："有是有，只是太简陋了，怕你们不习惯啊。你们几位施主？"

朱怀镜说："五位，就我夫人一位女的，还有个小孩。"

圆真回道："行啊，你们尽管来吧。我们收拾一下。这里干净倒是干净，就是太简单了。出家人的清苦，你们未必习惯。"

"不妨不妨，麻烦你了。明天见吧。"朱怀镜放下电话，征求大家意见，"我建议，明天我们也不要车。只坐公共汽车到山下，再步行上去。"

陈清业说："好好，拜佛要诚，就得步行。"

商量好了，时间也不早了。舒天到底怕打搅别人，一定要去宾馆里住。陈清业便说："你宾馆也不住了，去我那里吧。"

493

第四十七章

次日清早,陈清业同舒天在外面吃了早点,去朱怀镜家。香妹正在准备行装,鼓鼓囊囊地塞了个大包。朱怀镜在一边说:"别带多了东西,将就点算了。"香妹说:"你别管,到时候这也没有那也没有,你只管开口问我要。"

没等多久,香妹打点好了。琪琪可高兴啦,听他妈妈说声走,蹦蹦跳跳就跑出门了。朱怀镜穿了件羽绒衣,戴了顶绒线帽,手里还拿了副墨镜。

出门不远,就是通往荆山的10路公共汽车。陈清业说坐的士,朱怀镜不让。舒天便说,清业你听朱书记的吧,他就是这样的。

公共汽车是有空调的,不太透风,人气很重。朱怀镜好几年没坐公共汽车了,早不习惯了。他调匀了鼻息,免得大口呼吸这里的空气。而陈清业和舒天看到的,却是位很有平民意识的领导干部,但见他一手抓着吊环,一手扶着儿子,怡然自乐。

下了车,朱怀镜便戴上了墨镜,把衣领子也竖了起来。露在外面的就只是那张出着白汽的嘴巴,就连熟人也认不出他了。山下的雪早被汽车轧成黑黑的泥浆了，可往上走了没多远，就是白茫茫一片。却结了冰，滑得站不了人。早有卖草鞋的农民在招揽生意了。五块钱一双，一口价。便每人买了双草鞋，套着鞋子穿上。也还有些人上山，不是很多，毕竟今天是大年三十。

朱怀镜便交代大家，手别放在兜里，眼睛望着路不要分神，一脚脚踩稳了。又怪香妹啰唆，带这么多东西，辛苦了舒天。包是舒天背着的，朱怀镜这么说说，就是表示歉意了。舒天只说没事的，包又不重。陈清业觉得自己空着手不好意思，就要同舒天争着背包。朱怀镜便说："你们也不要争了，一路换着背吧，看样子今天要爬好一阵子。"

琪琪往路边没人踩过的地方走，边走边回头看自己的脚印，说不出的兴奋。朱怀镜见着好玩，他小时候也是这个生性。路边树枝叫雪压得很低，不小心就碰了头，雪便落进了脖子里。琪琪哎哟一声，索性将树一摇，立即成了雪人。香妹便老是叫琪琪"别疯了，别疯了"。朱怀镜嘿嘿笑着，随他哩！好一阵子，朱怀镜才发现，只有琪琪走的地方不打滑。"你看你看，小孩子就是比我们聪明。"大家便都靠了边，跟在琪琪后面走了。

走了一段，路边的雪也不再松软了。陈清业便让大家走后面，他在前面探路。朱怀镜不再让儿子疯了，拉着他走。便不断有人摔倒，笑得大伙脸都发酸了。

居然还有汽车上来。听到汽车声，朱怀镜没有回头，只是低头瞟一眼车号。一看就知道是市委的车。汽车轮上都缠了铁链子，开得很慢。见车子老在前面不远的地方蜗牛一样爬着，朱怀镜就要大家休息一会儿。谁都是一身汗了。朱怀镜喘着说："我真担心到了前面陡坡处，车子会倒着往回滑哩。我们等等再走吧。"

汽车消失在前面拐弯处了，朱怀镜才说声走吧。大家继续往

495

前走。越往前走，冰越厚，路越滑。两边树上挂满了冰凌，琪琪老伸手去抓。"可以吃哩。"朱怀镜也抓了一个冰凌，塞进嘴里。儿子见他爸吃了，也就衔着冰凌吮了起来。香妹见了，苦着脸，打了个寒战。

平日只要爬五十分钟，今天他们足足爬了三个多小时。几位同路的都在半路进了荆山宾馆，最后要往寺里去的只有他们五个人。风裹雪雾，呼啸如涛。触目而来的不再是银白色了，尽如翡翠，泛着青光。远远望去，山门宛如玉雕。兴许是风太大，山门只开了半页。刚进山门，旁边卖票房的小和尚出来迎了，问："几位是圆真师父的客人吗？"

朱怀镜说："是的。"

小和尚便说声请吧，就走在前面带路。朱怀镜说："我找得着，小师父忙你的吧。"

"不忙不忙，今天又没有施主上山。"小和尚说。

圆真早闻声出来了："阿弥陀佛！朱书记啊，辛苦了，你们辛苦了。贵客啊，贵客啊。"

圆真请各位先在精舍坐坐，喝杯茶暖暖身子，再去客房休息。便进来几位白白净净的年轻尼姑，袖手低眉，斟茶倒水。

"圆真师父，你在佛学界的声望可是越来越高啊！你看，才几年工夫，就是全国政协委员了。有朝一日，你会成为全国佛教领袖都说不准啊。"朱怀镜接了茶，说道。

"阿弥陀佛，托朱书记洪福啊！"圆真双手合十。

朱怀镜说："我总记得前几年，老在这里听你讲佛。受益匪浅啊。这回我是难得几日清闲，你只怕就忙了。要是有空，想再听你讲讲佛道。"

圆真笑道："朱书记太客气了。你朱书记本性慈悲，所行圆融，依我佛门的看法，原本就是有佛性的人。"

都知道是客气话，敷衍而已，认真不得。朱怀镜只道好茶好景，又是佛门宝地，太妙了。

闲话一会儿，小尼姑就带各位去客房。圆真也跟在后面，唯恐失礼了。朱怀镜一家人住一间，陈清业和舒天合住一间。每间都有两个床铺，简单，却也整洁。居然也有电视、空调和卫生间。朱怀镜说："原来没这么好的条件啊！"

圆真回道："后来搞的。常有些关心我们佛教事务的领导，想在我这里住上一晚，太简陋了也不像话，就改造了几间。"

"这几天没别的领导同志来住吗？"朱怀镜随口问。

圆真说："王莽之书记刚从北京回来，就打电话给我。他本想来住两晚的，见今年雪太大了，就不来了。不过他也上山了，住在荆山宾馆里。"

朱怀镜不由得胸闷气促，不太舒服，却也不说什么，只是"哦"了两声。心想难道王莽之真的没事。也难说，像他这个级别的干部，没到最后那一步，行动只怕还是自由的。这时有尼姑过来请用斋。圆真说："你们早饿了吧！先吃碗素面，垫垫肚子。"

圆真便带着朱怀镜他们去了斋堂。便有小和尚端了面来，说请施主慢用。圆真也请各位自便，就先告辞了。

舒天搅了搅面，忍不住摇头笑起来。朱怀镜明白他意思，就说："你别以为不好吃。我吃过，味道很好的。"面做得的确精致，色香俱佳。舒天尝了尝，说："对对，味道真的不错。"作料就是些香菇、云耳、酸菜、辣油之类，口味却是自己做不出来的。

吃完了，便回房休息。都爬得很累了，正好扎实睡上一觉。朱怀镜好久都没有睡过安稳觉了，这会儿倒下去就呼呼入梦了。梦见办公楼的楼梯没有台阶了，只是光溜溜的木地板，竖着，很陡,还打了蜡。他一手抓住扶手,一手着地,怎么也爬不上去。原本四层的办公楼却成了摩天大厦,他的办公室也不在二楼了,而是在高高的顶楼。他爬呀爬呀,好不容易爬上了最高层,却突然双脚一跪,身子飞一样地往下滑。先是滑着,然后就从空中往下坠落。身子像片树叶,在空中飘呀飘的,好大的寒风,吹得耳朵发麻。重重地摔在水泥地上,他听到一阵沉闷的响声。

朱怀镜从梦中惊醒,恍然间四顾茫然。回头望见另一张床上熟睡的妻儿,才想起这是在荆山寺。心脏还在猛跳,刚才的梦太吓人了。这是不是某种预兆?难免想到了王莽之。朱怀镜越来越确信,吴飞案同王小莽有联系。陆天一案说不定也会牵扯上王莽之。都这个时候了,王莽之照样游山玩水,朝圣拜佛。这个山东大汉就有些可怕了。不知他的底到底多深。

凭着直觉,朱怀镜知道,只要把吴飞案彻底抖出来,王小莽的尾巴就会露出来。王莽之也就完了。王莽之没事也得有事了。陆天一迟早也要咬出王莽之。谁都知道王莽之手伸得长,那么各地市和有关厅局还会有些人要被带出来。朱怀镜在官场的口碑就完了。当然官场中人,看上去修养都很好的,不会随意臧否人物。他们要么避而不谈,似乎不屑提起他的名字;要么提起他就摇摇头,觉得此人是个麻烦;哪怕是那些自称最直率的官员,多半也只会说:这个人,多事!哪怕王莽之真的罪该万死,有的人照样会为之扼腕:王莽之是毁在朱怀镜手里。

朱怀镜感觉进退维谷了。可是,他哪怕今天放人一马,只要有机会,王莽之必然还会对他下手的。真是滑稽,只几个月工夫,他便由王莽之的心腹而成心腹之患了。朱怀镜并无负疚之意。这件事上,无论讲做人之道,还是讲为官之道,他自觉问心无愧。

朱怀镜没了睡意,眼睛却闭着。看上去像是睡得很沉,而他的思绪却是万马奔腾。他脑子里上演的是很形象化的场景，包括抓人、审讯、办案人员的严厉、犯罪嫌疑人的狡辩等等。禁不住全身的血往头顶冲，呼吸时而急促，时而平和。感觉到两边耳根发痛了，才知道自己一直紧紧咬着牙齿。他突然睁开眼睛，长舒了一口气，定了定神，暗自道：干就同他干到底！

香妹这一头，就由不得她了。只要大年一过，他就拽着她上纪委去。想着香妹那可怜见儿的样子，他禁不住黯然落泪。香妹不久前还在说他，让他别贪小便宜吃大亏。可她自己很快就滑下去了。权力真是太可怕了。

小尼姑敲门了，轻声道："请施主用团年饭。"朱怀镜答应一声就来，忙叫醒香妹和儿子。稍作洗漱，就准备出门。陈清业和舒天已在门口候着了。

去了斋堂，却见往日成排成行摆着的桌凳，被围成一桌一桌的，僧尼们皆已围席而坐，正闭目念佛。朱怀镜他们自是听不明白，但闻嗡嗡一片，却很是肃穆。圆真合掌过来，迎着各位去了旁边一小室。算是这里的雅座吧。

"佛门规矩，就只有素菜了。请朱书记谅解。"圆真说。

"谢谢了，你太客气了。这也是平常人难得的经历啊。很好，很好！"朱怀镜欣然道。

菜摆了满满一桌，无非是些豆腐、萝卜、土豆、冬瓜、白菜之类。可做出的样子，有的像扣肉，有的像红烧牛肉，有的像煎鱼，有的像肚丝，叫人顿时口生清津。朱怀镜心想这和尚们到底俗缘难消，纵然吃着素的，也是想着荤的。这同有些花心和尚的意淫只怕有异曲同工之妙吧！

听得外面唱经已毕，圆真便说："我们就喝点饮料，鲜榨的果汁，添点喜庆吧。"

早有两位小尼侍应在侧，端了盘子过来，有西瓜汁、橙汁、西红柿汁、芒果汁。朱怀镜说声各取所需吧,自己就拿了杯西瓜汁。各自都拿了果汁,圆真便提议开席,祝各位新年快乐。朱怀镜正想着是否可以碰杯,却见圆真将杯子一举,径自喝了,他也就喝了。心想只怕也没这么多规矩,都各依心性吧。

琪琪说:"我要红烧牛肉!"

香妹便夹了儿子要的"红烧牛肉",轻声说:"哪有你要的?这里不许说肉。"

圆真笑道:"没事的,妇幼之言,百无禁忌。"

香妹笑了起来:"师父也把我们妇女同小孩一般看待啊。"

圆真忙道了歉:"是我失言了,失敬失敬。"

各位都有些拘谨,朱怀镜想说些什么活跃气氛,又怕话不得体,犯了禁忌。平时他同圆真说话也是口没遮拦的,但今天毕竟是过年。便总说:"这菜好吃,平日哪能吃上这么好的素菜?"圆真谦虚几句,便说这里的师傅的确好,谁谁都表扬过他们。他说出的名字都是些大人物。朱怀镜又要香妹学几道菜回去。香妹就说:"只怕这里师傅不肯教吧?"圆真客套着说:"平常手艺,哪敢在夫人面前说个教字?"陈清业和舒天总不说话,只是附和着笑笑而已。

毕竟不同平常的团年饭,吃得自然快些。都吃饱了,就散席了。圆真再三致歉,朱怀镜直道谢谢了。

朱怀镜在房间坐了一会儿,看完电视新闻,就去圆真那里聊天。圆真刚洗完脚,正好一位小尼端了洗脚水出来倒,而圆真还在穿袜子。朱怀镜觉得太冒昧了,圆真却没事似的,忙喊请坐请坐。

"一晃快两年没看见您朱书记了。"圆真说。

朱怀镜感叹道:"是啊,太快了。两年时间,你在佛门自是清净,外面不知要发生多少事啊!圆真师傅啊,你是一年如一日，我是一日如一年啊！"

"朱书记也有不顺心的事？"圆真问道。

朱怀镜说："不瞒你说，我这回上山，一想过个清寂年，二想大年初一烧炷香。听说头炷香最灵验了，不知我有幸烧得了吗？"

圆真忙又双手合十，先道了阿弥陀佛，再说："朱书记，这个我就难办了。先前同你说过的，王书记上山来了，他要烧头炷香。王书记对贫山很关心，他来荆都这几年，只要没有北京的领导来烧，每年的头炷香都是他烧的。今年新上来的司马书记本来也想烧的，知道王书记还要烧，他就不来了。"

朱怀镜问："冒昧地问一句，这头炷香，按你寺里规矩，要四十万的功德。他们领导来烧香，都出吗？"

圆真笑道："当然得出，求的是个灵验嘛。我们对外本不说的，你朱书记其实也是知道的吧。领导同志对我们佛教都很关心。四十万只是标准，其实偶尔没领导来烧，那些大老板来烧，就不止四十万了，给五六十万，八九十万，甚至上百万的都是有的。"

朱怀镜就开了玩笑："那么你是喜欢领导来烧，还是喜欢老板来烧？"

圆真却是正经说："都一样啊！朱书记，其实你烧个二炷香也可以的，照样灵验啊。"

朱怀镜问："二炷香要多少功德？"

圆真说："通常是十万，当然多多益善了。"

朱怀镜应道："好吧，我就听你的，烧二炷香吧。"

圆真摇头道："朱书记呀，你不知道啊，每年为这头炷香，我都是伤透了脑筋。老早就有人开始约了。当然施主都是一片虔诚，所以才有贫山旺盛的香火。但也有一些有钱人，财大气粗，

501

票子甩得梆梆响，硬要争着个头炷。你说有人出十万，他就说要出一百万。我这里可是佛门净地，又不是搞拍卖啊！未必你钱多就能烧着头炷香。还是领导同志好说些，他们只要听说有上级领导要烧，自己就二话没说了。领导干部，素质就是不一样啊。"

朱怀镜听着不禁哑然失笑，说："你这是在表扬我吧？"

圆真忙又念佛不绝，说："哪里哪里，我一个吃百家饭、穿百家衣的和尚，哪有资格表扬你朱书记？笑话了。"

两人说笑一阵，朱怀镜就告辞了。他径直去了陈清业那里，把烧香的事说了。舒天才知道，荆山寺正月初一的香火钱如此昂贵，惊得眼睛天大。陈清业便笑道："你别这个样子。我们可是一起烧香，佛祖自然一并保佑我们的。你若小气，菩萨就不保佑你了。"

舒天仍是摇头："幸好烧个二炷香。头炷香的钱，我怕是这一辈子都赚不来。"

听得有人敲门。说了请进，就见小尼开门进来，提了香火香蜡鞭炮，好几大包，说："这是圆真师父让我送来的，是你们明天要用的。五个人的，共五份。"

陈清业问："有什么讲究吗？"

小尼说："每包都写上自己的名字、哪里人氏。明天烧的时候，你们自己跪在佛前，许下心愿。佛祖慈悲，一定保佑你们。桌上毛笔、墨水都有。"

陈清业又问："我想问一下。我们清早走得太早，没有取现金，带的是支票。支票行吗？"

小尼说："平时施主都是拿现金来的，还没有人用过支票。我去问一下圆真师父好吗？"

小尼一走，朱怀镜笑道："怕你开空头支票啊！"

陈清业也笑了，说："有心烧香，谁敢开空头支票？就不怕菩萨怪罪？"

小尼进来回话："师父说了，支票可以的。"

朱怀镜说："舒天，你字写得漂亮些。"舒天自然要说朱书记的字好，这才提了笔，一一写上各人的姓名、地址。陈清业便掏出支票，填了个十五万元整。印鉴齐备，只需填个数目就行。明日要早起，便不再扯谈了。

朱怀镜回到自己房间，见香妹和儿子已睡下了。他知道香妹肯定没有睡着，却也不再叫她。他本想靠在床头静静，感觉眼皮子重了，就躺下去。可头一挨着枕头，人又清醒了。这一段总是睡不好，脑子里事情太多了。好不容易睡去，却仍是做梦。同白天的梦差不多，总是在溜滑而陡峭的路上走，不是往上艰难地爬，就是飞快地向下滑。不断地惊醒过来，背上冒着汗。看来白天在滑溜溜的雪地里走了老半天，算是入骨入髓了。

正睡意蒙眬间，有人叫门了。清醒过来，才知道是小尼姑催着他们起床了。听得大殿那边早已法器齐鸣，唱经如仪。又听得小尼在门外说："请施主先洗漱吧，在房间等着，过会儿我再来请你们。"

朱怀镜不戴手表的，不知道什么时间了。掀着窗帘，见外面微显天光，估计还早得很哩。洗漱完了，朱怀镜对香妹说："你们几个人去吧，我就不去了。"香妹知道他是怕碰着王莽之，不太方便，就说好吧。

可是过了好久，仍不见来人叫他们。眼看着窗帘透着亮了。法乐和唱经也是时断时续。陈清业和舒天也等急了，敲门进来说话。陈清业说："一定是王莽之讲排场，半天完不了事；要么就是摆资格，迟迟不上山。"

这时，门响了。开了门，见是圆真。圆真却不进来，神色有些异样，扬手叫朱怀镜出去说话。两人去了陈清业和舒天房间。

503

圆真将门掩上，脸带戚容，说："朱书记，大事不好了。"

"怎么了？"

"王莽之书记上山时，车翻进山沟里。刚才我打了好多电话才弄清楚。他……人已去了。"圆真道。

"死了？"朱怀镜怕自己听错了。

"死了。"圆真点头回道。

"怎么会这样？"朱怀镜长叹一声。他并不明白自己说这话的意思。忽闻王莽之的死讯，他马上觉得松了口气，可立即又心头发紧。毕竟是死人的事啊！他见开口就是念佛的圆真，这会儿却像恢复了俗态，半句阿弥陀佛都没念。

圆真说："生死由命，前缘早定。法轮常转，佛光普照。朱书记，你们还是烧香去吧。"

朱怀镜猛然想起王莽之的车号。难道九九真的不吉利吗？王莽之却已真的九九归一了。

"那我们算是头炷香，还是二炷香？"朱怀镜问。

"自然算是头炷香了。"

"功德呢？"

"按规矩还得是头炷香的功德。"

"可是我们按你说的，已在支票上填好了十五万，不能改啊！"

圆真抬手抓了会儿秃头，说："那就十五万吧。你朱书记对我一向很关心啊。请吧？"

朱怀镜说："可以派代表吗？我想让他们几个去就行了。"

"行的行的，你就在房间里休息吧。"圆真一直没有念佛，只像在做生意。

圆真就领着香妹他们去了。朱怀镜没有把王莽之的死告诉香妹和陈、舒二位。他们低着头，在滑溜溜的冰地上，一步一步小心地走着,更具虔诚的意味。

朱怀镜独自待在房间里,突然心烦意乱起来。他来回走着,如同困兽。忽闻法乐如雷,唱经如潮。他脑子里一阵恍惚,像是明白了什么道理,却不是佛门顿悟。他想立即跑出去,拉回香妹他们,不去烧香了。不烧了,不烧了!马上离开荆山寺,回到梅次去。这时,已听得大殿那边鞭炮震天,木鱼阵阵,念佛不绝。也许香妹他们早已长跪佛前了。